심장의 아이

심장의 아이

心臓の王国

다케미야 유유코 장편소설

최고은 옮김

놀

차
례

그 '왕국'은 아름다운 이야기로 이루어졌다.

　아이들은 늘 다섯, 줄어들면 늘어나서 늘 다섯 명이다.

　연령대는 모두 다르다. 제일 어린 아이가 다섯 살이나 여섯 살, 대부분 늘 그렇다.

　밖으로는 나갈 수 없다.

　집으로도 돌아갈 수 없다.

　하지만 얼어붙도록 추운 날에는 따뜻하고, 뙤약볕이 내리쬐는 날에는 시원했다. 옷과 침구, 모든 게 뽀송뽀송, 찰랑찰랑, 청결했다. 하루에 세 번 따뜻한 밥과 두 번 간식이 나왔다. 오후에는 낮잠 시간도 있었으며 어른들은 다정하게 공부도 가르쳐줬다. 텔레비전으로 애니메이션도 볼 수 있었다. 그림책과 게임, 장난감도 있었다. 때로 하늘 아래에서 뛰어놀기도 했다. 모두 사이좋게 살고 있었다.

이곳은 '어린이를 위한 왕국'이며, 모든 아이는 '왕자님'이자 '공주님'이다.

아이들은 모두 '사랑받고, 행복해지기 위해 태어난다'.

그래서 아이들을 두고 갈 때 아이들의 부모는 그토록 자랑스러워했던 것이리라. 꼭 잡았던 손을 놓을 때 그토록 기쁘게 웃었던 것이리라. 그렇게 기뻐하며 다시는 돌아보지 않았다. 이제 많은 것들을 줄 수 있고, 사랑받을 수 있고, 행복해질 수 있으니까.

"아낌없이 다 줘야 해."

"많이 주면 줄수록 많이 사랑받고 행복해질 수 있으니까."

많이 주면 기쁘대. 주면 줄수록 사랑받는대. 많이 사랑받고 행복해진대.

아이들은 모두 많이 주고 싶었다. 많이 주고, 많이 사랑받고, 많이 행복해지고 싶었다.

그러기 위해 태어났으니까.

그래도 이곳에 온 지 얼마 안 되는 작은 아이들은 종종 외로워서 울고는 했다. 다른 아이들은 제 몸의 일부를 한 손으로 잡는 시늉을 하며 "나를 줄게" "나를 줄게" 하고 그 아이의 입가에 가만히 내밀었다. 그걸 먹이는 시늉을 하며 울음을 그칠 때까지 계속 달래줬다. 그 모습을 본 선생님은 아이들을 칭찬했다. 와, 너무 잘했어요. 줬구나. 착한 아이예요.

몇 달에 한 번, 왕국에는 '사자使者'가 온다. 사자는 아이를 한 명 선택해서 그 아이의 소원을 들어준다. 선택받은 아이는 나갈 수 없던 바깥세상에도 이제 나갈 수 있다.

아이는 돌봐주는 어른들을 따라 배낭에 짐을 챙긴 뒤, 며칠 동안 진짜 가족처럼 같이 살면서 처음 보는 진수성찬을 먹고, 정장이나 드레스로 갈아입은 뒤 아주 신기한 열차를 타고 유원지에 간다.

딱 한 번, 아이의 꿈은 현실이 된다.

아이는 한없이 행복한 기분으로 왕국으로 돌아와서 얼마나 대단한 일들을 하고 왔는지 이야기한다. 모두 죽을 만큼 부러워한다. 좋겠다, 좋겠다. 빨리 내 순서가 오면 좋겠다. 내가, 내가, 다음에 선택받는 아이였으면 좋겠다.

그때는 이미 아이를 데리러 '마차'가 도착해 있다. 모든 준비가 끝났다. 친구들에게 작별 인사를 하고, 선택받은 아이는 방을 나선다. 아낌없이 주기 위해 길을 떠난다.

금방 새로운 아이가 온다.

그 아이가 외롭다고 울면 다 같이 달래준다.

"나를 줄게." "나를 줄게." "많이 줄게." "아낌없이 주면 줄수록 사랑받는대." "그러니까 외롭지 않아."

"하지만 곧 내가 전부 없어질 텐데?"

없어지지 않아. 그저 보이지 않게 되는 거지.

사랑받을 테니까 괜찮아.

그거 알아?

아이들은 모두 사랑받고 행복해지기 위해 태어난 거야.

그러니까.

"나를 줄게." "나를 줄게." "내 아이를 줄게." "내 아이를 줄게."

아낌없이 주면 줄수록 많이 사랑받는대.

아빠도, 엄마도, 나를, 나를, 좋아해 줄 거래!

많은 '왕자님'과 '공주님'이 그 왕국을 떠났다.

모두 행복했다.

아무도 돌아오지 않았다.

참 잘됐지.

그 왕국은 아름다운 이야기로 이루어졌다.

나날은 변함없이 흘러간다. 또다시 다음 사자가 찾아온다. 한 아이가 선택받는다. 소원을 이루기 위해 바깥세상으로 나간다. 배웅하는 선생님은 바닥에 무릎을 꿇고 배낭을 짊어진 아이의 얼굴을 들여다본다. 자상한 눈빛과 목소리로 다정한 말을 건넨다.

"괜찮아. 마음껏 즐기고 행복해져서 돌아오렴. 너는 모두를 이끄는 등불, 희망의 빛이 될 테니까."

제 1 장

그래.

시작은 언제나 여기였다.

너는 나를 찾아냈다.

✦

기시마 고타로가 그 녀석을 찾아낸 건 여름방학 끝 무렵이었다.

더워. 피곤해. 졸려. 아무리 이렇게 투덜거려도 더위도 피로도 졸음도 사라지지 않는, 모든 걸 때려치우고 싶은 오후 5시. 세상 모든 것을 불태우는 듯한 화염 색깔의 저녁노을 아래. 시가지를 산 쪽과 마을 쪽으로 가르는 일급 하천에 놓인 다리 위, 그 한가운데.

그 녀석은 그곳에 있었다.

다리 난간에서 몸을 내밀어 불타오르는 하늘을 보고 있었다.

불덩어리 같은 태양을 향해 똑바로 오른손을 뻗고 있었다.

그러고 있으면 언젠가 정말 손이 닿을 것이라고, 잡을 수 있을 거라고 믿는 것처럼.

그리고 나는 도깨비 섬의 강철 타로*다.

숙적 모모타로**의 뇌수가 뚝뚝 떨어지는 도깨비의 흉기 같은 이름을 짊어지고, 느릿하게 자전거 페달을 밟고 있었다. 오른손에는 거대한 수박을 통으로 안은 채. 덥고, 지치고, 졸려서 한 손으로 핸들을 잡은 자전거는 아까부터 불안하게 비틀거렸다. 중얼거리는 동안에는 셀프로 추임새를 넣으며 하아, 하고 한숨까지 내쉰다.

방금 100미터 길이의 이 다리에 들어섰을 때, 고타로는 알아챘다. 벌써 8월도 막바지다. 이제 다음 주면 개학인가. 2학기가 시작되는 건가……. 뭐?

'벌써?!'

벌써 그렇게 됐다.

벌써 고등학교 2학년 여름방학이 끝난다.

아직 아무것도 안 했는데.

아니, 아직이고 뭐고, 그렇다고 하고 싶은 일이나 이루고 싶은 목표가 있었던 것도 아니다. 그럼에도 일단 개학 날짜를 인식하니 충격이었다. 나는 이 여름을 쓸데없이 낭비했다.

---

* 기시마 고타로鬼島鋼太郎라는 이름은 '도깨비鬼섬島의 강철鋼 타로太郎'라는 뜻으로 읽을 수 있는 한자로 구성되어 있다.

** 일본의 설화에 등장하는 인물로, 강에서 떠내려온 복숭아에서 태어나 약탈을 일삼는 도깨비를 퇴치했다는 이야기가 전해진다.

이번 여름, 고등학교 2학년 학생 중에서 대체 몇 명이나 평생 기억될 추억을 만들었을까. 피와 땀과 눈물로 결정타를 날려서 고시엔* 하늘에 승리의 아치를 그린다거나. 크라우드펀딩으로 자금을 모아서 일본 전국 일주에 성공한다거나. 눈떠 보니 '이세계'여서 멸망 위기에 처한 엘프 왕국을 구한다거나. 여자친구를 사귄다거나. 여자친구와 여름 축제에 놀러 간다거나. 불꽃 축제에 간다거나. "흠. 유카타**도 괜찮네. 옷이 날개라더니. 아얏! 장난이야. 장난이라니까! 잘 어울린다고. 뭐, 그, 예쁘…… 다고. 하하!" 이런 닭살 돋는 말을 용케도 하는 커플을 찾아내서 파괴한다거나. 팀을 짜서 불꽃을 붕붕 돌리면서, 봐주는 거 없이 비정하게 기습한다거나. 남들 눈에는 아무리 비참해 보이더라도 그런 대업을 마친 뒤 마시는 탄산음료는 끝내주겠지. 양아치 무리로부터 도망치던 두 사람은 어느샌가 손을 맞잡고 영원히 놓지 않겠다며 마음속으로 외칠 거고.

그런데 이 꼴을 봐라. 나는 아무것도 하지 않았다. 정말 아무것도 하지 않았다. 가끔 쓸데없이 수박을 수확했을 뿐이다. 아니, 쓸데없이는 아니지. 돈은 받았으니까.

정확히 말하면 기시마 고타로는 이번 여름, 수박 농가에서 수확 작업을 돕는 아르바이트를 한 것이다.

한여름의 시골 뙤약볕 아래. 수박밭에서 휴식 시간 한 시간을 포함해 하루 여섯 시간 동안, 시키는 대로 수박을 따서 옮기고, 모아

---

* 일본 효고현 니시노미야시에 위치한 야구장의 이름. 또는 이 구장에서 하는 고등학교 야구 대회.

** 일본의 전통 의상 중 하나로 집 안에서, 또는 여름철 산책할 때 주로 입는다.

서 상자에 넣고 트럭에 실으면 하루에 5000엔을 받는다. 기간은 여름방학 중 상시(우천 시 제외). 매일 나가면 20만 엔은 거뜬히 벌 수 있다. 뭐, 당연히 매일은 나갈 수 없다. 집안일도 있고, 친구하고 놀러도 가야 하고, 숙제도 해야 하니까. 하지만 별일 없으면 가급적 나가려고 했다. 첫날 작업이 끝나고, 이틀째 작업이 끝나고, 사흘째 되던 날의 휴식 시간. 햇빛에 온몸이 타들어 간 고타로는 넋 나간 사람처럼 눈을 까뒤집으며 이 수박밭의 규칙을 깨달았다.

앞으로 받을 5000엔을 위해 나는 목숨을 걸어야만 하는구나.

수박은 크고 무겁다. 엉거주춤한 자세로는 힘들다. 농가에서 빌린 장화에서는 냄새가 난다. 딱정벌레 천지다. 그건 상관없다. 딱정벌레는 있어도 된다. 좌우지간 힘들지 않은 작업이 없었다. 그리고 무엇보다 햇살. 말 그대로 치명적이었다. 수박밭에는 그늘이 없었다. 작업 시간에도, 휴식 시간에도 머리 위에서 수직으로 떨어지는 꼬챙이 같은 직사광선이 계속해서 뇌를 찔러댔다. 사흘째 되던 날에는 작업이 끝나고 집에 어떻게 갔는지도 기억나지 않는다. 그날 몇 시간 동안의 기억이 고타로의 인생에서 영영 사라졌다. 컨디션을 회복하기까지는 일주일이나 걸렸다. 그래도 고타로는 일어나자마자 다시 수박밭으로 나갔다. 조건에 맞는 아르바이트가 달리 없었기에. 옷도 사야 했고, 신발도 사야 했으며, 스마트폰도 배터리가 한계에 달해서 바꿔야 했다. 매달 받는 용돈만으로는 도저히 이 물욕을 채울 수 없었다.

그렇게 일하고 쓰러지고, 일하고 쓰러졌다. 그런 하루를 반복하던 여름방학이 이제 끝을 맞이하려 하고 있었다. 결국 아르바이트를 나간 건……. 머릿속으로 손가락으로 꼽아보았다. 오늘까지 열네 번. 2학기까지는 며칠밖에 안 남았다. 날이 흐려서 해가 나지 않으면 한 번쯤 더 나가볼까.

그런 생각을 하며 고타로는 느릿하게 자전거 페달을 밟으면서 저녁노을로 물든 길을 지나고 있었다.

그 시선 끝으로 뭔가 하얀 것이, 바람을 품고 두둥실 둥그렇게 부풀어올랐다.

'뭐지?'

사람이다. 치마……. 원피스인가.

저기서 보는 경치가 꽤 볼만하기는 하다. 하지만 이 무더위에 동네 사람들이 일부러 찾아올 정도는 아니다. 관광객이겠지. 곧바로 그렇게 생각했다. 이 재미없는 지방 도시에도 유서 깊은 사찰은 있어서 관광객들도 제법 찾아오고는 했다. 붉게 물든 눈부신 강변 풍경에 무심코 걸음을 멈추고 서서 사진이라도 찍고 있을 거다.

느릿느릿 가까이 가자 서서히 사람의 모습이 선명해졌다.

'응?'

설핏 위화감이 들었다. 고타로의 미간이 좁아졌다. 자세히 보니 그 손에는 스마트폰도, 카메라도 들려 있지 않았다.

'지금 뭐 하는 거지?'

그 사람은 다리 난간에 달라붙어서는 하늘을 올려다보며 석양을 향해 오른손을 쭉 뻗고 있다. 발목 길이의 옷은 바람으로 부풀어 있었는데, 원피스라기보다는 잠옷처럼 보였다. 발밑에는 나일론 소재의 검은 가방이 아무렇게나 놓여 있었다. 세찬 바람이 불어 닥치자 등을 덮을 만큼 긴 머리가 휘날렸다. 빛이 깨어지듯이 사방으로 튀었다. 금빛, 주황빛, 보랏빛, 초록빛, 분홍빛, 푸른빛…… 선연한 색채를 어지럽게 띤 채, 이 순간의 노을을 거울처럼 비추고 있었다.

머리카락 사이로 옆얼굴이 보였다.

순간, 그 완만한 윤곽이 불의 빛으로 덧칠됐다.

'타버리겠어.'

반사적으로 그런 생각이 들었다. 마치 솟아오르는 불꽃 속에 저 사람 홀로 서 있는 것 같았다. 온도가 갑자기 오르면서 공기가 폭발적으로 확장하는 것을 실제로 느낀 듯했다. 고타로는 순간 수박을 떨어뜨릴 뻔했다.

"이런!"

위험했다. 페달을 밟는 발을 멈췄다. 시선을 알아챘는지 그 녀석이 돌아봤다. 눈이 마주치자 막 생겨난 의심이 확신으로 바뀌었다.

남자였냐!

저런 차림에 저런 머리에 저런 옆모습이었지만 녀석은 분명히 고타로 또래의 남자였다. 소년처럼 선이 얇은 몸과 단정하지만 무심한 얼굴이 약간 독특한 분위기를 자아냈다. 머리카락과 옷자락이 바람에 살랑살랑 날리는데도 그는 이쪽을 바라본 채로 꼼짝도 하지 않았다. 그대로 침묵이 흘렀다. 두 사람은 아무 말도 없이 한동안 서로를 바라보았다.

불량배들이었다면 슬슬 치고받고 싸울 때가 됐겠지만, 고타로는 먼저 가만히 눈을 돌렸다. 괜한 풍파를 일으키지 않고 자연스럽게 지나치려 했다. 이곳에 머물 이유도 없었고, 녀석에게 관심도 없었다. 솔직히 그냥 무시하고 싶었다. 요즘 세상에 남자가 머리를 찰랑 찰랑 길게 기르든, 치마를 입든, 어디에 어떤 자세로 서 있든 자유 지만, 그 모든 것을 합한 녀석과는 엮이고 싶지 않았다.

하지만 녀석은 그렇지도 않은 모양이었다. 느닷없이 난간에서 몸을 떼더니, 고타로의 자전거 앞으로 튀어나왔다.

"으악!"

놀란 고타로는 급브레이크를 밟는 바람에 앞으로 고꾸라지듯 멈춰 섰다. 그런 고타로의 정면에서 녀석은 두 팔을 활짝 펼쳤다. 그러고는 노골적으로 지나가지 못하게 하겠다는 듯, 고타로의 얼굴을 똑바로 들여다봤다. 턱 끝을 파르르 떨다가 왼손으로 자신의 왼 가슴을 누르며 입을 벌리고 신음하듯 몇 번쯤 밭은 숨을 내쉬며 말했다. "처."

녀석은 눈을 감았다가 "처" 하고 다시 뜨더니…….

"'청춘'이란 거, 어떻게 하는 거야……?"

고타로에게 말을 걸었다.

이게 무슨 소리야.

"뭐?"

힘껏 고개를 기울이자 관자놀이에서 땀방울이 떨어졌다. 고타로는 어깨를 들어 지저분한 티셔츠로 땀을 닦았다. 질문의 의미뿐 아니라 저 녀석이 왜 길을 막았는지도, 왜 말을 걸었는지도 도무지 알수 없었다.

무뚝뚝한 반응에 주눅이라도 들었는지, 녀석은 비틀거리듯 살짝 뒤로 물러나서는 힘없이 고개를 떨구며 입을 다물었다. 그러더니 다시 고타로를 보고 숨넘어갈 듯 목소리를 필사적으로 쥐어짰다.

"모, 모르겠어!"

나는 더 모르겠다. 고타로는 마음속으로 대꾸했다. 나야말로 이 모든 상황을 모르겠는데…….

"그……, 처, 청춘이라는 거, 뭘 하면 되지?"

청춘.

청춘이라. 나보고 청춘을 알려달라는 건가. 정말 보는 눈이 없는 녀석이다. 하필이면 나한테, 고등학교 2학년의 여름을 수박밭에서 사경을 헤매다 끝내려는 이 기시마 고타로한테 청춘이 뭔지 알려달라고 하다니. 물어볼 번지수를 잘못 찾아도 한참 잘못 찾았다.

고타로는 작게 한숨을 내쉬며 오른손에 안은 수박을 고쳐 들었다. 왼손으로 핸들을 살짝 꺾어 말없이 페달을 밟았다. 이 녀석은 무시하고 빨리 가자. 느릿하게 옆을 통과하려 했는데, 녀석이 갑자기 오른손을 뻗어 자전거 바구니를 잡았다. 생각지도 못한 힘으로 당기는 바람에 자전거가 비틀거려 다리로 바닥을 짚어야 했다.

뭐라도 말해야겠다고 생각했다. 고타로는 시선을 들고 입을 열었다. 하지만 한마디도 나오지 않았다. 지근거리에서 본 건, 결연한 의지가 느껴지는 녀석의 얼굴이었다. 무시무시할 정도로 맑은, 고타로를 똑바로 응시하는 녀석의 눈이었다. 눈이 마주치자마자 압도적인 무력감에 휩싸여, 원래도 얼마 없던 에너지가 더욱더 증발해 버리고 말았다. 어차피 이런 녀석에게는 뭐라고 대꾸해도 소용없을 것 같다.

'뭐야, 정말……'

불발로 끝난 불평의 찌꺼기를 꿀꺽 삼키며 고타로는 힘없이 고개를 떨궜다. 지친 뺨을 타고 미지근한 땀이 흘러내렸다. 묵직한 오른손이 원망스러웠다. 자전거 바구니에도 안 들어가는 사이즈의 수박만 안고 있지 않았더라면 이런 녀석 따위는 진작 뿌리치고도 남았을 텐데. 어찌 된 운명인지 하필이면 오늘 사장님이 수박을 줬다. 잘 익어서 맛도 좋을 텐데 흠집이 나서 팔 수 없다면서. 자전거를 타고 수박을 들고 가는 게 얼마나 어려운지는 알고 있었지만, 동생에게 주면 좋아할 것 같아서 받아버렸다. 받아도 됨까! 아싸! 감사함다! 그렇게 대답하면서.

고타로는 한숨을 푹 내쉬고, 많은 것을 포기하며 고개를 들었다.

"청춘…… 이라."

좌우지간 집에 가고 싶었다. 한시라도 빨리 이 자리를 뜨고 싶었다. 이상한 녀석과 엮이고 싶지 않았다. 그러한 마음만으로 목소리를 냈다. 눈앞에 선 녀석의 목이 꿀꺽 움직였다. 숨을 삼키는 것 같았다. 정신없이 몇 번이나 눈을 깜빡이며 얼굴을 가까이 댔다. 안쓰러울 만큼 진지하게 고타로의 다음 말을 기다리고 있었다.

"아, 아마도……."

뭐든 상관없다. 뭔가 이 녀석의 마음에 들 말을 하고는 이만 놓아달라고 하자. 대충 얼버무리고 끝내자. "저기서……." 고타로는 녀석이 아까 서 있던 곳을 가리키며 말했다. 그 손가락의 움직임을 따라 녀석은 동물처럼 민첩하게 고개를 돌려 강 쪽을 보았다.

"'오예!' 하면서 다이빙하는…… 뭐 그런 거 아닐까?"

말이 떨어지자마자 녀석의 옆얼굴에 박힌 오른쪽 눈이 팟, 소리를 낸 것처럼 강렬하게 빛났다.

"그렇군."

녀석은 그 빛이 깃든 오른쪽 눈을 재빨리 고타로 쪽으로 다시 돌렸다. 그리고 여전히 그 자리에서 자전거 앞에 달린 바구니를 잡은 채, 상기된 목소리로 흥분을 감추지 않고 말했다.

"나는 올해 열일곱 살이 됐어. 열일곱 살은 특별해. 이야기의 주인공은 대부분 열일곱 살이거든. 제일 반짝거리는 순간이기도 하고, 즐겁고 바보 같고 시끄러운 시기이기도 하지. 슬프고, 안타깝고, 사랑스럽고, 어쨌든 아름답고…… 아주 소중하지. 인생에 그런 시기는 두 번 다시 오지 않는 모양이야. 그 뒤로 아무리 울고 웃어도 열일곱 살 때와는 다른가 봐. 그만큼 특별하대. 돌이킬 수 없대. 보물이래. 그렇게 배웠어. 다들 그렇게 말했어. 그런 날들을 '청춘'이라고 한대. 열심히 청춘을 즐겨야 한대!"

줄곧 왼쪽 가슴에 놓여 있던 녀석의 왼손이 꽉 여며둔 옷깃을 느닷없이 움켜쥐더니 호흡곤란에 몸부림치듯 잡은 옷깃을 힘주어 당겼다. 녀석은 소리를 내며 뜯어져 나온 단추들을 던지고, 두 손을 꼭 쥐고 입을 활짝 벌렸다. 그러고는 발끝으로 서서 몸을 뒤로 젖히며 있는 힘껏 숨을 들이쉬었다. 온몸이 부들부들 떨릴 정도로 들이마시고, 들이마시고, 들이마시더니, 바닥을 부수듯 외쳤다.

"그게! 내! 소원이야! 으하!"

녀석은 이렇게 외치고 웃었다. 얼굴과 몸을 모조리 써서 몸 안에서 분출하는 환희의 폭풍을 내보내려는 양, 크게 웃었다.

한편 고타로는 도무지 영문을 알 수 없었다. 초면인 녀석의 급작스러운 흥분을 도저히 따라갈 수 없어서, 그저 당혹스러워하며 입을 다물었다. 그런 고타로의 눈앞에서 녀석은 갑자기 몸을 휙 돌렸다. 붙잡혀 있던 자전거가 겨우 자유로워졌지만, 불현듯 형언할 수 없는 불안에 휩싸인 고타로는 그 뒷모습에 절로 눈이 갔다. 녀석은 옷자락을 아무렇게나 걷어 올렸다. 안에는 긴 바지 같은 것을 입고 있었다. 고타로는 안도의 한숨을 내쉬었지만 불안은 사라지지 않았다. 그게 아냐, 그게 아닌데. 녀석은 고타로가 보는 앞에서 결코 낮지 않은 다리 난간을 타고 넘어가더니, 난간 바깥의 좁은 공간에 서서 저녁노을로 물든 하늘 저편을 손가락으로 똑바로 가리켰다.

"다들, 지켜봐 줘! 아스트랄 카무이! 지금 온 힘을 다해 청춘을 즐기겠다! 아, 실수했다. 진짜 이름은 말하면 안 되는데……."

실내화 같은 이상한 신발을 신은 다리가 쓱 미끄러지더니 고타로의 시야에서 사라졌다.

물소리가 들리기까지 1.5초가 걸렸다.

그사이에 ('앗') 고타로의 머릿속에서는 ('아니') 사고의 스파크가 ('그게') 터졌다.

"적당히 얼버무리려고 했지만 딱히 없는 소리를 한 것도 아니고 이 동네 애들은 정말 이 다리에서 다이빙을 하기는 하니까 그야말로 청춘이라는 느낌에다가 담력 테스트나 통과의례 같은 거라 나도 몇 번이나 해본 적 있지만 그건 어디까지나 환한 대낮에 했던 거고 이런 시간대에 절대 해서는 안 되고 수면까지는 12미터에다 꽤 수심이 깊은 강인 데다가 물살도 빠르고 애초에 위험한 짓이니까 할 거면 진짜 한다고 말이라도 했으면 그만두라고 말렸을 텐데 이제 녀석한테 무슨 일이 생기면 내 탓이 되는 건가 말도 안 돼 아니 근데 내가 하라고 한 것도 아니고 자기가 나서서 지금 아무렇지 않게 뛰어내렸지 완전 또라이 아냐 게다가 다들 지켜봐 달라니 대체 누구한테 하는 소리야 그리고 아스트랄 카무이는 또 뭐냐고?"

아니, 진짜 뭐냐고.

1.5초가 지났다.

질량을 가진 물체가 수면에 격하게 부딪히는 둔탁한 소리가 고타로의 귀에 들려왔다.

"어?"

정신을 차리고 자전거를 그 자리에 아무렇게나 놓고서 난간으로 달려갔다. 내려다보니 하얀 거품이 거세게 솟아오르고 있었다. 숨 쉬는 것조차 잊고 몸을 내밀어 뚫어져라 보았다. 마, 말도 안 돼! 큰일 난 거 아냐? 잠시 후, 녀석은 간신히 떠올랐지만…….

"너 괜찮아……?"

솟아오른 팔은 정신없이 버둥거리며, 격하게 물방울을 튀기며 수면을 헤집었다. 순간 나타났던 머리가 곧바로 가라앉았다. 공기를 머금어 한가득 부풀어 오른 옷 속에서 사지를 휘적거리며, 순식간에 물살에 삼켜졌다. 한순간에 멀리 떠내려간다. 완전히 허우적거린다. 주변에 다른 사람은 없었다. 오직 고타로밖에.

이제 망설일 여유도 없어서 총알처럼 난간을 잡고 몸을 일으켰다. 일단 멀어졌다가 속도를 붙여서 혼신의 힘을 다해 안고 있던 수박을 그 녀석에게 던졌다. 다행히도 근처에 떨어졌다. 고타로는 힘껏 외쳤다.

"그걸 잡아! 물살을 거스르지 마! 놓치지 마! 무슨 일이 있어도 절대 놓치지 마!"

필사적으로 내민 손이 간신히 수박을 잡은 걸 확인한 고타로는 아까 내던진 자전거로 달려들었다. 자전거를 일으켜 세우자마자 모든 체중을 실어서 선 채로 페달을 밟아 단숨에 다리 절반까지 갔다. 자전거를 기울여 한쪽 손을 뻗어 가드레일을 잡았다. 가드레일을 지지대 삼아 억지로 직각으로 꺾으며 아무도 없는 강가의 산책로를 질주했다. 일직선으로 속도를 올리다가 여기다 싶은 데서 급브레이크, 몸을 눕히며 옆으로 슬라이딩. 바닥에 눌린 앞바퀴를 축으로 삼고, 뒷바퀴는 호를 그리듯 회전해 한 바퀴 돌아, 반대 방향으로 체중을 이동해 억지로 차체를 일으켜 세운 뒤 강가로 내려가는 돌계단으로 진입. 무릎을 쿠션 삼아 단차의 충격을 상쇄하고, 타이어의 탄력으로 점프하며 풀숲으로 돌진, 자전거를 버리고 전력으로 질주해서 강가에 늘어선 돌들에 물을 튀기며 따라 뛰자…….

찾았다!

다리에서 느닷없이 뛰어내려서 물에 빠진 얼간이가 흘러가는 곳, 바위들이 늘어선 천연 둑. 그 앞쪽의 물살이 느려지면서 소용돌이가 생긴 깊은 목에서 녀석은 품에 안은 수박의 부력에 기대 간신히 가라앉지 않고 버티고 있었다.

주저 없이 강물 속으로 뛰어든 고타로는 가슴까지 잠긴 채로 손을 뻗었다. 정신없이 녀석의 옷을 붙잡아서 힘주어 당겼다. 그런 다음, 미끄러운 강바닥에서 넘어지지 않도록 다리에 힘을 주고 물살을 버티며 간신히 얕은 강가로 녀석을 끌고 왔다.

"여, 영차!" 고타로는 녀석을 무거운 짐을 옮기듯 내던졌다. 살며시 바닥에 눕힐 체력은 더는 남아 있지 않았다.

녀석은 수박을 안은 채로 꼴사납게 넘어졌다. 재빨리 그 옆으로 다가가 대자로 뻗은 녀석의 얼굴을 들여다봤다. 가슴이 부풀다가 가라앉았다. 숨을 쉬는 것이다. "괜찮아?" 하고 묻자 미약하게 고개를 끄덕였다. 좋아, 의식은 있어. 생사를 확인하자 고타로는 온몸에 힘이 빠져나가는 걸 느꼈다. "하아, 하아⋯⋯!" 산소를 찾아 신음하며 힘없이 무릎을 꿇었다.

"아니, 근데⋯⋯."

강가의 얕은 바닥에 두 손을 짚은 채 어깨를 들썩이며 물었다.

"아스트랄 카무이라니, 그게 대체 뭐야?"

말해버렸다.

아니, 지금 그게 문제가 아니지, 그런 걸 물을 상황은 아니지만, 그건 알지만, 역시 그게 지금 제일 신경 쓰였다. 묻지 않고는 배길 수가 없었다. 이상하잖아. 황당하잖아. '말해서는 안 될 진짜 이름'이 아스트랄 카무이라니. 언제쯤 태클 걸어줄지 기다리는 이름 같잖아.

긴 옷과 긴 머리는 모두 흠뻑 젖어 온몸에 딱 붙은 채로, 거의 익사체 같은 모습으로 대자로 뻗은 아스트랄 카무이가 눈을 까뒤집었다. 경악한 표정으로 얼어붙은 녀석은 천천히 고개를 돌리더니 몇 초 동안 고타로의 얼굴을 올려다보았다.

"히익! 어, 어떻게 그 이름을⋯⋯? 우욱."

느닷없이 반쯤 구르며 엎드려서 격하게 기침했다. 수박을 품에 안듯 몸을 둥글게 말더니, 등을 부르르 떨며 "우웩! 우……엑!" 하고 강에 빠졌을 때 마신 물을 토해냈다. 이윽고 하아, 하아, 숨을 몰아쉬며 머리카락이 달라붙은 얼굴을 들었다.

"어, 어떻게, 그 이름……을, 아는…… 거지! 욱, 으윽, 욱."

다시 콜록거렸다. 켁켁 괴로워하는 모습을 보니 고타로도 슬슬 녀석이 걱정이 됐다. 고타로는 무심코 손을 뻗어서, 커튼처럼 얼굴 주변을 가리는 젖은 머리카락을 헤쳤지만 머리카락이 가리고 있던 얼굴을 보고 곧바로 후회했다. 코와 입에서 끈적거리는 투명한 액체들이 흘러나오는 모습을 목격해 버렸다. 더러워. 빛의 속도로 머리카락을 제자리로 돌려놨지만 이미 늦었다. 목격한 얼굴의 기억을 지우기 위해 기합을 넣고 눈을 깜빡거렸다. 물론 소용은 없었다. 그 옆에서는 아스트랄 카무이가 "우어, 어떻게, 그 이름, 우웩!" 하면서 계속 뭔가를 말하려 애쓰는 동시에 토했다.

고타로는 깨달았다.

"너, 답 없는 바보지?"

녀석은 충격을 받은 것처럼 "뭐어?" 하고 외마디를 지르며 하얀 얼굴을 쳐들었다. 턱을 타고 흘러내린 토사물이 길고 투명한 실처럼 늘어났다.

"나, 난 바보 아냐! 난 아스트랄 카무이야! 앗?" 녀석은 스스로 말해놓고는 자학하듯 찰싹 한 손으로 입을 가렸다. "내가 말했어? 말한…… 거야? 아, 기억이 점점 되살아나는……. 아악! 뭐야! 대체 난 무슨 짓을……!"

겨우 호흡이 정상으로 돌아오는 것 같아서, 고타로는 자리에서 일어나며 고개를 끄덕였다. 역시 틀림없다. 이 녀석은 바보다.

뭐, 그래도 방금까지 물에 빠져 허우적거렸던 사람치고는 멀쩡해 보이니 다행이었다. 마신 물도 다 토해낸 것 같고, 상태를 보아하니 이제 문제없겠군. 고타로는 입고 있던 젖은 티셔츠를 벗어 걸레처럼 비틀어 짰다. 강물이 주르륵 떨어졌다. 펼친 뒤 몇 번인가 털어서, 주름을 펴고 다시 입었다. 당연히 찝찝했지만 어쩔 수 없었다.

"아냐, 아냐, 아냐, 아냐, 안 돼, 아냐, 잠깐⋯⋯!" 아스트랄 카무이는 계속 뭐라고 신음하며 몸부림치고 있었다.

내버려뒀다. 아르바이트하는 곳에서 받은 농작업용 바지도 벗어서 물기를 짤까 하다가 "아!" 하고 주머니 속에 든 것을 떠올렸다. 큰일이다. 황급히 주머니에 손을 넣었다. 집 열쇠는, 있다. 스마트폰⋯⋯도 무사하다. 전원도 들어왔다. 안심하고 그것들을 일단 큼직한 돌 위에 놓은 다음, 다시 바지를 벗어 짠 뒤에 털어서 다시 입었다. 마음 같아서는 속옷도 벗어서 짜고 싶었지만, 아무리 그래도 그렇게까지 할 수는 없었다. 아무리 인적이 없다고 해도 일단 이곳은 공공장소니까 집에 돌아갈 때까지 참을 수밖에. 양말은 벗어서 둥글게 말아 주머니에 넣고, 맨발에 벨트가 달린 스포츠 샌들을 신었다. 비치 샌들을 신고 왔으면 큰일 날 뻔했다. 강물에 뛰어들었을 때 벗겨져서 맨발로 집에 가야 했을 테니까. 저 녀석은 괜찮나? 계속 뭔가를 중얼거리길래 눈길이 갔다. 신발은, 아, 없잖아. 두 발 모두 양말 바람이다.

"아, 정말⋯⋯. 왜 이렇게 된 거지? 왜 마음대로 안 되는 거야! 겨우 내 차례가 왔는데 이래서는⋯⋯아, 정말! 정말, 정말, 정말⋯⋯!"

아스트랄 카무이는 연신 고개를 젓다가, 두 팔로 안고 있던 수박을 덮치듯 고개를 푹 숙이더니 머리를 쿵쿵 박았다. 그대로 입을 다물더니 동작을 멈춰서 이제 끝……인 줄 알았는데. 이번에는 "젠장!" 하고 퍼뜩 고개를 들었다. 고집스레 입을 꾹 다물고 고타로의 얼굴을 다시 똑바로 올려다본다. "부탁이 있어!"

"거절한다."

반사적으로 대답했지만, 아스트랄 카무이는 전혀 굴하지 않았다.

"부탁이 있어! 다시 하게 해줘! 이번에는 제대로 할게! 지금까지 있던 일은 전부 없던 걸로 하고 처음부터! 하나, 둘…… 척!"

"오, 갑자기 기합을 넣는다?"

"아냐! 척, 처, 처음 뵙겠습니다의 처! 처음 뵙겠습니다! 저는 아스트랄……이 아니라!"

얕은 강가에 주저앉은 채 녀석은 다시 수박을 들이받았다. 지금까지 들었던 것 중에서 제일 묵직한 소리였다. 그리고 몇 초쯤 침묵이 흘렀다. 드디어 기절한 건가 싶어서 불안해졌을 즈음, 녀석은 겨우 고개를 들었다. 그 얼굴에서는 표정을 찾아볼 수 없었지만 두 눈은 금방이라도 울 것처럼 촉촉했다.

"넌 누구지……?"

아스트랄 카무이는 느닷없이 심플한 질문을 던졌다.

'별난 놈이네…….'

고타로도 심플하게 생각했다. 첫인상부터 이상한 녀석이라고 생각하기는 했지만, 결국 정말 이상한 놈이었다.

나쁜 녀석은 아닌 것 같았고, 불쾌한 녀석도 아니었다. 아마도. 그건 고타로도 느낄 수 있었다. 이 녀석은 그냥, 뭐 어떻게 할 수 없을 정도로, 아주 이상한 녀석이다. 엮이기 싫었다. 이상한 녀석하고 엮이면 귀찮은 일에 말려든다. 나한테도 사정이 있다. 피할 수 있다면 반드시 피하고 싶다. 애초에 녀석을 상대해야 할 이유도 없다.

"난 니시우리 우레타로."

고타로는 아스트랄 카무이를 바라보며 은근슬쩍 가명을 댔다. 자기 입으로 말하면서도 어설프기 짝이 없는 네이밍 센스였지만, '아스트랄 카무이'보다는 나은 것 같다.

"니시우리 우레타로……."

"그래. 그 수박은 너 줄게. 그럼 이만!" 고타로는 몸을 돌려 크게 한 걸음을 내디뎠다. 그대로 자리를 뜨려고 했다. 하지만 뒤통수를 잡아끄는 필사적인 목소리가 들려 자신도 모르게 뒤를 돌아봤다.

"잠깐만! 니시우리 우레타로! 치, 친구가 되어줄래?"

아스트랄 카무이는 고타로를 보고 일어나려다 비틀거렸다. 고타로를 쫓아오려 하고 있었다. "나도 친구가 있으면 좋겠어! 친구와 함께 평생 한 번뿐인 청춘을 즐기고 싶어!"

하지만 아스트랄 카무이는 일어나지 못했다. 큼지막한 수박을 두 손으로 꼭 안고 있었고, 치렁치렁한 옷이 물에 푹 젖어 온몸에 찰싹 달라붙어 있었기에 마음처럼 몸이 움직이지 않는 것 같았다. 신발도 없이 양말만 신고 있었기에 젖은 돌을 밟고 미끄러지다, 결국 "으악!" 하고 강바닥에 엉덩방아를 찧었다. 사방으로 물이 촤악 튀었다.

그래, 힘내라. 고타로는 다시 몸을 돌렸다. 아스트랄 카무이를 이곳에 남겨두고 홀로 먼저 걸음을 옮겼다. 조금 안쓰럽다는 생각도 들었지만 그렇다고 계속 여기 있을 수도 없었다. 덥고 졸린 건 물론이거니와 딱히 여유 시간이 있는 것도 아니었다. 오늘 안에 마쳐야 할 일들도 많아서 좌우지간 집에 돌아가야 했다.

"기다려! 이봐! 이봐!"

고타로는 아까 버려둔 자전거를 풀숲에서 꺼내어, 돌계단을 오르기 위해 한 팔로 짊어졌다. 마지막으로 돌아봤다.

흠뻑 젖은 차림으로 커다란 수박을 품에 안은 아스트랄 카무이는 여전히 강에서 탈출하지 못한 상태였다. 큰 소리로 열심히 고타로를 부르며, 새빨갛게 빛나는 석양을 등지고 있었다. 그 모습은 너무나도 청춘 그 자체였다.

고타로는 자신도 모르게 웃음을 터뜨렸다. 자전거를 어깨에 짊어진 채 몸을 구부리며, 저녁노을을 받아 붉게 물든 얼굴을 잔뜩 구기면서 있는 힘껏 웃었다.

"아하하하하하!"

너 지금 이 세상의 누구보다 청춘을 즐기는 것처럼 보여. 지금, 이 순간은, 그야말로 청춘이라고. 여기는 고시엔이 아니고, 전국 일주 중인 도로도 아니고, 이세계도 아니야. 너에게는 유카타를 차려입은 여자친구도 없고, 인싸들을 박멸하자고 맹세한 동지도 없지만, 그래도 너는 청춘이야. 틀림없어.

"잘됐네!"

"어?"

"청춘 말야!"

오예! 그러쿤 빈손을 처올리며 크게 흔들었다.

아스트랄 카무이는 갑자기 조용해졌다. 웃음이 아직 멈추지 않는 고타로를 바라본 채, 시간이 멈춘 것처럼 우두커니 서 있었다.

금색으로, 주황색으로, 보라색으로, 초록색으로, 분홍색으로, 파란색으로, 하늘에서 쏟아지는 갖가지 색깔의 빛이 온몸을 선연하게 물들여갔다. 윤곽만이 붉은빛으로 빛났다.

몸을 돌려 그 자리를 뜬 뒤에도, 다시 혼자 자전거를 타고 페달을 밟는 동안에도, 이내 하늘이 어두워지기 시작했을 때도, 고타로의 가슴 안쪽에서는 빛의 여운이 일렁거렸다.

아스트랄 카무이는, 청춘의 한복판에 있다.

✦

와타나베 유타가 나타났다.

2학기가 시작되고 며칠이 지나, 여름방학의 여운도 점차 가라앉은 교실 한가운데에서 고타로는 제 눈을 의심했다.

하지만 녀석은 아무리 봐도……

한 학년의 여덟 학급 중 이과반은 두 개였다. 2학년 8반은 그중 하나로, 고타로의 자리는 교실 거의 한가운데였다. 교탁 가장 앞줄에서 네 번째 자리.

그곳은 소위 '지뢰' 자리였다. 무엇보다 교탁에 선 교사의 시야 한

가운데라 졸음, 부업, 스마트폰, 도시락 까먹기 등 각종 비합법적인 활동을 할 때 필연적으로 발각될 위험이 항상 최대 수준으로 높았다. 하지만 지금 상황에서 그 자리는 그렇게까지 나쁘지 않았다. 이유는 하나, 고타로 바로 앞자리에 앉은 위장부偉丈夫 오야마 덕분이었다. 190센티미터를 거뜬히 넘는 키에 0.1톤의 육중한 몸. 전교에서 제일가는 거구를 자랑하는 그의 뒷모습은 드높은 장벽이라 해도 과언이 아니었다. 유사시에는 그 믿음직스러운 육체의 그늘에 몸을 숨길 수 있었다.

그리고 지금이 바로 그 순간이었다.

"그럼 와타나베 유타 군. 간단히 자기소개를 해줄래?"

"아, 네."

'뭐야⋯⋯?'

고타로는 연신 눈을 깜빡이며 시력에 이상이 없다는 걸 확인했다. 한마디로 이 상황이야말로 비정상이라는 걸 이해했다. 새어 나올 것 같은 목소리를 간신히 삼켰다. 순간적으로 몸을 웅크리고 극한까지 몸을 낮춰 오야마의 등 뒤에 숨었다. 이러고 있으면 저쪽에서는 내 모습이 안 보이겠지. 잘하고 있어, 오야마. 정말 거대하다, 오야마. 사랑해, 오야마. 하지만 왜지? 왜 이 축복받은 신체 조건으로 얌전히 장기부 활동이나 하는 거지, 오야마? 스모를 하는 게 나을지도⋯⋯. 음, 현실 도피는 그만두자.

"어, 와타나베, 유타라고 합니다. 저기, 어디서 왔는지도 말할 수 없고, 언제까지 있을지도, 어, 말 못 하는데."

살짝 몸을 기울여, 고타로는 오야마의 그늘에서 교단의 분위기를 살폈다. 결혼 적령기를 넘긴 중년의 독신 담임 고마다의 안쓰러울 정도로 여윈 몸 옆에 우두커니 서 있는 저 녀석. 패기 없는 얼굴로 두서없는 말을 중얼거리는 녀석. 역시, 아무리 봐도.

'아스트랄 카무이잖아……!'

큰일이다. 그날, 저녁노을에 물든 강가에 남겨두고 온 별난 녀석이, 어찌 된 영문인지 이곳에 있었다. 어째서인지 지금, 이 교실 교단에 서 있었다.

고마다의 설명에 따르면 '와타나베 유타'는 전학생이 아니라 유학생이라고 했다. 부모님은 모두 일본인이고 자신도 일본 국적을 가졌지만, 가정 사정이 있어서 아시아 각국을 떠돌았고, 지금까지 모국인 일본에서 교육받을 기회가 없었다고. 이 지역에 일본식 교육을 체험할 수 있는 유학생 프로그램이 있는 걸 우연히 보고는 의지를 굳게 다져 부모님 곁을 떠나 참가하러 왔단다. 언제까지 있을지는 아직 안 정해졌으며, 부모님의 사정에 따라 달라진다고 했다.

하지만 녀석의 겉모습은 그날과 전혀 달랐다. 인상에 남던 긴 머리는 짧게 잘랐고, 외모의 장점을 무자비하게 무효화할만큼 촌스러운 할아버지 안경을 끼고서 반소매 하복을 입고 있었다.

하지만 고타로는 알아봤다. 구부정하게 선 모습, 가녀린 몸, 목소리의 느낌, 말투, 그리고 무엇보다 존재하는 것만으로 자연스럽게 새어 나오는 멍한, 독특한 분위기.

녀석은 분명히 아스트랄 카무이였다.

"저는 이 학원에서 '청춘'을 즐기고 싶고……."

저거 봐!

답이 나왔다. 정답! 하지만 정답을 맞춰도 이렇게나 기쁘지 않다니. 게다가 이곳은 그냥 공립고등학교다. 그리고…….

'들키면 안 돼……!'

고타로는 오야마의 거구 뒤에서 더욱 몸을 웅크렸다. 어째서인지는 모르지만 아스트랄 카무이는 고타로와 친구가 되기를 원했다. 웃기지 말라 그래. 무슨 일이 있어도 거절한다. 만일 저런 이상한 녀석에게 친구로 인식된다면 앞으로 어떤 성가신 일에 말려들지 모른다. 어쨌든 죽을힘을 다해 회피해야 한다. 어떻게든 도망쳐야 한다. 학교생활이라는 안전지대를 지켜내야 한다.

'나는 평범하게, 어디까지나 무난하게, 일개 남고생으로 느긋하고 즐거운 고등학교 생활을 평화롭게 보내고 싶다고! 날 알아보지 마! 날 떠올리지 마! 부탁이야! 제발! 제발 부탁……!'

튀는 것을 거부하는 일본인의 마음이 그렇게 시켰을 것이다. 자연스레 고타로가 두 손을 모으고 머리를 숙이며 강하게 염원한 순간, "에취!" 하고 귀여운 소리가 났다. 오야마가 재채기하는 소리였다. 거대한 장벽이 앞으로 기울며, 고타로의 전방이 확 트였다.

"앗!"

세상에 신은 존재하지 않는가. 와타나베, 아니, 아스트랄 카무이가 외마디 소리를 쳤다. 교단에서 똑바로 고타로를 내려다보며 손가락질했다. "니시우리 우레타로! 니시우리 우레타로 아냐!"

고타로는 말없이 쓰윽 옆으로 움직였다. 녀석의 손가락 끝이 쓰윽, 오야마의 뱃살을 관통해 따라왔다. 고타로는 이번에는 반대 방향으로 쓰윽 몸을 움직였다. 쓰윽, 이번에도 손가락 끝이 오야마의 뱃살을 뚫고 따라왔다. 아스트랄 카무이가 씩 웃었다.

"엄청난 우연이네! 니시우리 우레타로!"

"그런 재미있는 이름을 가진 사람은 이 반에 없는데. 저 친구는 기시마 고타로라고 하거든."

옆에서 고마다가 끼어들었지만 카무이는 아랑곳하지 않았다.

"아니, 니시우리 우레타로야! 틀림없어! 내 친구야! 우리 친구 하기로 했어!"

친구 안 했거든! 반사적으로 반박할 뻔했지만 꾹 참았다. 동요를 숨기고 시치미를 뗐다. 반 아이들은 "뭐?" "니시우리…… 뭐라고?" 하고 웅성거렸지만, 고타로는 그 역시 무시했다. 저런 녀석 모른다, 나는 상관없다, 모두 그의 착각이라고 끝까지 우기겠다.

"어, 못 알아보는 건가? 니시우리 우레타로, 나야! 그, 수박 줬던, 아스트…… 아, 와타나베! 얼마 전에 그 다리에서, 그, 나라고, 나, 아스트, 아…… 와타나베! 처음이지만 처음은 아니잖아! 나야, 나!"

와타나베, 아니, 아스트랄 카무이는 자기 얼굴을 가리키고 난리를 치면서 강렬하게 자기를 어필했다. 우수한 인공지능이라면 진작 사기라 판단해 경찰에 신고했으리라.

그래도 강철 같은 의지로 꿋꿋이 무시하는 고타로와 상관없이, 반 아이들의 웅성거림은 더욱 번져갔다. "뭐야, 왜 저래?" "니시우리 우레타로라는 건 고타로를 말하는 거야?" "대체 무슨 소리야?" "가명?" "왜?" "고타로, 무슨 짓을 한 거야?"

"야야, 너 가명 쓴 거야? 게다가 우레타로라니." 사이온지가 대각선 앞쪽에서 일부러 돌아보며 놀림조로 말을 걸었다. 자랑스럽게 여기는 버섯 머리를 흐트러뜨리며 히죽거렸다.

"센스하고는…… 풉." 대각선 뒤쪽에 있는 늘 과묵한 야오치까지 멋진 목소리로 다짜고짜 나지막하게 웃음을 터뜨렸다.

웅성거리는 분위기 속에서 아스트랄 카무이가 표정을 바꿨다.

"가명? 니시우리 우레타로가 가명이라고? 설마, 그럴 리 없어! 니시우리 우레타로는 가명을 댈 녀석이 아냐! 그렇지, 니시우리 우레타로! 넌 니시우리 우레타로지! 난 니시우리 우레타로를 믿어!"

얼빠진 이름을 연발하자 분위기는 한층 달아올랐다. 모두 고타로를 보고 손가락질하며 낄낄댔다. 뭐라고 귓속말을 하는 여학생들도 있었다. 고타로를 힐끗 보더니 수군수군, 꺄하하! 웃음소리는 교실 안에 퍼져갔고, 이내 수습되지 않는 지경에 이르렀다.

'젠장, 치욕적이야……!'

더는 참을 수 없었다. 고타로는 벌떡 일어나 힘껏 손가락질했다.

"너야말로 가명이잖아! 와타나베는 무슨! 네 이름은 아스트랄 카무이잖아!"

"앗!" 고타로의 갑작스러운 규탄에 녀석은 고개를 젖히며 전율했다. 파르르 떨리는 입가를 한 손으로 막으며 비틀거리더니, 교탁을 붙잡고 간신히 몸을 가눴다. 새로운 목소리들이 웅성거리기 시작했다. "아스트랄……?" "카무이……?" "그게 뭐지……?"

고타로는 의기양양한 표정으로 고개를 끄덕였다. 어때, 신경 쓰이지? 다들 한마디씩 하고 싶지? 나도 그랬거든!

"무, 무슨 짓을 한 거야……! 그건 말하면 안 된다고! 설정이 어긋난다고! 아, 아냐! 설정 같은 건 없어! 없고, 절대 가명이 아냐!"

"아니, 가명이야! 넌 와타나베가 아니야!"

"아니야! 가명이 아냐! 난 와타나베가 아냐!"

"그래, 넌 와타나베가 아냐!"

"그래, 난 와타나베가…… 음? 어?"

"신기한 우연이네! 나도 니시우리 우레타로가 아냐!"

"뭐라고?" 쿵! 아스트랄 카무이는 충격을 받은 나머지 엉덩방아를 찧었다. 고타로는 심술궂은 미소를 지었다. 꼴좋다.

"시, 실망이야……! 니시우리 우레타로……!"

"그러니까 아니라고 했잖아!"

"어떤 사람한테든 가볍게 가명을 대면 안 되지!"

"그러니까 너도 마찬가지잖아! 실망했으면 나하고 친구 하겠다는 것도 포기해!"

"싫어, 절대로 포기 안 해!"

"그러니까 안 된다고! 포기해!"

"나는 절대로, 절대로 포기 안 해! 너는 이미 내 친구야!"

"이제 눈치 좀 채라고! 친구하기 싫으니까 가명을 댔겠지!"

"알았어! 그렇게 해. 가명이라도 상관없어. 마음대로 말해! 난 괜찮으니까!"

"그러니까 내가 안 괜찮다니까? 그만 포기하고 다른 친구 찾아!"

"싫어, 너야!"

"그러니까!"

"난 네가 좋아!"

"그러……."

"이런 데서 절대 포기 안 해!"

"그……."

"나는 무슨 일이 있어도 소원을 이룰 거야! 소원은 반드시 이뤄야만 해! 반드시!"

"우웩!" 자신의 의도와는 다르게 흘러가는 상황에 고타로는 가벼운 구역감을 느꼈다. 뭐야, 왜 이렇게까지, 대체……. 아스트랄 카무이의 희한한 고집에 대항할 기력도 없어서 힘없이 의자에 털썩 앉았다. 거한의 등 뒤로 일시 후퇴하고 말싸움에 졌다는 패배감에 싸여 머리를 감싸 안았다. 이렇게 된 이상 인간의 가청可聽 영역을 벗어나는 주파수로 서글프게 신음할 수밖에 없다. 아, 정말 이상한 녀석이야…….

한 여학생이 쭈뼛거리며 한 손을 들었다.

"선생님, 전학생 이름이 와타나베라는 건 가명인가요?"

고마다는 교단 위에 주저앉은 채로 있던 아스트랄 카무이를 부축해 일으켜 세우며 웃는 얼굴로 말했다.

"아하하, 아냐. 그럴 리 없잖아. 그렇지? 와타나베가 맞지?"

하지만…… 아스트랄 카무이는 대답하지 않았다. 시치미를 떼며 손으로 바지를 툭툭 털더니, 삐뚤어진 안경을 쓱 올렸다.

"어? 와타나베? 와, 와타나베……?"

"네?" 녀석은 이름을 재차 불리고서야 놀란 듯 고마다의 얼굴을 다시 바라보았다. 자신을 부르는 걸 그제야 알아챘는지 황급히 고개를 끄덕였다. "아, 네."

"와타나베 맞지?"

"네?"

"어? 와타나베가 맞는 거지?"

"아, 네."

한없이 수상했다.

파도가 빠져나가듯 교실의 웅성거림이 잠잠해졌다. 방금까지 웃고 있던 반 아이들도 곳곳에서 고개를 갸웃거렸다. 애초에 유학생인데 일본인이고 언제까지 있을지 모른다는 데다 어디서 왔는지 밝히지도 않고……. 이상한 게 한두 개가 아니었다. 교실에 이 녀석이 나타난 뒤로 모두의 머리 위에 물음표가 떠올라 있었다. 어떤 존재고 어떻게 대해야 할지 모두 이해하지 못했던 것이다. 게다가 본명은 아스트랄 카무이일지도 모른다니. 아니, 본명이 아스트랄 카무이라니……. 이제 완전히 뭐가 뭔지 모르겠다. 놀려도 되는지조차 가능할 수 없었다. 2학년 8반에 미묘한 분위기가 정적과 함께 내려앉으려던 순간이었다.

"이 자리는 일단 우리에게 맡겨주게나!"

벼락처럼 날카로운 목소리가 얼어붙은 분위기를 깨뜨렸다. 와타나베渡辺였다.

"단 두 가지 질문으로, 전학생이 진짜 와타나베인지 아닌지 분명히 알 수 있어."

와타나베渡邊였다.

"캬하! 저 녀석은 이 몸의 사냥감이야!"

와타나베綿鍋였다.

자리에서 일어난 건 모두 세 명. 가장 특징 없고 흔한 한자를 써서

'베이직'이라고 불리는 와타나베, 옛날 한자를 쓰는 와타나베, 그리고 독특한 한자를 쓰는 와타나베 얼터너티브였다. 어찌 된 일인지 이 반에는 이미 세 명의 와타나베가 있었다.*

"캬하! 모조리 벗겨주마! 이름을!"

신이 나서 혀를 날름거리는 건 와타나베 중에서도 가장 잔인한 성격에 호전적인 와타나베 얼터너티브였다.

"와타나베 체크 첫 번째 문제! '와타나베'라고 읽는 성은 몇 가지의 한자 표기가 있을까? 자, 대답해! 캬하하하!"

"하, 한자? 몇 가지……?" 느닷없는 질문에 아스트랄 카무이는 동요하며 자신 없이 답했다. "다섯 가지…… 쯤?"

'아니, 더 많다고!'

고타로는 반사적으로 그렇게 생각했다. 그 생각이 표정으로 드러난 걸까. 오야마의 거대한 몸 뒤에서 삼 분의 일쯤 삐져나온 고타로의 얼굴을 힐끗 보고, 아스트랄 카무이는 대답을 바꿨다.

"백 가지!"

'아니, 그건 너무 많고!'

얼간이 특유의 극단적인 방향 전환이었다. 그 대답을 들은 와타나베 얼터너티브의 두 눈이 요사스레 빛났다. 쑥 내민 혀가 프로펠러처럼 회전했다. 위험하다. 무서워. 주변 여학생들이 덜컹거리며 책상을 옮겼다.

---

* 일본에는 같은 발음으로 읽는 성씨라도 한자 표기는 다른 경우가 있다. 본문에 등장하는 '와타나베'라는 성씨의 경우, 몇십 종의 서로 다른 한자 표기법이 있다고 한다.

"이제 그만해! 얼터, 물러나 있어!"

익숙한 손놀림으로 손가락을 딱, 팅기며 흥분한 얼터너티브를 제압한 건 옛날 한자 표기의 와타나베였다.

"두 번째 질문은 내가 할게." 와타나베는 차분한 태도로 윤기가 흐르는 긴 포니테일을 뒤로 넘기며 단상의 아스트랄 카무이를 똑바로 바라보더니, 이어서 질문을 던졌다. "대답해 보겠니? 지금까지 별명이 뭐였는지."

"벼, 별명? 아, 그게…… 저기, 뭐라고 할까……. 딱히 그런 건 없었고, 그냥, 와타나베라고……."

"어머나, 어머나!" 옛날 한자 와타나베는 한쪽 눈썹을 치켜뜨며 짝짝짝 낭랑하게 손뼉을 쳤다. 그러고는 베이직 와타나베를 향해 힐끗 시선을 던졌다. 베이직은 훗 하고 얼터너티브를 보았고, 얼터너티브는 "캬캬" 하며 옛날 한자 와타나베를 보았다.

"드러났군. 진실이……." 리더 격인 베이직 와타나베가 나지막이 중얼거렸다. 그뿐이었다. 세 명의 와타나베는 상의도 없이, 일제히 아스트랄 카무이를 가리키며 이구동성으로 말했다. 저 녀석은…….

"가짜다!"

"뭐? 정말?"

누구보다 크게 외친 건 고마였다. 학생들도 모두 술렁거렸지만, 고타로는 이제 놀라지도 않았다. 그러니까 저 녀석은 아스트랄 카무이라고 아까부터 말했잖아.

베이직 와타나베의 설명에 따르면, 첫 번째 질문의 정답은 두 종류라고 한다.

"세상에는 두 종류의 와타나베밖에 없다. 나와 같은 와타나베, 나와 같지 않은 와타나베. 와타나베들은 모두가 그렇게 생각하지."

"캬캬!"

얼터너티브도 고개를 끄덕였다. 옛날 한자 와타나베가 계속했다.

"그리고 와타나베들은 모두, 고대부터 한 명도 빠짐없이 '나베'라는 별명으로 불려왔어. 이게 두 번째 질문의 답이야."

"캬하!"

얼터너티브도 고개를 끄덕였다. 와타나베가 너무 많아서 지금은 저마다 다르게 불리고 있지만, 이 와타나베도, 저 와타나베도, 그 와타나베도, 개별적으로는 모두 나베일 뿐이라는 건가. 실화냐고. 고타로나 다른 학생들은 완전히 납득하지 못한 것 같았지만.

"큭……!"

세 명의 와타나베가 단호하게 가짜 판정을 내리자, 아스트랄 카무이는 나름대로 충격을 입은 것 같았다. 슬금슬금 뒷걸음질 치다 칠판에 등이 부딪혔다. 이제 어쩔 거지? 이대로 꼬리를 내리고 도망칠 건가? 고타로가 오야마의 뒤에 숨어 사태의 추이를 몰래 지켜보는 가운데, 아스트랄 카무이는 고육지책인지 바지 뒷주머니에서 두툼한 수첩 같은 것을 꺼냈다. 팔락팔락 넘기는 페이지에는 사전처럼 세로로 인덱스 스티커가 붙어 있었다. 이내 손을 멈추고 펼친 페이지에 눈이 튀어나올 정도로 얼굴을 가져다 대고 손가락을 움직여 글자를 찾더니, 종이에 적힌 게 분명할 문장을 읽기 시작했다.

"제 이름은 와타나베 유타입니다. 아스트랄 카무이는, 집에서 부르는 애칭 같은 것입니다. 의미는 없으니 여러분, 잊어주십시오."

그런 이름을 어떻게 잊어! 학생들 모두의 마음이 하나가 되었다.

"이제 그만!"

충격에서 벗어난 고마다가 그제야 사태를 수습하러 나섰다. 이마로 흘러내린 앞머리를 그대로 둔 채 애써 웃으며 아스트랄 카무이의 어깨를 껴안았다. 마치 담임인 척. 아니, 담임이 맞지만. 고마다는 밝은 목소리로 학생들에게 말을 걸었다.

"다들 이제 그만하자. 이 친구는 와타나베 유타일지도 몰라. 아스트랄 카무이일지도 모르지. 둘 다 아닐지도 모르고. 둘 다일 수도 있지. 상자를 열어보기 전까지 고양이의 생사는 아무도 알 수 없어. 그게 바로 양자역학이자 코펜하겐 해석이야. 답은 모두 여러분의 마음속에 있어. 벗이여, 전자는 바람 속에서 나부끼며 관측되기를 기다리고 있다네. 누가 한 말이게? 밥……."

누구인지 알지? 그런 표정으로 고마다는 동작을 멈추고 귀에 손을 대고서 청중들의 대답을 기다렸다. 짜증이 치솟았지만 몇몇 학생들이 "아저씨" "말리" "스펀지" 하고 대답했다.

"땡, 땡, 땡. 다 틀렸습니다. 정답은 밥 딜런입니다."

이게 다 무슨 소리냐고! 다시 모두의 마음이 하나가 되었다.

"시간 낭비야!"

물어뜯는 듯한 날카로운 목소리에 느슨했던 분위기가 단번에 바뀌었다. 지바 도모에였다.

누군가가 싸늘하게 "또 시작이군" 하고 중얼거리는 가운데, 도모에는 제일 앞줄에서 벌떡 일어나 고마다의 눈앞에 섰다. 반듯하게 자른, 진저리가 날 정도로 아름다운 검은 머리카락이 어깨에서 흘러내렸다.

"조회 시간이 너무 길어서! 다음 수업 준비에 지장을 주거든요! 그리고 '저거'!" 도모에는 아스트랄 카무이와 얼마 떨어지지 않은 자리에서 그를 똑바로 가리켰다. "거치적거리거든요?"

아스트랄 카무이는 "웅? 뭐가?" 하고 태평하게 뒤돌아 등 뒤의 칠판을 보았다. 친절한 앞자리 학생이 "너 말이야" 하고 가르쳐주자, "나?" 하며 입을 떡 벌리고 얼어붙었다. 충격을 받은 모양이었다. 도모에는 물론 아랑곳하지 않았다. 왜냐하면 그것이 도모에니까.

'아아…….'

고타로는 오야마의 그늘에서 빼꼼 얼굴을 내밀고 흥분한 도모에의 뒤통수를 바라보았다. 머리 위로 커다랗게 '분노' 마크라도 떠올라 있는 것 같았다. 뭐, 그렇겠지. 네가 가만히 있을 리 없지. 평화롭게 그냥 넘어갈 리가 없지. 하고 싶은 말은 꼭 해야 하잖아.

"'저거', 거부할 수 없나요? 왜 하필이면 이 반에서 저런 영문 모를 이상한 녀석을 받아야 하죠? 전 공부에 방해받는 건 죽어도 싫은데요! 쓸데없는 소음에 집중이 흐트러지는 건 절대 용납 못 하거든요! 만에 하나 제 성적이 떨어지기라도 하면 누가 책임지는데요? 보장해 줄 수 있나요? 그게 아니면 '저거'는 다른 반에서나 받아주라고 하세요! 이 반에는 제가 있으니까요! 입학한 뒤로! 모든 주요 과목에서! 전교 1등을 놓치지 않는! 제가요!"

미친 공붓벌레 같으니. 고타로의 뒤에서 누군가가 작게 내뱉었다. 징그러워. 자기가 뭔데? 닥쳐. 네가 다른 반 가면 되잖아. 싸늘한 목소리가 차례차례 날아들었다. 1고도 떨어진 비겁자 주제에…….

고타로는 턱을 괸 채 말없이 그대로 앉아서 그저 도모에의 뒤통수를 바라보았다. 도모에는 흥 하고 우아하게 머리카락을 넘기고는 아랑곳하지 않고 자리에 앉았다. 욕을 듣든 말든 상관없었다. 도모에는 꿈쩍도 하지 않았다. 왜냐하면 그게 도모에니까.

교단의 고마다가 두 손에 출석부를 들고 부채처럼 부치며 미묘한 분위기를 일소했다. "자자, 진정하자. 자, 일단 와타나베……."

오우! 하고 베이직 와타나베가 대답했다. 옛날 한자 와타나베는 쓱 하고 살짝 손을 들었다. 얼터너티브는 "캬하!" 하고 외쳤다.

"아니, 너희 말고, 분위기 파악 좀 하자? 알면서 왜 그래. 그나저나 와타나베가 많긴 하네, 네 명이나…… 아니, 그럼 아스트랄?"

"캬하하하!"

"아니, 너는 얼터너티브잖아. 혀 집어넣고. 새로 온 우리 친구는 헷갈리니까 카무이라고 하자. 별명이니 그렇게 불러도 되지?"

아스트랄 카무이, 줄여서 카무이는 "뭐, 별명이라면" 하고 고마다의 말에 고개를 끄덕였다.

"좋아. 그럼 카무이, 일단 자리에 앉자. 네 자리는 저기야. 창가 제일 뒷줄에 책상하고 의자가 있으니까…… 어? 카무이, 어디 가니?"

카무이는 고마다가 가리키는 방향은 거들떠보지도 않고, 고개를 숙인 채 멋대로 단상에서 내려갔다. 그대로 성큼성큼 책상 사이를 지나 주저 없이 똑바로……

"내가 거치적거린…… 다고. 하아……." 고타로의 자리로 다가와 왼쪽에서 쓱 밀었다.

"뭐? 뭐야?"

녀석은 의자에 앉은 고타로의 몸을 옆으로 밀었다. 고타로의 엉덩이가 움직여 의자에 빈 공간이 생기자, 녀석은 남은 의자의 왼쪽 절반에 자신의 엉덩이를 억지로 밀어 넣었다.

"잠깐! 왜 이래!"

자리 하나를 반씩 나눠서 둘이 같이 앉는 모양새가 되었다. 고타로로서는 당연히 이런 상황을 납득할 수 있을 리 없었다.

"너 진짜 뭐 하는 거야? 자기 자리로 가!"

"청춘…… 제법 험난하네. 만만치 않아…….'"

"붙지 말라고, 좁아 죽겠는데! 썩 꺼져!"

"거치적거린다, 거치적거린다라……. 하…… 같이 노력하자."

"아니, 난 노력 안 해! 아니, 지금 네가 제일 거치적거린다고 생각하는 사람이 바로 나거든! 선생님! 선생님! 얘 좀 보세요!"

"좋아. 그럼 누가 카무이의 책상하고 의자를 기시마 옆자리로 가져다주렴."

"아니, 이 녀석을 저쪽으로 데려가라고요! 야, 하지 마! 책상 가져오지 말라고!"

✦

요컨대, 귀찮은 녀석의 돌봄 담당으로 임명된 것이다.

"아, 왔다." "왔어?"

점심, 안뜰의 화단 옆. 뒤늦게 나타난 고타로를 보고 사이온지와 야오치가 손을 들었다. 두 사람이 앉은 콘크리트 바닥에 털썩 주저 앉으며 고타로는 그제야 한숨을 돌렸다.

"하아……."

언제나 이들은 이곳에서 점심을 먹었다. 아직 날이 더웠고 햇살도 강했지만, 화창한 푸른 하늘을 보니 속이 뻥 뚫리는 것 같았다.

"겨우 따돌렸어."

"수고했어." 맞은편에 앉은 사이온지가 박수를 쳤다. 야오치는 편의점 비닐봉지를 뒤져서 "자" 하고 작은 초콜릿을 하나 던졌다. 고타로는 날아온 초콜릿을 잡아서 고개를 꾸벅한 뒤 바로 먹었다. 콩고물 맛을 우물우물 음미하는 얼굴을 예의상 야오치에게 보여주자 징그럽다는 대답이 돌아왔다. 책상다리를 하고 앉은 무릎 위에 어머니가 만들어준 도시락을 펼쳤다.

사이온지는 야오치를 향해 입을 크게 벌리고 "나도 줘, 야오치. 아!" 하고 아기 새 시늉을 했지만, 야오치는 "안 줘" 하고 가차 없이 거절했다. "너무해, 편애하고." 가엾은 광대버섯 머리는 불만스레 입을 삐죽였지만, 고타로는 당연한 일이라 생각했다. 이곳에서 공짜 초콜릿을 먹을 권리가 있는 건 자신뿐이다. 왜냐하면 정말 고생했기 때문이다. 아니, 초콜릿 하나로 해결될 일이 아니다. 반 전체의 도시락에서 메인 반찬을 징수해도 부족하지 않을 정도다. 물론 다 못 먹으니까 진짜로 그럴 생각은 없었지만, 그럴 권리가 생겨도 이상하지 않을 만큼 고타로는 큰 고생을 했다.

물론 원인은 그 녀석, 카무이다.

아침, 고타로의 왼쪽 옆으로 옮긴 책상을 카무이는 고타로의 책상과 딱 붙였다. 고타로는 책상을 떼려고 했지만 카무이는 끈질겼다. 포기를 몰랐다.

"책상은 왜 붙이는데! 진짜 그만하라고! 좁다고!"

카무이는 굴하지 않았다. 고타로의 얼굴을 왼쪽 옆에서 들여다보고 밀어낸 책상을 다시 붙이며 그저 "하하!" 웃었다. 새빨간 뺨과 귓불로, 안경 너머의 눈을 선처럼 가늘게 뜨고, 어깨를 한껏 웅크린 채. 대체 무엇이 이 녀석을 이토록 들뜨게 한 것인지 고타로는 도무지 알 수 없었다.

딱 붙은 책상을 밀어내지도 못한 채 이내 수업이 시작됐다. 그 후로 완전히 한 쌍 취급을 받았다. 각 과목 교사들은 "어, 못 보던 얼굴이네! 네가 풀어봐!"라며 전학생을 지명했다. 카무이는 "네!" 하고 손을 번쩍 들고 벌떡 일어나 힘차게 "모르겠습니다!" 하고 외쳤다. 반 아이들이 자지러지는 가운데, 교사들은 "그럼 기시마!" 하고 고타로를 호명했다. 오전 중에는 계속 이런 일이 반복됐다. 뭐가 "그럼"이냐. 당하는 사람 생각은 안 하나? 결국 모든 과목 선생들은 맥락도 없이 "그럼!"을 연발했고 그 공격을 당할 때마다 고타로의 생명력은 조금씩 깎여나갔다. 오야마의 등 뒤에 숨는 것도 더는 불가능했다. 책상을 억지로 붙여놓아서 오야마의 바로 뒤가 두 책상의 경계선이 되어버린 것이다. 이런 상황이니, 그토록 믿음직스러웠던 거대한 덩치는 그저 대각선 전방의 시야에서 거치적거리는 덩어리에 지나지 않게 되었다. 이제 전처럼 오야마를 사랑할 수 없었다.

수업이 끝나자 본격적인 민폐가 시작됐다. 사물함에서 교과서를 꺼내 복도로 나가자 카무이가 고타로 뒤에 딱 붙어서 따라왔다.

"여기가 사물함이군."

이동 수업 때도 등 뒤에 딱 붙어서 따라왔다.

"여기가 실험실이군."

뭐, 첫 등교니까 어쩔 수 없기는 했다. 이건 넘어가자. 넘어갈 수 없던 건 화장실까지 딱 붙어서 따라왔을 때였다.

"여기가 화장실이군."

그렇다. 고타로는 누가 보고 있으면 나올 것도 안 나오는 타입이었다. 고타로의 요도는 내성적이었다.

"아, 젠장. 정말 최악이야. 지옥 같았다고. 걔 때문에 한참 나중에 교실로 돌아갔더니 다들 왜 이렇게 오래 걸리냐고, 큰일 보고 온 거 아니냐고 그러고!"

"지옥? 너무 거창하네." 사이온지가 웃으며 고타로의 불평을 흘려 넘기자, 야오치도 고개를 끄덕였다. 고타로는 그러면 너희도 한번 당해보라고 말하고 싶었다.

"정말 큰일 보고 온 거 아냐? 앗!" 히죽거리며 자기 도시락을 펼친 사이온지는 밥 위에 펴두었던 김이 전부 도시락 뚜껑에 붙어 떨어진 걸 보고 힝 하는 서글픈 탄식을 흘렸다. 꼴좋다. 답답했던 속이 조금 뚫리는 것 같았다. 고타로도 오늘은 우연히 김 도시락이었지만, 밥 위에 펼쳐놓은 김은 예쁘게 제자리를 지키고 있었다.

"이거 봐라. 이게 평소 행실의 차이라고." 고타로는 김을 내밀며 씩 웃었다. 이겼다.

"입에 들어가면 어차피 다 똑같거든요."

"똑같지 않거든요, 밥과 김이 하나로 딱 붙어 있어야 김 도시락으로서의 가치가 있는 거거든요."

"쳇, 김 하나 가지고 잘난 척하기는……."

고타로와 야오치는 킥킥거렸다.

"잊지 마라, 고타로. 교실로 돌아가면 너는 또 킹 봄비*에게 붙잡힐 테니."

고타로의 얼굴에서 웃음기가 바람에 휘날리는 먼지처럼 흔적도 없이 싹 사라졌다. 분명 그렇지만, 그렇게 되겠지만, 굳이 밥 먹을 때마저 현실을 떠올리고 싶지는 않았다.

이곳에 이렇게 혼자 오기까지도 험난한 여정을 거쳐야 했다. 점심시간이 되자마자 고타로는 창밖을 가리키며 "저건 뭐지?" 하고 외쳤다. 카무이가 "뭔데, 뭔데!"라며 손이 가리키는 방향으로 고개를 돌린 틈을 타서, 고타로는 쏜살같이 교실을 뛰쳐나왔다. 거기서부터 돌아보지 않고 일사불란하게 사람들 그늘에 몸을 숨기며 복도를 지나, 동선을 위장하기 위해 쓸데없이 계단을 오르락내리락하며, 몇 번이고 길을 돌아 겨우 이곳까지 온 것이다. 하지만 사이온지의 말대로 이 평온한 한때도 오래 지속되지는 않을 것이다. 점심시간이 끝나면 녀석의 곁으로 돌아갈 수밖에 없었다. 저도 모르게 한숨이 다시 새어 나왔다.

"아니, 계속 걔가, 카무이가 달라붙어 있어서 제대로 얘기도 못

---

* 일본의 동화 모모타로를 소재로 삼아 철도 노선을 따라 목적지로 이동하는 게임 '모모타로 전철'에 등장하는 가난뱅이 신.

했는데. 이제야 차분하게 물어볼 수 있겠네." 뚜껑 안쪽에 달라붙은 김을 젓가락으로 벗겨내 입에 넣으며, 사이온지는 힐끗 야오치에게 눈짓했다. 야오치는 편의점 주먹밥을 한 손에 들고 끄덕이더니, 새삼스레 사이온지와 함께 고타로를 빤히 바라보았다. 대체 뭐지?

"고타로. 너 우리한테 뭐 숨기는 거 있지."

고타로는 흠칫하며 순간 숨을 삼켰다. 이상적인 타이밍에서 0.1 초쯤 늦게, 고개를 갸웃 꺾었다. 대체 무슨 소리냐는 것처럼. 왜? 뭐가? 라고 되묻는 것처럼.

"누가 봐도 이상하잖아. 카무이가 누군데 왜 저렇게 너한테 집착하는데? 가명이 어쩌고 하는 것도 무슨 소리인지 모르겠고. 너, 카무이랑 전부터 알던 사이 맞지? 왜 숨기는 거야?"

아니, 딱히 숨긴 적 없다. 그냥 말할 타이밍을 놓쳤을 뿐이다. 그렇게 말하려다 혀가 꼬였다. 야오치의 시선을 느꼈다.

"뭔데?" 듣기 좋은 목소리가 다시 물었다.

"아니…… 그게 아니라……." 고타로는 고개를 젓고는 살짝 웃으며 말을 이었다. "그래. 맞아. 카무이하고는 얼마 전에 한 번 마주친 적이 있어. 하지만 딱히 숨긴 건 아니고 말할 타이밍을 놓쳤을 뿐이야. 애초에 걔가 우리 학교로 전학 올 줄 전혀 몰랐으니까."

그래? 하고 묻는 사이온지에게 고개를 끄덕였다. 김 도시락을 크게 떠서 입에 넣고 우물거리며 자연스레 마음을 다잡았다. 좋아, 문제없어. 왜냐면 이건 '사실'이니까. 거짓말이 아니다. 카무이와 만났던 일은 비밀도 뭣도 아니고, 숨길 생각 같은 건 없었다. 정말 우연히 말할 타이밍을 놓친 것뿐이다. 신학기 초의 번잡한 분위기 속에서 녀석의 존재를 잊고 있었다는 게 사실에 가깝다. 애초에 다시 만나게 될 줄 상상조차 못 했다. 그리고 그 가명 이야기는 솔직히 하고 싶지 않았다. 이유는 오로지 하나였다. 자기가 적당히 둘러댄 가명이 너무나도 얼간이 같았으니까. 하지만 이렇게 된 이상 이제 죄다 털어놓는 수밖에 없었다. 고타로는 여름방학 막바지에 다리에서 카무이와 만난 일, 강에 빠진 카무이를 구한 일, 귀찮아서 가명을 댄 일을 두 사람에게 이야기했다.

"흐음, 그땐 가명을 써서라도 얽히기 싫었던 이상한 녀석이 그 카무이였다는 거지? 그럼 녀석이 너한테 비정상적으로 집착하는 건, 목숨을 구해준 은인이라 생각해서인 거야?" 사이온지는 팔짱을 끼고 납득한 것처럼 하늘을 올려다봤다.

"뭐, 그런 것 같기도 하고." 아니, 그건 모르겠고. 고타로는 긍정하지 못하고 우물거렸다. 애매하다. 카무이의 집착은 강에 빠지기 전, 처음 만난 순간부터 시작됐던 기분이 들기도 했다.

갑자기 사이온지가 폭소를 터뜨렸다. "으하하하하! 강에 빠진 걸 구해준 은인이라니, 완전 인어 공주 아니냐! 동화 그대로잖아? 낭만적이네! 기분 나빠!"

기분 나쁠 것까지는 없잖아. 고타로는 발끈했다.

"아냐……." 냉정하지만 단호한 부정의 목소리. 야오치였다.

고타로와 사이온지는 흠칫하며 동시에 돌아봤다. 야오치가, 쿨하고 근엄한 그 야오치가, 평소에는 몇 마디 하지도 않는 그 야오치가 지금 길게 말하려 하고 있다!

"동화에서 집착하는 쪽은 반인반어지. 지금 실제로 일어나는 일과는 정반대야. 강에 빠진 왕자, 그러니까 카무이는 자신을 구한 반인반어, 즉 고타로에게 일방적으로 집착하고 있어. 이 관계는 동화와는 완전히 정반대라고."

그 말이 맞았다. 맞기는 맞지만, 그게…….

사이온지가 음, 하고 젓가락을 물었다. "일단 인어 공주를 반인반어라고 부르지 말아줄래?"

"동감." 고타로는 가슴께에서 사이온지에게 손가락을 뻗으며 동의했다.

야오치는 그 손가락을 꾹 눌러서 직각으로 꺾었다. 억지로 자신의 얼굴을 가리키는 고타로의 귓가에 중저음의 목소리가 중후하게 울려 퍼졌다.

"이게…… 공주 얼굴이야?"

그건 그래! 사이온지와 고타로는 시선을 나누며 사이좋게 고개를 끄덕였다. 맞습니다. 그렇죠.

세 사람은 여느 때처럼 시시덕거리며 점심을 먹었다. 아직 여름의 기운이 남은 강한 햇살을 받으며 한가롭게 시간을 보냈다.

처음 알아챈 건 야오치였다. 세 개째 주먹밥을 먹고 있던 그는 갑자기 동작을 멈추더니 두 사람에게 눈으로 신호를 보내며 저걸 보라는 듯 턱을 까닥했다. 두 사람은 고개를 돌려 그쪽을 보고 나지막이 신음했다. 조금 떨어진 곳에 있는, 건물 벽 쪽 그늘에 위치한 벤치에 고개를 숙인 채 앉아 있는, 옅은 갈색 머리에 하얀 피부. 하복 셔츠가 낙낙하게 남는 마른 몸.

카무이였다.

언제부터 그곳에 있었을까. 이쪽을 알아챈 기색은 전혀 없었다.

"저런 곳에서 반인반어는 뭘 하는 거지……?"

"아니, 반인반어는 나라면서."

"아, 그랬지. 반인반어는 너지. 왕자는 저기서 뭐 하는 거지? 기운은 왜 저렇게 없어 보이지? 고타로가 떼어놓고 가서 그런가?"

"뭐? 그게 왜 나 때문이야."

"맞잖아. 완전 외톨이네. 좀 불쌍하다."

나보고 어쩌라고……. 고타로는 도시락을 내려놓고 상체를 틀어 카무이 쪽을 보았다. 벤치에 앉은 카무이는 몸을 웅크리고 고개를 푹 숙인 채 꼼짝도 하지 않았다. 뭔가를 먹는 것 같지도 않았다. 아까와는 분위기가 전혀 달랐다. 떨어져 있는 동안 무슨 일이 생긴 건지도 모른다.

하지만 나하고는 상관없지. 고타로는 그렇게 생각했다. 얼마나 힘들게 따돌렸는데. 아침부터 계속 따라다니는 카무이가 거치적거려서 참을 수가 없었다. 간신히 자유를 얻었으니 지금은 녀석에게 신경 쓰고 싶지 않았다.

그렇다. 그랬다. 그런데……. 그런데.

힘없이 고개를 숙인 모습이 수박을 안고 있는 것처럼 보였다. 하고 싶은 말을 제대로 못 하고 수박에 머리를 박는 것처럼. 결국 아무 말도 못 하고 수박에 얼굴을 묻는 것처럼 보였다.

그날, 내가 등을 돌리고 떠난 뒤에도 녀석은 저렇게 힘없이 고개를 숙이고 있었을까. 혼자, 홀로 남겨져서. 녀석이 부르는 소리에 대답해 주는 사람은 아무도 없는 채로…….

'그건 꼭⋯⋯.'

아니, 그만두자.

카무이에게서 눈을 뗐다. 사고를 억지로 중단시켰다.

그래, 됐어. 생각을 관뒀다. 내버려두면 된다. 내 알 바 아니다. 성가신 일에는 관여하지 않기로 했지. 학교생활은 평온하게, 무사히, 좌우지간 즐겁게 보내고 싶다. 그걸 원했잖아. 그래, 분명히 그랬다. 고타로는 스스로를 설득하며 도시락을 다시 들었다. 하지만, 역시, 시선이 또다시 카무이에게로 갔다. 카무이는 혼자 있었다. 이렇게 날이 화창한데, 저런 어두운 그늘에 있다. 먼 나라에서 여기까지 와서, 부모님과도 떨어져서, 등교 첫날에, 친구도 없이⋯⋯ 아.

아, 아아! 정말!

고타로는 크고 깊게 한숨을 내쉬며 고개를 퍼뜩 들고 조금 긴 앞머리를 쓸어 올렸다.

"미쳐버리겠네⋯⋯!"

고타로는 벌떡 일어났다. 지금 뭐 하는 건가 싶으면서도, 그만두자고 혀를 차면서도, 그래도, 도저히, 녀석을 내버려둘 수 없었다. 나는 바보 멍청이다. 정말 바보 멍청이다. 반드시 후회하게 되리라.

"오, 고타로가 말했다!"

"각오를 다지고 다섯 번째 와타나베가 되어라!"

"아니, 와타나베 안 할 거거든."

친구들의 응원을 받으며 카무이가 앉은 벤치로 다가갔다.

"야."

카무이는 고타로의 목소리에 놀란 모양이다. 몸을 부르르 떨더니 하얀 얼굴을 퍼뜩 들었다. 그러고는 고타로를 보았다. 안경 너머의 눈이 깜빡거렸다. 어둑한 그늘 속에서 똑바로 자신을 바라보는 그 눈동자만이 강렬한 빛을 띠고 있었다. 활짝 젖혀진 옷깃을 왼손으로 꽉 잡았다.

따돌려서 미안하다, 혼자 돼서 미안하다, 그런 말을 해야 할까. 아니, 마음에도 없는 소리를 해서 어쩌자는 건가. 일단 심플하게…….

"밥 같이 먹을래?" 고타로는 엄지손가락으로 등 뒤의 화단을 가리켰다.

"……! ……! ……!"

카무이는 입을 뻐금거리며 소리 없이 신음하다가 고개를 힘차게 끄덕였다. 옆에 놓아둔, 점심이 든 비닐봉지를 들고 엄청난 기세로 일어났다. 고타로가 걸음을 옮기자 그 뒤에 딱 붙어서 따라왔다. 이 녀석, 꼭 강아지 같네……. 등 뒤에서 따스한 체온이 느껴지는 것 같았다.

"오, 어쩌구저쩌구 카무이 아냐. 밥 같이 먹자." 사이온지가 말을 걸었고 야오치도 한 손을 들어 흔들었다. 고타로가 아까 앉았던 자리에 앉자 카무이도 그 왼쪽에 자리를 잡았다. 비닐봉지에서 도시락을 꺼내 랩을 벗기고, 뚜껑을 열고, 무릎에 내려놓고, 나무젓가락 포장을 벗기고, 젓가락을 떼서, 오른손에 들었다.

"흑……!"

또르르.

울었다.

당황했다. 고타로는 우는 카무이의 얼굴을 들여다보았다.

"왜? 따돌렸다고 이래? 그래서 이렇게 다시 말 걸었잖아!"

카무이는 아랫입술을 꽉 깨물더니, 눈물을 뚝뚝 흘리며 고개를 저었다.

"아? 아니라고? 그럼 왜? 도시락이 상했어?"

카무이는 다시 고개를 젓는다. 또르르, 또르르, 흘러내리는 눈물을 손등으로 닦더니 입매를 일그러뜨리며 간신히 대답했다. "도, 도시락은…… 멀쩡해. 아마도……!"

그래. 멀쩡해 보이네. 카무이의 도시락을 들여다보며 사이온지가 말했다. 야오치는 카무이가 아까 벗겨낸 랩을 펼쳐 유통기한을 확인한 뒤 오케이 사인을 보냈다. 고타로는 짜증을 내며 카무이의 볼을 한 손으로 꽉 집었다.

"그럼 왜 그러는데! 밥 먹는데 질질 짜지 마! 똑바로 말해!"

"히이잉……!"

삐죽 나온 입술 사이로 눈물의 이유가 흘러나왔다. 고타로를 놓친 카무이는 그를 찾으러 가려던 중에 교실 앞문에서 어떤 여학생과 부딪쳤는데, 그 여학생이 이렇게 말했다고 한다.

"너 정말 거치적거려!"

카무이는 미안하다고 사과하려 했지만 미안, 까지밖에 말하지 못했다.

"시끄러워. 그딴 소리는 됐으니까 빨리 사라져! 아니다, 그냥 알려줘 봐. 너, 언제 꺼질 거야? 언제 꺼질 거냐고? 어? 알려달라니까? 빨리 대답해! 대답 못 할 거면 지금 당장 꺼지든가! 꺼져버리란 말야! 언제까지 거기 서 있을 거야? 비켜! 대체 뭐야, 짜증 나고 거슬리고. 자꾸 거치적거리게."

쾅! 눈앞에서 문이 닫혔다.

카무이는 한동안 그 자리에 우두커니 서 있었다고 한다. 정신을 잃었던 건지도 모른다. 그로부터 어떻게 여기까지 왔는지도 기억이 안 난다고.

이야기를 들은 고타로는 작게 한숨을 내쉬었다. 그 광경이 눈에 선했다. 멍하니 선 카무이를 향해 돌연 급발진하며 거침없이 분노를 드러내며 정면에서 돌진하는, 어깨까지 오는 검은 머리카락의 작은 여자. 사람들은 그녀를 이렇게 부른다. 미친 공붓벌레라고.

"아침에 인사할 때 맨 앞줄에서 뭐라고 했던 애지?"

카무이는 고개를 끄덕였다. 눈물은 멎은 것 같았지만 표정은 여전히 어두웠다. "뭔가 정말, 진심으로 내가 싫어서 못 견디는 것 같았어……."

"일단 콧물이라도 닦아." 고타로는 무릎 위에 두었던 구겨진 물티슈를 펴서 카무이에게 건넸다.

카무이는 시키는 대로 순순히 콧물을 닦았다. 참고로 그건 사이온지가 아까 손을 닦은, 이미 한 번 사용한 물티슈였다.

"걔 이름은 지바야. 지바 도모에. 성격이 좀 드세기는 해. 그렇다고 울 것까지는 없잖아."

"솔직히 누구한테 그렇게 미움을 살 거라는…… 생각은 전혀 못했거든." 흥 하고 코를 풀며 카무이는 무릎 위에 있는 도시락을 내려다보았다. 연어, 계란프라이, 비엔나소시지. 아직 한 입도 먹지 않았다. "그래서 너무 놀랐고……. 잘못 생각했나 싶어서. 이것저것,

너무 생각이 물렀나 했어. 그래서 앞으로 어떻게 할지 생각하는 동안 점점 혼란스러워져서…….”

다시 고개를 숙이는 카무이의 옆얼굴을 보며 고타로는 바보 같은 놈, 하고 생각했다. 생각만 하고 입 밖으로 내지 않은 건 동정심 때문이었다. 이 녀석은 대체 얼마만큼 청춘이란 걸 멋대로 상상한 걸까. 뭐…… 미친 공붓벌레가 나타나리라는 건 누구라도 예상하지 못했겠지만. 지바 도모에는 특별하다. 일반적으로는 상상할 수 없는 특수한 사람이다.

“아냐, 걔가 한 말 같은 건 신경 쓰지 마!” 사이온지가 그렇지? 하고 고타로와 야오치에게 동의를 구했다. “걔는 그냥 미친 공붓벌레야. 인격이 삐뚤어졌어. 성질이 정말 더러워서 다들 싫어해. 아무도 걔 상대 안 해. 성적만 좋고 이상한 녀석이야. 맞다, 그 소름 끼치는 소문. 너네도 당연히 알지?”

도모에는 원래 이 학교가 아니라 지역에서 제일가는 명문고, 통칭 1고를 지망했다. 중학교 3학년의 어느 날. 도모에는 자신처럼 1고를 지망하던 성적 좋은 친구 두 명을 쇼핑센터로 데려가서 그들의 가방에 계산하지 않은 물건을 몰래 넣은 뒤에 “누구 없어요? 이 애들이 물건을 훔쳤어요!” 하고 크게 외쳤다. 경쟁자를 제거하기 위한 책략이었다. 두 학생은 절도범으로 붙잡혔고, 당연히 내신은 엉망이 되어 공립학교에 지원하지 못하게 되었다. 하지만 도모에는 도모에대로 그런 짓까지 벌였는데 결국 입시에 실패해 원래 지망하던 학교보다 수준이 낮은 이 학교에 들어오게 되었다.

이것이 그 ‘소름 끼치는 소문’의 내용이다. 이 학교에 그 소문을 모르는 사람은 아마 없으리라. 전교생이 알고 있었다. 그리고 지금, 전학생인 카무이의 귀에까지 들어갔다.

"저질이지? 그러니까 카무이 너도 상대하지 않아도 돼. 그렇지, 야오치, 고타로?"

"그래, 뭐." 야오치가 고개를 끄덕이며 맞장구쳤다.

"그래, 뭐. 소문이 그렇게 나긴 했지." 고타로도 살짝 웃으며 분위기를 맞추며 얼버무렸다. 그렇게 마무리하려고 했는데…….

"뭐야, 고타로. 너 걔 감싸는 거야?" 사이온지가 입을 삐죽였다.

고타로는 황급히 고개를 저었다. "아니, 그건 아니고. 감싸는 게 아니야. 글쎄, 입만 열면 성적 타령을 하는 애가 입시를 앞두고 일부러 그런 위험을 무릅쓸까 싶어서. 요새는 감시 카메라도 다 달려 있잖아. 그냥 그런 생각이 들었을 뿐이야, 그냥. 지바가 미친 공붓벌레인 건 사실이니까 너도 일일이 신경 쓰지 마. 밥이나 먹어."

고타로의 재촉에 카무이는 그제야 깨작깨작 젓가락을 움직였다.

"그래도……." 사이온지는 여전히 불만스러운 표정으로 뭐라 말하려 했지만, 고타로는 사이온지의 말을 자연스럽게 잘랐다.

"아, 맞다. 카무이. 이 녀석들은 누군가 싶지?"

"그러고 보니……." 입을 우물거리며 카무이가 고개를 끄덕이더니 멀뚱히 두 사람의 얼굴을 봤다. 고타로는 그 기회를 놓치지 않고 사이온지를 가리켰다.

"그럼 이쪽부터. 이 까불거리는 버섯 머리가 사이온지. 이름은 미칠 광狂에 사람 인人 자를 써서 '구루토'라고 해."

"아니거든? 그런 거짓말은 왜 해? 올 래來에 사람 인人 자를 써서

'구루토'야."

"이 녀석은 여름방학에 이 잘난 버섯 머리를 핑크색으로 염색하고 아주 난리를 부렸어."

"맞아. 조금 따스하면서도 보랏빛이 도는 스모키 컬러로."

"그 결과, 아르바이트하는 곳에서 귀두라는 별명이 붙었지."

푸하! 카무이는 사레들린 듯 젓가락을 든 손으로 입을 막고 어깨를 들썩이며 웃음을 터뜨렸다. 힐끗 사이온지의 버섯 머리를 보고 "귀두……"라고 중얼거리더니 다시 "으히히!" 하고 웃었다. 조금 기운이 난 모양이었다.

"간신히 아물어가던 마음의 상처를……." 사이온지는 중얼거리며 서글픈 얼굴을 감쌌다.

"이쪽은 야오치. 덩치고 크고 조용해서 좀 무서워 보이지만, 그냥 좋은 녀석이야."

"안녕."

"어? 나 소개할 때하고 너무 다른 거 아니야?"

"이쪽은 학鶴이 운다鳴고 써서 가쿠메이라고 해. 덕망 높은 스님이 지어준 이름이라고 하더라고. 전통적인 느낌이라 멋있지? 중후한 분위기가 잘 어울리는 친구야."

"어."

"어? 야오치를 왜 이렇게 띄워줘? 와이? 왜?"

카무이는 아까 고타로가 건넨 너덜너덜한 물티슈로 입가를 닦고, 젓가락을 일단 내려놓은 뒤 소개받은 두 사람을 보며 말했다.

"사이온지. 야오치 군."

자연스럽게 격차가 벌어진 것 같은데? 몸서리치는 사이온지를 무시하고, 카무이는 고개를 꾸벅 숙였다. "나는 아스트랄⋯⋯이 아니고!" 카무이는 벌떡 일어나 자신의 뺨을 찰싹 때리며 말을 이었다. "와, 와타나베다! 나는 와타나베와타나베와타."

"시끄러워!" 고타로는 소리를 지르며 수선을 떠는 카무이의 입을 막았다. 이미 여러 차례 반복된 패턴에 고타로의 인내심도 한계에 이르렀다. "이제 당당하게 이름을 대! 너는 아스트랄 카무이잖아!"

"아니, 안 돼. 그럴 순 없어. 여러모로, 그, 문제가 있단 말이야."

"그건 다들 마찬가지야! 누구한테나 사정이 있다고! 아무 문제도 없이 사는 사람이 세상에 어디 있다고 그래! 백 명이 있으면 백 명분의 사정과 문제가 줄줄 나온다고! 다들 알고 있고 누구도 일일이 트집 잡지 않으니까 너도 괜히 요란 떨지 마!"

사이온지가 고개를 끄덕이며 끼어들었다. "그래, 맞아."

"너도 당당하게 본명을 대. 넌 니시우리 우레타로, 맞지?"

갑작스럽게 들어온 한 방에 고타로는 아니라고 일일이 반응하는 것도 창피하게 느껴졌다. 고개를 홱 돌려 카무이를 바라보며 언성을 높였다. "내 이름은 기시마 고타로! 도깨비 섬의 강철 타로다. 고타로라고 불러. 이상!"

고타로⋯⋯ 연습하듯 입을 우물거리며 작게 왼 뒤에, 카무이는 주먹을 치켜들며 외쳤다.

"고타로!"

"뭐야?"

고타로가 쳐다보자 카무이는 환하게 씩 웃기만 한다. 그냥 불러봤다, 그런 건가? 순간 짜증이 나려 했지만 너무나도 태평한 얼굴에 맥이 탁 풀려버렸다. 정말 뭐 이렇게 이상한 녀석이 있지. 뭐가 그렇게 즐거운지……. 아까까지는 질질 짜더니.

"그나저나 니시우리 우레타로라니 너무하네." 야오치가 나지막이 중얼거렸다. 새삼 심플한 비난이 날아왔다. 맞는 말이라 반박도 할 수 없었다. 침울해하는 고타로에게 기다렸다는 듯 사이온지도 공격을 날렸다. "그러게! 촌스러워!"

아니, 넌 용서 못 해. "귀두한테 그딴 소리 듣고 싶진 않은데?"

"하하, 이제 귀두 아니거든."

"아, 맞네. 너 귀두 없지."

"뭐? 귀두는 있어!"

"아니, 없잖아."

"뭐야, 있다니까."

"아니, 없어."

"있다니까! 그만해!"

"어?" 얼빠진 목소리의 주인공은 카무이였다. 저열한 응수가 오가는 가운데, 집었던 계란프라이를 툭 흘리며 중얼거렸다. "잠깐만. 니시우리西瓜라면 혹시 수박? 그게 익었고熟……?" 그러더니 흡 숨을 삼켰다. 경악한 표정으로 고개를 홱 돌리더니 "수수께끼는 풀렸다, 고타로!" 하고 갑자기 거리를 확 좁혔다. "니시우리 우레타로라는 이름은 그냥 '수박이 익었다'는 뜻인 거지?* 젠장, 전혀 몰랐어!

---

* 니시우리 우레타로西瓜 熟太郎라는 이름은 한자 표기로 '수박西瓜이 익었다熟'는 뜻으로도 받아들일 수 있다.

64

뭐 이런 멍청한 이름이 다 있어!"

카무이의 반응에 세 사람은 푸하하, 하고 있는 힘껏 웃음을 터뜨렸다. 고타로는 폭소하며 먹던 도시락에 얼굴을 묻었고, 사이온지는 뒤로 쓰러졌고, 야오치는 한 손으로 얼굴을 감쌌다. 아, 웃음이 안 멈춰. 간신히 숨을 고르고 고타로는 떨리는 목소리로 물었다.

"너, 지금까지 무슨 뜻인지 몰랐어……?"

"그래! 몰랐다!" 카무이는 당당하게 가슴을 폈다.

"아니, 이제야? 보통은 들은 순간 눈치채는데!"

"그럴 리가. 어디에나 있을 것 같은 이름인데. 절묘한 현실감이 느껴져서."

"너 바보냐? 현실감은 무슨! 백 보 양보해서 '니시우리'는 있을지도 모르지만 '우레타로'는 없지! 농산물이라면 몰라도 사람에게 붙여도 되는 이름이 아니라고! 만일 진짜로 있다면 죄송합니다."

"나는 근사한 이름이라고 생각했어. 너하고 딱 잘 어울리고."

사이온지와 야오치가 배를 잡고 웃는 가운데 고타로는 혼자 전율했다. 나한테? 니시우리 우레타로가? 어울린다고? 딱이라고? 그날 이 녀석의 눈에 나는 대체 어떻게 비친 거지. 혹시 수박 요정처럼 보인 거 아냐?

"아이고 배야! 아, 너무 웃었어. 아무튼!" 눈가에 맺힌 눈물을 닦으며 간신히 몸을 일으킨 사이온지는 주머니에서 스마트폰을 꺼내며 물었다. "일단 카무이, 라인 친구 추가하자. 고타로하고는 이미 친구지? 그럼 우리하고도 친구지. 자, 고타로와 야오치도 꺼내봐."

야오치도 몸을 일으켜 옆에 놓아두었던 스마트폰을 집었다. 고타로 역시 이 흐름을 거스를 수 없었다. 무슨 기종으로 갈아탈지 고민하다 아직 바꾸지 못한 스마트폰을 집었다.

하지만 당사자인 카무이가 갑자기 우물쭈물하는 게 아닌가. 뺨을 살짝 붉히더니, 자신의 도시락을 빤히 바라보며 꼼짝도 하지 않았다. 고타로는 뭐야, 하고 그 등을 쿡 찔렀다.

"스마트폰은? 교실에 두고 왔어?"

"아니, 그게, 실은…… 난 이거랑." 뒷주머니에서 꺼낸 건 아침에 자기소개를 할 때 보았던 정체불명의 두툼한 수첩. 그리고.

"이것밖에 없어."

카무이가 주머니에서 꺼낸 또 하나의 물건은 작은 액정화면이 달린 손바닥 크기의 전자기기였다.

"이게 뭐야?" 고타로는 고개를 갸웃거렸다.

"아, 이거 삐삐야?" 야오치가 탄성을 터뜨렸다.

그래, 하고 카무이는 고개를 끄덕였다. 고타로도 삐삐, 무선호출기의 존재는 알고 있었지만 실제로는 처음 봤다. 옛날 옛적에 유행했던 물건인 줄 알았는데. 옛날 옛적까지는 아니고 추억의 8090이라 해야 하나.

"아직 이걸 써? 대단하네. 그럼 너 스마트폰 없어?"

"응. 없어. '가족'에게 오는 연락은 이걸로 받고 있어."

"진짜? 아니, 왜 굳이 그렇게 귀찮은 짓을 해? 요즘에는 선불 유심 같은 거 어디서든 살 수 있잖아. 해외에서 오래 살았다며. 이사할 때는 어떻게 했는데?"

고타로의 질문에 카무이는 대답이 없었다. 그저 눈을 깜빡이면서 고개를 저을 뿐, 아무 말도 하지 않았다. 어? 이 느낌, 혹시…….

"너 설마 지금까지 한 번도 스마트폰 쓴 적 없어……?"

카무이는 잠시 뜸을 들였다가 고개를 주억거렸다. 놀랐다. "뭐어? 정말? 거짓말이지?" "말도 안 돼!" "그게 가능해?" 스마트폰 없이는 5초도 살 수 없는 스마트폰 중독자 셋은 즉시 카무이를 추궁했다. 다소 곤혹스러운 표정의 카무이는 도시락 뚜껑을 방패 삼아 간신히 공격을 피하며 두툼한 수첩을 다시 넘기기 시작했다. "아니, 뭐, 그게…… 음, 잠깐만, 분명히…….."

그러다 ㅅ의 색인이 달린 페이지를 펼쳤다.

"있다. '스마트폰을 왜 안 쓰냐는 질문을 받았을 때.' '답: 부모님의 교육 방침입니다.'" 카무이는 손으로 짚어가며 수첩에 적힌 내용을 담담한 목소리로 읽었다. 읽고 나서는 한 고비 넘었다는 표정으로 안도의 한숨을 내쉬었다. 휴우. 그리고 세 사람의 얼굴을 둘러본다. 아니, 그게 뭐냐고.

"너, 뭘 보고 읽는 거야?"

"앗! 안 돼, 이리 줘!"

고타로는 옆에서 수첩을 빼앗아 적당히 앞부분을 펼쳐 내용을 보았다. 그 순간 소름이 돋았다. 자기가 억지로 봐놓고 이렇게 말하긴 그렇지만, 무서웠다. 손으로 쓴 글씨가 몇 페이지를 빼곡하게 채우고 있었다. 갖가지 질문에 대비한 대응책이었다. 이런 걸 커닝 페이퍼라고 하는 건가. ㅂ으로 시작하는 페이지를 펼쳤다. 질문: 부모님은 무슨 일을 하시는가? 답: 무역과 관련된 사업을 하십니다. ㅇ 페이지. 질문: 이름이 밝혀진 경우에는? 답: 내 이름은 와타나베 유타입니다. 아스트랄 카무이는 집에서 부르는 애칭 같은 것입니다. 특별한 의미는 없으니 신경 쓰지 마세요. ㅊ 페이지. 질문: 취미는 무엇입니까? 답: 생물도감이나 식물도감을 보는 걸 좋아합니다.

"고타로, 안 돼! 그건 남한테 보여주면 안 되는 거란 말이야!" 카무이는 황급히 수첩을 빼앗으려고 손을 뻗었다.

고타로는 한 손으로 그 손길을 방어하며 남은 손으로 수첩의 다른 페이지를 펼쳤다. ㅅ 페이지. 찾았다. 수첩을 들켰을 경우에는? 고타로가 대신 답을 읽었다.

"'답: 일본에서의 생활이 익숙하지 않아서, 폐를 끼치지 않으려고 준비해 왔습니다'라."

"그래. 이제 됐지? 돌려줘. 난 아무것도 모르는 상태라 그게 없으면 정말 곤란해진다고."

"그래, 안경 쓱! 하면 넘어갈 줄 알았어?" 고타로는 뻔뻔하게 구는 카무이의 이마에 딱밤을 날렸다. 아야! 짧은 신음.

"미리 말해두는데 너, 진짜 이상해. 스스로도 모르겠어? 주는 대로 고대 유물 같은 삐삐를 들고, 누가 만들었는지 모르지만 이런 매뉴얼이나 참고하고, 뭐 물어볼 때마다 일일이 페이지를 찾아서 읽으려고? 불만이나 의문 같은 건 없어? 설마 이게 통할 거라고 진심으로 생각하는 건 아니지?"

힐난하는 고타로의 손에 들린 수첩이 제멋대로 펼쳐졌다. 위험이 닥쳤을 때는? 답: 조용히 그 자리를 뜬다. 그러한 상황이 닥칠 것 같은 자리에는 접근하지 말 것. ……뭐? 어처구니가 없어서 고개를 젖혔다. 이게 뭐야. 뭐 이딴 걸 해결 방법이라고. 위험할 때는 도와달라고 외쳐야 하잖아. 그 간단한 답이 왜 써 있지 않지? 이딴 수첩을 왜 믿는 거야?

"애초에 너, 청춘을 즐기고 싶다면서? 처음 다리에서 만났을 때 나한테 그랬잖아. 근데 스마트폰 없이 어떻게 청춘을 즐기려고? 고등학생의 스마트폰 사용률은 이미 90퍼센트를 넘었어. 스마트폰이 없다는 것만으로도 이미 청춘은 물리적으로 불가능한 데다가 평범하지가 않아. 너무 이상하고 괴상해. 청춘은 무슨. 말만 하면 수첩을 뒤적이지를 않나. 이것도 말도 안 되고 저것도 말도 안 되고 무한대로 말이 안 돼! 애초에……."

"그만해!"

고타로는 숨을 고른 뒤 몇 마디 더 날리려고 했지만, 야오치가 날카롭게 제지했다. 사이온지도 침통한 표정으로 고개를 저었다. "고타로, 이미 죽었어……!"

조용히 옆을 가리키는 사이온지를 보고 제정신을 찾은 고타로는 시선을 돌렸다. 카무이는 무릎을 꿇은 채 머리를 감싸고 몸을 웅크린 충격 방지 자세를 한 채 거의 바닥에 머리를 박고 있었다. 아무 말도 하지 않았다. 미동도 없었다. 숨도 쉬지 않는 것 같다. 이런, 죽었나? 고타로도 당황해서 "미안, 말이 좀 심했어" 하고 공물을 바치듯 수첩을 카무이의 머리 옆에 내려놓았다. 그래도 반응은 없었다. 가만히 카무이의 한 손을 붙잡아 뒤집은 뒤 손바닥에 수첩을 올려놓았다.

"진짜 미안. 이거 돌려줄게, 네 소중한 수첩. 신경 쓰여서 그랬어. 나 스스로도 왜 이렇게 흥분했는지 모르겠는데, 딱히 널 욕하려던 건 아니고, 물론 너에게 원한이 있는 것도…… 아니, 생각해 보니 있잖아?"

고타로의 뇌리에 아침부터 지금까지 있었던 씁쓸한 기억들이 되살아났다. 반 아이들 앞에서 가명을 폭로당했고, 웃음거리가 되었다. 교사들로부터는 카무이 대신 대답해 보라며 계속해서 공격을 당했으며, 화장실에서 대변을 봤다는 의혹까지 받았다. 원한 생겨도 이상할 거 없네. 더 말해도 될 것 같은데. 가차 없는 생각을 하다 쓰읍, 다시 한껏 숨을 들이마셨을 때였다.

"젠장!"

갑작스레 울려 퍼진 카무이의 어마어마한 포효에 들이마신 산소가 도로 나왔다. 사이온지도, 야오치도 움찔거리고 있었다. 고개를 번쩍 들며 카무이는 아우성쳤다.

"나도 물론 눈치챘어! 그래, 나 이상하다! 갑자기 여자한테 미움받고! 만나자마자 욕도 먹고! 하지만 그렇다고 나보고 뭘 어떻게 하라는 거야! 난 아무것도 몰라! 그야 나도 다른 애들처럼 그거, 스, 스마트폰! 그런 거 들고 쓱쓱, 슉슉, 톡톡, 하고 싶다고! 뭘 하는지는 모르겠지만 아무튼 서로 보여주면서 하하 웃잖아? 진짜 청춘은 그런 거 아니야? 일체감! 같은 거! 나도 사실은 그런……."

슝!

"아, 미안." 사이온지의 스마트폰에서 난 소리였다. "아하, 이거 좀 봐봐." "뭔데?" "아, 아까 나한테도 왔어." 누군가 평범한 동물 영상을 공유했을 뿐이었다.

"그런 거 말이야!" 카무이는 하늘을 향해 울부짖었다. 돌려받은 수첩을 무시무시한 기세로 퍽퍽 내리쳤다. "어차피 나한테는 이런 망할 파피루스 다발밖에 없어! 아무도 나한테 슝! 해주지 않아! 하하, 당연하지. 스마트폰이 없으니까! 난 이상하고 괴상하니까! 아, 그래. 이 망할 파피루스를 팔락팔락 넘기는 동안 내 청춘은 아무 기복도 없이 먹고 자고 먹고 자고 먹고 자다 끝날 거야. 여자한테는 빨리 꺼지라는 소리나 들으면서. 그렇게 나는 끝나겠지! 으아악!"

망할 파피루스라니……. 수첩을 들고 다시 석고대죄 자세를 하며 바닥에 머리를 박고 울부짖는 카무이를 바라본 세 사람은 말문이 막혔다. 사이온지와 야오치가 힐난의 눈빛으로 고타로를 바라보았다. 너 때문이잖아. 이구동성으로 뇌를 향해 직접 말을 걸어온다. 부정할 수 없었다. 그럴지도 모른다.

"그러니까 미안하다고. 진짜, 내가 잘못했어……."

카무이는 계속 울고 있었다. 바닥에서 고개를 들려고 하지 않았다. 고타로는 한숨을 내쉬며 "좀 줘봐" 하고 힘이 빠진 카무이의 손에서 망할 파피루스, 수첩을 다시 가져갔다.

카무이는 눈물범벅이 된 얼굴을 들었다. 삐뚤어진 안경 너머, 어딘가 멍한 눈동자로 고타로를 보았다.

"기다려봐." 그 눈을 마주 보며 고타로는 살짝 웃었다. 주머니에서 볼펜을 꺼내 카무이가 보는 앞에서 수첩 뒷면에 사과 마크를 섬세하게 그려 넣었다. 좋아. 내가 했지만 잘 그렸네. 너무 잘 그렸나? 잠시 고민하다 삐뚤빼뚤한 줄무늬를 안에 그려서 수박으로 만들었다. 상표를 침해할 의도는 없었기 때문이다. 그리고 뒤집어서 표지에는 큼지막한 글씨로 이렇게 썼다. 수마트폰. 완성이다.

그걸 카무이의 눈앞에 내밀며 선언했다.

"카무이, 잘 들어. 이건 '수마트폰'이야."

순간 카무이는 눈을 부릅떴다. 풉! 사이온지와 야오치는 웃음을 터뜨렸다. "이제 너도 수마트폰 소유자네."

"나, 나한테도 있다고……? 수마트폰이……?"

그래. 고타로는 힘주어 고개를 끄덕였다. 눈물에 젖은 카무이의 창백한 뺨에 순식간에 선명한 핏기가 돌았다. 반짝반짝반짝…… 표정도 환하게 빛나기 시작했다. 고타로는 망할 파피루스, 아니, 수첩, 아니 수마트폰의 페이지를 펼쳤다. 뒷부분의 3분의 1 정도는 일반적인 메모장이어서 그곳에 볼펜으로 글자를 술술 써넣고는 "슝!"이라고 소리 내어 말했다. 그리고 수마트폰을 덮어서 카무이에게 건넸다. 카무이는 눈을 동그랗게 뜨고 고개를 갸웃했다.

"카무이, 고타로가 네 수마트폰에 뭘 보낸 것 같은데?"

"얼른 확인해 봐."

사이온지와 야오치의 재촉에 카무이가 페이지를 펼치자 그곳에 고타로의 메시지가 있었다. 간략하게 **잘 부탁.**이라는 두 단어였다. 짧아! 낄낄대며 사이온지도 고타로의 볼펜으로 그 밑에 글씨를 썼다. 야오치도 그 밑에 뭐라 쓴 다음에 '슝!' '슝!' 하고 수마트폰을 카무이에게 건넸다. **잘 부탁. 잘 부탁.** 결국 셋 다 똑같은 메시지였다.

"어? 어……?" 아직 의미를 알아듣지 못한 카무이는 그 메시지를 바라본 채 눈만 끔뻑거렸다. 정말, 손이 많이 가는 녀석이다.

고타로는 볼펜을 내밀며 말했다. "잘 부탁한다고. 넌 답장 안 해?"

숙이고 있는 얼굴을 들여다봤다. 카무이는 흡, 하고 크게 숨을 들이마셨다. 그러고는 황급히 "하…… 할게!" 하고 볼펜을 집었다. 세 개의 **잘 부탁**. 밑에 천천히, 정성껏 두 단어를 큼지막하게 적었다.

잘 부탁.

이걸로 네 줄. 그리고.

"슝!"

한층 높이, 푸른 하늘을 향해 말했다. 쑥스러운지 "우하하하하!" 붉어진 얼굴을 잔뜩 구기고 웃었다. 그 모습을 본 고타로도 어느샌 가 웃고 있었고 사이온지도, 야오치도 모두 웃고 있었다.

점심시간이 끝난 지 벌써 10분도 더 지났다는 사실을 아직 아무 도 알아채지 못했다. 넷 중 점심을 다 먹은 사람도 없었고, 앞으로 몇 초 뒤에 호랑이 선생님으로 소문난 체육 교사에게 발각되어 호 통과 함께 채찍질을 당해, 교실까지 죽을힘을 다해 뛰어가게 되리 라는 건 아직 아무도 몰랐다.

지금은 푸르른 하늘 아래에서 눈부신 햇살을 마음껏 받으며, 모 두 바보처럼 웃어젖히고 있었다.

✦

기이하리만치 길었던 하루가 겨우 끝났다.

조금씩 어두워지는 오후 4시의 하늘 아래, 등 뒤로 쏟아지는 몇몇 목소리에 뒤돌아보며 대답했다. "고타로, 잘 가." "내일 보자." "그 래! 내일 봐!"

고타로는 세워두었던 자전거를 꺼내 안장에 앉아 페달을 밟았다. 교문에서 나가는 순간, 스쳐 지나간 여학생들이 "아, 기시마다." "카무이하고 같이 안 가?" 하고 웃으며 손을 흔들었다. "뭐? 내가 왜!" 같이 손을 흔들며 페달을 밟아 자전거의 속도를 올렸다. 도로 끝까지 이어지는 같은 교복 차림의 무리들을 헤치고 단번에 거리를 벌렸다.

그렇게 완전히 혼자가 되어가며 고타로는 '기시마 고타로'라는 인격을 벗었다.

평범하지만 밝은 성격에 조금은 폼 잡기 좋아해서 스스로는 쿨한 줄 안다. 자기 처세술도 좋다고 생각한다. 하지만 금방 발끈하고, 분위기에 영향도 잘 받고, 스스로 생각하는 것만큼 요령이 좋지도 않다. 이른바 '바보 같은 남자애' 중 한 명이고, 아마도 그럭저럭 괜찮은 녀석이기도 하다.

고타로는 그 녀석을 소중히 여겼다. 중요하게 여겼다. 늘 필사적으로 지키려 한다. 절대로 망가지게 두지 않으려 했다. 더럽히고 싶지 않았다. 깨끗한 채로 두고 싶었다. 그래서 혼자일 때는 이렇게 벗어서, 정성껏 개어서, 마음 깊숙이 넣어둔다. 학교용 기시마 고타로를 현실과는 엄격히 구분해 둔다. 내일이 오면 다시 학교에서 그런 자신이 될 수 있도록.

그렇다고는 해도 고타로 자신도 원래의 인격과 심하게 괴리되었다고는 생각하지 않았다. 하지만 확실히 가짜기는 했다. 학교 친구들에게 보여주는 건 의도적으로 만들어낸, 가짜 기시마 고타로다.

카무이가 교실에서 나오기 전에 사이온지가 말을 걸었다.

"헤이, 야오치도 오늘은 배구부 가기 싫대. 어디 가서 뭐 먹을래?"

사이온지는 테니스부에 이름만 올리고 나가지는 않는 유령 부원이고, 야오치는 배구부에 소속되어 있기는 하다. 그렇지만 기본적으로 이 학교의 동아리 활동은 빡빡하지 않다. 고타로처럼 동아리에 들지 않은 학생들도 제법 많다.

"미안한데 오늘은 너무 졸려서 집에 갈게."

"이런, 협조성 없기는. 전형적인 외동아들 같으니!"

"하하, 다음에 보자."

오후에도 계속 고타로를 따라다녔던 카무이는 종례가 끝난 뒤 고마다에게 불려 먼저 교실을 나섰다. 방과 후에도 붙어 다니려 하면 어떡할지 걱정했기에 당장의 행운에 감사하며 내일 일은 다시 내일 생각하기로 했다. 일단 가방을 들고 학교를 뛰쳐나왔다.

가짜 고타로의 오늘 역할은 거기서 끝났다.

진짜 고타로는 지금 자전거를 타고 시내를 가로지르는 도로를 홀로 지나고 있었다. 가야 할 곳이 있었기 때문이다.

한동안 달리다 보니 그 건물이 조금씩 모습을 드러냈다. 한눈에도 견고해 보이는, 시내 최대 규모 병원의 위용이 고타로의 눈앞에 차츰 다가왔다.

똑바로 페달을 밟으며, 고타로는 불현듯 점심에 있었던 일을 떠올렸다. 가명에 집착하는 카무이에게 성가시게 굴지 말고 당당하게 이름을 대라고 말했다. 아무도 일일이 신경 쓰지 않는다고도 했다.

용케도 그런 소리를 했구나 싶다. 자기가 어떤지는 생각도 하지 않고 말만 거창하게 잘난 척했다. 자신이 얼마나 일그러진 인간인지 오랜만에 똑똑히 의식했다. 얼마나 위태로운 존재인지 눈앞에 들이대진 것 같았다.

'제일 성가신 건 다름 아닌 나겠지.'

고타로는 고개를 쓱 돌려 후방을 확인하고는 오른손으로 힘껏 핸들을 꺾었다. 속도를 줄이며 병원으로 들어가 자전거에서 내렸다. 아직 외래진료 시간이라 자전거 주차장도 붐빈다. 자동문을 지나 환자와 직원이 바쁘게 오가는 로비를 통과하면 비교적 조용한 입원 병동이 나온다. 익숙하게 면회를 접수했다. "'오빠' 왔니?" 하고 말을 건네는 낯익은 간호사에게 안녕하세요, 하고 가볍게 인사했다.

엘리베이터로 5층으로 올라가 왼쪽으로 꺾어서 보이는 세 번째 문. 그곳이 동생이 이번에 입원한 병실이었다. 열린 문을 지나 안으로 들어가자, 앉아 있던 어머니가 몸을 돌렸다.

"고타로 왔니?" 엄마가 움직이다가 손에서 도화지 여러 장을 떨어뜨렸다.

"뭐 하는 거야." 고타로는 도화지를 주우며 침대로 다가갔다. 오늘은 평소보다 조용하다. 우이코는 잠들어 있었다. "지금 자도 돼? 밤에 또 못 자는 거 아냐?" 불안해질 만큼 우이코의 앳된 얼굴을 들여다보며 뺨에 붙은 머리카락을 손가락으로 떼어냈다.

"오늘은 아침부터 계속 검사받느라 지쳤나 봐. 깨웠는데 안 일어나네."

동생 우이코는 지난달 중순부터 이곳에 입원했다. 태어날 때부터 심장이 약한 우이코는 지금까지 줄곧 입원과 퇴원을 반복했기에 이번이 몇 번째 입원인지 가족 누구도 모를 것이다. 수술도 여러 차례

받았다. 입원하지 않은 시간이 입원한 시간보다 더 짧을 수도 있다.

바닥에 떨어진 도화지는 같은 반 친구들이 보낸 메시지 카드였다. "다 나으면 학교에서 보자." "다 같이 소풍 다녀왔어." "또 같이 놀자." 크레파스로 알록달록하게 쓴 글자가 반짝이 펜으로 꾸며져 있었다. 카드를 써준 친구들에게 고마운 마음이 들었지만 한편으로는 거리감도 느껴졌다. 어머니에게 카드를 건넨 뒤 다시 우이코의 잠든 얼굴을 들여다보았다. 원래대로라면 우이코는 지금쯤 초등학교 2학년으로 학교생활을 하고 있어야 하지만 이제까지 제대로 다닌 적이 없다. 그러니 학습 진도를 따라가기도 벅찰 뿐더러 제대로 친구를 사귈 수 있을 리도 없다. 우이코는 매번 입원할 때마다 울고 토라지고 소란을 피웠다.

하지만 지금은 상태가 좋은 편이다. 아마 금방 퇴원해서 학교에도 나갈 수 있을 것이다. 하지만 완치 가능성은 없다. 머지않아 심장이식밖에 방법이 남지 않게 된다고, 가족들은 이미 의사에게 들었었다.

"우이코. 오빠 왔다."

고타로는 조용히 동생의 이름을 부르며 냄새를 맡았다. 땀. 딸기 사탕. 경단. 우유. 자몽. 달콤한 생명의 내음이 났다. 사랑스러운 내음이었다.

우이코가 입원하는 기간 동안, 고타로는 방과 후에 가급적이면 병실에 들렀다 집에 돌아갔다. 매일은 어려워도 이틀에 한 번은 꼭 갔다. 우이코는 고타로를 보면 무척 반가워했다. 애초에 지금 다니는 고등학교도 병원에 들리기 쉬워서 지원하게 된 것이다. 고타로가 고등학생이 되면서 이 근처로 이사한 것도 우이코의 통원을 위해서였다. 전에는 병원이 멀어서 다니기가 힘들었다.

그리고 고타로는 동생의 존재를 학교 친구들에게는 숨기고 있었다. 단 한 명을 제외하고는.

"우이코, 오빠 왔어. 우이코…… 안 일어나네." 어머니가 말을 걸어도 우이코는 깨지 않았다.

들려주고 싶은 깜짝 뉴스가 있지만 그렇다고 억지로 깨울 수도 없으니 오늘은 어쩔 수 없다. 아쉬움이 묻어나는 손길로 다정하게 뺨을 어루만지고 따뜻한 머리를 살며시 쓸어내린 뒤 고타로는 고개를 들었다. "됐어, 또 오면 되지. 뭐 살 거 있어?"

"있어. 잠깐만, 음, 쓰레기봉투하고 배수구 거름망이랑……."

스마트폰에 메모를 하면서 머릿속으로 집안일 순서를 대충 세웠다. 드러그스토어에 들른 뒤, 집에 도착하면 먼저 널어놓은 빨래를 개고, 욕실을 청소하고, 그리고 밥을 하고…….

"아, 맞다. 깜빡할 뻔했네. 아빠 와이셔츠가 없어. 찾아와야 해."

"알았어, 세탁소지?"

기시마 가족에게 우이코가 입원하는 동안의 루틴은 이미 정해져 있었다. 어머니는 아침부터 밤까지 병실에 붙어 있다. 아버지는 야근하지 않고 곧바로 귀가한다. 고타로가 힘닿는 데까지 집안일을 한다. 요리는 젬병이라 어머니에게 맡기더라도 그 외의 일들은 아버지와 함께 대부분 해냈다.

해내지 않으면 안 됐다. 그럴 수밖에 없었다.

고타로가 어머니에게 저기, 하고 말을 걸자 가방을 뒤지던 어머니가 응? 하고 고개를 들었다. 우이코와 꼭 닮은, 눈썹조차 그리지 않은 하얀 얼굴.

"오늘, 그 녀석이 전학……이 아니라 유학을 왔어. 깜짝 놀랐어."

스마트폰을 뒷주머니에 넣으며 고타로가 말하자, 엄마가 되물었다.

"누구? 베스 말하는 거야?"

"응? 베스라니?"

"푸른 눈동자의? 성 라이프?*"

그게 뭐냐고 물어보면 지는 것 같아서 무시하고 말을 이었다. "아스트랄 카무이 말야."

"어? 혹시 그? 여름방학 때 만난? 다리에서? 원피스 나풀거리던? 머리카락 찰랑거리던? 바보같이 다이빙한 애? 수박이 물에 빠졌던? 그 아스트랄 카무이?"

고타로는 응, 하고 고개를 끄덕였다. "머리도 잘랐고 교복 차림이었고 옛날 사람들이 쓰던 안경 같은 걸 쓰고 있었지만."

"옛날 사람들이 쓰던 안경은 뭔데?"

"누런 사진 속에 옛날 군복 입은 사람이 쓰고 있을 법한 안경 말이야. 그 정도는 알아들어야지."

"그렇게만 말하는데 어떻게 알아들어! 하지만 어떤 이미지인지는 알겠어."

"그렇지? 그러니까 오늘 우이코에게 얘기해 주려고 했는데."

* 「푸른 눈의 성 라이프」는 미국에서 일본으로 유학을 온 베스 그린이 일으키는 여러 사건을 그린 드라마로, 1985년에 후지 테레비 방송국에서 방영되었다.

8월 말의 그날, 고타로는 일단 집으로 돌아와 샤워를 한 뒤에 서둘러 병원으로 와서 카무이와 만났던 이야기를 손짓 발짓을 섞어가며 우이코에게 들려주었다. 병실에 갇혀 자극에 굶주렸던 우이코는 이상한 녀석의 괴상한 언동에 흥분을 감추지 못했다. 특히 물에 빠진 뒤의 카무이의 비참한 모습이 흥미를 자극했는지 "더 들을래, 더 말해줘. 아세로라루 카무이 얘기 더 해줘!" 하고 재촉하다가 너무 웃어서인지 앞쪽 아랫니 두 개가 한 번에 빠졌다.

그 이야기의 주인공인 카무이가 나타났으니 고타로는 빨리 이야기를 들려주고 싶었다. 하지만 오늘은 어쩔 수 없지. 내일이나 모레다시 오자. 우이코는 분명 기뻐하며 이야기해 달라고 할 것이다.

"그럼 갈게. 밥은 6인분이면 되겠지?"

"그래. 부탁한다, 아들. 참고로 오늘 밤에는 마파두부 만들려고."

"정말? 그럼 밥 더 해야겠네!"

단번에 신이 난 고타로는 의기양양하게 병실을 나왔다. 어머니가 만드는 마파두부는 그가 좋아하는 메뉴 10위 안에 들어간다.

엘리베이터 버튼을 눌렀지만 좀처럼 오지 않길래 고타로는 계단으로 내려가기로 했다. 조용히 휘파람을 불면서 경쾌하게 1층까지 내려갔다.

외래진료가 아직 마감되지 않아서 그런지 로비는 여전히 붐비고 있었다. 손으로 머리카락을 쓸어 올리며 슬며시 주변을 둘러봤다.

평소에는 대략 이 시간쯤인데. 아, 저기 있다.

다른 입원 병동에서 막 내려온 참일까. 엘리베이터 홀에서 그 모습을 찾았다. 길게 뻗은 등, 가녀린 어깨, 물 흐르듯 떨어지는 검은 머리카락. 하얀 반소매 셔츠에 니트 조끼. 무릎까지 오는 길이의 짙은 남색 치마. 하복을 단정하게 입고 무거워 보이는 가방을 어깨에 멘 여학생.

"안녕."

고타로가 말을 걸자 그 여학생은 금세 돌아본다. 고타로를 알아채자마자 한 손을 든다. 흘러가듯 두 사람은 각자 떨어진 곳에서 가위, 바위, 보.

고타로는 주먹.

지바 도모에는 보자기.

"윽, 3연패⋯⋯."

서늘한 느낌의 이목구비가 들어선 작은 얼굴에 장난꾸러기 같은 미소가 번졌다. 고양이처럼 눈을 가늘게 뜨고 살짝 혀를 내밀더니 고타로를 놀리듯 손가락질한다.

"약해빠졌네."

"시끄러워."

두 사람은 Y 자를 그리듯 조금씩 가까워지더니, 자연스럽게 합류해서 평소처럼 자판기 쪽으로 향했다.

2

학교 친구 중에 고타로의 동생이 중병에 걸려 입원했다는 사실을
아는 건 도모에뿐이었다.

학교 친구 중에 도모에의 어머니가 중병에 걸려 입원했다는 사실
을 아는 건 고타로뿐이었다.

두 사람은 다른 누구에게도 알리지 않고, 1학년 때부터 비밀을 공
유하고 있었다. 하지만 딱히 병원에서 만나기로 약속하는 것은 아
니었다. 언제부터인가 이곳에서 마주치면 자연스럽게 함께 시간을
보냈다. 가위바위보를 한다. 진 사람이 주스를 산다. 바깥 벤치에 나
란히 앉는다. 주스를 마신다.

그게 전부였다.

"버스 몇 분에 타?"

"47분."

도모에는 손목시계를 확인하며 "15분 남았네"라고 무뚝뚝하게
덧붙였다. 오늘은 15분 동안 이렇게 둘이 함께 있는다는 뜻이다. 그

리고 물론, '아, 말도 안 돼! 어쩌지! 무슨 얘기 하지?' 하면서 안절부절못하게 되는 사이는 아니었다.

"너, 오늘 카무이 괴롭혔다면서?"

흥! 도모에는 거센 콧김을 일격처럼 내뿜었다. 그러더니 잘난 척 턱을 치켜들고 매서운 눈빛으로 고타로를 흘겨봤다. "괴롭히는 게 당연하지, 그런 녀석은."

"너무 그러지 마. 울더라." 뭐, 고타로 역시 그 뒤에 카무이를 울렸지만 굳이 지금은 말하지 않았다. 시간은 한정되어 있으니.

"왜? 계속할 건데? 내가 그만둘 것 같아?"

"왜라니…… 걔, 엄청 상처받은 것 같던데."

"그래서? 내가 알 바 아닌데. 나는 하고 싶은 말을 할 거고, 내 말에 누가 상처를 받은 말든 완전 상관없어. 그나저나 고마는 대체 뭐 하는 거야? 안 봐도 뻔해. 교무실에서 서열이 낮으니까 그렇게 성가시고 이상한 애를 떠맡은 거겠지. 틀림없어. 그게 아니면 뭐겠어! 아니, 우리 둘만 봐도 그렇잖아. 이렇게 '불쌍한' 애들을 두 명이나 같은 반에 넣어놓는 건 뭔데? 게다가 2년 연속으로! 말도 안 되잖아? 애초에 와타나베란 성도 너무 많아! 셋이서 펼치는 정체불명의 팀워크? 정말 짜증 나 죽겠어. 분산시키란 말야!"

흥! 도모에는 한껏 얼굴을 찌푸리고 발치의 돌멩이를 획 차버렸다. 정말 미워 죽겠다는 표정이라 고타로는 그 기세에 압도됐다. 온몸에서 피어오르는 사악함에 감동마저 느껴졌다.

교실에 있을 때, 도모에의 표정 근육은 늘 완전히 죽어 있었다. 그래서 다들 도모에를 무표정하고 차가운 미친 공붓벌레라고 생각한다. 하지만 아니다. 진짜 도모에는 이토록 표정이 풍부하고 정열적인 미친 공붓벌레다. 이 역시 고타로만 아는 사실이다.

"뭐, 카무이가 성가시고 이상한 녀석인 건 사실이긴 한데."

"그렇지? 그런 애가 있으면 집중력이 흐트러져. 나는 실제로 피해를 보고 있다니까."

"하지만 걔한테도 사정이 있는 것 같아. 내 추측이지만……."

카무이가 소지한 수수께끼의 수첩. 시대착오적인 삐삐. 처음 만났을 때의 복장과 긴 머리. 또 '아스트랄 카무이'란 이름은 대체 뭐란 말인가. 해외에서 자랐다는 이유만으로 녀석의 이상함을 설명할 수 없었다. 마치 수상한 사이비 종교의 신도 같았다. 아니면 그런 설정의 코스튬플레이나 콩트라든가. 그 정도로 이상했다.

"걔네 부모님, 좀 이상해. 평범하지 않다고 할까. 가족관계도 정상적이지는 않을 것 같아. 어쩌면 걔도 우리와 다른 의미로 '불쌍한' 녀석일지도 몰라."

"엥, 그래? 우리처럼 '불쌍한' 사람이고 동지니까 다정하게 대해 줘라, 그런 거야? 아니? 난 죽어도 안 그럴 거야. 그딴 생각할 바에야 그놈을." 도모에는 손날을 올리고 "죽인다!" 획! 대각선으로 단번에 내리쳤다. 그리고 홋…… 하고 눈을 가늘게 뜨며 한쪽 입매를 비스듬히 올렸다. "안심해, 치명상이니까."

고타로는 오렌지맛 탄산음료를 뿜을 뻔한 걸 간신히 참았다.

"아니, 왜 그렇게까지……. 그렇게 매정하게 대할 필요도 없잖아. 딱히 네가 안 그래도 어차피 언젠가는 반드시 떠날 앤데."

"그 '언젠가'가 문제라고! 확실하지 않으니 오히려 더 짜증이 나!

개, 언제까지 있을지 모른다고 했잖아. 내년에 고3인데 계속 있으면 어떡해!"

"모른다고 해도 전에 다른 반에 있던 유학생은 한 달 만에 귀국했잖아. 훌륭한 오타쿠가 되어서."

"왜 다들 훌륭한 오타쿠가 돼서 돌아가는 거지?"

"반대로 생각해 봐. 훌륭한 오타쿠가 되고 싶은 녀석이 훌륭한 오타쿠가 되기 위해 이 동쪽 끝 섬나라로 굳이 모여드는 거라고. 아무튼 녀석도 그리 오래 있지는 않을 거야. 의외로 금방 원래 살던 데로 돌아갈 수도 있고."

"훌륭한 오타쿠가 되어서?"

"그래. 세관에서 업자라고 의심할 만큼 대량의 오타쿠 물품을 사서. 그러니까 그 성질머리 조금만 죽이고 봐주는 건 어때?"

"아니, 그건 안 돼. 나하고는 상관없어. 봐주는 건 없어. 난 절대 참지 않을 거고 늘 전력으로 날려버릴 거야. 모든 힘을 다해서, 있는 그대로, 나다운 미친 공붓벌레로 살 거라고. 그러고 싶으니까 죽어도 그럴 거야. 학교에 있을 때만큼은 그냥 나로 있을 수 있으니까. 그건 너도 마찬가지잖아? 무슨 말인지 알면서?"

"그래, 뭐." 고타로는 미지근해진 페트병을 들고 옆에 앉은 도모에를 향해 고개를 끄덕였다. 그 심정을 모르는 바는 아니었다.

정말 도모에와 자신은 닮은꼴이다. 학교에서의 모습을 의도적으로 선택한다는 점에서 두 사람은 똑같은 짓을 하고 있다. 그리고 선택한 모습도 본모습과는 전혀 다른 것 같지만 실은 똑같았다.

도모에도 고타로도 학교에서는 '그냥 나'이고 싶었다. 평범하든,

미움을 받든, 어쨌든 '그냥 나'이고 싶다. 그뿐이고 싶다. 그러기를 바라서 스스로 선택했다.

그 시끄러운 교실에 있는 '고타로'는 불쌍하지는 않을 것이다. 가족을 잃을지도 모른다는 공포에 떨지 않을 것이다. 쉼 없는 슬픔과 고통에 가슴이 터질 것 같지는 않을 것이다.

교실 한가운데에 앉은 '고타로'는 태평하고 멍청한 남학생으로 살고 있다.

맨 앞자리의 '도모에'는 냉혹한 미친 공붓벌레로 살고 있다.

둘 다 자신의 모습이다. 양쪽 다 '그냥 나'다. 정말 두 사람은 판박이였고 닮은꼴이었다. 그리고 그 사실은 서로만 알고 있었다.

고타로가 도모에와 병원에서 처음 만난 건 작년 5월 초였다. 그즈음 이미 도모에는 어엿한 미친 공붓벌레였다. 반에서 미움을 받으며 완전히 고립되어 있었다. 고타로와도 접점은 없었고 같은 반이지만 대화를 나눈 적은 한 번도 없었다.

그러다 우연히 로비에서 딱 마주쳤다. 서로 몇 초간 침묵했다. 그때는 모른 척할 수 있었다. 외래진료를 보러 온 것이겠지. 감기 같은 걸로 진찰을 받았겠지. 할아버지나 할머니가 입원했을지도 모른다. 상대방은 알아채지 못했을지도 모른다. 알아챘다 하더라도 크게 신경 쓰지 않을지도 모른다. 분명 그렇겠지. 그럴 것이다. 두 번째 만났을 때도 이렇게 넘겼다.

하지만 만남은 세 번, 네 번 반복됐고 드디어 다섯 번째가 되었을 때. 줄기차게 내리던 장맛비가 겨우 그친 날. 두 사람은 이제 숨길 수 없는 굳은 표정으로 스쳐 지나갔다. 먼저 말을 건 사람은 도모에였다.

"거기, 너."

고타로는 걸음을 멈췄다. 뒤통수에 총구가 겨냥된 기분이었다.

그렇게 두 사람은 벤치에 앉아 서로의 상황을 밝혔다. 곧 가족을 잃을지도 모른다는 공포 속에서 살아가고 있다는 것. 오랫동안 고통받았지만 도망칠 수는 없다는 것. 하지만 적어도 학교라는 공간에서만은 그 공포에서 해방되고 싶다는 것. 동정이나 이해는 필요 없지만 도망칠 수 없는 현실과 감정적으로 분리되고 싶다는 것. 슬픔도 공포도 학교에 있는 동안만큼은 잊고 싶다는 것. 그러니 학교 친구들에게는 가족이 아프다는 사실을 알리고 싶지 않다는 것.

막상 결심을 굳히고 이야기해 보니 두 사람은 놀라울 정도로 같은 생각을 하고 있었다.

도모에의 말로는 자신은 타고나기를 성질머리가 못됐다고 했다. 하지만 아픈 어머니 앞에서는 있는 그대로의 못된 모습을 보이거나 못된 성질을 발휘할 수 없었다. 그러니까 학교에서는 미친 공붓벌레로 살면서 자신의 못된 성질을 있는 힘껏 분출하고 있었다. 남을 배려하거나 하지 않았다. 절대로 참지 않았다. 본모습으로 있을 수 있는 학교라는 공간은 귀한 도피처라고 했다. 괴로운 현실과 자신을 분리할 수 있는 소중한 안전지대라고.

도모에가 한 모든 말에 고타로는 고개를 끄덕였다. 몇 번이고 고개를 끄덕였다. 그 심정을 모르지 않았다. 고타로도 마찬가지였다. 학교에서만은 그냥 나로 있을 수 있다. 학교는 도피처. 안전지대.

그러니까 '고타로'를 더럽혀서는 안 된다. '고타로'를 걸친 동안,

학교에서만큼은 불쌍하지 않은 시공간을 살아갈 수 있으니까.

"네가 무슨 말을 해도 나는 절대로 개 안 봐줄 거야."

뭐, 그렇다고 카무이가 그 성질에 희생되어도 되는 건 아니지만. 미친 공붓벌레에게는 인간적인 감정이 없었다.

"학교에서 한 걸음 나오면 나는 엄마가 언제까지 건강할지, 언제까지 같이 있을 수 있을지, 계속 그 생각만 해. 다른 생각은 하나도 안 해. 슬프고, 괴롭고, 무섭고, 외로워. 내 안에는 그런 감정밖에 없어. 너도 그렇지?"

"그래……."

슬프고, 괴롭고, 무섭고, 외롭다. 그러니까…….

"그러니까 미친 공붓벌레는 아무도 안 봐줘. 절대 안 참아."

그런 식으로 자신을 지키는 것이다.

친구들에게 거짓말을 하며. 비밀을 만들고, 숨겨가면서 간신히 제 마음을 지켜내는 것이다.

결코 도망칠 수 없는 운명의 소용돌이에 휘말려, 모든 것을 빼앗는 무시무시한 혼돈에 삼켜져, 어찌할 도리도 없이 그저 휩쓸려, 가라앉지 않도록 발버둥 치는 게 고작인 나날을 살아가고 있으니까. 그래서 이토록 필사적으로 고타로와 도모에는 학교에서 '그냥 나'로 살아가는 것에 집착하는 것이다. 가라앉지 않기 위해서는 숨 쉴 장소가 필요했다.

그리고 이 벤치에서 보내는 15분은 그렇게 분리해 놓았던 '그냥 나'와 자기 자신이 하나로 겹치는 짧은 순간이었다.

그런 시간을 고타로는 도모에와 함께 보내고 있었다.

"슬슬 버스 오겠다." 손목시계를 힐끗 보며 도모에가 일어났다. 후훗, 하고 얄미운 미소를 짓고는 돌아보며 "잘 마셨어" 하고 밀크 티 병을 살짝 흔든다.

"너 은근 가위바위보에 강하더라."

"네가 은근 약한 거겠지." 도모에는 교복 치마를 나부끼며 병원 정문 쪽에 있는 버스 정류장으로 걸어가다 몸을 돌렸다. "아, 그러고 보니 기시마. 내일 와?"

"아직 몰라. 애매하네."

흐음, 하고 도모에는 턱을 살짝 까닥했다. 그리고 뒷걸음질 치며 서서히 멀어졌다.

"아, 내 동생, 곧 퇴원할 것 같아. 아마도 이번 달 안에는."

"그래? 잘됐네."

그래, 잘됐지. 하지만 어차피 또 똑같은 일이 반복되겠지. 동생의 상태가 안정되고, 퇴원하지만, 얼마 지나지 않아 다시 상태가 나빠져서 다시 입원하고, 안정되고, 퇴원하고, 그리고…… 그런 건 도모에도 알고 있을 것이다. 내려가는 계단 중간에 층계참이 있다. 그뿐이다. 동생이 입원하고 퇴원할 때마다 일희일비하는 것이 얼마나 허무한지 굳이 언급하지 않는 것이다.

"너는? 어머니는 어떠셔?"

"우리는 아직이야. 이번에는 길어질 것 같대."

"고생이네."

"맞아, 고생이지. 하지만 어쩔 수 없지."

버스가 가까이 오고 있었다. 버스가 왔다는 고타로의 말에 도모에는 "놓치겠어!" 하며 황급히 걸음을 돌렸다. 내달리며 마지막으로 뒤돌아보더니 한 손을 쓱 든다.

"혹시 내일 만나면!"

고타로의 답을 듣지 않고 도모에는 이번에야말로 등을 돌리고 버스 정류장으로 달려갔다.

혹시 내일 만난다면, 오늘처럼 가위바위보를 해서 진 사람이 마실 것을 사고 둘이 앉아 잠깐 이야기를 나누겠지. 딱히 그러자고 정해놓은 것도 아니었고 꼭 만나기로 약속한 것도 아니었다. 더 느슨하고, 부드러우며, 애매하고 신기한 사이였다.

버스가 도착하자 몇몇 승객들이 내리고 탔다. 도모에의 모습은 버스에 가려져 이제 보이지 않았다. 곧 출발한 버스가 멀어지자 그 자리에는 아무도 없었다. 주변은 갑자기 정적에 휩싸였다. 병원에 드나드는 수많은 사람이 쉼 없이 지나다니고 있었지만 어째서인지 모든 것이 다른 세상으로 분리된 것처럼 느껴졌다. 이곳에 혼자, 홀로 덩그러니 남겨진 기분이었다.

이 느낌은 마치…… 아니, 아니지. 고타로는 반사적으로 고개를 저었다. 언어화하지 않도록 억지로 다른 생각을 했다.

그래, 멍하니 있을 때가 아니었다. 할 일은 산더미처럼 쌓여 있었다, 슬슬 일어나서 집에 가야지. 그래, 먼저 드러그스토어에 들러 장을 보자. 그리고 음…… 머릿속에서 효율적인 동선을 그려보려 했지만 몸이 움직이지 않았다.

'나와 도모에는 닮은꼴일 뿐이야.'

일주일에 몇 번쯤 이곳에서 만나 이야기할 뿐인 사이.

'서로의 비밀을 쥐고 있는 것뿐이야. 그저 그뿐이고, 그밖에는 아무것도 없어.'

그러니 도모에를 생각해도 소용없다. 도모에는 그냥 미친 공붓벌레다. 귀엽지도 않고, 착하지도 않고, 다정하지도 않다. 그리고 비겁한 방식으로 친구를 함정에 빠뜨릴 녀석도 아니다. 절대로 그렇게 음험한 인간이 아니다. 친구를 파멸시키고 싶다면 도모에는 모두가 보는 앞에서 덮칠 것이다. 무기든 뭐든 쥐고 정면에서 당당하게 공격할 것이다. 남의 눈이나 평판 따위를 신경 쓸 녀석이 아니니까. 그러니까 그 소문은 헛소문이다.

'이런 말은 아무한테도 못 하지만……'

도모에의 편을 들면 학교에서 고타로의 입장은 끝이다. 태평하고 평화로운 고등학교 생활은 무너진다. 그러한 상황만큼은 피해야겠다고 생각할 정도로 고타로 역시 이기적이었다.

겨우 일어나 자전거를 세워둔 곳으로 가기 위해 걸음을 내디뎠다. 시간을 확인하려고 스마트폰을 꺼내려다 "어?" 하고 멈췄다. 뒷주머니가 비어 있었다. 주변을 두리번거리니 방금 앉아 있던 벤치 위에 스마트폰이 놓여 있었다. 큰일 날 뻔했네. 황급히 손을 내민 순간, 전화가 와서 진동이 울렸다. 제법 큰 소리가 나서 자기도 모르게 소리를 지르고 말았다.

"으악!"

"으악!"

놀라서 스마트폰을 떨어뜨릴 뻔했지만 간신히 붙잡았다. 화면을 보니 어머니였다. 평소에는 볼일이 있으면 라인 메시지를 보내는데 무슨 일이지. 하지만 지금은 그걸 생각할 때가 아니다. 고타로는 전화를 받지 않고 말없이 벤치 대각선 뒤에 있는 화단을 보았다.

지금, 여기서, 어떤 목소리가 들린 것 같은데.

확인하려니 무서웠다. 하지만 그렇다고 확인하지 않을 수도 없었다. 고타로는 마음을 다잡고 화단 속으로 한 발 내딛고는 목을 길게 빼서 화단 뒤쪽을 살펴봤다.

"아……."

쭈그리고 앉은 자세로, 카무이가 겸연쩍은 듯 고타로의 얼굴을 올려다보았다.

"이런 우연이 다 있네……."

오늘은 유난히 하루가 길게 느껴지는 날이었다.

카무이가 나타나 뒤를 졸졸 따라다녀서 정말 큰일이었다. 하지만 이제 끝났다고 생각했다.

끝나지 않았을지도 모른다.

카무이가 있었다. 우연이라면서 화단 뒤에 숨어서, 한껏 몸을 웅크린 채 쭈그리고 앉아서. 카무이가 여기…… 방금까지 도모에와 둘이 앉아 있던 벤치 바로 옆에 있었다.

고타로는 말도 나오지 않았다. 무표정한 얼굴로 우두커니 선 고타로의 앞으로, 카무이가 낙엽을 머리에 붙인 채 쭈뼛거리며 미안한 표정으로 일어났다. 눈높이가 비슷했다. 고타로는 꼼짝도 할 수 없었다. 왜, 여기, 이 녀석이……. 큰일이다! 큰일 났다고! 대체 언제부터 여기 있었지? 뭘 봤지? 뭘 들었지? 극도의 혼란에 빠진 고타로는 겉으로는 가면을 쓴 듯 무표정을 유지했지만 머릿속에 휘몰아치는 폭풍을 멈출 수는 없었다. 차라리 이대로 다른 사람인 척 그냥 집에 갈까. 말을 걸어도 모르는 척. 모든 건 네가 멋대로 본 환각이라 우기면 만회할 기회가…….

"다행이다, 아직 안 갔구나! 고타로!"

오싹. 오한이 등줄기를 타고 올라왔다.

"창문에서 내려다보니까 있길래 전화했어. 아까 세탁소 영수증 주는 걸 깜빡했지 뭐니."

돌아볼 것도 없었다. 등 뒤에서 어머니의 목소리가 들렸다. 그래도 아직 기회는 있다. 나는 고타로지만 네가 아는 기시마 고타로는 아니다, 생면부지의 남이니 네가 누군지 모른다, 그렇게 어떻게든 만회를…….

"얘, 고타로! 엄마 말 듣고 있어? 기시마 고타로!"

아, 진짜! 저도 모르게 잔뜩 얼굴을 찡그리며 돌아봤다.

"엄마를 왜 무시하니? 표정은 왜 그래? 어머, 고타로 친구니? 옛날 사람 같은 안경을 썼네?"

엄마! 그만하라고! 마음속에서 혼신의 절규를 토했다. 하지만 어머니에게는 닿지 않았다.

"만나서 반가워, 고타로 엄마야."

"처음 뵙겠습니다. 아스트랄 카무이입니다."

역시. 어머니가 힘주어 고개를 끄덕였다. 생긋. 카무이가 고타로를 보며 웃었다. 이러면 되지? 라고 말하는 양. 네가 당당하게 굴라고 했으니 당당하게 이름을 댔어, 라는 양.

'시끄러워! 이 멍청아!'

고타로는 자포자기의 심정으로 하늘을 올려다봤다. 이제 어떻게 해야 모든 걸 없었던 일로 할 수 있지? 기사회생의 한 수가 있을까? 그래, 천재지변 같은 건? 땅에서 갑자기 마그마가 솟아오른다거나? 그거다, 그게 좋겠어. 솟아올라라, 마그마여. 지금 당장 서둘러라. 지구가 갈라지면 그래도 한 번 더 만회할 기회가…….

"아스트랄 카무이, 지금 시간 있니?"

엄마는 왜 갑자기 친한 척이냐고! 물론 그럴 상황이 아니라 입 밖으로 내지는 않았다.

"있지. 고타로 동생, 그러니까 우리 딸이 아파서 입원했는데, 아스트랄 카무이가 와서 얼굴을 보여주면 무척 기뻐할 것 같거든."

"고타로의 동생이요? 저를요……?"

무너졌다. 모든 것이. 지금까지 쌓아온 모든 것이 와르르 소리를 내며.

"그래. 잠깐이면 되니까 만나줄래?"

"저는 좋아요."

"어머, 고마워! 자, 가자. 고타로도 빨리! 우이코가 아까 깨서, 오빠 왔는데 왜 안 깨웠냐고 투덜거리지 뭐니. 아스트랄 카무이가 온 걸 알면 분명 깜짝 놀랄 거야. 또 앞니 몇 개가 빠질지도 모르겠네."

어머니는 고타로에게 찰싹 팔짱을 끼더니, 의견은 묻지도 않고 다시 병원으로 끌고 갔다. 다른 한 손으로는 카무이와 팔짱을 낀다. 거참 뻔뻔하게 친한 척이라니. 최악이다. 엄마는 그대로 병원 안을 성큼성큼 가로질렀다.

"후후, 꿈은 이루어진다더니."

그게 뭐지? 아들의 멘털을 너덜너덜하게 만드는 주문인가?

이렇게 얌전히 끌려갈 때가 아니다. 억지로라도 뿌리치고 도망쳐야 할지도 모른다. 하지만 그 뒤에는? 왜 도망쳤는지, 어머니에게 뭐라고 설명하지? 그리고 카무이한테는 뭐라고 하지? 모르겠다. 아무것도 모르겠다. 너무나도 갑작스러운 사태에 고타로는 이제 냉정하게 생각할 수가 없었다. 카무이는 어머니가 이끄는 대로 끌려갔다. 그대로 엘리베이터를 탔고, 5층에서 내렸고, 이내 병실 앞에 도착했다. 잠깐만, 좀 기다리라고. 이게 현실인가? 무슨 수를 써도 회피할 수 없는 건가? 지금까지 감춰온 비밀이, 아픈 동생의 존재가 카무이에게 알려지는 건가. 그래도 좋은 건가? 고타로는 포기하지 못하고 발버둥을 치며 "자, 잠깐, 타임! 사실 여러모로 문제가……" 하고 소리쳤다. 하지만 병실 문 앞에서 저항하는 고타로의 등을 어머니가 쓱 밀었다.

"문 앞에 서 있으면 어떡하니?"

그 가차 없는 손길에 무력한 다리가 꼬여서, 고타로는 동생 병실로 쓰러지듯 들어갔다.

그 순간.

"오빠아아아아아아!"

그 모습은 동물에 가까웠다. 침대에 앉아 있던 우이코가 날카로운 목소리로 하울링했다. 컬러풀한 여아용 파자마 차림으로 침대에 오도카니 앉아, 커다란 눈을 반짝이면서 앞니가 빠진 잇몸을 드러내며 환한 미소를 지었다.

"오빠다, 오빠다, 오빠! 빨리 우이코를 처형해!"

우이코는 두 손을 한껏 펼쳤다. 그 모습을 보면 더는 저항할 수 없게 된다. 힘없이 처진 어깨에서 스르륵 미끄러진 가방이 그대로 바닥으로 떨어졌다. 이렇게 된 이상 다른 방법은 없었다. 고타로는 모든 것을 포기하고 침대 가장자리에 앉아 두 팔을 활짝 벌렸다.

"간다, 우이코! 하나, 둘, 처형!"

일곱 살치고는 너무 작은 몸을 와락 껴안았다. 물론 링거를 건드리는 실수 같은 건 하지 않았다. 우이코는 흥분해서는 "꺄!" 하고 괴성을 질렀다. 고타로의 셔츠에 얼굴을 부비며 힘껏 달라붙었다.

자그맣다. 따뜻하다. 여기 있다. 품 안에 있다. 살아 있다. 고타로는 눈을 감고 동생의 머리에 턱을 대고 비볐다. 이게 처형이다. 포옹이라는 형벌. 기시마 집안에서는 강렬한 포옹을 이른바 처형이라고 불렀다.

그때 갑자기 우이코의 손에서 힘이 빠졌다. 고타로의 품에서 고개를 들고는 "오빠, 저기 모르는 사람이 있어" 하고 문가를 쳐다본다. 그 시선이 불안한 듯 흔들렸다. "혹시…… 우이코한테만 보이는 거야?" 아니, 실제로 있다. 우이코의 반응을 기대하며 히죽거리는 어머니 옆에서 녀석은 멍하니 서 있었다.

"우이코. 사실 저 오빠는……." 고타로가 결심을 굳히고 멍하니 선 킹 봄비를 소개하려던 때였다.

"안녕."

목소리.

미소.

카무이가 먼저 천천히 다가왔다.

그 얼굴, 그 모습 위로 창문에서 들어오는 눈부신 오후의 햇살이 쏟아졌다.

우이코는 멍하니 입을 벌리고 다가오는 카무이를 바라보며, 작은 목소리로 "안녕하세요……" 하고 대답했다.

"이름이 우이코니?"

침대 옆, 우이코가 앉은 자리 그 바로 아래에, 카무이는 소리 없이 무릎을 꿇고 허리를 숙였다. 그 순간, 고타로의 눈에 무언가가, 이를 테면 긴 머리카락, 낙낙한 옷자락, 지금은 현실에 존재하지 않는 그러한 무언가가 카무이의 움직임을 쫓듯 공기를 머금고 하늘거리는 모습이 보였다. 사라락, 하늘하늘, 흔들흔들…… 서서히 부풀어올라, 한껏 퍼지고, 빛을 투과하는 막이 되어 파도치듯 나부꼈다.

'뭐지……?'

이게 뭐지.

이성을 되찾은 고타로는 작게 숨을 삼켰다. 그럴 리 없다. 없는데…… 하지만.

카무이는 바닥에 무릎을 꿇은 자세로 침대 위의 우이코를 올려다보았다. 조용히 눈을 깜박이며 미소 짓고 있었다.

"만나서 반가워."

우이코에게 말을 거는 목소리는 지금까지 들었던 카무이의 목소리와 전혀 달랐다. 맑고, 매끄럽고, 조금 높지만, 믿을 수 없을 정도로 다정하게 병실 안을 가득 울리고 있었다.

"난 아스트랄 카무이야."

"진짜……?"

우이코는 카무이에게 빨려 들어가는 것 같았다. 황홀감에 젖은 두 눈으로, 다른 것은 모조리 사라진 듯 카무이만 보고 있었다. 지금까지 우이코가 이렇게 정신없이 누군가를 바라본 적이 있었나.

마쳤다, 저건. 고타로는 그렇게 생각했다. 우이코에게 쏟아지는 다정한 미소. 우이코에게 건네는 다정한 목소리. 같은 공간에 있는 것만으로도 피부를 통해 배어드는 기분이었다. 내 뇌까지 마비된 것처럼 멍했다.

하지만 대체, 왜…… 모르겠다.

학교에 있을 때의 카무이는 엉망진창이었다. 하고 싶은 말을 정리하지 못했고 적절한 거리감도 가늠하지 못했다. 감정을 제대로 제어할 수 없는 것 같았다. 어딜 봐도 이상한 녀석이었다. 다리에서 처음 만났을 때도 그랬다. 갑자기 일방적으로 목표를 정하더니, 혼자 떠들고, 다이빙하고, 물에 빠졌다가 수박에 머리를 박는 이상한 녀석. 어떻게 다른 사람과 관계를 맺는지, 어떻게 하면 다른 사람이 자신을 받아들여 주는지, 그런 방법을 전혀 배우지 못한 채 자라온 듯한 녀석. 카무이는 그런 녀석이었다. 그래서 '불쌍한' 동지일지도 모른다고 생각한 것이다.

그런데 지금은.

"우이코는 입원 중이구나. 힘내고 있구나. 참 착하네. 대단하다."

부드럽게 쏟아지는 카무이의 말에 감싸인 우이코는 기분 좋은 듯 고개를 살랑살랑 흔들었다. 마법에 걸린 사람처럼 카무이를 향해 두 손을 쭉 뻗었다.

"응? 왜? 뭘 원하니?"

우이코의 손가락이 카무이의 안경 코받침을 붙잡았다. 그대로 안경을 가져가는 우이코를 보고 어머니가 황급히 "어머!" 소리쳤다.

"괜찮아. 뭐든 줄게. 다 줄게. 다 주고 싶어. 그러니까 괜찮아."

안경을 빼앗긴 카무이는 꼼짝도 하지 않았다. 생긋 웃는 그 얼굴을 우이코 옆에서 내려다보던 고타로는 무심코 숨을 삼켰다.

두 눈에 비친 건 카무이의 왼쪽 상반신이었다. 안경이 사라진 그 왼쪽 옆얼굴은 섬세한 조각처럼 단정했다. 그리고 우이코를 바라보는 왼쪽 눈은 이상하리만치 맑아서 감정이 느껴지지 않았다. 따스하지도, 차갑지도 않았다. 안구의 표면은 빛을 반사하면서 있어야 할 위치에 박혀 있었다. 하나의 무기물로 완성된 것처럼 보였다.

다정하기 위해 존재하는 것. 그 기능을 다하기 위해 만들어진 것. 카무이는 마치 다정한 기계…….

"안 돼! 아스트랄 카무이에게 안경 돌려줘!"

어머니의 목소리에 현실로 돌아왔다. 고타로는 머리를 살짝 흔들어 이상한 생각에 브레이크를 걸었다.

"미안해, 불편했지?" 어머니는 우이코의 손에서 안경을 빼앗아 카무이에게 건넸다. "아뇨, 괜찮아요." 안경을 다시 쓴 카무이는 금세 고타로가 아는 얼굴로 돌아왔다. 하나부터 열까지 돌봐주지 않으면 안 되는, 그 성가신 카무이의 모습으로.

하지만 우이코는 여전히 마법에 걸려 있었다. "저기, 아슈로, 루로, 루, 카무이는……. 얼굴, 정말, 좋다……? 우이코가 아는 사람 중에, 제일, 좋은 것 같아……." 열에 달뜬 듯 뺨을 붉히며, 꿈꾸는 듯

한 눈으로 거친 콧김을 내뿜으며 카무이를 향해 두 팔을 벌렸다. "우이코를 처형해 줄래……?"

고타로는 자기도 모르게 어머니를 보았다. 눈이 마주쳤다. 우이코가 가족이 아닌 다른 사람에게 안아달라고 조른 적은 처음이었다. 우이코는 눈을 꼭 감고 안아달라는 표정으로 가만히 있었다. "어? 뭐라고……?" 하지만 방금까지 카무이에게서 풍기던 정체불명의 분위기는 온데간데없이 사라진 채였다. 카무이는 난감한 표정으로 쭈뼛거리다 도움을 요청하듯 고타로를 바라보았다. 그 변화에 짜증을 느끼면서도 고타로는 내심 안도했다.

"뭐 하는 거야. 얼른 처형해 줘. 아까 내가 하는 거 봤잖아."

"아니, 그래도……."

역시 이런 녀석이다. 고타로는 깊은 한숨을 내쉬며 짜증스레 말했다. "내 동생 창피하게 할 거야? 이렇게 하는 거라고!"

고타로는 한쪽 팔로 우이코를 껴안고, 카무이를 향해 다른 팔을 뻗었다. 목에 팔을 걸고 억지로 당겨서 그대로 끌어안고는 꽉 힘을 줬다. 우이코가 "꺄!" 하고 환성을 질렀다. 카무이도 놀라서 "어어?" 하고 소리쳤다. 반항하며 팔에서 벗어나려 하기에 더욱 꽉 끌어안았다. "앗, 아! 아앗! 우아아아!" 거기에 어머니까지 가세했다. "오, 엄마도 껴줘! 처형이다!" 이로써 모두 네 명이 떡 한 덩이처럼 하나가 되어 포옹 형벌이 완성되었다.

우이코는 고타로와 카무이 사이에 껴서 방방 뛰며 흥분했다. 카무이는 벼락이라도 맞은 사람처럼 온몸의 근육을 움찔움찔 떨며, "이이이이게 뭐야? 이게 뭐야? 더워, 숨 막혀…… 이게 뭐야!" 하고 계속 격렬하게 동요했다. 어찌할 바를 모르고 두 손을 어설프게 올린 채, 손끝까지 파르르 떨면서.

'하지만 카무이…….'

지금 정말 동요해야 하는 건 나라고.

＊

그만 간다고 하니 난리도 아니었다. 우이코는 카무이의 팔에 매달려서, 고타로가 떼어내려 해도 말을 듣지 않았다.

"싫어, 영원히 떨어지고 싶지 않아. 카무이와 계속 이러고 싶어. 부탁이니까 아직 가지 마. 조금만 더 여기 있어. 우이코는 카무이하고 같이 있을래. 우이코하고 계속 같이 있어줘!"

푹 빠진다는 게 바로 이런 걸까. 부모님이나 고타로한테도 이토록 열렬히 가지 말라고 말린 적이 없었다. 병실에 있던 건 고작 15분쯤이었지만, 그 짧은 시간 동안 우이코는 카무이에게 푹 빠져버렸다. 카무이를 다시 데려오겠다고 고타로는 반복해서 약속해야 했다. 카무이에게도 다시 온다고 약속하게 시켰다.

겨우 병실 바깥으로 나왔을 때는 이미 해가 저물어 주변이 조금씩 어두워지고 있었다.

고타로는 주차장에서 꺼낸 자전거를 밀며 걸음을 옮겼다. 카무이는 아무 말 없이 그 왼쪽에 딱 붙어 따라왔다. 역시 킹 봄비다.

"너…… 집은 어디야?"

"아, 저기, 저쪽인데."

갈 방향을 가리키는 걸 보고 고타로는 그대로 걸어갔다. 걸어가면서 말을 이었다.

"좌우지간 이 상황을 정리해 보자."

카무이는 안경 너머로 고타로의 얼굴을 힐끗거렸다. 무표정을 가장하고 있다는 자각은 있었다.

시가지라고는 해도 한산한 지방 시골 동네라 병원을 나서면 사방에는 밭밖에 없었다. 그 사이로 보이는 폐업한 가게의 셔터와 자외선으로 빛이 바랜 체인점의 간판. 널찍한 주차장. 오가는 차들은 얼마나 속도를 내는지, 녹슨 가드레일 안쪽의 비좁은 인도를 둘이 딱 붙어서 걷는 수밖에 없었다. 주변에 사람이라고는 둘밖에 없었다.

"언제부터 거기 있던 거야? 어디서 뭘…… 왜 거기 있었어?"

"널 따라왔어."

"왜?"

"같이 집에 가고 싶어서."

킹 봄비가 따로 없군.

"하지만 교실에서 그 남자가 불러서."

"고마다가?"

"그래. 그 사람이 불러서."

"담임선생님 이름 정도는 외워."

"그 사람이 교무실에서 사물함 열쇠가 어쩌고, 아직 교과서가 안 왔다면서, 어쩌고저쩌고, 이러쿵저러쿵, 이런저런 소리를 해서."

"왜 그렇게 이야기에 공백이 많아?"

"아무튼 잘 모르는 소리를 해서 창밖을 보니 네가 자전거 주차장 옆에 있길래, 이제 됐다고 하고 급하게 교실로 돌아왔어."

"담임 이야기 좀 들어줘라."

"그럴 여유가 없었어. 아무튼 짐 챙겨서 자전거 주차장까지 갔는데 네가 없어서, 어쩔 수 없이 그 주변에 있던 사람들을 붙잡고 2학년 8반 기시마 고타로가 어디로 갔는지 아냐고 물어봤지."

"뭐? 그걸 누가 알아! 네 기행에 멋대로 내 이름 꺼내지 마!"

"그랬더니 하나둘 목격 정보가 들어와서."

"들어왔냐고!"

"그 정보를 바탕으로 계속 추적했는데, 도중에 놓쳐버렸어. 놓쳤나 보다, 어쩌지, 했는데 눈앞에 아까 그 병원이 나타났어. 아니, 인간용 건물은 그 병원밖에 없었지."

"동물용 건물도 없거든!"

"혹시나 해서 안으로 들어가서 자전거 주차장을 봤더니 네 자전거가 있었어."

통학에 이용하는 자전거에는 이름표를 붙여야 하는 게 교칙이었다. 나중에 기회가 있으면 이런 폐해도 있다며 호소해야겠다고 생각했다. 선생님! 스토커에게 위치를 들킨다고요!

"기다리다 보면 나올 것 같아서 출입문 쪽에서 기다리고 있었는데, 네가 그 여자애랑 같이 나타났어."

아아, 머리를 싸안고 이 자리에 주저앉고만 싶었다. 처음부터 끝까지 다 본 것이다. 가까운 곳에 있었으니 이야기 내용도 다 들었겠지. 처음부터 끝까지, 하나도 남김없이 전부. 고타로는 자전거 핸들을 노려보며 앞머리를 짜증스럽게 흐트러뜨렸다.

"교실에 있을 때랑 다르게 아주 친해 보이더라."

뺨 언저리에 카무이의 시선이 느껴졌지만 고타로는 여전히 눈을 내리깔고 있었다.

"그래서 뭔가, 당황해서 나도 모르게…… 숨어버렸어. 그리고 나올 타이밍을 놓쳤어. 그러다 결국 너한테 들켜서 이렇게 된 거야."

"잠깐 저기 드러그스토어에 들렀다 간다." 고타로는 길 건너편의 가게를 가리키며 횡단보도를 건넜다.

"아, 그래." 카무이는 순순히 따라왔다.

고타로는 자전거를 세우고 쓰레기봉투와 배수구 거름망을 사서 가방에 쑤셔 넣은 다음 다시 걷기 시작했다.

"일단 어떻게 된 상황인지는 알았어."

"저기…… 놀라게 해서 미안해."

"다 잊어."

카무이는 고개를 홱 돌려 고타로를 보았다. 휘둥그레 뜬 눈을 깜빡이더니 고개를 갸웃했다. "뭐? 잊으라니……? 무슨 뜻이야……?"

"말 그대로야. 전부 잊으라고. 네가 학교에서 나와서 지금 이 순간까지 일어난 일, 전부. 내가 병원에 간 일. 도모에하고 같이 있었던 일. 우리가 했던 이야기. 동생이 입원해 있다는 일. 모두 잊어버리고 아무한테도 말하지 마."

고타로는 걸으면서 카무이가 멘 작은 가방에 달린 끈을 붙잡고 홱 당겼다. 얼굴을 들이대고, 눈을 맞추고, 낮은 목소리로 말했다. 농담이 아니라 진심이라는 걸 보여주기 위해서. "부탁이야. 부탁이니까 제발 잊어줘. 진심으로 부탁하는 거야. 절대 아무한테도 말하지 마. 학교 애들한테는 지금까지 비밀로 해왔으니까. 정말로, 진짜 아무도 몰라."

고타로의 진심이 전해졌는지 카무이는 진지한 표정으로 고개를 끄덕였다. "알았어. 네 말대로 할게. 전부 잊어버리고 아무한테도 안 말할게."

그 대답에 안도한 고타로가 가방 끈을 놓으려던 순간.

"그런데." 카무이가 덧붙였다.

고타로는 가방끈을 다시 잡았다. "그런데?" 자신도 모르게 목소리가 험악해졌다.

고타로가 잡아당기는 바람에 카무이는 비스듬히 몸을 기울이며 말을 이었다. "아니, 그게. 정말 아무도 모르는 건 아니지? 사이온지나 야오치는 아는 거 아냐? 그렇게 친한데. 너 혼자 먼저 가면 어디 갔는지 궁금해할 법도 한데."

"정말 아무도 몰라. 걔들도 모른다고."

"하지만 신경 쓰이면 따라가고, 찾아보지 않아?"

알았어, 잊을게, 하고 순순히 이야기를 마무리하지 않는 카무이의 태도에 짜증이 치솟은 고타로는 절로 언성이 높아졌다.

"그러니까 아무도 그런 짓 안 한다고! 너만 그런다고! 네가 처음이라고! 나를 찾아서 이런 데까지 따라오는 놈은! 그런 이상한 녀석은 너밖에 없다고!"

5킬로미터다.

학교에서 병원까지 거리는 대략 5킬로미터. 같이 집에 가고 싶다는 단순한 이유로 쫓아올 수 있는 거리가 아니었다. 지금까지 그런 짓을 했던 녀석은 없었다. 당연하다. 일반적으로는 그러지 않는다. 아무도 그런 짓은 안 한다. 고타로를 여기까지 쫓아오고, 찾고, 결국 발견한 건 카무이밖에 없었다.

"그야 걔들도 좀 이상하다고 생각할지는 모르지! 방과 후나 쉬는 날에 같이 놀자고 해도 힘들다, 졸리다, 하면서 반쯤은 거절하니까! 가끔 같이 어울려 놀다가도 저녁이면 서둘러 집에 간다고 하고! 하지만 이상하게 느껴도 걔들은 그냥 모른 척해준다고! 보통은 그래! 이상하다고 생각해도, 내가 말 안 하면 억지로 파헤치려고는 안 해! 너나 그러겠지! 이렇게 성큼성큼 선을 넘어서…… 무신경하게 남의 사생활에 들어오고! 딱 붙어서! 계속 따라다니고! 대체 뭘 하고 싶은 건데? 내 생활을 뒤엎으려는 거야? 왜 그러는데? 왜 나한테 집착하는데! 목적이 뭐야! 대체 왜 이러는지 모르겠다고! 아침부터 저녁까지 착 달라붙어서. 아, 정말 지긋지긋해."

쏘아붙이다 걸음을 멈췄다. 하필이면 지나가려던 사람이 있었다. 그 사람은 큰 소리를 내는 고타로를 놀란 듯 뒤돌아보았다.

"미…… 안해." 카무이는 힘없이 미간을 모으며 고타로를 바라보았다. 떨리는 목소리로 연신 눈을 깜빡거리다 끝내 시선을 떨어뜨렸다. "난 그냥 같이 집에 가고 싶었어. 너하고 '청춘'을 즐기고 싶어서……." 겁에 질린 듯 우두커니 선 카무이의 모습이 고타로의 화를 더욱 부채질했다.

"시끄러워! 알 게 뭐야! 그런 멍청한 이유로 사람을 5킬로미터나 쫓아오고! 정말 알리고 싶지 않단 말이야! 너한테도, 아무한테도……. 아까 얘기 들었으니까 알겠지? 우이코도, 도모에 어머니도 정말 심각해. 우리는 어떻게든 학교에서만큼은 그런 현실과 상관없이 살고 싶어. 지금까지 그렇게 필사적으로 숨기고, 비밀에 부치면서 간신히 여기까지 왔는데, 갑자기 다 엉망으로…… 젠장!"

카무이는 어깨를 움찔했다. "미, 미안해……."

"그런 소리 듣고 싶은 게 아냐! 젠장, 세탁소 들르는 거…… 깜빡했잖아. 젠장, 젠장…… 다시 돌아가야 돼……."

기진맥진한 고타로는 마른세수를 하며 자전거의 방향을 바꿔서 왔던 길을 되돌아갔다. 계속 뒤따라오는 카무이에게 "집에 안 가도 돼?" 하고 묻자, 카무이는 고개를 저으며 굳은 표정으로 "집이 이쪽이야"라고 대답했다. 그럴 리가 있나. 아까까지 집은 저쪽이라며 전혀 다른 방향으로 걸어가고 있었잖아. 하지만 이제는 지적하기도 귀찮았다. 고타로는 지나쳐 온 세탁소를 향해 묵묵히 걸었다.

"저기……."

카무이도 한동안 말이 없다가 왼쪽 옆에서 조심스레 말을 걸었다. 고타로는 힐끗 시선을 돌려 그 얼굴을 보았다. 하얀 오른쪽 얼굴은 아까 병실에서 보았던 것과 전혀 달랐다. 당혹스러운 듯 눈동자는 흔들리고 있었고, 시선은 발끝을 향해 떨구고 있었다. 어쩌지, 큰일이다, 미안하다, 넘치는 감정을 그대로 줄줄 흘리고 있었다.

"마음이 좀 급해서…… 언제까지 있을 수 있을지도 모르고, 너하고, 저기…… 빨리 친해지고 싶어서, 그래서…… 비, 비밀을 파헤치려던 건 절대 아니고……."

하늘이 짙은 남색으로 물들어 갔다. 가로등에 불이 아직 들어오지 않아서, 카무이와 나란히 걷는 길은 어두웠다.

"아, 아프다는 건……." 카무이의 목소리가 튀었다가 끊어졌다.

세탁소 앞에 도착한 참이라 고타로는 자전거를 세우고 말없이 가게로 들어갔다. 카무이는 따라오지 않았다. 드디어 집에 가려는 건가. 고타로가 와이셔츠를 받아서 세탁소 밖으로 나와 보니 카무이는 여전히 그곳에 우두커니 서 있었다. 고개를 푹 숙인 채 발치로 뚝뚝 흘러 떨어지는 감정들을 물끄러미 바라보는 것 같았다.

그런데도 고타로가 자전거를 끌고 다시 걸음을 내딛자, 카무이는 고타로의 왼쪽 옆으로 와서 섰다. 여러 번 숨을 몰아쉬고, 여러 번 망설인 끝에 간신히 말을 짜낸다. 아까 하던 이야기를 계속하려는 모양이었다. "위로가 될지는 모르겠지만 난 '언젠가는 반드시 떠날 녀석'이니까. '그리 오래 있지 않'을 거야."

고타로는 고개를 들었다. 아까 도모에와 이야기할 때 카무이를 설명했던 표현이었다.

"여기 있는 동안에도 절대로 아무한테도 말하지 않을게. 맹세해. 아니면……." 카무이는 고타로의 옷자락을 살짝 잡아당겼다. 잠깐 멈추라는 신호겠지. 어두운 인도 가장자리에서 걸음을 멈추자, 카무이는 몸을 돌려 정면에서 고타로의 눈을 똑바로 들여다보았다.

"고타로가 바라면 지금 당장 사라질 수도 있어."

"뭐?"

"나, 사라질까?"

그럴 리 없잖아.

애초에 일본식 교육을 체험한다는 이 지역의 유학 제도를 이용해서 전학을 온 거잖아. 그러려고 일부러 부모 곁을 떠나 바다를 건너 여기까지 온 거잖아. 고작 내 뜻만으로 그걸 그만두게 해도 될 리가 없다. 그런 짓을 해도 될 리 없다. 고타로는 그렇게 말하고 싶었다.

하지만 안경 너머 카무이의 눈동자는 고요하고 맑았다. 차분한 표정을 짓고 있었다. 그 말이 진심인 건 고타로도 알 수 있었다.

인적 없는 어두운 도로 가장자리에서 자신을 바라보는 하얀 얼굴. 안경. 짧은 머리. 흔한 교복. 지금 카무이를 비추는 빛은 없었다. 카무이는 그저 홀로, 해 질 녘의 어스름한 어둠 속에서 우두커니 서 있었다. 고타로도 같이 있었지만 카무이는 외톨이처럼 보였다.

'한마디로 내가 사라지라고 하면, 이 녀석은 정말……'

그러라고 고개를 끄덕이기만 하면, 그날처럼 자전거를 타고 녀석을 이곳에 두고 떠나면 그걸로 끝나는 건가. 길었던 오늘이 드디어 끝나는 건가.

그 장면을 상상하려 했다. 그러면 어떤 기분일지 확인하려 했다. 그때였다.

"고타로!"

건너편 차선에서 신호 대기 중이던 자동차 안에서 창문을 열고 고타로의 이름을 부르는 사람이 있었다. 고타로는 놀란 나머지 펄쩍 뛰었지만, 그 사람이 누군지는 돌아보지 않아도 알 수 있었다.

"타이밍 한번……"

대체 오늘은 어떻게 된 건지. 퇴근길의 아버지였다.

"옆에 친구가 아스트랄 카무이 맞지? 엄마한테 연락받았어! 카무이!" 아버지는 함박웃음을 지으며 카무이를 향해 손을 흔들었다. 카무이는 당황한 듯 "아, 안녕하세요……" 하고 꾸벅 고개를 숙였다.

"카무이는 저녁 어떻게 할 거니?"

갑자기 불길한 예감이 들었다.

"네? 아…… 아마 사놓은 게 있을 거라……."

"집에 누구 계셔?"

"아뇨, 아무도……."

"오케이! 우리 집에서 밥 먹고 가라! 빨리 이쪽으로 와! 신호 바뀌기 전에 서둘러!"

"잠깐만!" 그제야 목소리가 나왔다. "다짜고짜 그게 무슨 소리야? 아, 좀! 오지 마!"

고타로의 만류에도 불구하고 아버지는 차에서 내렸다. 좌우를 살피며 서둘러 도로를 건너서 힘없이 선 카무이의 팔을 잡아당겼다.

"아, 저기, 저는……."

"우리 집 바로 저기야!" 아버지는 카무이를 그대로 차에 데려가서 조수석에다가 앉혔다. "그럼 고타로, 아빠 먼저 간다! 세월아 네월아 하지 말고 후딱후딱 따라와!"

"아니, 좀……!"

신호가 파란불로 바뀌자마자 아버지의 미니밴은 금세 사라졌다. 목격자가 있었다면 경찰에 신고해도 이상할 건 없었다. 이건 아무리 봐도…… 유괴…… 아닌가.

자전거와 함께 홀로 길 위에 남겨진 고타로는 아연실색했다. 저 녀석, 어쩌지. 끌려가 버렸잖아. 제대로 된 반항 한번 안 하고 순순히. 바보 아냐? 분명히 바보다. 아까 병원에서 엄마하고 마주쳤을 때와 거의 같은 패턴이다.

그리고 아직 하던 이야기도 안 끝났는데. 아직 대답 안 했는데.

머리 위에서 피로가 쏟아지는 것 같았다. 순식간에 필드를 뒤덮는 방해뿌요를, 뿌요뿌요 게임이 아니라 현실에서 만난 기분이었다. 다리에 힘이 빠지려는 걸 자전거 손잡이를 붙잡고 간신히 버텼다. 이대로 쓰러지고 싶다. 눈을 감고 기절하고 싶다.

'아직 안 끝난 거냐고……!'

오늘은 정말 너무 긴 하루다. 대체 뭐지? 왜 이렇게 길지? 균형을 맞추려고 남은 인생 중 어느 날은 짧아지는 거 아냐?

언젠가 오늘은 왜 이토록 금방 가냐고 괴로워하며 절규하고 싶어지는 날이 찾아올까?

아버지의 차를 따라 고타로도 금방 집에 도착했다. 자전거를 차고에 넣고 현관에 들어서자 카무이가 그곳에 있었다.

"으아아아아!"

포옹형에 처해지고 있었다. 아니, 포옹이라기보다는 무자비한 베어허그*다. 양말을 신은 발이 허공에서 힘없이 버둥대고 있었다.

"어, 왔냐!"

고타로가 들어온 걸 본 아버지가 팔에서 힘을 빼자 카무이는 힘없이 바닥에 무너져 내렸다. 대체 무슨 일이 있었기에 이렇게 된 건지 이해할 수 없었지만 궁금하지는 않았다.

---

* 레슬링 기술의 일종. 상대를 끌어안아 팔의 힘으로 조이는 기술.

"너도 할래?"

"죽어도 싫어⋯⋯. 그보다 손 씻고 양치는?"

"지금 하려고." 전직 유도선수였던 아버지의 커다란 등이 세면실로 사라졌다.

"와, 왔어⋯⋯?" 카무이는 비틀거리며 벽에 기대 간신히 일어났다. 고타로의 얼굴을 보며 겸연쩍은 듯 쭈뼛거리고 있었다. "그⋯⋯ 저기, 어쩌다 보니 이렇게 돼서⋯⋯ 어떻게 해야 할지 몰라서⋯⋯."

한마디로 입으로는 사라진다 어쩐다 해놓고, 결국 이렇게 고타로의 집까지 들어온 자신을, 그리고 이 상황을 고타로가 어떻게 생각할지, 이해는 한다는 건가.

"이제 그만 가는 게 좋을 것 같으면⋯⋯."

고타로는 말없이 카무이의 얼굴을 그저 바라보았다.

그래! 얼른 가! 간단하게 그렇게 말할 수 있다면 얼마나 좋을까.

하지만 말이 안 나왔다. 하고 싶은 말은 산더미 같았지만 그냥 삼킬 수밖에 없었다. 왜냐하면 카무이를 집에 데려온 건 아버지였으니, 고타로 마음대로 돌려보내면 분명 일이 성가셔질 테니까.

그리고 아까 하던 이야기를 끝내지 못했다. 카무이의 물음에 고타로는 아직 아무것도 대답하지 않았다. 만일 이대로 카무이를 돌려보내면, 분명 그 이야기는 여기서 끝이다. 그럴 것 같았다. 그렇게 하라는 대답이나 마찬가지일 것 같았다.

하지만 아직 결론은 나지 않았다. 그래도 되는지 아닌지는 스스로도 판단이 서지 않았다. 그러니 어쩔 수 없다. 지금은 일시 보류다. 이 녀석에게 저녁을 주면 되겠지. 저녁을 먹이고 다시 이야기를 꺼내면 된다. 그때까지는 일단 제쳐두자. 그런 걸로 해두자.

"미리 말해두는데." 벗어놓은 신발을 넣으며 고타로가 나지막이 중얼거리자, 카무이는 힘없이 떨궜던 고개를 퍼뜩 들었다. "나, 엄청 바빠서 너 챙겨줄 시간 없어. 기웃거리지 말고 얌전히 있어."

"알았어⋯⋯!"

삐뚤어진 인경을 고쳐 쓰며, 카무이는 고개를 끄덕이면서 한껏 웃어 보였다. 진심으로 기쁜 것이겠지, 아마도. 고타로는 이해할 수 없는 사고 회로를 따라 이 녀석의 마음은 기쁨에 이르렀겠지. 같이 집에 가고 싶다는 마음만으로 5킬로미터나 따라오는 녀석이니까.

일단 고타로는 카무이를 세면실로 들여보내서 손을 씻긴 후 2층에 있는 자신의 방으로 데려갔다. 카무이를 의자에 앉히고는 책장에서 만화책 몇 권을 대충 집어서 앉은 무릎 위에 내려놓았다. 교복을 벗은 고타로는 옷장에서 실내복을 꺼내서 갈아입었다.

"좋았어! 시작해 볼까!"

티셔츠에 반바지 차림으로 다시 기합을 넣었다. 바쁘다는 말은 거짓이 아니었다. 할 일이 정말 많았다. 느릿느릿 돌아오다 날린 시간을 만회해야 한다. 일단 빨래부터 걷자.

바로 베란다로 나가려던 순간. 오싹. 등 뒤에서 불길한 예감이 들었다. 돌아보자 카무이가 멋대로 활짝 열린 옷장 속을 들여다보고 있었다. 대충 넣어둔 옷가지를 펼치며 "오오⋯⋯"하며 감탄하고 있다. "야! 멋대로 보지 마!" 하고 옷을 빼앗아 다시 한마디 한 뒤에 씩씩거리며 옷장을 닫았다. 남이 봐서 곤란할 물건은 여기에 넣어두지 않았지만, 그렇다고 기분이 썩 좋지는⋯⋯.

오싹. 다시 돌아보니 카무이가 멋대로 책상 서랍을 열고 있었다. 서랍을 들여다보며 "오오……"하고 있다. 그만하라고.

"야! 너!"

달려들어 힘껏 서랍을 닫았다. 서랍에는 같은 반 남자애들 사이에서 돌려 보는 야한 동영상 디브이디와 꽤 과격한 취향의 영상도 장난삼아 섞여서 들어 있었다. 카무이에게 들켜도 딱히 상관은 없지만, 싫으냐고 물으면 또 싫기도 하다. "뭐 하는 거야, 멍청아!" 아까 꺼내놓은 만화책으로 뒤통수를 쳤다.

"아야!"

"얌전히 좀 있으라고! 이거나 읽어!" 고타로는 카무이에게 만화책을 떠밀었다. 그걸 보고 카무이는 "오오……"하며 진지한 표정으로 눈을 부릅떴다. 뭐지? 그렇게 책 선택을 잘했나? 무슨 책인가 싶어서 자세히 보니 만화책인 줄 알았던 그것은 책으로 위장해 책장에 숨겨놓은 야한 동영상 디브이디였고, 그거야말로 이전에 반은 장난으로 봤던 과격한 영상이었다. "으아아아!" 황급히 디브이디를 빼앗아 다시 넣어두었다.

그 틈에도 다시 오싹한 느낌이 들었다. "뭐 하는 거야, 아직 뭐가 또 있어? 으아아아!" 책상 위 노트북을 펼치려는 카무이를 보고 뒤에서 셔츠 목덜미를 잡아당겼다. 암호도 걸려 있고, 봐도 뭐…… 이하 생략. 하지만 더는 용서할 수 없다.

"수, 숨 막혀……."

내가 알 바냐. 카무이를 일으켜 세워서 방에서 끌어낸 뒤, 그대로 1층 거실로 가서 소파에 앉아 커다란 술잔에 보리차를 담아 마시는 아버지 옆에 내던졌다. 고타로는 어억! 하고 소리를 내는 카무이를 가리켰다.

"또 함부로 뒤지면 죽인다!" 그렇게 살해 예고를 했다.

"갑자기 무섭게 왜 그래?" 아버지는 낄낄거렸지만, 고타로는 그럴 기분이 아니었다.

"알았지? 알았냐고? 대답해!"

"네……." 이쯤 되니 카무이도 얌전히 고개를 끄덕이며, 몸을 움츠리고 바른 자세로 소파에 앉았다.

"젠장, 또 쓸데없는 일로 시간 낭비를……! 아빠, 그거 다 마시면 청소기 돌려줘요!"

알았다고 태평스럽게 대답하는 아버지의 목소리를 들으며 고타로는 다시 계단을 뛰어 올라갔다. 2층 베란다에서 빨래를 맹렬히 걷어, 맹렬히 갠 다음, 각 방의 정해진 위치에 맹렬히 수납했다. 다음은 욕실이다. 평소에는 목욕이 끝난 뒤에 대충 청소하는데 어젯밤에는 수마를 이기지 못하고 잠들었다. 맹렬히 욕조와 바닥과 벽을 닦은 뒤에 배수구 청소를 하고, 하는 김에 세면실 휴지통도 비운 뒤 시간을 확인했다. 으억, 하는 소리가 나왔다. 어머니가 돌아오면 바로 저녁 먹을 준비를 할 수 있도록 다른 집안일은 모두 마쳐둬야 한다. 그러니까 다음으로는…….

"그래, 밥! 밥을 안쳐야지……."

주방으로 가려는데 불길한 광경이 눈에 들어와서 걸음을 멈췄다. 아버지가 카무이와 함께 2층으로 올라가려는 게 아닌가. 멈춰! 그 녀석을 데려가지 말라고! 내 사생활이 유린당한다고! 그렇게 외치려 했지만, 혼자 두는 것보다는 나은…… 가?

아까 그만큼 못을 박았고, 아버지랑 같이 있으니 저 멍청이도 제멋대로 굴지는 않겠지. 됐어. 그냥 두고 주방으로 가서 맹렬히 쌀을 씻었다. 2층에서는 청소기 돌리는 소리가 들렸다. 밥통에 넣고 취사 버튼을 누르면 그다음은 뭐지. 아, 아까 세탁소에서 찾아온 와이셔츠를 정리해야지. 그리고, 그리고…… 생쥐처럼 온 집 안을 돌아다니다 보니 어느샌가 차고로 차가 들어오는 소리가 났다. 이어서 찰칵, 현관문 열리는 소리. 어머니가 도착했다.

카무이는 엄청나게 잘 먹었다. 먹고, 또 먹고, 많이 먹었다. 점심 시간에는 딱히 즐거워하는 기색도 없이 기계처럼 담담히 도시락을 먹더니. 지금 모습과는 정반대였다.

"그렇게 마파두부가 좋아? 그럼 점심에도 마파두부를 싸 오지."

고타로가 솔직한 의문을 내뱉자 왼쪽 옆에서 "아냐!" 하고 단칼에 부정하는 목소리가 터져 나왔다.

"이건 지금까지 먹었던 마파두부와 차원이 달라! 마파두부가 이렇게 맛있는 줄은 몰랐어! 굉장해, 믿을 수 없어, 거짓말 같아! 특별해! 너무 맛있어!" 카무이는 한바탕 소란을 피우더니 계속 먹었다.

물론 어머니는 좋아서 입이 귀에 걸렸다. "어머, 엄마가 마파두부 가게를 차려야 하나? 투자자가 있을까?" 진심인 것 같았다.

실제로 맛있기는 했다. 레토르트 식품이나 중화요리 체인점에서 나오는 마파두부와는 전혀 다른 맛이다.

"카무이, 더 먹을 거지?"

신이 난 어머니가 묻자 카무이는 "네!" 하고 힘차게 대답하며 빈 밥공기를 내밀었다. 일일이 따로 다시 담는 게 귀찮은지, 아까부터 덮밥처럼 밥 위에 마파두부를 올려서 줬다.

"고타로도 더 먹을 거지?"

"당연하지! 아, 내가 가져올게."

고타로는 자기 것과 카무이 것까지 밥공기 두 개를 들고 주방으로 갔다. 밥통을 열자 아까 6인분이나 해놓은 밥이 벌써 바닥을 드러내고 있었다. 그래, 기시마 집안의 마파두부는 살짝 매콤하고 양념이 강해서 밥도둑이다. 평소 같았으면 고타로 혼자 다 먹었을 양이었지만 고타로는 카무이의 밥공기에 남은 밥의 절반을 담았다.

'뭐, 어쩔 수 없지. 저렇게 맛있게 먹는데······.'

마파두부도 1인분 정도밖에 남아 있지 않아서, 두 그릇에 반씩 덜어 담은 뒤 자, 하고 카무이에게 건넸다.

"와!"

이런 얼굴로 웃는 멍멍이가 있을 것 같은데.

"카무이는 형제가 있니?" 밥을 잔뜩 입에 넣고 우물거리는 카무이를 흐뭇하게 바라보던 어머니가 조심스레 물었다. 카무이는 한 번에 너무 많이 먹어서 뭐라고 하는지 알 수 없었다. 일단 고개를 젓는 걸 보면 없다는 뜻이겠지.

"그러니? 오늘 보니까 어린애들 대하는 게 익숙한 것 같던데."

"우, 움냐, 와구하."

"그렇구나. 오늘 정말 고마워. 우이코가 너무 떼를 써서 미안해."

"하······ 구아나, 구아나여."

"그래도 곤란했지? 전혀 놔주지 않아서."

"아녀여, 처눈 구아나여."

두 사람은 테이블을 사이에 두고 즐겁게 웃었다. 대화가 통하는 건가? 아니, 그냥 입에 든 걸 넘기면 되잖아.

우이코가 카무이에게 푹 빠졌다는 이야기를 하자, 술을 마시던 아버지도 신기해하며 "그래? 뭔가 둘이 파장이 맞는 건가?" 하고 환하게 웃었다.

"카무이, 오늘은 자고 가도 돼. 시간도 늦었는데."

"그래, 그렇게 해."

어머니도 고개를 끄덕였지만, 고타로는 "뭐라고요?" 하고 미간을 찌푸렸다. 제발 그만하라고. 내 방에 녀석을 풀어놓고 싶지 않아. 잠깐 눈을 떼면 증식할 것 같다고.

하지만 카무이는 드디어 입에 든 걸 꿀꺽 삼키더니, "아니에요, 집에 가야죠. 아무 준비도 안 해왔는데" 하며 의외로 순순히 아버지의 제안을 사양했다. 그러고는 공손하게 "잘 먹었습니다" 하고 인사한 뒤 젓가락과 밥공기를 테이블에 내려놓았다.

"준비? 속옷이나 칫솔 같은 거? 편의점에 가서 사 오면 되지."

"하지만 내일 학교 갈 준비도 해야 하니까요."

그도 그렇다며 아버지와 어머니는 서로 마주 봤다. 아슬아슬하게 세이프다. 고타로는 몰래 주먹을 불끈 쥐었다.

"그럼 집에 데려다줄게. 어느 쪽이니? 걸어왔지?"

카무이가 주소를 말하자 어머니는 지도를 검색했다.

"아, 그 근처구나. 시내에서 떨어진 곳이라 주변에 뭐가 없지?"

바로 경로를 확인하려는 어머니를 향해 카무이는 "저, 정말 괜찮아요. 혼자 갈 수 있어요" 하고 거절했다.

"응? 좀 걱정되는데? 아, 그럼 고타로가 자전거로 데려다줘."

갑자기 이야기의 흐름이 바뀌었다. "내가? 왜?"

"카무이는 이사 온 지 얼마 안 됐잖아. 바깥은 컴컴한데 낯선 동네에서 혼자 밤길을 가게 할 순 없지."

그건…… 그렇다. 더 반박할 말이 없었다. 밖은 이미 어두컴컴했고 카무이는 이사 온 지 얼마 되지 않았다. 게다가 바보다. 쉽게 유괴당하는 희귀한 바보다. 혼자 돌려보냈다가 무슨 일이라도 생긴다면 식구들 모두 꿈자리가 뒤숭숭한 정도로는 끝나지 않을 것이다.

"알았어. 그럼 옷 갈아입고 올게. 먹었더니 땀이 나네."

빈 그릇을 들고 일어나려는 고타로에게 카무이가 환하게 웃으며 말했다.

"고타로, 괜찮아. 아까부터 봤어. 집안일 많이 해서 피곤하잖아. 난 정말 괜찮아!"

하지만 지금 이건 이 녀석의 진심에서 우러나온 표정이 아니다. 고작 하루 스토킹을 당했을 뿐이었지만, 고타로는 알 수 있었다.

"시끄러워. 이제 말 섞기도 귀찮으니까 잠자코 갈 채비나 해."

"아니, 그래도……."

"집에 같이 가고 싶었다면서."

순간 안경 너머의 눈동자가 깜빡였다. 허를 찔린 듯 카무이는 입을 반쯤 벌렸다.

"청춘을 즐기고 싶다며. 아까 그랬잖아."

"응……. 그랬지." 카무이는 고개를 끄덕이더니 잠꼬대하듯 중얼 거렸다. 내 소원…… 하고 작게 웅얼대는 소리가 들렸다.

"그걸 이뤄주겠다고." 카무이가 이 말을 듣고 기뻐할 거라고 생각 했다. 이해할 수 없을 만큼 기뻐하며 흥분할 줄 알았다. 하지만 아 무 반응도 돌아오지 않았다.

카무이는 그저 고타로에게서 눈을 떼지 않았다. 아무것도 놓치지 않겠다는 양, 필사적으로, 열심히, 간절한 표정으로.

왜 지금 갑자기 그런 표정을……. 신경이 쓰이기는 했지만, 이러 는 동안에도 시간은 흘러간다. 너무 늦기 전에 출발해야 한다. 더는 말하지 않고 일어난 고타로는 카무이의 그릇까지 같이 싱크대에 가 져다 둔 뒤에 혼자 2층으로 올라갔다.

옷장에서 갈아입을 옷을 꺼내는데, 문가에 아버지가 나타나 말을 걸었다.

"고타로."

계속 술 마시는 줄 알았는데, 깜짝이야.

"왜요?"

"쟤 말이다……."

"카무이?"

그래, 하고 목소리를 낮추더니 아버지는 소리 없이 문을 닫았다. 아래층에 있는 두 사람에게는 알리고 싶지 않은 이야기를 하려는 모양이다. "오늘 우이코 병실에서 우리한테 처형을 당해서 엄청 놀 랐다던데."

"뭐, 그야 놀랄 법도 하지. 우리 집이 좀 특이하잖아."

"그게 아니라, 누가 안아준 게 태어나서 처음이었대. 그렇게 꽉 안긴 경험이 지금까지 한 번도 없다더라."

뭐? 고타로는 고개를 갸웃했다. "그게 무슨 뜻이야?"

"말 그대로겠지."

아버지의 목소리는 여전히 낮았고, 표정은 아까 식탁에 앉아 있을 때와 달리 심각했다. 화가 난 것 같기도 했고, 아픔을 참는 것 같기도 했으며, 뭔가 용서할 수 없는 것을 본 듯한, 그런 감정이 피부 아래에서 폭발하기 직전까지 끓어오른 듯한 표정이었다.

"뭔가 그 얘기를 들으니까…… 울컥하더라고. 이 녀석을 빨리 안아줘야겠다, 빨리 처형해 줘야겠다 싶어서 마음이 조급해지더라."

그래서 아까 현관에서……. 그래도.

"그게 말이 돼……? 아니, 보통은, 보통은……."

부모나, 가족이나, 좌우지간 그런 존재가 있을 거 아닌가. 이 세상에 태어나 지금까지 살아왔으면 누군가가 한 번쯤은 안아줬을 게 아닌가. 적어도 포옹을 한 번도 경험하지 못했을 리는 없다. 갓 태어난 인간은 어느 시기까지 혼자 서지도, 걷지도, 먹지도 못하니까. 인간은, 아니 포유류는 누군가의 품에 안겨 자란다. 그러지 않고는 살아갈 수 없도록 만들어졌다.

"갓난아기 때 있던 일을 잊어버린 거 아냐?"

"그럴지도 모르지. 하지만 너도 그건 마찬가지잖아."

"그야 그런데……."

"나도 기억 안 나. 벌써 몇십 년 전이니까. 하지만 고타로, 넌 지금까지 아무한테도 안긴 적이 없다고 말할 수 있니?"

옷을 애매하게 걸친 채 고타로는 동작을 멈췄다.

아버지는 닫힌 문 너머를 바라보며 뺨을 긁적였다. "난 아니야. 뭐, 실제로 누구에게 안기기도 했고. 설령 당장 기억나지 않더라도 백 퍼센트 있다고 말할 수 있지. 우리 부모님은 날 안아줬어. 아버지와 어머니가 날 안아주지 않았을 리 없어. 지금 관계가 어떻든, 그 믿음만큼은 절대로 내 안에서 흔들리지 않는단 말이지."

짙은 눈썹을 찌푸리며, 아버지는 생각에 잠긴 듯 그대로 입을 다물었다. 팔짱을 낀 팔에 절로 눈길이 갔다. 어릴 적부터 지금까지, 몇 번이고 고타로를 안아줬던 팔이다. 절대로, 무슨 일이 있어도, 자기 안에서 흔들림 없이 믿을 수 있는 팔.

갑작스레 귓가에 누군가의 목소리가 울려 퍼졌다. 고타로 자신의 것과 닮은 목소리였다. '걔네 부모님, 좀 이상해. 평범하지 않다고 할까, 가족 관계도 정상적이지는 않을 것 같아. 어쩌면 걔도 우리와 다른 의미로 '불쌍한' 녀석일지도 몰라.'

이상한 수첩 하나만 들고, 부모님에게 연락할 스마트폰도 없이 혼자서 이곳에 왔다. 누가 안아준 기억도 없이. 말이 안 된다. 이상하다. 평범하지 않다. 그런 녀석은 그거다. 그래, 그거.

'불쌍해!'

내가, 그렇게, 말했다.

툭, 발치에 티셔츠를 떨어뜨렸다.

"아까 카무이하고 청소기를 돌렸을 때, 우이코 방에도 같이 들어갔거든."

고타로의 방과 이웃한 우이코의 방은 귀엽게 꾸며놓았다. 이 집으로 이사 온 지도 일 년 반이 지났지만, 우이코는 방을 쓴 적이 거의 없다. 그렇지만 신기하게도 먼지는 쌓였기에 청소는 정기적으로 하고 있다.

"선반에 작은 동물 피겨를 장식해 뒀잖아. 과자 먹으면 나오는 그거. 우이코가 열심히 모은 보물. 그게 전부 쓰러졌더라고. 원체 작고 많기도 해서 나중에 정리해야겠다 싶었는데, 카무이가 알아채고 세워줬어." 아버지의 표정이 풀어졌다. 고타로를 보며 아버지는 희미하게 웃었다. "그 손길이, 손을…… 부들부들 떨더라고. 떨고 있었어. 혹시라도 망가뜨릴까 봐, 흠집이라도 낼까 봐. 진지한 표정으로 숨을 참고, 시뻘건 얼굴로 하나하나 조심스럽게 세우더라. 그런 작은 완구를 정말 너무 소중하게 다루는 거야."

우이코의 병실에서 모두가 한데 껴안았던 일을 떠올렸다.

당황한 나머지 이상한 소리를 내던 카무이의 두 손은 계속 어쩔 줄 모르고 허공에 떠 있었다. 단번에 알 수 있을 만큼 떨고 있었다. 자기도 손을 내밀어서 껴안으면 되는데, 그러면 우이코는 분명 떨듯이 기뻐했을 텐데도 카무이는 그러지 않았다. 그 이유를 지금 알았다. 카무이는 너무나도 작은 우이코의 몸에, 너무나도 약한 등에 손을 대는 게 두려웠던 것이다. 망가지지 않도록, 다치지 않도록, 떨리는 두 손을 열심히 들고 있던 것이다.

"착한 애야. 카무이는 분명 아주 착한 녀석이야." 아버지는 고타로가 떨어뜨린 티셔츠를 주워서 머리에 씌워주었다. "잘 데려다줘. 또 놀러오라고 꼭 말하고. 언제든 환영이고, 밥도 마음껏 먹으라고 잘 전해주고."

"……아빠가 말하면 되잖아. 아래층에 있는데."

"임마, 네가 말하면 더 좋아할 거 아니냐."

아버지가 방을 나가자 고타로는 홀로 남겨졌다. 그대로 한동안 어정쩡한 차림으로 우두커니 서 있다가, 상황을 퍼뜩 깨닫고 간신히 티셔츠를 입었다. 스마트폰과 집 열쇠, 자전거 체인 열쇠를 반바지 주머니에 넣었다.

삐거덕거리는 계단을 내려가자, 카무이는 현관 앞에서 부모님에게 다시 처형당하고 있었다.

"또 놀러와! 맛있는 거 잔뜩 만들어놓고 기다릴게!"

"응, 윽, 가, 감사…… 합니…… 다!"

"자고 가면 좋은데! 받아라, 처형 맥스!"

"아, 아…… 수, 숨, 막혀……."

혼신의 베어허그에 당하고 있는데 이대로 놔둬도 되는 걸까. 한 발짝 떨어져 지켜보고 있는데, 아버지가 손을 까닥거렸다.

"고타로 너도 와! 빨리! 같이해야지!"

"난 됐어. 아니, 뭘 나까지야!"

그대로 뻗은 손에 붙잡혔다.

"자, 고타로도 왔습니다!"

"아니, 됐다고, 정말 됐어! 으아아……! 숨 막혀! 짜증 나!"

고타로는 카무이와 함께 부모님의 품에 힘껏 안겼다.

"으, 으하…… 으햐햐! 으햐햐하! 으햐햐!"

카무이는 머리가 이상해졌는지 웃음을 터뜨렸다. 찰싹 달라붙은 몸이 뜨겁다는 걸, 금방이라도 폭발할 것처럼 힘차게 고동치는 걸, 땀에 젖은 걸, 떨고 있는 걸 옷 너머로도 느낄 수 있었다.

고타로는 카무이의 두 손이 어디 있는지 더듬었다. 힘없이 축 늘어뜨린 두 손을 잡았다. 잡아서 자신의 등에 둘렀다. 그리고 두 팔로 카무이를 꼭 안았다. 힘주어, 강하게, 전했다.

'이렇게 하는 거야.'

"......!"

카무이가 놀란 듯 숨을 내뱉었다. 목덜미에 뜨거운 숨결이 닿았다. 아무런 말도 없이. 이내 웃음도 그쳤다. 그래도 카무이는 고타로의 등에 두른 팔을 풀지 않았다. 뜨거운 두 손은 이번에도 떨리고 있었다. 그래도 그곳에 계속 있었다. 부모님이 둘을 품에서 놓고, 고타로가 "가자!" 하고 말할 때까지 계속.

카무이는 움직이지 않고 그대로 있었다.

✦

스마트폰에 주소를 입력해 보니 카무이의 집까지는 걸어서 20분이 넘게 걸렸다. 그리고 고타로의 자전거에는 좌석 뒤에 짐받이가 없었다. 원래는 안 되지만, 어둠을 틈타 둘이 타려면 안장 아래에 억지로 다리를 올리고 서는 수밖에 없었다.

"잘 탔어?"

"어!"

"꽉 잡아."

"어!"

"출발한다."

"어…… 앗!"

고작 한 번 페달을 밟았을 뿐인데 카무이는 떨어졌다. 그러기를 세 번 반복한 끝에 자전거는 관두기로 했다. 어두컴컴한 밤길을 자전거를 밀며 둘이서 나란히 걸었다.

"어? 마파두부가 1위가 아니라고?"

"상위권에 드는 건 분명하지만 1위는 아냐."

"말도 안 돼, 그렇게 맛있었는데."

"1위는 닭튀김이야."

"아, 닭튀김……! 닭튀김은 못 이기지."

"2위는 카레."

"카, 카레……! 너무 강력하잖아."

주변에는 인적이 없었고, 오가는 차도 없었다. 이 일대는 한적한 주택가라 작은 텃밭이나 부지 안에 밭이 여러 개 있는 커다란 집, 그리고 이따금 보이는 판매용 새 주택이 드문드문 자리하고 있을 뿐이었다. 바보를 혼자 돌려보내지 않기를 잘했다고 생각했다.

"3위는 생각지도 못한 참치커틀릿이야."

"뭐라고?"

그런 시시한 이야기를 하며 고타로는 은근슬쩍 시선을 돌려 왼쪽에 있는 카무이를 살폈다. 이 녀석은 언제 아까 하다 만 이야기를 다시 꺼내려는 걸까.

카무이는 고타로가 원한다면 여기서 당장 사라지겠다고 했다. 불과 몇 시간 전에. 고타로는 그에 대한 답을 하지 않았다. 그러라고도, 그러지 말라고도, 아직 아무 대답도 안 했다. 사실 어떻게 대답해야 할지 알 수 없었다. 애초에 진지하게 생각할 의미가 있는 걸까. 그런 일이 현실적으로 가능한지조차 고타로는 알지 못했다.

설령 가능하다 치자. 다시 물으면 어쩌지? 뭐라고 대답하지?

"하필 참치커틀릿? 대체 왜? 닭튀김, 카레에 이어 참치커틀릿?"

카무이는 혼잣말처럼 중얼거리며 고개를 갸웃거렸다. 참치커틀릿의 맛을 모르는 모양이다.

'아니면 이제 그 얘기는 없는 걸로 치는 건가?'

그런 거라면 상관없다. 아니, 그게 좋다. 왜냐하면…….

'애초에 그렇게 중요한 일을 내 말 한 마디로 결정하는 게 이상하잖아…….'

"아앗!"

갑작스레 터져 나온 목소리에 고타로는 말 그대로 펄쩍 뛰었다.

"뭐, 뭐야?"

"고타로, 보지 마! 보면 안 돼!" 카무이는 고타로의 앞에 서서 두 손을 펼치고 있었다. "눈 감아! 내가 됐다고 할 때까지 뜨지 마!"

"또 뭐야!" 고타로는 한 손으로 카무이의 뒤통수를 잡고 밀쳤다.

"아아…… 안 된다고 했는데……!"

몇 미터 앞에 펼쳐진 광경이 눈에 들어왔다. 큰일이라도 난 줄 알았네.

"큰 개구리가 비운의 죽음을 맞이했을 뿐이잖아. 저런 걸로 일일이 소란 피우지 마."

"아니, 저거, 무…… 무섭지 않아?"

그건 그렇다. 차에 치여서 밤길에 납작하게 널브러진 개구리 시체. 직시하기 힘든 광경이기는 했다. 하지만 시골에 사는 사람에게는 피할 수 없는 경험이었고, 좋든 싫든 익숙해진 풍경이기도 했다.

"일일이 의식하지 않으면 괜찮아. 눈 돌리고 빨리 지나치면 돼."

"으, 하지만…… 저건 누가 치우지……."

"치우긴, 그냥 내버려두면 오가는 차에 뭉개져서 곧 바닥과 하나가 될 테고, 비가 내리면 배수구로 흘러가서 끝이지."

"동물이 먹으러 오지는 않고……?"

"그럴 일 없어. 팔팔한 개구리들이 사방에 널렸는데 굳이 저걸 먹을까. 아까 병원에서 돌아오는 길에도 저런 거 많았잖아."

"정말? 전혀 눈치 못 챘어……."

그도 그렇겠지. 그때는 그럴 정신이 아니었다. 새파랗게 질려서 고개를 숙인 채 고타로 뒤를 간신히 따라오고 있었으니까. 고타로도 비밀이 밝혀지자 동요해서, 조급한 마음에 심한 말들을 쏟아냈다. 아마 상처가 되는 말들도 꽤 많이.

'내가 카무이를 몰아붙여서……. 애당초 카무이가 나한테 비밀이 있다는 걸 알았을 리도 없는데. 일부러 비밀을 파헤치려던 것도 아닌데. 우연히 일이 그렇게 되었을 뿐인데.'

왼쪽 옆으로 시선을 돌려서 카무이의 옆얼굴을 슬쩍 보았다. 해야 할 말이 있다. 하지만 갑자기 말문이 막혔다. 방금까지만 해도 평범하게 이야기하고 있었는데 이제는 말이 나오지 않았다.

미안하다는 말이 나오지 않았다.

'넌 나한테 몇 번이나 말했는데……. 미안하다고.'

나는.

'이제 용서한다는 말도 못 하겠어……'

처음부터 잘못을 저지르지 않은 사람을 용서할 방법은 없으니까.

개구리 사망 사고 현장 옆을 잰걸음으로 지나쳤다. 납작하게 눌린 물체를 스쳐 지나가면서 카무이는 작은 목소리로 "허무한 죽음이네"라고 중얼거렸다. 그럴지도 모른다. 흙으로 돌아가지도 못했고 누군가의 먹이가 되지도 못했으니 분명히 그 말이 맞을지도 모른다. 만일 이미 자손을 남겼다면 본인, 아니, 본 개구리는 만족해할까. 그나마 다행이라고 해야 할까. 저런 마지막이라 해도.

"아, 맞다." 카무이가 휙 고개를 들었다.

고타로의 심장에 뻐근한 통증이 느껴졌다. 아까 하다 만 이야기를 떠올린 걸까. 드디어 대답해야 할 때가 온 걸까.

몰래 숨을 죽이는 고타로 옆에서 카무이가 걸음을 멈추더니 검은 나일론 가방을 앞으로 돌려 뒤졌다. 이상한 수첩, 망할 파피루스, 수마트폰을 꺼냈다. 그대로 뒤쪽을 펼치고는.

"슝!"

그대로 고타로에게 내밀었다.

얼마 없는 가로등의 희미한 불빛 아래에서, 고타로는 수첩에 적힌 문장을 간신히 읽었다.

같이 집에 가줘서 고마워.

거기에는 그렇게 적혀 있었다.

쑥스러움을 감추듯 카무이는 입을 크게 벌리고 "와하하!" 하고 웃었다. 고타로는 아무 말도 할 수 없었다. 온몸이 마비된 것처럼 무거웠다. 카무이의 웃는 얼굴을 그저 바라보았다. 그리고 다시 수첩에 적힌 어설픈 글자를 보았다.

볼펜으로 적어서 고타로에게 보낸 카무이의 메시지.

읽었다고 표시하는 시스템이 없네. 이런 상황에서 멍하니 그런 생각을 했다. 아니, 이런 상황이 뭔데? 지금이 대체 어떤 상황인데?

지금 무슨 일이 일어난 거지?

"아까 고타로를 기다리는 동안에 썼어!" 카무이는 앞장 서서 걸으며 쑥스러운 듯 머리를 긁적였다. 그 바람에 뒤통수의 머리카락이 흐트러져 뻗쳤다. "제대로 표현할 수 있을지 몰라서. 좀 부끄럽기도 하고. 하지만 꼭 말하고 싶었어. 나 지금 너무 즐거워. 고타로는 재미없을지도 모르지만, 정말 즐거워. 정말 즐거웠어! 오늘은 최고의 하루야! 고타로와 다시 만났고, 옆자리에서 수업을 들을 수 있었고, 우이코하고도 만났고, 고타로네 집에도 갔고, 마파두부는 말도 안 되게 맛있었고! 같이 집에도 가고! 정말 대단해! 모든 게 전부 최고야! 정말 나, 난……."

갑자기 말을 끊는다. 뒤돌아 고타로를 본다. 벌어진 입에서 새어 나오는 건 공기뿐이다. 카무이는 그대로 뭔가를 떨쳐내듯 세차게 고개를 젓더니, 습, 하, 하고 다시 심호흡을 한 뒤 등을 쭉 펴고, 크게 만세하듯 두 팔을 벌렸다.

"이게 마지막 추억이라 다행이야……!"

그 등 뒤로, 오늘은 달도 별도 없다. 그 얼굴이 그림자 빛깔로 덧

칠된다. 어떤 표정을 짓고 있는지 모르겠다. 보이지 않는다. 새카만, 완전한 어둠이 카무이를 삼키려 하고 있었다. 아주 가까운 거리까지 다가온 그 어둠에 고타로는 반사적으로 비명을 지를 뻔했다. 위험해, 도망쳐, 같은 말들. 그런 말은 너무나 뜬금없을 것 같아 애써 삼키고, 고타로는 좌우지간 걸음을 내디뎌서 카무이를 따라잡았다. 옆에서 같은 속도로 걸으며 카무이에게 뭔가를 전하려 했다. 전해야 한다고 생각했다. 하지만 쓸 것이 없다. 이래서는 답장할 수 없다. 하지만 빨리, 한시라도 빨리 뭔가를 카무이에게 전해야 하는데. 마음만 어찌할 수 없을 만큼 조급했다. 뒤늦게 말로 하면 된다는 걸 떠올렸다. 카무이의 한 손에 들린 스마트폰에 적힌 글자를 다시 보며 "아니, 그렇게 재미없지는 않아"라고만 대답했다.

말하고 나서 자신이 이토록 초조해하는 이유를 알았다. 카무이가 멋대로 정해버렸기 때문이다. 아직 아무 말도 안 했는데. 고타로가 원한다면, 이라고 했는데. 그런데도 카무이는 멋대로 지금 당장 여기서 사라지겠다고, 혼자 결정했기 때문이다. 그래서 이토록 가슴이 아픈 것이다. 누가 심장을, 폐를, 목을, 꽉 붙잡아 힘껏 쥐는 듯, 죄는 듯 아팠다.

'왜 그렇게 되는데. 나 때문인가? 내가 너한테 상처를 줘서……?'

졸졸 따라다녀서 지긋지긋하다고 격하게 비난하기도 했다. 그전에도 그랬다. 자신이 제일 당하고 싶지 않은 일을 카무이에게 저질렀다. 녀석을 '불쌍하다'고 재단하고 동정의 대상으로 깎아내렸다. '우리와 다른 의미로' 같은 표현을 쓰면서 교묘하게 거리를 두고 이물질로서 선을 그었다. 거절했다. 그렇게 카무이가 그냥 카무이로 존재하게 두지 않았다.

우이코가 학교 친구들에게 받은 카드가 떠올랐다. 그 카드를 보고 느꼈던 감정을 떠올렸다. 그보다 훨씬 명확하게 자각하고 있는 상태에서, 그때 고타로는 카무이를 잔인하게 밀쳐낸 것이다.

그리고 카무이는 그 말을 듣고 있었다. 5킬로미터의 거리를 따라와, 바로 옆에 숨어 있던 카무이가 그 이야기를 들었다.

그래서였을까. 내가 그런 놈이라 너는 이제 나한테 질려서 포기하고 멋대로 결론을 낸 걸까. 아니, 그건 애초에 질문조차 아니었나. 질문했을 때부터 이렇게 하기로 이미 정해놓고 있던 걸까.

하지만 그렇다면 어째서…….

"하하! 됐어, 난 재미없는 놈이야! 나도 그 정도는 알아!"

……그런 얼굴로 웃는 거지? 그런 눈으로 보는 거지? 지금 이 순간이 즐거워서 견딜 수 없다고, 기뻐서 견딜 수 없다고 온몸으로 말하는 거냐고? 이게 포기한 녀석이 지을 표정이냐고…….

"난 너하고 다르니까. 너처럼 되고 싶었어…… 고타로."

"뭐……?"

카무이는 이제 멈추지 않고 어두운 밤길을 성큼성큼 걸어갔다.

"청춘을 즐기고 싶은 마음만으로 여기까지 왔지만 어떻게 해야 할지도 모르고 아무것도 아는 게 없었어. 사실은 너무 무서웠어. 불안해서 견딜 수 없었어. 어쩌지, 어쩌지, 머리가 이상해질 것 같았어. 그랬더니 네가 나타났어." 고타로의 왼쪽에서 걸음을 옮기며, 카무이는 살짝 턱을 들어 밤하늘을 보았다. 무언가를 떠올린 사람처럼 혼자 히죽거렸다. "널 보고 청춘 그 자체라고 생각했어. 청춘이 나타났다고. 너는 수박을 품에 안고 자전거 페달을 밟으며, 한껏 우울한 얼굴로 불만이 많은 듯 중얼거리다가…… 날 발견했잖아."

웃음이 번진 카무이의 옆얼굴을 고타로는 홀린 듯 바라보았다.

"그 순간 마음먹었지. 나는 저 녀석과 친구가 되어야겠다고. 그리고 함께 '청춘'을 즐기겠다고. 무슨 일이 있어도 저 녀석이라고."

"그래서, 왜, 이유가 뭔데." 고타로는 쉰 목소리로 물었다. 카무이는 고개를 돌려 고타로를 보았다.

"왜 난데? 나에 대해 아무것도 모르면서. 내가 정말 어떤 놈인지, 하나도 모르면서……."

안경 너머의 오른쪽 눈동자가 신기하다는 듯 깜빡거렸다. "진짜 너는 지금 여기 있는 너하고 다른 거야?"

"달라, 아주 많이."

"그건…… 우이코의 존재를 숨기고 있어서? 학교에서 보이는 모습은 가짜고, 진짜 네 모습이 아니라서? 하지만 난 이미 알아. 너는 원치 않았겠지만 나는 진짜 너를, 학교에서의 너와는 다른 너를 이 눈으로 봤어. 그래도 생각은 바뀌지 않아. 난 지금도 그 다리 위에서 너와 처음 만났을 때하고 같은 마음이야."

아냐.

아니야, 카무이. 그게 아냐.

스스로도 똑바로 바라볼 수 없는 것이, 그보다 훨씬 오래전부터 내 안에 있어. 아무도 못 보는 곳에 감춰둔 것이 그곳에 있어. 사라지지 않아.

하지만 그건 절대로 건드릴 수 없으니까 아닌 척 얼버무릴 수밖에 없어. 핵심을 피하며 은근슬쩍 이야기의 방향을 바꿨다.

"애초에 난 강에 빠졌던 너를 혼자 두고 떠난 녀석이야. 인정머리 없다고. 그런 놈하고 친구가 된다고 뭐 좋은 일이 있겠어."

"으하하하하!" 카무이는 태평하게 웃음을 터뜨렸다. 갑작스레 기운 넘치는 표정으로 손가락을 들어 고타로를 가리킨다. "말해두지만, 난 혼자 남겨지지 않았어! 적어도 너한테는!"

의기양양하게 웃는 표정에 고타로는 고개를 갸웃했다. 대체 왜 갑자기 신이 난 거지?

"난 네 뒤를 따라갔어. 강에서 간신히 빠져나와서 네가 떠난 방향을 샅샅이 뒤졌어. 하지만 찾지 못해서, 어쩔 수 없이 다음 날도, 그다음 날도, 다음 날도, 그다음도, 그다음도, 그다음도. 그날부터 계속 그 다리에서 널 기다렸어. 어제도, 오늘도 학교가 끝나면 그럴 작정이었어. 그러다 보면 언젠가 분명히 그곳에서 너와 다시 만날 수 있을 것 같아서."

"아니…… 못 만났을 거야. 그 다리는 수박밭에 일하러 갈 때만 지나가니까. 그때부터 날이 계속 더워서 안 갔고, 그러다 아르바이트가 끝났고……. 아니, 그날부터 계속 기다렸다니……."

처음 카무이와 만난 그날부터 이미 열흘이 지났다. 그것도 그냥 열흘이 아니었다. 체감기온이 40도를 넘는, 해가 쨍쨍 내리쬐는 지옥 같은 열흘이었다.

"계속, 그래, 계속. 그날부터 계속. 물론 24시간은 아니었지만."

"당연하지, 이 멍청아! 그러다 쓰러져! 아니면 신고당하거나!"

"고작해야 여섯 시간 정도였어. 오후 2시부터 8시까지."

"충분히 길거든!"

"하지만 쓰러지지도 않았고 체포되지도 않았어. 뜻밖이기는 하지만 결국 다시 만날 수 있었어. 그러니까 홀로 남겨진 건 아냐. 난 계속 널 쫓았거든. 계속 찾았어. 포기하지 않았어. 드디어 오늘 찾아낼 때까지."

5킬로미터 정도는 놀랄 일도 아니라는 건가. 그로부터 계속, 계속 찾아다녔다니. 이 녀석은 나를.

'그래서 그토록 필사적으로……'

고타로는 카무이가 교단에서 자신을 찾아낸 그 순간에 지었던 표정을 떠올렸다. 부끄러운 가명을 외치며 끈질기게 물고 늘어졌던 일을 떠올렸다. 절대로 포기하지 않겠다고, 반드시 친구가 되겠다고, 반복해서 외쳤던 일을 떠올렸다. 다양한 일들을 떠올리고 고타로는 저도 모르게 "하, 하" 하고 웃음을 흘렸다. 한 손으로 눈가를 꽉 눌렀다. 고개를 숙이고 솟아오르는 웃음을 참으려 입술을 깨물었다. 그래. 이건 웃음이다. 웃음이 터져 나오는 것이다. 그럴 것이다. 아마도.

'대체 뭐냐고, 바보 같은 녀석이네. 정말.'

목구멍 속에서 튀어 오른 숨이 막혔다.

'너무나 바보 같아서…… 찾기 쉬워서 다행이야.'

그런 생각이 들고 나서야 고타로는 자기 안에서 일어난 사태를 파악했다.

그렇구나. 찾아낸 건가. 지금.

이 녀석이 나를 찾아낸 것처럼, 나도 이 녀석을 찾아낸 것이다.

어디까지고 쫓아오고, 집요하게 찾아내고, 그러다 결국 찾아낸 녀석. 이런 녀석이 또 있을까. 이 세상에 이 녀석밖에 없다. 난생처음…… 아니, 아니다. 깨문 입술이 제자리로 돌아왔다. 불현듯 되살아난 몇 년 전의 기억에 고타로는 이번에야말로 피식 웃음을 흘렸다. 전에도 이런 일이 있었다. 이런 사람이 또 있었다. 그 사람이 있었기 때문에 자신은 지금 하루하루를 간신히 살아갈 수 있었다.

이 순간을 앞으로 몇 년이 지난 뒤에 똑같이 떠올리게 될까. 카무이가 있었기 때문에, 지금 어떻게든 하루하루를 살아가고 있다고 생각하며 밤길을 걷게 될까. 그때 자신은 어디를 향하고 있을까. 카무이는 어디에 있을까.

"고타로." 옆에서 카무이의 목소리가 들렸다. "도착했어. 저기가 내가 사는 곳이야."

카무이의 손가락이 마을 외곽의 어둡고 외진 곳을 가리켰다. 그곳에 작은 공동주택 한 동이 외따로 서 있었다. 2층 건물에는 작은 베란다가 다닥다닥 붙어 있었는데, 불이 켜진 방은 1층에 한 집밖에 없었다.

"고마워. 네 덕에 소원이 이루어졌어. 널 잊지 않을 거야, 평생."

카무이의 주머니에서 나온 열쇠가 챙, 소리를 냈다. 열쇠고리에는 작고 하얀 액세서리 네 개가 달려 있었다.

"안녕!" 카무이는 잘라내듯 짧게 말한 뒤 냅다 뛰어갔다.

그 뒷모습을 향해 고타로는 힘껏, 커다란 소리로 외쳤다.

"카무이!"

카무이의 걸음이 딱 멈췄다.

"네 소원, 아직 이루어지지 않았잖아!" 똑똑히 말했다.

"으응……?" 카무이는 머뭇거리며 돌아봤다. 미간을 찌푸리고 입을 떡 벌린, 엄청난 표정이었다. 이제 와서 뭐야. 이야기가 다르잖아. 그런 표정이었다. 하지만 더 말해줘야지.

"이런 건 전혀 청춘이 아냐! 청춘이라는 건 이런 게 아니라고! 나도 잘은 모르지만, 이게 아니라는 건 알아! 분명히 훨씬 더 좋은 거야! 더 즐겁고, 더 반짝거리고, 더 굉장한, 정말 대단한, 아니, 우리는 상상도 할 수 없는 것일 거야! 이런 걸로 만족하지 마!"

어, 어. 카무이의 두 눈썹이 한데 모인다. 입이 점점 더 벌어진다.

"아니, 하지만, 그렇다면 난, 어떻게 해야……."

"있어! 여기 있으라고! 있어도 돼! 계속 나한테 붙어 있으라고!" 고타로는 온 힘을 다해 외치듯, 내리치듯 말했다. 왼쪽 옆을 가리키며 그렇게 말해버렸다. "너 짜증 나. 눈을 떼면 금방 멋대로 행동하고! 그러다 비밀을 말해버리지 않을지 걱정되고! 그런데 우이코도 널 보고 싶어 하고! 금방 또 가겠다고 약속도 했고! 부모님도 또 놀러오라고 했고! 그러니까!"

변명을 줄줄이 몇 개씩 늘어놓았다. 그래, 이건 변명이다. 이런 소리를 해버리는 자기 자신에게 하는 변명.

"여기서 나랑 '청춘'을 즐기라고!"

멍. 눈을 휘둥그레 뜨고 입을 한껏 벌린 채 카무이는 그곳에 우두커니 서 있었다. 그저 고타로를 바라보고 있었다. 그대로 몇 초가 흘렀다. 기둥처럼 굳어 있던 카무이는 이내 부들부들 떨기 시작했다. 그러고는 떨리는 두 손을 뻗으며 이렇게 말했다.

"처…… 처형해 줘!"

절규한 다음 순간, 카무이는 "아!" 하고 그 자리에 엉덩방아를 찧었다. 갑자기 강렬한 빛이 얼굴을 비췄기 때문이다. 빛은 고타로의 얼굴도 비추었다. "으앗!" 눈부신 빛 때문에 잠시 앞이 보이지 않았다. 손으로 얼굴을 가린 채 실눈을 뜨니 바로 옆에 사람 그림자가 있었다.

"밖이 시끄럽길래 무슨 일인가 싶어서 나와봤어."

눈이 부실 법도 했다. 그 사람은 해외 드라마 속 경찰이 들 것 같은 곤봉 형태의 손전등을 들고 있었다. 서서히 시력이 돌아왔다. 이 건물에서 유일하게 불이 켜져 있던 1층 집의 문이 열려 있는 걸 보면 이 사람은 거기서 나온 것 같았다. 카무이와 아는 사람일까. 아니면 그냥 이웃?

"왔니."

"응." 일어나 엉덩이를 털며 무뚝뚝하게 대꾸한 카무이는 고타로의 시선을 알아챘는지 다시 입을 열었다.

"이 사람은 날 돌봐주고 있어. 고타로는 신경 안 써도 돼."

너무나도 간략한 설명이었지만, 그 사람은 딱히 신경 쓰지 않고 고타로를 보며 자기소개를 했다. "나는 ……다야." 무슨 말을 하는 건지 정확히 들리지 않았다.

"시간이 늦었으니 얼른 집에 가보렴. 조심해서 가, 기시마 군."

담담하게 이어지는 억양 없는 목소리. 그 순간, 뭐라 형언할 수 없는 감각이 겨우 가슴에 소용돌이쳤다. 하지만 그게 무엇인지 모르겠다. 틀린 말은 아니었다. 시간이 늦었으니 얼른 돌아가야 한다.

고타로는 자전거 방향을 바꾸고, 신경이 쓰여서 안장에 올라타면서 마지막으로 딱 한 번 뒤를 돌아봤다.

"카무이! 내일 보자!"

"그래!"

카무이도 돌아봤다. 웃고 있었다. 신이 난 듯 주먹으로 하늘을 찌르며, 그대로 붕붕 돌렸다. 오예! 하고.

✦

"풉!"

웃음이 터져 나온 건 집에 거의 다 왔을 즈음이었다. 그러고 보니 그 사람은 어떻게 내 이름을 알고 있던 것일까. 이상하다는 생각이 든 순간, 갑작스레 웃음의 파도가 몰려왔다. 이제야 갑작스레.

아까는 잘 안 들렸는데 그 목소리는 "전 오마다, 입니다"라고 했던 게 아닐까. 그리고 지금 생각해 보니 그 사람을 보고 슬쩍 짜증이 올라왔던 건 생김새, 체형, 나잇대, 옷깃을 살짝 세운 폴로셔츠 차림, 그 브랜드, 전체적인 분위기, 갖가지 외적 특징이 담임인 고마다와 너무나도 닮았기 때문이었다. 성별은 달라도 희한할 정도로 닮았다. 그러면서 말할 때의 냉정한 느낌은 고마다와 정반대였다. 너무나도 다른 점이 역시 웃음 포인트였다. 같은 반 아이들이 보면 분명 모두 웃을 것이다. 작위적이다 싶을 만큼 꼭 닮은 두 사람이었다. 고마다와 꼭 닮은 고마다의 여성 버전. 그 이름 오마다. 하지만 성격은 정반대인.

혼자 자전거 페달을 밟으며 고타로는 터져나올 것 같은 웃음소리를 억지로 참았다. 이게 무슨 운명의 장난이란 말인가. 만일 두 사람을 만나게 하면 어떤 화학반응이 일어날까. 고마다에게 가르쳐주고 싶었다. 아니, 두 사람을 만나게 해주고 싶었다. 성별이 다른 자신의 모습을 만나볼 수 있게.

"풉…… 크크크……!"

결국 참지 못하고 큰 소리로 웃음을 터뜨린 고타로는 마음속에 가시처럼 걸렸던 부분이 풀어지는 걸 느꼈다.

'카무이는 지금, 혼자가 아니야.'

집은 어둡고 외진 곳에 있었지만, 그래도 카무이는 혼자가 아니었다. 카무이를 돌봐주는 사람이 있다. 돌아오면 맞이해 줄 사람이 있다. 어떤 관계인지는 모르지만, 좌우지간 그런 누군가가 곁에 있는 건 분명하다.

'다행이다.'

집에 돌아와 차고에 자전거를 넣으며 깨달았다. 자전거에 보란 듯 붙여놓은, 고타로의 이름이 적힌 스티커를 그 사람도 분명 봤을 것이다. 그래서 이름을 알았겠지.

그 오마다 씨도…… 아, 안 돼, 더는 못 참겠어.

배를 쥐며 쭈그리고 앉아서 "으하하하!" 하고 폭소를 터뜨렸다. 그 소리를 들은 어머니가 차고를 내다보고는 어머, 무서워라, 하고 중얼거렸다.

3

밤에 잠들기 전이면 늘 내일 아침에 일찍 일어나야겠다고 생각한다. 여유 있게 나갈 준비를 하고 싶고, 아침도 든든하게 챙겨 먹고 싶고, 느긋하게 등굣길에 오르고 싶기 때문이다. 그런 기특한 생각을 하는 밤의 기시마 고타로를 아침의 기시마 고타로는 반드시 배신한다. 반드시.

1분마다 설정해 놓은 알람이 열다섯 번 울린 뒤, 모든 울림이 그치자 어머니가 와서 "고타로, 일어나야지!" 하고 이불을 홱 들췄다. 그 바람에 고타로는 침대에서 떨어졌지만 여전히 눈을 뜨지 못했다. "엄마 이제 안 깨운다!" 어머니에게 버림받았음에도 여전히 잠에서 헤어나지 못하는 열일곱의 육체가 바닥 위에 대자로 뻗었다. 그 팔이 불행하게도 충전 케이블에 걸렸다. 베갯머리에 두었던 스마트폰이 케이블을 따라 바닥으로 스르륵 떨어졌다.

쿵!

묵직하게 울려 퍼진 불길한 소리에 그제야 벌떡 몸을 일으켰다.

"으악!" 고타로는 황급히 스마트폰을 집어서 확인했지만 고장 난 것 같지는 않았다. 세이프. 하지만 시간은 완전히 아웃. "망했다!" 단번에 졸음이 날아갔다. 방에서 뛰쳐나와 계단을 뛰어 내려갔다.

"왜 안 깨웠어?"

"몇 번이나 깨웠는지 알아?"

"일어날 때까지 깨워야지!"

"뭐라는 거니!"

어머니와 입씨름을 하며 화장실, 양치질, 세수를 마치고 둘러보니 아버지의 모습은 이미 없었다.

"내 밥은?"

"차리고 있으니까 먼저 옷 갈아입어! 아침은 안 먹어도 되지만 벌거벗고 학교에 갈 순 없잖아!"

"지금도 벌거벗지는 않았거든!"

고타로는 2층으로 올라가 교복으로 갈아입고, 짐을 싼 다음, 다시 우다다 내려와 텔레비전의 시간 표시를 곁눈질하며 급하게 아침 식탁에 앉아, 샐러드며 베이컨 에그, 된장국, 야채절임까지 싹싹 긁어먹었다. "완식! 잘 먹었습니다! 갔다올게!"

"고타로, 도시락 가져가야지!"

"아, 맞다!"

어머니가 건넨 도시락을 가방에 쑤셔 넣고 신발을 신으니 평소와 같은 시간이었다.

"잘 다녀와! 차 조심하고!"

어머니의 배웅을 받으며 현관을 나와 차고에서 자전거를 꺼내 안

장에 앉아 체중을 실어 페달을 밟으려던 순간이었다.

"으아아!"

고타로는 뒤로 나자빠질 뻔했다.

그곳에 카무이가 있었다. 자전거를 탄 채 고타로를 기다리고 있었다. 교복. 안경. 검은 나일론 배낭. 차림새를 확인할 것까지도 없이 카무이다. 요즈음 약속도 없이 아침 댓바람부터 집 앞에 나타나는 녀석은 스마트폰이 없는 사람이든지, 스토커든지 둘 중 하나다. 그리고 이 녀석은 그 양쪽에 모두 해당됐다. 조건 만족도가 200퍼센트다.

그런 200퍼센트짜리 녀석이 쏟아지는 아침햇살을 온몸으로 눈부시게 받으며 한 손을 높이 들었다. 인사하려는 것이겠지. 하지만 어째서인지 말은 없었고 얼굴에는 불온한 미소가 번져 있었다. 이 구도, 그거다. 애마에 올라탄 나폴레옹 그림. 그 그림에서 약동감을 지우고 각도를 조정하면 이런 느낌일 것이다. 정말 싫다. 그리고.

"말을 하라고!"

쓰러질 뻔한 자전거를 다시 세우는 고타로 바로 옆에서, 카무이는 바닥을 어설프게 차며 비틀, 비틀비틀…… 다가왔다. 바지 뒷주머니에서 수마트폰을 꺼내 페이지를 펼쳐 고타로에게 건넸다.

"슝!"

카무이는 그렇게 말했다. 아니, 소리를 냈다. 거기 적힌 글자를 보았다. **안녕!**이라고 적혀 있었다. 그리고 기대에 찬 눈과 대놓고 대답을 기다리는 표정으로 볼펜을 고타로에게 쓱 내밀었다.

"아니, 그러니까……."

"……."

"말을 하라고……."

"……."

뭐지. 격하게 짜증이 났다. 빤히 이쪽을 바라보며 꿈쩍도 하지 않는 카무이의 얼굴. 한 대 치고 싶은 충동에 오른손이 근질거렸다. 하지만 왼손으로 간신히 붙잡았다. 어젯밤에 이 녀석을 붙잡은 건 바로 나다. 그 책임은 져야 한다. 설령 아무리 짜증스럽더라도, 웬만한 일은 참고 넘어가야 한다.

카무이의 글씨 아래 **안녕**이라고만 휘갈겨 쓰고 수마트폰을 가슴에 달린 주머니에 넣어주었다. 이만하면 됐다고 생각했지만 카무이는 여전히 움직이려 하지 않았다. 입을 오물거리면서 "……가……" 중얼거리고 있다. 목소리가 작아서 아무것도 들리지 않았다.

"뭐? 뭐라고?" 자전거를 기울여 가까이 다가가, 녀석이 혀를 내밀면 그대로 뺨에 닿을 만한 거리까지 귀를 가져다 댔다.

"소리가 안 났잖아……."

이 녀석이 하는 소리를 진지하게 들으려 했던 내가 잘못이지. 자기 탓을 하지 않으면 꿈틀거리는 오른손에서 검은 연기가 피어오를 것 같았다.

"됐으니까 빨리 가자고! 서둘러, 이러다 지각하겠어!"

"하지만……."

"시끄러워! 난 지금 무음 모드야!"

고타로가 개의치 않고 페달을 밟자, 카무이도 황급히 그 뒤를 따랐다. 두 사람은 학교를 향해 나아갔다.

하지만 카무이의 운전은 위험하기 짝이 없었다. 나란히 달리던 고타로는 금방 그 위태로움을 알아채고 "어? ……어?" 하며 자기도 모르게 두 번이나 봤다. 일단 앞으로 나아가고는 있었지만, 속도는 느렸고, 간신히 속도를 올렸나 싶으면 전력으로 달려서 멈추지 못했다. 브레이크의 존재 자체를 잊고 있는지 극단적이었다. 균형을 잡지 못하고 흔들거렸다. 안정감이 전혀 없었다. 위태로워서 못 봐 줄 지경이라 서두르라는 말도 나오지 않았다.

"아니, 운전 괜찮은 거야? 왜 그렇게 어설퍼?"

"만약에 내가 어설프다면……."

"아니, 만약이 아니거든. MBTI의 두 번째 글자가 N인 사람 같은 표정 짓지 마. 그냥 어설프다고."

"그건 아마 자전거 운전 경력이 다섯 시간이기 때문일 거야." 카무이는 아무렇지도 않게 대답했지만 고타로에게는 의외로 충격적인 정보였다.

"뭐?"

그렇게 이야기하면서도 카무이는 다시 비틀거렸다. "워워." 사태는 그리 태평하지 않았다. 출근하는 자동차들이 쌩쌩 달리는 차도로 금방이라도 튀어나갈 것 같았다. 불안한 나머지 고타로의 반박도 현저히 저하했다. "너, 연습도 너무 안 하고 바로 탄 거 아냐?"

"뭐, 그래도 이걸 봐. 제대로 타고 있잖아." 아하하! 카무이는 의기양양하게 웃었다.

"이걸 봐……? 제대로……? 타고 있다고……?"

카무이의 자기 인식과 현실 사이엔 상당한 괴리가 있는 것 같다.

"더는 못 숨기겠군. 어제 네가 집에 가고 나서, 나도 자전거로 통학하려고 세 시간쯤 연습했어. 아침에도 다섯 시에 일어나서 두 시간쯤 또 연습했지. 그래서 지금 이렇게 탈 수 있게 된 거야."

그렇다면 그때까지는 자전거를 전혀 못 탔다는 건가.

"아니, 연습했다고? 혼자서?"

"아니, 그 여자하고."

"그 여자라니…… 오마다 씨?"

"그래. 그 여자가 자전거도 빌려줬어."

은색의 자전거는 개성이라고는 찾아볼 수 없는 평범한 자전거 그 자체였다. 사용감이 느껴지지도 않았지만 그렇다고 새것 같지도 않았다. 주변 길가에 적당히 세워둬도 아무도 알아채지 못할 만큼 존재감이 없었다.

"그렇게까지 신세를 져놓고 그 여자라니…… 그나저나 그 자전거, 학교에 통학용으로 등록은 했어?"

"등, 록……?"

눈을 휘둥그레 뜨며 되묻는 걸 보니 안 한 모양이다. 뭐, 고마다에게 말하면 알아서 해주겠지. 그것도 학교까지 살아서 무사히 도착했을 때의 이야기지만. 솔직히 가능성은 반반이다. 고작 학교까지 가는 건데 무사히 도착하지 못할 확률이 절반이라니. 게다가 하굣길에도 자전거를 타야 한다. 하루에 최소 두 번, 이 녀석은 반반의 확률에 목숨을 걸어야 한다는 건가. 암담한 기분이었다.

"제발 부탁이니 내 눈앞에서 사고당하지 마. 충격이 클 것 같아."

"그래! 서로 노력하자!"

"너! 너 말이야! 너만 잘하면 돼!"

불안한 상황에서도 간신히 사고 없이 페달을 밟기를 10여 분. 학교에 가까워지자 같은 교복 차림 학생들의 모습이 하나둘 보이기 시작했다. 그 모습은 이내 무리가 되었고, 고타로와 카무이도 그 집단 속으로 녹아들어 갔다. 등교 시간이 다 되어서인지 걸어서 등교하는 학생들도, 자전거로 등교하는 학생들도 모두 서둘러 교문으로 향하고 있었다.

"어이!"

등 뒤에서 태평한 목소리가 들렸다. 두 사람은 일단 자전거를 멈추고 뒤를 돌아봤다. 역에서 걸어온 사이온지가 오늘도 아침 햇살에 빛나는 버섯 머리를 뽐내고 있었다. "아침부터 사이 좋네? 카무이도 자전거로 등교하는 거야? 엄청 비틀거리던데 무슨 일 있어?"

"자전거 운전 경력이 다섯 시간이란다."

"진짜? 긴지 짧은지 모르겠네."

"당연히 짧지."

카무이는 인사도, 대꾸도 하지 않은 채 묵묵히 뒷주머니에서 다시 스마트폰을 꺼냈다. 그리고 "슝!" 하고 외치면서 아까 고타로에게 썼던 **안녕!**이란 글자를 사이온지에게도 펜과 함께 내밀었다. 그 모습에 고타로는 카무이가 또 짜증 나는 짓을 한다고 생각하며 혀를 찼다. 하지만 사이온지는 그걸 받아들자마자 이미 쓰여 있는 **안녕** 밑에 주저 없이 **안녕~**이라고 쓱 쓴 뒤에 "슝!" 소리를 내며 카무이에게 건넸다. 카무이는 흡족한 표정으로 그걸 뒷주머니에 넣으려다 사이온지의 목소리에 동작을 멈췄다.

"아, 저기 있는 거 야오치 아냐?"

이쪽으로 다가오던 야오치는 친구들의 존재를 알아채고 고개를 들었다. 그런 야오치에게 카무이는 "슝!" 하고 수마트폰을 힘껏 흔들었다. 처음에는 무슨 일인가 고개를 갸웃하던 야오치였지만, 카무이의 손에 들린 것이 무엇인지 알아채고는 곧바로 달려왔다. 받아들자마자 야오치는 **안녕**이라고 쓰고는 주저 없이 "슝!"이라고 말했다. 카무이는 기쁜 듯 고개를 끄덕이더니 "역시 야오치야"라고 말하며 수마트폰을 뒷주머니에 넣었다.

"어, 나는? 나는 뭔데? 나는 왜 빼?" 사이온지는 중얼거렸다.

그보다 이 흐름은 뭐지? 대체 뭐냐고. 슝, 소리를 안 내려고 피했던 내가 옹졸한 놈처럼 보이잖아.

"이러고 있을 때가 아냐. 카무이, 가자!"

이러다 정말 지각하겠다. 카무이에게 자전거 주차장을 알려줘야 한다. 학년마다 장소가 정해져 있어서 멋대로 아무 곳에나 세워두면 압수당한다. 한번 압수당한 자전거를 다시 찾아오려면 고생이 이만저만이 아니었다.

"먼저 가!"

"나중에 보자!"

사이온지와 야오치에게 손을 흔든 뒤 두 사람은 다시 페달을 밟았다. 교문을 지나 지붕이 달린 주차장 앞까지 와 자전거에서 내렸다. 한 대씩 정해진 위치에 먼저 제 자전거를 세운 뒤에 "네 자전거 줘봐" 하고 카무이의 자전거도 억지로 붙여서 같은 곳에 세웠다. 그렇게 하나의 공간에 두 자전거를 넣은 후 체인으로 바퀴를 연결했다. 이렇게 해두면 만일 고마다에게 사정을 이야기하기 전에 압수 된다 해도, 먼저 나한테 연락하겠지.

"이러면 끝. 괜찮지?"

"응! 괜찮아!"

무사히 주차한 게 그렇게 기쁜지, 카무이는 무릎을 굽혔다 펴며 힘껏 고개를 끄덕였다. 그 얼굴은 금방이라도 녹아버릴 것처럼 행복하게 웃고 있었다.

수업 시작 전. 웅성거리는 교실로 들어가 두 책상을 딱 붙인 특별석으로 향했다. 오늘도 웅장한 봉우리, 오야마는 우뚝 솟아 있었다. 그리고 옆줄, 칠판 앞 맨 앞줄에는.

'저기 있네.'

지바 도모에. 당연히 있겠지. 없으면 결석이니까.

도모에는 오늘 아침도 평소와 다름없는 모습이었다. 찰랑거리는 검은 머리를 어깨 아래로 늘어뜨린 채, 자투리 시간에도 공붓벌레 답게 아무와도 이야기하지 않고 교과서를 펼치고 있었다. 예습인지 복습인지는 모르겠지만 아침부터 뒷모습에서 짜증이 피어오르고 있었다. "햐하하하! 다음 와타나베가 될 놈은 누구지? 너냐? 너냐?" 바로 옆에서 얼터너티브가 혀를 날름거리며 사냥감을 노리고 있기 때문이리라. 시끄러워, 죽여버린다, 같은 생각을 하고 있음이 틀림 없다. 하지만 녀석을 어설프게 건드렸다가는 그 녀석도, 저 녀석도 난리를 칠 테니 짜증 나는데도 내버려두는 것이리라.

도모에의 등 뒤로 다가가는 사람이 있었다.

자세히 보니 카무이였다.

"……?"

고타로는 반사적으로 팔을 뻗어 카무이의 목덜미를 붙잡아 세우려 했다. 하지만 한 박자 늦어서 손은 허공을 갈랐고, 카무이는 그대로 도모에 쪽으로 걸어갔다. 그 뒷모습을 보며 ('아, 내가…….') 자신의 패착을 뒤늦게 깨달았다. 카무이에게 입막음을 단단히 하지 않았다. 자신과 도모에의 비밀을 밝히지 말라는 말은 했지만('……말했었지?'), 도모에에게 그녀의 비밀을 알았다는 사실을 말하지 말라고는 하지 않았다. 이건 확실히 말 안 했다. 일반적으로는 그 정도는 말하지 않아도 알 테지만 상대는 저 카무이다. 이름부터 '아스트랄 카무이'라는 어처구니없는 녀석이다. 상식이 통한다는 보장이 없다. 이거, 꽤 위험한 상황일지도 모른다. 설마 갑자기 "나, 네 비밀 알았다? 엄마가 중병으로 입원하셨다면서?"라고 말하지는 않겠지만('……안 하겠지?'), 그렇게 생각하고 싶었지만, 하지만 카무이의 행동은 정말 예측할 수 없었다. 고타로가 그 자리에 서서 꼼짝도 못하는 동안 맥박만 격하게 뛰었다. 어쩌지. 달려들어서라도 막아야하나. 아니면 뭘 던질까. 잘만 맞추면 기절시킬 수 있을 만한 물건, 의자, 책상…… 아니, 잠깐만, 진정하자.

'아니다, 딱히 도모에를 향해 가는 게 아닐 수도 있잖아? 다른 녀석에게 볼일이 있는지도 모르고. 칠판에 낙서를 하고 싶어졌는지도 모르지. 분필로 장난치고 싶은 걸 수도 있고.'

거의 기도에 가까운 낙관적 예상을 부수듯 카무이는 도모에 바로 옆에서 걸음을 멈췄다. '으아아!' 하고 동요하는 고타로를 알아채지 못한 채 카무이는 도모에를 향해 몸을 홱 돌렸다.

기척을 느낀 도모에가 고개를 들었다. 바로 옆에 우두커니 선 카무이를 말없이 찌릿 노려본다. 그 눈동자에 넘쳐흐르는 노골적인 살의.

'위험해, 위험하다고! 제발 그만둬, 그만해!'

"저……."

카무이에게 고타로의 간절한 마음은 닿지 않았다.

"안녕?"

탁!!! 갑작스레 울려 퍼진 커다란 소리에 모든 술렁거림이 멎었다. 도모에가 미친 고릴라 같은 괴력으로 교과서를 덮는 소리였다. 쥐 죽은 듯 정적에 휩싸인 교실에 의자 다리가 바닥을 긁는 소리가 울렸다. 그리고 주저 없는 발소리. 드르르르륵! 문 여는 소리. 드르르르륵! 문 닫는 소리. 햐아아아? 이건 얼터너티브의 목소리.

카무이는 안녕? 하는 입 모양 그대로 굳어 있었다.

그대로 모든 것이 석화되어 문명의 종말이 찾아올 것 같은 분위기에서 "카, 카무이! 회복 포인트가 바로 저기야! 힘내!" 하고 사이온지가 달려왔고, "무모하기 짝이 없군……" 하고 중얼거리는 야오치도 다가와 양쪽에서 카무이의 무릎을 잡고 영차! 하고 들어서 고타로의 옆자리까지 옮겨다 놨다. 자리에 앉아 힘없이 늘어진 카무이의 손을 사이온지가 잡아서 "자, 빨리!" 하고 고타로의 머리에 올려놓았다. 카무이는 정신을 차렸다. "내, 내가 지금 뭘……?"

내가 묻고 싶은 말이다.

"너…… 정말 뭘 하려던 거야? 그리고 손은 왜 내 머리에 올려놓는데?" 고타로는 제 머리에 놓인 카무이의 손을 치웠다.

"카무이, 괜찮아? 하지만 방금은 네가 잘못했어! 미친 공붓벌레한테 먼저 말을 걸다니. 지뢰 위에서 탭댄스를 추는 꼴이잖아! 쓸데없이 자극하지 말라고!" 사이온지의 말에 야오치도 "맞아" 하고 고개를 끄덕였다. 반 아이들도 서로를 마주 보며 술렁거렸다. "무서워라……." "배짱 있네." "역시 제정신이 아냐."

도모에가 어디 갔는지 신경 쓰는 사람은 물론 고타로밖에 없었다. 지금 도모에를 쫓아가면 어떻게 될까. 그런 생각을 하는 사람도 고타로밖에 없었다. 그리고 고타로는 그걸 실행할 마음이 없었다.

"아니, 인사 좀 하려고……."

우물거리며 대답하는 카무이를 향해 고타로는 "왜?" 하고 무겁게 물었다. 그때 고마다가 패기 없는 얼굴로 교실 앞문을 열고 들어와서 다들 자리에 앉았다. 고마다가 열어놓은 문을 지나 도모에도 교실로 쓱 들어왔다.

왼쪽 옆의 카무이가 웅성거리는 소리 사이로 작게 속삭였다. "눈이 마주쳤는데…… 무시하는 것도 이상한가 싶어서……."

"노려본 거겠지. 애초에 왜 굳이 가까이 간 거야?"

"자세히 보고 싶어서……."

"뭘?"

"고타로가 보는 사람을 나도 보고 싶어서……."

"뭐?"

고타로의 얼빠진 목소리는 "자, 다들 자리에 앉았지? 좋은 아침입니다" 하는 담임의 목소리와 뒤이어 울려 퍼진 학생들의 아침 인사 소리에 삼켜졌고, 이내 사라졌다.

✦

　수업 중의 카무이는 꿔다놓은 보릿자루 같았다. 제대로 진도를 따라오는 과목이 없어서, 교과서는 펼쳐놓고 있었지만 기본적으로는 얌전히 앉아 수업을 듣고만 있었다.

　하지만 이따금 발생하는 무시무시한 현상이 있었다.

　"이 문제(※초고난도임) 풀어볼 사람!"

　"네!"

　"오, 유학생이 해볼래?"

　"네! 고타로가 풀겠답니다!"

　"뭐?"

　"그럼 기시마!"

　대충 이런 식이었다. 수업에 참가하겠다는 의지만큼은 확실했고, 그 의지를 표출하는 과정에서 희생양이 된 건 고타로였다.

　그런 카무이였지만 해외 경험이 있으니 영어는 유창했다. 발음은 원어민 수준이었고, 그 밖에도 중국어와 한국어, 인도네시아어도 일상 회화 정도는 할 수 있다고 했다. 태국어나 베트남어도 인사말 정도는 안다고. 영어 교사가 시키는 대로 카무이는 여러 언어를 유창하게 선보였다. 오른쪽에서 그 광경을 바라보던 고타로는 이미 익숙해졌다고 생각했던 카무이가 전혀 다른 인상으로 다가오는 걸 느꼈다. 평생 엮일 일 없는, 스쳐 지나갈 일조차 없는, 어느 머나먼 나라의 사람 같았다.

카무이의 이야기가 끝나자 교실 전체에서 자연스레 박수가 터져 나왔다. 도모에 혼자만 유해야생동물을 퇴치하기 위해 만든 무시무시한 로봇 같은 눈으로 카무이를 노려보았다. 모두의 주목을 받은 카무이는 쭈뼛거리며 자리에 앉더니, 고타로 쪽을 보며 "히히!" 하고 쑥스러운 듯 어깨를 움츠리며 웃었다. 고타로는 새빨갛게 상기된 그 얼굴을 보며 역시 카무이는 카무이라 생각했다.

눈앞에 있는 건 그냥 카무이였다.

이날 4교시는 체육이었다.

"어? 너 체육복하고 운동화는?"

"없는데."

심플한 대답에 고타로는 "뭐?" 하고 걸음을 멈췄다.

남자탈의실로 향하는 길. 카무이는 손에 아무것도 들고 있지 않았다. 그냥 빈손으로 고타로의 왼쪽에서 걷고 있었다. 고타로가 멈추니 카무이도 멈췄다.

"미처 준비 못 했어? 어쩌려고? 누구한테 빌려야 하나? 다른 반 애들한테 물어볼까?"

"아니, 괜찮아. 체육 수업 안 들어갈 거니까." 카무이는 뒷주머니에서 수마트폰을 꺼내 커닝 페이퍼를 펼치고 읽었다. "체육 수업에 참가하지 않는 이유는? 답. 보험회사의 지시입니다'라네."

"라네'라니? 그게 무슨 상관인데? 하고 싶으면 하라고 말하고 싶지만…… 보험이라는 소리를 들으니 함부로 뭐라고 할 순 없네."

카무이도 고개를 끄덕였다. 본인도 납득한 모양이었다.

체육복으로 갈아입은 학생들이 운동장으로 나오자, 남자와 여자로 나뉘어 수업이 시작됐다. 카무이는 교복에 로퍼를 신은 채 남자 쪽 벤치에 앉아 멀뚱히 견학을 시작했다.

오늘은 장애물넘기를 한다고 했다. 실전에 들어가기 전에 워밍업으로 달리기를 시작했다. 앞줄에서 사이온지와 야오치의 뒷모습을 발견한 고타로는 두 사람 사이에 끼어들었다. "달리는 거 별로야." "나도. 게임 같은 게 좋은데. 축구 같은 거. 야오치는?" "난 앉아서 견학하고 싶어." "아, 정답이네." "나도." 셋 다 의욕이라고는 없어서 그대로 앞줄에서 뒤처졌다. 9월의 맑은 하늘은 무엇을 하기에도 너무 더웠다.

"저기 봐, 견학하는 것도 쉽지 않을 거야. 저기도 엄청 더워 보이잖아."

사이온지의 시선 끝에 자리한 카무이는 이글이글 내리쬐는 한낮의 햇빛을 맞고 있었다. 공립 고등학교의 벤치에 지붕이나 차양이 달렸을 리 없으니 햇빛을 그대로 받을 수밖에 없었다.

큰일이네. 웃음으로 답하며 고타로는 은근슬쩍 시선을 더 멀리 옮겼다. 두 사람에게 들키지 않도록 몰래 운동장 너머를 봤다. 여자들은 둘씩 짝지어서 스트레칭부터 시작하는 모양이다. 모두 짝이 있는데 머리를 하나로 묶은 도모에만 혼자 선생님과 하고 있었다. 아무도 도모에의 짝이 되어주지 않은 것이겠지. 이 반의 여학생은 모두 열다섯 명. 홀수라 어쩔 수 없기는 하지만 늘 남는 건 도모에다. 자주 보는 광경이었다. 고타로 말고는 아무도 신경 쓰지 않을 것이다.

그때 뜬금없이 야오치가 중얼거렸다. "야하네."

흠칫…… 고타로가 빛의 속도로 시선을 돌렸다. "난 아무것도 안 봤어!" 경추에서 불꽃이 튈 기세로 고개를 저었다.

"너 말고……."

야오치가 가리킨 건 벤치에 앉은 카무이였다. 방금까지 지루한 듯 이쪽을 바라보던 카무이는 언제부터인가 여자 쪽을 빤히 관찰하고 있었다. 아니, 여자 쪽이 아니라…….

"어? 카무이 녀석, 혹시…… 공붓벌레 쳐다보는 거야?"

사이온지의 말에 "그러게" 하고 야오치도 동의했다. 고타로의 눈에도 그렇게 보였다. 카무이는 여학생 무리에서 조금 떨어진 곳에 있는 도모에에게 시선을 보내고 있었다. 상당히 노골적이라, 저러다 도모에 본인도 카무이가 쳐다보는 걸 알아챌지도 모른다.

'저 자식이……!'

고타로의 미간이 구겨졌다.

1교시 수업이 시작하기 전에 고타로는 카무이를 사물함 뒤로 끌고 갔다. 그곳에서 네가 자기 비밀을 알고 있다는 사실을 도모에가 알게 해서는 안 된다고 단단히 일러뒀다. 카무이는 그때 알았다고 고개를 끄덕였다. 당연히 그럴 거라고 했다. 그래서 안심하고 있었는데 왜 저러는 거냐고. 무슨 짓을 하냐고. 이미 갑자기 말을 걸려고 해서 경계의 대상이 되었는데, 거기서 그치지 않고 의미심장하게 바라보고 있으면 의식하고 있다고 대놓고 말하는 꼴이잖아. 의식하게 되는 뭔가가 있다는 걸 스스로 자백하는 모양새잖아. 저 녀석은 바보인가? 아니, 녀석을 믿은 내가 바보인가? 어느 쪽이든 상관없다. 좌우지간 문제다.

'젠장, 무슨 수를 써야 돼…….'

몰래 어금니를 깨무는 고타로 옆에서 사이온지는 태평하게 쓰지도 않은 안경을 쓱 올리는 시늉을 하며 말문을 열었다.

"나, 알았어. 카무이 쟤, 오늘 아침에도 갑자기 공붓벌레한테 말 걸려고 했잖아. 혹시, 호옥시…… 사랑? 인가? 좋아하나?"

저 면상. 저 말투. 손가락으로 만든 저 하트. 길게 늘린 어미에 맞춰 팔짝 뛰는 모습까지. 모든 게 순간적으로 짜증스러워서 고타로는 자기도 모르게 "그럴 리가 있냐!" 하고 강하게 반박했다.

"그럼 왜 저렇게 바라보는데?"

"움직이는 걸 눈으로 좇는 거잖아! 쟤는 그 정도로 단순한 생물이라고!"

"그럼 아침에 그건 뭔데?"

"마찬가지지! 움직이는 것에 본능적으로 다가갔을 뿐이야! 어제도 지바한테 욕 먹고 울었잖아! 사랑은 무슨!"

"그러고 보니 그러네."

사이온지는 납득했지만, 의외의 복병이 나타났다.

"아니지. 아니라고 단정 지을 수는 없지. 우리가 모를 뿐, 카무이한테 욕을 먹으면 흥분하는 취향이 있을지도 모르잖아. 어제의 눈물도, 실은 기쁨의 눈물이었을지도 몰라. 아니면 어제 지바에게 욕을 먹음으로써 그런 취향에 새로이 눈을 떴을지도 모르지. 오늘 아침의 그것도 욕을 먹기 위한 카무이의 탐욕스러운 시도였다고 설명할 수 있고.” 야오치는 길게 설명했다. 원래 목소리가 좋은 데다 담담하게 이야기하니, 내용은 어처구니없어도 묘한 설득력이 생겼다. 사이온지도 얌전히 수긍했다. “맞아…… 그럴 수 있지. 그래, 마조히스트라면 그럴 수 있어! 그럴 가능성은 얼마든지 있지!” 그러더니 고타로의 얼굴을 쓱 들여다봤다. “어쩔 거야, 고타로. 위험한데. 삼각관계잖아.”

“뭐? 무슨 소리야? 누구하고 누구하고 누가?”

스스로도 놀랄 만큼 새된 목소리가 나왔다. 그걸 들었는지 “거기 세 얼간이들! 성실하게 안 하나!” 하고 체육 교사의 성난 목소리가 들렸다. 네에, 하고 모두 입을 모아 대답하기는 했지만 성실하게 할 생각은 눈곱만큼도 없었다. “헤헤헤.” 사이온지가 흐물거리는 자세로 달리며 저열한 얼굴로 웃음을 던졌다. 어쩌지. 때리고 싶다. 아주 세게. 주먹으로. 여러 번.

“어쩌냐, 카무이가 양다리 걸쳐서. 큰일이네. 우리 왕자님은 수컷 반인반어와 미친 공붓벌레 중에 누굴 택하시려나?”

“지옥 같은 선택지군.”

낄낄거리는 소리에 체육 선생이 버럭 화를 냈다. “그만 떠들라고 했지!”

당황한 사이온지와 야오치가 입을 다물고 속도를 내서 달렸다. 고타로도 그 뒤를 따르면서 힐끗 곁눈질해 도모에를 찾았다. 여전히 선생과 짝을 이루어 스트레칭을 하고 있었다. 카무이를 보았다. 카무이는 떨어진 곳에서 여전히 도모에를 보고 있었다.

쯧. 혀를 차고 싶은 기분이었다. 달리면서 고개를 저었다. 사이온 지와 야오치는 장난으로 사랑이 어쩌네, 마조히스트가 어쩌네, 나오는 대로 말하고 있었지만, 고타로는 속이 말이 아니었다. 카무이의 수상한 행동거지가 중대한 결과를 초래할 수도 있었다. 장난으로 끝나지 않을 수 있다.

'고타로가 보고 있는 사람을 나도 보겠다고? 그게 무슨 소리야. 내가 언제 도모에를 그렇게 봤다고……'

거기까지 생각했다가 곧바로 정정했다.

'아니, 뭐, 보기는 했지.'

일단 정정은 했다. 그건 인정한다. 보고는 있다. 하지만 문자 그대로 그냥 볼 뿐이다. 딱히 이상한 의미는 없다. 아무 감정도 없다. 도모에가 있는 쪽으로 그냥 시선을 움직였을 뿐이다. 한마디로 안구 운동이다. 정말 그뿐이다.

그냥 바라보고 싶을 뿐이다.

도모에는 몸을 유연하게 앞으로 구부려 접은 자세를 유지하고 있었다. 공부만 잘하는 게 아니라 운동도 평범하게 잘한다. 그렇다고 체육 수업에 제 실력을 다 선보이는 성격은 아니다. 성적은 신경 쓰지만 시합이나 경쟁에 열을 올리는 모습은 본 적이 없다. 늘 얄미울 정도로 아무렇지도 않게, 해야 할 일만 쉽사리 해치워서 그런지 다른 여자들이 무시한다. 도모에에게도 다른 여자들은 안중에 없었다. 애초에 더러운 성격을 전부 드러내며 불평불만을 할 때 말고는 늘 모두에게 무시당하고, 본인도 다른 사람들을 무시한다. 1학년 때부터 도모에는 죽 그랬다.

그리고 만일, 비밀이 새어 나간 걸 도모에가 알게 되면, 당연히 고타로도 그 무시의 대상에 새롭게 추가될 것이다. 지금과 같은 사이를 유지할 수 없을 것이다. 둘이 나란히 앉아 잠시 이야기를 나누는 시간은 영원히 사라질 것이다.

고타로는 그것만큼은 절대로 피하고 싶었다.

반사적으로 그렇게 생각하고 나서, 그런 생각을 한 자신에게 어? 하고 놀랐다. 아무것도 아닌 그 한때를, 일주일에 몇 번 있는 십여 분의 시간을, 나는 이토록 잃고 싶지 않은 건가. 도모에와의 사소한 관계를 이토록 잃고 싶지 않은 건가. 그렇게 생각하는 건가.

시야 구석에서 도모에가 고개를 들었다. 아까부터 계속 티셔츠 뒷자락이 체육복 바지에서 삐져나와 있다. 아무도 가르쳐주지 않아서 계속 그 상태였다.

차라리…….

'솔직하게 전부 털어놓을까? 공연히 숨겨서 이상한 형태로 들키는 것보다 그편이 차라리 나을지도…….'

몰래 말을 거는 거다. 할 이야기가 있다고. 아무도 없는 곳으로 데려가서.

'사실 어제 학교 끝나고 카무이가 날 스토킹했어. 병원에서 우리가 했던 이야기도 처음부터 끝까지 들어서 우리 비밀을 알았대. 솔직히 전부 이야기했으니 괜찮지?'

안 돼!

머릿속으로 상상하자마자 즉시 엑스 표를 쳤다. 확실히 알았다. 자백한들 아무 의미도 없다. 상황은 전혀 나아지지 않는다. 어쩌면 오히려 화를 더 돋울 수도 있다. 자백함으로써 우리의 죄를 축소시키려는 의도가 너무 빤히 들여다보인다. 그렇다면.

'역시 끝까지 숨길 수밖에 없어! 아니……'

무심코 한숨이 흘러나왔다. 우리라니……. 정신을 차려 보니 고타로는 어느새 자신과 카무이를 세트로 생각하고 있었다. 카무이와 자신을 동등하게 비밀을 짊어진 공범으로 인식하는 것이다.

처음 이 사태를 초래한 건 물론 카무이다. 카무이는 고타로를 스토킹했고, 그 과정에서 도모에의 비밀까지 알게 됐다. 여기까지는 고타로가 제일 큰 피해자고 도모에는 그 다음이었다. 함께 피해자의 입장이었다. 하지만 고타로는 그런 카무이를 받아들였다. 카무이의 존재를 용서했다. 카무이가 저지른 일도, 그 결과도 포용했다. 도모에와 단둘이서만 공유했던 비밀이 부서지더라도 카무이가 여기에 있기를 바랐다. 그걸 선택했다. 그리고 지금도 그 사실을 후회하지 않는다.

어째서 그렇게 됐는지를 언어로 표현하기는 아직 어려웠다. 어떻게든 끝까지 숨기려면 좌우지간 카무이를 어떻게든 해야 한다. 도모에에게 이상한 행동을 하지 않도록 해야 한다.

그 순간. 흐읍, 숨을 삼켰다.

카무이는 고타로를 보고 있었다.

◆

복숭아, 민트, 비누, 시트러스 등 갖가지 데오드란트 향을 뒤집어쓴 학생들이 탈의실에서 하나둘 나오자, 교실은 점심시간답게 소란스러워졌다. 고타로는 도시락을 들고 카무이의 팔을 붙잡았다.

"나 좀 보자."

"어? 도시락은?"

"가져와."

고타로는 먹을거리가 담긴 비닐봉지를 든 카무이를 그대로 문으로 끌고 갔다. 야오치와 사이온지가 "야" "밥 먹으러 가자" 하고 말을 걸어왔다.

"먼저 가 있어! 우린 화장실 들렀다 갈 테니까!"

"화장실? 큰 거야?"

"카무이가 큰 거?"

"너도야?"

"난 큰일 안 봐!"

"하긴, 아이돌이시니까."

"네네!"

대충 둘러대고 교실을 나왔다. 너희, 너무 멍청해서 눈앞이 핑 돌거든. 여자애들의 목소리는 못 들은 척 걸음을 옮겼다.

"고타로, 난 화장실 안 가고 싶은데."

"시끄러워."

"우리는 왜 도시락을 들고 화장실에 가고 있지? 인풋인지 아웃풋인지, 아니면⋯⋯."

"시끄럽다고."

"……."

"시끄러워."

"아무 말도 안 했는데."

"시끄러워."

카무이를 끌고 복도를 성큼성큼 걸으며 고타로는 인적이 드문 곳을 찾았다. 아무도 없는 곳에서 이 멍청이에게 다시 한번, 분명하게, 반대편으로 튀어나올 정도로 못을 박아둬야 한다. 첫째, 도모에를 바라보지 마라. 둘째, 도모에에게 말을 걸지 마라. 셋째, 도모에를 신경 쓰지 마라. 이렇게나 간단한 걸 이 멍청이는 아직 모르는 것 같으니 말이다.

"어? 화장실 지나쳤는데. 괜찮겠어?"

"넌 절대로 모과이*를 키워서는 안 될 타입의 인간이야."

"모과이가 뭔지 모르지만 신기하게도 칭찬이 아닌 건 알겠어."

점심시간의 교내는 어디든 시끄러웠다. 곳곳에서 말소리와 웃음소리가 울려 퍼졌다. 한동안 장소를 찾다 간신히 연결 복도 근처, 모퉁이 근처의 외진 곳을 발견했다. 고타로는 카무이를 거기 밀어 넣고 최대한 목소리를 죽이고 "야" 하며 본론을 꺼냈다.

"네가 이해하지 못한 것 같아서 다시 말해두겠는데."

"쉿!"

갑자기 카무이가 고타로의 입을 막고 팔을 잡아당기는 바람에 자세가 역전됐다. 남아도는 힘으로 고타로를 벽에 쿵! 밀어붙여서 고

---

* 1984년 개봉한 스티븐 스필버그 감독의 「그렘린」에 등장하는 가공의 생물.

타로는 벽에 뒤통수를 부딪혔다. "아야······" 충격으로 눈앞의 풍경이 부예졌다. 그 부예진 시야를 누군가가 가로질렀다. 치맛자락을 휘날리며, 홀로 어딘가를 향해 걸어간다.

도모에다.

고타로는 순간적으로 쏟아내려던 말을 삼키고 숨을 죽였다. 카무이도 반쯤 몸을 돌린 어정쩡한 포즈로 동작을 멈췄다. 몸을 포개듯 벽에 딱 달라붙었다. 도모에는 그런 두 사람의 존재를 알아채지 못한 채 그대로 복도를 지나쳤다. 발소리가 충분히 멀어진 걸 확인한 뒤, 두 사람은 살며시 몸을 내밀어 도모에가 어디로 가는지 살폈다. 복도 끝 계단을 올라가는 뒷모습이 보였다. 하지만 그쪽에는 자료실이나 각 과목의 기재를 보관하는 창고가 있을 뿐이라 일반 학생들이 갈 법한 곳이 아니다. 대체 뭘 하러 가는 거지. 그 뒷모습을 바라보는 고타로의 어깨를 카무이가 갑자기 흔들었다.

"이러고 있을 때가 아냐! 서둘러! 따라가야지!"

"어? 잠깐!" 고타로는 그대로 내달리려는 카무이의 팔을 황급히 잡아 세웠다. "잠깐! 따라가긴 뭘!"

"당연히 지바 도모에지! 가자, 서두르지 않으면 놓치겠어!"

"아니, 왜 쫓아가야 하는데? 왜 그런 데만 행동이 날쌘 거야?"

"신경 쓰이잖아!"

"신경 쓰인다고 그렇게 쉽게 남의 뒤를 밟으면 안 돼! 어제도 그렇게 내 뒤를, 어, 아니······."

순간 고타로의 뇌리에 하나의 가능성이 번뜩였다. 그럴 상황은 아니었지만, 눈앞에 있는 카무이의 하얀 얼굴을 저도 모르게 뚫어져라 바라보았다. 혹시…….

"너…… 나라서 쫓아온 게 아닌 거야……?"

스토커 본능이 장착된 것뿐이야? 스토킹할 수만 있으면 상대는 상관없어? 꼭 내가 아니라도? 움직이는 사람이면 누구든?

"그래!"

안경을 번뜩이며 단호하게 고개를 끄덕이는 카무이를 보고 고타로는 말문이 막혔다. 진짜라고? 정말? 그런 거였어? 그렇다면 내가 찾아냈다고 생각한 건, 그냥, 전부 착각…….

"너라서야! 고타로!" 카무이는 씩 웃었다. 고타로의 얼굴을 똑바로 가리키면서.

"……어?" 고타로는 그 손가락을, 그 얼굴을, 멀뚱히 쳐다봤다. 한마디로…… '그래!'라는 건 그 부분에 대한 대답이야? 나라서? '아닌 거야?'의 대답이 아니라? 머리가 이해하기 시작했을 즈음.

"난 널 쫓고 있어! 계속! 그리고……."

갑자기 작아진 카무이의 목소리를 자세히 들으려 무의식적으로 귀를 가까이 댄 순간.

"지금도!"

카무이는 몸을 홱 돌리더니, 그대로 맹렬히 복도를 내달렸다.

"어? 야! 거기 서!"

허를 찔려 뒤늦게 반응한 고타로는 혀를 차면서 황급히 그 뒤를 쫓았다. 대체 이 상황의 어디가 '너를 쫓고 있다'는 건지. 반대잖아, 정반대. 완전히.

앞서가는 카무이는 아까 도모에가 올라간 계단을 주저 없이 뛰어 올라갔다. 멈추라고 소리치고 싶었지만 도모에가 어디 있는지 모르는 상황에서 조심성 없이 소리를 낼 수도 없었다. 뒤를 밟았다는 걸 도모에가 알게 되면 참극이 벌어질 것이다. 고타로의 미션은 '도모에가 어디 가는지 알고 싶다'가 아니라, '도모에에게 들키지 않도록 내 스토커를 회수하고 싶다'였다.

2층에서 3층으로 올라갔지만 인기척은 느껴지지 않았다. 다시 4층으로 올라가는 중에 간신히 카무이에게 손이 닿았다. 옷자락을 힘껏 잡아당긴 순간, 카무이가 느닷없이 몸을 돌려 고타로 쪽을 보았다.

"······?"

"······! ······!"

정면에서 충돌할 뻔했지만 카무이는 말없이 고타로의 어깨를 밀어냈다. 고타로는 영문도 모른 채 카무이와 실랑이하듯 층계참으로 허둥지둥 내려갔다. 카무이는 튀어나온 소화전 그늘에 고타로를 밀어 넣더니 필사적인 표정으로 방금 내려온 계단 위쪽을 가리켰다.

"······?"

"······!"

그 방향을 본 고타로는 다시 벽 쪽에 딱 붙었다. 꼭대기 층인 4층에서 계단을 더 올라가면 옥상과 이어진 문 하나만 있는 비좁은 공간이 나온다. 이 학교의 학생이라면 누구나 알고 있는 곳이지만, 옥상은 상시 출입 금지라 문은 단단히 잠겨 있다. 그래서 아무도 이곳에 오지 않는다. 아무도 오지 않는 곳에 있고 싶은 사람 말고는.

도모에는 그곳에 있었다.

다행히 도모에는 귀에 무선 이어폰 같은 것을(노란색인 걸 보면 귀마개 같았다. 도모에의 이어폰은 하얀색이다) 끼고 있어서 고타로와 카무이가 따라오는 걸 알아채지 못한 모양이다. 조금이라도 돌아봤으면 모를 수가 없는 거리였지만 누가 제 뒤를 밟는다는 생각은 전혀 하지 못한 것이리라.

한 손에는 네모나고 두툼한 뭔가를 들고 있었다. 책? 아니, 도시락인가. 그러니까 도모에는 도시락을 먹으러 온 것이다. 하지만 왜 굳이 이런 데까지. 고타로와 카무이가 숨죽인 채 지켜보는 가운데 도모에는 다른 한 손으로 벽 쪽에서 뭔가를 끌고 왔다. 상당히 큰 사이즈의 종이 상자였는데, 저렇게 가볍게 드는 걸 보면 안은 비어 있는 듯했다.

도모에는 익숙한 동작으로 상자 윗부분을 열고는 그 안에 들어가 안쪽에서 상자를 닫았다.

그리고 정적.

지금, 저 계단 위 좁은 공간에는 커다란 상자 하나가 덩그러니 놓여 있을 뿐이었다.

고타로는 자기도 모르게 카무이를 보았다. 카무이도 고타로를 보았다. 둘 다 말은 없었지만, 무슨 생각을 하는지는 손에 잡힐 듯 알 수 있었다. 우리가 지금 뭘 본 거지.

"……이건, ……진다."

희미하게 나는 목소리를 동시에 들었다. 흠칫하며 계단을 살짝 뛰어 올라서는 여학생들처럼 서로의 손을 꼭 잡았다. 계단 위, 도모에가 들어간 상자를 쭈뼛거리며 올려다봤다.

상자가 말을 하고 있었다. 아니, 도모에가 상자 안에서 말하고 있었다. 잘 들리지는 않았지만 누군가와 전화 통화를 하는 것 같지도 않았다. 혼잣말이겠지.

카무이는 내내 들고 있던 점심이 든 비닐봉지를 발밑에 내려놓았다. 최대한 소리를 죽이고 네 다리로 기듯이 계단을 올랐다. 도모에가 무슨 말을 하는지 들으려는 것 같았다. 고타로도 도시락을 발밑에 내려놓았다. 자기도 듣고 싶어서가 아니었다. 카무이를 말려야 한다. 아무리 그래도 더 이상 접근하게 둘 수는 없었다. 지금 자신들이 하는 짓은 스토킹일 뿐이었다. 같은 자세로 조심조심 계단을 올라가 뒤에서 카무이의 바지자락을 붙잡았다. 조용히, 하지만 힘을 주어 끌어당겼다. 카무이는 팔다리에 힘을 주며 저항했다. 두 사람은 그대로 한동안 교착 상태를 유지했다. 그러나…….

"이건 칼슘……."

아까보다 도모에의 목소리가 또렷하게 들렸다. 고타로도 움찔하며 동작을 멈췄다.

"……머리가 좋아진다."

계단 중간에 달라붙은 카무이가 돌아봤다. 들었어? 소리 없이 입을 벙긋거린다. 응. 고타로도 그 아래에서 같은 자세로 고개를 끄덕였다.

"이건 DHA…… 머리가 좋아진다." 도모에는 상자 안에서 혼잣말을 하며 뭔가를 먹는 것 같았다. 역시 도시락인가. "이건 뭐지? 어두워서 안 보여." 상자 윗부분이 살짝 열렸다. 안에서 상자를 여는 하얀 손이 얼핏 보였다. "당근인가. 그럼 이건 베타카로틴…… 머리가 좋아진다. 이건 식물성 섬유질…… 머리가 좋아진다. 단백질……
머리가 좋아진다."

고타로를 돌아본 카무이의 얼굴이 점점 굳어졌다. 핏기도 점점
사라진다. 심정은 이해가 간다. 자신의 얼굴도 지금 분명 비슷하게
변하고 있을 것이다. 요컨대 봐서는 안 될 것을 본 얼굴이다.

"냉동 닭튀김, 냉동 감자튀김, 김자반을 뿌린 밥…… 어쨌든 먹으
면 머리가 좋아진다, 아주 좋아진다, 무척 좋아진다, 엄청나게 좋아
진다……. 좋아져서…… 1등, 톱, 넘버원……. 나는 누구보다 분명
머리가 좋다, 내가 1등, 1등, 1등, 굉장한 1등, 대견하다……."

도모에의 목소리는 끝나지 않는 염불 같았다. 혼잣말일까. 아니
면 자기암시 같은 것일까. 이걸 먹으면 머리가 좋아진다고. 내가 제
일 똑똑하다고.

뭔가를 결심한 듯 카무이는 위를 보았다. 카무이가 계단을 올려
가려고 팔다리에 힘을 준 걸 알아챈 고타로는 자신도 모르게 달려
들듯 녀석의 발목을 붙잡았다. 말없이 온 힘을 다해 힘껏 끌어내렸
다. 카무이는 한동안 저항했지만 이내 힘이 다했는지 맥없이 끌려
내려왔다. 고타로는 그 목덜미를 잡고 억지로 계단에서 떼어내어
부축해 세운 뒤, 아까 내려놓은 도시락도 회수했다. 그리고 계속 돌
아보려는 카무이의 몸을 밀며 왔던 길을 되돌아갔다.

도모에는 아무렇지도 않은 줄 알았다.

"고, 고타로……!"

고타로는 점심시간의 소란스러운 복도를 카무이의 팔을 붙잡고

걸어갔다. 뭔가에 화난 사람처럼 성큼성큼 걸음을 옮겼다.

도모에는 아무렇지도 않은 줄 알았다.

하고 싶은 대로 하고, 못된 성질머리를 숨기지 않고 발산하며, 겁 없는 미친 공붓벌레로 잘 사는 줄 알았다.

"고타로, 저거, 방금……!"

도모에는 아무렇지도 않은 줄 알았다.

늘 태연한 표정이라 정말 그런 줄 알았다. 점심시간에는 늘 교실에서 사라졌지만, 도모에니까 어디 조용한 곳에서 유유자적하게 공부라도 하는 줄 알았다. 아무도 안 오는 곳으로 몰래 도망칠 리 없다고 생각했다. 어두운 상자에 혼자 숨어서 도시락을 먹을 리 없다고 생각했다.

도모에는 아무렇지도 않은 줄 알았다.

하지만 현실은 생각과 전혀 달랐다.

"고타로는……!" 안뜰과 이어진 출입구 유리문 앞에서 카무이는 손발을 버둥대고 몸을 비틀어 간신히 고타로의 손길에서 벗어났다. 삐뚤어진 안경을 고쳐 쓰며, 앞을 가로막듯 고타로의 정면에 섰다. "저! 저런 거 이상하지 않아? 저대로 내버려둬도 되는 거야?"

고타로는 아무 말도 하지 않았다. 유리문을 통해 쏟아지는 빛 속에서 그저 침묵을 지켰다. 답답하다는 듯 카무이는 주변을 재빨리 둘러보더니 아무도 없는 걸 확인하고 일단 목소리를 낮췄다.

"지바, 상태가 좀 이상했잖아! 저런 데서 혼자서 머리가 좋아진다, 1등이다…… 저게 대체 뭐야? 어떻게 생각해도 이상하잖아!"

열심히 호소했다. 그래도 고타로는 아무 대답도 하지 않았다. 대답할 수 없었다. 도모에가 이상하다는 건 아까 그 모습을 본 사람이라면 싫어도 알 수밖에 없다. 하지만 고타로만은 이해할 수 있는 것도 있었다.

"1등을 하면 기뻐하는 사람이 있는 거겠지." 시선을 들어 간신히 목소리를 짜냈다. 카무이가 희미하게 숨을 삼켰다. 그 눈을 보며 말을 이었다. "너는 머리가 좋구나, 대단하다, 대견하다고 웃어주는 사람이 있겠지. 그 사람을 위해 1등이 되고 싶겠지. 그 사람이 기뻐한다면 그걸 위해서 뭐든 하고 싶겠지."

무리를 해서라도, 스스로를 몰아붙이더라도, 외톨이로 무너질 것 같더라도, 도모에에게는 원하는 것이 있다. 무엇을 잃더라도 어떻게든 꼭 그것을 얻고 싶은 것이다.

찰나의 미소를 위해서 뭐든 할 수 있는 것이다. 그리고 그 찰나의 가치를 고타로도 알고 있기에 도모에를 내버려둘 수밖에 없었다.

도모에가 괜찮다고 하면 괜찮다고 생각하는 수밖에 없다. 도모에가 잘 살고 있다고 하면 잘 살고 있다고 생각하는 수밖에 없다. 고타로가 아는 건 도모에가 무엇을 소중하게 여기는지, 그것뿐이다. 도모에가 무엇을 위해 열심히 노력하고 무엇을 원하는지 고타로는 잘 안다. 알기 때문에 아무것도 도울 수 없다는 것도 안다.

"저 녀석은 저대로 괜찮아." 이제 됐지, 하고 이야기를 억지로 마친 뒤 고타로는 안뜰로 나가려 했다.

하지만 카무이는 다시 달려와 끈질기게 앞을 막았다. "그래도 지바는 어제 너하고 있을 때가 더 행복해 보였어! 너도!" 카무이는 일단 말을 끊고 어떻게 표현할지 고민하듯 흔들리는 시선으로 허공을 보았다. 그러고는 눈을 치켜뜨며 다시 고타로를 똑바로 보았다. "고타로 너도 내버려두고 싶지 않지? 사실은 말을 걸고 싶지?"

카무이의 그 집요함에, 고타로는 뜻대로 되지 않아서 나는 짜증보다도 납득하는 마음이 더 컸다.

카무이는 어제 아버지 말대로 정말 착한 녀석일 것이다. 그래서 아무리 자기한테 못되게 군 상대라도 저런 모습을 본 이상 내버려 둘 수 없는 것이라, 이토록 끈질기게 물고 늘어지는 것이다.

"고타로 너라면 분명 할 수 있는 일이 있을 거야! 난 그렇게 생각해! 지금이라도 돌아가서 지바에게 말을 걸어보자. 그리고……."

하지만 할 수 없는 일은 할 수 없는 일이다.

"안 해. 이제 됐으니까 방금 본 건 전부 잊어버려. 나도 잊을 테니까. 지바도 분명 그래주길 바랄 테고. 아무튼 우리도 빨리 밥 먹자. 애들 기다릴 텐데."

"하지만…… 그래! 나한테 해준 것처럼 하는 건 어때?" 카무이는 버티고 서서 움직이려 하지 않았다. 눈앞에서 팔을 벌린 채 버티고 서서 고타로를 움직이지 못하게 했다. "어제 나한테 말을 걸어줬잖아. 벤치에서 밥 같이 먹자고. 난 그때 정말, 진짜로 정말, 너무 기뻤어. 기분이 바닥을 뚫고 내려갔었는데 네 목소리를 듣자마자 기뻐서 기운이 났어. 그런 식으로 지바한테도……."

말이 끝나기 전에 고타로는 고개를 가로저으며 똑똑히 말했다.

"내가 할 수 있는 일은 없어."

알아듣기 쉬운 답이라고 생각했는데, 카무이는 더욱 따져 물었다. "그러니까 왜 미리 단정 짓는 거야? 너라면 분명 할 수 있는 일이 있을 거야! 나한테도……."

"그래, 너는 돼! 너는 도와줄 수 있어! 구해줄 수 있겠지! 하지만……." 카무이의 말을 자르려다 고타로는 자기도 모르게 언성을 높였다. 누군가가 근처를 지나는 기척이 나서 일단 숨을 삼키고 멀어지기를 기다렸다. "하지만 쟤는 네가 아니잖아……!" 고타로는 목소리를 낮추고 말을 이었다. "어제 말고 처음 만났을 때를 떠올려 봐. 너는 물에 빠졌고, 나는 널 구했어. 어째서 구할 수 있었을까?"

갑작스런 질문에 허를 찔린 듯 카무이는 눈을 깜빡였다.

"어째서라니……."

"내가 물에 빠지지 않아서지."

"어…… 그야, 물에 빠진 건 나였고……."

"그렇지? 물에 빠진 건 너야. 하지만 만일 그때 내가 다급히 강에 뛰어들었다면 어땠을까? 당황해서 발버둥치는 네가 달라붙었을 테고, 그대로 나도 같이 물에 빠졌을 테고, 결국 둘 다 가라앉았겠지. 그런 거야. 물에 빠진 사람을 구할 수 있는 사람은 물에 빠지지 않은 사람뿐이라고. 나하고 지바는 지금 같은 강물 속에 있어. 더 가라앉지 않도록, 위험한 곳에서 각자 필사적으로 발버둥치고 있어. 하지만 만일 한쪽이 다른 한쪽에게 매달린다면……."

불현듯 제 손을 보았다. 상상해 버렸다. 이 손을 도모에게 뻗어서, 이 손으로 도모에를 만지고, 붙잡고, 끌어안는다면, 도모에를 처형할 수 있다면 얼마나 따뜻할까. 얼마나 안심되고, 서로를 깊이 이해할 수 있을까. 같은 곳에 있다는 걸 확인하고, 같은 슬픔과 같은 괴로움을 똑같이 느끼고 있다고 전하고, 마치 처음부터 그러한 형태의 동물이었던 것처럼 둘이서 하나의 생명이 되어.

그리고.

"그대로 둘이서 가라앉을 뿐이겠지."

깊고 차가운 물 밑으로.

그러니까 아무것도 할 수 없다.

고타로는 무력한 손바닥에서 시선을 거두고 이번에야말로 걸음을 옮기려 했다. 하지만 카무이는 아직도 포기하지 못한 듯했다.

"그러면 안 돼……?"

단순한 이 멍청함이 지금은 차라리 부러울 지경이었다. 고타로는 자신도 모르게 한숨을 쉬었다. "당연히 안 되지."

"적어도 외톨이는 아니잖아. 지바도, 고타로도. 두 사람은 함께야. 둘이서 함께 있을 수 있잖아."

"그래서 둘이서 함께 뭘 하라고? 둘이서 사이좋게 도움이라도 요청하라고? 저기, 우리 좀 도와주세요, 하고?" 카무이의 말에 비아냥거리며, 삐뚜름하게 웃으며, 정말 웃긴다고 생각했다.

어젯밤 '위험할 때는 도와달라고 외치'라고 생각한 건 다름 아닌 고타로다. 이곳, 늘 앉는 곳에서 카무이의 망할 파피루스의 앞부분에 적힌 커닝 페이퍼를 보고 그 조악함에 혀를 내두르며, 그렇게 생각했었다. 그런데 지금은 이 모양이다. 이래라저래라…… 카무이에게 잘난 척 했던 말들을 스스로는 하나도 지킬 수 없는 것이다. 도와달라고 외치는 건, 자기가 제일 못하는 일이다.

"그렇게 하면 되잖아. 왜 그러면 안 되는데……."

다시 한숨을 내쉰 뒤, 더 이상 상대하지 않기로 했다. 고타로는 카무이를 옆으로 밀치고 한낮의 햇살이 눈부시게 내리쬐는 안뜰로 나갔다. 카무이는 종종걸음으로 쫓아와 계속 말을 걸었다.

"두 사람은 함께 있으면 돼! 그래서 함께 도움을……."

"누구한테!"

고타로는 날카롭게 쏘아붙이며 카무이를 노려봤다. 이것으로 완전히 뿌리칠 작정이었다. 하지만 카무이는 물러설 줄을 몰랐다.

"누군가…… 누구든 좋아. '물에 빠지지 않은 녀석'에게."

누구든 좋아?

누구든 좋다고?

순간 눈앞이 하얘졌다. 다음 순간에는 카무이의 먹살을 잡으려 손을 뻗고 있었다.

아니, 하지만…… 숨을 세게 내뱉었다. 어금니를 악물고 손을 꼭 쥐었다 내리며 억지로 마음을 가라앉혔다. 됐다. 관두자. 화낸들 소용없다. 뭐라 해도 부질없다.

이 녀석은 모른다. 그래, 알 리가 없다. 당연하다. 보통 그러겠지. 같은 물살 속에서 허우적대는 녀석이 아니고서야 아무도 모른다. 알아달라고 바란 적도 없다. 몰라도 된다. 대신 이것만큼은 말하고 싶었다.

"저기, 나하고 지바를…… 아니, 나를. 날 도와주려면, 날 정말 이 상황에서 구하려면……."

이야기하며 눈을 감았다. 동생의 얼굴이 떠오른다. 동생의 목숨을 구하지 못하면 자신은 절대로 구원받을 수 없다. 하지만 그러기 위해서는 필요한 것이 있다.

누군가의 몸속에서 뛰는 작고 따뜻한 것.

"누군가를 희생시키지 않으면 안 돼. 수박 같은 걸로는 안 돼. 그런 게 아냐. 빼앗아야 해. 없애야 한다고. 어마어마한 것을. 그 누군가에게서……. 누구든 상관없다는 가벼운 마음으로는 안 돼. 그 누군가한테도 어마어마한 일이니까. 하지만 그러지 않으면 난 구원받지 못해. 그러니까 나에게 그…… 도움을 요청한다는 건, 전혀 쉬운 일이 아니야. 나에게는 정말 어려운 일이란 말이야." 고타로는 감고 있던 눈을 떴다. 카무이는 정면에서 똑바로 고타로의 얼굴을 바라보고 있었다.

"잘은 모르겠지만…… 어렵다고 생각하지 않아도 되는 거 아냐? 왜냐면 무언가를 잃더라도 누군가를 돕는다는 행위는 좋은 일이고 옳은 일이니까. 아주 아름다운 일이잖아. 그 희생은 결코 무의미하지 않아. 오히려 남을 돕기 위해 잃는 것이 크면 클수록 더욱 숭고하고, 순수하고…… 가치 있는 일이 되는 거 아냐? 살았다는 증거를 그렇게 남겨서 그 사람 자신도 구원받을 수 있지 않아? 진정한 의미에서는 아무것도 잃지 않은 것이나 마찬가지 아냐?"

"그럴 리가 있냐!"

고타로가 단호하게 부정하자 카무이는 놀란 듯 눈을 휘둥그레 떴다. 신기하다는 듯 고개를 갸웃하더니 이해할 수 없다는 표정으로 고타로의 얼굴을 바라보았다. 하지만 이건 절대로 부정해야만 했다. 카무이를 위해서가 아니다. 스스로를 위해서다. 이곳에 버티고 있기 위해서다.

"희생을 미화하지 마! 그렇게 무의미하지 않다거나, 가치 있다거나, 그 사람도 구원받는다거나…… 만일 그런 얘기를 희생을 강요하는 쪽에서 꺼낸다면, 도움을 요청하는 쪽이 그렇게 정당화하기 시작한다면, 그런 건, 그건……."

자연스레 한 손을 뻗었다. 붙잡을 뭔가를 찾아 허공을 헤맸다.

'누구든 상관없어. 도와달라고 외친 목소리에 되돌아본, 거기 있는 사람.'

좋은 일이니까. 옳은 일이니까. 아름다운 일이니까. 무의미하지 않으니까. 숭고하니까. 가치 있으니까. 구원받을 수 있으니까. 아무것도 잃지 않을 테니까. 그러니까 빨리…….

'그걸 내놔!'

"인간이 아냐!"

뻗은 손을 거세게 쥐었다. 아무것도 붙잡지 못한 채 힘없이 축 늘어뜨렸다.

나는 인간이다.

도와달라고 외칠 거면 누군가를 희생시킬 각오가 필요하다. 각오가 되었냐는 물음에는 아직 망설여진다. 그 망설임은 자신이 인간이라는 증거다. 인간과 인간이 아닌 것의 경계다. 그 선을 넘어버리면, 자신은 이제 다시는 돌아올 수 없다.

"고타로……."

카무이의 조용한 목소리에 고타로는 퍼뜩 고개를 들고 현실로 돌아왔다. 정신을 차려 보니 고개를 푹 숙인 채 감정에 가라앉으려던 참이었다.

"그런 표정 짓지 마." 고타로의 얼굴을 들여다보며 카무이는 다정한 목소리로 "괜찮아"라고 속삭였다.

대체 뭐가? 하고 생각할 틈도 없었다.

"……있으니까!" 카무이는 난데없이 목소리를 높이며 제 왼쪽 가슴을 두드렸다. 그리고 그 손으로 자신의 얼굴을 가리켰다. "내가 있잖아! '물에 빠지지 않은 녀석'은 바로 나야! 나는 분명 이걸 위해 여기 있는 거야!"

고타로는 무슨 말인지 알아들을 수 없었다. "뭐?" 카무이는 기본적으로 영문 모를 녀석이기는 했지만, 지금은 한층 더 의미를 알 수 없었다.

"내가 도울 거야! 고타로가 다시는 그런 표정 짓지 않게 할 거야. 이제 괜찮아." 카무이는 강하게 단언하며 활짝 웃었다.

"아니, 그러니까…… 뭐가?"

그때 멀리서 "너희 뭐 하는 거야, 왜 이렇게 늦어!" 하는 사이온지의 목소리가 들렸다. 자세히 보니 언제나 앉는 곳에 야오치와 사이온지가 앉아 손을 흔들고 있었다.

"가자, 고타로! 이제 아무것도 걱정 안 해도 돼! 나한테 맡겨둬!"

"뭐지. 엄청나게 불길해, 너한테는 아무것도 맡기고 싶지가……"

고타로의 말은 이제 들리지 않는다는 양, 카무이는 그대로 고타로의 허를 쓱 찌르고 힘차게 달려갔다. 또 이 패턴이다. 하지만 안 된다. 이 녀석을 멋대로 움직이게 둬서는 안 될 것 같았다. 뭔가 상상을 초월하는 사태가 반드시 일어날 것이다. 그런 예감이 들어서 고타로는 온 힘을 다해 그 뒤를 따라갔다. 하지만 아무것도 없는 곳에서 "으앗!" 하고 비틀거리다 "어엇?" 하며 실내화가 벗겨지고,

"젠장!" 하고 한쪽 발을 들고 깡충깡충 실내화를 주우러 가야 했기에 카무이가 먼저 목적지에 도착했다. 카무이는 슬라이딩할 기세로 사이온지와 야오치 앞에 주저앉았다.

"이제 왔어? 무슨 화장실을 이렇게 오래 가? 너희 장은 다른 세계하고 연결된 거야? 우린 이미 점심 다 먹었을 시간이라고."

"장은 입구도, 출구도 3차원이라 내 통제하에 있다고! 그보다 야오치, 사이온지."

카무이는 두 사람의 얼굴을 재빨리 번갈아 보았다.

"응? 왜 야오치를 먼저 부르지……?"

"그거 알아?"

"내 발언은 완전히 무시하는 거야……?"

"아이들은 모두 사랑받아 행복해지기 위해 태어난다는 걸."

"어? 왜 이래? 현실로 돌아와."

"그렇기 때문에." 사이온지를 완전히 무시하고, 카무이는 그제야 도착한 고타로의 왼손을 오른손으로 꼭 잡았다. 그리고 벌떡 일어나 붙잡은 손과 손을 그대로 높이 들어 올렸다.

"나와 고타로는 지바를 행복하게 해주겠다고 맹세합니다!"

허…… 얼빠진 목소리를 내더니 사이온지는 입을 다물었다. 여전히 숨을 헐떡이던 고타로는 한순간에 안색이 창백해져, 눈을 부릅뜨고, 아무 말도 못한 채 왼쪽에 있는 카무이를 멍하니 쳐다봤다.

몇 초의 침묵이 흐른 뒤, 야오치가 간신히 심각한 목소리로 중얼거렸다.

"수업 끝난 뒤에 긴급 미팅이 필요할 것 같군."

오후 수업이 모두 끝날 때까지 고타로는 카무이와 한마디도 하지 않았다.

의도를 가지고 무시한 게 아니다. 돌발적으로 청력을 잃은 것도 아니다. 두 자리 사이에 눈에 보이지 않는 차원의 단절이 발생한 것도 아니다. 그저 넋 나간 사람처럼 멍하니 있었다.

카무이 잘못이다.

✦

오늘의 의제는 '왜 카무이와 고타로가 지바 도모에를 행복하게 해줘야 하는가'다. 고타로로서는 더욱 정확하게 '왜 카무이는 그딴 영문 모를 소리를 멋대로 내뱉어서 갑자기 나까지 끌어들이는가'로 바꾸고 싶었지만.

종례가 끝나자마자 넷은 게임 캐릭터들처럼 한 줄로 늘어서서 교실을 나섰다. 학교 건물을 벗어나 자전거 주차장으로 향했다. 자전거를 끄는 고타로와 카무이 뒤를 사이온지와 야오치가 따랐다.

목적지는 편의점. 음료수와 과자, 요깃거리를 산 네 사람은 비닐봉지를 부스럭거리며 다시 걸음을 옮겼다. 최종 목적지까지는 거리가 꽤 있었지만 개의치 않고 묵묵히 걸었다. 이번 긴급 미팅 장소는 카무이의 자취방이었다. 버스를 타는 게 제일 빨랐지만, 그러면 가는 길에 하나밖에 없는 편의점에 들를 수 없었다.

딱히 볼거리도 없는 단조로운 길을 30분 가까이 걸었을 즈음, 카무이는 걸음을 멈추고 돌아보더니 "여기야" 하고 한 건물을 가리켰다. 사이온지가 놀란 듯 외쳤다.

"진짜? 저 멀리서 이 건물이 보이기 시작했을 즈음부터 설마 여긴 아니겠지 했는데, 정말 여기라고? 너 이런 데 살아?"

무례하기 짝이 없는 발언이었다. 하지만 야오치 역시 그 말을 나무라지 않고 팔짱을 낀 채 "진짜라니……"라며 짧게 중얼거린 뒤 입을 다물었다. 카무이는 개의치 않는 표정으로 활기차게 자전거를 세운 후 강아지처럼 웃는 얼굴로 돌아봤다.

"고타로, 자전거 여기 세워! 내 옆에!"

"아, 그래."

카무이가 가리킨 위치에 아무렇지도 않은 척하며 자신의 자전거를 세웠지만, 고타로도 내심 당황스러웠다.

어젯밤에 왔을 때도 이 아파트는 무척 외진 곳에 있다고 생각했다. 하지만 밝은 곳에서 다시 보자 이곳은 어젯밤에 생각했던 것보다 훨씬, 더욱, 아주, 형언할 수 없을 만큼 외진 곳이었다. 달리 표현할 말이 없었다. 사방을 아무리 둘러봐도 다른 건물은 없었다. 육안으로 확인할 수 있는 건 나무와 풀, 전봇대와 전선, 수수께끼의 콘크리트 덩어리, 녹슬고 구부러져 버려진 공사용 펜스. 그뿐이었다. 풍요로운 자연풍경과 함께하는 곳도 아니었다. 그저 산림으로 이어지는 살풍경한 길, 그 옆에 덩그러니 2층짜리 건물이 있을 뿐이다. 그리고 하늘. 끝. 정말 그뿐이었다.

"너희 집은 어디야……?" 미묘한 표정으로 쭈뼛거리며 건물을 올려다본 사이온지가 물었다.

"2층 맨 왼쪽 집." 카무이는 환한 표정으로 대답했다.

1층과 2층에는 저마다 다섯 세대가 있었는데, 카무이가 가리킨 집 베란다에는 아무것도 없었다. 다른 집 베란다에는 빛바랜 작업복이나 남자 속옷, 너덜너덜한 수건 등이 널려 있었다. 이 길이 끝나는 곳, 깊은 산속에서 일하기 위해 다른 지역에서 온 사람들이 일시적으로 사는 건물일까. 이른바 인부 숙소라고 하는 건물. 베란다에서 하늘거리는 남의 빨래를 바라보며 고타로는 뭐, 그럴 수도 있겠다고 생각했다. 그런 용도의 건물이라면 이런 곳에 지어도 이상할 건 없겠지.

카무이가 앞장서서 계단을 올라갔다. 그 뒤를 따르면서도 고타로는 아직 위화감을 완전히 지우지 못했다. 딱히 오래되지도, 낡지도 않은 건물이라 이곳에 꼭 살 이유가 있는 사람도 있겠지만, 아무리 그래도 유학생이 혼자 자취하기에는 부자연스럽지 않나?

등 뒤에서 사이온지가 혼잣말처럼 중얼거렸다. "홈스테이가 아니구나……."

아닌 게 아니라 지금까지 왔던 유학생들은, 고타로가 아는 한 모두 교류 프로그램의 일환으로 시내의 가정집에서 홈스테이를 했다.

카무이가 주머니에서 열쇠고리가 달린 열쇠를 꺼내 문을 열었다.

"자, 들어와."

실례하겠습니다. 일행은 안으로 들어갔다. 평범한 구조의 원룸이었다. 좁았지만 묘하게 횅했다. 싱글 침대 말고는 작고 낮은 탁자 하나. 벽 쪽에 있는 작은 캐비닛. 그 위에 작은 텔레비전. 바닥에는 비닐봉지를 씌워놓은 휴지통. 일단 시야에 들어온 가구는 그것밖에 없었다. 다른 짐들은 수납공간에 넣어놨다고 해도 한 인간이 생활하는 장소치고는 가구도, 물건도 너무 적었다.

'아니, 이 느낌은…… 뭐지, 아는 것 같은데…….'

"앗, 이럴 수가!" 카무이가 갑자기 외쳤다. "방석이 하나밖에 없어. 잠깐만, 아래층에 가서 더 없는지 물어볼게." 그러더니 쿵쾅거리며 집을 나섰다.

"아래층?" "1층에 돌봐주는 사람이 산대." "그래? 친척인가?" 사이온지와 고타로가 이야기를 나누는데 야오치가 중얼거렸다. "여기, 꼭 감방 같지 않냐?"

그 말에 단번에 의문이 풀렸다. 아까 뇌리를 스쳐 지나간 이미지가 바로 그것이었다. 이 집은 마치 텔레비전에서 보았던 교도소 같았다. 사이온지는 "감방이라니!" 하며 낄낄댔지만 그 웃음소리도 자연스레 잦아들었다. 야오치는 처음부터 웃지 않았다. 고타로도 웃지 않았다. 셋이 남겨진 원룸에 이내 침묵이 내려앉았다. 생각하는 건 모두 같았다.

'카무이는 왜 이런 집에서 사는 거지……?'

홈스테이도 아니고, 편리한 시내도 아니고, 토박이인 자기들도 흠칫할 정도로 외진 곳에 있는 이런 살풍경한 아파트에. 왜. 굳이. 학교 근처에도 주택가는 있고, 그게 아니더라도 최근에는 밭이나 논을 뒤집어엎고 새 임대주택을 짓는 게 유행하기도 하니, 훨씬 괜찮은 집을 얼마든지 구할 수 있었을 것이다. 그런데도 카무이의 부모님은 이 부근의 주택 사정을 조사하지 않은 것일까. 아들을 혼자 내보내야 하는데, 어떤 곳인지 걱정도 되지 않았던 것일까.

'걱정이 안 됐을 수도 있지만…….'

민무늬 커튼이 달린 창문을 슬쩍 보았다. 지극히 평범한 유리창에 쇠창살 같은 건 당연하게도 없었다. 하지만 그런 당연한 사실을 이 눈으로 확인하지 않고서는 견딜 수 없었다. 고타로는 발밑으로 시선을 떨궜다. 평범한 카무이. 그걸로 충분한데 '불쌍한' 카무이가 또다시 얼굴을 내밀어서 고타로의 가슴을 괴롭게 했다.

셋이서 말문을 열 타이밍을 살피다 얼굴을 마주 본 순간, 현관문이 열리는 소리가 났다.

"걱정하지 마! 너희가 앉을 방석을 확보했어!" 카무이가 품에 방석을 안고는 신이 난 표정으로 돌아왔다. 재빨리 눈짓하며 고개를 끄덕였다. 일단 이 건은 봉인.

"좋았어, 그럼 모두 착석하세요! 지금부터 긴급 미팅을 시작합니다! 의장은 나! 내가 할 거야! 다들 박수 주세요!"

사이온지의 너스레를 무시하고 야오치가 말했다. "고타로, 카무이. 아까 산 것들 일단 먹기 좋게 전부 꺼내자."

"그래."

"아, 잠깐, 닦을 거 가져올게."

다들 묵묵히 간식거리를 꺼냈다.

"너희 또 내 말을 무시하지……! 맨날 이래, 맨날!" 투덜거리는 사이온지를 향해 야오치가 포테이토칩 봉지를 던졌다. "너도 뜯어."

탁자를 닦으려고 허리를 구부린 카무이의 주머니에서 현관 열쇠가 소리를 내며 떨어졌다. 고타로는 열쇠를 주웠다.

"이거, 무슨 캐릭터야?"

왠지 궁금해서 열쇠고리에 얇은 체인으로 연결되어 있는 장신구를 보았다. 합성수지나 플라스틱으로 만든…… 조개? 도기일지도 모른다. 노란빛이 도는 크림색의 매끈매끈한 재질로 만든, 손톱만 한 인형 같은 것이 네 개. 볼링 핀 같은 모양에 소녀의 모습이 심플하게 새겨져 있었다. 귀여운 얼굴이었지만 그중 한 개는 두 눈이 X로, 나머지 세 개는 한쪽 눈이 X, 다른 쪽 눈이 O로 그려져 있었다. 고타로가 건넨 열쇠를 카무이는 손바닥으로 소중히 받으며 살짝 미소를 지었다.

"이건 넷이 늘 함께 다니는 '시스터즈'야. 다 같이 여기까지 왔어."

시스터즈? 그런 이름의 캐릭터인가? 카무이가 살았던 나라에서 유행하는 캐릭터일까? 처음 보았고 들어본 적도 없었다. 우이코는 이런 걸 좋아할지도 모른다. 나중에 검색해 봐야겠다고 생각하는데 다시 현관문이 열리는 소리가 났다.

놀라서 돌아봤다. 문을 열고 들어온 건 어젯밤에도 본 그 여자였다. 오마다 씨. 담임 오마다와 완전히 일치하는 그 외모에 사이온지와 야오치가 눈을 휘둥그레 떴다. 웃음 폭발 직전의 표정으로 뻣뻣하게 굳어버린다. 맞다. 이 사람을 잊고 있었다.

"저 사람, 이름이 오마다 씨래." 고타로의 일격이 명중했는지, 두 사람은 동시에 웃음을 터뜨렸다. "푸하하하!" 낄낄거리며 바닥에 쓰러진다. "저, 정말?" "말도 안 돼!" 너무 웃어서 고통스러워하며 바닥을 구른다.

당사자인 오마다는 의아한 표정으로 말 그대로 웃음보가 터진 두 남학생을 보고 있었다. "작을 소小에 사이 간間, 밭 전田을 써서 오마다라고 하는데요. 그게 어쨌다는 거죠?"

그야 그렇겠지. 뭐가 그렇게 우스운지 이해가 가지 않을 법도 했다. 오마다의 손에는 호텔에서 흔히 볼 수 있는 전기포트가 들려 있었다.

"아까 컵라면 샀지? 이걸로 물 끓이면 돼. 사용법은 알지?" 그녀가 담담하게 카무이에게 묻자 카무이는 말없이 그저 고개를 주억거렸다. 오마다는 그 모습을 보고 역시 담담하게 전기포트에 물을 붓고, 담담하게 콘센트를 꽂고, 담담하게 전원을 켜고, "물이 끓으면 자동으로 꺼져. 데이지 않게 조심해" 하고 담담하게 말한 뒤 담담하게 떠나려 했다.

웃음소리 사이로 사이온지가 그 뒷모습을 필사적으로 불러 세웠다. "자, 잠깐만요!"

"뭐죠?"

"저기, 혹시 생이별한 쌍둥이 오빠나 남동생 없나요? 그리고 그 사람은 고마다라는 이름의 고등학교 선생님 아닌가요?"

"네?" 간단히 그렇게만 답하고 오마다는 그대로 담담하게 샌들을 신고 담담하게 현관을 나섰다. 무뚝뚝하게 돌아보지도 않았다. 문 닫는 소리까지 왠지 담담했다.

사이온지는 여전히 웃고 있었다. "하, 괴로워, 거짓말이지! 겉모습이 완전 똑같아. 고마다의 여자 버전이잖아. 여자 고마다……!" 야오치도 탁자에 얼굴을 박고 계속 어깨를 떨고 있었다. 아까까지 감돌던 미묘하고 무거운 위화감도 지금 충격으로 어딘가로 날아갔다. 고타로도 두 사람을 따라 다시 웃음이 났다.

"진짜 대단하지? 게다가 이름도 오마다야. 하지만 말을 하면 저런 느낌이라. 너도 고마다 보고 웃기지 않았어?"

"딱히." 카무이는 별 관심이 없는지 비닐봉지에서 자기 컵라면을 꺼내고 있었다. 오마다나 고마다나, 카무이는 지금까지 기본적으로 건조한 태도였다.

무뚝뚝한 표정으로 카무이가 개봉한 컵라면 안에는 분말 스프와 건더기 스프 등이 여러 개 들어 있었다. "오일? 오일을 마지막에 넣으라고? 전분은 먼저 넣고? 이 가루는 뭐지? 기호에 따라……? 좀 어려운 타입이네." 카무이는 난감한 표정으로 고개를 갸웃거리고 미간을 찌푸리며 머리를 긁적였다.

아까 편의점 진열장 앞에서 카무이에게 이 라면을 권한 건 고타로였다. "어쩔 수 없지, 이리 줘봐." 고타로는 카무이의 컵라면을 조리했다.

뜨거운 물을 라면에 붓고 3분 기다리는 동안, 미친 듯 터져 나오던 발작적인 웃음도 멎었다. 잘 먹겠습니다, 하고 네 사람은 곧장 컵라면을 후루룩 먹기 시작했다. 감방 같은 카무이의 방에 불량 식품의 냄새가 순식간에 퍼졌다.

"아, 맛있다. 고타로, 나 음료수 좀 줘."

"이거? 탄산 커피? 벌칙도 아닌데 그런 걸 먹는 사람이 있어?"

"그러게."

"뭐가 어때서. 나쁜 것도 아닌데. 맛 말고는 거의 콜라야. 콜라 마시는 기분이라고."

"그럼 콜라를 마시면 되잖아. 콜라 맛이 좋으면."

"그러게."

"하아, 하아, 하…… 아아! ……아으, 와으!"

"너는 왜 이상한 신음소리를 내는데?"

"이, 이런 상황이 왠지 갑자기 흥분돼서 입 안쪽을 씹었어……!"

"뜨거운 음식 먹으면서 흥분하지 마. 위험하니까."

잠시 훈훈한 잡담 시간이 이어졌다. 그러다 갑자기 사이온지가 "헛!" 하고 젓가락을 멈추며 고개를 들었다. "즐겁게 수다 떨 때가 아니었어! 의제가 뒷전이잖아! 오늘 우리에게는 중요한 의제가 있었어! 카무이, 아까 그 말, 미친 공붓벌레를 행복하게 해주겠다는 건 대체 무슨 소리야? 고타로까지 같이."

고타로는 몸을 내밀며 다시 사실관계를 확실하게 해두었다. "그게 말이지, 난 갑자기 휘말렸을 뿐이야. 얘가 멋대로 혼자 꺼낸 말이라고. 나야말로 묻고 싶다. 아까 그거 대체 무슨 소리야?" 카무이를 노려보며, 눈빛에 만감을 실어 보냈다. 설마 쓸데없는 소리를 하지는 않겠지. 애초에 무슨 계획이 있어서 저지른 행동이겠지? 그런 게 아니면 죽일 거다.

카무이의 눈이 정처 없이 허공을 배회했다. "아니, 그게…… 말 그대로야. 고타로와 함께 지바를 행복하게 해주고 싶어." 그러고는 힐끗 고타로를 보며 힘없이 웃는다. 강아지력이 부족한 그 얼굴을 본 순간, 절망이라는 두 글자가 고타로의 뇌리를 스쳐 지나갔다. 망했다. 이 녀석, 진심으로 아무 생각도 없는 거였어.

"호오오오……?" 고타로의 속도 모르고 사이온지는 흥미롭다는 듯 맞은편에 앉은 카무이의 얼굴을 들여다봤다. "궁금한 게 한두 개가 아니지만 어쨌든 제일 큰 것부터 묻자. 왜 지바 도모에야? 다른 여자애들도 많은데 왜 하필 너한테 못되게 군 개를 행복하게 해주 겠다고 생각했는데?"

당연한 궁금증이었다. 고타로는 거의 기도하는 마음으로 왼쪽의 카무이를 보았다. 제대로 대답해……! 제발 무난하게 넘어가자고!

"음…… 그건 말이지. 나한테 못되게 굴길래. 바로 그래서 신경이 쓰인다고 할까."

좋았어, 넘어갔다! 무난하고 이해할 수 없는 것도 아니다! 고타로 는 탁자 아래로 손을 꼭 쥐었다.

사이온지의 눈이 한껏 가늘어졌다. "흐음……. 그걸 왜 고타로하 고 같이하려는 건데?"

두 번째 공격이다! 피해!

"아, 그건 고타로가 지바하고 비……."

조심성 없게 쓸데없는 소리를 지껄이려는 멍청이의 기운을 민감 하게 포착한 고타로는 날카로운 시선으로 카무이를 제압했다.

"내가 뭘?"

"……."

전해진 모양이다. 카무이는 일단 입을 다물고 몇 초쯤 생각에 잠 겼다가 태세를 재정비했다. "고타로는 나하고 같이 '청춘'을 즐기겠 다고 약속해 줬어. 그래서 나하고 함께해 주는 거야."

좋아! 굿 보이! 고타로는 카무이의 어깨에 팔을 두르고 껴안았다.

"히히!" 카무이는 칭찬받는 걸 알아채고 기쁜 듯 머리를 흔들 며 웃었다. 사이온지는 여전히 납득이 가지 않는 표정으로 "그래……?" 하고 그런 두 사람을 빤히 바라보았다. "한마디로 카무이가 지바 도모에에게 폴 인 러브고, 고타로는 카무이를 응원하는 거야? 아니, 잠깐만, 역시 카무이가 개한테 반한다는 건 말이 안 돼. 애초에 그 가설은 이미 내가 체육시간에 제기했잖아. 그때 고타로는 부정했고. 그럴 리가 있냐고 하지 않았어? 그게 어느새 사랑을 응원하는 분위기로 바뀐 거지? 4교시에서 점심시간 사이에 뭔가 생각이 바뀔 만한 일이 있었다고?"

넘어가지 못했다……! 몇 시간 전 과거에서 날아온 부메랑이 훅 꽂혔다. 아무 반박도 하지 못하는 두 사람을 향해 사이온지는 더욱 공격을 가했다. "아니면 뭐지? 정말 마조히스트야? 카무이는 누가 괴롭히면 그 사람을 좋아하게 되는 난해한 성적 취향의 진정한 마조히스트다, 뭐 그렇게 이해하면 돼? 그런 거라면 난 아무 말도 하지 않겠어. 사람은 누구나 일곱 가지 그림자를 가졌다며. 나는 평범 오브 평범입니다! 완전 평균! 하고 얼굴에 쓰인 사람이라도 알고 보면 일곱 가지쯤 특수한 성적 취향이 있다고 하니까."

컵라면을 다 비우고 입을 닦은 야오치가 대화에 로그인했다. "그게 문제가 아니라…… 애초에 지바는 딱히 불행하지 않잖아. 우리 눈에는 아주 이상하게 보이지만 그게 걔가 바라는 세상이잖아."

곧바로 사이온지가 고개를 끄덕였다. "그래! 나도 이제 그걸 지적하려고 했어!" 사이온지는 심각한 표정으로 팔짱을 끼고 무대 위의 기타리스트와 베이시스트처럼 야오치의 어깨에 자신의 어깨를 기대려고 했지만, 야오치가 몸을 슥 피하는 바람에 그대로 덧없이 바닥으로 쓰러졌다.

"뭐, 그렇다고 하면 그렇다고 할 수도 있는데…… 그래도……."
뭔가 불만이 있는 것 같네. 그렇게 중얼거리며 야오치가 나지막이
웃었다. 카무이는 곤혹스러운 표정으로 고타로를 바라보았지만 뭐
라고 대꾸해야 좋을지는 고타로도 알 수 없었다.

지금 그건 상당히 괜찮은 펀치였다. 정면에서 훅 들어왔다. 아니
라고 대답할 수 있으면 얼마나 좋을까. 그런 게 아니라고. 도모에는
괜찮지 않다. 너희가 생각하는 것 같은 애가 아냐. 내가 생각하는
것 같은 애도 아니었어. 그렇게 말할 수 있으면.

하지만 말할 수 없었다. 그걸 설명할 방법이 없다. 도모에와 자신
과 관련된 비밀은 아무에게도 절대로 밝힐 수 없었다. 고타로는 입
을 다물었다. 설명을 포기하고 입술을 깨문 채 정지했다. 그 왼쪽에
서 카무이가 크게 숨을 내뱉었다. 포기하지 않고 열과 성을 다해.

"하지만 난 그래도 내버려두고 싶지 않아……!" 카무이는 젓가락
을 쥔 오른손을 위아래로 흔들며 말을 이었다. "지바가 아무것도 바
라지 않아도, 그래도, 내버려두고 싶지 않아! 뭔가 하고 싶어! 지바
를 위해서라고는 하지 않겠어. 그냥 내가, 내 멋대로 그러고 싶어!
뭐든 좋으니까, 뭔가…… 그, 구체적으로 뭘 어떻게 하냐고 물어
도 아직 모르겠어. 하지만, 뭔가……." 목소리는 차츰 가라앉았다.

그러다 침묵이 되어버리기까지 기다렸다. 아주 오래. 이내…….

사이온지는 고개를 끄덕였다. 버섯 머리 아래로 보이는 얼굴이
히죽 웃는다. "그래. 너, 역시 마조구나. 하지만 갸륵해. 갸륵한 마조
야. 긴팔원숭이의 아종이야."

"어디가 닮았다는 거야."

191

무심코 태클을 건 고타로를 보며 사이온지는 고개를 끄덕였다. "고타로의 마음도 알 것 같아. 방금 그 얘기를 들으니까, 우리도 카무이의 청춘을 좀 응원하고 싶어졌거든. 야오치도 그렇지?" 사이온지의 물음에 야오치도 "뭐……" 하고 살짝 고개를 끄덕였다.

사이온지와 야오치 안에서 이 일은 좌우지간 카무이가 도모에게 반했다, 왜냐하면 갸륵한 마조니까, 그런 느낌으로 잘 정리된 모양이었다. 얼버무려서 다행이다.

단순히 생각할 수 없는 건 어째서일까. 사실과 전혀 다르기 때문일까. 하지만 사실과 다르다는 걸 설명할 수 없기 때문에 이렇게 되었다. 지금 이 상황은 도달할 수 있는 여러 가능성 중에서도 상당히 괜찮은 착지점이다. 이 노선에 올라타는 수밖에 없다. 그러면 모든 게 문제없이 진행될 것이다. 고타로도 잘 알고 있었다.

아는데…….

"지바 도모에라. 그쪽도 카무이를 의식하고 있으니까 혹시, 호옥시 모르지? 처음에는 눈엣가시 같던 녀석이지만…… 음, 완전 클리셰 아냐?" "그렇게 되면 지옥의 삼각관계도 끝나겠군. 너무 낙심하지 마, 고타로." 사이온지와 야오치는 포테이토칩을 먹으며 낄낄거렸다. 평소였다면 자신도 함께 웃을 대목이었다. 뭐든 농담처럼 넘길 수 있었다.

'하지만 왠지 오늘은…… 젠장.'

표정 관리가 되지 않는 얼굴을 숨기려고 고타로는 남은 컵라면을 마시듯 털어 넣었다.

하나의 거짓말 때문에, 거기 관련된 갖가지 일들이 점점 거짓으로 물들어 간다. 거미줄에 걸린 것처럼 차츰 자유를 빼앗긴다. 그렇게 진실은 점점 말할 수 없게 된다.

'사실은…….'

아니.

'됐어. 사실이 뭐 중요하다고. 됐어, 이걸로 됐어.'

불어버린 면을 풀을 씹듯 꼭꼭 씹어 삼켰다. 이어서 달달한 탄산음료를 마셨다. 모든 걸 삼키고 목구멍으로 올라오기 전에 이 세상에서 없애버리자. 어차피 내가 할 수 있는 일은 아무것도 없으니까.

푸핫, 하고 숨을 내쉬었다. 그 얼굴을 카무이가 조용히 지켜보고 있다는 사실을 알아챘다. 하지만 조용한 건 얼굴 위쪽만이고, 아래쪽은 포테이토칩을 잔뜩 넣고 탐욕스럽게 우물우물 씹고 있었다.

"맛있냐?"

"맛있어. 너도 먹을래?"

카무이가 내민 포테이토칩을 집어서 입에 넣었다. 불현듯 기묘하다는 생각이 들었다. 절대로 말할 수 없는 비밀에 대해 오랫동안 친하게 지낸 사이온지와 야오치도 모르고 있는데, 만난 지 얼마 되지도 않은 카무이만 알고 있다는 것이. 오로지 카무이만이 지금 이곳에 있는 고타로의 거짓과 진실, 그 양면을 이해하고 있었다. 두 쪽모두 실제로 '존재'한다는 것을, 자기 자신조차 지각하지 못한 채잊어버릴 것 같은 그 사실을, 이 녀석만이 증명해 주고 있었다.

만일 이 녀석이 없었다면 아무도 모른 채 사라져 갔겠지. 처음부터 존재하지 않았던 것이 되겠지.

하지만 카무이가 있다. 어디까지고 끈질기게 뒤쫓아 와서 지금 여기, 입가에 김 가루와 기름을 묻힌 채 왼쪽 방석 위에 가지런히 앉아 있다. 그 단순한 사실에 온몸의 힘이 스르륵 빠져나갔다. 그러고 나서야 온몸에 힘이 들어가 있었다는 사실을 알아챘다.

하지만 다음 순간에 또 다른 사실을 알아챘다. 이 녀석은 언젠가 반드시 사라진다. 그렇게 오래 이곳에 있을 사람이 아니다.

사라진다.

자신이 드러내 보인 것, 이 녀석 말고는 아무에게도 보이지 않은 것, 그 모든 것이.

고타로는 느닷없이 충격에 휩싸였다. 왜 그런지는 알 수 없었다. 방금 안 사실도 아닌데 갑자기 왜 이렇게 크게 다가온 것일까. 영문도 모르는 채로 동요를 감추기 위해 손에 든 음료수의 성분표시를 뚫어져라 바라보았다.

'정제수, 당시럽, 설탕, 기타과당……'

카무이가 언제까지 있을지 모른다. 내일, 다음 주, 다음 달, 내년. 아니, 그런 생각을 한들 소용없다. 생각하지 않으려 했다. 아무것도 느끼지 않으려 했다.

'캐러멜 색소, 인산, 천연향료……'

"고타로."

왼쪽에서 이름을 부르는 소리가 들렸다. 고타로는 고개를 돌렸다. 카무이가 과자 봉지를 내밀었다.

"이것도 먹을래? 아직 안 뜯었는데."

아무것도 느끼지 못한다. 괜찮아.

"그래, 뜯자. 그거 뭐야? 안주 같은 건가?"

"아, 그거 내가 고른 거야." 사이온지가 말을 얹었다. "뜯어도 돼?"

"먹어보자." 카무이는 봉지를 뜯어서 막대기 형태의 육포를 하나씩 건넸다. 각자 입에 넣고 우물거렸다. "아, 맛있네." "호오, 뭔가 고급스러운 맛인데?" "의외로 입에 맞는데?"

카무이는 봉지에 적힌 글자를 읽었다. "보자, 보자……. 국내산 소고기의 감칠맛과 깊은 맛이 담긴 맛있는 육포……. 반, 려, 견, 용……."

세 사람이 동시에 뿜었을 때였다.

"그나저나 아까부터 계속 신경 쓰이던 게 있는데." 야오치가 갑자기 진지한 표정으로 말문을 열었다. 그 나지막한 목소리에 고타로도, 카무이도, 사이온지도 퍼뜩 고개를 들었다. 맛있게 먹은 간식이 반려견용이었다는 것보다 더 신경 쓰이는 일이 이 세상에 있을까.

"내가 생각하기에 이 집에는 기묘한 점이 있어."

아. 고타로와 사이온지는 재빨리 눈빛을 교환했다. 혹시 야오치는 카무이에게 직접 이 방에 대한 의문을 던지려는 걸까. 아니, 그건 좀 그렇지 않나. 좋은 이야기도 아닌데. "자, 잠깐……." "야오치, 저기." 두 사람은 거의 동시에 야오치를 제지하려 몸을 일으켰지만, 그는 아랑곳하지 않고 카무이를 똑바로 가리켰다.

"이 방에는…… 야한 물건이 없어!"

고타로와 사이온지의 무릎이 힘없이 꺾였다. 바보냐. 카무이는 말이 없었다. 하지만 한쪽 뺨이 아주 살짝, 파르르 떨렸다.

"나쁘게 듣지는 마. 실은 아까부터 몰래 찾아봤거든. 야한 물건이 존재한다면 은닉 장소 후보 제1호는 저 캐비닛이야. 다음으로 침대 밑. 그리고 저 커다란 장롱. 난 지금까지 일부러 보란 듯이 저런 곳을 노골적으로 살펴봤어. 하지만 너는 전혀 반응이 없었지. 그 사실이 가리키는 진실은 오직 하나! 이곳에 야한 물건은 존재하지 않는다! ……내 말이 틀려?"

바보냐? 바보 맞네. 고타로와 사이온지는 이 틈을 타서 과자(인간용)를 열심히 먹었다. '야한 물건'이라는 단어 선택부터 일단 멍청했고. "없을 리 없잖아." "천하의 야오치가 저런 오판을?" 그리고 혼자 사는 열일곱 살 남자라는 조건을 모두 갖췄는데 야한 물건이 없다는 건 말이 안 된다. 세상의 물리법칙에 반하는 일이다.

하지만…….

"야한 물건이랄 건 없어!" 옅은 웃음을 지은 채 카무이가 말했다.

"뭐라……?" 고타로는 말문이 막혔고, "고……?" 사이온지는 들고 있던 포테이토칩을 으스러뜨렸다. 야오치는 두 팔을 벌리고 계속하라는 양 카무이의 뒷말을 기다렸다. 모든 충격을 혼자 감당할 작정인 모양이었다.

"그만둬, 야오치! 무모해!" "난 이제 몰라!" 친구들의 목소리에도 요지부동이었다. 야오치의 손끝이 유혹하듯 까닥였다. 그것을 본 카무이는 불온한 표정으로 말을 이었다.

"흣, 공교롭게도 이 카무이는 공동생활이 길어서 말이야. 야한 물건이랄 건 바로 여기." 자신의 관자놀이를 손끝으로 톡 쳤다. "여기에밖에 없어. 내가 소유한 야한 물건은 오직 상상력뿐이야. ……고타로, 지금까지 말 안 해서 미안."

"카, 카무이……?"

"나는 아닌 척 뒤에서 호박씨 까는 변태일 뿐이야."

"안 돼, 카무이! 아직 포기하긴 일러! 내가 찾아줄게! 네가 소장한 야한 물건 반드시 찾아내고 만다. 어디다 숨겨둔 것뿐이지? 그런 거지? 제발 그렇다고 말해! 난 포기하지 않아. 분명히 어디 숨겨져 있을 텐데. 그래, 아주 엄한, 원색적인, 그래서 남 앞에 꺼내 보이기에는 용기가 필요한, 그런 야한 물건을 말이지! 젠장, 기다려봐, 내가, 내가 지금……!"

고타로는 요란법석을 떨더니 조심스레 한쪽 무릎을 꿇고 캐비닛을 열었다. 그래, 이건 어제의 복수다. 제멋대로 남의 방을 뒤졌겠다. 너도 당해봐라, 이 불쾌한 느낌을. 하지만 그 안에 든 건 텔레비전 설명서뿐이었다. 곧바로 침대 밑을 들여다봤다. 수상한 물건은 보이지 않았다. 얇게 쌓인 먼지밖에 없었다. 하지만 아직 포기하기는 이르다. 고타로는 장롱에 달라붙어 문을 활짝 열었다. 안쪽에서 수상쩍은 종이 상자를 발견하고 "이거군!" 하고 외치며 카무이의 성적 취향을 폭로하기 위해 단숨에 뚜껑을 열었다. 하지만 그곳에 들어 있던 건 얇은 이불이었다. 지금 침대에 있는 담요로 부족하다 싶으면 이걸 꺼내면 되겠구나. 다행이다, 가 아니라.

"어? 정말 없다고……? 거짓말이지……?"

망연히 선 고타로의 뒤에서 카무이가 말을 걸었다.

"그러니까 처음부터 없다고 했잖아. 정말 없어. 야한 물건이란 게 존재한다는 사실은 물론 알고 있지만, 숨기면서까지 갖고 있는 게 물리적으로 불가능한 환경이었어. 하지만 그렇게까지 갖고 싶은 건 아니니까 딱히 문제는 없어."

"아니, 너……." 고타로는 카무이를 돌아보며 진지한 표정으로 다가갔다. "일단, 스마트폰부터 사자. 무슨 수를 써서든 사자고. 야한 세상으로 통하는 문이니까…… 아니, 이 감정은 뭐지……? 어, 정의로운 분노……? 이것이 바로……?"

"고타로, 너무 조바심 내지 마. 너는 영 어설프다니까. 십 년 동안 나이 차이가 많이 나는 형 방에서 야한 물건을 찾아온 달인, 달인의 통찰력을 가진 나에게 맡겨두라고!"

사이온지는 자신만만하게 아까 고타로가 뒤졌던 캐비닛부터 침대 밑, 수납장까지 꼼꼼하게 들여다봤다. 하지만 이내 "뭐야! 진짜로 없잖아!" 하고 아우성을 치며 기어 나왔다.

그 모습을 바라보며 야오치는 긴 앞머리 뒤의 눈썹을 치켜올렸다. "그거 봐."

"그거 봐, 라니. 안 돼, 안 된다고. 이런 건 있을 수가 없어! 우주의 법칙을 어지럽히는 행위야!" 주머니에서 스마트폰을 꺼내 사이온지는 맹렬히 뭔가를 검색했다. "이렇게 된 이상 카무이한테 스마트폰을 쥐어줘야겠어. 선불폰 같은 거 어때. 그런 거 있지? 기다려, 카무이. 지금 당장 입수 방법을 찾아서……. 아아!"

그렇게 외치던 사이온지는 그대로 굳어버렸다. 무슨 일인가 했더니, "이 집, 인터넷 접속이 안 돼!" "뭐라고?" "그게 사실이야?" 고타로와 야오치도 제 스마트폰을 보았다. "으악, 진짜잖아!" 와이파이가 없다는 이유로 이 난리를 치는 게 아니었다. 여기는 인터넷이 아예 터지지 않는 곳이었다. 통화조차 할 수 없었다. 인터넷 없음, 통신수단 없음, 어떠한 매체의 야한 물건 없음. 그나마 텔레비전은 있음. 이건 진짜 감방이잖아. 자유롭게 드나들 수는 있지만 집 밖으로 나간들 어차피 주변에는 아무것도 없다.

"애 너무 불쌍해!" 사이온지는 흐느끼며 외쳤다. 바닥에 무릎을 꿇고, 카무이를 향해 주먹을 번쩍 들었다. "결심했어! 난 이제 누가 뭐라 해도 널 응원한다! 아니, 나뿐 아니라 야오치도, 고타로도 네 편이야! 그렇지? 야오치! 고타로!"

야오치는 "응" 하고 고개를 끄덕였지만, 고타로는 "어? 뭘……?" 하고 저도 모르게 되물었다. 이 녀석, 대체 뭘 응원할 작정이지? 하지만 사이온지는 그런 미묘한 반응은 아랑곳하지 않고 외쳤다.

"형한테 맡겨. 네가 즐기고 싶다는 그 '성춘性春'은 온 힘을 다해 응원해 주마!"

카무이는 어리둥절한 표정이었다.

"지금 '청춘'이 아니라 '성춘'이라고 한 거 맞지……."

고타로의 귀에도 그렇게 들렸다. 뭐, 이걸로 됐다. 된 건가……?

"그 녀석, 의외로 책사 스타일이야."

카무이의 집에서 나와 한참 걸어가던 때, 야오치가 그렇게 중얼 거렸다.

시시덕거리며 잡담하다 보니 너무 오래 있었다. 하늘은 이미 어두워지고 있었다. 셋이서 10분 이상 걸어 버스정류장에 겨우 도착했다. 혼자 자전거를 타고 온 고타로는 이미 페달에 발을 걸치고 있었다.

뜻밖의 발언에 저도 모르게 "어?" 하고 야오치를 돌아봤다. "그 녀석이라니? 카무이 말이야?"

야오치 옆에 앉아 있던 사이온지도 고개를 갸웃했다. "야오치, 무슨 소리야, 걔는 바보잖아."

"카무이 걔, 지바를 행복하게 해주겠다고 일부러 우리 앞에서 선언했잖아. 그리고 어쩌다 보니 결과적으로 우리 모두 거기 말려들었고. 그 선언이 없었다면 애초에 고타로가 그런 얘기에 동참하지도 않았겠지? 알 게 뭐냐고 무시했으면 끝났을 텐데. 사이온지 너, 이제 지바 도모에를 미친 여자애라고 부르지도 않고."

"뭐…… 그렇지. 카무이 앞에서 그렇게 부르기는 좀 그렇잖아."

"지바에게 뭔가를 하는 게 아니고, 지바를 대하는 태도 자체가 우리 사이에서만이지만 이미 달라지고 있잖아. 카무이 때문에." 야오치는 그렇게 말하더니 고타로의 얼굴을 빤히 바라보았다. "……그렇지? 괜찮아, 고타로?"

질문의 의도를 파악할 수 없었다. 하지만 되물을 틈은 없었다. 예정보다 귀가 시간이 늦어졌고, 어머니가 부탁한 물건도 사러 가야 했다. 서둘러 돌아가 집안일도 해야 한다. 애써 밝게 웃으며 "괜찮아. 아무 문제도 없어! 내일 보자!"라고 말하며 버스를 기다리는 친구들에게 손을 흔들었다. 그래, 하고 둘이 입을 모아 대답했다.

아까 고타로는 카무이와도 이렇게 인사를 나눴다. 내일 보자고 손을 흔들었고, 카무이도 고타로에게 손을 흔들었다. 내일 보자며 웃고 있었다.

아무튼 내일도 카무이는 이곳에 있다.

제 2 장

1

또다시 배신의 아침이 왔다. 고타로는 엄마에게 왜 깨우지 않았냐고 투덜거리며 부산스럽게 채비를 마치고, 바쁜 와중에도 아침은 든든히 챙겨 먹고, 도시락도 잊지 않고 챙긴 뒤 자전거를 차고에서 꺼내 밖으로 나갔다. 그러자 집 앞에는 기다렸다는 듯 카무이가 있었다.

"슝!"

만날 약속 같은 건 하지 않았지만 분명히 있을 거라고 생각했다. 그래서 고타로는 딱히 놀라지 않았다.

카무이는 자전거에 걸터앉아 있었다. 하늘에서 쏟아지는 아침 햇살을 받으며 고타로를 향해 스마트폰을 높이 들었다. 펼쳐진 페이지에 적힌 **안녕!**이라는 글씨는 어제의 **안녕!**보다 약간 비스듬했고, 거칠고 기운이 넘쳐 보였다. 어제 써서 계속 보여주는 **안녕!**이 아니라 오늘 아침을 위해 새로 쓴 **안녕!**인 것 같았다.

고타로도 학습 능력이 있어서 "평범하게 말로 해!" 혹은 "네가 무슨 나폴레옹이냐!"같은 실랑이를 벌이는 것보다는 답장하는 게 시간을 더 절약하는 방법이라는 걸 알았다. 스마트폰을 낚아챈 뒤 교복 주머니에서 펜을 꺼내 카무이의 **안녕!** 밑에 재빨리 **안녕**이라고 답장했다.

"슝! 얼른 넣어! 학교 가자!"

고타로는 쑥스러워하면서 수첩을 카무이의 가슴으로 쏙 밀었다. 수첩을 받아 고타로의 답장을 본 카무이는 "와하하!" 하고 신나게 웃었다. 뭐가 그렇게 좋은지는 여전히 모르겠지만, 이 표정이 카무이 나름의 읽음 표시일지도 모른다.

"자전거 조심해서 운전해. 절대 사고 내면 안 돼!"

"그러도록 애써볼게. 하지만 마음만큼은 진짜야!"

"마음은 아무 상관 없어. 결과를 내라고, 결과를. 사지 멀쩡하게 살아서 등교하라고."

자전거 두 대는 나란히 학교를 향해 출발했다. 무조건 안전하게 천천히, 신중히 거리로 나갔다. 고타로는 왼쪽 옆에서 달리는 카무이의 운전 실력이 어제보다 향상된 것을 금세 알아챘다. 카무이는 잘한다고까지는 할 수 없어도 좌우로 비틀거리지 않고 똑바로 달리고 있었고, 브레이크를 거는 모양새도 막힘이 없었다.

"혹시 어제 우리 간 뒤에 또 연습했어?"

"어떻게 알았어? 밤중에 집 앞 도로에서 세 시간쯤 연습했어. 커브를 도는 법이라든지. 경사진 곳까지 달려서 오르락내리락하는 연습도 하고."

"진짜? 딱 봐도 나아진 게 보이는데. 오마다 씨하고 같이한 거지?

밤중에 세 시간이라니, 그 사람도 대단하다."

"그게 그 여자 일이니까 당연…… 앗, 으악!"

은인을 두고 무례하게 말해서 벌을 받았는지, 빨간불에서 멈추려던 카무이는 균형을 잃었다. 그러나 간발의 차로 발로 바닥을 디디며 "하아" 하고 숨을 내뱉더니, 바닥을 차며 "얍……!" 하고 간신히 자세를 바로 했다. 그 일련의 흐름을 가까이서 지켜보던 고타로는 "푸하!" 하고 웃음을 터뜨렸다. 필사적인 몸놀림과 목소리에 웃음 버튼이 눌려서 "넌 무슨 기합으로 다시 일어나냐!" 하고 핸들에 머리를 박고 웃음을 터뜨렸다.

"뭐…… 뭐 어때, 넘어지는 것보단 낫지!" 카무이는 얼굴을 새빨갛게 붉히며 고타로에게 눈을 흘겼다.

자전거 앞바퀴의 흙받이에는 은색 스티커가 붙어 있었다. 어제 쉬는 시간에 고마다가 일부러 찾아와 건네준 통학용 자전거 등록 스티커다. 2학년 8반 와타나베 유타. 이제 그 이름을 보면 대체 누구냐는 생각밖에 안 든다. 그 옆에는 큼지막하게 '카무이'라고 적혀 있다. 스티커를 줄 때부터 이렇게 적혀 있던 걸 보면 고마다가 쓴 모양이었다. 학교에서는 고타로가 자전거를 대는 곳에 같이 대면 된다고 했다.

신호등이 파란불로 바뀌자 앞으로 나아가려던 카무이는 "계속 웃지 말고 빨리 가자! 난 먼저…… 으악!" 하고 다시 비틀거렸다. 다시 땅을 디디며 "이얍!" 하고 다시 기합으로 버티려 했다. 이미 웃음보가 터진 고타로는 더는 견디지 못했다.

"두 번 연속……! 너 일부러 그러는 거지? 으하하하!" 허리를 꺾으며 웃던 고타로가 비틀거렸다. 그대로 버티지 못하고 옆으로 쓰러져 쾅. 꼴사납게 길바닥에 쓰러졌다. "와하하하하!" 그 모습을 손가락질하며 이번에는 카무이가 웃음을 터뜨렸다. 허리를 굽히고 눈에는 찔끔 눈물이 고인 채, 핸들을 퍽퍽 치며 "자, 자기가 쓰러졌어! 히히히히히, 계, 계속 남을 놀리더니 꼴좋다아아아! 으하하핫!" 하고 웃다가 그 자세로 반대쪽으로 쓰러졌다. 쾅.

학교까지 오는 길이 순탄치만은 않았지만, 오늘도 확률 반반의 게임에서 이겼다. 사지 멀쩡히 살아서 학교에 도착했다. 두 자전거가 떨어지지 않도록 오늘도 일단 체인으로 연결해서 세워놨다. "됐다!" "응, 가자!" 꽤 아슬아슬한 시간이라 두 사람은 빠른 걸음으로 학교로 들어갔다. 교실 문을 열고 반 아이들과 인사를 나누며 산처럼 웅장한 거구 오야마의 기슭 자리로 향했다.

"어이! 거기 두 분!" 사이온지가 고타로의 책상에 엉덩이를 대고 앉아 있었다. 카무이는 곧장 "슝!" 하고 수마트폰을 들었다. 사이온지는 미리 들고 있던 펜을 빙글빙글 화려하게 돌리며 "슝!" 하고 소리 내며 카무이와 고타로의 글씨 밑에다 **안녕~**이라고 썼다. 그러고는 아까 길바닥에 쓰러진 두 사람의 몰골도 알아채고 고개를 갸웃했다. "어? 너희 꼬락서니가 왜 이렇게 지저분해? 무슨 일 있었어? 어둠의 지배자에게 납치돼서 검투사로 싸우기라도 했어?"

고타로는 눈을 내리깔고 고개를 저었다. "아깝지만 땡. 슬픈 사고가 있었어…… 그렇지?" 카무이도 한숨을 내쉬며 "돌발적인 사태에 휘말렸어. 순간적으로"라며 가방을 책상 위에 내려놨다.

"내가 먼저 묻긴 했지만 아무래도 상관없어! 그보다 짠, 이거 봐!"

사이온지가 두 사람에게 내민 건 사용감이 느껴지는 태블릿이었다. 참고로 이 학교에서는 태블릿 금지 교칙이 있다. 들키면 압수당해서 졸업할 때까지 돌려받지 못한다.

"너, 그걸 그렇게 당당하게······." 고타로는 무의식적으로 주변을 두리번거렸다.

"카무이에게 빌려주려고 위험을 무릅쓰고 가져온 거라고!"

"아, 스마트폰 대신 쓰라고? 하지만 얘네 집에서는 인터넷도 안 터지는데 빌려줘도 못 쓰지 않아?"

"아니, 아니지. 사장님. 그게 아니라요, 헤헤헤." 사이온지는 버섯 머리를 흔들며 기분 나쁘게 웃더니, 두 사람의 귓가에 속삭였다. "이거, 형한테 빌려온 거야······."

카무이는 어리둥절해하는 표정이었지만, 고타로는 꿀꺽 숨을 삼켰다. "진짜로······?"

나이 차이가 꽤 나는 사이온지의 형은 삼수 끝에 지역 치의대에 입학해 현재 3학년을 유급 중이었는데, 부유한 데다가 이런 쪽에도 빠삭했다. 프로가 소장하던 야한 물건은 사이온지를 경유해 집에서 유출되어 이 학교로 유입되었고 지금도 2학년 남학생들 사이를 우주 쓰레기처럼 떠돌고 있었다. 곳곳에서 미지의 취향과의 충돌 사고를 발생시키며.

"그렇다는 건, 이 태블릿은······."

"그래······. 야해!"

주먹과 주먹을 맞부딪치며 YES! 고타로와 사이온지는 고개를 끄덕였다.

"이 단단한 사각형 물체가 야하다고……? 음, 보는 관점에 따라서는 야한가? 저기 도색이 벗겨진 까만 모서리 부분 같은 건가. 흠, 듣고 보니 상당히……." 카무이가 눈을 가늘게 뜨며 태블릿이 가장 야하게 보이는 각도를 찾아 고개를 갸웃 꺾자, 사이온지가 그 어깨를 다정하게 툭 쳤다.

"그만하세요. 넌 역시 바보야. 그런 너에게 이 몸께서 자상하게 설명해 주지. 오래된 데다가 솔직히 성능이 좋지는 않은 태블릿이지만 메모리 카드를 끼우면 용량이 쑥쑥 늘어나고, 거기에 아주 편리한 앱을 설치해서 '수많은 동영상'을 다운로드해 뒀지. 인터넷 없이도 영상을 재생할 수 있도록……. 어때? 알아듣겠어?"

"그래. 고타로, 우리 사물함 가자. 난 네 사물함이 보고 싶어!"

자리에서 일어나려는 카무이의 어깨를 사이온지는 꽉 붙잡고, "가끔은 내 말을 똑바로 들어!" 하고 억지로 제자리에 앉혔다. "자, 이거 봐. 암호 같은 것도 안 걸어놨어. 이 아이콘을 터치하기만 하면 바로……."

앱을 켜자 태블릿 화면에 맨살을 드러낸 섬네일과 파일명이 주르륵 표시됐다. "으아!" 카무이가 나지막한 목소리를 흘리자, 고타로도 힘껏 얼굴을 들이밀고 태블릿을 들여다보았다.

"그리고 보고 싶은 동영상을 이렇게…… 앗." 동영상이 재생되려는 화면을 보고, "어, 눌러버렸어" 하는 사이온지의 초조한 목소리. 그 위로.

"오케이! 렛츠 댄스!"

느닷없이 격렬한 구령이 울려 퍼졌다.

그 순간.

"?" 오야마가 돌아봤다.

"?" 베이직 와타나베가 돌아봤다.

"햐아?" 얼터너티브가 돌아봤다.

"?" 때마침 교실로 들어오던 야오치가 돌아봤다.

"?" "?" "?" "?" "?" "?" 그때 교실에 있던 모든 남자들의 시선이 일제히 태블릿으로 쏠렸다.

반짝거리는 효과음, 검은 화면에 떠오른 은빛 레오타드, 어깨에 멋스럽게 걸친 재킷, 빛이 떨어지는 하얀 팔다리, 깊이 눌러쓴 검은 모자, 주변에 포진한 댄서들. 이내 쏟아지는 리듬을 타고 어깨와 허리를 들썩이더니, 모자를 집어 던진 그 아름다운 얼굴에 스포트라이트! 두 손을 들고 허리를 흔들며 포즈!

"아이 노 왓챠두! 소 핫 앤 소 딥!"

노래! 모두가 따라 부를 수 있는, 역동적으로 내달리는 멜로디와 함께 몸이 자연스럽게 리듬을 탔다. 고타로도, 사이온지도, 야오치도, 다른 녀석들도 모두 가방을 내던지고 자리를 박차고 일어나, 화면 속에서 춤추는 댄서들과 같이 절도 있게 한 손을 돌리고 사이드 스텝, 한 바퀴 턴! 상체를 내렸다가 "롸잇 나우!" 천천히 펴며 요사스러운 눈빛. 까닥까닥, 가슴께에서 유혹하는 손짓은 매끄럽게.

"어? 어? 이게 무, 무슨 일이지?" 갑작스레 노래하며 춤추는 남자들의 모습에 겁에 질린 카무이가 뒷걸음질 쳤다. 여학생들도 "소름!" "무섭거든!" 하고 질색하며 얼굴을 마주 본다.

하지만 말리는 사람은 아무도 없었다. 이 리듬, 이 멜로디, 이 가

사, 이 안무…… 모든 것이 남자들의 육체에 이미 깊이 각인된 까닭에, 계기만 있으면 단번에 넘쳐흐르고 마는 것이다. 이렇게 된 이상 이제 멈출 수 없다.

"오예 오예 와우, 유 돈 웨잇 포 더 나이트!"

신들린 듯 격렬하게 노래하고 춤추며 고타로는 '카무이! 카무이……!' 하고 필사적으로 카무이에게 말을 걸었다.

"앗, 누가 내 뇌에 직접…… 고타로야?"

'그래! 나야! 이건 '다케후지'야!'

겁먹을 필요 없어. 이건 어느 유명 성인 비디오 회사에서 만든 영상이야. 이 회사에서 제작하는 성인 비디오라면 장르나 브랜드를 불문하고 오프닝 부분에서 주연 여배우가 반드시 이 영상에 등장한 것과 같은 분장, 같은 곡, 같은 안무로 댄서들과 함께 노래하고 춤추거든. 촬영 스튜디오도 늘 같은 곳이고 구도도 똑같아. 댄서는 바뀌기도 하지만 이미지는 다들 비슷비슷하고. 10여 년 동안 그래왔어. 사장이 이런 취미라고 하던데. 영상 비주얼이 범상치 않다 보니 예전부터 변태라는 이름의 신사들 사이에서는 '아, 그거(웃음)' 하는 식으로 알려져 있었지. 어쩌다 동영상 사이트에서 조회 수가 폭발한 이후로는 인터넷 밈처럼도 쓰이게 됐고. 아, 이 영상의 원작이라고 할 만한 옛날 금융회사 광고가 있거든. 거기서도 댄서들이 레오타드를 입고 춤을 춰. 그래서 이 회사에서 만든 오프닝 영상은 그 금융회사의 이름을 따서 '다케후지'라고 불리며 널리 퍼지게 됐지. 그러니까 겁먹을 필요 없어. 앗, 여기다. 여기는 요염하게 매혹적으로, 머리를 쓸어 올리면서 허리를 돌리고 두 손을 얼굴 앞에서 팟!

펼치며 마지막 고비, 앞뒤로 다리를 벌리며 바닥을 슬라이딩. 옆으로 구르면서 한쪽 무릎을 세우고 힘껏 몸을 젖히면서.

"쇼 유 마이 패션……! 음!"

결정적 포즈!

모두 동작을 딱 멈추었다. 이내 학생들 사이에서 우아아아! 하는 환성과 박수가 터져 나왔다. "해냈어!" "끝까지!" "너 잘하더라!" "너야말로 대단하던데!" "마지막에 합이 딱 맞는데 소름 돋았어!" "다케후지의 중독성이란!" "모두 최고였어!" "햐하하하!" 곳곳에서 하이파이브를 하며 서로를 추켜세우고 존경하며, 남자들은 자신들만 아는 기묘한 분위기로 달아올랐다. "너 엄청 끝내주더라!" "고마워, 너도 끝내줬어!" 고타로도 친구들과 어깨를 두드리며 솟아오르는 성취감과 함께 일어났다.

"카무이, 방금 이 춤은……."

"이제 알아. '다케후지' 맞지? 네 목소리가 들렸어. 여기로 직접."

혼자 즐기는 야한 물건으로 가득 차 있다는 관자놀이를 가리키며 카무이가 씩 웃었다. 이런, 텔레파시가 통하다니. 그럴 리 없지만 그렇게 됐으니 어쩔 수 없었다. 실제로 통했다는데 어쩌겠는가. 납득하는 고타로에게 다른 친구들이 말했다. "아니, 그냥 네가 말로 했거든." "그래, 술술 말하던데." "그래! 나야!'로 시작했잖아. 우리도 전부 들었어." 어……? 카무이와 고타로는 서로를 마주 봤다.

조금 떨어진 곳에서 누군가가 장난스럽게 "학교 축제에서도 이거 하면 되지 않아?" 하고 말했다. 아니, 안 좋거든. 절대 안 돼. 여기저기서 웃음이 터져 나왔다.

그 이야기를 들었는지 카무이가 눈을 부릅떴다. "학교 축제? 지금 축제라고 했어? 맞지? 너도 들었지?" 흥분한 얼굴로 고타로의 팔을 붙잡고 잡아당겼다. "학교 축제라고? 청춘을 한껏 즐길 수 있는 기회 아냐? 언제야? 언제 하는데?"

기대에 찬 눈빛. 하지만 현실은 그렇게 녹록치 않다.

"아니, 네 생각과는 다를 거야. 현실을 알면 실망할 테니까 너무 기대하지 마."

"아니, 기대할 거야! 축제라는데 어떻게 기대를 안 하겠어! 그거잖아, 코스튬플레이하고, 손님 부르고, 카페 열고, 귀신의 집도 하고, 밴드 연주, 인기 투표, 캠프파이어도 하고! 고백도 하고! 아, 그 전에는 준비하다 학교에서 자기도 하고! 축제는 그런 거지?"

"뭐가 그렇게 많아? 로망이란 로망은 다 넣은 거야? 아니, 진짜 우리 학교 축제는 그런 게 아니라니까. 하나도 재미없어. 그냥 시시한 시간 낭비 행사야."

뒤에서 누군가가 어깨를 툭툭 쳤다.

"가만있어 봐, 지금 카무이한테 우리 학교 축제가 얼마나 시시한지 설명하고 있으니까. 진짜 시시하고, 지루하고, 촌스럽고, 구리고, 아무튼 노답이야. 그래, 노답이라고! 이 표현이 딱이네."

또다시 어깨를 두드리는 손.

"야, 좀 기다리라고……"

아.

돌아본 그 자세 그대로 고타로는 입을 딱 벌린 채 굳어버렸다.

고마다가 서 있었다. 왼손으로 태블릿을 든 사이온지의 셔츠 칼라를 잡고서.

"네, 쟤도 공범이에요. 쟤도 공범이고요. 쟤도요. 솔직하게 전부 말했으니까 됐죠?" 사이온지는 자신의 죄를 축소하려는 의도가 명백한 말투로 고타로와 카무이, 야오치를 가리켰다. 그 와중에 야오치는 "……무슨 소리야?" 하고 상황을 파악하지 못한 듯 얼빠진 표정을 짓고 있었다.

학급 조회에는 부담임이 대타로 투입됐다.

금지된 물건을 학교에 가져온 죄로 현행범으로 체포된 사이온지와 어째서인지 공범으로 함께 잡힌 고타로, 카무이, 야오치는 교무실로 연행되어, 고마타의 분노를 직격으로 맞았다.

"너희 바보냐? 이런 걸 당당하게 가져와서 크게 틀고 춤까지 추면서 소란을 피워? 바보가 아니라면 오히려 두려울 지경이다."

"선생님! 얘네 집에 인터넷이 안 돼서……!" 사이온지는 카무이를 가리키더니 버섯 머리를 흩날리며 열변을 토했다. "요즘 세상에 인터넷도 없이 야한 걸 어떻게 본단 말이에요? 어떻게든 친구를 돕고 싶었던 거라고요! 지금 당장 오프라인으로 야한 동영상을 볼 수 있는 환경을 조성해 주고 싶었다고요! 그게 그렇게 잘못인가요?"

"아니, 어른 되고 나서 하라고. 판타지가 아니라 현실에서, 리얼로 말이야." 담임은 이리 오라고 손짓하더니 얼굴을 들이대고 다른 선생님들에게 들리지 않도록 작게 말했다. "이런 건 강가에서 줍는 거야. 누군가가 흘리면 누군가가 줍는 거지. 주운 사람은 또 흘리고. 다음 세대의 누군가가 다시 줍고. 그게 자연의 순환이라는 거다."

"네? 무슨 말씀이세요? 요즘 세상에 강가에서 야한 잡지를 줍다니요?"

"야, 좀, 목소리 낮춰⋯⋯!"

"그렇잖아요! 애당초 요즘 세상에 야한 책 같은 건 팔지도 않아요. 사회에서 존재가 말살되어 가고 있다고요! 아니면 선생님이 강가에 야한 잡지 떨궈주시나요? 그러면 제가 당장 주우러 갈게요!"

"쉿! 쉿!"

그때 사이온지의 입을 막으려던 고마다의 손가락이 우연히 태블릿 화면을 건드렸다. 슬립 상태였던 태블릿이 켜지며 아까의 동영상이 다시 재생됐다.

"오케이! 렛츠 댄스!"

상당한 음량으로 그 곡이 다시 흘러나왔다.

"으아아아아!"

고마다는 황급히 끄려고 했지만, 처음 보는 플레이어의 정지 버튼을 찾지 못한 모양이었다. 허둥거리는 동안에도 노래는 계속 흘러나왔다.

"아이 노 왓챠두! 소 핫 앤 소 딥!"

옆자리에서 채점을 하던 남성 교사가 아마 무의식적으로, 작게 노래를 따라 부르며 몸을 움찔거렸다.

"아오, 정말⋯⋯!"

간신히 재생을 정지시키고 머리를 싸안는 고마다에게 사이온지가 거의 공갈 협박에 가깝게 말했다. "빨리 야한 잡지 주세요! 지금 당장 주세요! 다음 세대의 우리에게 야한 잡지를 베풀어주⋯⋯!"

그를 제지하듯 한쪽 손을 뻗은 사람이 있었다. 카무이는 고개를 가로저으며 말했다. "이제 됐어. 나 때문에 미안해."

"왜 말리는 거야! 이 자식, 아직 야한 잡지 드롭하지도 않았는데!"

갑작스레 이 자식이라 불린 데다 아이템을 흘리는 NPC 취급당한 고마다가 "어……?" 하고 서글픈 표정을 지었다.

"난 괜찮아. 너희도 나 때문에 미안해." 카무이는 고타로와 아오치를 향해서도 고개를 저었다.

"아니, 우리는 아무 말도 안 했거든?"

"그보다 나는 내가 왜 여기 있는지도 몰라. 의문 속에 그냥 서 있는 거야."

카무이는 아랑곳하지 않고 외쳤다. "날 위해 힘써줘서 고마워!" 그러고는 세 사람을 향해 남자답게 고개를 숙였다. 그 기세를 몰아 고마다를 돌아보며 말을 이었다. "난 지금까지 야한 것과는 연이 없는 생활을 해왔어. 그럴 수밖에 없었지."

"아, 그러니……."

"그리고 앞으로도 그럴 수밖에 없을 것 같아. 내 앞길에 음란물이란 없다! 음란물이 있는 곳에 나는 없다! 그걸로 됐어. 몽정이라도 하지! 영원히 안녕, 나의……!"

고마다를 향해서가 아니라, 고마다의 손에 들린 태블릿을 향해 카무이는 꾸벅 고개를 숙였다.

"나의 애욕이여!"

슬프기 그지없는 선언을 마친 카무이는 홱 몸을 돌렸다.

"얘들아, 가자……."

네 사람은 허락도 없이 멋대로 터덜터덜 교무실에서 나왔다. 그 뒤에서 다른 교사들이 수군거리는 소리가 들렸다. "방금 저 녀석이 몽정이라고 했죠?" "너무 또렷하게 말해서 잘못 들은 줄 알았어요."

아랑곳하지 않고 문을 닫은 후 걸음을 옮겼다.

다른 반들은 아직 조회 중이라 평소와 달리 텅 빈 조용한 복도를 힘없이 걸었다. 네 사람 사이에는 이미 체념의 기운이 감돌고 있었다. 그 태블릿은 이제 돌려받지 못하겠지.

"큰일 났네…… 학교에서 태블릿 압수당했다고 하면 형이 가만 안 있을 텐데."

"너는 왜 우리까지 끌고 들어가냐?"

"그야 당연히 죄가 4분의 1이 되기 때문이지."

안 된다고. 야오치가 나지막이 중얼거렸다. 카무이는 한숨을 내쉬더니 멍한 표정을 지었다. 아까 언뜻 보았던 섬네일의 선정적인 이미지를, 잊어버리기 전에 기억에 새기려는 것일지도 모른다.

그때 등 뒤에서 쫓아오는 발소리가 들렸다. 고마다가 경보하듯 네 사람을 향해 다가오고 있었다. 그 손에 사이온지에게 압수한 태블릿이 들려 있는 걸 본 남자 넷은 의아함에 걸음을 멈췄다. 하지만 고마다는 그대로 지나쳐 가더니 몇 미터쯤 앞에서 티 나게 태블릿을 복도 바닥에 내려놓았다.

"어이쿠, 내가 뭘 흘렸네!" 그리고 재빨리 벽에 달라붙어 창밖을 내다보면서 네 사람 쪽을 힐끔거렸다. "흘린 물건이니 누가 주워가도 어쩔 수 없지!"

네 사람은 얼굴을 마주 보며 숙덕거렸다. 돌려주겠다는 거구나!

"아싸!" 사이온지가 즉시 달려들어 태블릿을 회수한 뒤 "고마다 쌤 감사함다!" 하고 복도를 내달렸다. 이어서 카무이도 "나의 애욕이여!" 하고 주먹을 치켜들고 펄쩍 뛰며 그 뒤를 따랐다. 고타로도 야오치와 함께 교실로 돌아가려는데, "기시마는 좀 남아라" 하고 고마다가 어깨를 쳤다.

"네? 아니, 저는 정말 상관없다니까요? 제 것도 아니고 저한테 빌려준다는 것도 아닌데!"

"알아, 그게 아니야."

아니라고?

카무이가 알아채고 "고타로?" 하며 걸음을 멈췄다. 사이온지와 야오치도 돌아봤지만, 고마다는 "과제 제출 때문에 할 얘기가 있다. 금방 끝나니까 너희는 먼저 교실로 돌아가" 라며 손짓했다. 카무이는 끈질기게 "나도 고타로랑 같이 그 얘기 들을래!" 하고 버티려 했지만, 카무이에게 조용히 헤드락을 건 야오치가 그대로 끌고 퇴장했다.

고타로는 고마다와 함께 복도에 남겨졌다. 이리 오라고 손짓하는 걸 보고 무슨 볼일인지 대충 예상은 했다.

"기시마, 고마워."

의외의 전개에 흠칫했다.

"아니, 카무이 말이다. 이제 학교에 완전히 적응한 것 같네."

작게 웃으며 고마다는 복도 끝을 보았다. 사이온지, 야오치와 함께 자리를 뜬 카무이의 모습은 이제 보이지 않았지만 목소리만은 희미하게 들렸다. 고타로, 난 널 기다리겠다!

"저 바보……." 진절머리가 난 고타로는 작게 한숨을 내쉬며 앞머리를 흐트러뜨렸다. 그런 고타로를 보며 고마다는 히죽거렸다.

"네가 여러모로 신경 써주고 있는 거지? 너한테만 맡겨둬서 미안하다. 부담스럽지는 않고?"

"아뇨, 괜찮아요. 질척거리고 바보 같지만 착한 녀석이에요. 저나 다른 애들도 재밌게 잘 어울리고 있어요."

"그래? 그럼 다행이고. 우이코는 요새 좀 어떠니? 지난달부터 또 입원했다면서."

여기서부터가 본론인 건가. 고타로가 아픈 동생의 존재를 숨기는 걸 고마다는 알고 있었기에 다른 친구들 앞에서는 절대로 이 이야기를 꺼내지 않았다. 상황이 어떤지 궁금할 때는 이렇게 몰래 물어보고는 했다.

"뭐…… 지금까지처럼 좋았다가 나빴다가 해요. 하지만 지금은 꽤 안정된 상태라 이번 달 안에 퇴원할 수 있을 것 같아요. 우이코는 학교 가고 싶다는 소리뿐이에요."

"아, 그렇구나. 잘됐네. 어머님도 힘드시겠다. 입원 중에는 계속 붙어 있어야 하니까. 기시마 넌 어떠니? 집안일은 할 만하고?"

"아…… 지금은 어떻게든 버티고 있는데, 아빠가 야근이라도 하게 되면 거기서부터 모든 게 어긋날 것 같아요."

"집안일이 힘들지는 않니?"

"지금은 괜찮아요. 여름방학 때도 아르바이트할 정도였으니까요. 하지만 시험 기간하고 겹치면…… 좀 힘들지도 모르겠네요. 아니,

힘든 거 확정일지도."

"그렇겠지. 작년 기말고사도 꽤 힘들었지. 이런 불리한 조건만 없어도 너는 더 잘할 수 있는 앤데 말이야."

너도 아쉽지? 이어진 물음에 솔직하게 고개를 끄덕였다. 작년 성적은 엉망이었다. 불리한 조건이 없었다면 분명 더 잘할 수 있었다. "아쉽죠" 하고 대답하고 옆에 선 담임의 일굴을 슬며시 보았다.

현실은 생각처럼 되지 않는다. 어쩔 도리가 없다. 하는 수 없어서 이것도 저것도 포기하는 수밖에 없다. 그래도 자기 옆에는 이런 어른이 있다. 자신을 지켜보고 있다.

고마다는 이따금 힘들다거나, 괴롭다거나, 아쉽다거나, 집에서는 절대 할 수 없는 말들을 쏟아낼 자리를 만들어준다. 그럴 수 있는 기회를 늘 찾고 있다. 입학한 뒤로 줄곧. 작년에도 담임이었던 그는 계속 고타로를 신경 써주고 있다. 학생들에게는 무시당하기 일쑤고, 훤하게 생기지도 않고, 인기 있는 편도 아닌 담임이지만 그래도 이런 어른 앞에서 고타로는 솔직하게 제 속내를 털어놓을 수 있었다. 물론 다른 사람이 없을 경우에만.

고타로의 시선을 알아챘는지 고마다도 다시 고개를 돌리더니 두 눈을 가늘게 뜨며 조용히 말했다. "도울 수 있는 일이 있으면 뭐든 말해. 정말 뭐라도. 아무리 사소한 일이라도 상관없으니까 선생님이 온 힘을 다해 도와줄게."

"그럼…… 욕실 거울 좀. 물때가 안 지워져서요."

"어? 집안일? 너만 진짜 괜찮으면 가서……."

픕. 고타로는 웃음을 터뜨렸다. "아뇨, 장난이에요."

"뭐야, 선생님은 진지하게 생각했는데. 욕실이든 뭐든, 기시마 네가 정말 힘들다면 진짜 가서 청소해 줄 수 있어. 그래, 밥은 잘 먹고 있니? 필요하면 도시락도 싸 줄게. 별건 아니지만 영양을 고려해서 머리가 좋아지는 특제 도시락으로."

"아뇨, 밥은 괜찮아요. 부모님이 아침저녁으로 만들고 있고, 점심도 늘…… 응?"

그때 머릿속에서 뭔가가 번뜩였다.

"선…… 생님. 혹시 지바 도모에한테도 도시락 싸 줘요?"

고마다는 순간 놀란 듯했지만, 이내 쑥스러운 듯 하하 웃었다.

"들켰나?"

"와, 진짜요? 왜 그렇게까지 하세요?"

"지바네 집은 아버지가 엄청나게 바빠서. 지바도 요리는 전혀 할 줄 모르는 것 같고. 밥은 적당히 사다가 혼자서 먹는다더라. 적어도 점심에는 집밥을 먹게 해주고 싶어서. 사실 냉동식품도 넣지만. 뭐, 아무튼 그렇게 된 거야. 그러니까 기시마 너도 필요하면 언제든 말해. 선생님 도시락 싸는 김에 두세 개 더 싼다고 크게 수고가 드는 것도 아니니까."

"아니, 수고스럽죠……. 당연히."

"아냐, 안 든다니까." 고마다는 아무렇지도 않다는 듯 말했다.

학생을 위해 도시락을 싸 주는 담임이라니, 아마 고마다 말고는 없을 것이다. 아무리 생각해도 평범하지 않다. 깜짝 놀랄 정도로. 학생들한테 얼마나 진심인 거냐고.

'엄청나게 신경 써주고 있잖아…….'

분명 고마다는 고타로를 신경 써주는 것처럼 도모에를 돌봐주고 있을 것이다. 도모에가 어머니 일을 숨기는 걸 알고, 다른 사람들 앞에서는 절대로 그 이야기는 꺼내지 않고, 가정 상황이 궁금할 때는 몰래 불러내서 물어보겠지. 집에서는 절대로 할 수 없는 말들을 종종 털어놓을 자리를 만들어주고, 낮에는 직접 만든 도시락을 건네주겠지.

　혼자 상자 안에 숨어 도시락을 먹던 도모에를 떠올렸다. 그때 먹던 게 고마다가 도모에를 위해 싸준 도시락이라서 다행이라 생각했다. 고타로에게는 그 사실이 유일한 버팀목이었다. 고마다의 배려는 확실히, 분명히 도모에의 버팀목이 될 것이다.

　"……선생님."

　"응?"

　"고마워요."

　살짝 눈썹을 올리며 알았다고 신호를 보낼 뿐, 고마다는 아무것도 묻지 않았다. 고타로는 그래줬으면 했다. 그래줬으면 하는 일들을 고마다는 해줬다.

　이렇게 특별한 보살핌을 받고 있기에 우리는 아직 어떻게든 이곳에서 버틸 수 있었다. 부모에게 의지할 수 있는 순진함을 갖가지 형태로 빼앗기고서도 이렇게 버틸 수 있는 것이다. 이런 어른이 옆에 있어주니까. 믿을 수 있는 사람이, 힘들면 기댈 수 있는 사람이 늘 옆에 있어주니까.

　그러니까 난 여기서 아직 힘낼 수 있다.

　도모에도 분명 버틸 수 있다.

"하하!" 갑자기 웃음이 터졌다.

"응? 내 얼굴에 뭐 묻었나?" 고마다는 조바심을 내며 자신의 얼굴을 만졌다.

"아뇨, 아무것도 없어요. 그냥 다른 생각이 나서 웃은 거예요."

"선생님 너무 놀리면 못쓴다……."

머릿속에 떠오른 건 오마다였다. 고마다에 비하면 태도는 무뚝뚝했지만, 두 사람은 겉보기에 꼭 닮았다. 겉모습만 닮은 게 아닐지도 모른다. 웃음이 날 정도로 고마다와 꼭 닮은 그 사람은, 카무이가 안전하게 자전거를 탈 수 있도록 밤중에도, 새벽에도 함께 연습해준다. 귀가가 늦으면 손전등을 들고 마중을 나온다. 친구가 오면 들여다보러 찾아온다. 그런 사람의 존재는 카무이에게도 하나의 버팀목이 되어줄지도 모른다.

아니, 반드시 버팀목이 되면 좋겠다.

카무이는 부모님과 떨어져 쓸쓸한 곳에서 연락할 방법도 없이 홀로 방치되어 있다. 그곳에 오마다가 없었다면 고타로는 그 사실을 견디지 못했을지도 모른다.

"어이쿠, 1교시 시작하겠네. 오래 붙잡아서 미안하구나. 얼른 교실로 가." 뛰어, 뛰어, 조용히 뛰어. 고마다는 고타로를 재촉하고는 자신도 말 그대로 조용히 뛰어서 교무실로 돌아갔다. 고타로도 그 말을 따라 조용히 뛰어서 교실로 향했다.

'너는 오마다 씨가 얼마나 고마운 존재인지 아는 거야?'

거기서 자신을 기다리고 있을 바보의 얼굴을 떠올렸다.

애욕의 힘은 위대하다.

점점 멀어져 가는 카무이의 뒷모습을 고타로는 안장에 걸터앉은 채 입을 반쯤 벌리고 배웅했다.

"엄청나네⋯⋯."

스쿠터를 추월할 정도의 속도를 내면서도 카무이는 전혀 불안한 기색 없이 안정적으로 운전했다. 아침보다 실력이 월등히 향상된 게 명백했다. 갑자기 실력이 늘어난 이유는 단 하나, 동기가 부여되었기 때문이겠지. 태블릿에 저장된 동영상을 감상하기 위해 카무이는 한시라도 집에 빨리 가고 싶은 것이리라.

무시무시한 속도로 멀어져 간 카무이의 뒷모습은 금세 시야에서 사라졌고, 고타로는 갈림길의 분기점에 홀로 남겨졌다. 왼쪽은 카무이의 집으로 가는 길. 오른쪽은 병원으로 이어진, 늘 다니는 길. 물론 고타로는 오른쪽으로 핸들을 틀고 혼자 다시 페달을 밟기 시작했다.

방과 후, 카무이가 다시 병원까지 따라올 줄 알았다. 하지만⋯⋯.

"내가 너무 자주 가면 우이코도 피곤할 거 아냐."

"⋯⋯태블릿 보려고?"

"남매간의 귀중한 시간을 계속 방해할 수는 없지."

"⋯⋯태블릿 보려고 그러는 거구나?"

"그러한 연유로 오늘은 빠져주겠다."

"⋯⋯태블릿 보려고 그러네."

거절당했다고 할까, 애욕에 졌다고 할까.

어쨌든 카무이는 고타로를 향해 "내일 보자!" 하고 손을 흔들더니 의기양양하게 자취방으로 돌아갔다. 뭐, 난 상관없다. 고타로는 그렇게 생각했다. 녀석은 녀석대로 자유롭고 충실하게 시간을 보내면 된다. 저렇게 능숙하게 운전할 수 있으니 이제 사고 위험도 없겠지. 어차피 내일 아침이면 카무이는 다시 집 앞에서 나폴레옹 포즈를 취하고 있을 테니까.

나뉘어진 반쪽 길에 등을 돌리고 고타로는 열심히 페달을 밟았다. 늘 다니던 익숙한 길이 어찌 된 영문인지 오늘은 조금 쓸쓸하게 느껴졌다. 하나 생각나는 게 있었다. 모처럼 없으니, 카무이가 있는 데서는 못 하는 이야기를 해야겠다.

'우이코에게는 언젠가 정식으로 설명해야 하기도 하고……'

카무이는 언젠가 반드시 떠날 사람이다. 그리고 그날은 그리 머지않았다. 그 사실을 우이코는 아직 이해하지 못했다. 어머니 말로는, 우이코는 여전히 카무이에게 푹 빠져서 오늘도 보고 싶다고 아우성인 모양이었다. 같이 안 온 걸 보면 무척 실망하겠지. 그리고 고타로의 이야기를 들으면, 더욱 슬퍼하게 될 것이다.

고타로도 말하지 않고 지나갈 수 있다면 당연히 그러고 싶었다. 하지만 아무것도 모르는 것보다는 차라리 아는 게 나을 것 같았다. 앞으로도 같이 있을 수 있다고 굳게 믿다가 어느 날 갑자기 작별의 시간을 맞이하는 건 너무나도 잔인하니까.

'그래…… 말하자. 말해야 해. 오늘은 꼭.'

묵직한 돌을 가슴에 얹은 기분으로, 고타로는 병원을 향해 페달을 밟았다. 바람을 가르며 속도를 올렸다. 면회를 기다리고 있을 어린 여동생 곁을 향해 하염없이 달렸다. 자전거는 이내 병원 정문 안으로 들어섰다. 고타로는 자전거를 늘 두는 곳에 세워두고 자동문을 지나 외래로 붐비는 로비를 가로질렀다.

"아, 오빠 왔네. 오늘은 친구랑 같이 안 왔어?"

"네. 저만 왔어요."

간호사에게 인사를 하며 면회 수속을 재빨리 마친 뒤 엘리베이터로 5층으로 올라갔다. 왼쪽에서 세 번째 문은 평소처럼 활짝 열려 있었다. 고타로는 안을 슬쩍 들여다보았다.

"앗! 오빠다아아아!" 침대에 누워 있던 우이코가 즉시 기쁨의 함성을 내질렀다. 두 팔만 늘어져라 이쪽으로 뻗으며 발을 버둥댔다. "오빠, 오빠, 오빠! 빨리 우이코를 처형해 줘!"

상태가 좋아 보이는 우이코를 향해 고타로는 웃으며 "가만히 좀 있어봐!" 하고 황급히 포옹의 형을 내렸다. 우이코의 정수리에 힘껏 코를 박고 가슴 한가득 살 내음을 맡았다. 요구르트, 메이플 시럽, 메론 사탕. 살아 있다. 건강하다. 움직인다. 낚시꾼에게 안긴 고기처럼 펄쩍거린다. 목소리도 우렁차다. 너무 커서 귀가 얼얼할 정도다. 고타로는 그대로 우이코를 "영차!" 하고 안아서 침대에 앉히고는 병실을 둘러봤다.

"어? 우이코 혼자야?"

있어야 할 어머니의 모습이 보이지 않았다.

"엄마는 도서실. 빌린 책 돌려주러 갔어. 오빠, 오빠, 그보다……."

에헤헤. 작은 얼굴이 녹아내릴 것 같은 미소를 지으며 우이코는 기대에 찬 눈으로 문가를 힐끔거렸다. "오늘 같이 왔지?"

이런 상황은 예상했던 바였다.

"우이코, 중대 발표가 있어. 카무이는 오늘 못 왔어."

"뭐어어어?" 우이코는 오만상을 찌푸리며 몸을 젖히더니, 몇 초간 굳었다. 그러고는 그 얼굴과 포즈 그대로 픽 쓰러졌다. 상당히 충격이 큰 모양이었다.

"다음에 데려올게, 다음에. 카무이도 하고 싶은 일이 많대."

뭐, 녀석이 오늘 하고 싶은 일은 하나밖에 없겠지만.

"그렇구나. 하아, 실망이야. 우이코는 카무이가 보고 싶어…… 카무이를 만나고 싶어서 못 견디겠어. 카무이를 보고 싶다고 생각하면 몸속에서부터 떨려…… 땅속에서 솟아오르듯, 세상이 와르르 무너져 내리는 듯한 강렬한 에너지를 느껴……."

"대단하네……."

단 한 번의 만남으로 일곱 살짜리를 이렇게 만든 카무이도 대단했지만, 우이코의 어휘력과 표현력도 엄청났다. 고타로가 이 나이에 했던 말이라고는 맛있다, 힘세다, 크다, 빠르다, 고작해야 그 정도였다. 하지만 그렇게 태평한 생각을 할 때가 아니다.

그 이야기를 해야 한다.

고타로는 침대 바로 옆에 의자를 가져다 앉은 다음 우이코의 손을 꼭 잡았다. 작고 따뜻한 손은 땀으로 축축했다. 아니, 땀으로 축축한 건 내 손바닥이다. 입을 다문 고타로를 올려다보며 우이코는 무슨 일이냐는 듯 눈을 깜빡였다. 잘 설명해야 한다. 최대한 슬퍼하지 않도록. 최소한의 상처만 받고 끝나도록. 순간 어머니가 돌아올 때까지 기다릴까 생각도 들었지만, 기다리는 동안에 이야기할 용기가 사라질 것 같았다.

말하자.

결심하고 숨을 들이마셨다.

"우이코, 그런데 말이야." 최대한 평소 같은 목소리로, 평소와 같은 목소리로 들리도록. "지금부터 진지한 얘기해도 될까?"

"어, 싫어, 진지한 얘기하지 마…… 오빠, 맨날 하는 그거 해줘. 위협하는 개미핥기 흉내……."*

"그건 나중에. 꼭 우이코가 알아야 할 일이 있어."

우이코는 입을 삐죽이고 코를 벌름거리더니 휙 고개를 돌렸다. 얼굴 전체를 동원해 듣기 싫다고 외치고 있었다. 지금까지 짧은 인생에서 들어본 진지한 이야기란 것들이 번번이 아이를 실망시켰기 때문일까. 참아라, 포기해라, 좀 아플 거다, 좀 힘들 거다. 그리고 지금 또다시, 고타로는 이 어린 여동생에게 새롭게 실망스러운 이야기를 해야 했다.

"카무이 말인데."

우이코의 커다란 눈동자가 고타로 쪽을 돌아봤다.

"카무이는 계속 여기 있을 수 없어. 유학생이거든. 유학생이 뭐냐면 외국에서 잠시 공부하러 온 사람인데, 언젠가는 자기 나라로 돌아가야 해 언제 돌아갈지는 아직 확실하지 않은데 그렇게 먼 얘기

---

* 개미핥기는 적을 위협할 때 몸을 크게 보이기 위해 두 뒷다리로 서서 앞다리를 양옆으로 크게 벌려 포옹하는 듯한 자세를 취한다.

는 아냐. 아마 몇 달쯤 지나면 갈 것 같아. 그러니까……."

우이코의 눈동자가 자신을 바라보고 있었다. 머릿속을 들여다보듯 똑바로. 뒷말을 잇지 못할 것 같아서 고타로는 저도 모르게 눈을 질끈 감았다. 말해야 한다. 반드시.

"헤어질 때 괴로울 테니까 카무이하고 너무 친하게 지내지 않는 게 좋겠어."

정말이지 실망스러운 이야기였다. 이거야말로 진정.

머지않은 미래에 반드시 카무이와 이별할 순간이 온다. 고타로 역시 생각하면 괴로웠다. 그래서 솔직히 생각하지 않으려고 했다. 생각할 것 같으면 억지로 의식을 다른 데로 돌렸다. 유치한 현실도 피라서 스스로도 한심하다고 생각했다. 하지만 고타로는 이미 고등학교 2학년이다. 어린애 같지만 열일곱 살이나 먹었다. 막상 그때가 오면 어떻게든 버틸 수 있을 것이다. 그 정도 굳건함은 갖고 있다. 그렇게 믿기에 미래에 닥칠 작별의 괴로움을 회피하기보다는 카무이와 함께 '청춘을 즐기는 것'을 택했다. 앞으로 일어날 일에 대한 각오는 여기 있으라고 외쳤던 그날 이미 마음속에 있었다.

하지만 우이코는 아직 어리다. 입원 생활 말고는 다른 인생 경험이 부족하다. 고타로처럼 견딜 수 있을 거란 생각은 들지 않았다. 그렇기에 우이코가 고타로와 다른 선택지를, 닥쳐올 작별의 괴로움을 회피하는 쪽을 택해주기를 간절히 바랐다. 카무이를 만나지 말라고는 하지 않겠다. 싫어하라고도 말하지 않겠다. 그저 헤어질 때 괴로울 만큼 친해지지 않았으면 좋겠다. 계속 함께 있을 수 없다는 사실을 잊지 않았으면 좋겠다.

고타로는 어린 여동생을 그런 식으로 지키려 했다.

"아…… 그렇구나." 우이코는 멍하니 중얼거렸다.

고타로는 숙였던 고개를 들고 감았던 눈을 떴다. 이야기를 알아들은 걸까. 우이코를 슬프게 한 걸까. 얼굴을 들여다봤지만, 울고 있지는 않았다. 부조리한 현실에 일그러진 표정도 찾아볼 수 없었다. 그저 아무 감정 없이 천장을 물끄러미 올려다보고 있었다.

"그래서 우이코는 친구가 없구나."

'아…….'

온몸의 피가 단번에 얼어붙었다.

'어쩌…….'

아니, 아니야. 그런 말을 하려던 게 아니야. 어쩌지. 실수했다. 실수했어. 어쩌지. 어떡하지. 그게 아니야, 그게 아닌데.

'계속 여기 있을 수 없어.'

'그렇게 먼 이야기는 아냐.'

'머지않은 미래에 반드시 이별할 순간이 온다.'

'헤어질 때 힘드니까, '곧 죽을 아이'와는 너무 친하게 지내지 않는 게 좋아.'

목소리가 나오지 않았다. 아냐, 우이코. 어쩌지, 그게 아니라. 그런 소리를, 그런 말을 하려던 게 아냐. 입술이 마비된 듯 떨렸다. 목구멍이 막혔다. 뭐라 말해야 한다고 생각하면서도 얼어붙은 몸은 말을 듣지 않았다. 어쩌지, 엄마…… 엄마! 문가를 보았다. 엄마는 아직 돌아오지 않았다. 뭐 하는 거야. 빨리 와. 여기 있어줘! 빨리! 내가 실수해서 우이코를…….

"그래도……." 시트 위에 놓여 있던 주먹 꼭 쥔 손을 우이코가 흔들었다. 확 펼쳐진 시야 한가운데에서 이가 빠진 얼굴이 환하게 웃었다. "오빠는 그래도 카무이하고 친하게 지내는 거지?"

고타로는 고개를 주억거렸다. 아직 목소리가 나오지 않았지만 그래도 정신없이, 필사적으로 고개를 끄덕였다. 몇 번이고 연신. 그래, 난 그래도 카무이와 친하게 지내고 있어. 바보처럼 같이 있어. 진절머리 나고 짜증 나는 일이 있어도 계속 둘이 붙어 있어. 둘이서 청춘을 즐기기 위해. 언젠가 헤어지는 날이 오겠지만, 그때는 괴롭겠지만, 지금은 늘 함께 있어.

'뭐, 오늘은 그 녀석의 애욕에 지고 말았지만.'

그런 생각을 하자 간신히 살짝 웃을 수 있었다. 떨리는 목소리도 어떻게든 감출 수 있었다.

"카무이하고 같이 있으면…… 오빠는 계속 웃음이 나."

그 말을 듣고 마음이 놓인 듯 우이코는 꼭 쥔 고타로의 손등에 코를 비볐다. 손 냄새를 킁킁 맡더니 민트 껌, 하고 중얼거렸다. 고개를 들고 또다시 천진난만하게 웃는다. 이런 못난 오빠를 위해.

"우이코는 그거 마음에 들어. 친하게 지내면서 마음껏 웃어. 만일 우이코가 카무이였다면 그러길 바랄 테니까."

"그렇구나."

"그래, 정말로. 진짜로. 그러니까 우이코도 카무이하고 친하게 지낼래. 카무이는 지금 여기 있잖아. 분명히 있잖아. 그건 아주 기쁜 일 아냐?"

정말 그렇다고 생각했다. 지금 이곳에 있다는 것, 분명히 존재한다는 것, 그리고 함께 있을 수 있다는 것은 기쁜 일이다. 이렇게 단순한 사실을 왜 나는 잊어버리는 걸까. 단지 그뿐인데, 왜 금방 잃어버리는 걸까.

"우이코가 오빠보다 훨씬 많은 걸 알고 있네. 중요한 게 뭔지도 잘 알고."

왜 이렇게 똑똑해진 거야.

날 앞지르고 가버리려는 거니.

못난 오빠를 두고 가려는 거니.

"그렇게 서두르지 않아도 되는데."

응? 하고 눈을 깜빡이는 우이코의 머리를 한 손으로 쓰다듬었다. 그걸로는 성에 차지 않아서, 두 손으로 머리를 감기듯 마구 헝클어뜨렸다. 쓰담 쓰담, 쓰담 쓰담!

"오, 오빠…… 오빠, 너무 흔들지……"

쓰담 쓰담 쓰담!

"어머, 고타로! 왜 우이코한테 세발향고 지압권*을 쓰고 있니?"

"뭐?"

남매는 이구동성으로 문가에 나타난 어머니 쪽을 보며 고개를 갸웃했다. 어머니는 종종 수수께끼 같은 말을 내뱉고는 했다.

"이런, 머리카락이 엉망이 됐잖아. 우이코, 괜찮니? 기억은 온전하고?" 한 손에 빗을 들고 다가오는 어머니를 향해 우이코는 "엄마,

* 만화 「란마 ½」에 등장하는 무술 권법으로, 특별히 조제한 삼푸를 이용해 상대 머리의 급소를 눌러서 기억을 조작하는 기술이다.

무슨 소리야?" 하고 헝클어진 머리로 살짝 인상을 구겼다.

"어머, 카무이는 안 왔네. 또 저녁 먹으러 오라고 하려고 했는데."

"볼일이 있어서 오늘은 못 온대. 장 봐야 할 거 있어?"

"음, 먼저 주방세제. 꼭 사야 돼. 그리고 브로콜리하고⋯⋯."

평소처럼 스마트폰을 꺼내 살 물건들을 메모했다. 평소처럼 효율적인 귀가 루트를 생각한다. 평소처럼 집에 도착하면 할 일들을 따져본 뒤, 평소처럼 두뇌를 풀가동해서, 평소처럼.

"오케이, 알았어. 그럼 장 봐서 갈게."

"고마워. 부탁할게."

"오빠, 다음에는 꼭 카무이 데리고 와. 우이코, 이제 떨림이 멈추지 않아."

"알았어. 그럴게. 근데 떨림이 안 멈춘다니, 괜찮은 거야?"

"괜찮아. 이 떨림은 금단증상 때문에 생긴 거야."

"그럼 안 괜찮잖아. 그러고 보니 이걸 잊고 있었네."

그렇게 말하며 고타로는 위협하는 개미핥기 흉내를 냈다. 우이코는 기뻐하며 깔깔댔다. 고타로는 문가에서 그런 우이코를 돌아보며 또 올게, 하고 손을 흔들었다.

고타로는 홀로 병실을 나섰다. 평소처럼.

복도를 걸었다. 엘리베이터 버튼을 눌렀다. 조금 있자 문이 열렸다. 엘리베이터에 탔다. 다른 사람은 아무도 없다. 1층 버튼을 눌렀다. 문이 닫힌다.

그 순간, 주르륵. 눈물이 뺨을 타고 흘러내렸다.

두 손으로 얼굴을 가렸다. 서 있을 기운이 없었다. 벽에 등을 대고 그대로 주저앉아, 아직 동생의 머리카락 감촉이 남은 손으로 얼굴을 감싼 채 고타로는 소리 내지 않고 목이 터져라 울었다.

계속 여기 있어주기를 바라는데.

계속 함께 있고 싶은데.

그 소원을 이루는 게 이토록 어렵다니.

4층을 지나, 3층을 지나, 2층에서 엘리베이터가 멈췄다. 고타로는 일어나 손수건으로 얼굴을 닦고 사람들이 탈 수 있도록 안쪽으로 자리를 비켰다.

눈가는 젖어 있지 않았고, 호흡도 고르다. 어디를 뜯어봐도 모든 게 지루하다는 표정의 남자 고등학생의 얼굴이다. 아무도 고타로가 울었다고 생각하지 않을 것이다. 아무도 고타로가 울었다는 사실을 모른다.

울음을 그치는 속도는 이제 달인의 영역에 들어섰다. 울고, 울고, 울고, 울고, 울고, 울고, 울고, 울고, 울고, 울고, 또 울고. 고타로는 그렇게 자랐기에 울음을 그치는 기술도 자연스럽게 능숙해졌다. 혼자서도 금방 울음을 그칠 수 있었고, 그렇게 되어야만 했다. 그럴 수밖에 없었다. 울었다는 걸 누군가 알아채게 해서는 안 됐다.

1층에 도착해 다른 사람들과 같이 엘리베이터에서 내렸다. 분명이 엘리베이터에는 그런 사람들만 타고 있을 것이다. 금방 울어버리는 사람들이. 하지만 금방 울음을 그칠 수 있는 사람들이. 그럴 수밖에 없는 사람들이.

'그 녀석도 그렇겠지. 분명 달인 수준일 거야.'

머릿속에 떠오른 건 도모에의 얼굴이었다. 로비로 나와 그 모습을 찾았다. 평소였다면 슬슬 나타날 때였다. 치맛자락을 살랑이며, 무거운 가방을 어깨에 메고, 무뚝뚝한 고양이처럼 뚱한 얼굴로 나타날 터였다. 만나면 당연히 가위바위보를 하겠지. 진 사람이 주스를 사고, 벤치에 앉아, 그리고…….

'그러고 보니…… 어?'

뚝 걸음을 멈췄다.

'카무이랑 같이 병원에 왔으면 셋이서 딱 마주쳤겠지?'

그 사실을 도모에에게 뭐라고 설명하려고 했던 거지?

어?

조급함과 당황스러움으로 머릿속이 새하얗게 변해서, 고타로는 순간적으로 근처에 있던 남자화장실로 뛰어 들어갔다. 세면대에 가방을 내려놓고 거울 속 얼빠진 얼굴을 잠시 멍하니 바라보았다. 깜빡 잊고 있었다. 정말 아무 생각도 하지 않았다. 스스로도 믿을 수 없었지만, 이 문제를 전혀 알아채지 못했다.

'큰일 날 뻔했어! 카무이가 우연히 못 오게 돼서 다행이야!'

셋이서 딱 마주쳤으면 어떤 대참사가 벌어졌을까. 이 병원은 비밀의 핵심이다. 그런 곳에 카무이를 데리고 태평하게 도모에의 눈앞에 나타나다니. 사회는 그런 놈들을 배신자라 부른다.

괜히 벅벅 손을 씻으며 폐에서 힘껏 숨을 내뱉었다. 일단 침착해. 실제로는 아직 아무 일도 일어나지 않았어. 고타로는 그대로 한동안 심호흡을 반복했지만, 불길한 두근거림은 좀처럼 잠잠해지지 않았다. 이런 큰 문제를 알아채지 못하다니, 제정신이 아니었다. 자신의 멍청함이 두려울 지경이었다. 이래서는 이제 카무이한테 바보 소리도 함부로 못하겠군…… 은 아닌가. 그래, 카무이는 바보고, 머릿속은 애욕으로 가득 찼다. 그러니 뒤도 안 돌아보고 혼자서 쌩하니 가버리지 않았나. 그 덕에 오늘은 이렇게 마주치는 대참사를 피할 수 있었다. 그렇게 생각하면 야한 생각만 하는 카무이에게 고마웠다. 고마워, 네 덕에 살았다.

하지만 정말 아슬아슬했다. 전혀 마음을 가라앉힐 수가 없었다. 생각하면 할수록 기적처럼 간발의 차로 피했다. 둘 중 하나라도 정상적인 사고를 할 수 있었다면 이렇게 위험한 상황은 만들지 않았을 텐데. 진작 문제를 알아채고, 제대로 대책을 세울 수 있었을 텐데. 그래, 이를테면…….

하지만 곧 고타로의 미간에 주름이 팍 잡혔다.

'애초에 대책을 세울 수나 있나?'

여기서 도모에와 마주칠 일을 만들지 않으려면 처음부터 카무이를 데리고 오지 않거나, 도모에를 피하거나. 방법은 두 가지뿐이다. 그리고 고타로는 카무이를 데리고 오지 않는다는 선택지를 택할 수 없었다. 설령 카무이가 '도모에와 마주치면 안 되니까 나는 안 간다'고 해도 억지로라도 여기 끌고 왔을 것이다. 왔으면 좋겠으니까. 사실은 오늘도 같이 와줬으면 했으니까.

한마디로 도모에를 피하는 것 말고 방법은 없었다. 도모에를 피하면 당연히 벤치에서 이야기하는 시간도 사라지겠지만 어쩔 수 없다. 카무이가 같이 있으면 도모에와 단둘이 있을 수도 없을 테고.

'아…… 그렇구나. 아니, 그야…… 그렇겠지.'

살짝 숨을 삼킬 정도로 놀랐다. 지금까지 그런 것조차 알아채지 못했던 스스로의 모습에.

거울에 비친 자신의 얼굴이 갑자기 시무룩해 보였다. 손끝으로 앞머리를 만져봤지만 아무 효과도 없었다. 하지만 그런 것이다. 카무이와 이곳에 같이 왔다면 도모에와 비밀스러운 시간을 보낼 수 없다. 그리고 그 사실을 깨달은 지금도 마음 한구석으로는 카무이가 병원에 같이 와주길 바라고 있었다. 우이코가 좋아하고, 그리고…… 우이코가 좋아하니까.

하지만 우연히 오늘 카무이는 볼일(애욕)이 있었고, 우연히 올 수 없는 상황인 걸 알게 되어서 와달라고 하지 않았다. 우연히 셋이 마주치는 대참사도 피할 수 있었는데……. 아니, 잠깐. 우연히? 정말?

어제 들었던 야오치의 목소리가 갑자기 뇌리에 되살아났다. "그 녀석, 의외로 책사 스타일이야."

'혹시 우연이 아닌가……?'

카무이는 병원에서 도모에와 마주칠지도 모른다는 걸 알고 있었고, 그래도 고타로가 같이 와달라고 할 것도 알고 있었으며, 그러한 까닭에 고타로가 도모에를 피하려는 것도 알고 있었다. 그런가? 그래서 이곳에 '올 수 없는' 볼일을, 고타로가 믿고 '어쩔 수 없지' 하고 물러날 법한 이유를 일부러 만든 건가?

한마디로 녀석은 도모에와 내가 단둘이서 이야기할 자리를 만들어준 건가. 셋이서 마주치는 최악의 형태로 일이 발각되기 전에, 자신이 없는 곳에서 도모에를 피하지 않고 이 사태를 제대로 설명할 기회를 만들려고?

도망치듯 사라진 카무이의 뒷모습을 떠올렸다. 그만큼 끈질기게 자신을 따라다녔던 그 카무이가, 뜨거운 태양이 이글대는 다리 위에서 하루 여섯 시간이나 니시우리 우레타로를 기다리던 그 카무이가, 어디까지나 끝없이 쫓아와서 찾아낼 때까지 절대 포기하지 않던 그 카무이가, 그런 식으로 등을 돌리고 자신에게서 멀어질 리 없을…… 지도 모른다.

모르겠다. 모두 제멋대로인 상상이다. 모두 그저 가설일 뿐이다. 정말 성욕에 몸을 맡기고 쏜살같이 집으로 돌아간 거면 그건 그거대로 상관없다.

하지만.

다시 세면대의 수도꼭지를 틀고 한 손으로 얼굴에 물을 끼얹었다. 손수건으로 쓱 닦고 다시 앞머리를 정리했다. 어쨌든 지금 분명한 건 하나다. 도모에와 이야기를 해야만 한다는 것.

카무이를 다시 이곳에 데려와 우이코와 만나게 하고 싶다. 카무이와 함께 이곳에 오고 싶다. 그리고 도모에를 피하고 싶지도 않다.

그렇다면 모든 사실을 도모에에게 털어놓는 수밖에 없다.

후우. 고타로는 한숨을 내쉰 뒤 손바닥으로 자신의 두 뺨을 짝 때리며 기운을 불어넣었다. 도모에는 아직 로비에 있을까. 없으면 버스정류장으로 가보자. 각오를 굳히고 남자화장실의 문을 힘차게 열다가.

"……."

닫았다.

방금 문밖에 아주 무시무시한 생물이 있었다. 유해야생동물을 퇴치하는 로봇 같은 눈빛의, 살의殺意로 가득 찬 덩어리 같은 생명체가. 아니, 기분 탓인가. 헛것을 봤나. 피곤해서 그런가.

마음을 다잡고 다시 문을 열었다.

"……."

닫았다.

역시 있었다. 덜덜 떨며 그 자리에서 꼼짝도 하지 못하는 고타로의 눈앞에서 끼익, 소리를 내며 문이 열렸다.

그곳에는 화가 머리끝까지 난 도모에가 서 있었다.

✦

가위바위보도 하지 않고, 주스도 사지 않고, 아무 말도 하지 않고 도모에는 늘 앉는 벤치를 향해 걸어갔다. 따라오라는 말을 하지는 않았지만, 따라가지 않으면 무슨 일을 당할지 모른다. 그런 위협을 본능적으로 감지하고 고타로는 얌전히 그 뒤를 따랐다.

도모에의 뒷모습에서 심상치 않은 기운이 느껴졌다. 평소에도 결코 밝은 성격이라고는 할 수 없었지만 그래도 이런 분위기는 예사롭지 않았다. 호흡이, 발소리가, 찰랑이는 머리카락이, 도모에의 몸에서 발산되는 모든 정보가 시커먼 분노로 가득 차 있었다. 어둠처럼 새까만 빛깔의 무시무시한 불길이 온몸에서 이글이글 타오르고 있었다.

무슨 일이 있었던 걸까. 하지만 태평하게 무슨 일이 있었느냐고 물어볼 상황은 아니다. 지금 도모에를 어설프게 자극했다가는 이 일대를 초토화하는 대폭발이 일어날지도 모른다. 게다가 이 뒤에 고타로도 도모에게 할 이야기가 있었다. 그리고 그 내용은 결코 도모에를 행복하게 하지 않으리라. 절대로, 분명히, 틀림없이. 고타로는 초점이 흐려졌다.

'절명시絕命詩*라는 거, 그렇군…… 이럴 때 읊는 거였어…….'

그런 걸 남길 생각을 하다니 아직 여유가 있군. 속으로 그런 생각이 들기도 했지만, 이렇게 심각한 사태에 휘말리지 않으면 도달할 수 없는 경지라는 것도 있는 법이다. 딱히 평생 도달하지 못하더라도 상관없지만.

그리고 물론 도모에는 고타로에게 그런 여유를 주지 않았다. 벤치에 앉자마자 말없이 주머니에서 뭔가를 꺼냈다. 움찔거리며 옆자리에 앉은 고타로에게 손을 내밀더니, 만지기도 싫다는 듯 손가락을 쫙 펼쳤다. 순간적으로 두 손으로 받았다. 종잇조각 세 개였다. 작게 잘린 종이는 저마다 더 작게 접혀 있었다. 언뜻 봐서는 단순한 쓰레기 같았다.

"이게 뭐야?"

"책상 속, 필통 속, 신발장 신발 속에 어느새 들어 있던데. 오늘."

들여다보자마자 불길한 예감이 들었다.

폭이 좁고 옅은 회색으로 인쇄된 선. 무척 낯이 익었다. 카무이의 수마트폰 속지가 분명 이랬었는데. 큰일이다……. 접힌 종이를 쭉

* 목숨이 끊어지기 전에, 또는 목숨을 끊기 전에 지은 시.

뻣거리며 펼치자, 역시 낯익은 필체로 적힌 글씨가 보였다. 망했다. 한 장에는 **좋은 아침**. 다른 한 장에는 **잘 지내?** 그리고 마지막 장에는 **내일 보자**. 정말 미치겠군. 어휘력도, 표현력도 실종된 마당이니 그냥 정신까지 잃고 싶다. 이대로 병원에 실려가고 싶다. 눈을 떴을 때 이미 모두 용서받은 상황이면 얼마나 좋을까. 하지만 물론 그렇게는 되지 않았다. 고타로의 손안에서 지금 구겨지고 있는 건 망해버린 현실 그 자체였다.

카무이가 쓴 것이다. 고타로와 사이온지, 야오치에게 그런 것처럼, 친구들끼리 스마트폰으로 메시지를 보낼 때처럼 녀석은 도모에게 무음 모드로 슝! 보낸 것이다.

……대체 왜!

눈을 감고 하늘을 올려다봤다. '왜'라는 한 글자로 녀석을 지금 당장 묻어버릴 수 있다면. 'ㅗ'의 뾰족한 부분으로 푹 찔러서 치명상을 입힐 수 있다면. 그래, 지금 당장 자전거로 뒤쫓아 가서 그 감방을 덮칠까. 고타로는 순간 벌떡 일어나려다 간신히 참았다. 진정해. 아직 풀리지 않은 수수께끼가 있었다. 녀석은 언제 이런 걸 넣은 거지? 갈림길에서 헤어지기 전까지 고타로와 카무이는 계속 함께 있었다. 이런 짓을 할 기회는 없었을 텐데. 아, 아니다.

자세히 생각해 보니 아침에 고마다와 이야기할 때 녀석은 먼저 교실로 돌아갔다. 쉬는 시간에도 화장실 갈 때만이라도 제발 혼자 있게 해달라고 하며(왜냐하면 요도가 내성적이기 때문에) 카무이를 놓고 잠시 자리를 비웠다. 신발장에서 등 돌리고 신발을 갈아 신을 때도 몰래 쪽지를 넣어둘 시간쯤은 있었을지도 모른다. 한마디로 그릴 기회는 있었다. 자기 자리에서 몰래 쪽지를 써서 슝, 하고 도모에의 진지에 던져 넣을 수 있었던 것이다.

그랬군. 납득은 됐다. 하지만 이해할 수는 없었다. 도무지 알 수 없었다.

카무이는 대참사가 일어나기 전에 도모에와 이야기할 수 있도록 배려해 준 게 아니었던가? 아니면 배려한 결과가 이건가? 자기가 불을 붙이기 전에, 도모에라는 분노의 폭탄에 가솔린을 가득 채워놓은 것일까? 살상력을 최고치까지 끌어올리기 위해? 아니, 정말 왜냐고. 역시 카무이가 책사일 리 없다. 그냥 바보 자식에, 아닌 척하면서 속으로 야한 생각만 하는 녀석인 것일까.

도무지 영문을 알 수 없어서 고타로는 목이 부러져라 고개를 떨궜다. 소리 없이 머리를 싸안았다. 그 모습을 보고 도모에가 싸늘한 목소리로 중얼거렸다.

"역시 그 녀석이네. 나 괴롭히려고? 알 수 없는 짓을 해서 내가 동요하면 우왕좌왕하는 모습을 보며 즐기고, 숨어서 비웃으려고?"

고타로는 퍼뜩 눈을 들며 "아니, 아니" 하고 고개를 저었다. "그건 아냐. 그런 짓을 할 녀석은……."

"이건 걔가 쓴 거잖아."

"그건…… 음." 말문이 막혔다. 미묘한 각도로 비스듬히 끄덕이는 고타로를 보고 도모에는 코웃음을 쳤다.

"그 녀석, 나한테 한 소리 들었다고 꽁해 있는 거 아냐? 그래서 보복하려는 거지. 한심한 놈. 네가 그 음침한 안경잡이한테 전해. 나하고 전쟁할 작정이면 내일 귀국하는 티켓이나 끊어놓으라고. 울면서 내뺄 때까지 철저하게 짓밟아 줄 테니까."

"그러니까 아니라고! 그런 게 아니야!" 고타로는 자신도 모르게 언성을 높였다. "걔가 이해할 수 없는 행동을 하긴 했지만, 널 괴롭히거나, 보복하려는 건 아냐. 그런 짓을 할 녀석이 아니라고!" 힘주어 손안의 쪽지를 꽉 쥐었다.

도모에는 그런 고타로를 힐끗하더니 화살처럼 날카로운 눈빛으로 고타로를 노려보았다. "왜 그런 애 편을 들어?"

고타로는 순간 움찔했지만 물러설 수 없었다. "편을 드는 게 아니라…… 사실이니까 그렇게 말한 거야. 걔는 너 포함 누군가한테 상처를 줄 녀석이 아니라고. 절대로."

"그게 무슨 소리야? 고작 며칠 같이 있었으면서 개에 대해서 얼마나 안다는 거야? 애초에 뭐 하자는 거야? 그런 이상한 애하고 갑자기 한패가 되더니, 온종일 붙어 다니고 있잖아. 정말 무슨 생각이야? 개하고 친하게 지내라는 계시라도 받았니? 아니면 고마다가 뭐라고 해? 걔랑 친하게 지내면 내신 잘 준대?"

"뭐? 무슨 소리야. 말이 되는 소리를 해."

"이상하잖아. 이해가 안 돼. 대체 왜? 너 친구 있잖아. 야오치나 버섯 머리 멍청이 같은 애들. 그러면서 정체도 모르는 수상쩍은 애하고 갑자기 왜 붙어 다녀? 걔가 눈치라도 채면 어쩌려고 그래? 나까지 피해를 볼 수도 있으니까 이제 걔랑 그만 놀아!"

움찔하는 정도가 아니었다. 심장을 으스러지게 움켜쥐는 죄책감을 간신히 버티면서 고타로는 목소리를 쥐어짰다. "걔는 네가 생각하는 것처럼 그렇게 이상한 녀석이 아냐."

그 순간, 도모에의 눈빛이 더욱 날카롭게 벼려졌다. "정말? 내 눈에는 아주 이상한 애로 보이거든? 잘 생각해 봐. 걔는 처음부터 너한테 접근했어. 그리고 어느샌가 당연하다는 듯이 늘 너한테 붙어 있다고. 상식적으로 지금 엄청 이상한 상황이거든? 근데 다들 그냥 그러려니 하고 있고. 걔는 어떤 의도를 가지고 용의주도하게 너한테 접근한 거 아냐?"

"의도는 알지. 일본식 교육이라는 걸 체험하러 온 거잖아. 뭐, 우리도 이런저런 일을 겪었어. 하지만 그건 너하고 상관없는 일이고, 네가 이래라저래라 할 일…… 야!"

도모에는 무슨 생각인지 고타로의 손에서 힘이 빠진 틈을 타서 쪽지를 빼앗고는 그대로 바닥에 내던졌다. 난폭하기 짝이 없는 행동에 놀란 고타로는 "뭐 하는 거야!" 하고 소리치며 도모에를 보았다. 그 목소리에 놀랐는지 병원에서 나오던 사람이 눈을 동그랗게 뜨고 이쪽을 바라봤다.

"쓰레기를 무단 투기했어. 그게 뭐? 너하고 상관없는 일이고 네가 이래라저래라 할 일 아니잖아."

"뭐? 대체 왜 이러는 거야! 너희 어머니가 입원한 병원이잖아!"

고타로는 벌떡 일어나 쪽지를 모두 주웠다. 손끝이 가늘게 떨리고 있었다. 도모에의 행동에도 놀랐지만, 그보다 이 쪽지는 쓰레기라고 딱 잘라 말한 도모에의 발언에 고타로가 스스로도 놀랄 만큼 충격받았기 때문이었다.

그냥 종잇조각이니 도모에에게는 쓸데없겠지. 그래도 카무이가 보낸 메시지다. 분명 히죽거리면서 두근거리는 마음으로 열심히,

진지하게 써서 도모에에게 보낸 마음이다. 작은 쪽지에 깨알처럼 글씨를 써넣는 카무이의 모습을 고타로는 쉽게 상상할 수 있었다.

'아.'

그 순간 고타로는 갑작스레 깨달음을 얻었다.

카무이는 그저 도모에를 행복하게 해주고 싶었던 것이다. 지바를 내버려둘 수 없어. 지바한테 말을 걸자. 어제 그만큼 필사적으로 했던 말을 그대로 행동에 옮긴 것뿐이다. 도모에를 혼자 두고 싶지 않았던 것뿐이다. 답장 같은 건 기대할 수 없더라도 신경 써서 말을 걸었던 것뿐이다. 카무이 본인이 좋아하는 일을, 본인이 위로받았던 일을 도모에에게 해주고 싶었을 뿐이다.

그리고 그 일이 이렇게 도모에를 머리끝까지 화나게 만들었다.

"그럼 쓰레기통에 넣고 올게." 도모에는 다시 쪽지를 빼앗으려고 끈질기게 손을 뻗었다.

"야, 이러지 마! 아까부터 왜 이러는 거야!"

"너야말로 대체……!"

방어하려다가 팔꿈치가 도모에의 턱 언저리를 스쳤다. 당황한 고타로는 "미안! 맞았어? 미안해, 괜찮아?" 하고 도모에의 얼굴을 들여다보려 했지만, 도모에는 가방으로 힘껏 고타로를 밀쳤다. 분노가 정점에 달한 표정이었다.

"너도 한패야? 그렇구나? 그런 거구나? 너도 날 괴롭히는 거였구나? 반 애들 다 같이 신나게 날 놀린다 이거지? 하, 웃기지도 않아! 한가해서 좋겠다. 바보들은 아주 좋겠어! 안 그래도 멍청한데 지금보다 더 멍청해지면 어쩌려고 그래? 역시 수준 낮은 찌질이 집단답

네! 뭐, 그런 거면 나도 가만 안 있어! 계속 이딴 짓을 하면 나도 대항할 거라고! 날 방해하는 녀석은 반드시, 반드시, 반! 드! 시! 끝장을 볼 때까지 짓밟아 줄 거야!"

"아, 그러니까 그런 거 아니라고! 난……." 옆을 지나가는 사람들의 시선을 느끼고 고타로는 최대한 목소리를 죽였다. 대체 뭐냐고. 어떡해야 좋을지 모르겠다. 하려던 이야기는 꺼내지도 못한 채, 알 수 없는 방향으로 도모에와 함께 굴러떨어지고 있다. 방향부터 전환해야 한다. "정말 아니라고. 완전히 착각하는 것 같은데. 왜 그렇게 뭐든지 나쁜 쪽으로만 생각하는 거야……."

"그럼 뭔데!" 고막을 찢을 듯 도모에가 버럭 소리를 질렀다.

"아니…… 다 같이 짜고 이러는 것도 아니고, 널 괴롭히려는 것도 아니라고……."

"그 음침한 안경잡이가 쓴 건 맞잖아?"

"그건 그런데! 악의가 아니라, 오히려 순수한 선의로……!"

"선의? 갑자기 날아온 수상쩍은 메시지를 넌 선의라고 부르는구나? 그럼 내 SNS에 종종 오는, 택배업체를 가장한 가짜 부재중 배달 메시지나 인터넷 쇼핑 사이트인 척하고 받는 사람 이름에 '고객님께'라고 써진 수상한 로그인 요구 메시지도 선의겠네? 그럼 답장을 해야지. 지금 당장 할게. 링크도 누르고 아이디랑 비밀번호도 전부 입력할게. 이제 됐지?"

"아니, 그러라는 게 아니고…… 아니, 정말, 진짜로…… 카무이는 그냥 착한 애야. 걔는 진심으로 널 행복하게 해주고 싶어서……."

도모에의 입이 벌어졌다.

온다! 고타로는 무의식적으로 고개를 돌리고 눈을 질끈 감으며 곧이어 날아올 고막을 꿰뚫을 폭언에 방어 태세를 취했다. 하지만 아무리 기다려도 아무것도 날아오지 않아서 조심스레 눈을 떴다. 도모에는 입을 벌린 채 넋 나간 표정을 짓고 있었다.

잠시 후.

"뭐……?"

그리고.

"뭐라고? 그게 무슨 소리야? 왜 걔는 내가 행복하지 않다고 생각하는데……?"

고타로가 몸을 움츠린 그 찰나의 순간을 도모에는 놓치지 않았다. 살짝 미간을 찌푸리더니 고타로를 똑바로 바라봤다.

"기시마, 너 걔한테 내 얘기, 우리 엄마 얘기했어?"

순간적으로 말문이 막혔다. 입술이 파르르 떨렸다. 하지만 그것으로 충분했다.

도모에의 낯빛에서 분노의 붉은색이 스르륵 가시고, 순식간에 새하얗게, 다음으로 새파랗게 변했다. 아무 말 없이 일어나더니 가방을 안고 비틀거리는 걸음으로 어디론가 가려고 했다.

"지…… 지바…… 지바!"

고타로도 곧바로 따라 일어났다. 그 뒤를 쫓았지만 도모에는 갑작스레 냅다 뛰기 시작했다. 엄청난 속도로 치맛자락을 휘날리며 전력질주로 내달렸다. 그 뒷모습을 놓치지 않으려 고타로도 죽을 힘을 다해 달렸다. 진심으로 뛰지 않으면 따라잡을 수 없을 것 같았고, 지금 쫓아가지 않으면 모든 게 여기서 끝날 것 같았다. 도모에는 화단을 지나 병동을 돌아서 직원용 출입구로 이어지는 뒷길, 막다른 곳에 들어섰다.

"지바!"

막다른 곳에서 서로를 마주 봤다. 고타로는 숨을 헐떡이며 거리를 좁혔다. "지바, 부탁이니까 내 얘기 좀 들어봐……! 오늘 그 얘기를 하려고……!"

도모에는 돌아보며 자신의 가방으로 고타로의 배를 정통으로 가격했다. 고타로는 낮게 신음하며 콘크리트 바닥에 무릎을 꿇었다. 등과 어깨에 가차 없는 가방 공격이 이어졌다. 고개를 들 수도 없었지만 거칠게 씩씩거리는 도모에의 숨소리가 귓전을 때렸다. 울고 있을지도 모른다. 고타로도 울고 싶어졌다. 오늘은 대체 뭐지. 뭐 하나 제대로 된 일이 없다. 되는 일이 없다. 되는 일이 하나도 없다.

"미안, 지바……! 미안해……!" 공격이 멎자 고타로는 간신히 고개를 들었다. 그 얼굴을 향해 도모에가 버럭 외쳤다.

"미안하면 다야!"

하지만 우는 얼굴은 보이지 않았다. 숙련된 달인의 기술일 것이리라. 지바는 새파랗게 질린 얼굴로 숨을 헐떡이고, 머리카락을 형클어뜨린 채, 가방을 바닥에 떨어뜨리고 분노로 몸서리를 치며, 배신감에 치를 떨었다.

"내, 내가 불행하니까…… 불쌍하니까 도와줘야 한다고……? 무슨 소리를 지껄이는 거야? 지금 내가 착한 누군가의 도움을 받지 않으면 안 되는 처지라고, 그렇게 말하는 거야? 착한 녀석이 보이는 동정을 감사히 받으라고…… 하필이면 그걸 너, 네가…… 그딴 소리를 나한테 지껄이는 거야? 그럼 넌 뭔데?"

"미안…… 정말, 일이 이렇게……."

"듣기 싫어! 넌 이해할 줄 알았어! 이 세상 누구도 이해하지 못하는 걸, 너라면, 너만은 이해해 줄 거라고 생각했어! 내 사정을 너는 알아줄 거라고……! 하지만 이 세상에 그런 사람은 없었네! 세상 어디에도 없어……!"

둘이서 함께 있을 수 있잖아. 카무이가 천진난만하게 내뱉은 말이 별안간 뇌리에 떠올랐다. 둘이 같이 있으면 돼! 녀석은 그렇게 말했다. 괜찮아, 내가 도와줄게. 두려울 정도로 올곧은 눈으로.

"이제 됐어. 정말 아무래도 좋아. 너 따위를 믿은 내가 멍청했지." 도모에는 바닥에 나뒹구는 가방을 주운 뒤, 억지로 숨을 고르며 나지막이 중얼거렸다. "배신자. 다시는 내 눈에 보이지 마. 꺼져. 영원히 사라지라고. 남김없이 전부. 너 같은 건 죽어버려."

도모에가 등을 돌리고 있어서 다행이라 생각했다.

죽으라든지, 죽이겠다든지, 우리는 그런 말들을 쉽게 내뱉을 수 있다는 것에 의미를 부여해 왔다. 그런 개념에 겁을 먹지는 않는다. 의식하지도 않는다. 그런 못된 말들을 할 수 있다는 걸 우리는 제법 소중히 여겨왔다.

하지만 오늘은 괴로웠다. 뺨을 타고 흘러내리는 눈물을 달인의 기술로 재빨리 훔쳤다. 시야 끝으로 떠나가는 도모에의 모습이 보였다. 이제 쫓아갈 수도 없다. 목소리도 나오지 않았고 몸도 움직이지 않았다.

'카무이.'

가슴속으로 바보 같은 친구를 불렀다. 잘 안 됐어. 전혀 괜찮지 않았어. 넌 아무도 구하지 못했어. 그래서 지금 나도, 도모에도 이토록 외톨이인 거야. 이렇게 가까이 있는데도 고립되어서, 서로 손을 뻗지도 못하고, 서로 우는 얼굴도 보이지 않고, 더 이상 가까이 가지도 못하고, 눈도 마주칠 수 없어. 이걸로 끝일지도 몰라.

그렇게 각오했을 때였다.

하늘에서 작은 뭔가가 떨어져 톡, 하고 도모에의 머리에 부딪혔다. 가볍게 앓는 소리를 내며 머리를 누르는 도모에의 발밑에 뭔가가 떨어졌다. 갑작스러운 상황에 놀란 고타로도 벌떡 일어났다.

위를 올려다보자 병원 2층의 창문이 열려 있었다.

"너 말이야."

입원 환자인가. 비쩍 여위고 초췌한 남자가 아래를 빤히 내려다보고 있었다.

"모처럼 살아 있는데 할 말이 그것뿐이야?"

"뭐?" 도모에는 기가 찬다는 듯 남자를 힐끗 보더니 머리로 떨어진, 남자가 떨어뜨린 물건을 주웠다. 물건을 보고 "아, 이게 뭐야?" 하고 던지는 걸 고타로가 받았다.

대체 뭔가 했더니 평범한 라이터였다. 묘하게 상세한 그림체로 성조기 무늬의 수영복 차림을 한 미녀 일러스트가 그려져 있었다. 별생각 없이 기울이자 어찌 된 영문인지 수영복이 점점 벗겨지더니, 마침내 실오라기 하나 걸치지 않은 적나라한 나체를 드러냈다.

"으어? 저, 저기, 이거……." 고타로는 2층의 남자를 올려다봤다.

창가에 올린 남자의 손에는 담뱃갑이 들려 있었다. 야한 라이터를 어떻게 돌려줄지 고민했지만, 남자의 상태나 낯빛을 보아하니 담배를 피워도 될 것처럼 보이지는 않았다.

"됐어, 너 가져. 난 그런 거 많거든. 선물로 많이 받아서."

목소리와 말투는 아직 젊은데, 쓱 흔드는 손은 막대기처럼 가늘었다. 도모에도 아마 그 사실을 알아챘으리라. 딱히 뭐라 하지 않고 말없이 남자를 올려다보고 있었다.

남자는 담배를 입에 물고 "너 말이야" 하고 도모에를 손가락질했다. "어떻게 죽을지는 선택할 수 없지만, 어떻게 살지는 선택할 수 있어. 모처럼 살아 있는데, 살아서 이야기할 수 있는 상대가 있는데 굳이 입을 열어서 들려주고 싶은 이야기가 그런 거야?"

도모에의 눈이 가늘어졌다. "스스로 죽음을 택하는 사람도 있는데요."

남자는 창가에 기대 도모에의 말에 코웃음을 쳤다. "그건 '살해당하는 방법' 중 하나겠지. 누군가에게 살해당하는 것까지 포함해서 어떻게 죽을지는 선택할 수 없어. 택할 수 있는 건 어떻게 사느냐, 그것뿐이지."

"병원에서는 금연인데요."

"불 안 붙였거든. 사실 피울 마음도 없어. 그냥 담배하고 라이터를 들고 이렇게 어슬렁거리는 거지. 마치 담배를 피울 수 있는 곳을 찾고 있는 것처럼. 가끔은 이렇게 물고 기분도 내. 평소의 나는 그랬으니까. 그렇게만 해도 이전으로 돌아간 느낌이 들어서 마음이 차분해지거든." 입에 문 담배를 위아래로 능숙하게 움직이며, 남자는 도모에에게 시선을 고정한 채 말을 이었다. "어떻게 살지는 선택할 수 있어. 선택할 수 있었지. 선택할 수 있었는데, 난 너무 늦게 깨달았단 말이야. 누가 더 일찍 알려줬으면 얼마나 좋았을까. 그랬으면 전혀 다르게 살 수 있었는데. 이렇게 됐으니 이제 어쩔 도리가 없지. 하지만 너는." 남자는 다시 도모에를 가리켰다. 똑바로. "내가 알려줬잖아, 방금. 어떻게 살지는 선택할 수 있다고. 알겠지?"

그것으로 끝이었다. 창문이 닫히고 남자의 모습은 사라졌다. 누군지도 모른 채, 왜 말을 걸었는지도 묻지 못한 채. 아마 다시 만날 일도 없을 것이다.

독기가 빠진 것처럼 도모에는 우두커니 그 자리에 서 있었다.

"저기 말이야." 살며시 자극하지 않도록 고타로는 넌지시 말을 건넸다. "라이터 떨어졌는데, 머리, 괜찮아?"

도모에는 돌아보지 않았다.

"엄마한테 갈 거야. 따라오지 마." 그저 뻣뻣한 목소리로 말하고는 등을 돌린 채 걸음을 옮겼다.

홀로 남겨진 고타로의 손안에 라이터가 남겨졌다.

잠들지 못한 채 계속 생각하다 동이 터올 즈음에 결론을 냈다.

카무이 잘못이다.

✦

그래도 한 시간쯤은 눈을 붙였다. 정신을 차려 보니 아침이었고, 평소처럼 어머니가 큰 소리로 일어나라고 깨웠다. 평소처럼 옷을 갈아입고, 평소처럼 아침을 먹고, 평소처럼 나갈 채비를 하고, 평소처럼 배웅을 받으며 집을 나섰다. 수면 부족으로 올라가지 않는 눈꺼풀을 비비며 평소처럼 고타로는 차고에서 자전거를 꺼냈다.

사실 머리끝까지 화가 났다. 앞으로의 계획도 세워졌다.

어차피 녀석은 아침 햇살을 받으며 나폴레옹 포즈를 취하고 있을 테니 먼저 자전거를 걷어찬다. 그리고 당황해하는 멱살을 오른손으로, 도망치려는 소맷자락을 왼손으로 붙잡고 받다리후리기로 길바닥에 쓰러뜨린 뒤, 곧장 목에 팔을 두르고 곁누르기. 이 자식아 대체 무슨 짓을 저지른 거냐 괜한 짓을 해가지고 너 때문에 모두 엉망이 됐잖아 이제 어떡할 거냐고 새끼야. 그러고는 적당히 때린다. 면상을. 안경? 알 게 뭐냐.

머릿속에 완벽한 동선이 있었다. 초등학교 4학년 때까지 유도장에 다녔고, 아버지한테 유도 훈련도 본격적으로 받았다. 당연히 실력이 녹슬었겠지만 몸은 기억하고 있을 것이다. 그 녀석을 패는 것정도는 식은 죽 먹기다.

불온한 속내와 정반대로 하늘은 맑고 쾌청했다. 눈부신 햇살에 인상을 찌푸리며 도로로 나갔다.

'어……?'

분명 그곳에 있으리라 확신했던 멍청한 카무이가 보이지 않았다. 계획이 처음부터 막히자 미간에 깊은 주름이 생겼다. 고타로는 조용한 주변을 둘러보며 불안에 휩싸였다. 혹시 어제 혼자 폭주하면서 집으로 가는 도중에 무슨 일이 생겼나? 아니면 오늘 아침에 여기 오는 길에? 설마, 그럴 리가. 불길한 생각을 애써 지우려 했지만 카무이에게 아무 일도 없다는 걸 확인할 수단이 없었다. 나쁜 상상이 줄줄이 솟아올랐다. 전복, 충돌, 뺑소니, 부상, 중상…… 아니면 단순한 늦잠? 애초에 만나기로 약속한 것도 아니니까 오늘은 혼자서 학교에 가고 싶었던 걸 수도 있다. 아니, 그건 아닌가. 다른 사람은 몰라도 카무이의 경우 그건 아니다.

고타로는 혼자서 우두커니 집 앞 인도에 서 있었다. 여기서 카무이를 기다리는 게 나을까. 차라리 집으로 데리러 갈까. 하지만 만에 하나 길이 엇갈리면 귀찮고, 그럴 시간적 여유도 없었다. 스마트폰으로 시간을 확인하고 핸들을 잡은 손가락을 부산스레 움직였다. 짜증, 불안, 초조함, 졸림…… 갖가지 감정이 빙글빙글 가슴속을 휘저었다.

그런 녀석은 그냥 두고 가버리자. 어찌 되든 알 바 아니잖아. 짓씹듯 그렇게 생각했지만 페달을 밟을 마음은 들지 않았다. 사실은 혼자 등교할 용기가 없어서인지도 모른다.

어제 도모에와의 비밀스러운 관계가 깨졌다. 도모에의 세계는 이제 고타로라는 존재를 용납하지 않을 것이다. 졸업할 때까지 계속 무시하겠지. 앞으로의 나날을 잠시 상상한 것만으로도 고타로는 한없이 캄캄한 어둠 속을 미끄러지며 떨어지는 듯한 기분에 휩싸였다. 아무도 모르는 곳에서 시작된 관계는 아무도 모르는 곳에서 끝이 났다. 아무것도 남기지 않고 이 세상에서 홀연히 사라졌다. 이래서는 처음부터 없었던 것과 다름없다. 지금까지 잘 지냈는데.

이렇게 된 건 모두 카무이 탓이다. 하나부터 열까지 카무이 잘못이다. 그리고 이 상황을 이해해 줄 사람도 카무이뿐이다. 자신이 무엇을 잃었고 어떻게 상처받았는지 제대로 알 수 있는 건 카무이뿐이라고 고타로는 생각했다. 차라리 카무이가 여기 있었다면 분노를 쏟아낼 수 있었다. 화를 내는 동안은 그래도 나락에 떨어지지 않으니까. 그곳은 절망의 밑바닥이 아니다. 세상의 끝도 아니다.

하지만 없다.

평소처럼 카무이가 이곳에서 기다려주기를 바랐다. 달려들어 흠씬 두들겨 패주려고 했지만, 그래도 오늘은 이곳에 있기를 바랐다.

그런데.

'젠장, 웃기지 마. 빌어먹을…….'

험악한 표정으로 다시 스마트폰 화면에 뜬 시계를 보고 입술을 깨물었다. 지금 출발하지 않으면 지각이다. 그런데 어찌 된 영문인지 움직일 수 없었다.

아침 햇살 속에서 우두커니 선 채로 고타로는 가만히 숨을 내쉬었다. 이렇게 된 이상 카무이의 자취방으로 찾아갈까. 도중에 길이 엇갈리더라도 오마다 씨에게 상황은 물어볼 수 있으니까. 아무 일도 없으면 다행인 거고. 지각은 이미 각오했다. 이대로 집 앞 도로에서 자전거와 함께 영원히 박제되어서 뿌리를 내리고, 거목이 되고, 500년쯤 세월이 흐른 뒤 미래의 꼬마들에게 '이 나무 옛날에는 인간이었대!' '진짜?' 하고 나무껍질을 뜯기는 것보다는 낫겠지.

결심을 굳히고 유턴하기 위해 핸들을 잡은 순간이었다. 도로 저편에서 낯익은 자전거가 다가오는 모습이 보였다.

"아! 고타로!" 카무이는 고타로를 보고 소리치더니 한 손을 붕붕 휘두르다 "앗?" 하고 쫘당 넘어졌다.

"풉……!" 너무나도 막힘없는 전개에 고타로는 무심코 웃음을 터뜨렸다. 저렇게 아무 저항도 못 하고 그대로 넘어지다니. 그러기도 쉽지 않을 텐데 참 대단하네. "푸하하하……!" 고타로는 자기도 모르게 웃음을 터뜨리며, 그리고 웃을 수 있는 자기 자신의 모습에 놀라며, 계속 밟지 못했던 페달을 어느샌가 밟고 있었다. 길바닥에 쓰러진 카무이를 향해 서둘러 다가가 곧바로 곁누르기! 가 아니라 손을 잡아 일으켜 세웠다.

"뭐 하는 거야, 멍청아."

"으하하! 넘어졌다! 이틀 연속으로!" 아무리 카무이라도 부끄러웠을까. 귀까지 새빨갛게 붉히며 더러워진 바지를 탁탁 털고 쓰러진 자전거를 일으켜 세우더니 "위험했어"라고 말했다.

"뭐?" 그냥 넘길 수 없을 만큼 뻔뻔스러운 대사였다. "너, 그건 위험을 회피한 사람만 할 수 있는 대사인 건 아냐?"

"아니, 하마터면 고타로가 먼저 가버릴 뻔했다는 뜻이야. 늦어서 미안해."

"두고 가려던 건 아닌데 늦기는 늦었네. 늦잠 잤어?"

"그래. 어제는 잠이 안 와서…… 새벽에 잠깐 눈을 붙이기는 했는데 그게 더 일어나기 힘들더라고."

나랑 똑같군. 고타로는 그런 생각을 하며 말했다. "아하, 애욕의 잔치라도 벌인 모양이군? 안 자고 계속 그 태블릿 보고 있었지? 태블릿에 든 야한 동영상을."

홋. 카무이는 의미심장하게 미소 짓더니 "일단 학교 가자. 지각하겠어" 하고 다시 자전거에 올라탔다. 두 자전거는 학교로 향하는 길을 평소보다 조금 늦게 나란히 달렸다.

방금 그림처럼 넘어진 사실을 눈감고 넘어가면, 카무이의 운전에는 이제 아무 문제도 없었다. 난 계속 자전거로 통학했거든! 하고 말하듯 태연한 얼굴로 고타로의 왼쪽 옆에서 평범하게 달리고 있었다. 오래전부터 늘 둘이서 이렇게 함께 등하교했던 것 같은 기분이 들었다.

"얼마나 성황이었던 거야. 내 부탁을 거절하면서까지 거행한 애욕의 잔치는."

"난리도 아니었지, 정말."

"그래…… 소박하게 표현하니 오히려 더 날카롭게 전해지는걸. 그 분위기가."

"만약 어젯밤에 태블릿이 일찌감치 방전되지 않았다면……."

"너는 기회만 생기면 MBTI 두 번째 글자가 N인 사람 티를 못 내서 안달이더라?"

"일단 들어봐. 만일 그랬다면 난 여기서 이러고 있지 않겠지. 지금도 여전히 집에서, 어제부터 계속, 말할 수 없는 부위에 마찰에 의한 열상을 입을 정도의 기세로, 격하게……."

"수음을?"

"수음!"

별생각 없이 고른 단어가 생각지도 않게 강렬해서 두 사람은 "푸하하하!" "히히히히……!" 하고 숨넘어가도록 웃었다. 위험해, 핸들이 흔들리잖아.

"나, 수음이라는 말을 소리 내서 말한 건 난생처음이야……."

"나도, 아니, 수음이라니…… 너……."

"그 수음장의 배터리가 방전됐다는 말이로군?"

으히히히히! 카무이는 괴로운 듯 몸을 비틀며 웃었다. "바, 방전되더라. 네 시간 만에……."

"네 시간 만이라니…… 조루인가?" 고타로도 다시 웃었다.

"그래서 그 뒤에는 뇌에 새겨진 영상과, 아직 안 눌러본 동영상의 존재에 엄청나게 흥분해서 새벽까지 잠이고 뭐고…….”

“아니, 왜? 잠은 자야지. 충전하면 되잖아.”

“사이온지가 충전 케이블은 안 빌려줬어. 빌려갔다가 안 돌려줄
까 봐. 충전하고 싶으면 매일 가져오래.”

“어, 그럼 그 수음장을 또 가져온 거야?”

“응, 여기 가져왔어.”

쑥스러운 듯 배낭을 가리키는 카무이를 보고 “황당하네!” 하고
다시 한바탕 웃었다. 이번에 들키면 고마다는 그냥 넘어가지 않으
리라. 압수될지도 모르는데 자기 손으로 가져오다니. 딱히 웃을 일
은 아니었지만 분위기를 타고 웃어버렸다.

“하아, 완전 웃었네…… 시답지도 않은 걸로…….”

빨간불에 자전거를 멈추고 고타로는 그제야 한숨 돌렸다. 눈가에
맺힌 눈물을 훔치며 숨을 고른 뒤 새삼 왼쪽에 있는 카무이를 보았
다. “하지만 나쁘지 않아. 오늘은 이제 신나게 웃을 일도 없으니까.”

카무이는 의아하다는 듯이 안경 너머로 눈을 깜빡였다. “왜? 무
슨 일 있어?”

“있어. 너한테.” 짧게 대답한 뒤 고타로는 카무이와 정면으로 마
주 봤다.

이 건널목의 신호는 길다. 눈앞을 지나는 차량을 물끄러미 바라
보고 있으려니 마음이 점점 가라앉았고, 이내 또렷이 기억해 냈다.

자신이 머리끝까지 화가 나 있었다는 사실을.

“그러니까 혹시 다른 할 말이 있으면 지금 해.”

“아니…… 딱히 없는데…… 나한테 무슨 일이 일어나는데?”

"너는 이제 나한테 얻어터질 거야."

"……어?"

"너는 이제 나한테 얻어터질 거야."

"……어?"

"너는 이제 나한테 얻어터질 거야."

"……."

세 번째에야 이해했는지 카무이는 입을 다물었다. 아직 신호는 바뀌지 않았다. 그대로 한동안 시간이 멈춘 듯 침묵이 흘렀고, 이내,

"왜……?"

조심스레 묻는 목소리. 모르겠어? 되묻자 모르겠다는 답이 돌아왔다. 자기가 무슨 짓을 했는지 잊었어? 한 번 더 묻자 다시 입을 다물었다. 직접 보여주는 게 빠르겠군. 고타로는 주머니에서 작은 쪽지 세 개를 꺼냈다. 핸들을 잡은 카무이의 오른손을 붙잡아 손가락을 펴고, "슝, 슝, 슝" 하고 그 손바닥 위에 하나씩 떨어뜨렸다.

카무이의 낯빛이 순식간에 변했다. 눈을 부릅뜨고 파랗게 질린 낯으로 얼어붙었다. 노골적으로 놀란 표정이었다. 얼굴에 저 범죄자예요, 라고 쓰고 돌아다니는 꼴이었다.

고타로는 다시 한번 진득하게 카무이와 눈을 맞추고 작게 한 손을 들며 "슝"이라고 말했다. 이건 일단 아침 인사였다. 늦잠의 여파인지 매일 아침의 일과를 새까맣게 잊은 것 같았기에.

카무이는 범죄자의 얼굴로 쪽지를 쥔 손을 가슴에 올리고는 위아래로 움직였다. "슝."

아침 인사가 끝날 즈음 파란불로 바뀌었다. 여전히 굳어 있는 카

무이를 향해 "얼른 가자, 이거 말고도 할 일 많거든, 이 자식아" 하고 말을 건넸다.

학교에 도착할 때까지 어제 일어난 대참사에 대해서 말해두고 싶었다.

두 대의 자전거를 체인으로 연결한 뒤에 교실을 향해 걸음을 옮길 즈음, 카무이는 '내가 범죄자요' 얼굴에서 '절명시를 읊겠소' 얼굴로 진화해 있었다. 절명시를 읊고 싶어서 견딜 수 없다는 표정이었다.

"안 들킬 줄 알았어…… 좀 신기하면서도 피식 웃음이 나오는, 그러면서도 마음이 살짝 가벼워지는 그런 메시지를 보내려고 한 건데…… 누가 보냈는지는 몰라도 받으면 기쁠 것 같은……."

"아니, 무섭거든. 모르는 사이에 자기 소지품에 정체불명의 메시지가 들어 있으면 내용이 뭐든 간에 일단 소름 끼쳐."

"화나게 하려던 건 아니었어……." 머리를 두 손으로 헝클어뜨리며 카무이는 그대로 힘없이 고개를 떨궜다. 왼쪽 옆을 걷는 발소리가 무거워서 금방이라도 뒤처질 것 같았다.

고타로는 배낭 스트랩을 잡아 끌며 카무이를 견인해 교실로 연행했다. "애초에 왜 나한테 상의 한마디 없이 멋대로 그런 짓을 벌인 거야?"

"가, 갑자기 아이디어가 번뜩여서……."

"그랬겠지."

"어제 아침에 그 남자가 널 불러서 교실에 없었을 때……."

"고마다 말이지, 담임이라고."

"그래, 그 사람. 그때 지바가 뭔가를 찾는 듯 힐끗 내 쪽을 봤어. 눈이 마주친 것 같았는데 그대로 혼자 교실에서 나가니까 무슨 일인가 싶어서 신경이 쓰이는 거야…… 말을 걸면 화를 낼 것 같았지만 뭐라도 하고 싶어서, 내버려둘 수 없어서……"

"그런 거 일일이 신경 쓰지 마. 애초에 내 쪽을 봤다느니, 눈이 마주쳤다느니. 공연 관람하러 갔다가 가수랑 눈 마주쳤다고 감격해하는 열성 팬도 아니고. 기분 탓이라고, 기분 탓."

학교로 들어와 신발장에 신발을 넣고 실내화를 꺼냈다. 위에서 그래도…… 하면서 집요하게 말꼬리를 붙잡는 목소리가 들려왔다. 고타로의 자리는 신발장 제일 아래 칸이라 신발을 넣고 꺼낼 때마다 쭈그리고 앉아야 했다.

"누구에게나 혼자 있고 싶을 때가 있잖아. 그냥 화장실 간 걸지도 몰라."

"그건 그렇지만."

"난 화장실은 무슨 일이 있어도 혼자 가고 싶은 파야. 전에도 말했다시피."

"고타로의 요도는 예민하니까……"

"잘 아네. 그리고 지바의 방광도 예민할지도 모르지. 아니면 집에서는 요란하더라도 집 밖에서는 다른 사람의 기척이 있으면 올 신호도 안 오는 타입이라든가. 그래서 굳이 사람이 없는 시간을 골라서 재빨리 다녀오고 싶다든지. 그런 거 아냐?"

"……지바의 방광에 대해 생각해 본 적은 없어. 고타로는 맨날 그런 생각만 해?"

"맨날은 아니지. 맨날 그런 생각만 하는 녀석은 피해야지. 아니면 장 관련일 수도 있어. 장이 생각지도 못한 타이밍에 모든 통과물에 GO 사인을 내릴지도."

"아…… 그렇군. 지바도 때로는 혼자 편안하게 볼일을."

히익.

목구멍에서 이상한 소리를 내며 카무이가 돌연 숨을 삼켰다.

대체 무슨 일이지? 하고 고개를 든 순간 고타로도 절명시를 읊고 픈 상태, 아니, 그걸 초월한 임사 상태가 되었다. 절명시를 운운할 상황이 아니었다.

마치 어제가 반복된 것처럼 도모에가 눈앞에 서 있었다. 하지만 어제와 달리 감정을 읽을 수 없었다. 아무 기운도, 아무 온도도 느껴지지 않았다. 그저 인간의 형태를 한 물체로서 도모에는 두 사람 앞에 우뚝 서 있었다. 지금까지 카무이와 했던 모든 이야기를 완벽하게, 한 마디도 빼놓지 않고 들을 수 있었을 위치에.

그리고 도모에는 너, 하고 먼저 고타로를, 이어서 너, 하고 카무이를 찔렀, 아니, 가리켰다. 그리고 다시 한 마디.

"따라와."

지옥 밑바닥에 남은 시체 찌꺼기를 핥는 듯한 목소리로 낮게.

도모에를 따라서 간 곳은 다른 건물과 이어진 연결 복도 앞, 모퉁이 구석자리였다. 전에도 여기에 온 적이 있다. 점심시간에 도모에를 발견했을 때, 카무이와 함께 숨었던 곳이다.

도모에는 가느다란 팔목에 찬 시계를 힐끗 보며 말문을 열었다. "3분 안에 끝낸다." 그러고는 키를 재듯 나란히 벽 쪽에 선 고타로와 카무이를 다시 보며 말을 이었다. "말할 테니까 알아서 들어. 난 어제."

"지, 지바! 잠깐만, 그 전에!" 저런 똥배짱이 어디서 솟아났는지 카무이는 도모에의 말을 끊고 한 걸음 앞으로 나섰다. 그만하는 게 좋겠다고 생각했지만 말릴 틈도 없었다. "저기, 정말 미안해! 슘, 한 것도 그렇고, 남에게 밝히기 싫은 사정을 알아버린 것도 미안해! 모두 내 잘못이야! 내가 멋대로 고타로의 뒤를 밟았다가, 병원에서 두 사람 대화를 훔쳐 들었어! 그러니까 고타로는 잘못한 게 하나도 없어. 전적으로 내가⋯⋯."

카무이를 바라보는 도모에의 눈이 가늘어졌다. "시끄러워."

그 싸늘한 목소리에 카무이는 흠칫하며 입을 다물었다. 스프링이 달린 장난감처럼 일순간에 재빨리 제 위치로 돌아온다. 올바른 판단이었다.

"쓸데없이 시간 뺏지 마. 누구 잘못인지 아무래도 상관없고, 사과할 필요도 없어. 용서 안 할 거니까. 하지만 보상은 받아야겠어. 그게 지금부터 내가 하려는 얘기야. 지금 이 공간에서 얘기할 권리가 있는 건 나뿐이야. 알았으면 고개 끄덕여. 그 외의 반응은 없다. 알아들었어?"

카무이는 안간힘을 다해 고개를 주억거렸다. 그 오른쪽 옆에 선 고타로도 작게 고개를 끄덕였다.

"난 어제 기시마와 대단히 불쾌한 이야기를 나눈 뒤 엄마가 있는 병실로 갔어. 그랬더니 아주 곤란한 일이 벌어졌지. 엄마가 갑자기, 내가 학교에서 어떻게 지내는지 알고 싶다는 거야. 지금까지 한 번도 그런 얘기를 한 적이 없었는데. 엄마는 굳이 임시 퇴원까지 하면서 이번 축제를 구경하고 싶다는 거야."

헉! 다시 앞으로 뛰어나가려는 카무이를 고타로가 빛의 속도로 붙잡아 눈빛으로 제압했다. 미안해…… 코로 빠져나온 카무이의 목소리는 공중에서 덧없이 흩어졌다. 어떻게든 미연에 방지했다고 생각한 순간.

"엄마는 내가 인기가 많은 인싸라고 생각해."

"뭐?"

결국 고타로가 먼저 큰 소리를 내버렸다. 황급히 손으로 입을 막았지만 때는 이미 늦었다.

도모에는 순간 무시무시한 눈빛으로 고타로를 노려봤지만, 이내 발밑으로 시선을 떨궜다. 팽팽했던 목소리도 가늘어졌다. "내가 거짓말했어. 나는 인싸고, 남자애들한테도 인기 많고 친구도 많고, 매일매일 반짝반짝 충실하고 즐거운 나날을 보내고 있다고. 엄마는 내가 그런 줄 알아. 그렇게 말하면 엄마는 안심하고 기뻐하니까. 이제 나조차도 혼란스러울 정도로 지어낸 이야기만 하고 있어. 내가 하는 모든 말이 거짓말이라고 해도 과언이 아닐 정도로. 그러니까 이 상황은 난감해. 좀 많이 난감해. 만일 엄마가 정말 학교에 온다면? 내가 지금까지 거짓말만 했다는 걸 엄마가 알게 될 거야."

얼이 빠져 있던 건 고작 몇 초였다.

"바……."

고타로는 참지 못하고 다시 소리 내어 말했다. 가만히 있을 수가 없었다. "바보냐 너……? 인기? 반짝반짝? 무슨 소리를 하는 거야? 네 장점은 그런 게 아니잖아! 핸디캡을 이겨내고 계속 전교 1등을 하는 것만으로도 충분히 대단하거든? 엄청난 성취를 거두고 있다고! 너도 그걸 위해 열심히 노력하고 있고! 그런데 왜, 도대체 왜 그딴 쓸데없는 거짓말을 한 거야?"

도모에는 설핏 얼굴을 찡그리더니 그대로 고개를 떨궜다. 고타로도 딱히 도모에를 탓할 작정은 아니었다. 그저 진정으로 이해가 가지 않았다. 엄마와 함께 있는 시간은 도모에에게 무엇보다 소중했을 터다. 기쁘다, 즐겁다, 행복하다, 그런 감정만으로 가득하기만을 바랐을 터였다. 그런데 왜 거짓말로 그 시간을 스스로 망치는 짓을 한 거지. 어처구니가 없다 못해 명치가 저릿했다.

"대체 왜 그런 거짓말을 한 거냐고……!" 고타로는 혀를 차고 싶은 기분으로 눈을 감고 그대로 숨을 삼켰다.

"너…… 하고 이게 무슨 상관이야?"

"뭐? 야! 그걸 말이라고 하냐!" 고타로는 고개를 쳐들고 맞받아쳤다. "네가 지금 상관있게 했잖아!"

"이유가 뭐냐고 묻지도 말고, 분석 같은 것도 하지 마! 사실은 너하고 다시는 말도 섞고 싶지 않았어! 하지만 일이 이렇게 되어버려서…… 난 다른 사람은 아무도…….." 도모에는 고개를 한 번 젓더니 "아무튼!" 하고 다시 날카로운 눈빛으로 고타로를 노려봤다. "이 상황을 어떻게든 타개해야 해! 넌 날 배신했고 상처를 줬어! 그러니까 나한테 속죄할 책임이 있어! 뭐든 좋은 방법을 생각해 봐!"

"빠지는 수밖에 없지." 근본적인 해결책은 아니었지만, 거짓말을 수습하려면 그 방법밖에 없었다. "학교 축제 날에 네가 학교를 빠지면 어머니도 안 오실 거 아냐."

하지만 도모에는 즉시 고개를 저었다. "그런 건 나도 진작 생각했지. 하지만 안 돼. 지금까지 지각 한 번 안 하고 개근했는데 갑자기 학교 축제 날만 골라서 결석하면 뭔가 사연이 있는 것 같잖아. 엄마가 온다고 해서 결석한 것 같기도 하고……."

"그럼 포기해. 당당하게 진실된 모습을 보여드리는 수밖에. 아니, 그래야 하는 거 아냐?"

"그건 안 돼! 죽어도 싫어! 이 설정으로 가고 싶어! 엄마 앞에서는 죽어도 이걸로 밀고 나가야 해! 좋은 방법을 생각해 봐!"

"억지 부리지 마! 그런 거 없어!"

도모에가 손목시계를 보았다. "30초 남았네……" 하고 절박한 목소리로 중얼거리더니, 카무이에게 화살을 돌렸다. "그럼 너! 너, 날 행복하게 해준다고 했지? 좋아, 마음대로 해! 이 상황을 타개할 방법을 찾아내면 난 무척 행복해질 거야! 자! 해봐! 어서!"

아래에서 얼굴을 들이대며 말하는 도모에를 보고 카무이는 "흐음……" 하는 소리를 냈다. 아니, 흐음은 무슨 흐음이야.

"난 분명히 지바를 행복하게 해주고 싶기는 해……."

야, 그만둬라. 도모에가 말하는 '좋은 방법' 같은 건 아무리 찾아도 소용없어. 존재하지 않는다고. 지키지도 못할 약속은 하지도 마. 그리고 이딴 거짓말은 한시라도 빨리 들통나는 게 나아. 고타로의 생각과 상관없이 턱에 손을 댄 카무이는 내려간 안경을 오늘따라 어설프게 올리더니 "알았어"라고 대답했다.

"뭐, 방법이 있어?"

"구체적인 방법은 아직. 하지만 우리가 반드시 어떻게든 할게!"

이 자식이……! 고타로는 소리도 내지 못하고 머리를 싸안았다.

"반드시?"

도모에의 반문에 카무이는 힘주어 고개를 끄덕였다. "반드시. 그래서 지바가 행복해진다면 뭐든 할게."

"뭐? 소름 끼쳐! 하지만 그렇게 해! 3분 지났네. 내 볼일은 끝."

순식간에 무표정으로 돌아와 발길을 홱 돌렸다. 그리고 빠른 걸음으로 교실을 향해 걸어갔다. 목적지가 같으니 고타로와 카무이는 필연적으로 그 뒤를 따르는 모양새가 되었다.

수업 시작 전의 복도에는 오가는 학생들이 꽤 있었다. 복도를 가로막듯 곳곳에 무리를 지어서 수다를 떠는 학생들도 있었다. 도모에는 그때마다 "방해돼! 비켜! 꺼져! 꺼져, 꺼져, 꺼져! 저리 꺼지라고!" 하며 닥치는 대로 격파하며 지나갔다. 북적거리던 아침 풍경이 순식간에 홍해처럼 갈라졌다. 선배든 후배든 도모에는 개의치 않았다. 제 앞길을 방해하는 것이면 그게 무엇이든 절대 용서하지 않았다. 전방위로 위협적인 기운을 내뿜으며 가장 짧은 거리로 교실까지 성큼성큼 걸어갔다. 글자 그대로 미친 공붓벌레다. 반짝반짝 눈부신 인기인과는 가장 거리가 먼 생명체. 고타로는 등 뒤에서 그 모습을 '대단한 여자야……' 하고 잠시 바라보다 이내 '는 무슨!' 하고 정신을 차렸다.

"야, 뭐 하자는 거야!" 고타로는 목소리를 낮추어 으름장을 놓으며 카무이의 멱살을 잡았다. "저걸 보라고! 말도 안 되는 일을 넙죽 하겠다고 하면 어쩌자는 거야. 저런 애를 대체 어쩌려고?"

카무이는 묘하게 늠름한 표정으로 단언했다.

"실은 나도 모르겠어!"

혹시 지금일까. 이 녀석을 쥐어 팰 타이밍은. 실행할까. 상당히 진심으로 그렇게 생각했다.

"하지만 지바가 곤경에 처했잖아. 도와달라고 부탁하잖아. 고타로는 반드시 방법을 찾을 거지?"

"으."

카무이가 한 점의 의심도 없는 눈빛으로 똑바로 바라보는 바람에 고타로는 밭다리후리기를 걸 타이밍을 놓쳤다.

"학교 축제라고 했지……? 역시 하는 거지?"

✦

이 학교의 축제는 시시하다. 언급할 가치도 없는 수준에다가 정말로 조악하다.

예전에는 그렇지 않았다. 이틀 동안이나 열렸다. 학급마다 카페를 열거나 흰 가운을 입고 연구 발표를 하기도 했고, 뜻있는 학생들끼리 댄스 대회나 밴드 공연, 연극부 무대, 만담이나 노래자랑 등 각종 대회를 열었다. 마지막에는 운동장에 모여 전교생이 후야제後夜祭를 열었다. 학생들에게는 틀림없이 고등학교 생활 중에서 가장 중요한 행사였다.

하지만 몇 년 전, 야키소바를 팔던 반에서 가스버너를 사용하다가 가스통이 폭발하는 사고가 일어났다. 다행히도 가스 잔량이 적어서 다친 사람은 없었다. 화재로 번지지도 않았다. 그래도 소방서에서는 엄중한 주의 조치를 내렸고 학교 측은 이 사태를 무겁게 받아들였다.

그 후로 이 학교의 축제는 하루만에 끝나는 허무한 이벤트로 전락했다. 체육관에 무대를 설치해서 각 반마다 10분쯤 '예술 발표'를 선보인다. 참고로 날거나, 뛰거나, 도는 것 같은 격렬한 동작은 금지되어 있다. 어느 해, 허무로부터 무언가를 생산하려고 댄스 퍼포먼스를 펼치던 어떤 학급에서 부상자가 나온 탓이었다. 무대 위에서는 얌전히 있으라고 한다. 가급적 움직이지 말라는 뜻이다. 그런데 소리는 내도 된단다. 한마디로 노래를 부르라는 거겠지. 지금은 학교 축제가 아니라 평범한 합창 대회였다. 물론 재미는 하나도 없었다. 신이 날 리가 없다. 내내 하품을 참으며, 다른 반이 무대에 오르면 적당히 박수를 보내며 시간을 때우는 지루한 하루.

그것이 현재 이 학교의 축제였다. 진실을 말해주자…….

"그런 어처구니없는 얘기가 어디 있지! 난 절대 인정 못 해! 학교 축제는 청춘의 하이라이트! 평생의 추억이 된다고 모두 그랬어! 그걸 꿈꾸며 지금까지 살아왔다고! 꿈을 순순히 포기할 수는 없어!"

점심시간. 늘 모이는 곳에서 카무이는 팩에 든 김말이 초밥을 무릎에 올린 채 열변을 토했다.

야오치 왈, "포기해." 사이온지 왈, "포기해." 고타로 왈, "포기해."

고타로는 자신의 도시락에서 간장 소스를 바른 고기 경단을 하나 집어서 "우리 학교에 온 시점에서 이미 넌 축제 운이 없는 거야" 하고 카무이의 도시락 옆에 놓아주었다. 카무이가 너무 서글픈 표정을 지어서 고타로에게 동정심이 샘솟았다.

"고타로…… 진짜 주는 거야? 이렇게 맛있어 보이는 반찬을."

"괜찮아, 먹어."

고개를 끄덕이자마자 카무이는 한입에 털어 넣고는 "맛있다! 으하하!" 하고 행복한 듯 웃었다. 그리고 답례인지 자신의 김말이 초밥 하나를 고타로의 도시락 빈 공간에 놓았다. 고타로도 감사히 먹었다.

"우리 학교 축제가 끔찍하긴 하지. 나도 여기 원서 쓸 때 고민 많이 했어." 사이온지의 말에 야오치도 심각하게 고개를 끄덕였다. "그런데 해마다 소문은 돌잖아. 내년부터는 평범한 학교 축제로 돌아온다고. 그리고 매번 뒤통수를 맞지."

맞아, 하고 김말이 초밥을 씹으며 고타로도 말을 보탰다. "분명히 일부러 소문을 퍼뜨리는 거야. 지원자가 줄어들까 봐."

"그럴 듯해." 사이온지가 말을 이으려던 순간, 슝! 손에 들고 있던 스마트폰에서 익숙한 소리가 났다. "와, 타이밍 죽이네."

"고타로하고 야오치도 받았지? 우리 반 단톡이야. 내일 학급 회의 시간에 학교 축제 얘기할 거니까 뭔가 아이디어가 있으면 내보래. 아이디어는 무슨."

딱히 스마트폰을 확인하지 않은 채 고타로는 "그러게 말이다" 하고 중얼거렸다. 아이디어 같은 건 없다. 있을 리가 없다. 어떻게 해야 도모에를 도울 수 있는지, 방법이 전혀 떠오르지 않았다. 4분의 1쯤 먹은 도시락을 내려다보며 수업 중에 계속 머리를 떠나지 않았던 생각을 다시 떠올렸다.

2교시쯤, 거짓말했다는 걸 고려하더라도 도모에의 반응은 너무 과했다는 생각이 들었다. 합창 무대를 본다고 도모에가 반에서 소외되었다는 사실을 알아챌 리 없다. 그러니까 너무 걱정하지 말고 어머니에게 평범하게 보러 오라고 하면 되는 거 아닌가.

하지만 3교시 중간이 되자 도모에의 어머니가 딸이 학교에서 어떻게 지내는지 궁금해한다는 부분이 마음에 걸리기 시작했다. 합창 무대를 통해 도모에의 학교생활을 알 수는 없다. 혹시 합창 무대 말고 다른 부분까지 살펴보려는 게 아닐까. 그 많다는 친구들을 만나거나, 딸이 공부하는 교실을 구경하거나. 그런 일까지 하려는 건 아닐까. 그렇다면 분명히 난감할 것이다. 아이들이 도모에를 싸늘하게 바라보는 시선을 쉬이 알아챌 것이다.

하지만 학교 축제를 구경하러 와서 교실까지 찾아온 보호자는 지금까지 본 적이 없었고, 애초에 그게 가능한지도 고타로는 알 수 없었다. 지금까지 이 지루하기 짝이 없는 노답 축제를 구경하러 온 보호자는 없었다. 보통은 안 온다.

젓가락을 입에 문 채 고타로는 움직임을 멈췄다. 어두운 예감이 스멀스멀 가슴 속에 번졌다. 일반적으로 학교 축제에 보호자가 오는 일은 없다. 그럼에도 온다고 한다. 그렇다면 도모에의 어머니에게는 일반적이지 않은 사정이 있는 걸까. 움직일 수 있는 동안이라도 도모에가 학교에서 어떻게 지내는지 보고 싶어서…… 라든지.

그렇게 생각한 순간 고타로는 목구멍에 뚜껑을 덮은 듯한 기분이 들었다. 목이 콱 메면서 아무것도 삼킬 수 없었다. 하지만 소리를 밖으로 내지 않고, 평소처럼 친구들과 도시락을 먹는 표정을 지으며 혼자 가슴속으로 외쳤다.

'바보……!'

정말 도모에는 바보다. 몇 번이고 외치고 싶었다. 넌 바보야. 대체 뭐 하는 거야. 쓸데없는 거짓말 같은 걸 왜 했어. 어머니가 보고 싶어 하는 건 '그냥 너'인데. 네가 그냥 너로 사는 것만으로도 어머니는 분명히 기뻐하고 자랑스럽게 생각할 텐데. 왜 기를 쓰고 그걸 숨기려 하냐고. 그래서 상황이 이렇게까지 된 거 아냐. 어쩔 거냐고.

고개를 숙인 고타로의 코끝에 김말이 초밥이 쑥 나타났다. 의아한 표정으로 시선을 들자 카무이가 젓가락으로 초밥을 하나 더 집어 내밀고 있었다.

"이것도 줄게."

입을 열면 침울한 목소리가 나올 것 같아서 고타로는 말없이 입을 벌렸다. 그리고 카무이가 입에 넣어준 초밥을 와구와구 씹으며, 이번에는 명란젓을 넣은 계란말이를 집어서 카무이에게 먹여줬다.

"절친이네! 새야?" 그 모습을 보고 사이온지가 낄낄거렸다.

"그 비유는 잘못됐어. 아기 새와 어미 새를 말하고 싶었던 거겠지만, 그 경우는 어미 새가 자기 새끼에게 일방적으로 먹여주는 거지. 얘네는 쌍방이잖아." 야오치는 냉정하게 지적하면서도 얼굴은 히죽거리고 있었다.

그러자 카무이가 숨을 삼키며 두 사람을 보았다. "우리…… 지금,

친해 보여?"

사이온지는 고개를 끄덕였다. "어, 엄청나게. 어마무시하게 친해 보여. 그치?" 야오치도 그 말에 동의했다.

"그렇다는 건…… 난 친구 있는 애처럼 보이는 거지……?"

"어? 그야 이론상으로는 그렇지. 실제로 친구가 있으니까 친구 있는 애처럼 보이겠지."

"인기 많은 애처럼 보여? 반짝반짝 빛나는 것 같아? 인싸 같아?"

"음, 그 정도는 아냐. 왜냐하면 인기 있는 애들은 그런 안경을 안 쓰거든. 그나저나 갑자기 무슨 소리야?"

야오치도 모르겠다며 고개를 기울였다. 그 맞은편에 앉은 고타로는 카무이가 무슨 이야기를 하려는지 민감하게 알아채고 "……야" 하고 반사적으로 말리려 했지만.

"있잖아. 만약에……."

늦었다. 카무이는 갑자기 무릎을 꿇고 앉더니 MBTI의 두 번째 글자가 N인 사람처럼 말하기 시작했다.

"만약에 우리 학교 축제가 진짜로 시시한데, 그걸 우리 부모님이 보러 오신대. 나는 부모님 앞에서 친구가 많은 인싸에다가 반짝반짝 충실한 학교생활을 보내는 애로 보이고 싶다고 쳐. 그럼 뭔가 좋은 방법이 없을까?"

만약이고 뭐고 이렇게 구체적으로 말하면 어쩌자는 거야. 괜찮나? 부자연스럽게 생각하지 않을까? 고타로는 내심 속을 태웠지만, 사이온지는 "어? 학교 축제?" 하고 별 의심 없는 표정으로 고개를 기울이며 생각에 잠겼다. "네가 합창하는 모습을 본 부모님이 '어머, 우리 카무이는 인기도 많고 즐겁게 잘 지내네' 하고 생각하게 할 방법이 있냐고? 그러면 되는 거 아냐? 무대에 선 널 보고 관객석에서 열렬한 환성이 터져 나오면 되지. 꺄악! 카무이야! 너무 멋져! 이렇게?"

어때? 하고 의기양양한 표정의 사이온지를 보며 고타로는 내심 감탄했다. 딱히 안대를 쓰고 있던 것도 아닌데 눈앞이 탁 트이는 기분이었다.

그래, 그러면 되겠군. 합창 공연만 봐도 도모에가 친구도 많이 사귀고 즐겁게 학교생활을 하는 것처럼 느끼게 하면 되겠어. 거기서 납득하고 마음을 놓으면 도모에의 어머니도 교실까지 쫓아오려고는 하지 않겠지.

"너 머리 좋다……!" 고타로는 자기도 모르게 진심으로 사이온지를 칭찬해 버렸다. 카무이는 힐끗 고타로를 보더니 동의하듯 연신 고개를 끄덕였다.

하지만 이 방법을 그대로 실현하는 건 역시 쉬운 일이 아니다. 솔직히 도모에는 등장하자마자 환성이 터져 나올 만한 캐릭터는 아니었다. 터져 나온다고 해봤자 아, 나왔네, 같은 소리겠지. 정말 실행에 옮기려면 사전에 여러 명의 환성 요원을 확보할 필요가 있다. 그게 일단 쉽지 않다. 환성 한 번마다 얼마라고 금액을 쳐준다면 수락할 녀석도 있겠지만 막상 실전에서 뒤통수를 칠 가능성도 있다. 어차피 신뢰 관계가 없으니 뚜껑을 열어보면 돈만 챙기고 환성 0번으로 끝날지도 모른다……. 문제점을 들기 시작하니 끝이 없다.

잠자코 말없이 듣던 야오치가 멋진 목소리로 말문을 열었다. "아니면…… 합창 공연에 감격해서 갑자기 너한테 그 무대 위에서 고백하는 애들이 나오는 건 어때? 그것도 여러 명이 순서대로. 너하고 같이 노래하는 동안에 마음이 커졌다, 이러면 누가 봐도 인기 많아 보이잖아."

"아, 그거 좋다."

카무이의 솔직한 한마디에 "그래?" 하고 사이온지가 분한 듯 입을 삐죽였다. 하지만 분명히 이 방법이 더 나아 보였다. 역시 야오치다. 고백 요원은 물론 따로 준비해야 하겠지만, 똑같이 돈으로 매수해도 잘 모르는 다른 반 녀석들보다는 같은 반 애들이 그나마 믿을 수 있으니까.

하지만 문제는 이런 제안이 과연 통하느냐는 것이다. 무대 위에서 지바에게 고백해 줘. 보수는 줄게. 하지만 이유는 묻지 마. 음, 안 통하겠군. 이 방법도 실현 가능성이 낮다. 일단 방향이 보이기 시작하기는 했지만, 역시 그리 쉽게 풀리지는 않겠다.

하지만 카무이는 완전히 그쪽으로 마음을 굳혔는지 무릎을 꿇은 자세로 몸을 앞으로 기울이며 사이온지와 야오치의 얼굴을 빤히 들여다봤다. "혹시 말이야. 혹시 그 계획을 정말 실행하고 싶다고, 그렇게 해달라고 말하면 날 도와줄 거야? 고백해 줄 거야?"

"어? 그야 해달라면 해줄 수는 있는데, 여자가 고백하는 게 아니어도 괜찮아?"

"괜찮아, 정말 괜찮아, 오히려 좋아. 아니, 뭐. 어디까지나 만약이기는 한데…… 혹시 그걸 원하는 게 내가 아니라, 예를 들면 고타로…… 라면 어쩔 거야?"

"뭐, 상관없어. 도와줄게. 뭐가 뭔지 몰라도. 그치?"

야오치는 고개를 끄덕이며 카무이의 얼굴을 보았다. "그것도 만약의 경우인 거지?"

"그래, 만약의 경우에……. 그런데 또, 그게 나도 고타로도 아닌 다른 누군가라면 어쩔 거야……?"

야오치는 카무이에게 시선을 고정한 채 "설령 그게 누구더라도 도와줄 수는 있어" 하고 대답했다. 평소 과묵한 야오치답지 않게 성실하게 대답하는 것 같았다. 이야기의 행방도 신경 쓰였지만 이건 이거대로 꽤 희귀한 현상이었다. 고타로는 점심을 먹으며 그 모습을 힐끔힐끔 살펴보았다.

"당사자가 진심으로 그러길 원하고, 머리를 숙이며 부탁한다면."

야오치의 눈이 힐끗 고타로를 보았다. 그 순간, 고타로의 젓가락에서 방울토마토가 힘없이 떨어졌다.

그 당사자는 지금 어두운 종이상자 안에 있다.

✦

수업이 끝나고 방과 후가 되어서도, 카무이와 함께 병원에 도착해서도, 여전히 뾰족한 방법은 떠오르지 않았다.

"카무이, 어디 아픈 데는 없어……? 없으면 있는 척할래? 우이코랑 같이 입원하자. 계속 같이 있자……."

"우이코!" 침대에 앉아 억지를 부리는 우이코에게 어머니가 호통을 쳤다. 고타로도 "그게 무슨 소리야" 하고 나무랐지만, 카무이는 싱긋 미소만 지을 뿐이었다. 카무이는 침대 옆에 무릎을 꿇고 억지도, 응석도 모두 받아주는 눈빛으로 우이코를 바라보며 한없이 다정한 목소리로 살며시 속삭였다. "계속 같이 있어주지 못해서 미안해. 우이코는 여기서 늘 싸우고 있잖아. 우이코가 싸우고 있다는 걸 나는 절대로, 1초도, 한순간도 잊지 않을게."

고타로에게는 진심 어린 말로 들렸다. 우이코에게도 그런 것 같았다. 옅은 장밋빛으로 물들었던 우이코의 뺨은 더욱 선연히 상기되었고, 카무이를 바라보는 눈동자는 은빛으로 물들어 잔잔한 수면처럼 일렁였다.

오늘 우이코는 컨디션이 그다지 좋아 보이지 않았다. 낯빛도 창백했고 눈 주변은 거무튀튀해서 병실로 찾아온 고타로를 보고도 희미하게 웃을 뿐이었다. 오빠, 하고 부르거나 자리에서 일어나지도 않았다. 지난 며칠 동안 유독 건강했기에 그 반동인가 했다.

하지만 고타로 뒤에서 카무이가 얼굴을 내밀자마자 우이코의 표정은 확 변했다. 별안간 우이코의 모든 것이 빛나기 시작했다. 큼직한 꽃송이가 순식간에 흐드러지게 피어나고, 투명한 회오리바람이 휘몰아치며 꽃잎의 환영들이 날아오르는 가운데, 두 사람은 "카무이······!" "우이코!" 하며 며칠 만에 재회했다.

지금 우이코는 몸을 일으켜 침대에 앉아 있었다. 온몸으로 강한 생기를 내뿜으며 물끄러미 카무이를 바라보았다. 이번이 두 사람의 두 번째 만남이라는 걸 아무도 믿지 않으리라. 고작 두 번의 만남만

으로, 두 번째 만남의 불과 몇 분 만에 카무이는 우이코와 우이코의
세상을 이토록 아름답고 환상적으로 바꾸어놓았다.

벽 쪽에서 두 사람을 지켜보던 어머니가 대단하네, 하고 중얼거
리는 소리가 들렸다. 고타로 역시 정말 대단하다고 생각했다. 한편
으로는 조금 무섭기도 했다.

이 병실에 있을 때의 카무이는 늘 함께 웃던 카무이와 명백히 뭔
가 달랐다. 처음 이곳으로 데려왔을 때도 그랬다. 대단하지만 동시
에 무섭다고 생각할 만큼 카무이 주변의 공기는 청아했고 희미하게
빛나는 등불 같았다. 마치 낯선 사람, 훨씬 나이 든 사람처럼 느껴
졌다. 아마 우이코에게 다정하게 대하려고 신경 쓰기 때문에 평소
와 달라 보이는 것이겠지. 하지만 그것만으로는 설명할 수 없는 위화
감도 있었다. 다정한 태도 때문만은 아닌 것 같았다.

"장하네. 우이코는 착한 아이구나."

하지만 그 위화감과 희미한 두려움은 카무이가 부드럽게 건네는
말과 함께 사르르 녹았다. 무뎌지고, 멀어져서, 시야에서 사라졌다.
알 수 없게 되어간다. 느끼지 못하게 된다. 이내 고타로는 그런 생
각을 했던 자신이 이상하다는 생각이 들었다.

문득 고타로는 무거운 가방을 계속 메고 있던 걸 깨달았다. 근처
에 있던 의자를 잡아다 끌어서 카무이가 메고 있던 배낭과 같이 놓
으려 하면서 말을 걸려고 두 사람 쪽을 돌아봤다. 고타로의 눈에 우
이코와 마주 보는 카무이의 왼쪽 옆얼굴이 보였다.

그 순간, 반사적으로 눈을 돌려버렸다.

생각났다.

카무이를 다정한 기계라고 생각했던 것을.

전에 카무이와 이곳에 왔을 때, 우이코를 바라보는 카무이의 옆 얼굴이 너무나도 그림처럼 평온하고 눈빛에도 그다지 감정이 없어 서 마치 '그러기 위해' 만들어진 것 같다고 생각했다.

하지만 생각을 지우듯 고개를 저었다. 이런 데까지 같이 와주고 이토록 우이코에게 다정하게 대해주는데, 난 대체 무슨 생각을 하 는 거지. 카무이는 카무이다. 그냥 카무이. 그걸로 됐다. 고타로는 스마트폰을 꺼내 적당히 만지는 척을 했다. 버릇처럼 의미 없이 새 로고침을 반복하며 이상한 생각이 자연스레 증발되기를 기다렸다.

이내 어머니가 후후후, 하고 웃음을 터뜨렸다. 고타로도 고개를 들고 그쪽을 보았다.

"카무이하고 그러고 있으니까 우리 우이코, 꼭 공주님 같네."

그 말을 듣고 우이코는 즉시 눈을 반짝였다. 대부분의 일곱 살 여 자애들이 그러듯, 우이코 역시 공주님이라면 앞뒤 가리지 않고 좋 아했다. "공주님? 엄마, 그게 정말이야? 우이코가 공주님으로 보 여? 카무이, 우이코는 공주님이야?"

"그래. 우이코는 공주님이야. 이 왕국의 공주님." 카무이는 나긋 한 미소를 짓고는 가볍게 손을 펼쳐 하얀 병실을 한 바퀴 돌아봤다.

"그럼, 그럼, 카무이는? 카무이는 혹시…… 왕자님?"

"난…… 그래, 맞아. 다른 왕국의 왕자님이기도 해."

까아아아악! 우이코가 오늘 처음으로 환성을 터뜨렸다. 바로 이 거야, 고타로는 생각했다. 누군가를 인기인으로 보이게 하기 위해 서는 이런 환성이 필요하다. 하지만 한편, 머리 한구석에서 뭔가 걸리는 게 있었다.

왕자님 '이기도' 하다니. 그게 뭐지? 다른 것하고 겸임이라도 하는 건가?'

영문 모를 말이었지만 그대로 삼켰다. 괜히 쓸데없이 걸고넘어져서 우이코의 소중한 시간에 찬물을 끼얹을 필요는 없으니까.

침대에 앉은 채 카무이와 마주 보고 눈빛을 교환하던 우이코는 여전히 황홀한 표정이었지만 갑자기 "어?" 하고 고개를 기울였다.

"카무이, 우이코 보고 있어?"

"어? 보고 있는데? 더 옆으로 갈까? 옆에 앉을까?" 카무이는 우이코의 왼쪽에 나란히 앉았다.

우이코는 우후후, 하고 노골적으로 히죽거리며 몸을 흔들었다. 그러더니 이내 카무이의 오른팔에 뺨을 찰싹 붙이고 눈을 치켜뜨며 말했다. "있잖아, 아무거나 이야기해 주면 안돼……? 카무이 목소리, 우이코는 정말 좋아해……. 반짝거림을 느낀다고 할까…… 활동의 폭을…… 넓힐 수 있을 것 같아……."

소속 탤런트에게 성우 업계로 진출해 보라고 권하는 연예기획사 직원 같은 소리였다.

"그럼 뭘 읽어볼까? 혹시 지금 여기 좋아하는 책 있어?"

"아, 맞다. 책을 다 반납해서 다음으로 읽을 책이 없어. 그럼 이거라도 읽어줄래?"

"그래, 좋아. '손끝, 팔꿈치, 발꿈치 굳은살로 고민이라면! 각질에 수분을 더해주는 우레아 수분 크림 N. 의약외품. 사용하실 때는 스티커를 제거하시고'……."

정말 그런 걸로 괜찮겠어?

황당해하는 어머니를 곁눈질하며, 고타로는 힘이 빠지려는 몸을 일으켜 세워서 살며시 창가로 다가갔다. "……'다음 부위에는 사용하지 마세요. 일. 눈 주변. 이. 각막. 삼. 상처'……." 카무이의 목소리를 들으며 고타로는 힐끗 밖을 내다봤다. 여기서 현관 옆 벤치는 보이지 않는다. 버스정류장도 보이지 않는다.

'집에 갔겠지.'

집에 가는 버스는 진작 떠났을 것이다. 로비에서 마주치는 시간은 이미 지난 지 오래였다. 도모에는 고타로를 기다리지 않는다. 찾지도 않는다. 원래 그랬는데 화까지 나게 했으니 말할 필요도 없다.

그래도 일단 고타로는 병실을 빠져나왔다. 엘리베이터로 1층까지 내려가 로비를 둘러보고, 자판기를 들여다보고, 현관 밖도 내다보고, 벤치에 아무도 없다는 걸 확인하고, 버스정류장에도 없는 걸 확인한 뒤에 역시나 하며 발길을 돌렸다. 뭐, 그럴 줄은 알고 있었다. 혹시 도모에가 아직 병원에 있거나 평소처럼 마주쳐서 대화해준다고 하더라도, 물어볼 것은 분명 하나밖에 없었다. 고타로는 엘리베이터로 다시 5층에 올라가며 힘없이 벽에 기댔다.

'좋은 방법은 찾았어?'

'아직. 엄청나게 어려운 문제거든.'

이런저런 생각을 하다 보니 알게 된 것도 있었다. 결국 무슨 이유에서든 도모에가 계속 거짓말을 하는 것이 좋게 보이지 않는다. 쓸데없는 거짓말 같은 건 차라리 들통나는 게 낫다.

하지만 그건 해결책을 찾지 못하는 이유가 되지 않는다. 고타로는 진심으로 방법을 궁리하고는 있다. 오후 수업 중에도 계속 생각했고, 방과 후에 카무이와 이곳에 오는 동안에도 계속 생각했다. 겉으로는 카무이와 실랑이한 것처럼 보였겠지만.

카무이는 "야오치가 말한 방법대로 하자! 지바한테 제안해 보자!" 하고 주장했다. 고타로는 "아니, 무리라니까"라고 대답했다. "왜? 뭐가 무리인데!" 하고 외치는 카무이. "생각해 봐. 우리 반에서 도와줄 사람을 구할 수 있을 것 같아? 도와줘, 하지만 이유는 비밀이야. 그러면 그걸 들어주겠냐고"라는 고타로. "도와줄 사람은 충분하지! 나, 고타로, 야오치, 사이온지까지 네 명! 네 명이 순서대로 고백하면 누가 봐도 인기인이잖아!"라고 말하는 카무이. "녀석들도 이유를 가르쳐주지 않으면 안 도와줄 거야. 그리고 어느 정도 사전 조정도 필요하고. 결국 이유를 설명하지 못하는 이상, 도와줄 사람이 필요한 계획은 현실성이 없다니까"라고 말하는 고타로. "하지만⋯⋯!" 하고 반박하려는 카무이. 그런 대화를 반복하는 동안 병원에 도착했다.

여전히 결론을 내지 못한 채 엘리베이터가 5층에 도착했다.

병실로 돌아오자 카무이는 이제 "⋯⋯'자기 전에 씹는 껌. 자일리톨 함유. 충치예방연구회 공동연구'⋯⋯" 하고 껌 용기의 라벨을 읽고 있었다. 우이코는 반쯤 눈을 감은 채 카무이의 오른팔에 매달려 넋을 잃고서 듣고 있었다. 어머니는 의자에 앉아 고개를 떨군 채 꾸벅꾸벅 졸고 있었다.

만일 카무이가 없었다면. 그런 생각이 들었다.

만일 카무이가 없었다면 어제 도모에를 화나게 하는 일도 없었겠지. 오늘도 도모에와 벤치에서 이야기를 나눴겠지. 도모에와 둘이서 이 문제를 해결하려고 이야기했겠지. 분명 온건하게, 거짓말은 그만하는 게 좋다고 설득할 수 있었을 것이다. 도모에도 솔직하게 들어줬을지도 모른다. 그대로 병실로 돌아와 어머니에게 사실대로 말했을지도 모른다. 모든 것이 잘 풀렸을지도 모른다. 카무이가 나타나기 전처럼, 모든 일이 잘 풀렸을지도 모른다.

침대가 흔들리지 않도록 우이코의 오른쪽 옆에 살며시 앉았다. 카무이와 고타로가 우이코를 사이에 두고 앉은 모양새였다. 우이코는 살짝 눈을 뜨고 어쩔 수 없다는 듯 고타로와 팔짱을 꼈다.

만일 카무이가 없었더라면 고타로는 도모에와 지금도 전처럼, 평소처럼 함께 있었을 것이다. 모든 게 잘되어 가고 있다고 믿었을 것이다. 도모에는 괜찮다고, 잘하고 있다고, 의심하지 않고 믿었을 것이다. 도모에가 혼자 숨어서 밥을 먹는 줄도 모르고, 이 상황이 얼마만큼 도모에를 궁지에 몰았는지도 이해하지 못한 채, 도모에는 괜찮다고, 도모에는 문제없다고, 도모에라면 잘할 수 있다고 생각하며 이런 고민조차 하지 않았을 것이다.

만일 카무이가 없었더라면 우이코도 카무이와 만나지 못했을 것이다. 우이코는 평소처럼 고타로를 따랐을 테고, 고타로도 평소처럼 장난쳤을 것이다. 그리고 고타로는 평소처럼 혼자 병실을 나와서, 평소처럼 혼자 숨어서 울고, 평소처럼 혼자 남겨진 듯한 절망을 맛보고, 평소처럼 혼자 일어나서, 평소처럼 혼자 장을 봐서 집으로 돌아갔을 것이다. 평소와 다름없는 일과를 지금도 혼자서 반복하고 있었겠지.

만일 카무이가 없었더라면.

"카무이, 많이 읽어줘서 고마워. 우이코가 감사의 표시를 하고 싶어. 오빠, 그거 해줘. 개미핥기 흉내."

"……지금?"

"지금."

공주님의 분부신데 여부가 있겠습니까. 고타로는 앉은 자리에서 벌떡 일어나 우이코의 정면에서 위협하는 개미핥기 포즈를 취했다. "으하하하!" 우이코는 손뼉을 치고 침대에 데굴데굴 구르며 기뻐했다. "카무이, 이거 진짜 웃기지! 재밌지! 어?"

카무이는 전혀 웃지 않았다. "고타로, 너…… 뭐 하는 거야?" 믿을 수 없는 것을 봤다는 표정으로 고타로의 주특기를 빤히 바라보고 있었다.

"뭐라니, 개미핥기 흉내지. 그럼 뭘로 보이는데? 맞지, 우이코?"

"그래, 카무이. 겁내지 마. 이건 그냥 위협하는 개미핥기 흉내야. 엄마, 그렇지? 어? 엄마?"

"……."

안 된다. 피곤한 상태에서 카무이의 염불, 아니 낭독을 듣고 어머니는 완전히 꿈나라로 여행을 떠났다. 비스듬한 자세로 앉아서 쌕쌕 숨소리를 내고 있었다.

카무이는 어깨를 으쓱하며 말했다. "후, 가엾은 고타로. 개미핥기에 대해 전혀 모르는군."

"네가 개미핥기에 대해서 뭘 아는데?"

"적어도 개미핥기가 그런 생물이 아니라는 건 알지. 우이코의 장래를 위해 내가 가르쳐주지. 개미핥기는 이런 느낌이야."

웅포포포포. 뾰족한 입에서 뾰족한 혀를 고속으로 집어넣었다가 뺀다. 우이코는 그 모습을 보고 "으하하하!" 하고 미친 듯이 웃는다. 새된 소리로 깔깔거리다 침대에 쓰러져서는 걱정될 정도로 경련했다. "그만해, 카무이, 그거 안 돼, 그거, 우히!"

웅포포포포.

"학, 아학, 하하하하!" 눈을 부릅뜨고 입도 커다랗게 벌린 채로 반쯤은 울고 있었다. 우이코가 이렇게까지 웃는 건 지금까지 본 적이 없었다. 하지만 고타로는 납득이 되지 않았다.

"잠깐만, 그것도 분명 개미핥기긴 한데. 너 지금 개미 먹는 거지?"

웅포, 포포포.

"혀의 속도로 대답하지 말고. 아무튼 이것도 개미핥기야. 증거."

고타로는 '개미핥기 위협'으로 검색해서 나온 이미지를 카무이에게 보여줬다. 이 유명한 포즈를 카무이는 몰랐는지 "어······?" 하고 스마트폰을 낚아채 화면에 얼굴을 들이대더니, 이내 "와하하하하" 하고 폭소했다. 침대에서 바닥으로 쓰러져서도 웃음을 멈추지 않았다. "맞지?" 하고 고타로가 다시 위협하는 개미핥기의 흉내를 내자 카무이는 배를 잡고 굴렀다. 그 모습을 본 우이코도 다시 웃어젖혔고, 이 소란에 잠에서 깼는지 어머니가 의자에서 쿵 떨어졌다. "푸하하하하!" 그 모습을 보고 고타로까지 웃음을 터뜨렸다. 세 사람이 미친 듯 웃어대는 병실에서 어머니만 진심으로 겁먹은 표정을 지었다. "아얏, 엉덩이 아파. 찧었어. 멍들겠다. 게다가 애들이 다 이상해졌어······. 무서워!"

이렇게 쓸데없는 일로 이렇게 바보처럼 웃을 수 있는 건 카무이가 이곳에 있기 때문이다.

도모에가 얼마나 바보 같은 짓을 저질러서, 얼마나 난감한 상황에 있는지, 그 일로 얼마나 괴로워하고 있는지. 그걸 이해할 수 있는 건 카무이가 이곳에 있기 때문이었다.

만일 카무이가 없었다면 이러지 못했겠지.

배가 아플 정도로 너무 웃어대서 우이코와 얼싸안고 침대에 쓰러진 고타로는 불현듯 앞으로 있을 일을 생각했다. 우이코에게 손을 흔들고 병실을 나서서, 도모에와 만나지 못한 채 병원을 나와서는 카무이와 둘이서 자전거로 달리다 중간 갈림길에서 헤어진다. 집으로 돌아와 집안일을 하고 어머니의 귀가를 기다린다. 밤에는 잠자리에 들고, 아침에는 일어나 집을 나서면 카무이가 기다리고 있다. 그 후에도 그런 날들이 이어진다.

그리고 언젠가 카무이가 없는 아침이 온다.

카무이가 없는 날들을 살아간다.

처음부터 알고 있던 일이다. 지금까지 한순간도 잊지 않았다. 몇 번이고 생각했고, 각오했었다. 그런데도 새삼 실감하자 숨이 멎는 것 같았다.

카무이는 떠날 사람이다.

3

시간표상 금요일 5교시와 6교시는 학급 회의 시간이다. 딱히 논의할 거리가 없으면 자습을 하지만, 오늘은 있었다. 약 2주 후에 개최되는, 학교 축제라는 이름의 허무에의 제물을 어떻게 할지 정해야 한다. 물론 즐겁지는 않다.

"그럼 일단 리더를 정할까? 리더 하고 싶은 사람! 선착순이야! 하나, 둘, 손!" 단상에서 고마다가 힘차게 손을 들었다.

하지만 교실 안은 우주공간을 방불케 하는 완벽한 정적에 휩싸였다. 고마다는 의아한 얼굴로 "어?" 하며 귀를 만지작거렸지만, 안타깝게도 그의 청각에는 아무 문제도 없었다. 그저 놀라울 만큼 그 누구도 관심을 주지 않은 것뿐이었다. 죽은 눈으로 시간이 지나가기를 기다리는 녀석들이 대부분이었다. 얼굴을 처박고 당당하게 자는 녀석도 있었으며, 영어 단어장을 넘기거나 책상 밑에서 몰래 스마트폰을 만지는 녀석도 있었다. 안절부절못하며 책상을 붙인 옆자리를 힐끔거리는 녀석도 있다. 그걸 모른 척하며 다리를 쭉 펴고 주머니에 손을 넣은 자세로 전방의 한곳을 주시하는 녀석도 있다.

"그럼 그전에 반주자를 지명하겠습니다! 와타나베!"

나야 나! 베이직 와타나베가 일어났다. 홋…… 요사스러운 미소를 지으며 옛날 한자 와타나베도 일어났다. "햐하하!" 얼터너티브도 신이 났다.

"옛날 한자 와타나베!"

나 아니네! 베이직 와타나베가 앉았다. 얼터너티브는 혀를 내밀고 햐햐햐 소리를 내며 주변을 두리번거리다가 고마다에게 주의를 받고 간신히 자리에 앉았다.

"얼터너티브, 친구들은 네 사냥감이 아냐. 잡아먹지 마. 좋아. 와타나베는 오랫동안 피아노를 배웠고, 작년에 반주를 맡아줬으니 올해도 해줬으면 좋겠어. 반대하는 사람 없지? 와타나베도 괜찮니?"

"네, 물론이죠. 와타나베계에서도 최상위급의 획수를 자랑하는 저한테 맡겨주세요. 괜히 붓글씨 시간에 지옥을 경험해 온 게 아니랍니다. 시커메서 알아볼 수가 없다고요! 아하하!"

"그랬구나. 일단 반주를 맡아준다니 고마워. 음, 그러면 리더를 정해야겠지? 누구 하고 싶은 사람! 아무도 없니? 그럼 와타나베!"

아무도 일어나지 않았다. 진공에 가까운 정적 속에서 고마다의 목소리가 서글프게 울려 퍼졌다.

"그런 시스템이구나……."

한동안 교실에는 침묵이 흘렀다. 고타로도 입을 꾹 다물고 있었다. 맨 앞줄의 도모에를 바라본 채 아침에 있었던 일을 떠올렸다.

카무이와 함께 등교해 주차장에 자전거를 세우고 나가려던 순간,

기다렸다는 듯 도모에가 불쑥 눈앞에 나타났다. 갑자기 말문이 막힌 건 도모에의 얼굴이 한눈에도 알 수 있을 만큼 너무나도 초췌했기 때문이었다. 한숨도 못 잔 걸까. 평소에는 시원해 보이는 쌍꺼풀진 눈은 퉁퉁 부어 있었고, 눈 밑은 거무튀튀했다. 그렇게 빈혈로 쓰러질 것 같은 안색으로 물었었다. "그래서? 뭐 생각난 거 있어?"

고타로와 카무이는 순간 시선을 교환했다. 카무이가 뭐라 말하려는 걸 눈빛으로 제압하고, 고타로는 짧게 "아직"이라고 대답했다. 커다랗게 한숨을 내쉬며 도모에는 그대로 자리를 뜨려고 했다.

"오늘 오후에 학급 회의 안건, 학교 축제 얘기래."

사실을 전달한 순간 도모에가 멈췄다. 도모에는 단체 채팅방에 들어와 있지 않았고, 공지를 알려줄 친구도 없으니 몰랐던 거겠지. 입술을 깨물고 고타로를 돌아본 도모에의 얼굴에 더는 숨길 수 없는 초조한 기색이 배어 있었다.

"어, 어쩜 좋아? 나 어떻게 해? 정말 뭐 생각난 거 없어?" 도모에는 고타로에게 다가와 강한 어조로 힐문했다. 학급 회의 때 축제에서 무엇을 할지 정한다는 것 자체에 조바심을 느끼기보다는, 그날이 명확히 다가오고 있다는 사실과 축제가 현실로 다가왔다는 실감이 도모에를 겁에 질리게 한 것이다.

"빨리 뭐라도 좋은 방법을 떠올려봐! 뭐가 이렇게 굼떠! 사실은 아무 생각도 없는 거 아냐? 나 같은 건 아무래도 좋다고, 어차피 나 같은 건⋯⋯."

"진정해! 생각했어⋯⋯ 방법은 있어. 하지만⋯⋯."

"그럼 말해! 빨리! 지금 당장!"

멱살을 잡을 기세로 추궁하는 도모에 앞에 카무이가 끼어들었다. "지바, 진짜로 생각이 있어. 합창 공연을 본 어머니가 지바를 인기 있는 사람이라고 믿게 하는 방법이 있어. 하지만 그러기 위해서는 도와줄 사람이 필요하고, 그 사람들에게 지바가 왜 그런 일을 하려 는 건지 설명해야 한다고…… 고타로가 말했어."

그렇지, 하는 물음에 고타로는 고개를 끄덕였다.

"서, 설명……?" 도모에는 새하얗게 질린 얼굴로 멍하니 그 말을 되뇌었다. 핏기 없는 입술이 전율하듯 떨렸다. "당연히 그런 건 불 가능하잖아……!"

비틀거리는 걸음으로 발길을 돌리는 도모에를 고타로는 뒤따라 가지 않았다. 그저 멀어지는 뒷모습에 계속 말을 걸었다.

"알아! 그게 얼마나 어려운 일인지 알아! 너한테 얼마나 어려운 일인지, 잘 알아! 왜냐하면 우리는 같은 곳에 있으니까! 같은 곳에 서 몸부림치고, 같은 곳에서 버티고 서서, 우리는 계속 그렇게 살아 왔으니까! 설명하라고 하지 않을 거야. 계속 너에 대해서도 생각할 거야! 더 좋은 방법이 없을지 계속 찾고 있어! 왜냐면 그냥 내버려 둘 수 없으니까! 너 혼자만 빠져 죽게 하지는 않을 거라고!"

도모에는 뒤돌아보지 않았지만 걸어가면서 잠깐 위쪽을, 하늘을 올려다보았다.

그리고 조회 시간에도, 오전 중에도, 점심시간에도, 대화는커녕 눈도 마주치지 않고 지금에 이르렀다. 맨 앞줄에 앉은 도모에의 등 은 바위처럼 보였다. 딱딱하게 굳어서 미동도 하지 않았다. 도모에 는 내면의 동요도 초조함도 완벽하게 감추고 아무에게도 보여주지 않는다. 지금 내가 도모에게 해줄 수 있는 일은 아무것도 없다. 그저 이렇게 바라보는 것밖에 할 수 없다. 나만은 안다고 마음속으로만 외치면서. 주머니 속의 무력한 두 손을 꽉 쥔 채.

"정말 리더 하고 싶은 사람 없어? 정말 없니? 그럼 그건 나중에 정하고, 일단 대충 뭘 할 것인지만 정하자. 애초에 다른 선택지 같은 건 없지만." 고마다가 분필을 들고 칠판에 "합창"이라고 크게 적었다. 그리고 "음, 이제 정해야 할 건······"이라고 중얼거리며 그 아래에 조금 작은 글씨로 "곡명?"이라고 적었다.

갑자기 도모에가 고개를 돌렸다.

눈이 마주치자 고타로는 화들짝 놀랐다. 도모에는 평소에 이런 행동을 하지 않는다. 지금까지 단 한 번도 이런 적이 없었다. 하지만 지금, 도모에는 뒤돌아서 이쪽을 똑똑히 보고 있었다. 오야마나 카무이가 아니라 고타로를. 뭔가 말하고 싶은 듯 눈을 크게 뜨고 망설임 없이 곧은 눈빛으로. 고타로가 고개를 갸웃하자 그 입이 살짝 움직였다. 목소리는 들리지 않았는데. 입으로 세 글자를 표현한 건가? 하지만 모르겠다. 당황하는 사이 도모에는 다시 정면으로 고개를 돌렸다.

'방금 뭐야?'

고타로는 머릿속으로 방금 전 도모에의 입이 어떻게 움직였는지 천천히 재생했다. 그걸 따라 입도 움직여 봤다. 자연스럽게 나오는 세 글자 단어는 하나밖에 없었다.

미. 안. 해.

'어? 뭐가?'

문득 또 다른 시선을 느꼈다. 왼쪽 옆에서 카무이가 고타로를 바라보고 있었다. 오른쪽 눈이 빛나고 있었다. 녹아내리기 직전의 불덩이 같은 열기를 띠고, 힘차게, 흔들림 없이 반짝였다.

"괜찮아."

오직 한 마디. 카무이는 고타로에게만 들리는 목소리로 작게 속삭인 뒤, 그대로 정면을 바라보았다.

도모에다 카무이까지, 다들 뭐지……? 고타로는 도무지 의미를 알 수 없었다. 얼굴에 의아함이 떠올랐지만 어쩔 수 없이 다시 앞을 보았다.

그때였다.

도모에가 갑자기 자리에서 일어났다. 근처에 앉아 있던 아이들이 지긋지긋하다는 듯 도모에를 올려다본다. 도모에는 고개를 숙이고 "…… 싶어" 하고 말했다. 고타로는 탄식을 흘렸다. 또다시 평소처럼 미친 여자처럼 굴려는 게 틀림없었다. 그걸 꼭 지금 해야 하나. 가뜩이나 복잡한 상황인데 그럴 때가 아니잖나. 도모에는 홱 몸을 돌려 아이들의 얼굴을 보았다. 그러더니 두 손을 꽉 쥐고, 몸을 구부린 채, 내리치듯 큰 소리로 반 전체를 향해.

"나! 인기인이 되고 싶어!"

있는 힘껏 외쳤다.

몇 초간 얼어붙은 정적이 흘렀다.

곧이어 더욱 차가운 웅성거림이 교실을 떠들썩하게 만들었다. "엥?" "이게 무슨 소리야?" "어……" "드디어 돌았구나." 사방에서 쏟아지는, 도모에를 찌르는 날카로운 시선들과 도모에를 거부하는 뾰족한 말들. 고타로는 꼼짝도 할 수 없었다. 숨 쉬는 것도 잊은 채 그저 멍하니 있었다. 뭐? 지금 눈앞에서 벌어지는 상황을 전혀 따라잡을 수 없었다. 전혀 이해할 수 없었다. 너무 이해가 안 가서 정신이 멍해졌다. 분명히 눈을 뜨고 도모에를 시야에 담고 있지만, 더는 눈이 마주치지 않는다. 현실감조차 느껴지지 않는다.

거기서 그치지 않고 도모에는 발길을 돌려 힘차게 교단을 향해 뛰어 올라갔다. "선생님은 저쪽으로 가요!" 하고 멍하니 서 있는 고마다를 거칠게 밀어내고는 분필을 낚아챘다. 칠판을 가득 채울 정도로 큼지막하게 "인기인이 되고 싶어"라고 쓴 다음, 그걸 손으로 팡! 쳤다.

"나, 인기인이 되고 싶어!"

분필 가루가 흩날리는 가운데 도모에는 다시 외쳤다.

모두가 도모에를 쳐다보고 있었다. 무슨 일이 벌어지고 있는지 아무도 이해하지 못한 채, 모두에게 미움받는 도모에의 갑작스러운 기행에서 눈을 떼지 못하고 있었다.

"축제 날만이어도 좋아! 단 하루만이라도 좋아! 엄마가 구경하러 오신대! 그러니까 그날만은 꼭 인기인이고 싶어!"

사이온지가 놀란 듯 고타로와 카무이 쪽을 돌아봤다. 아마 그전부터 야오치가 뒤에서 바라보고 있었을지도 모른다. 하지만 고타로는 움직일 수 없었다. 사이온지가 몸을 내밀며 뭐라 말하려고 입을 연 순간.

"흐윽……!"

별안간 도모에가 울음을 터뜨렸다. 얼굴을 잔뜩 찡그리고, 눈물을 펑펑 흘리며 그대로 고개를 떨궜다. 다들 깜짝 놀랐는지 웅성거림이 잦아들었다. 사이온지도 정면을 바라봤다. 하지만 숙련된 달인의 기술을 소유한 이 미친 공붓벌레는 어린애처럼 팔로 얼굴을 쓱 닦아냈다. 그러고는 자세를 바로 했다. 허리를 쭉 펴고 목소리도 가다듬어서 힘차게 내뱉었다.

"다들 날 어떻게 생각하는지 알아! 날 돕고 싶은 사람은 아무도 없겠지! 당연히 그럴 거야! 하지만 나한테도 사정이 있어! 우리 엄마는 편찮으셔! 상태가 너무 좋지 않아! 하지만 계속 병하고 싸우고 계셔! ……날 위해 싸우고 계셔!"

'지금 그거, 말하는 거야?'

고타로는 등줄기에 전율을 느꼈다.

"엄마는 내가 엄청난 인기인이라고 알고 계셔! 학교에서는 친구들에게 에워싸여서 즐겁게 지낸다고 생각해. 내가 그렇게 말했으니까…… 그렇게 거짓말했거든. 그래야 엄마가 기뻐하고 안심할 줄 알았어. 만약 진실을 알게 되면…… 진짜 나는 친구 하나 없는, 모두가 싫어하는 미친 공붓벌레 여자라는 걸 알면, 분명히 슬퍼할 것 같았어. 그래서 거짓말을, 했어……! 과거형이 아니야. 지금도 계속하고 있어. 그러니까 꼭 학교 축제 날에는 엄마에게 엄청난 인기인인 '나'를 보여드려야 해……!"

손도, 손가락도, 떨렸다. 떨림은 멈추지 않았다. 거센 물살처럼 온몸을 타고 흐르는 싸늘한 피가 고타로의 육체에서 점점 온기를 빼앗아갔다.

왜 말한 거야.

넌 이제 다시는 원래대로 돌아갈 수 없잖아. 앞으로는 계속 '불쌍한' 녀석으로 살게 될 거야. '그냥 너'로 있을 수 있는 곳은 이 우주에서 사라져 버릴 거라고.

그때 얼음처럼 차가운 온도로 떠는 고타로의 왼손을 카무이가 꽉 쥐었다. 고타로는 카무이의 얼굴을 보았다. 손은 금방 제자리도 돌아갔다. 카무이도 고타로를 바라보지 않았다. 하지만 그것이 스위치였던 양 작은 목소리가 되살아났다. 괜찮아. 그렇게 속삭이는 카무이의 목소리가 고타로의 몸속에 울려 퍼졌다.

괜찮아.

뭐가? 네가 뭘 알아? 어차피 사라질 거면서. 계속 같이 있어주지도 못하면서. 언젠가는 반드시 떠날 사람이 도대체 뭘 안다는 거야. 그때 불현듯 카무이의 두툼한 안경알에 도수가 없다는 걸 깨달았다. 어? 당황했던 것도 찰나였다.

"나, 지바의 스토커야!"

카무이가 벌떡 일어나서 반 아이들의 시선을 단번에 빼앗아 버렸기 때문이다.

"넌 기시마의 스토커 아니었어?" 하고 누군가가 묻자, 카무이는 "난 고타로의 스토커면서 동시에 지바의 스토커이기도 해! 둘 다 하고 있어!" 하고 당당하게 대꾸했다.

"난 지바를 스토킹해 왔기 때문에 사실 지바가 방금 말한 걸 전부 터 알고 있었어! 난 지바를 돕고 싶어! 축제에서 지바를 엄청난 인기인으로 만들고 싶어! 왜냐면 난 청춘을 즐기고 싶다는 마음으로 여기까지 왔는데, 우리 학교 축제가 시시하다는 말을 듣고 너무 실망했거든. 그래도 학교 축제에서 청춘을 즐겼다는 추억을 갖고 싶어! 지바를 도와서 행복해질 수 있다면 나한테는 최고의 추억이 될 거야. 그러니까 부탁이야. 제발 다들 도와줘. 나한테는 정말 중요한 일이야! 난 청춘을 즐기기 위해 여기까지 온 거라고!"

사이온지가 다시 뒤돌아보며 "그렇게 된 거였군" 하고 말을 걸었다. 꼼짝도 못 하고 있는 고타로의 왼쪽 옆에서 카무이는 힘주어 고개를 끄덕이며 "그렇게 된 거야!"라고 대꾸했다.

하지만 누군가가 "그거 진짜야?"라고 말한 순간, 의심에 찬 목소리가 차례차례 쏟아져 나왔다. "그러게, 거짓말 같아." "미친 공붓벌레를 어떻게 믿어?" "못 믿지, 못 믿어." "그 소문도 있고……." "맞아, 완전 저질이잖아." 카무이는 당황한 듯 "진짜야! 믿어줘!" 하며 큰 소리로 주장했지만 웅성거림은 멈추지 않았다. "카무이도 속고 있는 거 아냐?" "하긴, 카무이도 바보니까." 사면초가였다. 그 상황을 타파한 건, 단상에서 체면도 자존심도 다 내려놓고 다시 외치는 도모에의 목소리였다.

"그래, 난 미친년이고 공붓벌레야! 줄여서 미친 벌레라고 해도 돼! 나는 1등을 사수하고 싶고 그걸 위해서라면 뭐든지 할 수 있어! 2등부터는 쓰레기라고 생각해. 쓰레기가 무슨 말을 해봤자 쓰렉쓰렉 짖는 소리로만 들려서 솔직히 신경도 안 썼어."

미친 거 맞네……. 진저리를 치는 반 학생들 앞에서 도모에는 한 발짝도 물러서지 않았다. 더는 울지 않고, 손을 쳐들며 호소했다.

"그렇지만 그건 헛소문이야! 난 도둑질 같은 거 시킨 적 없어!"

중학교 3학년 여름, 도모에는 어머니의 병환을 알게 되었다. 그 사실을 인정할 수도 없고 받아들이고 싶지도 않았던 도모에는 현실에서 도피했다. 입시 준비를 게을리하면서 입시 준비 따위는 할 생각도 없는 질 나쁜 여자아이들과 어울리기 시작했다. 옷과 화장품이 많았던 그 아이들은 그런 걸 부러워하는 도모에를 쇼핑센터로 데려갔다. 그곳에서 아무렇지도 않게 도둑질을 하고 도모에에게도 같이할 것을 종용했다. 하지만 도모에는 도저히 할 수 없었다. 이런 짓을 하면 엄마가 얼마나 슬퍼할까 두려운 마음에 그 자리에서 도망쳤고, 잔뜩 화가 난 아이들에게 쫓기다 점원에게 도움을 요청했다. 그 일로 범행은 들통났다. 도모에는 그 아이들에게 원한을 사게 되었다. 그 아이들은 사실을 왜곡한 헛소문을 집요하게 퍼뜨렸다. 손쓸 방법이 없었지만, 그래도 도모에는 그걸로 관계를 끝낼 수만 있다면 됐다고 생각했다.

"1고에 떨어진 건 사실이야. 시험 전날 엄마가 집에서 쓰러졌거든. 내가 구급차를 불렀어. 엄마는 그대로 집중치료실로 들어갔어. 앞으로 어떻게 될지, 모, 모르…… 겠어서……." 도모에는 눈을 꼭 감고 떨리는 목소리를 삼켰다. "시험장에는 일단 갔어. 아빠가 그러라고 해서. 하지만 전혀, 아무것도, 눈에 안 들어왔어. 아무 생각도 안 났고, 머릿속이 새하얘져서 바보가 된 기분이었어. 답안지에 내 이름을 썼는지 안 썼는지조차 모르겠어. 그러니 당연히 떨어졌지. 멘털 관리를 못 한 내 책임이야. 하지만 엄마는 내가 입시에 실패한 걸 자기 탓이라고 여기고 있어."

자신을 짓누르는 중력을 버티듯 도모에는 고개를 푹 숙였다. 두 손을 꼭 쥐었지만 아직 꺾이지 않았다. 홀로 단상에 서서 여전히 두 발로 버티고 있었다. 도모에는 결코 포기하지 않는다.

"그러니까 난 증명해야 해! 비록 이 학교에 왔지만, 난 항상 최고
인 데다가 인기도 많고 행복하게 지내고 있다고! 친구도 많고 반짝
반짝 빛나는 충실한 날들을 보내고 있다고! 이 학교에 오길 잘했다
고! 이게 정답이었다고! 그리고…… 엄마에게 입시에 실패한 모습
으로 남고 싶지 않아. 이 학교에 온 걸 엄마 탓이라고 생각하게 하
고 싶지 않아. 엄마가 줄곧 그렇게 생각하다가, 그러다 혹시, 혹시라
도 그대로…… 싫어, 싫어! 싫어! 싫어, 안 돼! 그런 건 절대 안 돼!
엄마에게 좋은 것만 남기고 싶어! 행복한 것, 즐거운 것, 아름다운
것, 밝은 것…… 엄마는 나한테 그런 것만 줬어! 그러니까 나도 엄
마에게 그런 것만 남기고 싶어! 그러니까 제발 부탁이야, 날……."
도모에는 크게 숨을 들이마시더니, 몸을 젖힐 것처럼 퍼뜩 고개를
들고 힘껏 외쳤다.

"도와줘!"

교실은 정적에 휩싸였다. 모두 도모에를 바라보고 있었다.

고타로가 계속 떨고 있는 것도, 온몸이 얼음장처럼 차가워진 것
도, 그 뺨을 타고 눈물이 흘러내리는 것도 눈치챈 사람은 없었다.

미안하다는 말이 무슨 뜻인지 이제야 알았다. 고타로는 남겨진
것이다. 같은 처지였던 도모에는 이제 고타로를 두고 떠났다. 더는
같은 곳에 있지 않다. 고타로는 여기 홀로 남겨졌다.

눈물이 멈추지 않는다.

'모두 날…… 두고 가버린다…….'

숙련된 달인의 기술도 쓸 수 없었다. 몸이 얼어붙어서 움직이지

않는다. 누구도 쫓아오지 않는다. 이 얼굴을 아무에게도 들켜선 안 되는데. 아무도 이 얼굴을 봐선 안 되는데, 그래도 난 이제, 난 이제, 아무것도…….

괜찮아.

고타로의 어깨가 들썩였다. 몸속에서 소리가 울렸다.

"지바는 내가 꼭 도울 거야! 고타로도 같이!"

갑자기 왼쪽 옆에서 팔을 쭉 뻗쳐왔다. 서 있던 카무이는 헤드락을 걸 듯이 고타로의 머리를 끌어안았다.

"앗…… 야!" "와하하하하!" 카무이는 고타로의 그 얼굴을 아무도 못 보도록 품에 숨겨서 눈물을 쓱 닦아주었다. 그리고 끌어올리듯 옆에 세우고 억지로 어깨동무했다.

"실은 나한테 아이디어가 있어! 똑똑하고 멋지고 쿨한 야오…… 어떤 사람한테 내가 자세한 사정을 숨기고 뭔가 좋은 방법이 없을지 물었더니, 굉장한 방법을 제시해 주더라고! 축제 무대에서 지바가 공연 중에 고백을 연달아 받는다! 그 장면을 목격한 지바의 어머니는 분명 우리 딸이 저렇게 고백을 받다니 엄청난 인기인이구나, 하고 생각하겠지! 어때? 굉장하지 않아? 모두 힘을 합치면!"

"할래!" 말이 끝나기도 전에 도모에가 깡충깡충 뛰었다. "나 할래! 그게 좋겠어! 반 애들 모두한테 고백받고 싶어!"

"모두한테?" 누군가 놀라서 외쳤다.

"그리고 그 자리에서 모두 차버릴래!"

찬다고? 모두 앉은 자리에서 쓰러졌다.

"그야 당연히 차야지! 그러지 않으면 그 뒤의 생활이 엉망진창이 될 텐데! 아니면 엄마 앞에서 모든 애들하고 사귀는 흉내를 계속하라고? 안 돼, 안 돼. 마흔 다리를 어떻게 걸쳐!"

그때 한 여학생이 갑자기 진지하게 반박했다. "서른아홉 다리야, 너까지 포함하면 어떡하니?"

그 말에 도모에가 숨을 삼키며 고개를 저었다. "그래, 서른아홉 다리! 칫, 저거까지 넣고 계산하느라 방심했어······!"

분한 듯 정정하는 도모에를 향해 야오치가 듣기 좋은 목소리로 물었다. "그럼 결국 하는 거야? 안 하는 거야? 무대 위에서 다 같이 고백해서 지바를 인기인으로 만드는 프로젝트. 한다는 걸로 정리해도 되는 거야?"

"할래, 할래! 할래! 다들 하자! 재밌을 것 같아!" 아무것도 모르는 표정으로 바람잡이로 나선 건 사이온지였다. 자랑거리인 버섯 머리를 찰랑이며 일어나서 말했다. "어차피 우리 학교 축제는 재미없고 노답이니까, 그 정도 즐거움이나 보람은 있어야 하지 않겠어? 평생에 한 번뿐인······ 뭐, 유급하면 두 번이겠지만, 어쨌든 우린 고2잖아! 학교 축제에서 있던 추억 같은 거 만들고 싶잖아! 정말 흥분되네! 좋았어, 그럼 내가 리더를."

"네가 무슨!" 누군가가 끼어들자 웃음소리가 터져 나왔다. "내가 왜?" 충격에 휩싸인 사이온지는 혼자서 부루퉁한 표정을 지었다.

"리더는 카무이와 고타로가 맡아. 책임지고 지바를 행복하게 해줘." 야오치가 지목하자 카무이는 "그래! 나한테 맡겨!" 하고 힘차게 고개를 끄덕이며 고타로의 목에 두른 팔에 힘을 줬다. 고타로는 초조한 표정으로 "잠깐, 잠깐, 잠깐! 전혀 못 따라잡겠거든! 이유는 모르겠지만 이 녀석에게 휩쓸린 것 같은데!" 하고 도움을 요청하듯 주위를 둘러봤다. 웃음소리가 다시 쏟아졌다. "또 시작이네." "가명 콤비 등장이네." "니시우리 우레타로 파이팅!"

"그만해! 다시는 그 이름 부르지 마!"

고타로는 아우성을 치다 카무이의 눈을 무심코 쳐다보았다. 카무이는 고타로를 바라보고 있었다. 그리고 "와하하!" 하고 온몸으로, 모든 힘을 다해, 얼굴에서 마음속 내용물을 다 쏟아내듯 마음껏 웃어젖혔다. 그 모습을 보고 "웃지 마, 정말……" 하고 중얼거리던 고타로도 역시 자연스럽게 웃음을 터뜨렸다. "하하하……!"

그늘이 가슴 속에서 녹아내렸다. 싸늘해진 몸에 체온이 돌아왔다. 카무이가 있다. 카무이가 있고, 곁에서 함께 웃고 있다. 기쁜 일이다. 정말 기쁜 일이다.

그러니까 난 괜찮아.

그때 "……흐으으윽! 흑, 흐으윽……!" 하는 기괴한 소리가 교실 안에 울려 퍼졌다. "무슨 소리야?" "어디 하수도가 막혔나?" "아니, '흑'이라고 말하는 것 같은데." "누구 부르는 건가?" "뭐지?"

그게 아니었다. 고마다였다. 고마다는 교실 앞문에 등을 대고 바닥에 주저앉아 무릎을 안은 채 눈물 콧물을 줄줄 흘리며 흐느끼고 있었다. 고마다는 비틀거리며 일어나 교단으로 다가가더니 떨리는 손을 도모에를 향해 내밀었다.

"지, 지바, 지바, 장하다……. 흐극, 서, 선생님은…… 흐극."

"하? 징그러워!"

도모에는 몸을 힘껏 젖혀 피하더니, 서둘러 제자리로 돌아갔다. 고마다는 그대로 쓰러질 뻔하다 교탁에 기대 간신히 자세를 바로잡았다. 우와……. 학생들의 동정 어린 시선 속에서도 여전히 울먹이며 크게 손뼉을 쳤다.

"자, 그럼 지금부터 5분 휴식한다! 안 쉬면 내 몸이 못 버티겠어! 그리고 다시 이어서 이야기하자!"

제목은 '반 전체가 지바에게 고백 갈기기! 사랑의 무대 위 인기 폭발 대작전'. 너무 길다는 의견이 나와 줄여서 '지바 인기 폭발 대작전'으로 정했다.

기본 방침은 쉽게 정해졌다. "합창 중에 지바에게 고백하는 사람이 하나둘 나타나서 인기인의 모습을 보여준다……. 그거면 됐지?" 고타로가 단상에서 그렇게 말하자 모두 고개를 끄덕이며 동의하듯 박수를 쳤다. "이의 없어." 사이온지도 태평한 목소리로 말했다. 카무이가 재빨리 칠판에 무언가를 쓰려고 분필을 집었지만, 방금 전 도모에가 쓴 "인기인이 되고 싶어"라는 네 글자가 너무 커서 자리가 없었다. 잠시 망설이다가 구석에 조그마하게 "고백"이라고만 쓴 카무이는 만족스러운 듯 고개를 끄덕이며 히죽 웃더니, 하얀 가루를 묻힌 채 고타로의 왼쪽 옆으로 돌아왔다. "문제는 선곡이네. 부르고 싶은 노래 있는 사람, 아무거나 좋으니까 마음껏 말해봐."

"저요, 저요!" 오타쿠 남학생이 손을 번쩍 들고 이번 분기에 가장 인기 있는 애니메이션 주제가의 제목을 말했다. "이 노래면 분위기는 확 뜰 거야!"

이에 대응하듯 여학생들이 "뭐? 분위기 띄우려면 이 노래지!" 하고 케이팝 아이돌의 노래를 말하자 "꺄악!" 하고 비명에 가까운 찬동의 목소리가 터져 나왔다. "무슨 소리야. 합창인데 그 노래는 안돼." "좀 평범한 걸로 해."

정석적인 합창곡의 제목을 몇 개 드는 학생도 있었다. "다른 반이랑 겹치는 거 아냐?" "겹치면 뭐 어때!" "햐하하하!" "뭐 상관없지," "아니, 졸업식 때 부르는 노래를 여기서 부르면 좀 어색하지 않겠어?" "너무 어려운 노래는 하지 말자." "그래, 합창 연습에 시간 뺏기면……." "맞아, 정작 중요한 고백이 뒷전으로 밀리면 의미가 없잖아."

동요, 지브리 애니메이션 수록곡, 옛날 유행가, 화제가 됐던 광고 음악 등 다양한 의견이 나왔다. 고타로는 일단 칠판에 아이들이 언급한 노래를 쭉 썼다. 다들 쉬지 않고 발언을 해서 더는 오른손이 따라잡을 수 없었다. 카무이에게 "너도 써봐" 하며 분필을 건넸지만, 카무이는 "들어도 전혀 모르겠어, 못 따라가겠어……"라며 난감한 표정으로 고개를 가로저었다. 지금까지 나온 노래 중에 아는 게 하나도 없는 모양이었다.

"아니, 얘들아. 잊은 거 없니?" 교실 맨 뒤에 서서 존재감을 감추고 있던 고마다가 끼어들었다. "합창할 때 음원은 사용하면 안 돼. 피아노 반주로만 불러야 하니까 그걸 고려해서 노래를 정해."

그제야 곡명을 외치던 목소리들이 멎고 가까이 앉은 애들끼리 삼삼오오 상의하기 시작했다. 어수선한 분위기 속에서 단상의 고타로도 스마트폰을 꺼냈다. 뭔가 검색해 보려고 했지만 교실에서는 스마트폰을 사용하면 안 된다는 사실을 떠올렸다. 고마다를 힐끗 보니 팔짱을 끼고 눈을 감은 채 벽에 기대어 못 본 척해 주고 있었다.

안심하고 당당하게 합창곡, 명곡, 차트 순위 등을 검색했다. 검색 결과를 카무이에게 보여주며 "이 중에 아는 곡 있어?" 하고 물었다. 100여 곡의 제목이 나열된 페이지를 천천히 내렸지만 카무이는 심각한 표정으로 "하나도 모르겠어……" 하고 나지막이 중얼거렸다. 일본 학교를 다닌 적이 없으니 행사마다 빠지지 않고 부르는 노래도, 누구나 다 아는 노래도 접할 기회가 없었던 모양이었다. 그러다 갑자기 "와! 이거, 제목 멋지다!" 하며 화면을 내리던 고타로의 손가락을 잡았다. 카무이가 가리킨 건 「용기만을 벗 삼아」*였다. 순간적으로 뭐지 싶었지만.

"아, 이카로스인가."

금방 기억이 났다. 초등학교 음악 시간에 부른 적이 있다. 고타로가 칠판에 그 제목을 적자 "그거 무슨 노래였지?" "이카로스야" "아, 이카로스!" 하는 반응이 돌아왔다. 역시 모두 그렇게 기억하는 모양이다.

"들어보면 의외로 아는 곡일지도 몰라."

제목으로 검색하니 합창단 발표회 같은 공식 동영상이 나왔다. 바로 재생하며 볼륨을 높였다. 어딘지 모르게 구슬픈 피아노 반주

---

* 그리스 신화에 등장하는 이카로스를 소재로 한 곡으로, 1975년 NHK의 「모두의 노래」 방송 프로그램에서 방영된 바 있다.

가 흐른다. 남녀의 맑은 목소리가 아름답게 포개지며 이카로스의 운명을 노래하기 시작한다. "아, 이거." "옛날 생각나네." "쉿……." 모두가 숨을 삼키고 고타로의 스마트폰에서 흘러나오는 합창에 귀를 기울였다. 카무이도 흥미진진한 표정으로 "텔레비전에서 들어본 적이 있는 것 같기도 하고……"라며 노래에 맞춰 고개를 좌우로 흔들었다. 그런데 넋을 놓고 듣던 카무이의 얼굴에 점점 의아함이 떠올랐다. 가사가 점점 알 수 없는 방향으로 흘러갔다. 밀랍으로 굳힌 새의 깃털을 달고 힘차게 출발한 이카로스는 태양을 향해 날아오르다가 결국 그 열에 밀랍이 녹아 두 날개를 빼앗기고, 결국.

"어……? 죽었잖아?" 배드 엔딩. 카무이는 멍한 눈으로 고타로를 바라봤다. "이런 노래야?"

"그래, 맞아. 이카로스는 죽어. 슬픈 결말이지." 고타로는 가사를 검색해서 카무이에게 보여주었다.

카무이는 한참을 쳐다보다가 충격을 받은 듯 고개를 저었다. "노래가 뭐 이래! 만든 사람은 무슨 생각으로 이 노래를 사람들에게 들려주려고 한 거지? 헛된 죽음이잖아! 목숨과 맞바꿨지만 이카로스 본인은 아무것도 얻은 게 없어!"

"아무것도 없지는 않지. 결과적으로는 후대에 용기를 줄 수 있었으니까."

"아니? 난 잘 모르겠어. 실패하고 아무것도 얻지 못한 채 추락사한 비참한 모습을 보고 대체 어떤 용기를 얻으라는 거야? 저렇게 되면 안 되겠다고 타산지석으로 삼으면 모를까!"

"비극이라서 낭만적인 거지." 누군가가 그렇게 말했다. "맞아. 그래서 좋은 거잖아.” “꿈에 목숨을 걸었다는 게 중요해.” “실패했지만 멋진 삶이었어.” “아니, 아름답지!” “이카로스에게는 목숨을 잃는다 해도 날아올라야 할 이유가 있었어.” “그래! 삶의 의미!” 곳곳에서 이카로스를 찬양하는 목소리가 들려왔다. 옛날 한자 와타나베가 손을 들고 말했다. 이 곡은 중학교 때 반주한 적이 있어서 집에 합창용 악보도 있다고, 그리고 전국에 와타나베는 5억 명 있다고. “마지막에 이상한 거짓말 슬쩍 끼워 넣지 마.” “이걸로 정할까?” “겹치지도 않을 것 같은데.” “인지도도 높고.” “괜찮은데?”

이미 결정되었다고 봐도 좋을지 모른다. 고타로는 분필을 꽉 쥐고 「용기만을 벗 삼아」에 동그라미를 쳤다. 어떤 곡으로 할 것인지를 두고 계속 논의하기보다는 이 기세를 몰아 빨리 정해버리는 게 좋을 것 같다. 바로 결정하려는데, 또 다른 리더인 카무이가 고타로의 스마트폰을 바라보며 불만스러운 표정을 짓고 있었다.

“뭐야, 아직도 납득이 안 가?”

“아니, 가사를 읽으면 읽을수록 내용이 모순되어서 신경 쓰여. 역시 이상해.”

“뭐가 이상해. 그냥 배드 엔딩인 건데.”

“이상하잖아. 이카로스는 날개를 만들면서 직접 열로 밀랍을 녹이는 작업을 했어. 가열하면 밀랍이 녹는다는 걸 알고 있었을 텐데, 왜 뜨거운 태양으로 가까이 갔을까? 온도가 올라가면 무슨 일이 벌어질지도 짐작할 수 있었을 텐데…….”

듣고 보니 맞는 말이었지만 그건 그거다. 곡은 빨리 정해버리고 싶다. “아니, 픽션이니까. 현실이 아니잖아.”

"하지만 이 모순이 신경 쓰여서 노래의 세계에 완전히 빠져들지 못하겠어. 마음에 걸리는 게 있는 상태로는 내 안의 예술성을 끝까지 끌어낼 수 없어."

"너한테 그런 것까지 요구하지 않거든. 아니, 이론적으로는 높이 날수록 기온이 떨어져. 처음부터 불가능한 세계야. 현실의 물리법칙과는 상관없는 세계라고. 높이 날수록 기온이 올라가는 신비한 세계에서 펼쳐지는 판타지야. 그렇게 받아들여."

카무이는 납득할 수 없다는 듯 고개를 기울였다. "판타지라면 판타지라도 상관없는데, 열에 의해 밀랍이 녹는다는 것을 알면서도 왜? 이 모순이 너무 기분 나쁘게 느껴진다고……."

사이온지가 별안간 큰 소리로 외쳤다. "알았어, 카무이! 외주야, 외주! 날개는 외주 제작이야! 만든 사람은 따로 있어! 그 사람이 '만약 녹는 느낌이 들어도 원래 그런 거니까 그냥 신경 끄고 나시면 되세요'라며 이카로스를 속여서 날게 한 거야! 한마디로 이카로스는 열에 의해 밀랍이 녹는다는 사실을 몰랐던 거라고!"

"그러면 모순은 사라지겠지만, 그런 짓을 한다고 그 업자가 무슨 이득을 보는데?"

"그건…… 저거 아냐? 볼거리? 잔인한 쇼?"

여학생들이 웅성거리기 시작했다. "너무 어두운 설정 아냐?" 빨리 노래를 정하고 싶은 고타로 입장에서는 좋지 않은 흐름이었다. 게다가 야오치까지 정체불명의 해석 논쟁에 가세했다. "아니면 이카로스는 단순히 돈을 원했던 것 아닐까? 돈 때문에 태양을 향해 가는 강렬한 쇼를 기획한 거야. 실제로 날개를 만들고 보여주면서 스폰서를 대량으로 끌어모았지. 그리고 돈을 받자마자 그대로 들고 튀려는 계획이었겠지. 하지만 그걸 알아챈 놈들에게 붙잡혀서 도망치지 못하고, 결국에는 등 떠밀리듯 날아올랐어. 돈을 낸 사람들은 장사가 되기만 하면 되니까. 그리고 결국 공개적으로 추락사."

"뭐라고······!" "말도 안 돼······!" 소녀들의 웅성거림은 멎지 않았다. 왜 이렇게 된 거지.

"야! 너희 뭐야. 아까부터 시답지 않은 소리만 하고! 이러면 정할 수가 없잖아!"

"그래. 외주 업자가 어쩌고 장사가 어쩌고? 그렇게 현실적인 에피소드가 있을 리 없잖아. 이카로스는 그리스 신화 속 인물인데."

도모에는 한 손에 스마트폰을 들고 진저리를 내며 고타로의 말에 힘을 실어줬다. 새침한 고양이처럼 게슴츠레 뜬 눈이 지금은 신기하게도 믿음직스러웠다.

"신화에서는 이렇게 말하고 있어. 이카로스는 날기 전에 '높이 날아오르면 태양열로 밀랍이 녹는다'고 여러 차례 경고를 받았는데도, 날다 보니 신이 나서 점점 감정에 이끌린 나머지 경고를 무시하고 높은 곳으로 올라가다 결국 추락해 개죽음을 당한 쓰레기였다고. 결론적으로 오만은 파멸을 불러오니 조심하라는 뜻."

교실이 갑자기 조용해졌다. 이카로스, 대체 왜 그런 거야. 고타로는 머리를 싸안았다. 전혀 멋진 이야기가 아니잖아. 아니, 하지만 여기서 물러설 순 없지.

"그래도 노래는 멋지잖아! 노래 자체만 놓고 보면 좋잖아! 이런 건 첫 이미지가 중요해! 봐, 상황적으로 꽤 잘 맞지 않아? 우리는 먼

저 고백한 사람의 용기를 이어받아 나도, 나도, 나도, 나도, 하고 차
례로 고백하는 거야! 이거 봐, 완벽하잖아!"

오야마가 거구를 흔들며 웃었다. "먼저 개죽음당한 쓰레기의 용
기를?"

거구의 벽이 말을 했다! 쓸데없이 몸은 타고나 가지고는!

분했지만 그렇다고 적절하게 받아칠 말은 딱히 떠오르지 않았다.
고타로는 단상에서 입을 꾹 다물었다. 이카로스를 더 추천하는 것
도 시간 낭비인가. 분위기가 이렇게 되었으니 원점으로 돌아가는
게 나을지도 모른다. 고타로는 하는 수 없이 칠판지우개를 꺼내「용
기만을 벗 삼아」라는 제목을 지우려 했다. 그때 갑자기 카무이가 그
손을 붙잡고는 휙 고개를 들어 고타로의 눈을 바라보았다.

"슝……!"

"뭐야. 무슨 메시지인데?"

"이카로스의 뜻이 지금 뇌에 직접 닿았어."

"알았어, 일단 눕자. 보건실 갈래?"

"아니, 아파서 이러는 게 아냐. 그냥 가사를 다시 읽다가 깨달은
게 있어. 너희도 이 가사를 잘 읽어봐. 일어난 사건은 아주 단순해.
이카로스는 날아올랐다, 태양을 향해 날다가 날개가 녹았다, 이카
로스는 추락해 죽었다, 이게 다야. 그런데 추락해 죽었다는 부분만
묘하게 다른 부분에 비해 구체적인 묘사가 부족한 것 같지 않아?
거기다 누군가가 시체를 확인했다는 말도 없어. 이카로스가 죽는
결정적인 장면을 본 사람은 아무도 없어. 정말 죽었는지 아닌지조차
알 수 없어. 그냥 깃털이 흩날리고 모습이 사라졌으니 죽었다고 상

상했을 수도 있지. 하지만 난 이런 생각이 들어. 이카로스는 태양에 도달한 게 아닐까? 가고 싶었던 곳, 꿈꿨던 곳에 제대로 도달한 게 아닐까? 날개는 이제 필요 없으니까 버린 게 아닐까? 만일 그렇다면, 그 모습을 봤다면 분명 용기가 솟아오를 법도 하지 않을까?"

다들 가사를 검색하는지 고개를 숙이고 조용해졌다.

카무이는 오른손을 쓱 들고 누구를 향해서랄 것도 없이 살풋 웃었다. "이카로스의 마음을 조금 알 것 같아. 태양에 닿고 싶을 때가 있잖아. 나도 이렇게 손을 뻗어본 적이 있어. 어느 날 문득 올려다본 석양이 너무 아름다워서 무심코…… 나도 모르게 이렇게 손을 뻗었지. 물론 그런다고 닿은 건 아니지만, 그래도 혼자서 자유롭게 걸으며 노을을 본 건……." 어, 몇 년 만이었더라. 혼잣말처럼 중얼거리는 목소리는 아마도 고타로 말고는 듣지 못했을 것이다.

카무이는 살며시 눈을 감았다. 그리고 다시 혼잣말을 했다. 특별했어, 난생처음이자 마지막이었지.

그 말이 괜히 마음에 걸려서 고타로는 카무이에게 그 말의 뜻을 물어보려고 했다. 하지만 그보다 먼저 사이온지가 한 손에 스마트폰을 들고 일어나 반 아이들을 향해 말하기 시작했다. "방금 카무이의 해석, 긍정적이라 좋지 않아? 나도 뭔가 엄청난 생각이 떠올랐는데, 들어봐. 카무이의 해석에 따르면, 이카로스는 개죽음을 당한 것으로 알려졌지만 사실은 제대로 목표에 도달한 거였어. 그리고 우리도 지바에게 고백했다가 모두 차인 것처럼 보이지만 사실은 원래 목적을 달성한 거야. 지바 인기 폭발 대작전은 성공한 거니까. 이거 상황에 딱 맞는 노래 아냐?"

몇 초간 정적이 흐른 뒤, 드물게 사이온지의 발언에 박수가 터져 나왔다. 이의를 제기하는 목소리도 없었고, 야오치도 "그러게" 하고 납득한 듯 고개를 끄덕였다. 도모에도 다른 아이들과 함께 사이온지를 돌아보았지만 박수까지 치고 싶지는 않은지 한 손으로 책상을 탁탁 두드렸다. 카무이가 힘차게 고타로를 바라봤다. "정해졌네!" 물론 고타로는 이 전개에 전혀 불만이 없었다.

"그럼 카무이의 '이카로스 도달설'을 채택해서, 올해 2학년 8반의 합창곡은 「용기만을 벗 삼아」로 결정!"

✦

돌아온 토요일. 학교에 안 가는 날이었다. 정오를 조금 지났을 무렵, 카무이가 자전거를 타고 집으로 찾아왔다. 생각해 보니 카무이와 언제 만나기로 시간을 정해놓은 건 이번이 처음이었다. 고타로는 왠지 안절부절못하며 2층 방에서 바깥을 한참 내다보았다. 시간을 딱 맞춰서 도착한 카무이는 창문가에 선 고타로를 보고 신난 얼굴로 한 손을 힘껏 들었다.

"슙!"

그러다 앞바퀴의 방향이 돌아가서 카무이는 지난번처럼 다시 넘어지…… 는 줄 알았는데, 그래도 기합으로 간신히 버텼다.

고타로는 계단을 내려가 샌들을 신고 현관을 나서서 집 앞 도로까지 마중을 나갔다. 카무이가 오늘도 기운차게 내민 수마트폰에는

좋은 아침!이 아니라 **안녕!**이라 적혀 있었다. 고타로는 "슝" 하며 그 밑에 작게 그림을 그렸다.

"그렇게 나오시겠다? 이건…… 뭐야? 단풍잎? 별?"

"손. '여어!' 하고 인사하는 손 모양."

한 손을 쓱 올리며 고타로는 차고 쪽으로 카무이를 안내했다. 빈 곳에 자전거를 세운 후 현관을 지나 집으로 들어갔다.

부모님은 주말이면 늘 아침부터 병원에 가서 오늘도 집에 없었다. 손을 씻도록 세면실로 카무이를 안내한 뒤, "먼저 내 방에 가 있어"라며 계단을 가리켰다. 카무이는 "알았어!" 하고 대답하고 쿵쾅쿵쾅! 파죽지세로 올라갔다. 그 들뜬 뒷모습을 보니 불길한 기억이 되살아났다. "야! 내 물건 함부로 손대지 마! 서랍 뒤지지 마! 이거 그냥 하는 소리 아니다!" "알았어!" 돌아보며 순순히 고개를 끄덕이며 다시 쿵쾅쿵쾅! 응, 아니, 못 믿겠어.

믿을 수 없는 카무이의 뒷모습을 바라보고 나서 고타로는 주방으로 향했다. 냉장고에서 보리차 페트병을, 찬장에서 유리컵을 꺼내어 어머니가 준비해 준 대량의 유부초밥과 함께 쟁반에 올렸다.

방에 들어서자 카무이는 가방도 내려놓지 않은 채 팔짱을 끼고 우두커니 서서 바닥 한곳을 뚫어져라 바라보고 있었다.

"야! 네가 무슨 수산시장에서 참치 감정하는 도매업자야?"

그 시선 끝에는 고타로가 미처 치우지 못한 잠옷 겸 실내복이 벗어놓은 모습 그대로 놓여 있었다. 목이 늘어난 흐물흐물한 티셔츠, 고무줄이 벗겨지고 보풀이 인 반바지. 마치 허물 같아서 부끄러웠다. 그걸 카무이는 빤히 바라보았다. 고타로가 올라왔는데도 계속 보고 있다.

"……뭘 그렇게 봐." "어? 손 안 댔는데?" "됐어. 그만 봐." 일단 발로 차서 침대 밑에 숨기자, 카무이는 즉시 바닥에 착 붙어 추적하려 했다. 하지만 고타로가 발산하는 살기를 알아챘는지 돌아보며 "히히!" 하고 웃었다. "고타로는 옷을 잘 입잖아. 어떤 옷을 입는지 궁금해서 그랬어."

솔직히 듣기 싫은 소리는 아니었다. 고타로의 마음은 즉시 누그러졌다. "흠…… 그런 거면 뭐. 일단 앉아."

바닥에 놓인 쿠션으로 턱을 까닥했다. 내어놓은 테이블에 가져온 보리차와 유부초밥을 내려놓았다.

"와! 유부초밥! 나 주는 거야? 진수성찬이네!"

해맑게 웃는 카무이를 보며 문득 드는 생각이 있었다. 카무이도 오늘은 사복이다. 아웃도어 브랜드의 큼지막한 티셔츠에 같은 브랜드의 심플한 바지를 입었다. 소재가 빳빳한 걸 보니 산 지 얼마 안 된 새 옷인 것 같았다. 남자 고등학생의 평상복으로는 아주 무난한, 그야말로 고타로가 입어도 될 것 같은 코디였다.

"너도 그런 옷 있네? 괜찮네. 어디서 샀어?"

"그 여자가 사다줬어."

"오마다 씨. 신세 지는 사람한테 그 여자가 뭐야."

"그래, 그 여자. 이런 느낌의 옷을 사다 달라고 정보를 줬더니 이걸 사 왔어. 어때? 어색하지는 않아?"

"하나도 안 어색해. 평범하게 괜찮은데? 나도 비슷한 옷 있어."

"정말? 그럼 다행이고!"

카무이는 곧장 입을 벌리고 유부초밥을 넣었다. 편안한 옷차림으로 바닥에 앉아 "이거 맛있다! 끝없이 들어가겠어!" 하며 싱글거리는 그 얼굴에서 처음 다리에서 만났을 때의 모습은 찾아볼 수 없었다. 교복 차림으로 학교에 나타났을 때도 인상이 꽤 변했다고 생각했는데, 지금은 더욱 그랬다.

그날, 카무이는 허리까지 오는 긴 머리를 바람에 휘날리고 있었다. 꽉 여민 셔츠는 길어서 꼭 파자마 같았다. 처음 본 순간에는 여자인지 남자인지조차 구분이 가지 않았다. 그리고 그때는 안경도 쓰지 않았었다. 지금 카무이를 만나는 사람이면 아마 제일 먼저 안경에 눈이 갈 것이다. 너무 옛날 디자인이라 촌스러워서 눈에 띄는 안경. 안경이 너무 강렬해서 준수한 얼굴을 망치고 있었지만, 지금 그 사실을 알아챈 건 우이코밖에 없을 것이다. 게다가 렌즈에는 도수도 없다. 어제 우연히 알아챘는데 카무이가 쓴 건 패션 안경이다.

'하지만 뭐, 어떤 심정인지는 알겠어.'

고타로는 그 사실을 군이 지적하지는 않았다. 오늘 사복 차림을 보고 역시 그러길 잘했다고 생각했다. 카무이는 분명 이미지를 바꾸고 싶은 것이겠지. 부모님 곁을 떠나 전과는 다른 자신이 되고 싶은 것이다.

그런 건 응원해야지. 마음 가는 대로 해. 카무이의 부모는 마음에 안 든다. 만나본 적도 없으면서 이렇게 말하는 건 무례할지도 모르지만 정말 마음에 안 들고, 전혀 믿음도 안 갔다. 자식을 아끼는 것 같지 않았다.

그러니 카무이는 여기서 자유롭게 지내면 된다. 하고 싶은 대로 멋대로 하고, 되고 싶은 자신이 되어서, 부모의 눈이나 손이 닿지 않는 이곳에서 열일곱 살의 '청춘'을 살면 된다. 그래. 그렇게 살아, 카무이. 그냥 카무이로 있어.

유부초밥에 열중하는 카무이를 보며 고타로는 무심코 웃음을 터뜨리고 싶었다. 어디를 봐도 평범한 녀석이다. 어디서나 볼 수 있는 평범한 고등학생. 오래전부터 어머니가 만들어준 평범한 밥을 이곳에서 함께 먹었던 것 같은 기분이 들었다. 지금 카무이는 이제 그렇게밖에 보이지 않는다.

고타로의 손이 멈춘 걸 알아챈 카무이가 말을 건넸다.

"고타로, 나 몇 개 더 먹어도 돼?"

"너 먹고 싶은 만큼 먹어. 사실 방금 점심 먹은 참이거든."

"오예!"

사실 고타로도 아직 안 먹었지만 카무이의 식욕에 양보하기로 했다. 물티슈로 손을 닦으며 책상에서 노트북을 가져왔다. 오늘은 특별히 둘이서 사이좋게 유부초밥을 먹기 위해 모인 건 아니었고, 해야 할 일이 있었다. 지바 인기 폭발 대작전의 리더로서.

바로 컴퓨터를 켜서 브라우저를 열고('아차!') 열어두었던 몇 개의 탭을 재빨리 닫았다. 심장이식에 대해 매일같이 검색한다는 사실을 굳이 카무이가 알게 할 필요는 없다. 대기자 명단이나 순위, 기증을 앞당길 수 있는 조건, 우선순위나 남은 수명 같은 것들을 검색하는 것도 카무이는 몰라도 된다.

새 탭을 열고 찾는 동영상을 검색했다. 한 손에 유부초밥을 든 카무이도 화면을 들여다보려고 고타로의 왼쪽 옆으로 자리를 옮겼다.

검색창에 '네루톤'*을 입력했다. 어제 학급 회의 막바지에 고마다가 열변을 토했다. 좋은 아이디어가 떠올랐어, 네루톤을 해, 네루톤은 괜찮아. 얼떨떨한 표정의 반 아이들을 보며 고마다 '아저씨'는 혼자 흥분해서 말을 쏟아냈다.

"세상에, 너희 그 방송 진짜 모르는구나. 한마디로 말하면 대규모 공개 미팅이거든. 마지막에 고백하는 형식이 독특해. 남성들이 순서대로 한 명씩 나가서 마음에 드는 여자 앞에서 '잘 부탁합니다!' 하면서 손을 내밀어. 여자가 그 손을 잡으면 커플이 되고, '죄송합니다'라고 하면 거기서 끝이지. 하지만 여자가 대답하기 전에 다른 남자도 그 여자에게 고백하고 싶으면 '잠깐!' 하고 외치면서 끼어들거든. 여러 명이 한꺼번에 하기도 하고. 그러면 쭉 늘어선 손 중에서 여자는 한 명을 고르거나, 혹은 '죄송합니다' 하면서 모두를 거절하는 거지."

그 '잠깐!'을 다 같이 하라는 게 고마다의 제안이었다. 첫 타자가 먼저 고백하면, 그 직후에 도모에와 옛날 한자 와타나베, 첫 타자를 제외한 총 서른일곱 명이 차례차례 '잠깐!'을 연속으로 선보인다. 그리고 마지막에 도모에가 '죄송합니다' 하고 모두 차버린다. 거기서 곡이 끝난다. 이런 전개였다.

고마다의 이야기만 들어서는 꽤 재미있는 아이디어 같았다. 하지만 그 네루톤이라는 걸 직접 보지 않고서는 뭐라 말할 수 없었다.

---

* 1980년대부터 1990년대까지 일본의 후지테레비에서 방영한 예능 프로그램의 대규모 맞선 파티.

그러한 까닭에 오늘은 카무이를 집으로 불러 함께 인터넷에서 그 방송 프로그램의 영상을 찾아보기로 했다.

"오, 진짜 있네. 시대가 느껴지는 화질…… 영상 사이즈마저도 왠지 갬성을 건드리네."

동영상 주소를 단체 채팅방에 올린 뒤에 바로 동영상을 재생하기 시작했다. 카무이와 나란히 영상을 보는 동안, 채팅방에 하나둘 **화질 뭐야? 초장부터 엄청난 전개네. 눈물 나** 등의 메시지가 도착했다. 어제 드디어 단체 채팅방에 들어온 도모에도 눈 뜬 얼굴만 있는 이모티콘을 대충 보냈다. 보고 있다는 뜻이겠지. 이내 '잠깐!' 장면이 시작됐다. 고마다가 왜 그렇게 열심히 추천했는지 알겠다. 아닌 게 아니라 이번 작전에 딱 맞는 장면이라, 지금은 이대로 진행해도 아무도 이의를 제기하지 않을 것 같았다.

한 여학생이 **이런 것도 참고할 수 있지 않아?**라며 또 다른 동영상을 보냈다. 컴퓨터 동영상은 그대로 틀어둔 채 스마트폰으로 다른 동영상을 재생했다. 보기 시작하자마자 "아니, 이게 뭐야……!" "그만해……!" 하고 고타로도 카무이도 웃음을 터뜨렸다. 그대로 힘이 빠져나가 흐물흐물해졌다.

"얘는 왜 이런 걸 참고하라고 보낸 거야!"

"실제로 하면 대단하겠는데? 우리…… 이제 평범한 고등학생이 아니게 될지도 몰라!"

해외의 인기 래퍼가 큰 시상식에서 공연하는 영상인 것 같다. 거대한 무대에서 불꽃이 뿜어져 나왔고, 건축물이라고밖에 형용할 수 없는 세트에 실제 스포츠카 여러 대가 엔진을 풀가동하며 돌아다

넜으며, 온몸에 근육을 갑옷처럼 두른 수많은 댄서가 일사불란하게 대열을 짜서는 두 배속으로 재생한 것처럼 엄청난 테크닉으로 춤을 추다가 그대로 와이어를 씽씽 타고 날아다녔다. 마지막에는 프로젝션 매핑 기술을 써서 시상식장이 통째로 다른 차원으로 빨려 들어가 버렸다.

대단하다는 차원을 넘어서 뭐가 뭔지 이해할 수 없었다. 여기서 뭘 참고하라는 거지? 참고할 수 있다는 게 없다는 걸 알면서도 어느샌가 두 사람은 화면에서 눈을 떼지 못하고 있었다. "장난 아니네……." "오……." 두 사람은 무릎을 안은 채 스마트폰 화면을 뚫어져라 들여다보며 숨을 삼켰다.

그때, 래퍼가 들어 올린 손에 모자이크 처리가 되면서 음성이 부자연스럽게 끊겼다. 해외 아티스트의 공연이면 흔히 볼 수 있는 현상이었다. 고타로는 딱히 신경 쓰지 않았지만 카무이는 고개를 갸웃거렸다.

"응? 지금 뭔가 이상해진 것 같은데? 이 손, 왜 이러는 거야?"

"진짜 몰라?"

고타로의 물음에 카무이가 고개를 끄덕인다. 소위 'F워드'로 불리는 비속어나 욕설에 대한 규제를 해외에서 오래 살았다는 카무이가 모른다는 게 의아했다. 영어는 그토록 자유자재로 구사하는데. 아시아권에서 지내서 그런 걸까? 고타로는 동영상을 정지하고 카무이에게 F워드가 뭔지 설명해 주었다. 가운데 손가락을 세우는 동작의 의미도 알려줬다. 앞으로를 위해서.

"이건 상대에게 강렬한 적대적 의지, 공격 의지를 가졌다는 뜻이야. 간단하게 말하면 싸움을 거는 거지. 이걸 하면 상대는 당연히 화를 낼 테니까 어느 나라에서든 절대 하면 안 돼."

"응, 알았어."

카무이는 진지한 표정으로 고개를 끄덕이고는 보리차가 든 유리컵을 입에 댔다. 고타로도 같은 타이밍에 보리차를 마셨다. 그때.

"오케이! 렛츠 댄스!"

풉! 두 사람은 동시에 뿜었다.

반짝반짝 별이 흐르듯 특징적인 효과음 뒤에 이어지는 건 물론 "아이 노 왓챠두! 소 핫 앤 소 딥!" 모두가 좋아하는 다케후지다. 카무이의 배낭에서 갑자기 큰 소리로 흘러나오고 있었다.

"뭐야, 갑자기! 설마 내 수음장이 고장 났나?"

카무이는 화들짝 놀라 배낭을 열고 태블릿을 꺼냈다.

"아니, 그게 왜 네 거야! 그리고 그건 왜 가져왔어? 너 설마 우리 집에서 수음하려고?"

"안 하지! 여기서는! 애초에 오늘은 충전을 안 해서 못 써! 내 보물이라 한시도 떼어놓고 싶지 않아서 가져왔어! 하지만, 어, 하지만, 앗, 와! 어떡하지? 이거 왜 이래? 다케후지가 안 멈춰!"

"좀 내놔봐…… 와, 여기가 내가 좋아하는 구절인데!"

"나도 이 부분이 좋아!"

"오예 오예 와우, 유 돈 웨잇 포 더 나이트!"

노래를 부르며 마음껏 가슴을 젖히고, 고뇌에 찬 표정으로 고개를 돌리며 팔을 교차시킨다! 그리고 두 손으로 교대로 총을 쏜다! 빵야빵야!

"이거 알람이었어?"

드디어 고타로는 귀가 떨어져라 재생되던 다케후지를 껐다.

"너, 가사 완전 다 따라 부르더라?"

"내가? 따라 불렀다고?"

"게다가 격렬하게 춤까지 추고 있었어!"

"에이, 설마."

무의식적이었던 모양이다.

"아무튼 난 알람 같은 건 절대 설정 안 했어. 하는 방법도 몰라."

"그럼 방금 그건 뭐였지?"

고타로의 스마트폰이 갑자기 슝! 하고 울렸다. 자세히 보니 사이온지에게 온 메시지였다. **카무이 거기 있지? 들었냐고 물어봐! 악당 같은 얼굴로!** 사이온지는 카무이가 태블릿을 빌려갔다가 돌려주지 않는 경우를 방지하기 위해 매일 가져오게 했다. 그리고 그걸 자기 사물함에 숨겨두고 보조 배터리로 충전해 왔는데, 그때 이 시간에 다케후지가 흘러나오도록 알람을 설정해 놓았다고 했다. **귀여운 장난이지~**

"야, 너 그딴 장난 집어치워라? 혹시라도 밖에서 울렸으면 어쩌려고 그래? 라고 사이온지에게 전해줘, 고타로!"

무슨 음악인지 알아듣는 녀석은 동지니까 상관없어! 모르는 사람한테는 그냥 격렬한 알람 소리로 들릴 거라고 카무이에게 전해줘~

"아무리 그래도 알람치고는 너무 댄서블하고 다이나믹하고 섹시한 명곡이잖아! 밖에서 이 곡을 트는 놈은 제정신이 아니라고 사이온지에게 전해줘, 고타로!"

"너네 정말 바보냐……!"

사이에 낀 고타로는 웃음이 멈추지 않았다. 단체 채팅방에서는 아까 래퍼 영상을 보낸 여학생에게 **너 바보야? 체육관 홀랑 태워먹으려고?** 등등 비난이 쏟아졌지만, 그 학생만큼은 굴하지 않고 **아니, 전체적인 분위기가 참고할 만하잖아**라고 주장하고 있었다. 이놈이나 저놈이나 다들 제정신이 아니야. 스마트폰을 꼭 쥔 채 고타로는 쉬지 않고 웃었다. 결국 그날 오후 늦게까지 인터넷에서 참고할 만한 동영상을 찾아보며 시간을 보냈다.

그리고 저녁 무렵, 두 사람은 나란히 자전거를 타고 우이코의 병원으로 출발했다.

카무이에게 저녁 먹고 가라며 강력하게 권한 것은 아버지였다.

"아니, 먹고 가! 응? 먹고 가라고! 알았지? 먹고 가는 거다?"

"으헉, 으으……."

그 감방으로 돌아갈 작정이었던 카무이도 베어허그에 목이 졸린 탓에 거절하지 못했고, 병원을 나와서 다시 고타로와 함께 집으로 향했다. 부모님보다 먼저 집으로 돌아와 평소에 하듯 폭풍처럼 집안일을 마쳤다. 카무이도 식탁을 닦는 등 옆에서 도왔다. 얼마 지나지 않아 부모님의 차가 돌아왔다.

네 명이 둘러앉은 저녁 식탁의 메인 메뉴는 소고기와 제철 채소 굴소스 볶음이었다. 카무이가 낮에 먹은 유부초밥을 극찬해서 어머니의 요리 열정이 불타올랐는지, 고기의 양이 어마어마했다.

"오늘 유부초밥 말인데, 속은 그냥 기성품 사다가 만든 거야. 그렇게 극찬할 건 아닌데…….”

“뭐든 상관없어요! 저는 최고로 맛있었으니까!”

“어머, 카무이도 참!”

카무이한테 소고기 한 점 올려주는 분위기였다. 이미 카무이가 마음에 쏙 든 부모님은 오늘은 꼭 자고 가라고 여러 차례 권유했지만, 카무이는 역시 그러겠노라고 대답하지 않았다. 어머니는 여전히 아쉬운 표정이었다.

“정말 자고 가지, 카무이. 내일도 고타로하고 놀 거잖아.”

“내일은 딱히 노는 게 아니야. 반 아이들과 학교 축제 준비를 하는 거라고.”

입 안 가득 반찬을 우물거리며 카무이는 생글생글 행복한 얼굴로 고개를 끄덕였다. 오늘 단체 채팅방에서 급하게 결정된 일이라 올 수 있는 사람은 다 오기로 했다. 현시점에서는 절반 정도가 참가할 것 같았고 중간부터 참가하겠다는 애들도 있었다. 카무이가 자고 가면 내일 일정을 상의할 수 있겠다고 고타로도 생각했다. 하지만 카무이는 입 안의 음식을 삼키면서 다시 거절했다.

“아뇨, 가야 해요. 빨래도 해야 하고. 그런데 이 반찬, 정말, 너무, 소름이 돋을 정도로 맛있어요!”

“어머나! 카무이, 더 먹어. 밥 엄청 많이 해놨으니까!” 어머니는 얼굴을 가리며 몸을 배배 꼬았다. 카무이의 직설적인 칭찬에 아까부터 정신을 못 차리고 있었다.

“그런데 고타로, 작년에는 너희 학교 축제 이야기 같은 거 들어본 적이 없는데.”

아버지의 말에 어머니도 그러고 보니 그러네, 하고 자세를 바로 했다. "너희 학교에 축제 없는 거 아니었어?"

"없는 거나 다름없다고 할까. 아니, 있긴 한데 이상해. 재미없는 예술 발표야. 한마디로 반별로 합창 대회를 하는 거지. 올해는 그래도 조금 더 다양한 시도를 해볼까 해서. 카무이하고 나도 어쩌다 보니 리더가 됐고."

"맞아요!" 와하하! 카무이는 기분 좋은 낯으로 대답하더니, 밥을 한 그릇 더 푸기 위해 밥공기를 들고 자리에서 일어났다.

"아, 그래, 합창 대회였지. 하지만 리더라니, 고타로 네가 웬일로 그런 걸 맡았어? 아니, 왜 평범한 학교 축제는 안 열린다니?"

"입시설명회 때 말했었는데. 몇 년 전에 야키소바를 만들던 반에서 사고가 났다고 했잖아. 꽤 무서운 이야기였는데. 기억 안 나?"

"무슨 일이었더라? 미안, 엄마는 오늘만 사는 중년이라서."

"그거잖아, 가스버너를 썼는데 다 쓴 가스통이 정말 비었나 확인하려고 학생이 부탄가스를 그냥 빼버리는 바람에 불이 난 사건."

"어머! 웬일이야! 위험하게! 아…… 기억이 되살아났어. 그러고 보니 그런 사건이 있었지. 그 얘기 들었을 때도 어머! 웬일이야! 위험하게! 하고 놀랐던 것 같아. 어휴, 무서워라. 다시 들어도 소름 끼치네! 그런데도 용케도 불이 안 났네?"

아버지도 고개를 끄덕였다. "운이 좋았던 거지. 학교 축제에는 위험한 요소가 많아. 생각해 보면 학생들이 불을 다루는 거잖아? 은근히 여기저기서 큰 사고도 많이 일어날 거고. 가스버너를 나란히 놓고 쓰다가 폭발이 일어나기도 하고 말이야. 전골 요리에도 흔히 쓰는 물건이라고는 해도 고온에선 정말 위험해."

"고온…… 우리 집은 괜찮나. 불안해지네. 가스버너 위쪽 선반에
부탄가스 몇 개 넣어놨는데……."

돌아보자 카무이가 서 있었다. 이야기를 들었는지 "여기?" 하고
가스레인지 바로 위의 찬장을 가리켰다. "아니, 그 옆. 조금 더 옆으
로. 한 걸음 더. 그래, 거기." 어머니가 걱정스러운 표정으로 아버지
를 보며 "저기"라고 말했다. 아버지는 "음, 저기는 바로 위도 아니니
까 괜찮지 않을까? 카무이, 일어난 김에 냉장고에서 흑초 음료 좀
꺼내줄래?" 하고 뻔뻔스럽게 심부름을 시켰다.

"이거요?"

"아니, 그건 사과 식초 음료고. 그 옆에, 아니, 그건 석류 식초. 그
옆에. 그래, 그거."

손님인 카무이를 원격조종 하는 부모의 모습에 고타로는 기가 막
혔다. 식초 음료도 종류별로 너무 많다.

"카무이가 무슨 로봇이에요? 너도 시키는 대로 조종당하지 마."

테이블로 돌아온 카무이는 진심으로 행복한 표정으로 "재미있으
니까 괜찮아!"라며 활짝 웃었다. 그렇게 재미있으면 자고 가지. 고
타로는 밥을 푸러 일어나며 다시 그렇게 생각했다. 카무이가 집에
가든, 안 가든, 어차피 바다 건너에 있는 부모는 모를 테니까.

✦

다음 날, 일요일 오후.

고타로는 카무이와 집 앞에서 만나 나란히 자전거를 타고 집합 장소로 향했다. 장소를 제공해 준 건 자택 부지 한편에 널찍한 주차 장이 있는 베이직 와타나베였는데, 듣자 하니 베이직네 가족은 이 지역에서도 손꼽히는 대지주라고 했다. 모인 아이들은 베이직이 사는 널찍한 집을 둘러보며 "베이직 하우스 넓다!" 하고 감탄하거나 그 옆에 갖가지 작물이 열린 밭을 보고 "베이직 하우스에는 없는 게 없네!" 하고 의류 브랜드 매장에 온 사람들처럼 말했다.

오늘은 2학년 8반 학생 중 절반 이상이 이곳에 모이기로 했다. 몇 몇은 늦게 온다고 연락을 했다. 사정이 있어 불참하는 아이들에게 정해진 사항을 누가 전달할지도 이미 정했다.

"야! 카무이, 고타로!" 먼저 도착한 사이온지가 눈부신 핑크색 셔 츠 차림으로 "슝!" 하며 손을 흔들었다. 색도 색이지만, 빼곡하게 박 힌 동물무늬가 정신 사나웠다. 고타로는 순간 그런 옷을 입은 사이 온지가 제정신인가 했지만, 지적한다고 해서 이미 입고 온 옷을 갈 아입을 수도 없는 노릇이다. 사이온지도 어떻게 그런 심한 말을 하 냐며 또 징징대겠지. 대신 그 뒤를 지나가던 도모에가 "옷 정신 사 나워!" 하고 단호한 평가를 내려줬다.

"너무해, 어떻게 그런 말을! 쟤 뭐야? 묻지마 범죄자라도 돼?"

충격에 부들부들 떠는 사이온지를 거들떠보지도 않고 도모에는 성큼성큼 여자들이 모인 쪽을 향해 걸어갔다. 그러고는 순간 이쪽 을 돌아보며, 뚱한 얼굴에 퉁퉁 부은 눈으로 재빨리 "안녕"이라고 만 중얼거리더니 다시 확 등을 돌리고서 걸음을 옮겼다.

카무이는 "안녕!" 하고 웃는 얼굴로 인사했고, 사이온지는 여전히 "인사하면 다야!" 하고 툴툴거렸고, 고타로는 "……안녕!" 하고 도모에의 뒷모습을 향해 한 손을 쓱 올렸다. 도모에는 다시 한번 빛의 속도로 돌아봤다. 그리고 같은 속도로 다시 몸을 틀더니 맹렬한 기세로 걸어나갔다. "지바, 멈춰봐." "왜 밭으로 돌진하는데?" "그런 스타일 좋아했어……?" 무리를 헤치고 지나가려는 도모에를 여자애들이 다시 끌고 왔다. 마지막 말은 사복 패션에 대한 감상이겠지. 사실 고타로도 도모에의 사복 차림은 처음 봤다. 쉬는 날에는 병원에 갈 때마다 늘 아버지와 함께 간다고 해서 만난 적이 없었다. 아닌 게 아니라 평소의 도모에만 봐서는 상상하기 힘든 패션이었다. 가슴과 소매에 화려한 프릴이 하늘하늘 달린 짧은 길이의 오프숄더 원피스. 거기다 색상은 보라색. 어깨에서 가슴까지 대담하게 파여 있고, 몸통도 큼직하게 뚫려 있어서 배 부분이 훤히 노출되는 디자인이었다. 이런 옷을 입는 건 클럽 죽순이나 순간 정신이 헤까닥 나가서 탈선할 뻔한 녀석뿐이겠지.

"중3 여름에 산 옷이야. 이거 말고는 초등학생 때부터 입었던 옷밖에 없어서. 객관적으로 어느 쪽이 더 심각한지 비교한 결과 이 옷을 입고 왔어."

"아…… 그랬구나." 여자애들은 납득한 표정이었다. 도모에의 흑역사는 반 아이들 모두 알고 있으니까.

야오치도 다가와 인사를 건넸다. 검은색 티셔츠에 검은색 반바지 차림이다. 소박함을 넘어서 러닝 중이냐고 묻고 싶을 정도였지만, 야오치는 이거면 족하다는 주의였다. 참고로 날이 추워지면 상의 소매와 하의 길이가 길어지고, 검은 다운재킷에 검은 니트 모자가 추가된다. 야오치는 사이온지를 힐끗 보더니 "정신 사나워" 하고 말하더니, 고타로와 카무이를 힐끗 보고는 훗 하고 웃었다. "잉? 사이온지는 몰라도 왜 우리까지?" "고타로, 우리 보고 웃은 거야…… 사이온지면 몰라도." 두 사람은 무심코 흠칫하며 몸을 붙였다.

"하, 너희는 왜 아니라고 생각해? 무슨 커플룩이냐? 뭐, 나는 진작 지바에게 묻지마 범죄를 당해서 죽었지만!"

"죽었으면 빨리 성불이나 해." 그렇게 말하며 고타로는 자신이 입은 옷을 내려다봤다. 딱히 이상하지는 않았지만 문득 카무이를 보고 깨달았다. 다시 보니 카무이와 같은 아웃도어 브랜드의 같은 디자인, 같은 사이즈의 셔츠를 입고 있었다. 그나마 색상만 흰색과 베이지색으로 달랐다. 발목 기장의 바지도 똑같이 검정색이었다. 스포츠 샌들의 브랜드까지 똑같았다.

"어, 진짜! 쌍둥이 코디잖아! 근데 이걸 왜 몰랐지!"

"와하하! 너무 비슷해져 버렸네!"

"원조는 나야! 너 스타일 바꿔! 음, 일단 여기를 묶어버릴까!"

고타로가 장난으로 셔츠 밑단을 당긴 순간.

"……!"

카무이는 그 손을 뿌리치고 갑자기 펄쩍 뛰어 뒤로 물러났다.

너무나도 격한 반응에 고타로는 순간 어안이 벙벙해졌다. 우두커니 선 고타로의 눈앞에서, 카무이는 필사적인 표정으로 올라간 옷자락을 내리며 "구, 구겨지잖아!"라고 외쳤다. 그러더니 어째서인지 도모에를 뒤따라 여자들 쪽으로 도망쳤다. 사이온지와 야오치는 그 모습을 보고 낄낄거렸지만, 고타로는 손에 남아 있는 이질적인 느낌에 '방금 뭐였지……?' 하고 고개를 갸웃했다. 만졌을 때 느끼기로, 카무이의 셔츠 아래에는 두툼한 속옷이 있는 것 같았다. 최고 기온이 30도가 훌쩍 넘는 이 시기에 한겨울에나 등산할 때 입을 법한 옷을 입다니. 비치지 않도록 반소매 셔츠 아래 속옷을 입는 사람들도 없지는 않지만, 카무이가 입은 옷은 쪄 죽을 것처럼 두꺼웠다. 그리고 도망가는 모양새도 이상했다. 왜 저렇게 필사적이지?

고타로는 카무이 쪽을 보았지만 사이온지가 얼굴 앞에서 손을 흔들었다. "여보세요, 이제 슬슬 시작할 시간 아냐? 너희가 리더니까 애들 모이라고 해. 일찍 끝내달라는 애들도 있으니까. 카무이! 거기서 뭐 해, 돌아와!"

그래, 그래야지.

✦

어제 옛날 한자 와타나베가 반주를 녹음해 단체 채팅방에 올려줬고, 오늘은 가사가 들어간 악보를 인원수만큼 복사해서 가져왔다.

"종이에는 필기도 할 수 있으니까 사진으로 보내는 것보다 낫지."

너무 강렬한 캐릭터라 어울리기는 힘들지만, 옛날 한자 와타나베도 꽤나 성실한 녀석이다.

학생들은 주차장에 적당히 원형으로 둘러서서 고타로의 스마트폰으로 반주를 틀어놓고 일단 지금 있는 멤버들로 몇 번 반복해

노래를 불러봤다. 하모니 같은 건 제쳐두고서라도, 이 정도면 평범한 수준의 실력이라고 고타로는 생각했다. 그런데.

"이러면 안 돼! 카무이가 열심히 안 해!"

합창 대회라는 이벤트에서 종종 발생하는 수수께끼의 현상. 갑자기 여자애들이 진지해졌다. 한 명이 엄격하게 지적하자 다른 여자애들도 입을 모아 "맞아, 카무이 노래 안 불렀어" "카무이 목소리 안 들려"라며 카무이에게 무자비한 비난을 퍼부었다. 카무이는 고타로의 왼쪽 옆에서 몸을 움츠리며 "아니, 사실 아직 노래를 제대로 외우지 못해서…… 몇 번 듣다 보면 분명……" 하고 필사적으로 변명했다. 그 눈앞으로 얼터너티브가 튀어나왔다.

"넌 내 사냥감이야! 울어라! 울부짖어! 비명 질러! 햐아아아앗!"

옛날 한자 와타나베가 얼터너티브를 가리키며 얼이 빠진 카무이의 어깨를 꽉 붙잡았다. "카무이, 얼터너티브도 그렇다고 하잖아!"

"아니, 못 알아듣겠는데……."

"햐하하하! 햐하하하!"

"그래, 얼터. 나도 찬성해! 카무이 너도 동의하지?"

"아니, 진짜로 무슨 소린지 모르겠는데……."

놀랍게도 고타로는 얼터너티브의 말을 어느 정도 알아들을 수 있었다. 같은 반에서 좀 더 오래 지냈기 때문일지도 모른다. 고타로는 카무이의 등을 도닥이며 "다녀와" 하고 설득했다.

"어, 어디를!"

"얼터너티브가 너한테 노래를 가르쳐주겠다고 하는 것 같아. 얼른, 부르잖아."

얼터너티브는 카무이를 보며 "햐하하하!" 하고 혀를 날름거렸다.

카무이는 겁에 질려서 조금씩 뒷걸음질 쳤다. "싫어, 고타로. 난 얼터너티브와 그렇게 친하지 않단 말이야……! 단둘이서 있기는 어색해!"

하지만 옛날 한자 와타나베는 카무이의 어깨를 붙잡고 놓아주지 않았다. "걱정하지 마, 나도 있잖아! 자, 저 나무 밑 멋진 꽃밭에서 노래 연습을 하자!" 하고 말하며 카무이의 등을 억지로 민다. 하지만 가리키는 방향에는 나무 그늘도, 꽃밭도 없어서 조금 무섭다.

"아니, 난 괜찮아! 고타로랑 있을래! 우린 리더잖아!"

카무이는 필사적으로 저항했지만 배를 드러낸 도모에까지 협박했다. "그냥 빨리 가버려! 시간 낭비는 질색이야! 이렇게 다들 모여서 넓은 공간에서 연습할 수 있는데, 너 혼자 아무것도 몰라서 발목을 잡으면 다른 사람들한테 민폐라고! 무엇보다 나! 주역인 나! 나한테 민폐야! 네가 나의 귀한 연습 시간을 뺏을 권리는 없어! 그러니까 다 포기하고 저기로 따라가서 시키는 대로 따르란 말이야. 그대로 셋이서 농가 카페라도 운영하면서 영원히 사이좋게 살아!"

"그렇게까지는 안 할 거지만 뭐 비슷하기는 해. 햐하하하!"

"고타로! 고타로!"

카무이는 옛날 한자 와타나베와 얼터너티브에게 붙잡혀 끌려갔다. 녀석들……. 아련한 눈빛으로 그 모습을 차분하게 지켜보는 건 오늘 부자라는 사실이 밝혀진 베이지 와타나베다.

세 명이 빠지고 남은 아이들은 반주에 맞춰 '잠깐!'을 연달아 연습해 보기로 했다. 인원은 반 전체의 절반뿐이었지만, 분위기가 어떤지만이라도 충분히 파악할 수 있을 것이다.

고타로는 스마트폰으로 피아노 전주를 재생하고 적당한 타이밍을 골라 말했다. "그럼 지금 서 있는 순서대로 대충 시작해 보자. 시계 방향으로 지바는 빼고. 나부터 할게, 음, 먼저 친구가 되어서 하나씩 알아가고 싶어! 자, 다음!"

거기서부터 순서대로 한 명씩 '잠깐!'을 외친 뒤 고백을 진행했다. 하다 보니 의외로 아무도 실수하지 않고, 속도도 딱 맞게 순조롭게 진행되었다. 한 바퀴를 돌았을 즈음 곡이 끝났다. "어머, 딱 끝났어!" "어쩜 이렇게 정확하지?" "우리 너무 잘하는 거 아냐?" 하고 다들 이구동성으로 탄성을 터뜨렸다.

고타로 역시 신이 나서 옆에 있던 사이온지와 하이파이브를 했지만 문득 떠오르는 생각이 있었다. "아니, 아니야! 지금 다 모인 게 아니잖아. 이 인원으로 돌렸을 때 딱 맞는 거면 너무 느린 거지! 그럼 두 배로 빨리 진행해야 하나?"

"앗!" "그러네……." "잊고 있었어……." 뒤늦게 깨닫고 웅성거리는 아이들 사이로 도모에가 손을 들었다.

"저기, 맞장구치는 걸 넣으면 어때?"

무심코 배 부분에 눈길이 갔지만 고타로는 다시 시선을 들어 도모에의 얼굴을 보았다. "맞장구? 무슨 소리야? 왜?"

"맞장구라고 할까, 리액션 말이야. 방금 해보고 느꼈는데, 고백받을 때마다 나도 반응 없이 가만히 있으면 어색하지 않겠어?"

또다시 배에 시선이 간다. 고타로는 "아, 그건 그러네" 하고 대답하면서 얼굴로 시선을 옮겼다. "그럼 다시 처음부터 해보자. 아까보다 두 배 빠르게 두 바퀴 돌면 되겠다. 지바는 적당히 반응하고. 그럼 나부터 시작해서 시계 방향으로 도는 걸로."

고타로의 스마트폰에서 전주가 흘러나왔고, 아까보다 조금 더 빠르게 "먼저 친구가 되어서 하나씩 알아가고 싶어!"라고 노출된 배를 향해 고백한다. "네." 배가 대답한다. 배를 향해 "잠깐 멈춰!" 배가 "네" 하고 대답한다. 배를 향해 "잠깐!" 배가 "네" 하고 대답한다. 배를 향해…….

"잠깐!"

고타로가 외쳤다. 고백이 아니라 정말 멈추라는 뜻이었다. 음악 재생을 정지시키고 "네~ 가 뭐야? 너무 이상하잖아"라고 배를 향해 항의했다. 다들 기다렸다는 듯 "그래!" "진짜로 맞장구를 치면 어쩌자는 거야!" "아무리 생각해도 이상하잖아!" 하고 모두 웃으며 주저 앉았다.

도모에는 생각지도 못했다는 듯 모두의 이목이 쏠린 배를 가리며 말했다. "그럼 어떡해! 갑자기 좋은 아이디어가 떠오르겠냐고!"

"놀라는 건 언제? 고백할 때마다 '어머! 말도 안 돼! 어떻게 이런 일이?' 하면서." 한 여학생이 도모에를 향해 시범을 보였다.

"그걸 서른일곱 번이나 하라고?"

"음, 소리는 안 내도 되지 않아?" "맞아, 노래는 계속 불러야지." "표정이나 행동으로 놀란 걸 표현하는 게 낫겠어." "몸짓으로만 표현하는 거야." 여자애들은 도모에를 에워싸고 고차원적인 요구를 해댔다. "일단 놀란 표정부터 지어 봐."

도모에는 잠시 생각하다 "이렇게?" 하면서 눈을 크게 뜨고, 가식적인 미소를 지으며 그 자리에 서서 손바닥을 펼쳐 좌우로 뻗었다. 소녀들은 차례로 힘없이 무너졌다. "팬터마임하냐……." "마임맨이냐고……." "그냥 팬터마임이잖아."

"시켜놓고 너무한 거 아냐?" 도모에는 불퉁한 얼굴로 기운이 빠져 움직이지 못하는 아이들을 내려다봤다.

"애들 말대로 팬터마임하는 것처럼 보이긴 했어. 그렇다고 '네'라고만 대답할 수도 없고……."

고타로의 말에 도모에는 더욱 뾰로통해졌다. "너무 어려운 지시 아냐? 꼭 내가 문제가 아니고 누가 해도 이런 건 힘들……."

그때였다. 어디선가 바람을 타고 아름다운 하모니가 들려왔다. 이카로스의 이야기였다. 세 가지 성부의 목소리가 차분하게 하나로 어우러지더니, 쫓고 쫓기며 애절한 멜로디를 조화롭게 엮어갔다. 아련하게 빛나면서도 우수에 젖은 목소리가 모두를 감싸안았다. "뭐지……." "아름다워……." "이게…… 뭐지?" 모두가 노래가 들려오는 쪽을 일제히 돌아봤다.

그곳에는 어떻게 된 영문인지 땀과 진흙투성이가 된 카무이와 그를 부축하는 두 와타나베가 있었다. 완벽한 하모니를 습득한 세 사람은 천천히 밭 쪽에서 주차장으로 돌아왔다.

모두가 홀린 듯이 박수로 세 사람을 맞이했다. 말하지 않아도 모두가 무엇을 해야 하는지 절로 알아챘다. 고타로가 스마트폰으로 반주를 재생하자, 세 사람을 중심으로 노랫소리가 포개졌다. 고타로는 타이밍을 보다가 말했다.

"첫눈에 반했습니다! 우선은 친구가 되어서 친해지고 싶어요!"

마임맨이 놀랐다. "잠깐!" 마임맨이 놀랐다. "잠깐!" 마임맨이 놀랐다. "잠깐!" 마임맨이 놀랐다. "잠깐!" 마임맨이 놀랐다. "잠깐!" 마임맨이 놀랐다. 이하 생략.

두 바퀴를 다 돌고 나서 확인한 사실은 모두 세 가지였다.

첫째, 아직 속도가 느려서 고백하는 도중에 곡이 끝나버린다.

둘째, 팬터마임이 너무 이상하다.

셋째, 최선을 다하니 나름대로 재미있다.

쉬는 시간에는 삼삼오오 근처 편의점에 가서 마실 것과 과자를 사서 와타나베 저택으로 돌아왔다. 각자 그늘을 찾아 앉거나 서서 노래하고, 고백하고, 너무 웃어서 지친 목을 회복했다.

"옛날 한자 와타나베가 날카롭게 휘파람을 불었어. 그 순간, 나뭇가지 너머에서 얼터너티브가 튀어나오더니 도망치려는 나를 이렇게 위에서……."

밭에서 받은 특훈은 대단했다고 한다. 화단 가장자리에 앉아 카무이의 이야기를 들으며 사이온지와 야오치는 내내 배꼽을 잡고 웃었다. 웃으며 듣던 고타로는 무의식적으로 카무이의 어깨에 붙은 풀을 한 손으로 털어냈다. 그 순간, 아까 엄청난 기세로 뒷걸음질 치던 모습이 떠올랐다. 혹시 만지는 걸 싫어하는 것일까? 고타로는 당황해 손을 거두었지만 카무이는 신이 난 표정으로 돌아보며 구김살 없이 환하게 웃었다.

"그거, 차조기야! 얼터너티브한테 깔린 나를 내려다보면서 와타나베가 알려줬어!"

만지는 것 자체는 별문제가 없는 것 같다. "진짜 와타나베 집에는 없는 게 없네." 고타로는 내심 마음이 놓였다. 생각해 보니 지금까지 고타로를 포함한 기시마 가족들은 처형을 포함해 시종일관 카무이를 마구 만져댔었다.

조금 떨어진 곳에서는 여자애들이 딱 붙어서 시끄럽게 떠들고 있었다. 한 명이 무슨 말을 하면 주변에서 까르르 웃음소리가 터진다. 버릇처럼 손뼉 치는 소리와 도모에의 목소리도 들렸다. "왜! 그런 걸 내가 어떻게 알아!" 뭐라고 말하려던 도모에의 목에 여자애들이 팔을 두르며 얼굴을 맞댔다. "뭐?" 도모에가 놀랐다. 다시 웃음소리가 울려 퍼졌다. 도모에는 입술을 삐죽이며 뭔가 할 말이 있는 듯 이쪽을 돌아봤다. 불현듯 눈이 맞아서 고타로는 순간 굳어버렸다. 도모에의 입이 움직였다. "기시……." 하지만 도모에의 목소리는 다른 여자애들의 목소리에 묻혔다.

"카무이! 잠깐 이리 와봐!"

카무이는 "어? 왜?" 하고 순순히 일어나 여자애들을 향해 걸어갔다. 카무이가 도모에 옆에 나란히 서자, 여자들은 두 사람의 키를 비교하며 "역시나!" "이 정도 키 차이가 딱이지!" "딱 15센티미터!" "그치, 카무이 입이 지바의 이마 높이잖아!" 하고 다시 환성을 터뜨렸다.

사이온지가 그 모습을 보며 실실 웃었다. "어이쿠, 또 시작이네."

"뭐가?"

"고타로, 진짜 몰라? 여자들 사이에서 지금 카무이와 지바를 짝지어 주자고 분위기가 달아올랐잖아. 금요일에 카무이가 했던 말

생각해 봐. 여심을 자극한 거라고."

"어? 아니, 짝지어 주려고 해도, 카무이는 애초에……."

"그거야. 결국 카무이는 학교를 떠날 사람이니 두 사람은 바다를 사이에 두고 장거리 연애 확정. 이게 또 낭만을 자극한다지. 봐, 너희도 알겠지만, 내가 그 갸륵한 마조히스트를 초반부터 지켜봐 온 선배로서 당연히 응원하지 않겠어? 고타로 너도 선배잖아. 게다가 넌 카무이와 함께 지바를 행복하게 해주겠다는 선언을 한 사인데. 이 분위기 좋지 않아?"

사이온지는 쓱 일어나 "야호!" 하고 외치더니 여자들에게 에워싸인 카무이의 어깨에 몸을 기댔다. "아까부터 무슨 얘기해?" "엥? 네 셔츠 정신 사납다는 얘기." "어?" "응, 정신 사나워." "어?" "그거 다시는 입지 마." "어?" "다음에 또 입은 거 보면 찢어버린다." "어?" 핑크색 셔츠의 평가는 최악이었다. 가엾은 사이온지를 보고 웃음이 터진 카무이의 목소리가 여기까지 들린다.

"재미없어 보이네."

갑자기 가까이에서 들린 목소리에 고타로는 흠칫했다. 야오치가 한 손에 페트병을 들고서 물끄러미 바라보고 있었다. 고타로가 "뭐가?" 하고 되묻자 야오치가 대답했다. "아니, 갑자기 말이 없어진 것 같아서. 하긴, 이제 독점할 수 없으니까."

야오치는 저기, 하고 여자애들 무리를 향해 턱을 까닥했다. 그곳에는 딱히 친하지는 않은 같은 반 여자들 몇 명과 사이온지, 카무이, 도모에.

반사적으로 움찔한 건 아마 눈치채지 못했을 것이다. 하지만 누구를 두고 하는 말인지, 고타로는 야오치의 생각을 읽을 수 없었다. 카무이일까. 분명 카무이겠지. 그걸 전제로 "뭐 그렇지" 하고 농담처럼 되받아치면서 대답했다.

"뭐, 어차피 난 반인반어라 어류에 가깝잖아. 언젠가는 반드시 왕자님을 빼앗길 운명이었던 거지. 하지만 목소리를 잃은 대신 이 아름다운 다리를 얻었잖아?" 고타로는 오므리고 있던 다리를 앞으로 쭉 뻗었다. 뒤로 손을 뻗어 바닥을 짚고 나른한 자세를 취했다.

하지만 야오치는 웃지 않았다. "너, 생각보다 포기가 빠르구나."

"어?"

"왜?"

왜라니? 빤히 바라보는 시선에 고타로는 조금 움츠러들었다. 말문이 막히면서 갑자기 세상이 뒤집히는 느낌에 휩싸였다.

지금까지 티를 안 내고 잘 지냈다고 생각했다. 적어도 스스로는 그렇게 생각했다. 하지만 또래보다 어른스러운 친구의 눈에는 지금 어떻게 비춰지고 있을까. 혹시 내가 생각했던 것만큼 잘 해내지 못했던 걸까? 이를테면 도모에의 비밀이 밝혀지며 생긴 작은 균열이, 곧 다시는 봉합할 수 없는 큰 구멍이 되었고, 지금은 누구나 볼 수 있도록 배에 뻥 뚫린 채로 남아 있는 것처럼, 설마 나도 그렇게?

'나한테도 균열이 가기 시작한 건가……?'

비밀. 숨기는 일. 말할 수 없는 것. 그리고 그걸 지키기 위한 거짓. 부자연스러운 언행. 시시한 속임수.

우이코의 존재를 숨기고 싶어서 지금까지 고타로는 자신이 어디서 나고 자랐는지, 어느 초등학교와 중학교를 다니고 졸업했는지조차도 밝히지 않았다. 야오치나 사이온지에게도. 누군가 물어볼 때마다 적당히 얼버무렸다. 화제를 돌리고, 통제하고 숨기며 지금까지 잘 빠져나왔다. 그래서 괜찮은 줄 알았다. 잘했다고 생각했다.

하지만.

정말 목소리를 잃은 것처럼 고타로는 아무 말도 할 수 없었다. 이 상황을 어떻게 수습해야 할지 알 수 없었다. 야오치의 시선을 피하듯 의미 없이 제 발끝을 바라봤다. 다른 화제를 꺼내야 하는데, 초조해질수록 머릿속이 새하얘졌다. 이대로라면 점점 더 말문이 막힐 것 같다.

그때 타이밍 좋게 하나로 묶은 긴 머리를 흔들며 옛날 한자 와타나베가 끼어들었다. "기시마, 잠깐 반주 때문에 할 얘기가 있는데."

"어, 그래. 거기 앉아." 자신과 야오치 사이를 가리키며 와타나베와 나란히 앉았다. 저마다 악보를 손에 들고 스마트폰으로 반주를 작게 틀며 "그러니까 한번 제대로 시간을 재봐야 할 것 같아. 재보고 시간이 부족하면, 이 부분의 간주를……" 와타나베가 가리키는 부분을 진지하게 들여다보는 척했다. 고개를 끄덕이며 무슨 말인지 이해한 척했다.

하지만 사실은 방금 야오치에게 들은 이야기로 머릿속이 꽉 차 있었다.

'포기가 빠른 성격이라니……. 그야 그렇게 살 수밖에 없었으니까 그렇지.'

중병에 걸린 여동생이 있으면 절로 그럴 수밖에 없으니까.

부모님은 고타로의 존재를 잊지 않았다. 열 살까지 외동이었던 고타로를, 10년 동안 부모님의 사랑과 관심, 모든 것을 독차지하며 자란 아들을 결코 잊지 않았다. 늘 고타로를 눈여겨보고, 늘 고타로의 마음을 살피며, 늘 고타로를 소중하게 여겼다.

그래서였다. 그래서 내가 물러서는 것이다. 한발 물러나서 양보하는 거다.

우이코에게 다 주고 싶으니까. 내가 가진 좋은 것들은 모두 소중한 동생에게 주고 싶다. 그걸 위해서라면 잊혀도 좋다. 홀로 남겨져 다시는 돌아보지 않아도 괜찮다. 그걸로 충분하다. 진심이다. 수십 번, 수백 번, 수천 번 생각했다. 수만 번 생각한다. 진심이야. 난 그걸로 족해. 진심이다. 그러고 싶다. 진심이다. 양보하고 싶다. 진심이다. 다 주고 싶다. 진심이다.

'진심이라고……'

하지만.

그렇게 생각하는 자신을 '진짜' 나는 반드시 배신한다. 반드시. 내가 나 자신에게 배신당할 때마다 처음부터 다시 시작한다. 다시 생각한다. 수십 번, 수백 번, 수천 번, 수만 번. 난, 나는, 난. 진심이야, 정말이야, 진짜야. 그렇게 하면 그 대가로 소원이 이루어질 거라고 믿듯이. 주면 줄수록 무언가를 얻을 수 있다고 믿는 것처럼.

그리고…….

"기시마, 듣고 있어? 방금 그 부분 한 번 더 틀어줘. 여기, 따라라라라, 따라라라라, 하지만, 하는 부분."

"아, 미안. 여기 말이지. 다시 틀게."

……반드시 또 배신당한다.

해가 지면서 해산했다.

이대로 밥을 먹으러 간다는 무리, 버스정류장으로 향하는 무리, 와타나베의 집에서 게임을 한다는 무리와 헤어진 고타로와 카무이는 저녁 하늘 아래에서 나란히 페달을 밟았다. 우이코의 병원을 향해 두 대의 자전거로 초행길을 계속 달렸다. 교통량이 적고 인적이 드문 길이었다. 민가들이 드문드문 자리했을 뿐 길가로는 밭과 논이 계속 이어지는 한적한 길을, 저녁노을의 강렬한 빛이 멀리까지 눈부시게 비췄다.

"아, 깜빡했는데. 아까 연락 왔었어."

고타로의 말에 카무이가 "웅?" 하고 태평하게 얼굴을 돌렸다.

"우이코한테서. 아까 도서관에서 책을 역대급으로 많이 빌렸대. 아마 너한테 엄청나게 읽어달라고 할 거야."

"드디어 새 책을 들였구나. 안 그래도 병실에 있는 글자라는 글자는 죄다 읽었거든. 큰일이네. 아까 노래를 너무 열심히 불러서 목이 좀 쉬었는데."

"너 되게 열심히 하더라. 와타나베하고 얼터하고 셋이서. 아니, 얼터는 안 그렇게 생겨서는 완전 미성이더라고? 평소 모습만 봐서는 상상도 못 했는데."

"그렇지? 나도 처음 들었을 때 놀라서 토마토를 쓰러뜨릴 뻔했어. 하지만 의외인 걸로 따지면 와타나베도 만만치 않아. 그렇게 좋은 사람인 줄 몰랐어."

"아, 맞아. 걔도 의외로 되게 성실하더라. 지금 내 안에서 호감도가 폭발적으로 올라갔어. 아, 더 의외였던 건……."

"지바 말이야……?"

"응."

"배?"

"맞아."

크크크…… 둘이서 웃음을 터뜨렸다. 한 손으로 입을 막은 채, 비슷한 옷을 입은 두 소년은 끝이 보이지 않는 눈부신 길을 같은 속도로 비틀거리며 달렸다. 아까부터 발이 이상하게 무겁고 평소처럼 속도가 나지 않았다. 분명 카무이도 피곤할 것이다. 맑은 하늘 아래서 몇 번씩 노래를 부르고, 몇 번씩 이야기하고, 몇 번씩 '잠깐!'을 외치고, 몇 번씩 대열을 바꾸고, 이런저런 시행착오를 겪고. 그래, 피곤할 법도 하다. 무심코 하품할 때였다.

"오케이! 렛츠 댄스!"

"뭐야?"

난데없이 다케후지가 다시 두 사람을 덮쳤다. 카무이는 앞으로 고꾸라지듯 급브레이크를 밟고는 배낭을 열어 필사적으로 태블릿을 찾았다.

"아이 노 왓챠두! 소 핫 앤 소 딥!"

"아우, 이거 어떻게 끄는 거였지?" 카무이의 그 표정과 절박한 목소리, 아랑곳하지 않고 거침없이 흘러나오는 다케후지의 노래에 고타로는 웃음이 터졌다. "푸하하하!" 핸들에 얼굴을 박는 바람에 자전거와 함께 쓰러질 뻔했다.

"이, 이리 줘봐. 대체 뭐 하는 거야 너!"

"내가 그런 거 아냐! 난 아무것도 안 했어!"

태블릿을 받아 재빨리 알람을 껐다. 그와 동시에 스마트폰이 슝 울렸다. 보니까 역시 사이온지가 보낸 메시지였다. **들었냐고 물어봐! 히죽거리면서!**

"젠장!" 카무이는 버럭 화를 냈다. 불끈 쥔 주먹을 부들거리며 해 질 녘 하늘을 향해 포효하는 그 모습에 고타로는 웃음이 멈추지 않았다. 멋진 포즈로 멈춰선 카무이의 실루엣은 마치 로봇 애니메이션 속 한 장면 같았다. 등장인물이 아니라 로봇 쪽이다.

"야! 웃을 때가 아니야, 고타로! 젠장, 그 자식! 당장 '야 이 자식아!'라고 전해줘!"

"아니, 너는 왜 또 알람을 맞춰놓은 건데? 같은 수법에 이틀 연속이나 속수무책으로 당하다니. 바보 아냐……?"

"아냐, 충전해 줄 테니까 달라고 해서! 그야 나도 어제 일이 있었으니 나름대로 경계는 했어! 하지만 배터리가 딱 방전돼서……."

"아, 역시 어제도 했구나. 수음……. 충전을 못 하니까 오늘은 안 한다더니, 그새를 못 참고."

"그래, 했다! 했어! 했다고!"

"됐어. 그렇게 은근슬쩍 횟수까지 알려주지 않아도 돼…… 음, 정말, 새삼스레 느끼는 거지만 너희는 구제할 수 없는 멍청이들이야. 하아, 배 아파……."

너무 웃어서 힘이 풀린 다리로 고타로는 간신히 일어났다. 카무이는 "걔는 진짜 끈질겨"라며 툴툴거리며 소중한 태블릿을 배낭에 집어넣었다. 친구의 장난에 화를 내고, 발끈하고, 툴툴거리고, 투덜투덜 불평불만을 늘어놓는다. 다리에서 처음 만났을 때만 해도 카무무이가 이런 표정을 지을 수 있을 줄은 꿈에도 몰랐다. 언제부터 이렇게 변했을까? 아니, 어쩌면 카무이는 의외로 사이온지와 죽이 잘 맞는 걸지도 모르겠다. 처음에는 둘 사이에 고타로가 끼어 있었지만 어느새 두 사람은 자연스럽게 친해졌고, 불평불만까지 말할 수 있는 사이가 됐다.

"젠장, 사이온지 녀석 정말 나빴어. 하지만 수음장을 빌린 주제에 화를 낼 수도 없고……."

다시 배낭을 멘 카무이는 핸들을 잡았다. 하지만 왠지 고타로는 아직 달리고 싶지 않았다. 그대로 자전거를 끌며 걷기 시작하자 카무이도 자전거에서 내려 왼쪽 옆에서 나란히 걷기 시작했다. 그 옆모습이 순간적으로 풀어지며 옆얼굴에 미소가 번지더니, 고타로 쪽으로 얼굴을 돌리며 더 크게 웃었다.

"하지만 그래도 재미있어. 모든 게 재미있어……!"

문득 이런 생각이 들었다. 왜 나였을까.

카무이가 이런 미소를 보낼 사람은 내가 아니었어도 상관없을 텐데. 지금 이렇게 같은 속도로 나란히 걷고 있는 건, 우연히 그날 그 다리에서 카무이와 처음 만난 게 나였기 때문이다. 마치 갓 태어난 아기 새가 처음 본 것을 어미로 인식하듯 카무이는 그때부터 지금까지 계속 나를 쫓아다니고 있다. 우연히 그렇게 됐다는 것 말고 다른 합리적인 이유를 찾을 수 없었다.

만약 그 다리에서 다른 사람을 만났다면 카무이는 그 녀석을 쫓아다녔을 것이다. 그 녀석과 친구가 되어 지금쯤 그 녀석과 청춘을 즐겼겠지. 아무와도 만나지 못했다면 카무이는 정체불명의 유학생으로 어느 날 학교에 나타났을 테고, 자연스럽게 누군가와…… 어쩌면 사이온지와 친해졌을지도 모른다. 아니면 야오치와 친해졌을 수도 있다. 여자애였을 수도 있다. 도모에였을지도 모른다. 고타로는 그 모습을 흐뭇하게 바라보며 너희 되게 친하네? 하고 자연스럽게 웃고 있었겠지.

누구였으면 좋았을지, 누가 제일 나았을지, 이제 그런 건 알 도리가 없지만, '나라서 다행이다! 결과가 좋으면 다 좋은 거지!' 하고 단언할 용기도 고타로에게는 없었다.

카무이에게는 더 나은 친구가 있었을지도 모른다. 더 나은 청춘이 있었을지도 모른다. 정말 만나야 했던, 쫓아가야 했던 상대가 있었을지도 모른다. 우연히 나와 만난 탓에 그 기회를 놓친 것은 아닐까. 그런 생각을 하자 별안간 가슴이 답답해지면서 터질 것처럼 미어져서 불쑥 말이 튀어나왔다. "나 아니었어도 상관없었을 텐데. 꼭 내가 아니었어도 넌 분명 청춘을……."

곧바로 후회가 밀려왔다.

입을 다물고 왼쪽을 힐끗 보았다. 카무이는 안경 너머로 두 눈을 동그랗게 뜨고 고타로를 바라보고 있었다. 맞아, 이런 소리를 하면 널 곤란하게 만들 뿐이지. 무슨 대답을 원하는 거야. 궤도 수정.

"아, 그거 말이야. 합창 리더. 너 혼자서도 잘했을 것 같은데? 와타나베도 잘 도와주잖아."

잘 얼버무렸다고 생각했다. 하지만 카무이는 걸음을 멈추고 단호하게 말했다.

"네가 없으면 난 살아 있지 못했어."

그 오른손이 고타로의 팔을 잡고 있었다. 손가락이 파고들어 아플 정도로 세게.

"……어? 너 갑자기 무슨 소리……."

절대 안 놔. 평생 놓지 않을 거야. 카무이는 그런 진지한 눈빛을 하고 있었다. 목덜미에 소름이 돋았다. 아, 하지만,

"……그거야? 물에 빠진 걸 내가 구해줘서? 아니, 하지만 그건 원래 내가 뛰어들라고 부추긴 게 원인이고, 애초에 원인이……."

"아니, 아냐." 단호한 목소리가 고타로의 말을 막았다. "거기서부터 시작된 거야. 전부, 모든 것이. 내 모든 게! 거기서부터였어!"

붙잡힌 팔에 전류가 흐르는 것 같았다. 힘이 너무 많이 들어간 카무이의 손가락이 떨리기 시작했다. 그 떨림은 고타로의 몸까지 고스란히 전해졌다.

"너와 만난 순간, 내 심장이 움직이기 시작했어! 심장이 여기 있었나 싶을 만큼 진심으로 놀랐어! 그때까지 그런 느낌을 몰랐어! 지금까지 멈춰 있던 건가 싶었어! 지금까지 대체 뭘 하고 있었나 싶었다고! 난생처음으로 내가 살아 있다는 걸……. 그때 정말, 처음으로 내가 살아 있구나 하고 실감했어!"

'……진짜구나.'

이유도 없이, 그런 생각이 들었다. 이건 사실이다. 이게 이 녀석의 '진실'이다. 카무이는 그걸 스스로 내보였다.

하지만 만약 지금 어설프게 입을 열었다가는 분명 그 세 글자의 답을 듣게 될 것이다. 미, 안, 해.

나는 카무이가 지금 말한 것처럼 카무이에게 나의 '진실'을 보여

줄 수 없다. '자기 자신을 계속 배신하는 그 녀석'을 카무이에게 절대 내보일 수 없다. 카무이가 실망할까 봐 두렵다. 그리고 실망하지 않는다고 해도 두렵다. 만약 카무이가 '그 녀석'을 받아들여 준다면, 그때야말로 내 모든 것이 무너질 테니까.

고타로는 카무이를 바라보면서도 말문을 열 수 없었다. 우두커니 서서 움직일 수 없었다.

이유도 없이, 또 하나 드는 생각이 있었다.

'……이 녀석은 사라지지 않아.'

세상에서 이 녀석만은, 오로지 카무이만큼은, 내 왼쪽 옆에서 나와 같은 속도로 어디까지고 따라온다. 유학이 끝나고 아무리 멀리 떨어져도, 어떤 식으로든 헤어지게 되어도, 카무이는 반드시 이곳으로 돌아올 것이다. 그리고 나와 계속 함께 걸어갈 것이다. 반드시.

그 사실을 확신하고 마음을 놓았다. 더는 아무것도 두려워하지 않아도 된다. 고타로는 숨을 크게 들이마시며 꽉 다물고 있던 입을 벌리고, 속마음을 그대로 털어놨다.

"다행이다!"

살아 있어서 다행이다. 그때 우연히 만나서 다행이다. 카무이가 카무이라서 기뻤고, 카무이가 분명히 존재하는 게 기뻤고, 카무이와 함께 있을 수 있다는 게 기뻤고, 카무이를 만난 게 나라서 다행이다. 다행이네, 우리.

"좋아, 가자!" "가자!" 자전거에 올라타 핸들을 잡고 나란히 페달을 밟자 자연스럽게 웃음이 터져 나왔다. 카무이도 웃고 있었다. 무엇이 재미있는지, 왜 즐거운지 설명하지 못한 채로 둘이서 그저 웃었다. 이 순간이 영원히 계속되어도 상관없다고, 카무이도 분명 그렇게 생각했을 것이다.

자신의 왼쪽 가슴에 손을 올려본다. 펄떡펄떡 뛰는 심장을 확인한다.

이 가슴 안쪽에 언제부터인가 빛이 켜져 있다. 금색으로, 주황색으로, 보라색으로, 녹색으로, 분홍색으로, 파란색으로 일렁이는 불꽃처럼, 타오르는 불길처럼, 명멸하고 박동하며 몇 번이고 반복해서 속삭인다. 카무이의 목소리로 계속 뛰고 있다. 괜찮다고.

"아…… 지금 이런 생각이 들었는데, 만약 이렇게 흘러가다가 축제 당일에 너 귀국하게 되면 좀 그렇지 않을까?"

"뭐? 그게 무슨 소리야. 말이 씨가 되면 어쩌려고. 그런 소리를 왜 해. 재미도 없는데! 괜찮아, 분명…… 아니…… 괜찮을 거야. 정말." 카무이는 똑바로 정면을 쳐다봤다. 망설임 없는 눈동자로 끝없이 이어지는 길 끝을 보았다. "난 사라지지 않아. 다만 안 보이게……."

불어닥친 바람이 그 말을 지워버렸지만, 카무이의 옆모습은 웃고 있었다. 그래서 무슨 말이냐고 되묻지 않고 고타로는 가슴속 깊은 곳에서 뛰는 목소리를 믿기로 했다.

배신당했다.

그로부터 2주 남짓한 시간 동안, 2학년 8반은 똘똘 뭉쳐서 축제 연습에 임했다. 돌이켜보면 정말 순식간에 시간이 흘렀다. 열일곱의 나날은 너무 짧아서, 눈 깜짝할 사이에 지나가 버렸다.

그런 하루하루를 오랫동안 잊지 않았다. 계속 생각했다.

카무이라고 불렸던 소년에게는 그런 날들이 얼마나 소중했을까. 그런데도 너덜너덜해지도록 상처를 줬다. 그토록 작은 그릇이었으니 기쁨으로만 채워줘야 했는데.

과자가 공중을 날아다녔다. 점심시간을 맞이한 교실에서 사이온지가 봉지를 뜯는 데 실패한 것이다. 가벼운 노란색 과자가 봉지에서 힘차게 튀어나와 전부 바닥에 뿌려졌다. "으아!" "뭐 하는 거야, 멍청아!" "아깝게!" "3초 안에 먹으면 돼!" 카무이와 야오치, 모두가 경쟁하듯 바닥에 떨어진 과자를 입에 집어넣었다. 도모에는 그 모습을 싸늘한 눈빛으로 쳐다보고 있었다. 자기 자리에서 담임이 직접 싸 준 도시락을 펼쳐놓고, 의자를 가져다 앉은 다른 여자애들과 합창 대회 이야기를 하면서 "쟤네 위생 관념 뭐야……" 하고 역겨운 듯 얼굴을 찌푸렸다.

컵라면은 토 나오게 맛없었다. 방과 후, 둘이서 병원으로 가던 길. 편의점 앞에 새로 나온 컵라면을 광고하는 커다란 광고판이 있었다. 크리미한 캐러멜 라떼, 진한 돼지 뼈로 우려낸 육수, 레몬 맛. 두 번이나 눈길이 가는 바람에 나란히 급브레이크를 밟았다. 우리는 호기심을 이기지 못했다. 편의점에서 뜨거운 물을 붓고 주차장에 앉아 3분 기다렸다가 뚜껑을 연 순간, 절망했다. 꺼림칙한 거품이 떠다니는 정체불명의 컵라면에서는 이상한 냄새가 났다. 한 입 먹은 순간 백기를 들고 싶었다. 버릴 곳을 찾아 매장 안을 돌아다녔더니 점원이 빈 용기 말고는 버릴 수 없다고, 버리려면 다 먹으라고 했다. 맛없고 뜨끈뜨끈한 컵라면을 들고 자전거를 탈 수도 없고, 냄새가 나니 병원에 들고 들어갈 수도 없었다. 그래서 억지로 먹었다.

국물도 마셨다. "으악……." "맛없어……." 쓰러질 것 같았지만 우리는 인내하며 고통을 견뎠다. 돈까지 내며. 마지막 한 입까지 다 마시고 빈 용기를 버리러 가게로 들어가자 아까 만난 점원이 있었다. "억! 저걸 다 먹었어? 대단하네!" 점원의 말을 듣고 카무이는 초점 없는 눈으로 "이런 거 팔지 말라고……" 하고 중얼거렸다.

카무이의 감방에도 다 같이 갔다. 줄창 음담패설만 내뱉었다. 사이온지와 야오치가 성적 취향을 얘기하다가 격렬한 말다툼으로 번질 뻔하기도 했다. "개소리 마, 가슴은 절대로 작아야 한다고!" "큰 게 짱이거든, 멍청아!" "작은 거!" "큰 거!" 카무이와 서로 눈빛을 교환했다. 세상에, 이렇게 멍청해도 되는 거야……? 분위기가 과열되면서 두 사람이 절교할지도 모른다는 생각까지 든 순간, "오케이! 렛츠 댄스!" 사이온지가 맞춰 놓고서 잊고 있던 다케후지 노래의 알람이 울려 퍼졌다. 다들 자기도 모르게 노래하고, 춤추고, 마지막 포즈까지 딱 맞추고 나자 두 사람은 굳게 악수를 나누며 화해했다. 소리가 시끄러웠는지 그 여자가 의아한 표정으로 들여다보았다.

카무이는 우리 집에 저녁을 먹으러 여러 번 찾아왔다. 그때마다 "처형!"을 당했다.

카무이는 여러 번 병원에 찾아왔다. 그때마다 "처형!"을 당했다.

여러 번 내 방에서 시간 가는 줄도 모르고 지바 인기 폭발 대작전의 참고가 될 만한 동영상을 함께 찾아보았다.

비가 오면 학교 어떻게 가지, 하고 카무이는 심각하게 고민했지만 비가 내린 것은 그날 밤뿐이었다.

그리고 또…… 무슨 일이었더라? 창밖이 캄캄했는데……. 그래,

교실에 다 같이 늦게까지 남아서 연습을 할 때였다. 다른 반에게 합창곡이 뭔지 들키지 않으려고 다들 목소리를 죽인 채 불렀다. 반주를 작은 소리로 틀어놓고 입만 벙긋거리며 '잠깐!'을 외쳤다. 그때 누군가 혼잣말처럼 중얼거렸다.

"근데 이거 무슨 의미가 있는 거야?"

그 한마디뿐이었는데, 본 공연 직전의 흥분 때문인지 모두 웃음보가 터져버렸다. 곳곳에서 다리에 힘이 풀려 바닥에 무릎을 꿇고, 서로 얼싸안고, 머리를 감싸안고, 배를 잡고, 천장을 올려다보며, 이성을 잃을 정도로 모두 한바탕 웃음을 터뜨렸다. 사이온지, 야오치, 도모에, 오야마, 베이직 와타나베, 옛날 한자 와타나베. 얼터너티브 와타나베, 다른 남자애들과 여자애들도, 나도, 카무이도, 서 있지도 못할 정도로 웃었다. 어깨동무하고, 등을 부딪치고, 한데 엉켜서 그대로 바닥으로 쓰러졌다. 너무 많이 웃어서 소리도 나오지 않았지만 분명 같은 마음이었다. 재밌다. 모든 게 재미있다. 서로 손을 뻗어 뜨끈한 손바닥을 맞대고 호흡이 정상으로 돌아올 때까지 기다렸다. 차츰 소란이 가라앉고, 분위기가 진정되고, 제발 이제 웃지 좀 말라고 모두가 간절히 바랐던 그 순간. "햐!" 얼터너티브가 이상한 소리로 딸꾹질을 했다. 모든 노력이 헛수고였다. 또다시 모두가 웃음의 빅뱅에 휩싸여 그대로 섬광 속에서 폭발했다.

열일곱이었다.

다시는 돌아오지 않을 그 날들을, 그리고 그 무의미함을 몇 번이고 반추했다.

이제 답이 돌아오지 않는다는 걸 깨달은 뒤에도 몇 번이고 반복해서 물었다.

'카무이.'

몇 번이고, 몇 번이고, 반복하고, 반복해서.

'너는 '진짜' 뭘 하고 싶었던 거야?'

아주 오랜 세월을 나는 그렇게 홀로 살았다.

✦

"슝!"

아침 햇살 속에서 나폴레옹이 기다리고 있었다.

"안녕!"

"그래, 그래. 슝!"

카무이가 건넨 펜으로 **안녕**을 휘갈겨 썼다.

"그럼 가자! 오늘은 드디어……."

"본무대다!"

예이! 기합을 넣고 주먹으로 하늘을 찌르며 두 사람은 자전거를
타고 평소와 같은 길을 달렸다. 드디어 지바 인기 폭발 대작전, 결
전의 날이 왔다.

4

작년에도 경험해서 잘 안다. 이런 허무한 이벤트를 진지하게 준비하는 반은 없다. 적당한 합창곡을 적당히 부르고, 적당히 그걸 듣고 적당히 박수를 친다. 빠지면 결석 처리되니까 일단 출석은 한다. 이 고등학교의 축제는 그냥 그게 전부인, 지루하기 짝이 없는 하루일 뿐이다. 어느 반이든 확실히 그렇게 생각할 것이다. 학생도 교사도 그냥 치르기만 하면 되는 행사라고 생각할 것이다.

2학년 8반 40명과 그 담임을 제외하면 말이다.

"왠지 다른 선생님들에게 미안하네."

하하, 고마다가 그렇게 말하며 머리를 긁적거린 곳은 막이 내린 무대 옆의 대기실이었다. 이미 반 전체가 그곳에 모여 있었다. 풀어헤쳤던 옷깃을 단정하게 여미고, 셔츠를 안으로 넣어 입었다. 남학생들은 깔끔하게 벨트를 맸다. 여학생들은 니삭스를 맞춰 신고 무릎 아래까지 쫙 올렸다.

곧 오전 9시였다. 축제가 막 시작하려는 체육관 객석에는 이미

2학년 8반을 제외한 전교생이 빽빽하게 늘어선 철제 의자에 억지로 앉아 넋 나간 표정을 짓고 있겠지. 여기서는 보이지 않지만 어쨌든 작년에는 그랬다. 참고로 재작년까지는 내내 서서 들었는데, 그러다 빈혈이 있는 여학생들이 쓰러져서 보건실은 야전병원을 방불케 했다고 한다.

어제 고마다가 추첨으로 뽑은 발표 순서에 따라 2학년 8반은 오늘의 첫 타자로 정해졌다.

"큰일이네. 우리 반이 처음부터 엄청난 공연을 선보이게 되는 거 잖아? 우리 다음에 공연할 반은 정말 큰일이겠어. 선생님들 말로는 다들 하나도 연습 안 했다던데. 게다가 우리 반도 비슷하다고 대답해 버렸어. 거짓말했다고 혼나면 어쩌지……."

하하하. 곤란한 표정으로 웃는 고마다를 보며 학생들도 여유만만하게 고개를 끄덕였다. "그렇죠?" "그러게?" "하긴 큰일이긴 하네." "우리만 너무 주목받는 거 아냐?" "하지만 이 세상은 약육강식이니까." "우리가 봐줄 이유도 없지." "후후후." 언뜻 봐서는 악당 소굴 같은 분위기였다.

"도모에, 어머니 오셨대?" 한 여자아이의 물음에 도모에가 고개를 끄덕였다. "응, 아까 연락받았어. 학교에서 관객석 맨 뒤에 자리를 만들어주셨대." "다행이다." "잘 보셔야 할 텐데." "그래, 우리 연습의 결과를!"

고마다가 힐끗 시계를 보았다. 개회사 같은 건 딱히 없었다. 드디어 본 공연이다. 고타로는 카무이 쪽을 돌아보며 남대문이 잘 닫혔는지 마지막으로 한 번 더 확인하라고 주의를 주려 했다. 바로 그때였다.

"어? 카무이?"

카무이가 소리도 없이 힘없이 주저앉았다. 당황한 고타로가 팔꿈치를 잡아 부축했지만, 그대로 몸이 축 늘어졌다. 얼굴이 새파랗게 질려서 온몸을 덜덜 떨고 있었다. "아아……." 고타로의 팔을 잡는 손가락도 식은땀으로 흠뻑 젖어 있었다. 여유를 부리던 고마다와 다른 학생들도 카무이의 이변을 알아채고 웅성거렸다. "카무이, 무슨 일이야!" "괜찮아?" "뭐야? 예전에 서서 듣던 시절에 빈혈로 쓰러진 여자들의 원혼이……." "어머……." "꺄악!" "아니, 그냥 빈혈이잖아." "죽은 사람 없거든."

카무이는 고타로의 부축을 받으며 필사적으로 호소했다. "아, 갑자기…… 너, 너무 긴장돼서……!"

"이제 와서? 너 방금까지만 해도 쌀과자 먹으면서 히죽거리고 있었잖아!"

"아니, 그치만, 그치만 실패하면 어떡해? 그리고 아! 가사 전부 까먹었어! 아! 큰일 났어, 아무것도 생각이 안 나!"

"무슨 드라마나 영화도 아니고 갑자기? 일단 진정해! 젠장, 누구 쌀과자 가진 사람 없어? 그거 먹는 동안에는 조용했다고!"

예상대로 모두 고개를 저었다. 큰일이다. 리더 카무이의 역할은 중요했다. 고백의 첫 번째 타자로 갑자기 무대에서 도모에게 마음을 전하는 미션을 수행해야 했다. 거기서 실수하면 그 뒤의 모든 노력이 수포로 돌아간다. 카무이가 스타트를 끊는 첫 고백이 바로 지바 인기 폭발 대작전의 성공 여부를 결정하는 분기점이라 해도 과언이 아니었다.

첫 고백이 터지는 건 3절이었다. 이카로스가 힘차게 날아오르는 1절, 멋지게 활공하는 2절은 평범하게 모두 함께 부른다. 3절에서 이카로스의 운명은 갑자기 나쁜 쪽으로 전환되고 느닷없이 사망 선고까지 받게 되는데, 이 부분에서 카무이가 고백한다. 거기서부터 "잠깐!" 하며 고백이 폭풍처럼 서른일곱 번 연속으로 쏟아진다. 연습 끝에 타이밍은 이미 완벽하게 준비했다. 옛날 한자 와타나베가 혼신의 힘을 다해 완성한 간주가 흐르는 가운데, 감동적으로 이야기가 마무리되는 4절이 끝나는 동시에 도모에가 "미안해!" 하고 외치며 모든 고백을 거절하면 끝이다. 고타로는 서른일곱 번의 고백 중에 서른일곱 번째 고백 담당이었다. 역시 책임이 막중했지만 첫 타자에 비할 바는 아니었다. 두 리더가 가위바위보를 한 결과, 카무이가 져서 첫 타자가 된 것이다. 하지만 상황이 이렇게 되었으니 어쩔 도리가 없었다.

"그렇게 긴장되면 마지막에 할래? 교대할까?" 고타로의 말에 카무이는 창백한 얼굴로 "그건 안 되지! 연습 한 번도 안 해봤는데!" 하고 세차게 고개를 저었다. 카무이는 바닥에서 일어나지도 못한 채, 다리를 부들부들 떠는 아기 사슴 상태로 고타로에게 매달리며 호소했다.

사이온지가 그 어깨를 잡고 흔들기 시작했다. "야! 정신 차려! 상상하라고! 넌 이름 없는 왕자야. 이 세상에 갓 태어났어."

"자, 잠깐만, 사이온지! 정신을 차려야 할지 상상부터 해야 할지 잘 모르겠어."

"둘 다야. 정신 차리고 상상해. 네가 정신을 차려보니 물살을 거스르지 못하고 어푸어푸 허우적거리고 있어…….."

"아…… 왠지 그 부분만큼은 엄청 생생하게 상상할 수 있어. 위험해……. 순식간에 휩쓸려 내려가면 못 버텨…….."

"그때 이 녀석이 나타났어." 뒤에서 야오치가 난데없이 고타로를 떠밀었다. "으악!" 하고 카무이의 발밑에 쓰러진 비참한 고타로를 가리키며 "이 반인반어가"라고 말했다. 카무이는 충격적인 전개에 놀라서 "고타로가 반인반어라고?" 하고 외쳤고, 사이온지는 고개를 끄덕이며 진지한 표정을 지었다. "그래. 자, 인사드려. 반인반어."

갑작스러운 억지였지만 그래도 고타로는 받아치려고 했다. 카무이를 위해, 아니, 2학년 8반을 위해. 지바 인기 폭발 대작전을 위해. 안간힘을 다해 두 눈을 모으며 가슴 언저리에서 손을 팔랑팔랑 흔들었다. 지느러미 흉내였다. "왜 저러는 거야" 하고 누군가가 중얼거리는 소리가 들렸지만 모른 척했다. "오늘 밤에 다시 떠올리고 이불 차겠네." 자신의 흑역사 같은 걸 신경 쓸 때가 아니다.

"반인반어 맞지? 그 반인반어가 물에 빠진 널 구했어. 그리고 너는 그게 됐어!"

"반인반어가?"

"아니! 이 멍청아! 이카로스지, 이카로스! 네가 이카로스야! 갓 태어난 왕자님은 반인반어의 도움으로 간신히 살아남아 어엿한 이카로스가 됐어! 자, 가랏! 다른 선택지는 없어! 태양을 향해 지금 날아올라라! 그게 네가 원하는 거지? 그걸 위해 여기 있는 거지?"

"그래, 맞아!" 카무이는 고개를 들고 두 다리로 바닥을 딛고 섰다.

두 뺨을 찰싹 때리며 각오를 다졌다. "그걸 위해 여기까지 왔어! 간다! 날아오른다! 지바에게 고백했다가 차인다!"

고타로도 일어나 카무이와 어깨동무했다. "그래! 우린 함께야, 차이러 가자!"

사이온지와 야오치도 한데 엉겼고, 자연스레 그대로 학급 전체가 둥글게 원을 그리며 모였다. "해보자고!" "가자!" "그래!" "고백하자!" "차이자!" 남자 여자 할 것 없이 반 아이들은 한데 뒤섞여 머리를 모았다. 눈빛을 교환하며 서로의 열기를 느끼고, 숨을 맞추며 카무이를 보고.

하나, 둘!

파이팅을 외치려고 다 같이 숨을 들이마신 순간.

"……웅? 숫자는 왜 세?"

그게 뭐야!

카무이를 제외한 모두가 고꾸라졌다. 조금 떨어진 곳에서 지켜보던 고마다만 "이것이 바로 대!" 하고 존재하지도 않는 카메라를 향해 대사를 날렸다.

"반! 전!"

공연 시작을 알리는 부저가 울렸다.

✦

비극적인 운명을 예감하게 하는 멜로디를 따라 2학년 8반의 합창이 시작됐다. 첫 곡이라 관객석의 학생들도 졸지 않고 열심히 듣고 있었다.

1절, 2절이 끝나고 3절이 시작됐을 때.

"지바!"

카무이가 나섰다. 갑작스레 터져 나온 목소리에 객석의 분위기가 달라졌다. 아니, 뭔가 트러블이 생겼나 해서 살짝 얼어붙었다. 쟤 뭐야, 이상한 애야……? 관객석이 술렁거리는 가운데,

"전부터 좋아했어! 내 여자친구가 되어줘!"

한 손을 내민다. 도모에는 입을 가리며 깜짝 놀란 듯 눈을 부릅떴다. 객석이 "어어?" "고백이야!" 단번에 술렁거리기 시작했을 때,

"잠깐!"

커다란 환성이 터져 나왔다. 그리고 폭풍처럼 고백이 쏟아졌다. "잠깐!" "잠깐!" "잠깐!" 키 순서에 따라 브이 자로 늘어선 남학생과 여학생들이 차례차례 내미는 손은 마치 빠른 파도타기나 도미노, 살아 있는 생물처럼 매끄럽게 물결치며 완벽한 각도로 주르륵 늘어섰다. 이쯤 되면 연출이라는 걸 관객도 모두 알아챘겠지만 그래도 "재밌다!" "고백해, 고백해!" 폭발하는 성원이 체육관을 뒤흔들었다. 휘익. 휘파람 소리가 울려 퍼졌다. 일어나서 손수건을 휘두르는 녀석, 주변을 선동해 춤을 추기 시작하는 녀석, 짐승처럼 하울링하는 녀석도 있었다. 이내 우레와 같은 박수는 박자를 맞춘 손뼉이 되어서 달아오르는 분위기와 함께 점점 더 빨라졌고, 덩달아 고백하는 속도도 빨라지기 시작했다.

'이런…… 연습한 대로 하라고!'

고타로는 내심 속을 태웠다. 연습할 때보다 속도가 훨씬 빨랐다. 이대로는 곡과 고백의 타이밍이 어긋난다. 중요한 대단원이다. 여기서 어긋나면 화룡점정은 물거품이 된다. 안 돼, 여기까지 온 이상 완벽하게 해내야지! 서른여섯 번째의 고백이 끝난 뒤 고타로는 도모에와 눈을 맞췄다. 도모에도 너무 빠르다는 걸 알아챘으리라. 잠깐! 만으로는 시간이 남는다. 애드리브로 어떻게든 시간을 끌어야 한다. 순간 시선을 교환하고 고개를 끄덕인 뒤, 손을 내밀었다.

"지바!"

아주 잠깐의 시간 끌기.

"넌 나한테 특별한 사람이었어. 나한테는 너밖에 없었어. 그걸로도 만족했어. 사실은 계속 그러기를 바랐어."

어?

"나는 계속 널 좋아하고 있어!"

조명 아래로 끌어낸 그 목소리가 진공과도 같은 침묵 속에서 구경거리로 변했다. 도모에는 입을 다물고 있었다. 눈을 휘둥그레 뜬 채 굳어 있었다. 고타로에게 시선을 고정하고 얼어붙어 있었다. 말을 해. 말하라고, 그 말을, 엔딩 대사를! 왜 말을 안 하는 거야! 해! 빨리…… 말해!

말 안 하면…….

"미."

반주가 엔딩 타이밍에 신호를 보냈다. 그로부터 채 1초도 지나지 않은 순간.

"미안해!"

도모에가 힘껏 고개를 숙였다. 손을 내밀었던 모두가 일제히 쓰러져 무대에 나동그라졌고, 객석에서는 웃음이 폭발했다.

쏟아지는 박수갈채 속에서 서서히 막이 내렸다.

객석뿐 아니라 무대 위도 대성황이었다. "우오오!" "좋았어!" "대성공이야!" "분위기 장난 아니었지?" "우리가 해냈어!" 반 전체가 흥분으로 눈을 빛내며 곳곳에서 얼싸안고, 브이 자를 그리고, 하이파이브를 하고, 주먹을 치켜들며 "오예!" 하고 외치다가 팔짝팔짝 뛰고 다시 껴안았다. "고타로의 그 애드리브, 완전 천재 아니냐고!" "그러니까!" "중간부터 속도가 빨라졌잖아!" "타이밍 끝내주더라!"

모두가 고타로의 어깨를 두드리고 등을 툭툭 쳤다. 고타로는 그냥 웃었다. 웃으며 얼버무렸다.

"애들아, 일단 무대에서 내려가야지. 조용히 하고 객석으로 이동하자. 다음 반이 준비해야 하니까!" 고마다가 손뼉을 치며 출구를 가리켰다. 아직 흥분이 가시지 않은 표정으로 학생들은 소란스레 무대에서 내려왔다. 고타로도 그 무리에 합류했다. 앞에 도모에가 있었다. 하지만 볼 수가 없었다. 아까부터 도모에 쪽을 도저히 볼 수 없었다. 어떤 표정을 짓고 있는지 상상조차 할 수 없었다.

하지만 머리로는 안다. 그냥 말해버리면 된다. "아까 애드리브 괜찮았지?" 하고. 도모에 앞에 서서 아무렇지도 않은 양, 평소처럼 그렇게 말하면 된다. 당연히 진심이 아니었다고. 그냥 시간을 벌기 위해 입에서 튀어나온 말이었다고. 그런 생각은 해본 적도 없다고. 왜냐면 그게 사실이니까.

하지만 어찌 된 영문인지 그럴 수 없었다. 말할 수 없었다. 딱 잘라 말할 자신이 전혀 없었다. 아마도 앞으로 영원히 도모에 앞에 서지 못할 것 같았다.

'나는 왜, 대체 왜……'

지금 당장 이불을 뒤집어쓰고 싶었다. 이불 속으로 순간 이동해서 힘껏 외치고 싶었다. 베개에 얼굴을 묻고 온 힘을 다해 절규하고 싶었다.

'왜 그런 소리를 해버린 거야……!'

외칠 수 없는 감정이 부풀어 올랐다. 이대로 폭발할지도 모른다. 앞으로 어떻게 되는 걸까. 어떻게 얼버무려야 할까. 아니, 어떻게 되고 말고 할 것도 없다. 그런 말 한 번 했다고 달라지는 건 아무것도 없다. 아무것도 달라지지 않으면 다행인 건가. 아무것도 달라지지 않는다고 해도, 그래도 난, 도모에는 그래도, 나만 이렇게…… 몸이 자연스레 왼쪽으로 기울었다. 왼쪽 옆에서 걸어가는 그 어깨에 말없이 얼굴을 묻었다. 폭발할 것 같은 얼굴을 들이대며, 화풀이하듯 힘껏 체중을 실었다. 그 탓에 둘은 왼쪽으로 기울었다.

"흐름을 거스르지 마."

왼쪽 귓가에서 속삭임이 들렸다. "……라고 반인반어가 말했어."

학교 축제날의 긴 하루가 끝났다.

창밖으로 해가 기울자 2학년 8반 교실에는 왠지 공허한 분위기가 감돌고 있었다. 연습의 성과를 선보인 뒤 맥이 풀렸기 때문이기도 했지만, 그보다 더 짙게 감도는 건 '패배감'이었다.

압도적인 승리다. 공연을 끝냈을 때는 누구나 그렇게 확신했다.

하지만 8반의 합창이 끝난 뒤 무대에 오른 반은 반주 없이 목소리만으로 훌륭한 애니메이션 주제가 메들리를 선보였다. 여자 어린이를 대상으로 한 애니메이션 오프닝이 나올 때는 전교생이 다 자리에서 일어나 함께 따라 불렀는데, 솔직히 소름이 돋았다. 다른 반의 무대도 굉장했다. 반 학생 전체가 한 줄씩 가사를 작사하고 작곡도 학생이 했다는 완전한 자작곡이었다. 그 반 학생들은 축제 직후에 출산휴가에 들어가는 담임을 향해 모두 흐느껴 울며 감사와 격려의 말을 전했다. 그때 같이 울지 않았다면 사이코패스일 것이다. 무엇보다 3학년이 압권이었다. 두 팀으로 나뉘어 멋진 피아노 반주에 맞춰 발을 구르며 초고속 랩 배틀을 폭풍처럼 펼치면서 일본의 역사를 서정적으로 풀어냈다. 정말이지 여러모로 의미를 알 수 없었지만, 좌우지간 굉장한 무대였다.

그렇게 최고조에 오른 것 같았던 분위기는 그 후로도 계속해서 한계를 돌파했다. 원래 무슨 대회든 첫 번째 선수가 불리하다고 하잖아.

그런 것이다.

"왜 하필 올해 다들 의욕적인 거지? 대체 뭐냐고…… 다른 선생님들도 연습 하나도 안 했다고 하더니. 입에 침도 안 바르고 거짓말을 하네……."

팔꿈치로 교탁을 짚은 채 고마다가 나지막이 신음했다. 고마다가 사비로 사 준 주스를 모두 하나씩 손에 들고 마시며 반성의 시간을 가졌다. 하지만 분위기는 어딘가 무거웠고, 모인 이들의 면면에는 피로한 기색이 역력했다.

그때 도모에가 스마트폰을 들고 벌떡 일어났다. "선생님 좀 비켜 봐요!" 고마다를 밀치고 교탁을 가로챘다. "엄마한테 연락 왔어. 친구들한테 전해달라고 하니까 여기서 읽을게. 음, '세 줄 요약. 기다리고 있었더니 고백 공격을 한다고? 하지만 거절한다? 웃겨서 디질 것 같음.'"

엥……? 뜻밖의 내용에 허를 찔린 아이들은 웃음을 퐁 터뜨렸다. 고타로도 그제야 도모에의 얼굴을 볼 수 있었다. 무대에서 애드리브를 던진 뒤로 일곱 시간 만에.

"'마시던 커피 뿜었는데 도르신? 그래도 봐서 좋았삼.' 아, 설명하는 걸 깜빡했는데 우리 엄마는 늘 메시지를 이런 식으로 보내기는 해. '내 딸이 인싸라니 킹받지만 핵꿀잼이었다네요. 그들의 손에 쥐어지는.'"

"합격 목걸이!" 느닷없이 고마다가 소리를 질렀다. "이 드립…… 익숙하네." 고마다가 혼자 감회에 젖어 있는 동안, 학생들은 어안이 벙벙했다.

"……한마디로 엄청 좋았다는 뜻이야. 엄마가 정말 기뻐했어. 오늘은 정말 고마워!" 도모에는 정중하게 고개를 숙이며 인사했다. 환하게 상기된 얼굴에는 빛나는 미소가 번져 있었다. "사실 연습할 때는 엄마한테 보여주고 싶었던 '인기인'이란 게 이런 거였나 의문이 들기도 했지만."

그러게! 누군가가 장난스러운 목소리로 맞장구를 쳤다. "아하하! 그러게 말이야!" 도모에는 한껏 눈밑을 구기며 목소리가 난 쪽을 보았다. "그래도 뭐 상관없어. 아니, 난 오히려 좋아. 왜냐면 엄청 즐거웠거든. 예상치도 못하게 이 학교에 들어왔고, 우연히 이 반에 배정받았지만 지금은 이렇게 즐겁다니, 그건 엄청난 행운이잖아. 이곳에서 너희하고 이렇게 있을 수 있는 게 얼마나 행운인지 몰라! 기적 같아!"

환한 표정의 도모에를 따라 어느샌가 고타로도 자연스레 웃고 있었다. 그리고 불현듯 생각했다. 지금 도모에의 어머니도 이곳에 있었으면 얼마나 좋았을까. 그랬다면 이토록 활기차게 웃으며 행복해하는 도모에의 모습을, 체육관의 관객석보다 훨씬 가까이서 또렷하게 볼 수 있었을 텐데.

진심으로 보여주고 싶었다. 그럴 수 없어서 조금 안타깝기까지 했다. 동시에 고타로는 그런 자신의 모습에 헛웃음이 났다. 원래는 학교에서 도모에가 어떻게 생활하는지를 숨기기 위해 생각한 '지바 인기 폭발 대작전'이었다. 그런데 막상 끝나고 나니 180도 다른 생각을 하고 있다니. 이런 결말에 다다를 줄이야. 처음에 도모에가 "좋은 방법을 생각해 봐!"라고 추궁했을 때는 상상도 못 했었다. 도모에가 모든 것을 털어놓고 아이들에게 도움을 요청할 줄은. 교실의 제 자리에서 평범하게 도시락을 먹을 줄은. 반 아이들과 함께할 수 있다는 걸 행운이며 기적이라고 말할 줄은.

고타로는 힐끗 왼쪽 옆자리를 보았다. 아마 카무이의 존재가 도모에의 운명을 바꾼 것이리라. 카무이는 예상조차 하지 못했던 일을 하나하나 저질렀고, 도모에가 소중히 품고 왔던 모든 것을 산산조각낸 뒤, 멋지게 재구축했다. 그것이 어디까지 의도적인 행동이었는지는 고타로도 알 수 없었지만.

그 카무이가 갑작스레 오른손으로 주머니를 눌렀다. 조금 당황한 표정으로 꺼낸 건 삐삐였다. 그 삐삐가 실제로 작동하는 건 처음 봤다. 카무이는 빛나는 작은 화면을 뚫어져라 바라보았다. 뭔가 급한 볼일인가.

"무슨 일이야?" 고타로가 말을 걸자, 카무이는 아무것도 아니라며 작게 고개를 저었다. 손끝으로 버튼을 눌러 미련 없이 화면을 끄고 주머니에 쑤셔 넣은 뒤 저쪽을 보라는 양 앞을 향해 턱을 까닥했다. 그곳에는 도모에가 찰랑거리는 머리를 한쪽 귀 뒤로 넘기며 말하고 있었다.

"한 번만 더 말할게. 다들 도와줘서 정말 고마워! 지바 인기 폭발 대작전은 더없이 완벽하게 성공했어!"

고개를 꾸벅 숙였다. 따뜻한 박수가 자연스레 터져 나왔고, 해냈다는 뿌듯함이 교실을 한가득 채웠다. 그때…….

"이제 아쉬운 거 없이 다시 미친 공붓벌레로 돌아갈 수 있어!"

스윽…… 도모에의 얼굴에서 거짓말처럼 미소가 사라지더니, 날카로운 눈으로 재빨리 스마트폰을 만졌다. 같이 스마트폰을 만지던 한 학생이 "어?" 하고 소리쳤다. "쟤, 지금 단톡방에서 나갔어!" 반 전체가 바로 시끌벅적해졌다.

"뭐? 당연한 거 아냐? 이제 1도 볼일 없거든? 애초에 단톡이라니. 알림 뜨는 거 귀찮으니까 그런 거 보내지 마! 시간 낭비야! 공부하는 데 방해돼! 만일 성적에 악영향이라도 생기면 어쩔 거냐고! 누가 책임질 거야? 난 절대 그럴 수 없으니까 다들 입 다물어!"

즉시 분위기가 험악해졌다. "야, 단체로 연락 돌릴 일도 있잖아!" "난 그런 거 필요 없어!" "해야 할 때도 있잖아!" "어차피 쓸데없는 일이겠지!" 도모에는 단칼에 잘라내더니, 훌쩍 교단에서 뛰어내렸다. 그리고 자기 자리로 가서 진작 싸놨던 가방을 홱 집어 들었다.

"선생님! 이제 끝난 거죠? 전 갑니다! 안녕!"

아, 기다…… 허무하게 손을 뻗은 고마다를 무시하고, 도모에는 정말 그대로 혼자 교실에서 뛰쳐나갔다. 우다다 뛰어가는 발소리가 순식간에 멀어지더니 이내 사라졌다. "진짜 미쳤나 봐!" "방에서는 나갔지만 그렇다고 우리를 다 차단한 건 아닌가 보네?" "좋아. 쓸데없는 메시지, 얼마든지 보내주겠어." "총공격 개시다!" "중요한 건 만나서 말로 해도 되지 뭐." "그러게." "그냥 빨리 엄마 보러 가고 싶은 거 아냐?" "딱 보니까 다 티 나더라." "그러고 보니 도모에네 어머니도……." 도모에가 읽었던 메시지를 떠올리고 다들 온몸의 힘이 빠졌다. 고타로도 책상에 얼굴을 박고 솟아오르는 웃음에 몸을 들썩였다.

그리고 솔직히 도모에가 먼저 돌아가서 조금 마음이 놓이기도 했다. 교실 출입문이나 계단에서 우연히 마주치는 일은 없을 테니까. 오늘은 아직 도모에와 마주할 용기가 없었다.

✦

"뭐? 너희 둘 다 못 온다고?"

학교에서 나왔을 때 사이온지가 아쉬운 듯 소리쳤다. "미안!" 고타로는 고개를 꾸벅 숙이며 두 손을 모았다. "솔직히 이제 체력이 한계야. 아까부터 졸려서 죽는 줄 알았어. 요새 계속 늦게까지 축제 준비하느라 바빴잖아. 지금부터 다 같이 노래방 갈 거지? 다음에는 꼭 참가할게. 얘도 데리고."

옆에서 카무이도 마찬가지로 손을 모으며 양해를 구했다.

사이온지는 여전히 불만스레 "그냥 노래방 가는 게 아니라 축제 뒷풀이잖아" 하고 입을 삐죽였지만, 뒤에서 야오치가 어깨를 잡으며 제지했다. "그럼 다음에 꼭 같이 가자. 오늘은 무사히 끝나서 다행이야." 야오치는 고타로와 카무이 쪽을 돌아보며 말하더니, 뒷풀이 참가자들을 데리고 교문으로 걸어갔다.

돌아가는 길에는 물론 오늘 대성공으로 끝난 합창 대회에 대해 이야기했다. 지금까지 준비한 보람이 있었다, 근데 다른 반들은 대체 뭐냐, 등등. 하지만 신호를 기다리기 위해 멈춰선 순간 대화가 뚝 끊겼다.

"……휴……."

자기도 모르게 한숨이 나왔다. 고타로는 힐끗 쳐다보는 카무이의 시선을 느꼈지만 아무 말도 할 수 없었다. 핸들에 이마를 대고 그대로 눈만 돌려 카무이를 보았다. 카무이도 한동안 고타로와 함께 침묵했다.

이내 파란불로 바뀌어 달리기 시작하면 또다시 시시한 이야기가 자연스레 입 밖으로 흘러나오겠지. 우이코에게 오늘 일을 이야기하면 분명 웃음을 터뜨릴 것이다. 하지만 잘 설명할 자신이 없네. 랩

배틀 같은 건 어떻게 말하지? 그건 재현할 수 없는데. 우리 다음으로 공연한 반도 그렇고. 아, 비트박스 말이지. 비트박스? 입으로 악기 소리를 흉내 내는 걸 비트박스라고 해. 북치기박치기…… 아니, 하나도 안 똑같거든. 북치기, 박치기, 북부부북부북…… 야, 그거 아니라니까. 휘끼휘끼, 북치기박치기……. 말 안 듣네.

바보 같은 짓을 하고, 바보처럼 웃고, 자전거를 타고 서로를 발로 차는 장난을 하다 넘어질 뻔하고, 다시 바보처럼 웃고, 그리고 다시 빨간불에 걸리고.

"……휴……."

한숨. 침묵. 그 반복이었다. 생각이 전혀 정리되지 않았다. 기분은 오르락내리락했다.

고타로가 그렇게 입을 다물고 있는 동안 카무이는 조용히, 왼쪽 옆을 지켰다. 오래전부터 그랬던 것처럼, 그리고 앞으로도 계속 그러겠다는 듯이, 가득 차올라 폭발하기 직전인 고타로의 왼쪽 옆에 그저 꼭 붙어 있었다. 아무것도 묻지 않았다. 하지만 고타로를 혼자 두지는 않았다. 그래서 덕분에 고타로는 간신히 혼란 상태에 빠지지 않을 수 있었다.

병원 정문에 들어서 주차장으로 향할 즈음에는 하늘도 제법 어둑어둑했다. 평소보다 좀 늦게 도착하기도 했고 낮부터 날이 흐려서겠지. 병원 건물 현관으로 걸어가며 카무이는 짙은 회색 하늘을 올려다보았다. 요즘 들어 날이 흐렸던 탓에 카무이는 계속 날씨를 신경 썼다. 비가 내리면 자전거로 통학을 어떻게 할지 심각하게 고민하는 것 같았다.

고타로는 스마트폰으로 재빨리 날씨를 확인하고는 "아, 내일은 그나마 괜찮은데 모레부터는 비 오나 봐" 하고 말했다. 그리고 짜증 스레 하늘을 바라보았다. "뭐, 태풍이라도 오는 거 아니면 우산 쓰고 비옷 입고 갈 거지만…… 비 오면 넌 어떻게 할래? 거리도 꽤 멀기도 하고, 우산 들고 자전거 타는 것도 위험하니까 그냥 버스 타는 게 나을지도 모르겠다. 나중에 버스 시간표 찾아줄게."

그런 건 딱히 품이 드는 일도 아니었다. 하지만 카무이는 "아니, 괜찮아" 하고 계속 하늘을 올려다보면서 사양했다.

"응? 왜?"

"이제 괜찮아."

"괜찮긴 뭐가. 아, 설마 오마다 씨한테 통학 도와달라고 부탁했어? 그건 좀……."

순간 고타로는 걸음을 멈췄다. 갑자기 멎은 목소리에 하늘을 보던 카무이도 시선을 돌렸다.

병원 건물 현관 앞.

"기시마."

어째서인지 도모에가 서 있었다.

"……얘기 좀 해."

교복 차림으로 팔짱을 낀 채 문을 막고 선 모습은 영락없는 문지기였다. 창처럼 막대기 형태의 아이템을 들고 있지 않은 게 신기할 정도였다.

고타로는 숨을 한 번 세게 들이마신 상태로 굳어서 꼼짝도 할 수 없었다. 목소리도 나오지 않았다. 대답도 할 수 없었다. 왼손이 무의식적으로 카무이의 셔츠를 잡으려 했다. 하지만 카무이는 그보다 더 빨리 앞으로 나섰다.

"그럼 먼저 우이코한테 가 있을게. 시간이 오래 걸릴 것 같으면 알아서 갈 테니까 신경 쓰지 마." 카무이는 작게 손을 흔드는 도모에를 향해 손 인사를 한 뒤, 그대로 잽싸게 병원 안으로 들어갔다.

도모에와 단둘이 남겨졌다.

대체 무슨 이야기를 해야 하지. 아니, 무슨 이야기를 하려는 건데. 멍청히 선 고타로는 눈알을 어디에 두어야 할지조차 알 수 없었다. 아니, 이러면 안 돼. 이렇게 긴장한 모습을 보이면 이상하게 생각할 거야. 평범하게 행동하자. 진정하자. 고타로는 필사적으로 깊이 숨을 들이마시며, 혼란스러운 마음을 어떻게든 다잡으려 했다.

"우리 엄마가 너하고 얘기 좀 하고 싶대."

"뭐?" 뜻밖의 전개에 얼빠진 목소리가 튀어나왔다. "어? 어머니는 잠깐 퇴원해서 집에 계신 거 아니었어?"

"학교에서 바로 병원으로 왔어. 집에 오면 저기가 더럽다, 이건 왜 안 했냐, 여긴 왜 어질러놨냐, 잔소리하면서 집안일부터 시작하니까. ……괜찮아?"

어떻게 안 된다고 하겠는가.

걸음을 옮기는 도모에를 따라 고타로도 병원으로 들어갔다. 먼저 간 카무이의 모습은 이미 보이지 않았다.

널찍한 라운지는 조용했다. 벽 쪽에 놓인 자판기만 웅웅 소리를 내고 있었다. 아무도 없는 4인용 둥근 테이블이 몇 개 있어서 그중 한가운데에 자리를 잡았다. 곳곳에 놓인 관엽식물은 아마 모두 정교하게 만들어진 가짜일 것이다.

도모에가 잠깐 기다리라고 하고 나가버렸기에 고타로는 잠시 혼자 남겨졌다. 할 일이 없어서 스마트폰을 만지작거리고 있으니 도모에가 돌아왔다. 휠체어를 밀면서. 물론 휠체어에 앉은 사람은 도모에의 어머니였다.

도모에의 어머니는 고타로를 보자마자 바로 웃는 낯으로 손을 흔들었다. 일어나서 맞이해야 할지, 같이 손을 흔들어야 할지, 먼저 깍듯하게 인사부터 해야 할지, 고타로가 이래저래 생각하는 동안 어머니는 휠체어에서 혼자 일어났다. 앗. 고타로는 멈칫했지만 도모에의 어머니는 안정된 걸음으로 테이블 쪽으로 다가왔다. 도모에도 놀라지 않고 빈 휠체어를 밀며 뒤를 따라왔다.

"네가 기시마니? 반가워. 오늘은 갑자기 보자고 해서 미안해."

"아, 아뇨…… 저는 괜찮은데……."

"여기 앉아도 되니?"

맞은편이 아니라 옆자리를 가리킨다. 고타로는 부리나케 고개를 끄덕이고는 부축을 해야 하나 고민하며 어정쩡한 자세로 망설였다. 하지만 도모에의 어머니는 직접 의자를 빼서 털썩 앉았다. 고타로의 당황한 표정을 알아챘는지, 장난스레 씩 웃어 보였다.

"아, 이거? 휠체어? 괜찮아, 괜찮아. 가끔 어지러워서 병원에서는 휠체어로 이동하라고 하는데 사실 걷는 건 별문제 없어."

이야기하는 중에 보이는 미소가 '우훗'이나 '호호'가 아니라 '씨익'인 게 도모에와 판박이였다. 애초에 이목구비도 꼭 닮았다.

고타로는 내심 맥이 빠지는 걸 느꼈다. 생각보다 훨씬 평범해 보였다. 도모에가 아까 교실에서 읽은 메시지가 너무 강렬했기에 그런 인상의 사람일 줄 알았다. 아니, 평범하다기보다는 오히려…….

'……엄청 세련되셨는데?'

가발이겠지만 젊어 보이는 짧은 머리스타일에, 화장도 꼼꼼하게 했다. 귀에는 묵직한 귀걸이가 여러 개 달려 있었다. 그중에서도 공격적인 느낌으로 뾰족뾰족하게 솟은 번개 모양 귀걸이가 가장 눈에 띄었다. 옷도 환자복이나 잠옷이 아니라 좌우가 비대칭으로 재단된 모노톤의 셔츠원피스 차림이었다. 패션도, 분위기도 정말 맥이 빠질 정도로 멋들어졌다. 이 차림으로 학교에 왔다 갔으면 아무도 환자라고 생각하지 않았을 것이다.

"도모에, 아래층 자판기에서 마실 것 좀 사다 줘. 기시마 것까지."

"어? 아래층? 로비 말이야? 여기서도 살 수 있는데 왜 굳이?"

"진한 녹차 라테가 마시고 싶어서. 거기에서만 팔잖아."

"싫어, 멀고 귀찮아. 여기서 파는 걸로 해."

"싫어, 엄마는 그거 마실 거야. 기시마도 녹차 라테 마실래? 좋아하니? 아주 맛있거든. 요즘 완전 빠졌어. 마셔봐."

"아, 그럼……."

"아니. 기시마는 그런 거 안 마셔. 그렇지? 안 마시지? 우유 들어간 단 음료는 싫어하잖아. 그런 거 마시는 거 본 적 없어."

"아니, 딱히 싫어하는 건 아냐. 모처럼 권해주셨으니까 나도 그거 마실래."

"뭐?"

"응, 2 대 1이네. 너도 마시고 싶은 걸로 사와. 얼른."

어머니가 던진 동전 지갑을 받은 도모에는 뭔가 할 말이 있는 듯한 표정이었지만 그대로 라운지를 나섰다.

다시 테이블에 남겨졌지만 맥 빠지는 상황은 계속됐다. 도모에와 어머니의 관계는 뭐랄까, 고타로가 멋대로 상상했던 것과 상당히 달랐다. 도모에가 어머니 앞에서는 못된 성격을 내보이고 싶지 않다고 하길래 아주 다정하고 착한 딸처럼 굴 줄 알았다. 도모에의 어머니는 투병 중이라고 하니 병약한 이미지로 상상했다. 하지만 실제로 만나보니 너무나도 평범한 모녀였다. 도모에는 그냥 도모에였다. 도모에의 어머니는, "그럼 본론으로 들어갈까?" 하고 말하며 다시 씩 웃었다. "만나자고 한 건 비밀 얘기라고 할까, 대외비로 하고 싶은 말이 있어서야. 도모에가 오기 전에 빨리. 그래." 그러고는 벽시계를 힐끗 쳐다보았다.

"10분 안에 끝낼게."

역시 피는 못 속인다. 도모에의 어머니였다.

"일단 고맙다고 말하고 싶네. 정말 고마워. 도모에를 도와줘서."

곧바로 오늘 있었던 합창 대회 이야기라는 걸 알 수 있었다. 고타로는 황급히 손사래를 쳤다. "아뇨, 딱히 저 혼자 특별한 일을 한 건 아니에요. 아이디어를 낸 건 다른 친구고요, 다 같이 이런저런 궁리를 해서…… 오늘 했던 합창은 반 전체가 신나서 열심히 한 결과였어요."

아니야, 하고 도모에의 어머니가 고개를 젓자 귀걸이 여러 개가 함께 흔들렸다. 불빛 아래서 아름답게 반짝이는 모습에 절로 시선이 그 빛을 따랐다.

"오늘 일만 얘기하는 게 아니야. 늘 고마워. 도모에는 항상 네 얘기뿐이야."

반응이 늦었다.

2초쯤 지나서야 무슨 말인지 이해했다. "……어?" 하고 얼빠진 목소리가 나왔다. '도모에는……' 뭐라고? '늘……'? 아니, 아니아니, 아니. 그럴 리가. 뭔가 잘못 들었거나 잘못 말했겠지. 그렇게 생각했지만 도모에의 어머니는 딱히 정정하지 않았다.

"병원에 오면 도모에하고 타이밍 좋게 마주치는 일이 많다고 생각하지 않니? 이 병동 복도에 소아병동 5층 엘리베이터 홀이 살짝 보이는 창문이 있어. 도모에는 몇 번씩 거기 창문에 달라붙어서, 오늘 올까? 올까? 슬슬 내려올까? 그만 가야 하나? 나 이상하지 않아? 앞머리는? 치마는? 엄마, 나 어때? 어때? 어때? 어때? 어때? 그러는 거야. 기시마 같은 사람이 보이면 우다다 달려가고. 정말 병원에 날보러 오는 건지, 왜 오는 건지."

"……아니."

"도모에는 늘 널 찾고 있어."

"아뇨, 아뇨." 고타로는 그저 멍하니 고개를 가로저었다. 반복해서 몇 번이고 크게 저었다. 그럴 리 없으니까. 말도 안 되니까. 도모에 어머니가 뭔가 잘못 아는 게 틀림없다. 입을 열고 반박하려고 했다. 도모에의 명예를 위해서도 그래야 한다고 생각했다. 하지만.

"그냥 들어줘. 정말이니까."

도모에 어머니의 단호한 말투에 고타로는 말문이 막혔다.

"전에 도모에하고 싸웠지? 좀 된 것 같은데. 2주쯤 됐나? 그보다 더 전인가? 학교 끝나고 왔는데 도모에가 머리끝까지 화가 난 거야. 그러고는 기시마 너를 찾으러 가서…… 다시 돌아오자마자."

도모에의 어머니는 두 손을 눈가에 대고 우엥, 하고 우는 시늉을 했다. 당연히 짚이는 데가 있었다. '그렇구나, 그때 그렇게……' 고타로는 눈을 내리깔았지만, 도모에의 어머니는 주의를 환기하듯 손끝으로 테이블을 톡 두드렸다. "그래서 갑자기 불안해지더라고. 그때까지만 해도 학교에서 원만하게 지내고 있을 거라고는 생각하지 않았거든. 도모에가 맨날 그랬단다. 자기 인기 많다고. 친구 많다고. 그런 어처구니없는 헛소리를 늘어놓고……."

고타로는 퍼뜩 고개를 들었다. "알고 계셨어요? 헛소리라는 걸?"

도모에의 어머니는 코웃음을 치더니, 다시 씨익 웃었다. "당연하지. 난 도모에 엄마인데? 왜 모르겠어."

그럼 "엄마한테 거짓말이 들통나겠어!"라는 도모에의 눈물 젖은 호소에서 시작되어서 반 전체가 휩쓸린 그 일대 소동은 대체 뭐였냐고. 고타로는 말문이 막혔다. 아니, 결과적으로는 그렇게 돼서 다행이기는 했지만. 누가 뭐래도 그건 그렇지만. 그래도.

도모에의 어머니는 고타로의 얼굴을 쓱 들여다보고는 똑바로 눈을 맞추며 말했다. "하지만 네가 있으면 그 애는 그래도 괜찮을 것 같은걸." 도모에 어머니의 얼굴에서 웃음기가 사라졌다. "인기가 없어도, 혹시 왕따를 당하더라도, 그렇게 매일 안절부절못하고, 쉬지 않고 들떴다가 침울해졌다가, 여기저기 기웃거리고, 널 만나고 싶어서, 보고 싶어서 필사적으로……. 도모에는 어쨌든 열심히 살아.

그런 상대가 있고 그런 마음가짐을 가질 수 있는 한, 도모에는 괜찮을 거 같았어. 하지만 울면서 돌아온 그날에는 무슨 일이 있었구나, 위험한 거 아닌가 걱정이 되어서 한번 들여다봐야겠다고 생각했거든. 그래서 오늘 축제에 가겠다고…… 아, 잠깐."

도모에의 어머니는 몸을 돌리더니 갑자기 기침하기 시작했다. 좀처럼 멎지 않아서 미안해, 하고 한 손을 들더니 상반신을 구부려 무릎에 얼굴을 묻었다. 이내 기침이 멎었다. 그대로 한동안 숨을 골랐다가 한숨을 내쉬며 상반신을 일으키고는 말을 이었다.

"……아, 무슨 얘기 중이었지. 그래…… 그래서 오늘 그 공연을 봤거든. 정말 정줄 놓고 웃었어. 불안한 건 전부 멀리 날아갔다는 말이야. 뭐, 오늘만 봐서는 평소에는 어쨌는지 모르는 일이지만."

다시 미안하다는 시늉을 하더니 기침을 하며 고개를 돌렸다.

고타로는 조금 망설이다 용기를 내서 손을 뻗었다. 어린 여동생에게 그랬듯, 웅크린 채 들썩이는 등을 살며시 위아래로 쓸었다. 무서울 만큼 불거진 등뼈의 감촉이 손바닥에 고스란히 느껴졌지만, 이 등은 따뜻하고 확실한 질량을 가진 어른의 등이었다. 무거운 것들을 짊어지고 지켜온 등이었다. 분명 어린 도모에가 작은 두 손으로 열심히 매달렸을 등이었다. 지금도, 앞으로도 매달리고 싶을 등이었다.

'괜찮아. 괜찮아. 괜찮아……'

기노하는 마음으로 괴로워하는 등을 어루만졌다. 계속 이곳에 있어주기를. 앞으로도 계속, 일 년이든, 한 달이든, 하루라도 좋으니 오래도록. 일 분이라도 좋으니까. 일 초라도 좋으니까. 단 한순간만이라도 좋으니까. 가능한 한 오래 이곳에 있어주기를. 그걸 위해 이 등을 괴롭게 하는 걸 적어도 한 줌이라도 털어낼 수 있으면 좋겠다고, 고타로는 그렇게 생각했다.

"……괜찮을, 거예요." 가슴 속에서 남몰래 고동치던 목소리가 어느샌가 자연스레 입에서 흘러나왔다. "지바는 괜찮을 거예요. 제가 보장할게요. 걔는 엄청난 애거든요. 그렇게 똑똑하고, 터프하고, 열심히 노력하는 애는 이 세상에 분명 걔밖에 없어요. 걔는 완벽한 전교 1등이고, 톱이고, 넘버원이에요."

도모에의 어머니는 천천히 몸을 일으켰다. 호흡을 다시 고르더니 이내 사악한 고양이처럼 씨익 웃고는 한 손을 펼쳐서 쓱 들었다.

"'킹정'이지……!"

고타로도 손을 들어 그대로 하이파이브했다.

그때 발소리가 들렸다. 시계를 보니 이야기를 시작했을 때부터 딱 10분이 지나 있었다. 도모에는 작은 녹차 라테를 세 개나 품에 안고서 종종걸음으로 다가왔다.

"무슨 얘기 했어?"

10분 동안 눈에 띄게 좁혀진 거리감을 뭔가 수상쩍게 느꼈는지, 도모에가 매서운 표정으로 고타로와 어머니의 얼굴을 번갈아 보았다. 고타로는 순간 몸이 굳었다.

"응? 오늘 있던 학교 축제 죽여주더라, 개쩐다, 그런 얘기 하고 있었는데."

"거짓말. 기시마는 그런 말 안 써."

"오늘 여기 좀 건조하지 않니? 신나서 떠들었더니 아까부터 기침이 나네."

어…… 하고 도모에의 표정이 어두워졌다.

"아니, 괜찮아. 잦아들었어. 미안한데 엄마는 그만 병실로 돌아갈게. 화장 지우고 옷도 갈아입어야 하니까. 녹차 라테는?"

"으응, 사 왔어. 여기."

녹차 라테를 하나 받은 뒤, 도모에의 어머니는 의자에서 일어나 휠체어를 탔다. "넌 기시마랑 이거 마시고 와."

하지만 혼자 괜찮을까? 걱정이 된 고타로는 저도 모르게 일어나려 했다.

"어머, 지바 씨, 병실로 돌아가시려고요?" 때마침 나타난 병원 직원이 그대로 도모에의 어머니를 데려갔다.

"안녕히 계세요, 여러분! 저는 이 세상의……!"

도모에의 어머니가 손을 흔들며 멀어지자, 고타로는 도모에와 남겨졌다. 라운지에는 다른 사람이 없었기에 정말 단둘뿐이었다.

도모에는 바로 나갈 줄 알았다. 곧바로 어머니를 따라갈 줄 알았다. 평소처럼 쿨하게 "간다" 하고 작게 손을 흔들면서 다음 만날 약속도 없이. 우리답게, 그 정도 거리감으로.

'그래…… 그래, 그래. 분명 그렇게 될 거야. 그러니까 딱히, 나는 하나도, 문제는…….'

눈은 부릅떠도 뭐가 보이는지 알 수 없는 시야에 휴, 하고 작게 한숨을 내쉬는 도모에의 모습이 보였다. 도모에는 떠나지 않았다. 방금까지 어머니가 앉았던 의자에 앉아, 테이블에 얼굴을 묻고는.

"으아아아! 정말!"

힘껏 소리쳤다. 그 성량에 고타로는 "으어! 왜 그래!" 하고 화들짝 놀랐다. 도모에는 고개를 홱 들었다. 하지만 그 뺨과 이마, 눈가까지 모두 타오르듯 새빨갰다. 그렁그렁한 눈으로 원망스러운 듯 고타로를 노려봤다. "우리 엄마를……! 너한테 보였어……!"

"아니…… 네가 날 데려왔잖아."

"거절하면 됐잖아!"

이런 부당한 대접이 있나. 평소 같았으면 곧바로 "뭐?" 하고 적당히 따졌겠지만, 지금은 어째서인지 말이 잘 나오지 않았다. 살짝 우물거리다 침묵이 흘렀다. 곧 분위기가 어색해질 것 같았다. 아, 이런, 큰일 났다, 찌질하잖아! 고타로는 조바심을 내며 간신히 말을 이었다. "그렇게 질색할 일도 아니잖아. 완전 평범한……."

어머니던데. 세련되고 멋진 분이던데? 너는 왜 패션 센스는 물려받지 못한 거야? 그런 말들을 하려고 했다. 하지만 어째서인지 뒤늦게, 도모에의 어머니가 쏟아냈던 각종 발언들이 나중에 켜지는 형광등처럼 조금씩 떠오르기 시작했다.

"하하하하! 아니! 평범하신 분은 아니지!" 고타로는 발작하듯 웃어젖혔다. 그게 뭐냐고. 도모에 어머니를 만나기 전에 몇 분 동안 '인터넷 밈'을 검색하지 않았다면 이해할 수 없었을지도 모른다. 도모에도 고타로를 따라 손으로 입을 가리고서 품 하고 웃음을 흘렸다. "역시, 그렇지……? 이상하지, 우리 엄마? 푸흡……!"

두 사람 다 웃음이 멈추지 않았다. 라운지 벽에는 "큰 소음은 자제해 주세요"라는 포스터가 붙어 있었다. 둘은 거의 동시에 그 문구를 알아챘다. 그래, 다른 사람이 없어도 이곳은 병원이다. 진정해야지. 서로 눈빛을 주고받았다. 녹차 라테부터 마시자. 뚜껑을 열어 몇 모금 마셨다. "……휴……." "……너무 웃었네……. 그래도 엄마인 데……." 그제야 서로 한숨 돌렸다.

도모에가 옆자리에서 이쪽을 천천히 보았다. 고타로도 겨우 도모에를 제대로 볼 수 있었다.

"뭐…… 그거지. 좀 쑥스럽잖아. 학교 친구가 자기 부모님을 보는 거. 우리 엄마도 장난 아니거든."

"어, 그래? 너희 어머니도 맨날 드립치고 그래? 혼자만 아는 말 하면서 웃고?"

"미안한데 그러진 않아. 그보다는 아줌마 파워가 넘치는 느낌."

"우리 엄마도 아줌마 파워가 넘치긴 해."

"아니, 너희 어머니는 그렇게 막 아줌마 파워가 넘치진 않아. 그냥 캐릭터가 좀 독특하시던데."

"아니거든. 완전 넘쳐. 주체할 수 없이 폭발할 정도라고. 사실 우리……" 도모에의 표정이 순간 진지해졌다.

"아빠도 똑같아……."

참으려고 했다. 큰 소음은 자제해야 한다. 하지만 참지 못하고 다시 웃음을 터뜨렸다. 지바 가족, 강하다. 강자들만 모였어. 어깨를 들썩이며 다시 웃으면서 고타로는 마음 한구석으로 생각했다.

어색해지지 않아서 다행이다. 이렇게 다시 평범하게 대화할 수 있어서 다행이다. 함께 웃을 수 있어서 다행이다. 진심이었다. 이 시간이 너무나 즐거웠다. 하지만.

도모에에게 정말 하고 싶은 말은 이게 아닌 것 같았다. 전혀 다른 이야기인 것 같았다. 그걸 확인하고 싶었다. 그때 갑자기 마음이 과거로 돌아갔다. 벌써 오래전에 지나간 시간을 다시 순식간에 지나쳤다. 그 모든 순간 속에서 고타로는 이 병원을 홀로 걷고 있었다.

집에 사 가야 할 물건들로 머리가 가득 차 있거나.

우이코가 했던 시시한 이야기로 여전히 웃음이 멈추지 않거나.

사소한 불만을 입 밖으로 내지 않도록 어금니를 꽉 악물거나.

불안과 공포에 사로잡혀 엘리베이터에 쭈그리고 앉아 울거나.

그러면서 내려온 그 로비에서 고타로는 늘 도모에를 찾았다. 두근두근, 심장이 뛰었다. 잠깐이라도 좋으니 만나고 싶었다. 조금이라도 이야기를 나누고 싶었다. 단둘이 있을 수 있는 특별한 시간을 소중히 여겼다.

우연히 마주치는 거라고 생각했다. 희한할 정도로 타이밍 좋게 딱 마주치는 거라고 생각했다. 일방적으로 도모에를 찾고 있다고 생각했다. 어떻게든 눈으로 쫓고 마는 것도, 자기 혼자 하는 일방적인 행동이라고 생각했다.

도모에는 자신을 두고 떠났다고 생각했다. 그러니까 앞으로는 함께 있을 수 없다고 생각했다.

그런 시간을 지나 나는 지금 도모에와 이곳에 있다.

"어, 호랑이도 제 말 하면 온다더니. 아빠야." 도모에는 스마트폰을 확인하고는 남은 녹차 라테를 꿀꺽 마셨다. 그리고 빈 병을 들고 의자에서 일어났다. "평소에 아빠는 퇴근이 늦어서 평일에는 문병을 못 오는데, 오늘은 엄마 옷하고 짐도 있어서 차로 데리러 와달라고 했거든. 아빠가 병실로 올라간 것 같으니까 나도 가봐야겠어."

"아, ……어, 그래."

아무 말도 못 한 채로 이 시간이 끝나려 한다. 그렇지만 문을 향해 걸어가는 도모에를 불러 세울 수는 없었다. 사실은! 말하고 싶었다. 사실 난……! 엉덩이를 들었지만 이미 늦었다. 가버린다. 울고 싶어 졌다. 소리치고 싶었다. "잠……."

'……돌아봐!'

"잠깐 스톱!"

어?

정신을 차렸을 때는 이미 온 힘을 다해 외친 뒤였다.

도모에는 화들짝 놀라서 뒤돌아봤다.

망했다. 생각만 하지, 왜 소리친 거야. 날마다 연습해서 입에 붙어 버린 말이라고 해도. 하지만.

"내, 내일!"

말이 이어졌다. 자세는 엉거주춤했고 목소리는 뒤집어진 데다 말 꼬리도 한심하게 늘어졌다. 하지만.

"할 얘기가 있어!"

말했다.

도모에는 눈을 동그랗게 뜨고 몇 초쯤 그 자리에 서 있었다.

"응……!"

이내 힘주어 고개를 끄덕였다. 그러면서도 도모에의 얼굴이 곧바로 새빨개진다. 고타로에게는 신기한 마법처럼 느껴졌다. 도모에는 그 자리에서 고타로를 향해 한쪽 손을 뻗었다. 안녕, 하고 흔드는 게 아니라 고타로를 향해 똑바로 다섯 손가락을 뻗었다. 붙잡으라고 외치듯.

"그럼 내일 보자! 약속했다······! 꼭이야!"

고타로도 고개를 주억거렸다. 한 손을 도모에를 향해 뻗었다. 여기서는 아직 만질 수 없지만, 아직 닿을 수 없지만, 아직 잡을 수 없지만, 그래도······.

"약속이야! 내일!"

내일은 꼭 그 손을 잡을 것이다.

가방을 흔들며 온 힘을 다해 달렸다.

슬슬 저녁 식사 냄새가 풍기기 시작하는 복도를 지나 때마침 도착한 엘리베이터를 타고 5층 버튼을 부서져라 눌러대며, 느릿느릿 올라가는 속도에 미쳐버릴 정도로 속을 태우며.

'카무이, 카무이, 카무이! 큰일 났어, 큰일이 났다고! 카무이······!'

쿵쾅거리며 날뛰는 심장을 두 손으로 꾹 눌렀다. 빨리 카무이에게 말하지 않으면, 정말 이대로 어떻게 되어버릴 것 같았다.

"카무이!"

숨을 헐떡이며 우이코의 병실로 뛰어 들어갔다.

"어······?"

하지만 침대 위에는 우이코 혼자 앉아 있을 뿐 카무이의 모습은 보이지 않았다. 거기다 어머니도 없었다. 맥이 탁 풀려서 한숨을 휴 내쉬었다. 무거운 가방을 던지듯 의자에 놓고 왠지 휑한 병실을 둘러봤다. 창밖은 이미 어둑어둑했다. 형광등이 켜진 실내가 묘하게 쓸쓸하게 느껴졌다.

"뭐야. 우이코, 혼자 있었어?"

"엄마는 아까 피부과 갔어. 손에 뭐가 나서 가렵대."

"외래진료 받으러? 아까 갔다고? 그럼 엄청 시간 걸릴 텐데. 여기 피부과는 늘 사람이 미어터지잖아. 카무이는? 아까 왔지?"

"응. 왔다가 갔어. 반짝반짝, 깜빡깜빡거리더니…… 가야 한대."

그러고 보니 늦어질 것 같으면 먼저 간다고 했지. 빨리 이야기하고 싶어서 입이 근질거렸지만 늦은 건 나니까 어쩔 수 없다. 내일 아침이 되면 카무이는 반드시 나폴레옹처럼 나타나니까 등굣길에 이야기하자. 도모에와 마주치기 전에 전부 털어놓자. 그때까지는 홀로 이 밤을 견디는 수밖에 없다.

고타로는 의자를 침대 옆에 놓고 앉아 우이코의 머리를 쓰다듬었다. 하지만 어찌된 일인지 우이코는 반응이 영 시원치 않았다. 아까부터 뭔가 기운이 없는 것 같기도 했다. 펼쳐놓은 교재를 멍한 눈으로 바라보기만 할 뿐 표정이 전혀 바뀌지 않았다. 좋아하는 카무이가 가버려서 상심한 것일까. 아니면 오늘 별로 컨디션이 좋지 않은 걸까. 다음 주에 퇴원하기로 해서 그날을 위해 열심히 재활 운동을 해왔는데, 여기서 무너지면 다시 앞이 막막해진다.

불안해진 고타로는 우이코의 얼굴을 들여다보았다. 보드라운 뺨을 살며시 어루만졌지만, 자그마한 얼굴은 평소처럼 웃지 않았다. 어머니는 언제 오는 거지. 아직 진찰이 안 끝난 건가. 고타로는 내면의 동요를 감추며 애써 밝은 표정으로 평소처럼 말을 걸었다.

"우이코는 뭐 하고 있었어? 이거 숙제야?"

침대 테이블에는 과학 교과서가 펼쳐져 있었다. 담임선생님이 가

저다준 프린트도 몇 장 있었다. 색연필 세트도. "봐도 돼?" 우이코는 고개를 끄덕이며 프린트 한 장을 고타로에게 보여줬다.

비어 있는 부분에 교과서에 나오는 송사리 치어 사진을 자세히 관찰하며 직접 그려보는 숙제인 것 같았다. 우이코는 배가 볼록한 치어를 꼼꼼하게 몇 마리나 그렸다.

그중 한 마리의 색깔을 보고 고타로는 바로 알아챘다. "이거는 카무이가 색칠한 거지?" 우이코가 고개를 끄덕였다. 역시나. 다른 치어들은 교과서 사진과 비슷하게 하얀색과 검은색, 회색, 은색 빛깔로 칠했는데, 카무이가 칠한 것만 영양분이 든 볼록한 복부를 초록색과 검은색 줄무늬, 그러니까 수박 무늬로 칠해놓았다.

"이게 뭐야, 색도 희한하게 칠하고……."

피식 웃음이 났다. 숙제인데 이래도 괜찮을까? 우이코가 졸랐겠지만, 그래도. 숙제의 의도를 확인하기 위해 고타로는 프린트에 선생님이 적은 설명문을 읽었다. "갓 태어난 아기들은 스스로 먹이를 잡을 수가 없습니다. 제힘으로 살아갈 수 있을 때까지 배 속에 달린 주머니에서 영양분을 섭취하며 성장합니다. 이건 엄마와 아빠가 아기에게 주는 소중한 선물입니다."

종이에 인쇄된 엄마 송사리가 "태어나서 고마워!"라고, 또 그 옆에 있는 아빠 송사리는 "너희와 만나서 기쁘단다!"라고 말하고 있다. 태평한 송사리 부부의 얼굴을 보니 수박 무늬라도 별문제 없을 것 같다. 수박이든 뭐든 우리 아이가 행복하면 됐어요! 우리 아이가 필요한 건 뭐든 줄 거예요! 그게 우리 행복이에요! 송사리 부부는 그런 표정을 짓고 있었다.

"'대가 없는 사랑'이라는 건가."

하지만 우이코는 여전히 조용했다. 이마에 손을 댔다. 열은 없는 것 같았지만, 표정이 어두운 게 마음에 걸렸다.

"우이코, 어디 아파? 누울래?"

간호사를 호출할까. 아니, 그전에 어머니에게 연락해야겠다. 그렇게 생각하며 고타로는 주머니에서 스마트폰을 꺼냈다. 그때였다.

"오빠."

우이코가 그 손을 건드렸다. 고타로는 여전히 손가락을 작은 화면에 둔 채 시선만 움직였다. "응?"

"우이코는 누군가에게서 심장을 받지 않으면 살 수 없는 거지? 우이코는 심장 필요 없어."

너무나도 갑작스러운 말이었다.

"……뭐?"

손가락이 멈췄다. 무슨 소리지? 머릿속이 새하얘져서 반응할 수 없었다. 갑자기 뭐야, 왜 그런, 갑자기 그런 소리를…….

"우이코는 '필요한 아이'라 다행이래. 우이코에게 심장을 주는 아이는 '필요 없는 아이'래. 그런 아이는 아무도 원하지 않고 아무에게도 사랑받지 못해서 어차피 오래 못 산대. 살아 있는 동안 누군가에게 심장을 줘서 그 사람을 살리지 않으면 태어난 의미가 없대……. '의미'가 무슨 말이야? 그게 없으면 그 애는 살아 있으면 안 돼? 왜 다들 '필요한 아이'로 태어나지 않는 거야?"

우이코의 둥그런 얼굴에서 눈물이 툭툭 떨어지는 걸 고타로는 멍하니 바라보았다. 그 안구가, 손이, 어깨가, 무릎이, 다리가, 목이, 입술이, 고타로의 온몸이, 모든 것이 격하게 떨렸다.

멎지 않는다. 목소리도 나오지 않는다. 동생의 눈물을 닦아주지도 못한다. 우두커니 선 채 고타로는 그저 덜덜 떨며 눈만 부릅뜰 뿐이었다. 알 수 없는 땀이 온몸을 적셨다. 피가 솟아올라 증발했다. 탄산이 빠지는 것처럼 모든 것이 피부로 분출했다.

떨면서 생각했다.

누구지.

대체 누가 그딴 소리를 한 거지. 언젠가 심장을 이식받지 않으면 살 수 없는 내 동생에게, 이 작은 아이에게, 나의 우이코에게, 대체 무슨 목적으로.

대체 누가.

"카무이가 그랬어."

천천히 날개를 펼친다.

소리 없이, 활짝, 한껏 펼친다.

투명한 빛 속에서 살랑살랑 부드럽게 흔들며 바람을 자아낸다.

주저 없이 바닥에 무릎을 꿇고, 맑은 눈동자로 올곧게 바라보며, 녹아버릴 것처럼 다정한 목소리로 아이의 귓가에 달콤한 말을 속삭인다.

"괜찮아······."

어디로도 날아오르지 못한 채. 날갯짓하는 방법조차 모른 채. 아이의 모든 것을 살며시 빼앗고 모든 것을 꿈으로 만든다.

아름다운 이야기로 만들자.

천사처럼 청아한 옆모습. 하지만 그건 누군가가 만든 기계였다.

그 아이를 산산조각 내기 위해.

✦

'뭔가 잘못됐어. 착각한 거야. 사정이 있을 거야, 뭔가……!'

고타로는 미친 듯이 페달을 밟았다. 갈림길에서 속도도 줄이지 않고 카무이의 아파트 쪽으로 돌진했다. 병실을 뛰쳐나왔을 때 어머니와 마주쳤다. 기세에 놀란 어머니를 보고도 고타로는 아무런 말도 할 수 없었다. 할 수 있을 리가. 작은 전조등 불빛을 따라 하염없이 페달을 밟으며 사람도, 차도 지나다니지 않는 어두운 길을 직진했다. 아직 믿기지 않았다. 그럴 리가 없다. 모든 전후 사정을 듣고 나서도 아직 믿을 수 없었다.

그럴 리가 없다.

우이코는 카무이와 송사리 그림에 색칠하며 빨리 학교에 가고 싶다고 했단다. 지금까지 그랬듯이 컨디션이 좋을 때만 찔끔찔끔 나가는 게 아니라 평범한 아이들처럼 매일. 그러지 않으면 친구를 못사귀니까.

"우이코는 아프니까. 우이코의 병은 누가 심장을 주지 않으면 낫지 않는대. 심장이식이라고, 카무이는 들어봤어? 우이코에게 심장을 주는 아이는 대신 죽는대……. 불쌍하지……."

그 말을 듣고 카무이는 화들짝 놀랐다고 했다. 그랬구나, 그렇구나. 그렇게 몇 번이고 되뇌며 그대로 한동안 입을 다물었다고 한다. 우이코가 괜한 이야기를 했다고 후회했을 즈음, "내 심장을 줄 수 있으면 좋을 텐데. 하지만 크기가 안 맞네" 하고 말했다고 한다. 괴로운 듯, 아쉬운 듯, 다시 몇 번이나 미안하다고 말했다.

그리고 카무이는 우이코에게 찰싹 붙어 다정하게 머리를 쓰다듬으며 하지만, 하고 웃으면서 말을 이었다. "그 아이는 전혀 불쌍하지 않아. 그냥 보이지 않게 되는 거지. 그러니까 괜찮아. 어차피 원래 오래 못 사는 아이들이 심장을 주는 거야. 이 송사리 새끼들은 모두 배 속에 아빠하고 엄마한테 받은 주머니를 달고 있지? 평범한 아이들은 모두 이렇게 태어나. 하지만 종종 배 속의 주머니를 받지 못한 상태로 태어나는 아이들이 있어. 아빠와 엄마가 그 아이한테는 주지 않은 거지. 필요 없는 아이니까. 살아 있지 않아도 상관없거든. 아무도 원하지 않고 아무에게도 사랑받지 못한 아이야. 처음부터 태어난 의미가 없고 제힘으로 살아갈 수도 없어. 하지만 그런 아이라도 심장은 갖고 있잖아? 우이코처럼 아픈 친구들에게 줄 수 있어. 아무도 그 아이를 원하지 않더라도, 아무도 그 아이를 필요로 하지 않더라도, 그 아이의 심장만큼은 갖고 싶어 할 거거든. 그걸 주면 필요한 아이는 기뻐해. 그걸 주면 다른 사람들에게 사랑받을 수 있어. 많이 주면 줄수록, 사랑을 듬뿍 받아. 그러니까 심장을 준다고 불쌍해지는 건 아냐."

"하지만…… 다른 아이에게 심장을 주면 죽어버리잖아."

"맞아. 하지만 주지 않으면 그대로 쓸모없고 사랑받지 못하는 아이로 죽을 뿐이니까. 심장을 주면 구원받을 수 있어. 사랑받는 아이의 신체 일부분이 되기만 하면 사랑받고 행복해질 수 있어. 그걸로 족해. 아이들은 모두 사랑받고 행복해지기 위해 태어나잖아. 우이코는 필요 있는 아이라 괜찮아. 사랑받으니까 괜찮아. 받는 쪽이야. 다행이지."

"필요 있는 아이하고 필요 없는 아이는 어디가 달라……?"

"필요 있다고 말해주는 사람이 있는지 없는지에 따라 다르지. 필요 없는 아이한테는 누구도 그 아이가 필요하다고 말해주지 않아. 누군가에게 필요 있다는 말을 듣기 위해서는 심장을, 자기 자신을, 바치는 거야. 그렇게 하기만 하면 모두가 구원받고 모두 행복해지니까."

카무이는 내내 웃고 있었다고 했다.

그럴 리 없다. 절대 그럴 리가 없다. 그럴 리 없다고 고타로는 믿었다.

온몸의 근육이 끊어질 정도로 자전거 페달을 밟다 보니 이내 카무이가 사는 공동주택이 보이기 시작했다. 우편함 밑에 거칠게 자전거를 던져놓고 단숨에 계단을 올라갔다. 2층에 도착했을 때 카무이의 방문이 갑자기 열렸다. 마치 고타로가 오는 걸 어디서 보고 있었던 양, 카무이는 빼꼼 얼굴을 내밀었다.

"고타로!"

카무이는 카무이였다. 너무 익숙한 얼굴이었다. 촌스러운 안경에 고양이 털처럼 조금 뻗친 부드러운 머리카락. 가슴에 브랜드 로고가 박힌 오버사이즈 티셔츠. 낙낙한 반바지. 입매는 기쁜 듯 웃고 있었지만 눈에는 놀란 기색이 보였다. "신기해! 고타로 생각을 하고 있었는데 실물이 나타나다니! 이 시간에 어쩐 일이야? 설마 지바하고 무슨 일 있었어?"

어떤 표정을 지어야 할지, 어떻게 물어야 할지도 모르는 채로 카무이를 밀치듯 현관으로 들어갔다. 신발도 벗지 않고 방으로 들어갔다. 카무이는 비틀비틀 뒷걸음질 치며 당혹스러운 표정으로 눈을 깜빡였다.

떨림은 아직 멎지 않았다.

"고타로……? 정말 무슨 일인데?"

"너, 너 말이야. 우이코에게 시, 심장."

헉, 헉. 목이 전율하며 악몽 속에 있는 것처럼 갑자기 말이 나오지 않았다. 카무이는 퍼뜩 얼굴을 들더니 "그 얘기 들었어"라고 짧게 말하고는 힘주어 고개를 끄덕였다. 얘기 들었어. 심장이식 얘기지? 미안, 고타로. 지금까지 몰랐어. 네가 무엇 때문에 괴로워하고 고민했는지 나도 이제야 알 것 같아. 먼저 물어볼 걸 그랬다. 지금이라도 알게 되어서 다행이야. 그렇게 말하며 두 손을 가만히 뻗는다.

"……필요 없는 아이의 심장을 주는 거니까 괜찮다, 필요 없는 아이는 필요 있는 아이에게 심장을 주지 않으면 태어난 의미가 없다. 이게 다 네가 한 말 맞아? 정말로?"

"응?"

제발. 덜덜 떨며 기도했다. 제발, 카무이. 제발, 제발, 제발, 제발! 카무이! 제발!

"내가 그랬어."

머릿속에서 폭발이 일어났다.

"우이코가 불안해 보여서, 용기를 주고 싶었어. 걱정할 필요 없다고, 불쌍하지 않다고, 괜찮다고⋯⋯."

새하얗게 타버린 시야 한구석에서 누군가가 외쳤다. 누가 외쳤는지는 모르겠다. 카무이일지도 모른다. 자신일지도 모른다. 정신을 차려 보니 카무이의 멱살을 잡고 혼신의 힘을 다해 흔들며, 벽에 그 몸을 밀어붙이고 있었다.

"야, 너⋯⋯ 기, 기증자는 어차피 필요 없는 아이니까 주, 주, 죽어도 좋다고⋯⋯ 내 동생한테 그렇게 말한 거야⋯⋯?"

카무이는 괴로운 듯 얼굴을 구기고는 목을 잡은 고타로의 손을 뿌리치려고 필사적으로 몸부림치며 대답했다. "그래, 맞아. 내가 그랬어."

그 얼굴을 후려치려고 치켜든 주먹을 멈춘 건, 때린다는 인간적인 행위는 이 녀석에게 아깝다고 생각했기 때문이다. 고타로는 허리를 젖혀 카무이의 몸을 들어 올린 뒤 그대로 바닥에 내던졌다. 묵직하고 둔탁한 소리 뒤로 이어지는 신음을 들으며 그 위에 올라타다시 멱살을 잡았다.

"이러지 마⋯⋯ 그만해⋯⋯ 그만⋯⋯."

버둥거리는 손에 닿지 않도록 상반신을 젖혀 피하며 그것을, 그 몰골을 내려다봤다. 얼굴이 있다. 눈이 있다. 코가 있다. 입이 있다. 진심으로 역겹다고 생각했다. 이게 뭐지. 욕지기가 올라왔다.

떨림이 멎었다.

파괴되어야 할 것은 이미 전부 파괴됐다. 이제 안에는 아무것도 남지 않았다. 깜빡거리는 색색의 빛도, 속삭이는 목소리도, 무엇 하나. 더 이상 잃을 것은 이제 아무것도 없었다.

"왜……? 왜, 그렇게…… 까지 화를 내는……." 그것은 어깨를 들썩이며 저항했다. 목을 누르는 고타로의 손을 어떻게든 한쪽만 벗겨내고, 괴로운 소리를 내며 허억허억 숨을 몰아쉬었다. "난 잘못한 거 없어……! 모두 그렇게 말했어…… 전부 사실이야! 똑똑히 그렇게 배웠어! 과학적인 사실이야! 실험에서는 갓난아이를 두 무리로 나눠서, 한쪽에는 애정을 쏟고, 다른 한쪽에는……!"

또다시 두 손으로 목을 꾹 눌렀다. "시끄러워." 기적적으로 아직 얼굴에 붙어 있는 안경 너머로, 그것은 눈을 부릅뜨고 있었다. 눈꺼풀이 경련하듯 떨렸다. 무서운 걸까, 괴로운 걸까. 알 수 없었고, 알고 싶지도 않았고, 알 필요도 없었다.

그때 올라탄 몸의 가슴팍 부분에 작은 얼룩이 하나씩 번졌다. 위치를 보고 고개를 들었다. 하지만 보이는 건 천장뿐이었다. 목구멍 속에서 쇠 냄새가 나는 뜨거운 액체가 왈칵 솟아올라서 숨을 삼켰다. 한 손으로 코를 닦았다. 미끄덩한 감촉. 어디 부딪친 것도 아니고 닿은 적도 없는데 코에서 피가 흘러내렸다. 입으로 들어오는 피를 핥으며 교복 셔츠 어깨로 닦았다. 피는 한 방울도 보이고 싶지 않았다. 끈적거리는 손으로 멱살을 잡았다.

"……수, 숨 막혀……! 놔줘……! 고타…… 로…… 피! 피가…… 나오……."

안 돼. 멸시당한 모든 생명을 생각하면 이것을 편히 숨 쉬게 하고 싶지 않았다.

"어, 어…… 얼마만큼 괴로워하고, 얼마만큼 갈등한 끝에 그런 선택을 하는지, 조금이라도, 사, 상상할 수 없어? 아, 아무렇지도 아, 않게 결정했다고 생가, 각, 하는 거야?" 혀가 꼬였다. 눈앞이 어질거렸다. 몸 안쪽에서 부풀어 오르는 어마어마한 압력이 혈관을, 근육을, 쿵, 쿵, 격하게 흔들고 있었다. 터질 것 같은 기분을 느끼며, 코에서 흘러내리는 피를 그대로 둔 채 고타로는 두 손에 힘을 주었다. 그것을 바싹 끌어당겨 코끝이 닿을 만한 거리에서 흔들었다. "너, 제정신, 아냐."

기증자는 뇌사상태다. 따뜻한 몸속에서 심장은 필사적으로 뛰고 있다. 열심히 움직이고 있다. 살아가기 위해서. 상처 입은 몸에 혈액과 산소를 보내고 그다음 1초를, 그다음 순간을 어떻게든 살아남기 위해서 뛴다. 그런 그 몸에 칼을 대고, 가르고, 넓게 벌려서, 아직 포기하지 않은 심장을 생명의 그릇에서 떼어내 조명 아래로 꺼낸다. 동생이 받는 건 그런 심장이다. 그러한 행위를, 거기에 이르는 결단을, 거기에 관련된 모든 생명을, 관여된 모든 이들의 존엄을…… 눈앞의 이것은 비하한 것이다.

피도 아깝다. 눈물도. 아무것도 보여줄 가치가 없다. 아무것도 줄 수 없다.

"……왜 고타로가, 그렇게, 화내는 건데……?"

높이 휘두르는 팔을 피하려다 두 손이 목을 놓쳤다. 그것은 구르듯 도망치더니, 필사적으로 몸을 웅크리며 벽에 달라붙었다. 두 팔을 엇갈려서 얼굴과 머리를 방어하며, 미친개처럼 울부짖는다.

"심장 필요하잖아? 원하잖아? 심장을 주고 싶은 아이가 있고, 심장을 받고 싶은 아이가 있어! 주면 안 돼? 안 그러면 우이코를 구하지 못하는데? 주면 모두 행복해지잖아! 받은 아이는 살 수 있고, 준 아이는 태어난 의미를 찾을 수 있어! 그렇게 구원받으면 안 되는 거야? 누군가에게 필요하다는 말을 듣고 싶고, 누군가가 나를 필요로 해줬으면 좋겠다고 바라는 게 그렇게 나쁜 일이야? 아무에게도 사랑받지 못하는 '필요 없는 아이'가 태어난 의미를 찾는 게 그렇게 나쁜 일이냐고?"

필요 없는 아이.

그 말에 배 속의 마지막 한 방울 피까지 모조리 타들어 갔다. 그래도 여전히 일어날 수가 없었다. 거리를 두고 울부짖는 그것의 얼굴을, 두 걸음쯤 떨어져 바라봤다. 지금 이곳에 고타로의 발을 붙잡고 있는 건 마음이 아니다. 머리다. 사고의 잔재. 그리고 언젠가 들었던 아버지의 목소리. '착한 애야. 카무이는 분명 아주 착한 녀석이야.'

고타로는 문득 코피로 더러워진 손을 내려다봤다. 이 손을 충동에 맡기고 모든 것을 부숴버릴 수도 있다. 그렇게 해야 한다고도 생각한다. 그러고 싶었다. 하지만.

멍하니 주변을 둘러봤다. 역시 이상한 공간이다. 자식을 이런 곳에 두는 이상한 부모. 이상한 가족. 비정상적인 사고를 주입하며 이상하게 키웠겠지. 부모는 선택할 수 없다. 선택하지 않은 것에 책임을 물을 수는 없다.

두 손을 꼭 쥐었다.

"……카무이."

한 번. 한 번만. 이번에야말로 제발, 이제 날 배신하지 마.

"……네 말은 전부 틀렸어. 필요한 아이가 어쩌고, 필요 없는 아이가 어쩌고. 그런 건 장기이식과 아무 상관도 없어. 정말 눈곱만큼도 상관없다고. 그런 걸로 정해지는 일은 하나도, 절대로 없어. 아니, 애초에 네 말처럼…… 학대받는 아이는 기증자가 될 수 없어. 필요 없는 아이니까 심장 줄게? 그런, 그런 끔찍한 사태는 일단 전제부터 성립되지 않는다고. 불가능해. 넌 잘못된 지식으로, 전혀 상관없는 사안을 억지로 결부시키고 있어. 그러니까……."

"난 틀리지 않았어!"

"……카무이! 제발 들어, 들어줘, 들으라고! 넌……."

"난! 절대로! 하나도! 틀리지 않았어!"

억세게 쥔 손에서 단번에 힘이 빠졌다.

"태어난 의미를 누구보다 강하게 원하는 건 그런 애들이야! 엄마 아빠에게 사랑받고 싶어서, 예쁨받고 싶어서, 칭찬받고 싶어서, 자기를 좋아해 줬으면 해서, 그걸 위해서는 어떤 일이든 뭐든지 할 수 있다고! 꼭 주고 싶고! 아낌없이 주고 싶고! 전부 주고 싶어 해! 그러고 싶어! 그 아이가 그걸 바란다니까? 그게 잘못이고 나쁜 일이라고 말하면 안 돼! 네가 알 턱이 없어. 넌 '필요한 아이'니까! '필요한 아이'는 몰라. 모르는 녀석이 부정할 권리는 없어. 아이들은 모두 사랑받고 행복해지기 위해 태어난다, 그 말을 믿는 게 잘못이야? 태어난 의미가 있었다, 고통에도 아픔에도 분명 의미가 있다, 개죽음이 아니었다, 그렇게 생각하고 싶은 게 뭐가 나빠? 그런 꿈을 꾸는 게 잘못된 거냐고!"

고타로는 그것의 입을 막기 위해서 손을 뻗었다. 이제 끝임을, 영원히 이해할 수 없음을 그것이 더 이상 알 필요는 없다고 생각했기 때문이었다.

하지만 그것은 전에 없이 강한 힘으로 손을 밀쳐냈다. "너희는 받는 쪽이니 그렇게 생각하는 게 편하잖아?" 그것은 방어하기 급급했던 손을 뻗어 고타로의 어깨를 밀쳤다. 하얀 송곳니를 드러내고 콧잔등을 찡그리며, 피 냄새가 나는 곳을 노려 무시무시한 기세로 물어뜯듯 달려들었다. "아무것도 의심하지 말고 그냥 믿어! 그쪽에서 얌전히 기다리면 조만간 어떤 아이가 목숨을 양보해 줄 테니까! 기뻐해! 좋잖아? 그렇게 말해! 받아서 기쁘다고, 필요 있는 쪽이라 행복하다고, 살아갈 가치가 있는 쪽이라 다행이라고, 똑바로 말해! 말해, 말해봐! 기쁘다고 말해!"

좋은 녀석이라 생각했다. 같이 있으면 즐겁고 내내 웃음이 났다. 왼쪽 옆에서 웃고 있는 하얀 얼굴을 보고 있으면 고민이고 뭐고 죄다 날아가는 것 같았다. 울어도 괜찮다고 생각했다. 어떤 모습을 보이더라도 받아들여 줄 거라고 생각했다. 우리 둘이면 정말 걱정 없다고, 앞으로도 이렇게 지내면 된다고, 떨어지지 않고 함께 있으면 된다고 생각했다.

모든 잘못은…… 아니, 그래. 또 이 패턴이다. 반복되는 건가. 텅 빈 머리로 고요히 생각했다. 잘난 척 얕잡아 보는 투로 떠들어댔지만, 실은 자기 자신이 제일 그에 해당하는 패턴. 또다.

내가 다 틀렸다.

"넌."

아무것도 몰랐다.

"……인간이 아냐."

고타로는 일어나서 고개를 돌리고 몸을 틀었다. 등을 보이며 발걸음을 옮겼다.

"원하는 걸 얻을 수 있어, 기쁘지? 모두 살 수 있어! 기쁘잖아? 대체 뭐가 잘못된 건데!"

다시는 돌아보지 않겠다. 여기 있는 게 잘못이었다. 만난 게 잘못이었다. 그걸 확실히 알았으니, 할 수 있는 일은 오직 하나. 모든 걸 놓고 떠나는 것뿐이었다.

"심장을 주고 싶은 아이가 있고, 심장을 받고 싶은 아이가 있어. 주고 싶으니까 줘, 받고 싶으니까 받아. 단순한 이야기잖아? 주는 쪽이 주고 싶어 하는 게 마음에 안 들어? 사실은 주고 싶지 않다는 전제조건을 붙이고, 마지못해 어쩔 수 없이 울면서 내미는 심장이 아니면 싫은 거야? 애초에 옳고 그름을 왜 네가 정하는데? 너한테 그걸 정할 권리가 있다고 생각해? 네가 뭔데? 네가 뭐라고?"

고타로는 현관문을 열었다.

"거기 서, 고타로! 내 질문에 대답해!"

그리고 등 뒤의 모든 것을 잘라내듯 닫았다.

제 3 장

어두운 길을 혼자서 자전거로 달렸다.

도중에 어머니에게 속이 안 좋다고 메시지를 보냈다. 먼저 집에 와 있던 아버지에게도 그렇게 말한 뒤, 집안일도 안 하고 방으로 올라가 피 묻은 셔츠를 쓰레기통에 처넣고 침대에 누웠다.

고타로는 그대로 꼼짝도 하지 않았다. 귀가한 어머니가 밥 먹으라고 불렀지만 내려가지 않았다. 분명 잔다고 생각했겠지.

어머니는 밤이 늦어서야 들여다보러 왔다. "괜찮니? 우이코도 밥맛이 없다던데 컨디션이 안 좋은가 봐." 이야기를 듣자마자 병실을 뛰쳐나간 고타로의 모습을 보고, 어머니는 우이코가 해선 안 될 말을 했다고 생각한 모양이었다.

그래, 괜찮아. 고타로는 생각했다. 내가 말할 거니까.

말도 안 되는 물건이 우이코 곁에 가도록 두었다. 이 집 안 깊숙이 끌어들였다. 그걸 이 입으로 설명해야 할 책임이 있다.

어둠 속에서 고타로는 눈을 뜨고 있었다. 조금도 흔들리지 않도록 마음을 맑고 서늘하게 갈았다. 그저 존재를 용서하지 않겠다고 결심했다.

내일은 그런 내가 눈을 뜬다.

이 방을 나가서 학교에서 수업을 받고, 방과 후에는 병원에 간다. 어머니는 오늘은 같이 안 왔냐고, 혼자 왔냐고 묻겠지. 나는 대답한다. 앞으로 계속 그럴 거라고. 영원히.

왜냐하면.

그 뒤로 이어질 말을 고타로는 두 눈을 어둡게 빛내며 수천 번 외웠다. 만일 다음이 있다면, 그때는 일격에 끝낼 것이다. 그걸 위한 말도 계속해서 찾았다.

✦

카무이 두고 갔니?

어머니의 문자메시지를 받았을 즈음에는 이미 학교에 도착한 뒤였다. 깨우기 전에 일찍 채비를 마쳐서 아침도 먹지 않고, 도시락도 없이 당번이라며 거짓말을 하고 평소보다 빨리 집을 나왔다. 평소보다 빨리 교실에 도착해서 짐만 자리에 두고는 텅 빈 다른 교실에서 시간을 때웠다.

집 앞에서 기다리고 있길래 고타로는 이미 학교 갔다고 했어. 불쌍해서 어쩌니. 지각 안 해야 할 텐데.

읽기만 하고 답장은 안 했다. 수업 직전까지 기다리다 예비종이

울리자 원래 교실로 들어갔다. "앗! 역시 왔잖아! 슝!" 고타로의 자리에 앉아 있던 사이온지가 손을 흔들었다. "왔어?" 슝! 하고 바로 옆에 서 있던 야오치도 인사를 건넸다.

두 사람 사이의 그것은 반투명한 연기처럼 보였다. 가물가물 흔들리며 뭔가를 쓱 내밀었다. 그것이 뻗었다 되돌아갔지만, 자신과는 아무 상관도 없다.

"안녕. 너무 빨리 와서 적당히 시간 때우고 있었어."

사이온지와 야오치에게 평소처럼 인사를 건넨 뒤, "엉덩이 치워" 하고 빼앗긴 의자를 되찾았다. 연기가 가물가물 흔들렸다.

"고타로⋯⋯? 왜 그래?"

가방을 열고 스마트폰을 넣었다. "뭐가?" 그리고 사이온지의 얼굴을 마주 봤다. "아니, 그게⋯⋯ 그치?" 야오치도 고개를 끄덕였다. "너희, 무슨 일 있었어?" 둘 다 좀처럼 자기 자리로 돌아가려 하지 않았다. "왜? 아무 일도 없는데?" 하고 웃으며 대꾸하려 했다. 하지만 잘되지 않았을지도 모른다. 사이온지도 야오치도, 그 순간 얼어붙은 듯 동시에 얼굴이 굳었다.

때마침 고마다가 교실로 들어와 "자, 모두 자리에 앉자! 어제는 고생 많았어!" 하면서 한 손에 출석부를 들고 교단으로 올라왔다. 삼삼오오 모여 떠들던 아이들은 황급히 제자리로 돌아갔다. 뭔가를 말하려던 야오치도 입을 다물고 자리로 돌아갔다. 사이온지도 이쪽을 연신 뒤돌아보며 자리로 돌아갔다. 맨 앞줄에 있던 도모에는 힐끗 이쪽을 돌아봤다. 순간 눈이 마주쳤다. 고타로는 창가로 시선을 돌렸다.

왼쪽 옆에서 뭔가가 계속 떨고 있었다.

조회가 끝나고 1교시 수업이 시작되고서도 그것은 와들와들, 와들와들, 가늘게 떨며 불쾌한 소리를 냈다. 이내 붙여놓은 책상의 경계선을 넘어 뭔가를 내민다. 시야에 잠입한 건 수첩 한가득 빼곡하게 적어넣은 문자들. 고타로가 무시하자 그것은 일단 수첩을 거두었다. 곧 수첩 안의 글자는 더욱 늘어났다. 점점, 점점, 늘어났다.

고타로는 그것에 눈길조차 주지 않고, 내치지도 않았다. 왼쪽 옆에 있는 뭔가의 기척을 감각에서 차단했다.

하지만 그 태도가 눈에 띄었는지 쓸데없는 걱정을 하게 만든 모양이었다. 쉬는 시간마다 "갑자기 왜 그래?" 하고 묻는 녀석들이 늘어났다. "둘이 싸웠어?" 걱정스레 넌지시 묻는 목소리. "무슨 일 있었어?" 들여다보는 얼굴. 아무것도 아냐. 아무 일도 없어. 아니라니까. 반복해서 대답하는 동안 2교시가 끝났고, 3교시가 끝났고, 4교시가 끝났다.

뭐라 물어보는 것도, 그에 대답하는 것도 슬슬 피곤했다. 어차피 도시락도 없으니 점심시간에는 어디 가서 시간을 때워야겠다고 생각했다. 혼자 스마트폰이나 들여다볼 만한 곳에 자리를 잡고 사이온지와 야오치에게 메시지를 보내면 되겠지. 오늘 도시락 안 싸왔으니까 찾거나 기다리지 말라고.

"……로."

고타로는 스마트폰을 들고 주머니에 넣었다.

"……로, ……로, ……."

또 누가 뭐라고 말하기 전에 자리에서 일어났다. 책상과 책상 사이를 지나 서둘러 교실을 나가려 했다. 뒷문에서 복도로 나가려 했다. 그 직전에 팔을 붙잡혔다. 그것이 세게 잡아당긴다. 고타로는 무의식적으로 돌아봤다. 그것은 가물가물 흔들리며 눈에 익은 주머니를 내밀었다.

"……줘, 미안, 정말, 저기…… 내가……. 이거, 고타로에게 주라고 해서, 그러니까……."

늘 쓰는 도시락 주머니였다. 반사적으로 초점이 맞았다. 그걸 붙잡은 손가락과, 그와 연결된 손, 그리고 그 위의 팔이 보였다.

"……어제는 스스로도, 뭔가…… 혼란스러워서 무슨 소리를 하는지, 나도 전혀……."

그걸 봐버렸다.

숨을 쉰다. 두 다리로 서 있다. 와들와들 떨고 있다. 얇은 몸통. 어깨가 있고, 얼굴이 있고, 눈이 있고, 코가 있고, 입이 있다. 마치 인간과 같은 형태다. 하지만…….

"분명 뭔가 너한테 잘못한 거지……? 널 화나게 한 거지……? 잘 생각해 볼게……. 이해할 수 있을 때까지…… 그러니까, 그러니까 미안해. 어제 일은 정말 미안해……."

그것이 사실 어떤 존재인지 이제 떠올랐다. 그러자 온몸의 털이 쭈뼛 곤두섰다. 동시에 그 손이 제 팔을 붙잡고 있다는 사실도 알아채자 피가 거꾸로 솟았고, 눈앞이 새하얘졌고, 잔잔했던 마음이 몸 안쪽에서 폭발했다. 혼신의 힘을 다해 팔을 뿌리치고 도시락을 쳐냈다.

"나한테 손대지 마! 역겨워……!"

그렇게 외치며 그 자리에서 구토라도 할까 생각했다. 비유가 아니라 정말 속이 울렁거렸다. 입을 막으면서 밖으로 뛰어나가려 했지만, 또다시 뒤에서 팔을 붙잡혔다.

"잠깐만! 미안해! 용서해 줘, 용서해 줘, 고타로! 제발 용서해 줘, 미안해……! 잘못했어! 잘못했어!"

고타로는 본능적으로 자세를 낮추고 온몸을 비틀어 힘을 모아서 그것을 힘껏 밀쳤다. 뒤로 나동그라진 몸이 누군가의 책상에 부딪혔다. "고타로?" "뭐 하는 거야!" 여자애들의 비명. "그만해!" 뭐라 말하는 소리. 어깨를 붙잡는 손. 그 모든 것을 뿌리치듯 고타로는 다시 외쳤다.

"시끄러워!"

자신의 목소리, 폭발하는 듯한 고동 소리, 거친 숨소리. 귓속의 혈관이 쿵쿵 소리를 내며 부풀어 오르는 걸 느꼈다. 그것이 바닥에 나동그라진 채 핏기 없는 얼굴을 들었다. 잇소리가 날 정도로 경련하듯 와들와들 떨었다. "고, 고타로……."

"입 다물어! 이제 와서 불쌍한 척하는 거야? 피해자인 척? 나는 네가 뭐 하는 놈인지 이제 잘 알아! 얼마나 정신 나간 미친놈인지, 얼마나 돌아버렸는지, 다 알았어! 그런 놈을 집까지 끌어들인 나 자신도 너무 역겨워 죽겠어!"

초점 없는 멍한 눈동자가 고타로를 올려다보았다. 쓰러진 누군가의 의자 사이에서 뒤집어진 목소리가 들려왔다. "미, 미안해……." 그 단어밖에 모른다는 양 되풀이했다.

"정말 미안해……. 용서해 줘. 이걸로 끝이라니, 난 싫어……. 고타로……! 난 싫다고……! 고타로! 난 싫어……!"

무시하고 발길을 돌렸다. 이번에야말로 교실을 나가려 했지만, 바닥을 박차는 소리가 나더니 "카무이, 그만둬!" 그것이 끈질기게 손을 뻗어온다. 머리가 증발하는 것 같았다. 넘어서는 안 되는 선이, 줄곧 지켜온 것이, 그 순간 툭 끊어졌다. 그 팔을 붙잡고 온 힘을 다해 발을 걸어, 공중에 뜬 무방비한 몸을 세로로 돌리며 내던졌다. 책상을 와르르 쓰러뜨리며 떨어진 그것에 달려들어서 한 손으로 목을 조르고 한 손을 치켜들었다. 부숴버리자, 부숴버리면 된다, 아무것도 남기지 말고 전부 부숴버리자, 바로 내리치려 했다.

하지만 사이온지가 펄쩍 뛰어서 그 사이에 억지로 끼어들었다. "이제 그만. 그만하자. 그만, 응? 그만해야지. 그만하자. 그만. 그만하자고. 좀. 제발. 응? 충분히 싸웠잖아." 사이온지가 상황을 농담처럼 넘기고 싶은 것처럼 "그만하라고!" 하면서 입만 헤실거렸다. 잔뜩 일그러진 얼굴로는 눈물을 폭포수처럼 흘리고 있었다. 정면에서 고타로를 껴안는 자세로 "야오치, 카무이 끌어내!" 하고 소리쳤다. 이미 그것을 교실 반대편까지 끌고 간 야오치가 누군가에게 "담임 불러" 하고 말하는 소리가 들렸다. 조용해진 교실에서 몇몇이 뛰쳐나갔다. 이제는 모든 걸, 그 모든 걸 견딜 수 없었다.

"애들 앞에서 네 정체를 밝혀봐? 뭐 하는 놈이고 얼마나 끔찍한 놈인지, 어제처럼 드러내 봐? 어?"

붙잡으려는 팔을 뿌리치고 일어났다. 거치적거리는 책상과 의자를 모두 걷어차며 단숨에 교실을 가로질렀다. 야오치가 감싸듯 안고 있는 그것의 목덜미를 붙잡아 떼어내려 했다. 하지만 마음처럼 되지 않았다. 무작정 날리는 주먹을 야오치가 필사적으로 막았다. "고타로, 그만해!" 그걸 피해서 때리려다 다시 붙잡혔다. "이런, 이 딴 놈은! 이 새끼는⋯⋯!" 야오치와 실랑이를 벌이다 손에 잡히는 책상을 붙들고는, 물건을 죄다 쏟으며 번쩍 들어 올렸다.

"⋯⋯인간이 아니라고!"

두 사람을 향해 던지려는데 누군가가 책상다리를 붙잡았다. 그 녀석까지 같이 던지고 싶었지만, 황당하리만치 작은 손이었다.

"이, 이렇게 살아 있는데⋯⋯."

얼굴을 보았다. 도모였다. 도모에는 불을 뿜듯 고타로를 노려 봤다. "살아서 이야기할 수 있는데, 한다는 말이 고작 그거야?"

"시끄러워!" 아무것도, 아무것도 모르는 주제에. "너하고 상관없으니까 가만히 있어! 너는 무슨 낯짝으로 그런 소리를 해? 너도 이 새끼한테 지금까지 신나게 나쁜 말을 퍼부어 놓고? 나한테도 그랬잖아? 기억 안 나? 너, 나한테 그때 뭐라고 했었어?"

"난 후회했어! 너는 안 그랬으면 좋겠어!"

"시끄럽다고 했지! 저리 가!"

"야, 약⋯⋯ 약속! 했잖아!"

"시끄러워! 시끄러워, 시끄러워! 다 시끄럽다고! 꺼져!"

고타로는 들어 올린 책상을 발밑에 내리꽂았다. 나지막한 비명을 무시했다. 그저 떨면서 자신을 올려다보는 그것을 가리켰다.

이제 됐다. 때릴 필요도 없다. 이제 됐다.

"넌 아무에게도."

이 일격으로.

"필요 없어."

숨통을 끊을 수 있을 줄 알았다. 누구보다 불쌍한 이 녀석은 이 한마디에 울고, 미쳐서, 여기서 도망치겠거니 생각했다. 자신에게 가장 아픈 부분에 집착하는 것이라고 생각했다.

예상대로 올려다보던 눈동자에서 조용히 빛이 사라졌다. 그래도 시선은, 오른쪽 눈은 고타로에게서 떨어지지 않았다.

"……아냐. 난 '필요 있어.' '있을' 곳은 아직 남았어……."

아무래도 상관없다. 의미 같은 건 이제 알고 싶지도 않다.

갑작스레 피로가 쏟아졌다. 오늘까지 안간힘을 다해 지켜왔던 모든 걸 제 손으로 부셔버렸다. 아무래도 전부 상관없다는 생각이 들어서 멍하니 주변을 둘러봤다. 재미없는 농담처럼 이 난장판에서 고타로의 책상만 무사했다. 걸어가서 가방을 들고 적당히 짐을 넣은 뒤에 "따라오지 마! 지금은 내버려두라고!" 일어나려는 무언가의 기척과 야오치의 필사적인 목소리를 흘려 넘기며, 뒤돌아보지 않고 교실을 나섰다.

다행히도 고마다나 다른 교사들에게 붙잡히지는 않았다. 곧장 주차장으로 가서 기대듯 옆에 세워놓은 자전거를 떼어내 가급적 멀리 옮겨놓은 뒤, 집으로 가는 길에 올랐다.

✦

한낮의 흐린 하늘 아래에서 페달을 밟는 발이 묘하게 무거웠다.

겨우 돌아온 집에는 물론 아무도 없었다. 혼자 현관문을 열고, 혼자 조용한 거실을 지나, 혼자 계단으로 올라가, 혼자 방으로 들어갔다. 옷도 갈아입지 않고 침대에 쓰러지듯 누웠다.

다시는 일어나지 못할 것처럼 피곤했다. 물 먹은 솜처럼 온몸이 늘어져서 좌우지간 자고 싶었다. 고요 속에서 눈을 감았다. 엎어져서 숨을 내뱉으며 얼굴을 베개에 푹 묻었다. 하지만 의식은 좀처럼 풀어지지 않았다. 조바심에 마음이 괴로워져 다시 눈을 게슴츠레 떴다. 낮의 빛 속에서 떠다니는 먼지를 멍하니 바라보았다. 커튼을 칠걸 그랬다. 하지만 이제 꼼짝도 할 수 없었다. 이 손도, 발도, 몸 곳곳이, 골수부터 손끝까지, 머리카락 한 올 한 올에 이르기까지 모두 텅 비어버린 느낌이었다. 여기서 일어나기 위해 필요한 힘을 모두 잃어버렸다.

혼자만의 집은 너무나도 조용해서 아무 소리도 나지 않았다. 마치 물속 깊이 잠수한 것처럼. 물 밑으로 들어가면 이제 아무도 보이지 않는다. 이곳은 깊은 물속이다. 이 감각을 나는 잘 알고 있다.

늘 이랬다.

늘 혼자였다. 늘 이렇게 혼자서, 눈을 게슴츠레 뜨고 빛 속을 떠다니는 먼지를 바라보고 있었다.

그날부터 계속.

학교가 끝나면 데리러 갈게! 엄마 병원에 같이 가자! 드디어 동생을 만날 수 있어! 고타로도 이제 오빠야! 그렇게 말했으면서 어째서인지 아버지는 오지 않았다. 담임이 집까지 바래다줬지만, 집에는 아무도 없었다. 밤이 되어도 아무도 돌아오지 않았다. 계속 혼자 있었다. 먹을 것도 없고 다들 어디 있는지도 몰라서, 누군가가 오기를 하염없이 기다렸다. 그것이 그날의 기억이었다. 갓 태어난 동생이 병을 앓는다는 사실이 밝혀진 그날.

그로부터 한동안 계속 그런 날들이 이어졌다. 아무도 없는 조용한 집에 혼자 돌아와서 밤까지 그대로 혼자 있었다. 이전에 살던 집은 병원이 멀어서 학교 끝나고 갈 수 있을 만 한 거리가 아니었고, 어머니는 간병하느라 병원에서 숙식했으며, 아버지도 이직하기 전이라 퇴근이 늦었다.

조부모가 돌봐주던 시기도 있었지만 어느 날을 계기로 모습이 보이지 않았다. 친가도, 외가도, 모두 어딘가에서 잘 살고 있을 터였다. 하지만 저마다 '낳기 전에 알았으면 좋았을걸', '오래 살지 못하는 게 차라리 나아' 같은 말들을 하는 걸 몇 번 들었으니 내가 없는 곳에서는 아마 더한 일이 있었을 것이다. 그 사람들하고는 절대 다시 안 봐, 설령 죽어도 장례식에도 안 갈 거야, 이제 부모자식도 아니야, 어느샌가 그런 사이가 되어 있었다. 같이 있었을 때의 기억은 어찌된 영문인지 별로 남아 있지 않았다. 그렇게 오래된 일도 아닌데 지금은 얼굴조차 생각나지 않았다.

부모님은 늘 지쳐 있었다. 둘 다 늘 한계를 초월해 있었다. 내 앞에서는 그래도 밝은 모습을 보였지만, 같이 살다 보면 절로 알 수 있었다. 어머니는 화장실이나 욕실에서 늘 소리를 죽이고 울었다. 아버지는 때때로 벽을 짚고 바닥에 무너지듯 쓰러져서 머리를 안은 채로 절규하듯 숨을 몰아쉬었다. 심야에 대판 싸우다 아버지가 어머니에게 손찌검을 한 적도 있었고, 어머니가 아버지를 밀친 적도 있었다. 어느 쪽인가가 집에서 뛰쳐나간 적도 있었다. 딱 한 번, 침대에서 자고 있을 때 어머니가 흔들어 깨운 적도 있다. "고타로, 고타로, 엄마랑 둘이서 우이코 보러 가자." 새벽 두 시의 드라이브는 꿈속을 달리는 것 같았다. 둘 다 잠옷 차림이었던 것도, 차가 병원과는 전혀 상관없는 방향으로 달려가던 것도 역시 꿈결 같았다. 만일 그때 화장실에 가고 싶다, 집에 가고 싶다는 말을 하지 않았다면 그 차는 어디에 도착했을까.

그래도 아침이 오면 평소와 똑같았다. 평소처럼, 아무 일도 없었던 것처럼, 환한 빛 속에서 부모님은 웃고 있었다.

이미 한계를 초월한 나날 속에서 부모님은 아들이 외로움을 느끼지 않도록 온갖 노력을 다했다. 학교 행사, 수업 참관, 전시회나 발표회, 보호자 모임, 입학식, 졸업식…… 무리를 해서라도, 곡예처럼, 아슬아슬한 줄타기를 하듯, 구석구석 살피고, 마음을 써서, 어떻게든 둘 중 한 명은 꼭 참석했다. 거의 죽을힘을 다해 집착적으로, 설령 잠깐 동안이라고 해도 꼭 아들을 보러 왔다.

그게 얼마만큼 부담되는 일인지 알고 있었다.

난 괜찮은데. 그렇게 생각했다. 나는 그냥 잊어버려도 되는데. 부모님은 계속 우이코와 함께 있어도 되는데. 전부 우이코에게 양보하고 싶은데.

미안했다.

그렇게 생각하면서 아무도 없는 집, 소리도 안 나는 방에서 혼자 침대에 누워 눈을 게슴츠레 뜨고 빛 속에서 떠다니는 먼지를 바라보고 있었다.

이제 멈춰 서지 않아도 되는데. 다시는 돌아보지 않아도 되는데. 이대로 떠나서 돌아오지 않아도 되는데. 이곳에 이대로 두고 가도 되는데. 그래도 아버지와 어머니는 아들의 존재를 잊지 않았다. 멈춰서, 돌아보고, 설령 밤늦게라 해도, 이곳에 반드시 다시 돌아왔다.

그러니까 내가 어디 먼 곳으로 떠나야 한다.

부모님이 정말 멈춰 서지 않기를 바란다면, 정말 돌아보지 않기를 바란다면, 정말 돌아오지 않기를 바란다면, 정말 두고 가길 원한다면, 정말 우이코에게 모든 걸 양보하고 싶다면, 그게 진심이라면, 나는 냅다 달려서 이곳에서 도망쳐야 한다. 어디 먼 곳으로 사라져야 한다. 그래야 한다고 생각했다.

하지만.

'미안해.'

어릴 적에는 주문처럼 그렇게 되뇌기만 했다. 조용한 물속으로 홀로 잠수해, 마법의 주문처럼 멍하니 그 말만을 머릿속에서 반복해 떠올렸다.

'……이제는 알겠어.'

열일곱인 지금, 게슴츠레 뜬 두 눈에서는 눈물이 흘러내리고 있었다. 그 시절과 모든 게 똑같았다. 아무도 모르는 곳에서 홀로, 계속 울고 있다. 오래도록 이랬다. 오래도록 이렇게 살아왔다. 아직도 이곳에서 도망치지 못하는 건, 어디 먼 곳으로 떠나지 못하는 건, 이곳에 두고 갈 수 없기 때문이다.

나를.

'진짜' 나를.

사실은 멈춰 서서 나만을 봐주기를 바란다. 사실은 돌아서서 등 뒤에서 계속 울고 있는 나를 알아채 주기를 바란다. 사실은 지금 당장이라도 이곳에 돌아와 주기를 바란다. 빨리 와줬으면 좋겠다. 이렇게 혼자 고요한 집에 두고 가지 않았으면 좋겠다.

더 사랑해 줘. 곁에 있어줘. 계속 함께 있어줘. 전처럼 날 제일 먼저 생각해 줘. 늘 여기 있어줘. 이제 아무것도 양보하고 싶지 않아.

우이코가 태어나기 전에는 이렇지 않았다. 아빠도, 엄마도, 나도 이렇지 않았다. 모든 게 이렇지 않았다. 이렇게 될 줄은 몰랐다. 하루아침에 모든 게 달라졌다. 모든 걸 잃었다.

전부 원래대로 되돌리고 싶었다.

하지만 그런 '진심'은 절대로 아무에게도 내보일 수 없었다. 내보이면 부모님이 가슴 아파할 거다. 우이코가 상처받을 거다. 나의 '진심'은 아무 잘못도 없는 소중한 사람들을 아프게 한다. 조부모와 같은 잘못을 저지르게 된다.

그러니까 그런 '진심'은 존재해서는 안 된다. 존재를 부정해야만 한다. 부정한다는 걸 증명하기 위해서는 이곳에 있어야 한다. 난 사라지고 싶어, 그게 진정한 소원이야, 그렇게 말하며 달려서 도망쳐서는 안 된다. 모든 것을 양보하고 먼 곳으로 떠나서는 안 된다.

하지만 불가능하다. 그래서 미안해요. '진심'을 지울 수 없어요. 그래서 미안해요. '진짜'는 그런 나라서, 그러니까 미안해요.

눈물이 멈추지 않고 흘러내렸다. 어차피 아무도 보지 않으니 그칠 필요도 없다. 아마 이것이, 지금 이 모습이야말로, 도저히 버릴 수 없는 '진짜' 자신일 것이다. 울고 있는 건 나 자신이 싫어서였다.

내 존재는 잘못됐다. 올바르지 않다. 존재해서는 안 된다. 그걸 알면서도 어찌할 도리가 없다.

눈물 냄새를 맡자 또다시 그 목소리가 들려왔다.

'아픈 여동생은 불쌍하잖아. 넌 건강하고 행복해. 복 받았으니 양보해. 오빠니까 동생한테 잘해줘야지. 그래야 착하지. 그래야 옳고 아름다운 일이니까. 의미 있는 일이니까. 숭고하니까. 가치가 있으니까. 구원받을 수 있으니까. 아무것도 잃지 않으니까.'

그러니까 빨리.

'그걸 내놔!'

아무도 그렇게 말하지 않았는데.

그 목소리는 똑똑히 들렸다. 내 목소리와 무척 흡사했다. 무서웠지만 그 말이 맞다고 생각했다. 거스르면 안 된다고.

하지만.

'……죄송해요.'

뺨을 타고 흐르는 눈물의 감촉을 느끼며, 불현듯 내가 왜 녀석을 절대로 용서하지 못하겠는지 이해했다. 그건 물론 인간으로서 넘어서는 안 될 윤리적 선을 넘었기 때문이었고, 그 때문에 우이코를 괴롭게 했기 때문이었다. 하지만 하나 더.

녀석이 던진 무시무시한 말은 마치 나에게 하는 말 같았다.

"고타로가 모두 양보하고 사라지면 얼마나 좋을까."

"고타로는 심장을 주고 죽으면 얼마나 좋을까."

"그러면 고타로는 사랑받을 테고 우이코는 살 수 있는데. 모두 구원받고 행복해질 수 있는데."

"그런데 왜 고타로는 그러지 않지?"

"모두가 행복해지지 못하는 건 전부 '진짜' 고타로 때문이야."

녀석의 말은 내 귀에 그렇게 들렸다. 그리고 그 목소리와도 포개졌다. 나를 탓하며 괴롭히는, 나를 부정하는, 나를 지워버리려 하는 그 목소리와. 빨리 줘. 전부 양보해. 왜 계속 거기 있니. 왜 도망치지 않지. 왜 아직 여기 있냐고. 있으면 안 돼. 빨리 가. 그렇게 추궁하는, 나의 내면에서 솟아오르는 그 목소리와.

미안해. 용서해 줘. 녀석이 그렇게 말할 때마다 돌아버릴 것 같았다. 그건 내가 너를 그렇게 만든 거야. 내가 나를 이렇게 만든 거야. 그렇게 외치고 싶었다. 녀석을 부수고 싶었다. 녀석의 입을 다물게 하고 싶었다. 생존 본능이 녀석을 용서하지 말라고 외쳐댔다.

"'진짜' 내가 존재해서 미안해. 이런 '진짜' 나를 용서해 줘.'

"우…… 으으윽……!"

등을 말고 시트를 꽉 쥐었다. 발버둥 치듯 몸을 비틀고 큰 소리로 흐느껴도 아무도 알아채지 못한다. 이 목소리는 아무에게도 닿지 않는다.

"미, 미안해…… 미안해, 용서해 줘, 용서해 줘……! 미안해……! 우우우우, 우아아아아, 우아아아아앙……!"

죄인처럼 두 손을 모으고 연신 용서를 구했다. 목이 쉴 때까지 울부짖었다. 여기 있어서 미안해. 살아 있는 걸 용서해 줘.

그래도 나는 사라지지 않았고, 여기서 도망치지도 않았다. 그런 나를 아무도 용서해 주지 않는다.

진동 소리에 눈을 떴을 때, 실내는 어두컴컴했다. 비가 내리는지 창문을 따라 물줄기가 흘러내렸다.

단체로 짠 듯 반 친구들은 한 명도 연락하지 않았다. 고마다겠지. 하지만 말할 기운이 없었다. 멋대로 조퇴한 이유를 설명하고 싶지 않았다. 무시하려고 했다. 하지만 진동은 끈질기게 울렸다. 부재중 전화로 바뀌었다가도 금방 다시 걸려왔다. 전원을 끄려고 머리맡에 던져놓은 스마트폰을 집었다. '아…… 진짜.' 힐끗 보고 진저리를 내며 눈을 감았다. 어머니였다. 고마다에게 연락이라도 받았나. 물론 통화하고 싶지 않았지만, 시간을 보니 벌써 저녁 6시가 지났다. 어차피 한두 시간 뒤에 돌아올 테니 그때 볼 수밖에 없다. 망설이다가 결국 통화 버튼을 눌렀다. "왜요?" 드러누워 전화를 받았다.

그때.

"고타로! 지금 집에 있니? 우이코 거기 있어?"

목소리 크기에 놀라 스마트폰을 귀에서 뗐다. 어머니는 혼란에 빠져 소리를 지르고 있었지만 자다 깬 고타로의 머리로는 무슨 말인지 금방 파악할 수 없었다. 음량을 줄이고 "어, 뭐라고요?" 하고 되물었다. 스마트폰을 다시 귀에 댔다. 우이코가, 우이코가, 하고 외치는 소리가 들렸다.

"우이코가 없어! 아무 데도 없어! 애가 사라졌다고!"

"뭐? 사라져……?"

순간 벌떡 몸을 일으켰다. 뭐지, 꿈인가? 악몽이라는 걸 깨달으면 잠에서 깨는 건가? 하지만 어두워진 방도, 더욱 새카만 창밖도, 너무나도 익숙한 현실의 건조한 풍경이었다. 주변을 두리번거리며 앞머리를 쓸어 올렸다. 점점 숨 쉬기가 힘들어졌다. 배 속에서 스멀스멀 서늘한 오한이 번졌다. "뭐…… 뭐야? 무슨 소리야?"

어머니는 소리를 지르면서 반쯤 울고 있었다. 수화기 너머에서 여러 사람들이 분주하게 움직이는 기척이 느껴졌다. 그 소리를 들으며 고타로는 어느샌가 어두운 방 한가운데에 우두커니 서 있었다. 스마트폰을 든 손이 떨렸다. 심장이 말도 안 되는 속도로 뛰었다. 발밑 바닥이 격하게 흔들렸다. 입을 벌리고 어깨를 들어 올린 채 필사적으로 숨을 들이마셨다. 그렇게 하지 않으면 숨을 쉴 수 없었다.

어머니의 설명이 끝나기가 무섭게 방에서 뛰쳐나갔다.

어젯밤의 분위기, 오늘 아침의 분위기. 방 안 쓰레기통에는 핏자국이 묻은 교복 셔츠가 버려져 있었다.

어머니는 고타로와 카무이가 몸싸움을 벌였다고 생각한 모양이었다. 우이코도 어제부터 기운이 없었고, 줄곧 오빠가 올지 안 올지 신경 썼다고 한다. 어쩌면 우이코가 보는 앞에서 싸움이 시작됐을지도 모른다, 그렇다면 어설프게 얼버무리는 건 도리어 좋지 않다. 어머니는 그렇게 판단하고 가급적 아무렇지도 않은 척 "둘이 싸웠대"라고 우이코에게 말했단다. "그러니까 한동안 여기 안 올지도 몰라. 하지만……" 분명 화해할 거니까 괜찮다고. 친구니까 가끔은 그럴 수도 있다고. 그래도 고타로와 카무이는 분명 극복할 거라고.

그때 우이코는 그 말에 납득한 것 같았다. 그러더니 도서실에서 책을 찾아달라고 부탁했단다. 이런 내용의 이런 표지고, 전에도 빌린 적이 있는 책인데, 꼭 읽고 싶은데 지금 컨디션이 안 좋아서 못 가겠다고.

어머니가 도서실에서 그 책을, 존재조차 하지 않았던 그 책을, 대출 이력까지 뒤져가며 찾는 중에 우이코는 병실을 빠져나갔다.

퇴원일이 다가와서 최근 우이코는 재활 운동의 일환으로 병동 밖에 산책을 나가기도 했다. 그때 걸치는 겉옷과 신발, 비가 올 것 같아서 꺼내놓았던 귀여운 우산이 사라졌다. 복도를 걸어가는 모습을 본 직원들도 있었지만, 오가는 사람이 많아서 보호자가 동행했다고 생각한 모양이었다.

아버지는 회사에서 나와 병원으로 오고 있었다. 병원 직원들도 건물 안을 찾고 있었다. 경찰에도 이미 신고했다. 주변을 순찰차가 돌아보고 있었다.

계속 연락하자, 스마트폰 계속 주시해. 어머니는 그렇게 말했다.

주변은 어두컴컴했고 세찬 빗줄기가 창문을 때렸다. 이러는 동안에도 기온이 점점 내려가는 것 같았다. 온 힘을 다해 페달을 밟으며, 온몸이 압력에 찌부러지는 듯한 감각에 휩싸였다. 이건 공포다. 새카만 하늘에서 껍질이 벗겨지듯 떨어진 공포가 이 몸을 감싸서 짓누르려 했다. 흠뻑 젖은 몸은 점점 차가워졌다. 하지만 몸이 덜덜 떨리는 건 추위 때문도 아니었고, 어제처럼 혼란스럽기 때문도 아니었다. 그저 두려웠다.

이 길 위에 있는 동생의 모습을 상상했다. 너무나도 작고, 약한 동생은 터덜터덜 빗속을 걷고 있었다.

'……이렇게 캄캄한 길을? 혼자서……?'

순간 온몸의 땀구멍이 활짝 열리는 것 같았다. 눈도, 입도, 한껏 벌어졌다. 미칠 것만 같았다. 숨이 찼다. 거친 숨소리가 의미를 알 수 없는 신음이 되었다. 빗길을 조심할 여유도 없이, 물보라를 튀기며 하염없이 페달을 밟았다.

하지만 그럴 리 없다. 그럴 리가 없다. 허리를 들고 체중을 실어서 좌우 페달을 밟으며 노래하듯 동작을 반복했다. 그럴 리 없다. 절대로 그럴 리 없다.

'분명 병원에 있을 거야. 병동 어딘가에. 병실로 돌아가는 길을 잃어서, 어쩔 줄 몰라하며, 누가 찾으러 오기를 기다리고 있겠지. 그래, 분명 그럴 거야. 내가 너무 난리법석을 떠는 거야. 나중에 꼭 진짜 실종된 것처럼 오버했다고 웃겠지. 이렇게 본격적으로…….'

쏜살같이 갈림길에 접어들었다. 녀석의 자취방을 향해 달리며, 아무것도 믿지 못하는 마음이면서도 눈으로는 필사적으로 주변을 샅샅이 살펴보고 있었다. 인도, 화단 사이, 나무 그늘, 주차된 차 사이. 그럴 리 없다고 염불처럼 되뇌면서도, 머리로는 우이코와 녀석이 나눈 대화를 열심히 떠올리고 있었다.

녀석은 우이코가 집 주소를 묻자 꼼꼼하게 대답했다. 지역 주민이 아니라 설명은 어설펐지만 거짓말은 하지 않았다. 틀리지도 않았다. "병원 근처에 큰 갈림길이 있지? 주유소 쪽 길로 빠져서…… 그리고 그 길을 쭉 걸어가면……." 우이코는 녀석의 집에 가는 길을 기억했을지도 모른다. 오빠와 카무이가 싸웠다는 이야기를 듣고,

혹시 자기 때문인지 불안해져서 책임을 느끼고 어떻게든 해결하려고 녀석의 집으로 갔을지도 모른다. 안 오면 내가 가는 수밖에 없다면서.

병원에서 집으로 가는 길은 어머니가 병원 직원들과 함께 샅샅이 뒤지고 있었다. 그러니까 이 길은 내가 찾는다. 셔츠 주머니에 넣은 스마트폰이 진동하며 메시지를 수신했다. 급브레이크를 밟으며 고꾸라지듯 자전거를 세우고서 황급히 확인했다. 아버지였다. 지금 병원으로 달려가는 중이라고. 이웃 사람들이 집 주변을 찾아보고 있다고. 기대했던 내용은 아니었다. 비를 맞으며 아연실색했다.

'아직도 못 찾았다고……? 왜?'

다시 핸들을 잡는 손이 덜덜 떨렸다. 다시 페달을 밟는 다리에 힘이 들어가지 않았다. 눈앞이 핑 돌아서 제대로 앞을 보고 있는데도 자신이 어디를 달리고 있는지도 알 없었다. 어금니를 악물고, 입술을 깨물며, 작은 조명이 비추는 눈앞에 정신을 집중해 그저 앞을 향해 달렸다.

이내 그 공동주택이 보이기 시작했다. 어제처럼 자전거를 내팽개쳤다. 어제처럼 계단을 뛰어 올라가 제일 끝에 있는 집을 향해 달렸다. 어제처럼 그 문이 스르륵 열렸다. 망령처럼 창백한 얼굴. 경악에 찬 커다란 눈. 떨리는 목소리가 자신의 이름을 부르기 전에 먼저 멱살을 잡았다.

"우이코 안 왔어?"

"……어?"

되묻듯 고개를 기울이는 그 표정에 가슴이 내려앉는 것 같았다.

안 왔구나. 여기 없는 거야. 그 순간 무슨 일이 일어났는지 파악할 수 없었다. 위아래 시야가 갑자기 뒤집히더니, 부릅뜬 눈에 비치는 것들이 옆으로 기울어졌다. 정신을 차렸을 때는 복도 바닥에 드러누워 있었다.

"고타로!"

어? 하지만 금방 꼭두각시처럼 일어났다. 뭔가가 끌어당기듯, 방금 지나온 복도를 냅다 달려 되돌아갔다. 하지만 꼭 솜을 밟는 것 같은 느낌이었다. 난간을 잡은 손에는 감각이 사라져 있었다. 계단을 마구잡이로 뛰어 내려가며, 갑자기 자신이 지금 뭘 하는지 알 수 없어졌다. 다리가 꼬여서 계단 아래로 떨어졌다. 비에 젖은 층계참에 내동댕이쳐졌지만 곧바로 몸을 일으켰다. 벌떡 일어나 다시 달리려 했다.

'아…….'

무릎 아래로 스르륵 힘이 빠졌다. 그대로 실이 끊어진 것처럼 물웅덩이 속에 무너져 내렸다. 다친 건 아니었다. 바닥과 부딪힌 무릎과 팔꿈치가 욱신거렸지만, 그냥 몸이 움직이지 않았다('아, 어쩌지. 우이코가 없어'). 무서워서('어쩌지, 못 찾으면 어쩌지, 어쩌지, 우이코가……') 숨을 쉴 수 없었다. 들이마시는 것도, 내뱉는 것도 마음대로 되지 않아서('비가 이렇게 오는데, 이렇게 캄캄한데') 눈앞이 깜빡거리며('누가 좀……') 피부 감각이 사라졌다. 일어나지 못하겠다. 못 찾겠다. 누구 없어요, 우이코가, 내 동생이, 이대로는……. 누구 없어요? 여기요! 여기요!

"고타로!"

등 뒤에서 급히 계단을 내려오는 발소리가 났다.

"우이코가 왜? 무슨 일이야?"

어깨를 붙잡혀 속절없이 흔들리다 눈을 들었다. 불과 몇 시간 전에 아무래도 상관없다 생각하며 온 힘을 다해 상처 입혔던 녀석의 파랗게 질린 얼굴이 보였다. 안경도 쓰지 않고, 필사적인 눈빛으로, 서슴없이 흙탕물에 무릎을 꿇었다. 똑바로 얼굴을 들여다본다.

카무이.

그 가슴팍으로 "우, 우이코가" 손을 뻗었다. 떨림이 너무 심해서 턱과 목을 치며 손가락을 펼쳤다. 옷깃을 붙잡았다. 필사적으로 매달렸다. "주, 죽……" 새된 목소리가 "죽으……!" 비명처럼 날카롭게 튀어 올랐다. 눈을 질끈 감고 외쳤다.

"……도와줘……!"

우이코가 병원에서 사라졌다. 어디에도 없다. 찾아봐도 안 보인다. 혼자 돌아다닐 수 있을 만한 상태가 아니다. 이대로는 죽을지도 모른다. 상황을 설명하며 끔찍한 상상에 몸을 떨었다. 머리를 쥐어뜯었다. 그건 안 돼, 있을 수 없어, 절대로 안 돼.

일어서려다 힘없이 허공에서 버둥거리는 고타로의 팔을 카무이의 손이 단단히 붙잡았다.

"나도 같이 찾을게." 카무이는 고타로와 눈을 맞춘 채 힘주어 고개를 끄덕인다. 붙잡은 팔을 꽉 움켜쥐고서 일으켜 세운다. "고타로, 일어나! 내가 부축할게! 정신 차려!" 망설임 없는 목소리가 밤의 어둠 속에 퍼져나갔다.

"괜찮아!"

앞뒤로 늘어선 자전거 두 대가 빗속을 일직선으로 달렸다.

카무이의 집에서 병원을 향해 어두운 밤길을 달렸다. 우이코가 정말 병원에서 곧장 이쪽으로 왔다면 이 길 어딘가에 있을 것이다. 하지만 작은 소녀는 보이지 않았다. 오가는 차량은 제법 있어도 날씨가 이러니 애초에 지나가는 사람이 거의 없었다.

"우이코!" 뒤에서 카무이가 외쳤다. 조금 속도를 늦추고 눈으로 반응을 찾으며 고타로도 소리쳤다. "우이코! 우이코!"

둘이서 연신 우이코를 부르며 골목을 들여다보고, 멈춰서 주변을 둘러보며 대답하는 목소리가 없는지 귀를 기울였다. 몇 번이고 전력을 다해 동생을 불렀다.

그러는 동안 큰길로 나왔다. 여기서부터 병원까지는 외길이다. 외벽을 따라 그대로 직진하면 이내 문이 보인다.

"고타로!"

카무이의 목소리에 돌아봤다.

"이 주변은 지금도 아주머니가 찾아보고 있는 거지? 집 근처도. 그럼 우리는 아직 아무도 안 본 곳을 찾아보는 게 낫지 않을까?" 알아듣기도 힘들 만큼 쉰 목소리로 카무이는 말했다. "어쩌면 우이코는 우리 집에 오려다가 길을 잘못 든 걸지도 몰라."

"하지만 병원에서 너희 집까지 길을 잘못 들 만한 곳이……."

"사거리에서 다른 쪽으로 간 거 아냐?"

과연 그럴까. 그럴 수 있나. 알 수 없었지만 좌우지간 여기까지 오는 길에 찾지 못한 건 사실이었다.

"……돌아가자!"

"응!"

병원 문 앞에서 유턴해서 방금 온 길을 다시 되돌아갔다. 카무이의 집으로 가는 길에는 그대로 직진해야 하는 작은 사거리가 여러 개 있었다. 아무리 그래도 이 길은 아닐 것 같다고 생각하면서도 우이코의 이름을 애타게 부르며 샅샅이 뒤졌다. 대답은 없었고 인적도 없었다. 그래도 일단 모든 골목을 확인했다.

곧 그때까지보다 폭이 넓은 길이 엇갈리는 사거리가 등장했다. 조금 더 가면 저 멀리 주유소 간판이 보였다. 원래 꺾어야 할 큰 사거리는 더 앞에 있었다. 카무이는 모퉁이에 주유소가 보이면 꺾어야 한다고 우이코에게 알려줬었다. 카무이를 돌아보니 고타로를 보고 있었다. 아마 동시에 같은 생각을 했을 것이다. 우이코는 여기서 길을 잘못 들었을지도 모른다. 거기서부터는 자전거에서 내려 나란히 밀며 걸어갔다.

"우이코! 우이코!"

큰 소리로 이름을 부르며 주변을 자세히 둘러봤다. 편도 1차선이었지만 차량 통행이 꽤 많아서, 오가는 자동차 소리가 두 사람의 목소리를 금세 덮어버렸다. 쏟아지는 빗소리 때문에 설령 대답이 들려도 놓칠 수 있을 것 같았다. 얼굴을 타고 흘러내리는 빗물을 손으로 훔치며 고타로는 조바심 내지 말자고 마음을 달랬다. 가급적 천천히 걸으며 좌우를 꼼꼼하게 살폈다. 조바심 내지 마. 놓치지 마. 금방이라도 내달리고 싶었지만 꾹 참았다. 이 길 끝까지 단번에 가 버리고 싶었지만, 그리고 싶어서 심장이 아릴 정도로 쿵쾅거렸지만, '조바심 내지 마……!' 하고 필사적으로 숨을 삼키며 왼쪽 옆을 보았다.

"우이코! 우, 우이코!"

입가에 손을 대고 카무이는 쉰 목소리로 목청을 높여 쉬지 않고 외쳤다. 고타로의 시선을 알아채고는 금세 고개를 끄덕였다. 괜찮다고. 그 표정은 긴박함으로 굳어 있었지만, 포기하지 않았다. 그 얼굴에서 절망 같은 건 찾아볼 수 없었다.

'……나도 포기 안 해.'

"우이코!"

'……절대 절망하지 않을 거야!'

우이코의 이름을 외치며 고개를 돌려 두 다리로 젖은 아스팔트를 단단하게 디뎠다. 신중하게 걸으며 꼼꼼하게 주변을 둘러봤다. 아무리 작은 정보도 놓치지 않겠다는 양 세심하게 주의를 기울였다.

무성한 화단. 인도와 차도 사이의 가로수. 전봇대 그늘. 건물과 건물 사이의 비좁은 틈. 길가에 내놓은 간판 뒤로 불법투기한 종이 상자. 눈부시게 빛나는 자판기들. 그 옆의 커다란 쓰레기통. 차도 맞은편의 인도에도 마찬가지로 자판기 여러 대가 늘어서 있었다. 그 틈, 바닥에 가까운 위치에서 뭔가 뾰족한 것이 튀어나와 있었다. 자세히 보니 흔들리며 인도 쪽으로 삐져나와 있는, 펼쳐진 우산살 끝이었다. 투명한 비닐에 눈에 잘 띄도록 화려한 핑크색 꽃무늬가 그려진 여자아이용 우산. 우이코의 새 우산!

"카무이."

저거, 하고 가리킨 순간 우산을 들고 주저앉은 작은 실루엣이 자판기 사이에서 길을 찾듯 얼굴을 내밀어서 이쪽을 보았다. 왼쪽 옆의 카무이가 숨을 삼켰다.

다음 순간, 고타로는 얼어붙었다.

찰나도 되지 않는 시간에 비정상적으로 선명한 영상이 뇌리에 번쩍이더니 느릿하게 재생됐다. 우이코가 이쪽을 알아챈다. 오빠랑 카무이다. 하필이면 그곳은 화단 틈새라 가드레일도 없다. 길을 잃고 불안에 떨던 우이코는 용수철처럼 벌떡 일어나서 이쪽으로 건너오려고 튀어나온다. 주변도 살피지 않고. 차도로.

정신을 차렸을 때 고타로는 이미 자전거를 내팽개치고 있었다. 영문도 모른 채 무아지경으로, 순간적으로 온 힘을 다해 달려들었다. 우이코, 안 돼, 멈춰, 그대로 거기!

"앗!"

소리치며 일어난 우이코는 울고 있었다. 오빠를 보고, 카무이를 보고, 아까 보였던 영상처럼 이쪽으로 건너오려고 냅다 뛰었다. 이미 두 사람의 모습밖에 보이지 않는지, 화단 틈새로 주변도 잘 살피지 않고 찻길을 건너려 튀어나왔다. 그런 우이코를, 바로 옆에서 속도를 늦추지 않고 달려오던 자동차의 새하얀 전조등이 비추었다. 놀란 우이코는 너무나도 작고 까만 그림자가 되어 그 자리에 못 박힌 듯 멈췄다. 그걸 보며 고타로는 힘껏 바닥을 차올랐다. 손을 뻗어 강렬한 빛 속으로 몸을 던진 그 순간, 모든 소리가 사라졌다. 시야 가장자리에서 새까만 하늘을 느릿하게 가르는 귀여운 우산이 보였다.

진공 속에 있는 듯했던 순간의 정적이 깨지며 절규와 귀를 찢는 급제동 소리가 한데 뒤섞였다.

……하아.

하아, 하아, 하아.

……무슨 소리지? 숨소리? 내 숨소리인가?

부릅뜬 눈에 빗물에 젖은 바닥. 머리카락. 부드러운 긴 머리카락. 자신의 손. 정신을 차려 보니, 동생의 작은 몸을 품에 꼭 안고 인도와 차도 경계 사이에 쓰러져 있었다.

"야! 미쳤냐! 갑자기 뛰어들면 어떡해!" 비스듬히 정차한 자동차 창문이 열렸다. 젊은 남자가 얼굴을 구기며 성을 내다가 뒤따라오는 차들이 경적을 울리자 쫓기듯 다시 출발했다.

쓰러진 두 사람 바로 옆을 지나쳐 차들이 쌩쌩 달렸다. 그때마다 도로 한가운데 떨어진 팟, 팟, 하고 우이코의 우산은 납작하게 짓눌렸다.

여기 있으면 안 돼. 작은 동생을 그대로 안고 고타로는 기어가듯 인도로 올라갔다. 스마트폰, 스마트폰, 한 손으로 스마트폰을 꺼냈다. 떨림을 넘어서 거의 경련하는 손은 마음대로 움직이지 않았다. 눈을 뜨고 있는데도 무엇을 보고 있는지 전혀 알 수 없었다. 전화를 어떻게 거는지도 전혀 생각나지 않았다. 감으로 화면을 더듬자 우연히 최근 통화 이력이 떴다. 어머니의 번호를 눌렀다. 곧바로 전화를 받았다.

"고타로?"

"……우이코 찾았어. 같이 있어." 고타로는 새된 목소리로 간신히 말했다. 거기, 얼마 전에 문 닫은 신발가게 모퉁이에서 꺾어서, 오른쪽에, 그래, 그 길 끝에, 그래, 거기, 우이코, 우이코, 엄마가…… .

"우이코니? 우이코지! 엄마 지금 갈게! 지금 갈 거니까 거기 꼼짝 말고 있어!" 스마트폰에서 흘러나오는 어머니의 목소리에 우이코는 갑작스레 "……으아아아아앙!" 하고 울음을 터뜨렸다. 그 몸을 껴안은 팔에 힘을 주었다. 스마트폰을 바닥에 떨어뜨리고 우이코의 머리에 얼굴을 묻었다. 흙냄새와 비슷한, 약간 비릿한 젖은 머리카락 냄새. 비 냄새. 우이코도 필사적으로 오빠의 옷자락을 붙잡고 "우아아아앙! 우아아아앙!" 하고 큰 소리로 울며 매달렸다. 괜찮다, 괜찮다. 우이코의 등을 쓸어내리며 숨 쉴 때마다 빌었다. 괜찮다, 괜찮다, 괜찮다……

빗줄기를 뚫고 처음으로 나타난 건 구급차였다. 아버지의 차가 그 뒤를 따라왔고, 들것을 내리는 동시에 어머니가 차문을 열고 창백한 얼굴로 허겁지겁 뛰쳐나왔다. "우이코! 우이코!" "어머니, 이쪽으로!" 구급대원의 지시로 함께 구급차에 올라탔다. 이내 문이 닫히고 사이렌을 울리며 구급차가 떠났다. 고타로는 그제야 일어나서 멀어지는 구급차를 바라보았다.

"고타로!" 아버지가 운전석에서 부르는 소리에 정신이 들었다. "얼른 타! 따라가야지!"

"……아뇨. 난 됐어요." 고개를 가로저었다. 머리카락에서 떨어진 빗물이 얼굴에 튀었다. 반대편 차선에 나동그라진 자전거를 가리키려고 했다. 하지만……

"……같이 가야 해요."

거기 서 있는 건 카무이였다. 카무이를 가리키며 아버지에게 말했다. "같이 우이코를 찾아줬어. 바래다주고 갈게. 난 괜찮으니까 가요. 얼른. 우이코 상태가 어떤지 바로 연락 주고요."

아버지는 알았다고 고개를 끄덕이더니 그대로 병원 쪽으로 차를 몰고 떠났다.

도로 맞은편에서 카무이는 계속 이쪽을 보고 있었다. 소리도 내지 않고, 아무도 모르게 홀로 눈물을 흘리고 있었다. 그 뺨과 눈가, 얼굴과 머리카락, 온몸이 빗물에 젖어 있었지만 그것은 분명히 눈물이었다. 고타로는 알 수 있었다.

마치 교단에 선 도모에를 보고 울었던 때처럼.

그때 카무이는 곁에 있어주었다. 따뜻한 손으로 몰래 눈물을 닦아주었다. 왼쪽 옆에 딱 붙어서, 떠나지 않고 함께 있어주었다. 괜찮아, 카무이가 속삭인 목소리가 이 가슴 깊숙이 뿌리내리고 생명을 얻었다. 쿵, 쿵, 소리를 내며 뛰었다. 광막한 밤하늘에 홀로 빛나는 별빛 같았다.

카무이는 그런 녀석이었다. 지독하게 상처 입혀도, 고타로가 도와달라고 하면 이런 빗속에도 아랑곳하지 않고 달려오는 녀석이었다. 흠뻑 젖어서, 쉰 목소리로, 우이코를…… 고타로를 도와주는 녀석이었다.

넌 그런 녀석이었다.

넌 그런 녀석이다.

……그런데 왜.

좌우를 둘러보고 차가 안 오는 걸 확인한 고타로는 도로를 무사히 건넜다. 쓰러진 두 자전거 옆에 우두커니 선 카무이 곁으로 다가 갔다.

"……가자."

말을 걸자 초점 없는 눈이 천천히 고타로를 보았다. 다시 한번, "가자" 하고 또렷하게 말한 뒤 쓰러진 카무이의 자전거를 일으켜 세웠다. 그 옆에 있던 자신의 자전거도.

도저히 카무이를 포기할 수 없었다.

도저히 카무이를 이곳에 두고 갈 수 없었다.

카무이의 '진심'을 꼭 확인하고 싶었다.

고타로는 카무이가 핸들로 손을 뻗는 걸 보고는 참고 있던 숨을 조금씩 뱉었다.

'진짜' 카무이를 알기 위해서는 '진짜' 자신의 모습으로 말을 건네야 할 것이다. 스스로에게 던지는 물음으로부터 도망을 쳐서도 안 된다.

고타로는 그 길을 택했다.

조금 약해진 빗줄기를 맞으며 말없이 걸었다.

공동주택까지 와서 나란히 자전거를 세워놓고 2층으로 올라갔다. 카무이는 문도 잠그지 않고 나온 것 같았다. 문을 열고 먼저 안으로 들어간 카무이는 불도 켜지 않은 채 곧장 세면실로 가서 수건을 몇 장 꺼내왔다. 빛이라고는 창문 너머 가로등의 하얀 불빛밖에 없는 어두컴컴한 실내에서 고타로에게 수건 한 장을 내밀었다.

건네받은 수건으로 고타로는 흠뻑 젖은 머리와 몸을 닦았다. 교복 상하의는 빗물뿐 아니라 진흙으로 더러워져 있었다. 이제 보니 맨살까지 까끌거렸다. 양말도 젖어서 기분이 찜찜했다. 밝은 곳에서 거울을 보면 꼬락서니가 말이 아니겠지.

카무이는 머리를 털며 바닥에 주저앉았다. 고타로는 그 옆에 앉았다. 조금 겸연쩍은 기분에 고개를 숙였다. 벌어진 입에서 용기가 숨이 되어 흘러나왔다. 일단 고맙다는 말부터 하자. 우이코를 찾을 수 있었던 건 카무이 덕이다. 그런데 제대로 말이 나오지 않았다.

아니, 미안하다는 말이 먼저일까. 어제와 오늘, 고타로는 카무이에게 일방적으로 폭력을 휘둘렀다. 어떠한 이유에서든 이를 정당화할 수는 없다. 어쨌든 잘못했다.

고타로가 힘없이 제 무릎을 내려다보고 있던 그때, 셔츠 주머니에 넣어둔 스마트폰이 울렸다. 아버지가 보낸 메시지였다. 우이코는 다친 곳 없이 무사하며, 지금은 안정을 되찾았다고 했다. 카무이에게 고맙다고 전해달라는 말 아래에 핑크 토끼가 격한 동작으로 맹렬히 키스를 날리는 이모티콘을 같이 보낸 걸 보면 분명 또 뭔가 있었겠지.

"……카무이." 고타로는 화면을 내밀어 카무이에게 메시지를 보여줬다. 머리에 수건을 뒤집어쓴 채 카무이는 그것을 "오오……" 하고 뚫어져라 바라보았다. "격렬하네……." 스마트폰이 비춘 카무이의 얼굴에 설핏 미소가 떠오른 걸 본 순간 망설임이 사라졌다.

"미안해." 그 말이 자연스레 고타로의 입에서 튀어나왔다. "……고마워." 그러고는 조금 가까이 다가가 수건 아래의 눈동자를 살며시 들여다보았다. "우이코도, 나도, 네 덕분에 살았어. 도와줘서 정말 고마워."

하지만 카무이는 아무 대답도 하지 않고 뒤집어쓴 수건 끝을 잡아당겨 얼굴을 가렸다. 고타로는 그럴 법도 하다고 생각했다. 카무이에게 한 짓을 생각하면 얼굴도 보고 싶지 않은 게 당연하겠지.

"어제도 그렇고 오늘도 냉정하지 못했어. 변명할 말도 없어."

"아냐." 카무이는 말을 자르듯 그렇게 말하더니 그대로 고개를 푹 숙였다. "그게 아냐, 고타로. 난 너한테 그런 말을 들을 만한 놈이 아냐. 넌 잘못 없어. 난⋯⋯." 카무이는 말을 끊고 몸을 웅크렸다. 숨을 깊이 내쉴 때마다 그 둥그스름한 등이 어둠 속에서 위아래로 움직였다. 밤에 보는 먼 산의 능선 같다고 생각했다. "난 부러웠어. 공평하지 않다고 생각했어. 왜 이 애는 이렇게 열심히 찾는 사람이 있는 걸까. 내가 사라져도 나를 찾는 사람은 아무도 없을 텐데, 왜 그애는⋯⋯ 좋겠다. 부럽다. 그렇게 작은 애를 보고, 그렇게 우는 애를 보고, 그 애를 그렇게 소중히 여기는 널 보고 부러워하고 질투했어. 난 그런⋯⋯ 그래. 이런 난 정말 인간이 아닐지도 몰라. 고타로 네 말이 맞아. 정신 나간 놈이야, 난."

수건 아래로 보이는 입꼬리가 살짝 올라갔다. 하지만 그건 즐거워하는 얼굴도, 행복해하는 얼굴도 아니었다. 지금까지 자신이 보아왔던, 카무이의 진짜 표정이 아니었다.

넌 그런 얼굴로 웃지 않는다. 수건으로 가린, 보이지 않는 곳에서 너는 전혀 웃지 않는다.

"카무이, 넌 우이코가 '필요 있는 아이'라고 생각했구나." 말을 건네는 고타로의 목소리는 조금 떨리고 있었다.

수건 아래의 머리가 위아래로 움직였다.

"그렇구나. 난 반대였어."

다시 한번 끄덕이려던 카무이는 동작을 멈췄다.

"난 계속 우이코가 '필요 없는 아이'라고 생각했어."

"⋯⋯뭐라고?" 카무이는 서서히 고개를 들었다. 당혹스러운 듯 살짝 고개를 기울이더니 고타로를 마주 보았다. 잘못 말했다고 정정하기를 기다리듯, 조용히 눈을 깜빡였다.

하지만 잘못 말한 게 아니었다. 정정도 할 수 없었다. 이게 '진짜' 자신의 모습이다. 이 세상 누구에게도 절대 보여주기 싫었던, 필사적으로 숨겨온 '진짜' 모습이다. 가능하면 자기 자신조차 평생 직시하고 싶지 않았던 모습이다.

카무이, 너니까.

너니까 내보이는 거야.

"우이코가 태어나기 전까지 난 정말 행복했어. 동생이 생긴다고 해서 엄청 기대했었어. 지금보다 더 행복해질 거라고, 더 즐거운 날들이 시작될 거라고 믿었지. 그런데 태어난 동생은 갑자기…… 죽을 것 같다, 오래 못 살 것 같다, 불치병이다……. 모든 게 한순간에 뒤집혔어. 다들 이상해지고, 울고, 화내고, 소리 지르고……. 대단했어. 짜증 나는 일만 일어나는 거야. 검사를 할 때마다 이제 안 되겠다, 애가 너무 힘들어한다, 너무 아파한다, 심박이 어쩌고 혈압이 어쩌고……. 매일 그래. 매일, 매일, 매일……. 긴장하며 살았어. 나한테 말을 걸 때마다 긴장했어. 어차피 무서운 얘기겠거니 하고 계속 겁에 질려 있었어. 이제 평범한 이야기는 못 하는구나. 평범한 생활 같은 건, 그전까지의 행복 같은 건, 이제 전부 망가져서 사라졌구나." 젖은 소매가 달라붙은 팔뚝을 붙잡았다. 싸늘한 살갗을 손톱으로 누르며 말을 이었다. "……그런 생각이 들더라. 걔는 왜 태어난 걸까. 아무 의미도 없는데. 자기도 괴롭고, 모두 힘들게 하고, 그것밖에 없는데. 필요 없는 애라고."

지금 카무이는 어떤 눈으로 날 바라보고 있을까. 확인할 수도, 고개를 들 수도 없었다. 그래도 이야기를 멈추지 않았다. "어차피 오래 살지도 못해. 살아 있는 동안은 힘들 뿐이야. 죽으면 또 난리가 나겠지. 우리 가족에게 슬픈 일만 가져오지. 걔가 태어나면서 우리는 '불쌍한' 집이 됐어. 지금은 아픈 애가 있는 집이고, 그러다 아픈 애가 죽은 집이 되겠지. 걔가 태어나서 그전까지 있던 '우리 집'은 사라졌어. 걔가 태어난 탓에 그전까지의 '나'도 사라졌어. 정말…… 뭘 위해서? 왜 이렇게 된 거야? 나한테서 뭘 얼마나 빼앗아 가려고? 처음부터 태어나지 않았다면 이런…… 전부, 원래대로…… 젠장!"

고타로는 두 손으로 움켜진 수건에 얼굴을 파묻었다. 연신 크게 숨을 들이마시며 마음과 목소리를 진정시켰다. 안다. 이런 생각을 하면 안 된다. 안다. 분명히.

획 고개를 들었다. 뺨을 타고 흘러내리는 눈물을 이제 감추려 하지도 않고, 똑바로 앞을 보며 눈을 떴다. 카무이는 그곳에 있었다. 눈앞에서 미동도 하지 않고 자신을 바라보고 있었다.

"……한마디로 '진짜' 나는 이런 놈이야. 절대로 해서는 안 될 생각을 하고, 절대로 해서는 안 될 상상을 하고 있어. 최악이고 저질에다 지독한 놈이야. 나는 걔가 너무 싫어. 진심으로 죽이고 싶고, 존재를 말살하고 싶어. 존재 자체를 인정하고 싶지 않아. 절대로 인정할 수 없어. 그 사실을 증명하고 싶어서, 너 같은 건 사라지라고, 꺼지라고, 죽어버리라고, 열심히 걔 존재를 부정했어. 계속. 그렇게 살았어, 지금까지 쭉! 어릴 때부터, 초등학생 때부터 계속!"

두 손으로 꽉 그러쥔 수건에 비처럼 물방울이 후두둑 떨어졌다.

"하지만 그렇다고 사라지지 않잖아. 도무지 사라지지 않아. 난 걔를 없애버릴 수가 없어. '뭐 하는 거야' '왜 사라지지 않는 거야' 하며 마음만 괴로워져. 점점, 점점 더 괴로워지다가 어딘가에서 목소리가 들리기 시작하는 거야. '정말이지' '대체 뭐 하는 거야' '빨리 해'라고. 똑똑히 들려. 그 목소리는 이렇게 말해. '동생에게 모든 걸 양보하고 넌 사라져'라고. '동생에게 심장을 주고 넌 죽어'라고. 그 목소리는 뻔뻔하게 살아 있는 날 비난해. 그게 맞아. 나도 그렇게 생각해. 그렇게 하면 모두 행복해질 거야. 그래야 한다고 생각해. 그러고 싶다, 그게 내 바람이다……."

'내가 가진 좋은 건 전부 소중한 동생에게 주고 싶다. 그걸 위해서는 잊혀도 좋다. 홀로 남겨져, 누구도 다시는 돌아봐 주지 않아도 좋다. 그걸로 족해. 정말이다.'

몇십 번, 몇백 번, 몇천 번 생각했다. 몇만 번이나.

'진짜야. 난 그걸로 족해. 정말이야. 난 그러고 싶어. 정말이야. 난 양보하고 싶어. 전부 주고 싶어. 정말이야.'

그렇지만.

"그렇지만……! 그렇지만 난……! '사실'은……!"

이렇게 또다시 배신한다. 눈물이 멎지 않는다. "흑, 흐윽……! 윽……!" 미안해. 용서해 줘. 같은 짓을 반복하며, 어디가 시작점인지조차 모를 만큼 쳇바퀴를 돌며, 시간은 그저 속절없이 흘러간다. 그리고 이러는 동안에도 동생의 남은 수명은 사라지고 있다.

어둠 속에서 수건이 툭 바닥에 떨어졌다.

"대체 무, 무슨 소릴 하는 거야……?" 카무이가 눈을 부릅뜨고 정면에서 어깨를 붙잡아서 흔들었다. "그런 소리 듣지 마! 아무도 너한테 그런 소리 안 했어! 아무도 그런 걸 바라지 않아! 그건 현실이 아냐! 너도 알지? 넌 사랑받고 있어! 아주머니도, 아저씨도 널 소중히 여기고 있다고!"

"알아. 나도 알아. 하지만…… 어, 어제도…… 꼭 네가 그렇게 말하는 것 같아서, 날 탓하는 것 같아서……."

"그런 소리 안 했어!" 으르렁거리듯 그렇게 외친다. 카무이의 손가락이 어깨에 깊게 파고들었다. 상처가 될 정도로 깊이. 떨면서도 강하게. "내가 그런 소리를…… 너한테, 고타로에게 그런 소리를 할 리 없잖아? 그런 생각은 절대 안 해!"

"그래……. 알아. 괜찮아. 난 괜찮아. 나도 알아……."

어깨를 꽉 쥐는 굳센 힘에, 이 손에도 세게 힘을 주었던 일을 떠올렸다.

품에 꼭 안았던 작은 동생을 떠올렸다. 너무도 따뜻하고 보드라운 그 몸은 살아 있는 생명의 내음이 났다. 매일 다른 내음이 났다.

처음 안아본 건 갓난아기 때였다. 어찌나 작은지, 겁이 날 정도로 연약했다. 아기는 커다란 눈망울을 이리저리 움직이며 자신을 보았다. 그 순간, 분노했다. 왜 품에 안아보라고 한 거지.

'어차피 빼앗을 거라면, 왜 나한테 이런 걸 안겨준 거지? 이 팔에서 빼앗기 위해서? 주고 다시 떼어놓기 위해서?'

아무리 세게 껴안아도, 아무리 빼앗아 가지 말라고 빌어도, 아무리 함께 있고 싶다고 기도해도, 아무도 들어주지 않는데! 이 슬픔에서 아무도 구원해 주지 않는데!

마음속으로 그렇게 외치며 내달리던 밤을 떠올렸다.

"알고 있으니까 난 지금도 여기 있어. 여기서 살 수 있는 거야. 예전에, 한번 끌려왔어. 여기. 이렇게." 고타로는 두 팔로 제 몸을 껴안았다. 이렇게만 말해도 카무이는 분명 알아줄 것이다. 처형이다. 포옹이라는 처형.

"4년 전쯤이었나, 우이코의 네 살 생일 직전이었으니까 그럴 거야. 그쯤 됐어. 정말 위험한 순간이 있었어. 우이코는 집중치료실에 들어갔고, 가족들은 모두 병원에서 기다렸지. 아빠하고 엄마하고 나하고, 계속 힘내라, 힘내라, 우이코 힘내라, 하고 말하는 것밖에, 기도하는 것밖에 할 수 있는 일이 없었어. 의료기기가 삐삐거리는 소리나, 부산스럽게 돌아다니는 발소리, 초조해하는 사람 목소리 같은 것밖에 안 들리고…… 미쳐버릴 것 같았어. 견딜 수가 없어서 뛰쳐나갔지. 도망친 거야. 어딘지도 모르고 그냥 그 자리에 있기 힘들어서 냅다 달렸어. 죽을힘을 다해, 진심으로, 복도를 지나 어디먼 곳으로 도망치려 했지…… 그랬더니 뒤에서 아빠가 엄청난 속도로 쫓아오는 거야. 아무리 도망쳐도 끈질기게 따라와서 속으로는 망했다고 생각했지. 혼날 줄 알았어. 어딜 가냐고, 도망치지 말라고 할 줄 알았어. 하지만 아빠는 날 뒤에서 꼭 끌어안더니, 그대로 두 팔로 이렇게……."

꽉, 엄청난 힘으로 끌어안았다. 그리고…….

"힘내라, 힘내라, 고타로! 라고 했어. 힘내라, 힘내라! 고타로 힘내라! 아니, 왜 나한테. 왜냐고. 하지만 그 얼굴을 보다 보니까, 그 목소리를 듣다 보니까 나도 뭔가 울컥해서."

'힘내라, 힘내라, 아빠! 힘내라, 힘내라, 아빠!'

서로 울면서 힘껏 소리치며, 엄마가 있는 곳으로 돌아갔다. 엄마도 울고 있었다. '힘내라, 힘내라, 엄마!' 하고 외쳤다. 다 같이 손을 뻗어 꼭 잡고, 그대로 몸을 맞대고, 서로에게 매달려 한 덩어리의 경단이 되었다. 하나의 생명체가 되었다.

'우이코 힘내라! 고타로 힘내라! 아빠 힘내라! 엄마 힘내라!'

이것이 기시마 가족의 포옹형의 시작이었다. 질색해도 도망칠 수 없는, 강제적으로 붙잡힐 수밖에 없는 시스템. 돌아가야 할 곳에 억지로라도 되돌려 놓는 시스템. 이것이 처형.

"네가 계속 나를 쫓아다니겠다고 했을 때, 이날 있었던 일이 생각났어. 내가 어디로 도망쳐도, 어디로 떠나도, 넌 절대로 쫓아오겠지. 사방을 뒤지다 결국 날 찾아내겠지. 그 목소리가 또다시 들려오고 나를 어딘가로 데려가려 해도, 너는 날 붙잡겠지. 그래서 난 너를, 네가 그렇게 해주는 걸, 네가 여기 있어주는 걸……."

두 눈에서 눈물이 멈추지 않고 흘러내렸지만 웃었다. 드디어. 고타로는 생각했다. 드디어 이곳에 돌아왔구나.

"도저히 포기할 수 없어!"

하지만 그 말을 하고 나서 깨달은 것도 있었다. "아니……" 하고 얼버무리듯 이마에 달라붙는 앞머리를 두 손으로 헤집었다.

"넌 나한테 환멸을 느꼈을지도 모르겠지만, 이제 '진짜' 나를 알고, 나한테 실망했을지도 모르겠지만…… 이제 엮이고 싶지 않을지도 모르지만."

그렇게 말하는 고타로의 손목을 카무이가 살며시 잡았다. 혼잣말처럼 바보구나, 하고 중얼거린다. 팔을 구부리고 붙잡은 손목을 가볍게 꺾었다. 대체 뭐지? 창문에서 흘러들어 오는 희미한 빛이 팔꿈치 아래를 비췄다.

"아!"

전혀 알아채지 못했다. 두 팔 모두, 팔꿈치에서 손목 언저리까지 심한 생채기가 나서 어둠 속에서도 알 수 있을 정도로 피가 배어나고 있었다. 상처를 인식하자 그제서야 열감과 함께 얼얼하게 통증이 느껴졌다.

"여기도." 카무이는 수건으로 관자놀이를 살짝 눌렀다. 그 수건에 붉은 얼룩이 점점이 묻어났다. "무릎도 그대로 두면 안 돼." 가리키는 곳을 보고 고타로는 숨을 삼켰다. 교복 바지 무릎 부분에 구멍이 나 있었는데, 마찬가지로 심한 생채기가 난 맨살이 보였다.

"바보구나. '진짜' 너는." 카무이는 다시 한번 진심을 담아 중얼거렸다. 기가 막힌다는 듯 길게 한숨을 내쉬더니, 고타로의 피와 진흙으로 얼룩진 수건을 펼쳐서 머리에 다시 뒤집어썼다. 얼굴 위쪽이 도로 수건에 가려져 보이지 않게 되었다.

"학교가 끝나면 자전거를 타고 곧장 우이코의 병원으로 가. 신나게 학교 축제를 마친 뒤에도 뒷풀이를 거절하고 우이코에게 달려가. 우이코가 사라지면 어디든 찾으러 가. 모든 걸 버리고 뛰쳐나가서 절대로 우이코를 구해내. 무슨 일이 있어도 반드시 우이코를 지켜. 우이코를 빼앗기기 싫어서 울고 있어. 우이코를 괴롭게 하는 것들에 분노하고 있어. 계속 슬퍼하고, 계속 참으면서, 이렇게 만신창이가 되고 지독하게 상처 입어도, 그래도 우이코를 꼭 안고 놓지 않아. 너는 그 애를 결코 놓지 않을 거야. 그게 내가 아는 '진짜' 너야."

수건 아래로 보이는 입가에 다시 웃음이 번졌다.

"……내가 찾아낸 기시마 고타로야!"

그 입술이, 그 목소리가 떨리더니 수건 아래로 투명한 눈물이 뚝뚝 떨어졌다.

"어떤 조각이든 다 너야! 나한테는 모두 소중해! 필요 없는 부분 같은 건 하나도 없어! 여기 있는 것들이 모두 모여 '진짜' 네가 되는 거야! 네가 싫어하는 부분도, 네가 용서할 수 없는 부분도…… 그게 있으니까 너야! 난 전부 필요해! 네 모든 게, 계속 여기, 나하고 계속 함께, 있어주길 바라……!"

카무이는 손목을 붙잡은 손을 가만히 펴고는 고타로의 손가락 쪽으로 서서히 이동했다. 두 사람의 손가락과 손가락이 포개지며 하나가 된 순간.

가슴속에서 별빛이 되살아났다.

별빛은 다시 생명력을 가지고 숨 쉬듯 반짝이기 시작했다. 괜찮아. 괜찮아. 괜찮아. 쉼 없이 박동하며 고타로의 싸늘한 몸을 덥히기 시작했다. 괜찮아. 카무이는 결코 사라지지 않아. 괜찮아. 카무이는 계속 함께야. 괜찮아. 우리는 계속 함께야.

괜찮아.

하지만 정말 그러기 위해서는, 계속 함께 있기 위해서는…… 고타로는 한 번 숨을 내쉬었다.

"카무이."

피할 수 없다. 이제 피할 수 없어.

"정말 그렇게 생각한다면, 그게 네 '진실'이라면, 우이코에게 그 얘기는 실수였다고 말해줘."

"어?"

"'필요 없는 아이'가 심장을 주는 거라는 얘기."

그 순간, 감전된 것처럼 카무이의 손이 움찔했다. 멀어져 간다. 허공에서 그 손을 붙잡았다. 수건 아래의 얼굴을 들여다봤지만 싫다는 듯 카무이는 고개를 돌렸다. 고타로는 그래도 포기하지 않았다. 절대로 포기하지 않는다.

나는 카무이를 붙잡을 거다.

"부탁이야! 우이코가 그런 이야기를 진실이라고 생각하게 두고 싶지 않아!"

"하지만 진실이야!" 옅은 빛을 받은 카무이는 다시 이를 드러내고 물어뜯듯 으르렁거렸다. 평온했던 분위기가 단숨에 바뀌었다. 어젯밤과 마찬가지였다. "너하고는 상관없는 얘기야! 네가 그렇다는 게 아니야! 전혀 상관없다고! 난 '필요 없는 아이' 얘기를 했어! '필요 없는 아이'는 심장을 주지 않으면 살 수 없어. 안 주면 아무도 사랑해 주지 않아! 그러니까 주고 싶은 거야! 그건 나쁜 일이 아냐! 잘못된 일이 아니라고!"

"지금까지 기증자가 되어준 아이들을, 그 가족을 그런 식으로 모욕하지 마! 그 사람들은 잘못한 게 없어. 그런데도 괴로운 선택을 강요받아서, 괴로워하고, 괴로워하고, 괴로워하고, 괴로워하고, 괴로워하다 장기기증이라는 결단을 내린 거야! 그 선택을, 그런 사람들을 '필요 없는 아이'라는 말로 더럽히지 마!"

"나도 모두가 그렇다고 생각하진 않아! '필요 없는 아이'가 아니었던 아이도 있지. 그런 건 나도 알아! 하지만 '필요 없는 아이'가 자

기 심장을 주고 구원받는 건 틀림없는 사실이야! '필요 없는 아이'
라도 그렇게 누군가를 살리면 이 세상에 태어난 의미가 있다고 생
각할 수 있어! '필요 없는 아이'에게는 그 의미가 필요해! 우이코에
게 그걸 알려준 건 우이코를 위해서였어! 우이코는 심장을 기증하
는 아이가 불쌍하다고 했어! 이식받는 걸 나쁜 일처럼 말했어! 그
런 식으로 생각하지 않으면 좋잖아? 너도 우이코가 심장을 기증받
기를 원하잖아? 그러면 불쌍한 아이는 없다, 모두 사랑받았다, 모두
행복해졌다, 그렇게 생각할 수 있고 좋잖아! 그 말이, 내가, 대체 어
디가 틀렸다는 거야!"

"그러니까……." 고타로는 반사적으로 훅 들이마신 숨을 천천히
내뱉었다. 같은 세기로 반박해서는 안 된다. 그 방식은 통하지 않았
다. 그게 아니라…… 조바심 내지 마. 고타로는 속으로 되뇌었다. 똑
바로 봐. 귀를 기울여. 아까 우이코를 찾아냈을 때처럼. 온몸의 모든
신경을 곤두세우고 새카만 어둠 속을 꼼꼼히 찾아. 어딘가에 있을,
'진짜' 카무이를.

평정을 잃고 일어서려는 카무이의 어깨를 이번에는 고타로가 붙
잡았다. 지근거리에서 그 눈을 들여다보았다. 겁을 먹은 듯 카무이
는 눈을 돌렸다. 하지만 고타로는 시선을 돌리지 않았다. 분명히 있
다. 이곳에.

"네 생각 속에……." 주의 깊게, 조심스레 카무이의 사고 속으로
발을 내디뎠다. 눈에 보이지 않는 영역에 신경의 실을 뻗어 스며들
듯 들어간다. "그런 아이가…… '필요 없는 아이'가 있는 거구나? 너
는 그 아이 이야기를 하는 거고. 그렇지?"

"······그래."

"그 아이는 자기가 세상에 태어난 의미가 없다고 생각해. 아무에게도 사랑받지 못하고, 아무도 자기를 필요로 하지 않았으니까. 사랑받고 행복해지기 위해서는 심장을 줘야 한다고 생각해. 그렇게 하면 구원받는다고 생각해."

"그래. 그건 사실이야."

"그래, 사실이겠지. 그러니까 그렇게 해라, 심장을 줘, 그런 목소리가 그 아이에게 들리는 게 아닐까? 난 아까 목소리가 들린다고 했지. 넌 그걸 듣지 말라고 했어. 그 목소리를 긍정하지 않았어."

"왜냐면······ 그건 네 이야기였으니까! 너에게 들리는 목소리는 현실이 아니니까!"

"그 목소리도 현실이 아냐."

뭐? 카무이의 얼굴이 경련하듯 무섭게 일그러졌다. 처음 보는 이 얼굴은 아마도 견디기 힘든 분노가 표출된 모습이겠지. 하지만······ 그 목소리는 누군가가 실제로 뱉은 말이 아니다. 자신의 내면에 생긴 상처에서 흘러넘치는, 단순한 환상에 지나지 않는다.

그걸 가르쳐준 사람이 있었다.

"내가 그 목소리에 이끌려서 도망치려 했을 때 아빠가 잡아줬어. 엄마도 분명 날 잡으러 오겠지. 너도 그래. 넌 어디까지고 날 쫓아와서 날 찾고, 찾아내. 그리고 그 목소리를 듣지 말라고 말해줘. 그러니까 나는 그 목소리가 현실이 아니라는 걸 알아. '진짜' 나는 지금도 여기에 발 디디고 있을 수 있어. 하지만 그 아이는 모르겠지. 자기를 위해 멈춰서 기다려줄 사람은 없다고 생각해. 돌아와 줄 사람은 없다고 생각해. 자기는 이곳에서 떠나야 한다고 생각해. 아무도 따라와 주지 않고, 찾아주지 않을 거라 생각해. 그럼 그 아이는 대체 어떻게 그 목소리에 저항해야 하지? '진짜' 그 아이를 대체 누가 찾아주지?"

"내가 알 바 아냐! 저항하고 싶으면 혼자 저항하면 되잖아! 정말 싫다면, 그런 걸 바라지 않는다면, 직접 그렇게……."

"그게 쉬운 일인 줄 알아? 목소리는 늘 아름다운 말만 할 뿐이야! 훌륭한 일이다, 숭고한 일이다, 네 결단이 모두를 구할 것이다, 꿈을 맡긴다, 생명의 릴레이, 선의의 배턴, 이어지는 마음, 희망의 나눔, 미래를 잇는 다리, 누군가의 안에서 계속해서 살아간다……그런 아름다운 이야기만 들려준다고!"

만일 그 목소리의 주인을 볼 수 있다면 분명 천사와 비슷한 모습을 하고 있으리라. 날개를 펼치고, 다정한 눈빛과 목소리로 상냥하게 말을 걸겠지.

"아름다운 이야기에는 인간을 집어삼키는 강력한 힘이 있어. 너무나 강력해서 그게 옳은 일이라고만 믿게 돼. 잘못되었다는 생각은 못 하게 된다고. 의심하는 게 나쁘다고 생각하게 만들어."

"하지만 실제로…… 올바른 일이잖아! 틀린 얘기는 하나도 없어! 네가 지금 한 말들은 모두 절대적으로 옳아! 따르면 된다고! 아무도 거역할 필요 없어!"

"그러니까 죽으라고 해도?"

"누구나 언젠가는 죽어! 어차피 죽는다면 헛되게 죽는 것보단 낫잖아!"

"하지만 그 아이는 '필요 있는' 아이를 부러워해. 누군가를 위해 죽지 않아도 되는 아이가 부러워서 아무도 모르게 혼자 울고 있어."

카무이의 어깨가 굳었다. 손 닿은 곳 아래에서 맥박이 빨라지고 호흡이 거칠어지는 게 느껴졌다.

"내가 그 아이를 위해 멈출게. 내가 돌아볼게. 그 아이가 있는 곳으로 돌아갈게. 도망치려는 그 아이를 뒤쫓아서, 샅샅이 뒤져서 반드시 찾아낼게. 그리고 그 목소리는 환상이라고 말할게. 그 목소리를 듣지 말라고 내가 말할게!"

네 안에 있는 '필요 없는 아이'는.

"내가 카무이를 붙잡을게!"

네 얼굴을 하고 있지?

"'진짜' 너를 내가 반드시 붙잡을게!"

너는 우이코를 구하고 싶어서, 우이코가 그 작은 어깨에 짊어진 죄책감을 조금이라도 덜어주고 싶어서, '필요 없는 아이'인 네가, 심장을 줘도 불쌍하지 않은 아이여도 된다고 생각한 거지? 모두가 구원받는 아름다운 이야기 속에서 너는 우이코에게 너의 모든 걸 바친 거지? 그렇게 '필요 없는 아이'는 불쌍하지 않은 아이가 되었을 거야.

하지만 '사실'은.

"……어, 어……?"

더욱 일그러진 카무이의 얼굴은 마치 미소 짓는 것 같았다. 카무이는 숨을 짜내고 어깨를 붙잡은 손을 홱 치운 뒤 어둠 속에서 부들부들 떨기 시작했다.

"너, 무슨 소리를 하는 거야……? 필요하잖아! 심장, 필요하지 않아? 모르겠어? 수요에 비해 공급이 너무 적다고! 하나라도 더 꺼내지 않으면, 네 동생 차례는 영원히 오지 않아! 꺼낼 수 있는 심장이 많으면 많을수록 좋잖아? 얌전히 심장을 바칠 아이가 많으면 많을수록 좋잖아? 동생을 구하고 싶잖아?"

"그래, 필요해! 왜 필요하지 않겠어?"

무심코 그렇게 외친 순간, 카무이의 얼굴에는 안도한 기색이 역력했다. 하지만…….

"……하지만 그 목소리를 긍정해 버리고 그 목소리를 자기 이익을 위해 쓴다면, 그건 더는 인간이 아냐!"

똑바로 마주 보는 오른쪽 눈동자에 공포에 가까운 암흑이 번졌다. 카무이는 엉거주춤 뒤로 물러나며 필사적으로 거리를 벌리려 했다. 하지만 고타로는 그보다 빨리 거리를 좁혔다.

"필요하다고 해서 난 도망치지 않아. 도망칠 수 없어. 기증자의 생명을 희생시키는 장기이식은 생명윤리에 어긋나는 행위야. 해서는 안 될 일이라고. 누구나 목숨은 하나밖에 없어. 갖고 태어난 장기로 더 살 수 없어지면 수명이 다한 거야. 그게 자연의 법칙이야. 약을 먹거나, 수술을 하거나, 고통에서 벗어나서 수명을 연장하려는 행위를 모두 싸잡아 부정하려는 건 아냐. 하지만 남의 생명을 빼앗아서까지 오래 살려는 건 이미 치료의 범주를 넘어섰어."

"그래서 살릴 수 있는 생명이 있다면 좋은 거 아냐? 사람 목숨을 살릴 수 있다고! 그건 절대적으로 좋은 일이야! 옳은 일이라고!"

"……두 사람이 있어. 한 사람은 누군가에게 심장을 이식받지 않으면 살 수 없어. 다른 한 쪽은 뇌사상태라 인공호흡기가 없이는 살수 없어. 둘 다 내버려두면 죽어. 하지만 뇌사자가 다른 사람에게 심장을 기증하는 건 법적으로 허용돼. 살아가기 위해 죽이는 사람과 살리기 위해 죽는 사람. 이 둘은 본질적으로 어떻게 다르지? 남은 수명의 차이? 인공호흡기를 떼면 바로 죽으니까, 어차피 오래 못 사니까 지금 죽여도 된다고? 어차피 몇 초, 어차피 몇 분, 어차피 몇 시간, 어차피 며칠, 어차피 몇 달, 어차피 몇 년, 어차피 몇십 년……어디서부터 없애도 되는 거지? 그건 누가 정하지? 뇌사자는 절대로 깨어날 수 없다고? 죽여버리고 나면 그 가능성을 확인할 방법이 없잖아? 불과 500년 전에는 끓는 물로 재판을 했대. 화상을 입으면 유죄인데, 그게 절대적으로 올바른 재판 방법이라고 믿었다고. 말이 돼? 500년 뒤의 미래에서 누군가가 그러지 않을까? 불과 500년 전에는 뇌사를 사망 선고로 쳤다고, 이제 깨어날 수 없다고 생각해서 멀쩡히 뛰는 심장을 꺼내 갔다고, 그게 절대적으로 옳은 거라고 믿었다고. 말이 돼?"

"그런, 그런 건 난 몰라……! 나한테 그런 소리를 해도 모른다고! 하지만 지금 누군가를 살릴 방법이 있어! 그렇다면 온 힘을 다해 그걸 실행하면 되잖아! 그게 그냥 옳은 일이고!"

"그래도 된다고 정한 건 법이야. 법으로 뇌사자는 장기이식을 할경우 살아 있는 사람에서 제외된다고 정했어. 뇌사자를 이미 죽은 사람으로 치고 장기를 적출해서 이식해도 된다고 정했지. 정말 죽고 나서 적출하면 쓸 수 없는 장기도 있으니까, 살아 있는 사람의 몸에서 장기를 적출하고 싶으니까, 그러기 위해서 그 법이 만들어졌어. 그 법을 따르면 누군가는 목숨을 빼앗기는 거야. 목숨을 빼앗겨도 된다고 간주된 사람이 있어. 누군가가 그렇게 정했지. 목숨을 빼앗겨도 좋은 사람과 그에 의해 살릴 사람을 선별했어. 하지만 이 세상에 그런 걸 정할 권리가 있는 사람이 정말 있을까? 있어도 돼?"

"그러니까…… 무슨 소리가 하고 싶은 건데? 결국 넌 심장이 필요 없어? 우이코를 살리지 못해도 좋아? 어쨌든 아무도 장기이식을 하지 말라는 거야? 그럼 네 마음대로 반대운동이라도 하든지!"

"필요하니까 생각하는 거야. 누군가의 심장이 필요하다고 생각하는 나를, 눈앞에 내밀면 바로 달려들 게 분명한 나를, 절대로 거절할 수 없고 거절하지 않을 나를, 어떻게 해야 용서할 수 있을까? 어떻게 하면 용서받을 수 있을까? 난 지금 필요로 하는 쪽에 있어. 빼앗는 쪽에 있어. 법적으로도 그래도 된대. 그걸 정당화할 아름다운 서사의 힘도 알고 있어. 그걸 이용하면 얼마나 쉬울지, 얼마나 효과적일지 알아. 그러니까 의심하는 거야. 여기서 버티고 싶으니까 아름다운 이야기는 부숴버려야만 해."

카무이는 적의가 어린 눈빛으로 노려봤지만, 그래도 고타로는 겁먹지 않았다. 한 걸음도 물러서지 않았다. 여기서 카무이를 붙잡지 못하면, 이제 함께 있을 수 없다.

"만일 누군가의 목숨을 희생해서 장기이식을 한다면 완전히 기증자 본인의 자유로운 의사결정에 의한 것이어야 한다고 나는 생각해. 그의 존엄을, 살아갈 권리를, 자유를, 그리고 무엇보다 그의 의지를 최대한 존중했는가? 모든 사람이 대등했하게 관여했는가? 그 과정에서 의식적으로든 무의식적으로든 어떠한 압력이나 유도가

가해지지는 않았는가? 어떠한 대가를 제시하지 않았는가? 아름다운 이야기로 꾸며서 이야기하지 않았는가? 장기이식을 정당화하는데 아름다운 이야기를 이용하지는 않았는가? 그게 내 안에서 절대로 양보할 수 없는 선이야. 이 선을 넘느냐, 넘지 않느냐가 인간과 인간이 아닌 것을 가른다고 생각해. 어쩌면 앞으로 어떻게 해도 나 자신을 용서하지 못할지도 몰라. 아무에게도 용서받지 못한 채 살아갈 수밖에 없을지도 몰라. 죽을 때까지 무거운 죄를 짊어지고 살아가야 할지도 몰라. 그래도, 최소한, 인간 쪽에 있을래. 여기 있고 싶어. 난 인간이고 싶어."

고타로가 뻗은 손을 카무이는 또다시 힘껏 쳐냈다. 이제 아무 대답도 하지 않았다. 수건을 뒤집어쓰고 앉아 있을 뿐이었다. 반쯤 보이는 얼굴은 잔뜩 일그러져 있었고, 고타로를 광기에 찬 눈으로 노려보며, 그저 덜덜 떨면서 거칠게 숨을 몰아쉬고 있었다. 그 숨소리 사이로 격하게 뛰는 심장박동까지 느껴지는 것 같았다. 틈을 보인 순간 달려들어 물어뜯을 것 같았다.

하지만 포기하지 않는다.

"만일 여기에, 아무도 자기를 사랑해 주지 않는다고, 필요로 하지 않는다고 생각하는 아이가 있다고 쳐. 그 아이가 얼마나 애정과 인정을, 있어도 되는 곳을, 자비를, 그런 따스한 것을 원하는지 알면서도……."

긴 머리카락을 바람에 나부끼던 카무이의 모습이 문득 떠올랐다. 그 다리 위에서 카무이는 저녁 해를 향해 손을 뻗고 있었다. 누군가의 품에 안기는 온기조차 모른 채, 불덩이처럼 작열하는 덩어리를,

필사적으로 만지려 하고 있었다. 저녁노을 아래에서 그날의 카무이는 온몸을 불꽃으로 만들어 타오르려는 것 같았다.

"……알면서도 그 아이를 이용하려는 녀석이 있다면. 그 아이에게서 심장을 빼앗으려는 녀석이 이 세상에 있다면. 그것 때문에 목소리를 들으라고 강요하는 녀석이 있다면. 그걸 위해 목소리와 비슷한 말을 실제로 다정하게 속삭이는 녀석이 있다면. ……그건 인간이 아냐."

어둠 속에서 얼어붙은 카무이에게 다시 손을 뻗었다. 몇 번을 거부해도, 몇 번이고 손을 뻗는다. 수건을 쥔 서늘한 손에 살짝 손끝이 닿았다.

"난 그걸 절대로 용서하지 않을 거야."

떨고 있는 카무이의 손가락은 얼음장 같았다. 꼭 쥐며 조금이라도 체온을 나누려 했다. 하지만 고타로 역시 떨림이 멎지 않았다. 분명 카무이에게도 전해졌을 것이다. 용서 못 한다고 말하면서, 고타로도 마찬가지로 용서받지 못하는 것이다.

아마 제일 용서받을 수 없는 건 고타로 자신이다. 방금 숭고한 표정으로 말한 '기증자 본인의 의지'를 실제로 확인하기란 얼마나 어려운지를 아주 잘 알고 있으니까.

장기기증은 본인이 거부 의사를 밝히지 않으면 가족의 동의만으로도 이루어진다. 하지만 자신이 뇌사상태에 빠질 경우에 대비해 장기기증을 결정하고, 그걸 주변에 공유하는 사람이 과연 얼마나 될까. 하물며 우이코에게 심장을 기증할 수 있는 나이대의 어린아이가 장기기증의 의미를 올바르게 이해하고 의사를 표현하는 일이 현실적으로 가능할까?

움직이지 않는 몸속에서 누가 울고 있지는 않을까? 나오지 않는 목소리로 외치고 있지는 않을까?

'하지만 사실은!'

그 아이를 위해 누가 멈춰 설까? 돌아보며 되돌아와, 붙잡아 줄 수 있을까. 누가 눈을 크게 뜨고 귀를 기울이며 그 아이를 찾아야 한다고 생각해 줄까? 그 심장을 받고도 인간일 수 있을까?

모르겠다. 모르겠지만, 나는 우이코를 살리기 위해서라면 그 심장에 손을 내밀 수 있다. 그게 죄가 아니면 무엇인가.

어떻게 해야 내가 날 용서할 수 있지.

"아무도 장기기증 같은 건 안 해도 돼……!"

카무이의 손을 결코 놓지 않도록 꽉 붙잡으며, 매달리듯 몸을 웅크린 채 고타로는 외쳤다. 외치지 않으면, 그렇게 이성을 부숴버리지 않으면 제 안의 모순을 더는 견딜 수 없었기 때문에.

"'진심으로' 원한다면 물론 그래도 돼! 누군가의 목숨을 살리는 일이고, 그 사실은 남겨진 사람의 마음도 살릴 수 있으니까! 그건 현실이야. 분명 진실이겠지! 하지만 그러지 않아도 돼! 고통에서 구제받는 다른 방법을 얼마든지 찾아도 돼! 헛되게 죽는 것보다는 낫다고 했지? 헛되이 죽어도 돼! 세상에 태어난 의미가 필요하다고 했지? 의미 없이 그냥 태어나서 의미 없이 그냥 죽는 게…… 뭐가 나쁘다는 거야? 나는 우이코가 태어난 것에 아무 의미도 없다고 생각해서 그게 괴로웠어. 하지만 애초에 그 의미란 게 뭐지? 엄청난 발명 같은 거라도 해야 하나? 엄청난 부자가 돼서 자선 활동을 하면 돼? 아주 빨리 달리고 높이 뛰고, 수없이 우승을 거두면, 그런 기록을 세우면 돼? 자손을 많이 남기면 돼? 자기를 희생해서 남을 도우면 돼? 그게 뭔데? 뭐 어쨌다는 건데? 발전? 진화? 번영? 그런 거 내가 알 바 아냐! 인간이, 인류가, 자연이, 지구가 어떻게 돼도, 그게 누군가에게는 대체 무슨 의미인데? 세상에 멀리서 바라볼 수만 있는 사람은 없어! 모두 무의미해! 태어난 순간에 죽은 아이도, 억만장자 자선사업가도, 살인자도, 과학자도, 우리 주변의 사람들도…… 모든 목숨은 똑같이 무의미해! 우주에 나타난 찰나의 무의미한 현상이라고! 모두가 그래! 전부가! 나도 너도 그냥 무의미해! 무의미하니까 자유로운 거야……!"

카무이는 손을 뿌리치려고 버둥거렸다. 자신의 귀를 막으려고 엄청난 힘으로 몸을 비틀었다. 신음을 내지르며 발버둥을 치고 물어 뜯으려 했지만, 그래도 고타로는 손을 놓지 않았다.

"우리는 무의미하게 태어나서 무의미하게 만나고 무의미하게 지금 이 순간을 함께 살고 있어! 단 한 번뿐인 열일곱 살을 '청춘'이라고 부르면서 웃고, 울고, 상처 받고, 상처 입히고…… 그저 무의미하게 여기서 살아가고 있어! 단지 그뿐이지만 그 사소한 일이 이렇게나 소중해서……! 이렇게 바보처럼 떠들고, 흥분하고, 뛰어다니고…… 난 살아 있어서 좋아! 살아 있어서 기뻐! 그건 네가 있어서야! 너하고 같이 있는 게 즐거우니까!"

"아아악!" 카무이가 외쳤다. "……무의미? 내가? 모두가? 그렇다면, 그래도 된다면, 왜, 왜 나는?"

"무의미해도 돼! 다른 사람에게 아무것도 해주지 않아도 돼! 난 그저 네가 여기 있어주면 좋겠어! 난 그저 너하고 계속 같이 있고 싶어! 의미 같은 건 없고, 그냥 그러고 싶어! 그러면 기쁘니까! 즐거우니까! 행복하니까! 같이 있으면 즐겁지 않아? 우리 둘은 좋은 콤비잖아! 그걸로 충분하기도 하고! 만일 네가 사라지면 내가 절대로 쫓아갈 거야! 어디까지고 찾으러 갈 거야! 무슨 방법을 써서라도 찾아낼 거야! 내 모든 걸 동원해 널 다시 데려올 거야! '진짜' 널 내가 반드시……."

"……내가 지금까지 해온 일들은?"

"되찾을 거야!"

"나, 내가…… 해온……."

카무이는 연신 고개를 저으며, 소리 없이 절규하듯 온몸을 부르르 떨었다. 몸속의 모든 걸 남김없이 토해내듯이, 웅크린 몸을 몇 번이고 움찔거렸다. 소리 없이 카무이는 울었다.

이내 홱 몸을 일으킨다. 아직 눈물범벅인 얼굴로 뭔가를 결의한 듯 고타로의 눈을 똑바로, 강하게 바라본다.

쉿…….

입술에서 나오는 그 목소리는, 소리를 내지 말라는 뜻이겠지. 그대로 일어나려는 모습을 그 말대로 고타로는 말없이 바라보았다. 카무이의 손을 잡고 있던 손가락을 조용히 놓았다. 하지만 카무이는 곁에서 떠나지 않았다. 비좁은 방 한가운데에 서서 조명 스위치 끈을 잡아당기자, 어두웠던 실내가 갑자기 환해졌다. 고타로는 반사적으로 눈을 감았다.

조금씩 트여오는 시야에 아까보다 훨씬 알기 쉽게 쉿, 입에 손가락을 대는 카무이의 모습이 보였다. 영문도 모른 채 고타로는 고개를 끄덕였다.

눈이 시린 하얀빛 아래에서 카무이는 갑자기 입고 있던 티셔츠를 벗으려 했다. 목 부분에 손을 대고 잡아당겨, 머리를 반쯤 꿴 어정쩡한 상태로 동작을 멈췄다. 티셔츠 아래로 손을 넣어, 가려진 얼굴을 만지고 있었다. 곧 옷에 넣었던 손을 꽉 쥔 채로 고타로의 눈앞에 내밀었다. 손안에 쥔 뭔가를 건네려는 것 같아서 고타로는 자연스레 그 아래로 손바닥을 내밀었다.

볼록한 모양의 뭔가가 손바닥으로 떨어졌고, 그것을 본 순간.

묵직한 소리는 자신의 등이 벽에 부딪히며 난 것이었다. 폭발하듯 펄쩍 뒤로 물러난 몸이 방구석에 부딪혀 멈췄다. 소리 같은 건 내지 않았는데도 절규하듯 입이 크게 벌어져 있었다. 턱이 빠질 것 같았다. 그 입을 두 손으로 막고 산소를 들이마시려 필사적으로 헐떡였다. 바닥에 떨어진 그것을 필사적으로 못 본 척했다.

눈이었다.

카무이는 눈을…… 아니, 그럴 리 없나, 그럴 리가 없다, 사람을 놀라게 하려고 만든 장난감일 것이다, 흔히 보는, 모두가 싫어하는 벌레, 거미나 뱀, 그런 종류의, 사람을 놀래려는 용도의……. 티셔츠 목 부분에서 카무이가 얼굴을 내보였다. 다시 쉿, 하는 시늉. 하지만 왼쪽 눈이, 방금까지 분명 있었던 안구가 그곳에 없었다. 힘없이 반쯤 내리깐 눈꺼풀 안쪽은 텅 비어 있었다.

의안……. 바닥에 놓인 눈알을 다시 바라보았다. 묘한 윤기가 도는 그것은 조명을 받아 빛나고 있었다. 진짜 눈알로밖에 보이지 않았다. 바닥이 작은 눈 하나로 의지를 가지고 천장을 올려다보는 것 같았다.

망연자실한 기분으로 고타로는 멍하니 다시 카무이를 보았다.

'……뭐야……? 왜, 왜 눈이…… 어떻게 된 거야……?'

카무이는 오른쪽 눈으로만 고타로를 바라보며 두 손으로 티셔츠를 걷었다. 오늘은 티셔츠 안쪽에 러닝셔츠를 입고 있지 않아서 겁이 날 정도로 새하얀 배가 바로 보였다.

"아……."

고타로는 자신도 모르게 신음을 삼켰다. 왜……? 왜 눈물이 터져 나왔는지 스스로도 이해할 수 없었다.

어쩌다 그렇게 된 거야?

벽에 기댄 고타로는 그저 눈물을 흘렸다. 카무이의 배에는 보기만 해도 끔찍할 정도로 커다란 상처가 여러 개 나 있었다. 얼기설기 봉합한, 우둘투둘한 자국이 눈에 띄는 몸은 마치 입체주의 그림 같았다. 몇몇 흉터 자국은 익히 아는 모양이었다. 그것이 무엇인지, 무엇을 하면 그렇게 되는지, 고타로는 알고 있었다. 인터넷에서 장기 이식을 검색했을 때 저런 흉터 사진을 봤었다.

예를 들면 저, 명치에서 배꼽 위까지, 거기서 좌우로 불균형하게 긴 자국. 복부를 한가운데서부터 셋으로 나눈 듯한, 알파벳 T를 뒤집어 놓은 듯한 절개 자국은 간이식의 흔적.

그리고 한쪽 옆구리에 비스듬히 난 긴 자국은, 이제는 낡은 방법이 되어 사라진 개복 신적출술. 생체 신장이식 기증자일까.

가슴 옆에서 옆구리를 타고 등까지 이어진 흉터는 뭔지 모르겠다. 복부 한가운데에도 알 수 없는 직선형 흉터가 하나 있었다.

난도질당해 엉망이 된 몸을 드러낸 채 카무이는 그곳에 서 있었다. 아무 말 없이, 울면서.

고타로는 새하얘진 머리로 넋 나간 듯 생각했다. '가족에게 기증한 건가……? 열일곱 살에 저렇게 많은 장기를……? 그런 일이 가능한가……? 아니, 수혜자에게도 흉터는 남나……?'

바닥에는 아직 갈색빛이 감도는 눈동자를 반짝이며 천장을 올려다보는 안구가 있었다. 카무이에게는 안구도 없다. 카무이는 기증자다. 저 흉터는 장기를 적출당한 흔적이다. 온통 흐릿해진 사고 속에서 그 사실만이 또렷했다. 이런 몸으로 인간이 살아갈 수 있나?

카무이, 너 괜찮은 거야? 그렇게 말하고 싶었다. 하지만…….

"……아……."

말이 나오지 않았다. 혀가 마비돼서 움직이지 않았다. 목이 막혔다. 꼼짝도 할 수 없었다. 모든 것이, 여기까지 쌓아 올린 모든 것이, 당연하다 믿었던 세상의 형태 그 자체가 한순간에 와해된 것 같았다. 모조리 파괴된 그 파편 한가운데에 지금 내가 있다. 이제 원래대로 돌아갈 수 없다.

이런 걸 어떻게 하라는 거지.

발소리가 다가왔다. 위로 젖힌 티셔츠를 내리고 카무이가 다가왔다. 리모컨으로 텔레비전을 틀고 음량을 올렸다. 퀴즈를 틀린 출연자가 좌절하며 그 자리에 쓰러진다. 관객들은 손뼉을 치며 폭소를 터뜨린다. 카무이는 테이블에서 뭔가를 집어, 스스로 몸을 가누지 못하고 벽에 기대 있는 고타로의 왼쪽 옆에 앉았다. 세운 무릎 위에 펼쳐놓은 건 수마트폰이었다. 오른손에 펜을 들고 카무이는 고타로의 얼굴을 들여다보았다. 왜 이 녀석이 늘 자신의 왼쪽 옆에 있었는지 그 이유가 갑작스레 이해가 갔다. 왼쪽 눈이 없으니까. 안 보이니까.

하나 남은 오른쪽 눈으로, 카무이는 늘 고타로를 보고 있던 것이다. 그 좁은 시야 한가득 고타로를 담고 있었다.

카무이는 빈 페이지 제일 위에 **읫**이라고 적었다.

그 얼빠진 반응에 그냥 웃고 싶었다. 강아지 두 마리처럼 뛰어다니고, 여느 때처럼 배를 싸안고 웃을 수 있으면 얼마나 좋을까. 하지만 이제는 웃을 수 없다. 고타로는 카무이가 쓴 글자를 필사적으로 좇았다.

이게 현실이라는 걸 믿을 수 없었다.

카무이의 부모님은 어떠한 모임에 소속되어 있었다고 한다. 배움 모임, 또는 공부 모임. 내부에서는 그렇게만 불렀다고 한다.

부모님은 그곳에서 만났다. 카무이가 태어나자 가족은 모임 구성원과 함께 공동생활을 하게 되었다. 이내 부모님은 카무이를 그 모임의 단체에 줘버렸다고 한다. 카무이가 막 여덟 살이 되었을 때의 일이었다.

부모님과 떨어진 뒤 들어간 시설에는 비슷한 처지의 아이들이 있었다. 네 명의 소녀들이었다. 모두 십 대 초반으로 비슷한 또래라 서로 친해서 시설의 어른들은 소녀들을 시스터즈라고 불렀다. 시스터즈는 늘 넷이 함께 다녔다.

한 방에 침대 다섯 개. 욕실과 화장실은 실내에 있었다. 남녀 구분 없이 카무이와 시스터즈는 다섯 명이서 함께 생활하게 되었다.

어느 날, 카무이는 밖으로 끌려갔다. 정신을 차려 보니 낯선 침대 위에 홀로 누워 있었다. 의식이 몽롱했다. 첫 수술은 이미 끝났고, 몸에 난 커다란 상처가 너무 아파서 엉엉 울었다.

방으로 돌아오니 시스터즈가 알려주었다. "내장을 떼어간 거야." "모두 그랬어." "우리도 당했어." "아스트랄 카무이, 이거 봐……."

시스터즈는 옷자락을 들추고 배를 보여주었다. 모두 커다란 흉터가 있었다. 아직 거즈를 붙여놓은 상처도 있었다. 그중 두 명은 이미 한쪽 눈이 없었다. "전에 있던 애도 이랬지." "맞아, 몇 번이나 끌려갔지." "점점 움직이지 않았어." "나중에는 돌아오지 못했지." "그렇게 한 명이 사라지면 새로운 애를 또 데려오고." "우리 모두 순서대로 죽는 거야."

카무이가 오기 전에는 그보다 조금 나이 많은 남자아이가 있었다고 한다. 그 아이가 사라지자 카무이가 이곳에 왔다는 것이다.

시스터즈는 두려워하고 있었다. 자신의 죽음도, 네 명 중 누군가가 사라지는 것도 똑같이 두려워했다. 하지만 창문 없는 방에서는 아무도 도망칠 수 없었다. 설령 도망치더라도 갈 곳이 없었다. 매일 겁에 질려 떨면서 여기서 살아가는 수밖에 없었다. 이따금 한 명씩 끌려갔다 며칠 뒤 돌아오면, 그저 돌아왔다는 사실에 안도했다.

공포에서 도피하듯 시스터즈는 시설에서 준 순정 만화와 연애소설, 애니메이션과 드라마에 심취했다. 가상 세계에 푹 빠져서 드라

마틱한 이야기를 동경하며 낭만적인 꿈을 꾸고 있었다. 모두 열일곱 살이 되고 싶어 했다.

카무이가 그 이유를 물었다.

"너 모르니?" "열일곱 살은 특별해!" "그래, 맞아!" "이야기의 주인공은 대부분 열일곱 살이라고." "제일 반짝거리는 나이지." "즐겁고, 동시에 바보 같고, 시끄럽고……." "슬프고, 안타깝고, 사랑스러워." "아무튼 아름다워!" "응, 응, 그럼!" "그런 날들이 아주 소중하단 말이야!" "인생에 그런 시절은 두 번 다시 오지 않는데!" "그 뒤로 아무리 울고 웃어도, 열일곱 살 때와는 다르다고!" "특별하고 돌이킬 수 없어!" "보물이지!"

그게 청춘이야!

시스터즈는 한목소리로 재잘거렸다. 순서대로 끌려갔다가 간신히 돌아와서는 다시 재잘거렸다. "교복 입고 싶지 않아?" "당연히 입고 싶지!" "역시 블레이저?" "당연히 블레이저지!" "치마는 체크 무늬로." "맞아!" "거기에 하이삭스!" "리본이나 넥타이 중에는……?" "난 리본!" "고민된다." "니트도 입어야지." "가방은?" "아, 어쩌지?" "어떤 걸로 하지……."

끌려가는 횟수가 많은 순서대로 제 발로 걸어서 돌아오지 못하고 들것에 실려 돌아왔다. "아, 연애하고 싶어." "남자친구는 어떻게 사귀는데?" "고백해야지." "학교 축제 같은 데서." "응, 그래, 맞아!" "차이면 어떡해?" "너무 슬퍼!" "눈물 나!" "하지만 친구가 있으면 괜찮아!" "맞아, 괜찮아!" "친구란……." "우리 같은 건가?" "응, 맞아!" "그치?"

모두 언제나 열일곱 살이 되는 날을 꿈꿨다. 오로지 그 꿈에 매달려 간신히 하루하루를 버텼다.

카무이는 시스터즈가 말하는 꿈을 늘 곁에서 듣고 있었다.

카무이는 지독한 수술을 받았다. 시스터즈도 지독한 수술을 받았다. 당연하게도 카무이보다 먼저 이곳에 있던 시스터즈가 먼저 쇠약해졌다. 떼어낼 수 있는 장기는 모조리 떼어냈고, 머리카락과 피부까지 모든 것을, 살아 있는 몸에서 떼어낼 수 있는 건 모조리 떼어냈다. 온몸을 거즈와 붕대로 싸맸고 침대 아래에는 간이 변기를 달았다. 자유롭게 일어나는 것조차 힘들어졌다.

"난 이제 안 될 것 같아. 이제 떼어낼 것도 없어." 두 눈을 잃고 드러누운 소녀가 말했다. "나도야." 그 옆에서도 소리가 났다. "나도." "나도." 같은 목소리가 이어졌다. "다 똑같네." "마지막은 심장이지." "죽겠네."

우리 중 아무도 열일곱 살이 못 되겠네.

어느 날 카무이가 왼쪽 눈을 잃고 돌아왔을 때, 시스터즈는 천장에 매달려 있었다.

침대 시트를 찢어서. 욕실 샤워기 거치대와 수도꼭지 손잡이, 화장실 상부 배관을 잘 이용해서. 분명 움직일 수 있는 사람이 움직이지 못하는 사람을 도와서. 분명 다 함께 힘을 합해서.

어른들이 네 구의 시체를 내리는 모습을 카무이는 오른쪽 눈으로 지켜보았다.

나만 두고 가버렸어. 왜 같이 데려가 주지 않았지. 나도 누나들과 함께 가고 싶었는데.

나도 누나들과 같은 꿈을 꾸고, 누나들과 같은 곳에 함께 가고 싶었어. 그렇게 빌어도 이미 늦었을까. 이제 뒤따라갈 수는 없을까. 서둘러도 안 되는 걸까. 내 꿈은. 내 소원은. 누나들과. 다정하고 시끌벅적한 시스터즈와.

'같이 가고 싶어.'

엉엉 울었다.

엄마의 방으로 불려간 건 카무이가 이 시설에 들어온 뒤로 처음 있는 일이었다.

"시스터즈는 헛되이 죽었어." 엄마는 안타깝다는 양 울고 있었다. "여기까지 열심히 잘해왔는데, 그렇게 가다니 모든 게 부질없어졌잖아. 그런 건 아무도 바라지 않아. 그래서는 사랑받을 수 없어. 아이들은 모두 사랑받고 행복해지기 위해 태어나는데…… 구원받지 못한 채로 죽어버렸어. 그러면 태어난 의미가 없잖아. 그렇게 무의미하게 죽을 줄 알았으면 차라리 아이를 낳게 할걸 그랬어. 그러면 마지막에 전부 물거품으로 돌아가더라도 미래로 희망을 이어갈 수 있었는데. 아이가 엄마 몫까지 해줄 수도 있었는데……."

큰 소파에 앉은 엄마는 손수건으로 눈물을 닦으며 넓은 방 한가운데에 놓인 의자 하나를 가리켰다. 카무이는 그곳에 앉았다.

"아스트랄 카무이, 엄마한테 알려줄래? 어쩌다 그렇게 된 거니?"

시스터즈는 수술을 두려워했어요. 죽을지도 모른다고 두려워했어요. 서로 헤어지는 것도 무섭댔어요. 늘 이곳에서 도망치고 싶댔어요. 하지만 도망칠 수 없고 무서워서, 죽기 싫어서, 헤어지기 싫어서, 자기들만 함께 죽어버린 것 같아요.

"너는 이렇게 무의미한 죽음이 더는 일어나지 않으려면 어떻게 해야 한다고 생각하니?"

두려움을 없애면 돼요. 여기 있다가 결국 죽는다고 생각하면 무섭겠죠. 그러니까 그게 아니라, 여기 있으면 꿈이…… 소원이 이루어진다고 생각하면 돼요.

"수술을 받는다는 걸 가르쳐주지 않고 마지막에 소원을 이루어주면 되겠구나? 그러면 모두 행복해질 수 있는 거지?"

카무이는 고개를 끄덕였다.

그 모습을 보고 엄마는 납득한 듯 미소 지었다. "아스트랄 카무이는 착한 아이구나. 엄마는 아이들을 사랑한단다. 모든 아이를 사랑해. 필요 없는 아이들이 우는 걸 보고 싶지 않구나. 쓸쓸한 얼굴도 보고 싶지 않아. 불쌍한 아이도 보고 싶지 않아. 모두가 사랑받으면 좋겠어. 생명은 형태를 바꿀 수 있거든. 엄마가 바꿔줄 수 있단다. 사랑받는 아이의 몸속에 폭 안겨서, 따스한 온기를 느낄 수 있게 해줄 수 있어. 그런데 시스터즈는 그걸 거부했단다. 그저 무의미하게 고통받다가 무의미하게 죽었지. 아무에게도 사랑받지 못한 채 구원받지 못했어. 가엾기도 하지……. 그런 비극을 다시는 되풀이해선 안 돼. 그렇지, 아스트랄 카무이?"

카무이는 다시 한번 고개를 끄덕였다. 시스터즈가 가엾다고 생각했다. 무의미한 죽음이 두려웠다. 죽음 그 자체보다 두려웠다. 지금까지의 괴로움과 아픔이 무의미한 것이 되는 게 두려웠다.

이 고통에는 어떠한 의미가 있다고 생각하고 싶었다.

이 고통이 있었기 때문에, 언젠가는 보답받을 것이라고 생각하고 싶었다. 이 고통이 있었기 때문에, 행복해질 수 있을 거라고 카무이는 믿고 싶었다.

　모든 것이 그걸 위해서였다고. 사랑받고 행복해지기 위해서였다고. 그걸 위해 태어난 거라고. 그걸 위해 이곳에 있는 거라고. 그렇게 믿으면 자신도, 앞으로 올 새로운 아이들도 가엾은 시스터즈처럼 헛된 죽음을 당하지 않을 것이다. 그렇게 생각했다.

　나는 무의미하게 고통받다 죽는 가엾은 아이가 아니다. 나와 새로운 아이들이 가엾은 아이가 아니게 되면 그건 시스터즈 덕분이라 할 수 있지 않을까. 그러면 시스터즈의 죽음도 무의미한 것이 아니게 된다. 그렇게 생각하고 싶었다.

　그러면 모두 보답받을 수 있다. 모두 사랑받고 행복해질 수 있다. 아무도 가엾은 아이가 아니게 된다.

　아름다운 이야기가 왕국의 형태를 만들기 시작했다.

　카무이는 그걸 위해 움직이는 기계 중 하나가 되었다.

　새로운 아이가 올 때마다 카무이는 그 귓가에 다정한 목소리로 아름다운 이야기를 들려줬다. 아이들은 모두 카무이가 속삭이는 아름다운 이야기를 믿었다. 아낌없이 주면 줄수록 많이 사랑받고 행복해질 수 있다고. 없어지지 않는 게 아니라 그저 보이지 않게 되는 거라고. 사랑받고 있으니까 괜찮다고.

　소원을 이룬 아이들은 모두 왕국을 떠났다.

　장기를 적출당해 살해됐다.

　카무이의 순서는 좀처럼 돌아오지 않았지만, 열일곱 살이 되기 직전에 드디어 사자가 나타났다.

소원을 이루기 위해 카무이는 지금 이곳에 있다. 이곳에서 마음 껏…….

청춘을 즐기고 있어.

그렇게 쓰고 카무이는 종이에서 펜을 뗐다.

고타로는 떨림이 멎지 않는 오른손을 왼손으로 꼭 쥐었다. 카무이의 손에서 펜을 빼앗아서 떨리는 손으로 간신히 적었다.

여긴 안전해?

카무이는 한동안 생각하더니, 이내 고개를 가로저었다.

도저히 현실이라 생각할 수 없었다. 어떻게 이럴 수가 있지. 어떻게 해야 하는지 머리가 돌아가지 않았다. 그래도 좌우지간 카무이를 여기서 내보내야 한다고 생각했다. 오로지 그것만, 그것 하나만 해야겠다고 생각했다. 일어나서, 나가서, 도망친다. 이 녀석을 뺏기지 않도록, 안전한 곳으로 데려가야 한다. 무슨 일이 있더라도 반드시. 절대로.

"카무이……." 고타로의 목소리가 잔뜩 쉬어 있었다. 그래도 텔레비전 소리에 묻히지 않도록 최대한 똑똑히 말했다. 만일 듣고 있는 녀석이 있다면 의심을 사지 않을 말을 최대한 평소처럼. 지극히 평범하게. "오늘 우리 집에서 자고 가. 이런저런 일이 많았잖아. 둘이서 할 얘기도 많고. 내일 학교 갈 짐을 챙겨서 우리 집에서 잔 다음 같이 학교 가면 되잖아. 아빠한테 너 자고 갈 거라고 연락해 둘게."

"그래" 하고 카무이가 소리 내어 대답했다. "그러자. 오늘은 고타로네 집에서 자고, 내일 아침에 같이 학교 갈래."

이 방에서 나눈 모든 이야기를 누군가가 듣고 있다 해도, 이렇게 말해두면 분명 싸웠다가 화해한 것처럼 보이겠지. 카무이가 소리 없이 보여준 것도, 소리 없이 글로 써서 보여준 것도, 그들은 알 수 없을 테니까. 아직 카무이를 안전한 곳으로 대피시킬 수 있을 것이다.

아버지에게 카무이를 데려가겠다고 메시지를 보냈다. 닥치는 대로 배낭에 짐을 집어넣는 카무이를 보았다. 서두르라고 외치고 싶었지만 꾹 참았다.

채비를 마친 카무이와 함께 집을 나섰다. 현관문을 잠그는 그 손에서 시스터즈 열쇠고리가 흔들렸다. 목을 매서 묶인, 영원히 도망칠 수 없는 소녀들. 모조리 빼앗기고 빈 껍데기가 된 네 구의 주검.

누군가가 카무이에게 이것을 준 것이다.

그 순간, 계속 떨림이 멎지 않은 채 싸늘하게 식었던 몸속에서 작은 불꽃이 피어오르는 걸 느꼈다. 그것은 즉시 몸집을 불려 활활 타오르는 불길이 되었다. 누군가를, 아니. 인간이 아닌 무언가를 이 불길로 흔적도 없이 태워버리고 싶었다.

"가자!"

"응!"

비가 그친 밤하늘 아래를 자전거 두 대가 나란히 달렸다.

아직 새카만 어둠 속으로 카무이와 둘이서 도망쳤다.

✦

집에 가지 않고 그대로 제일 가까운 파출소로 바로 달려갈 작정이었다. 하지만 고타로의 말에 카무이는 동의하지 않았다. 그렇다면 아버지에게라도 사정을 전부 털어놓자고 했지만, 카무이는 그역시 거부했다. 부모님은 물론 아무에게도 말하지 말라고 입단속을 시키더니, "일단 너희 집에 가자. 생각하고 싶은 게 있어"라며 고타로를 추월했다. 그대로 페달을 밟아 멀리 가버린다.

"잠깐 기다려! 지금 한가하게 그런 소리나 할 때야? 당장 어른들에게 털어놓고 도와달라고 해야 돼!"

"됐으니까 평소처럼 행동해! 아무 일도 없었던 것처럼!" 카무이는 평소와는 다르게 고집을 부렸다. 그리고 정말 고타로의 집까지 갔다.

"너희 왔니! 카무이, 오늘은 신세가 많았다. 정말 고마워! 자고 갈거지?" 먼저 돌아온 아버지가 둘을 한꺼번에 처형했다.

우이코는 무사했지만 어머니는 오늘 밤 병원에서 잔다고 했다. 세 사람은 곱빼기로 유명한 도시락집에서 사 온 도시락으로 저녁을 해결했다. 저녁 먹은 걸 치우고, 텔레비전을 틀고 교대로 목욕을 했다. "너희, 밤중까지 시끄럽게 떠들면 안 된다? 그리고 밤새우지 말고." 아버지는 지친 얼굴로 먼저 방으로 들어갔다. "대답 안 하나?" "알았어요……." "네!"

이러고 있으니 정말 평범하게 친구가 집에서 자고 가는 날 같았다. 정말 그렇다면 좋을 텐데. 정말 그렇다면 얼마나 좋을까.

하지만 현실은 달랐다.

보리차가 든 거대한 페트병을 안고 2층으로 올라가며, 뒤따라오는 카무이를 돌아봤다. 막 목욕을 마치고 나온 카무이는 물기가 남은 머리칼로 유리컵 두 개를 들고서 말없이 따라오다 고타로를 올려다봤다. 왼쪽 의안도 제자리에 있었고, 지금은 안경도 쓰고 있었다. 미묘한 시선의 위화감도 얼버무릴 수 있는 강렬한 인상의 옛날 안경을. 아버지가 방으로 들어가고 단둘이 남겨지자 카무이는 계단 중간쯤에서 작게 중얼거렸다.

"아프겠다."

그 눈은 고타로의 팔꿈치에 난 생채기를 보고 있었다. 순간 주먹을 날리고 싶었다. 지금 내가 문제야? 그럴 때가 아니잖아. 네가 문제라고. 치켜든 손으로 카무이의 티셔츠 목덜미를 잡고 질질 끌어 계단을 올라와 그대로 방으로 내던졌다. 비틀거리며 카무이는 바닥의 러그에 앉았다. 그 가슴을 향해 쿠션을 던졌다.

"난 진심이야. 무슨 일이 있어도 널 도망치게 할 거야. 절대로." 맞은편에 앉은 고타로는 카무이의 눈앞에 손가락을 들이대며 똑똑히 말했다.

"알아……. 너한테 분명 엄청난 폐를 끼치겠지."

"끼쳐도 돼, 멍청아. 그러라고 여기 있는 거라고."

벌써 밤 11시가 지났다. 목소리를 죽이고 앞으로의 계획을 상의했다. 전에 카무이가 이 방에 왔을 때는 학교 축제에서 어떻게 할지를 상의했었다. 처음에 고백하는 타이밍을 정말 여기로 해도 되겠냐. 노랫소리를 조금 줄이는 게 낫지 않겠냐. 만에 하나 누군가가 흐름을 끊으면 어떻게 행동해야 하나. 이런저런 생각을 하다 보니 지쳐서, 머리를 식히려 웃긴 동영상을 봤다. 둘이서 낄낄대며 바닥을 굴렀다. 퇴근한 아버지가 조용히 하라고 버럭 성을 냈었다. 똑같은 그 방에서 지금은 죽지 않고 살아남기 위한 방법을 찾고 있다. 이제는 울거나 소리 지를 여유조차 없었다. 감정이 어딘가 마비된 것처럼, 두 사람은 기진맥진한 몸으로 책상다리를 하고 서로를 마주 보고 있다.

고타로의 기본 방침은 처음부터 쭉 변하지 않았다. 어쨌거나 경찰서를 찾아가자. 지금 당장 아빠한테 말하자. 어른들에게 도움을 요청하자. 애초에 그거 말고 할 수 있는 일이 무엇이 있겠는가. 생각할 필요도 없었다. 이러는 시간이 아까울 따름이었다. 그렇지만.

카무이는 여전히 받아들이려 하지 않았다. "그건 안 돼. 만일 내가 이대로 경찰에 가면 모임 사람들은 반드시 너를 노릴 거야. 지금까지 계속 순종적이었던 나를 네가 꾀어서 도망치게 했다고 원망하겠지. 아저씨나 아주머니도 분명 원망할 테고. 너희 가족 모두가 나 때문에 위험에 빠지게 되는 거야. 그건 죽어도 싫어."

"하지만 다른 방법이 없잖아!"

"내가 멋대로 도망친 걸로 해야 돼. 혼자서 멋대로, 누구의 도움도 받지 않고 여기서 자취를 감춘 걸로." 카무이는 잠시 생각에 잠겼다가 다시 고개를 들었다. "시설에 들어가기 전에는 도쿄에서 살았어. 화장실하고 부엌이 공용인, 얇은 천으로 나눠놓은 낡고 커다란 건물이 있었는데, 거기서 여러 가족이 같이 살았어. 그때 기억이 또렷하게 나. 도쿄 지리는 조금 알 것 같아. 그러니까……" 그러면서 고타로의 눈을 들여다봤다. "내일 평소처럼 너하고 학교에 가서 평소처럼 지낼 거야. 그리고 아무한테도 말하지 않고 학교를 빠져

나와 그대로 사라질 거야. 넌 평소처럼 지냈을 뿐이고, 내가 왜 사라졌는지 모르고, 어디로 갔는지도 모르는 거야. 난 도쿄에서 어떻게든 시간을 벌게. 가능하면 한 달쯤 버티다가…… 그래, 일부러 물건을 훔치다 경찰에 붙잡힐 거야. 거기서 날 조사하면 사태가 발각될 테고 난 보호를 받을 수 있어. 어때? 이렇게 하면 너랑 너희 가족과 아무런 상관 없이, 나 혼자서 멋대로 저지른 일 같지?"

고타로는 어처구니가 없었다. "어떻게 너 혼자 보내! 지리를 좀 안다고 한 달이나 거기서 어떻게 살 건데? 애초에 도쿄가 얼마나 넓은 줄 알아? 어디로 가려고?"

"사람이 많아서 찾기 힘든 번화가라면 어디든 상관없어. 신주쿠나 이케부쿠로, 시부야……."

"그럼 나도 같이 가!"

뭐? 카무이는 눈을 까뒤집었다.

하지만 고타로는 진심이었다. "나도 너하고 같이 갈래. 둘이 함께라면 어떻게든 헤쳐 나갈 수 있을지도 모르잖아!"

"무슨 소리야! 그러면 안 되니까 나 혼자 달아나겠다고 하는 거잖아! 같이 도망쳤다가 너한테 무슨 일이라도 생기면 어쩌려고? 네가 인질로 붙잡히기라도 하면 나도 절대 도망칠 수 없어! 난 내일 혼자 도쿄로 떠날 거야. 시간이 좀 지나면 경찰에 붙잡힐 거고. 내가 도망칠 수 있는 방법은 그것밖에 없어." 카무이는 고집을 부렸다.

하지만 고타로는 그게 좋은 방법이라는 생각이 들지 않았다. "그럼 멀리 떨어지는 거야? 네가 어디 있는지도 모르게 된다고? 그건 안 돼, 찬성 못 해! 네가 어떤 상황에 처했는지 알면서 혼자 보낼 수는 없어!"

"꼭 연락할게!"

카무이는 잠시 주변을 둘러보더니 "반드시, 금방" 하고 목소리를 낮췄다. 고타로도 헉, 숨을 삼켰다. 그랬다. 아버지가 있었다. 큰 소리를 내면 1층 침실까지 들릴지도 모른다.

"안전한 곳을 찾으면 곧바로 연락할게. 그러니까 걱정하지 마. 잠시만 떨어져 있으면 돼. 꼭 다시 만날 수 있어. 약속할게." 카무이는 그렇게 말하며 배낭에 손을 뻗어 수마트폰과 펜을 꺼냈다.

그 모습을 바라보며 고타로는 두 손에 얼굴을 묻었다. "약속이라니……." 카무이는 절대로 생각을 바꾸지 않을 작정인가 보다. 정말 떠나려는 거다. 말이 되냐고. 바보냐고. 무리라고.

하지만 도망칠 방법이 그것밖에 없다면…… 숨을 길게 내뱉으며 고개를 들었다. 그렇지 않으면 살아남을 수 없다고, 네가 그렇게 말한다면.

이 손을 놓고 믿어보는 수밖에 없나.

"그 약속을 서면으로 남기려고……? 그걸로 납득하라고?"

"아니, 그 반대야. 흔적을 지울 거야. 네가 오늘 밤, 내 비밀을 알았다는 증거를."

카무이는 수마트폰을 펼치고 아까 썼던 페이지를 뜯었다. 카무이가 지금까지 살아온 내력을 휘갈겨 쓴 메모는 열 장도 더 됐다. "불 있어?" 불이 어디 있겠냐고 대꾸하려다 떠올렸다. 책상 서랍을 열어서, 병원에서 도모에의 머리 위로 떨어졌던 그 야한 라이터를 꺼냈다. 무심코 집에 가져오기는 했는데 어떻게 해야 할지 몰라서 일단 여기 넣어둔 것이다.

"카무이, 이거 봐."

라이터를 건네자 카무이는 눈을 동그랗게 뜨고 그걸 보았다. "라이터잖아. 이게 왜?"

손에 쥔 라이터를 기울인 순간, 카무이는 "으엇?" 하고 눈을 휘둥그레 뜨더니 이내 "으하하하!" 하고 웃음을 터뜨렸다.

카무이가 웃었다.

고타로도 덩달아 웃을 수 있었다. "하하하! 어처구니없지?" 카무이와 둘이서 평소처럼, 다시 웃을 수 있었다. 이제 영영 웃을 수 없을지도 모른다고 생각했다. 하지만 웃었다. 두 사람의 세상은 부서졌다. 모든 걸 원래대로 되돌릴 수는 없다. 하지만 괜찮다. 이걸로 괜찮다. 괜찮아. 별이 빛난다. 강렬히 반짝인다. 이 가슴 속에 분명히 살아 있다. 뛰고 있다.

우리는 괜찮아.

"뭐, 뭐지, 이건? 왜 옷이 벗겨지는지도 모르겠어. 무엇보다 여자의 몸에 대한 집착이 느껴져⋯⋯! 이런 건 왜 갖고 다니는 거야?"

"받았어. 묘사가 장난 아니지. 극화체라 해야 하나, 아주 진해."

"진해! 너무 진하다고! 도리어 전혀 야한 느낌이 안 나! 한 바퀴 돌아서 너무 야해!"

"어느 쪽이야?"

"야해!"

"결국 그쪽이냐."

아버지에게 안 들리도록 소리 죽여 웃으며, 고타로는 잠깐 기다리라며 혼자 방에서 나갔다. 아무도 없는 주방에서 제일 큰 냄비를 꺼내서 물을 가득 넣은 뒤, 쏟지 않도록 조심스럽게 계단을 올라 방으로 돌아왔다. 창문을 활짝 열어놓고 물이 담긴 냄비 위에서, 카무이가 쓴 종이에 라이터로 불을 붙였다. 한 장씩 신중하게. 그리고 타들어 가는 종잇조각을 물속에 떨어뜨렸다. 서두르지 않고 천천히. 맞은편에서 카무이는 숨을 죽이고 진지한 눈으로 불길을 바라보고 있었다.

"이걸로 불이라도 나면 큰일이겠지……?"

"큰일 수준이 아니지……."

"집주인한테 선물 들고 사죄하러 가야겠지……?"

"선물로 끝날 일이 아니지……."

재수 없는 소리를 하면서도 카무이는 타오르는 종이에서 눈을 떼지 못했다. 이내 종이가 전부 불타 이 세상에 존재했던 증거가 하나 사라지자, 겨우 안심한 듯 크게 숨을 내뱉었다.

"난 고타로와 함께라면 뭐든 극복할 수 있을 것 같아." 카무이는 손을 뒤로 빼서 바닥을 짚고 다리를 쫙 벌린 채 힘을 빼고는 그대로 눈을 감았다. "……멀리 떨어져도 우리는 괜찮아. 난 반드시 널 다시 찾아낼 거야. 너도 반드시 날 찾아낼 거고. 알 수 있어. 아무리 멀리 떨어져도 우리는 절대로 괜찮아."

고타로도 같은 생각을 했다. 우리는 절대로 괜찮아.

"저기…… 나, '여기'로 돌아와도 돼?"

조금 작아진 카무이의 목소리에 고타로는 잠시도 주저하지 않고 대답했다. "당연하지."

카무이의 눈이 커졌다. 오른쪽 눈이 강렬한 빛을 발하며 고타로를 바라봤다. 고타로도 같은 세기로 마주 봤다. "무슨 일이 있어도 반드시 '여기'로 돌아와."

카무이는 얼굴 가득 웃었다. 행복한 듯 입을 벌리고, 눈가를 잔뜩 찡그리며 환하게 웃었다. "그럼 이제 아무것도 두렵지 않아."

재와 새카만 찌꺼기가 둥둥 뜬 물을 화장실에 버리자 메모를 불태우는 작업은 완전히 끝났다. 그러고는 내일 이후의 행동을 최대한 준비하는 데 시간을 썼다. 지금 할 수 있는 건 목적지 후보를 추리거나 학교와 가장 가까운 역의 열차 시간과 환승 방법을 조사하거나 목적지마다 머물 수 있는 장소를 찾는 것밖에 없었지만.

오전 1시. 그토록 자신만만하던 카무이가 돈을 거의 가지고 있지 않다는 사실이 밝혀졌다. 진심으로 짜증을 낼 뻔했다. 다행히도 수박밭 아르바이트로 번 돈이 고스란히 남아 있어서 일단 그걸 봉투째로 카무이에게 쥐어줬다. 지갑에 늘 넣어 다니는 몇천 엔도 건넸다. 그래도 여전히 마음이 놓이지 않아서, 은행에 저축해 둔 돈도 내일 편의점에 들러 인출하기로 했다. 그래봤자 2~3만 엔 정도였지만…… 없는 것보다는 낫겠지.

"전 재산이지? 받아도 돼? 넌 괜찮아?"

"난 괜찮아. 아니, 안 괜찮아도 상관없어. 그냥 가져가. 넌 꼭 갚을 거잖아."

카무이는 고개를 끄덕이며 "갚을게. 꼭" 하고 말하고는 돈이 든 봉투를 배낭 깊숙한 곳에 소중히 넣었다.

오전 1시 반. 침대 옆에 카무이의 이부자리를 깔고 방의 불을 껐다. 어두운 방에서 둘이서 누워 잠깐 이야기를 했다. 모두 시시한 이야기뿐이었다. 아까 먹은 도시락이 마음에 들었다. 데미그라스 소스에 마카로니 샐러드가 말도 안 되게 맛있었다. 찰기가 없는 꼬들꼬들한 밥이 맛있었다. 이야기하다 보니 배에서 꼬르륵 소리가 나서 "너지?" "너잖아?" 하고 서로에게 떠넘겼다. 소리를 죽이고 키득거렸다.

특별한 말은 하지 않아도 된다고 생각했다. 이게 마지막 밤이 아니니까. 잠을 줄여가며 이야기할 필요는 없다. 숨소리에 귀를 기울이고 서로가 바로 곁에 있다는 사실을 새삼 확인하지 않아도 된다. 평소처럼 지내면 된다. 그냥 고타로와 그냥 카무이. 늘 쓸데없는 이야기를 하며 바보처럼 웃었던. 그러니까 오늘 밤도 그렇게 보내자. 내일이 와서 멀리 떨어지게 되는 걸 두려워하지 말고.

이윽고 졸음이 기진맥진한 몸을 덮쳤다. 왼쪽을 향해 "카무이, 잘 자……" 하고 속삭였다. 왼쪽 옆에서 "너도 잘 자. 고타로" 하는 대답이 돌아오는 걸 듣고 고타로는 안심하고 잠들었다.

불현듯 눈을 떴을 때 실내는 아직 어스름했다. 동이 튼 직후의 푸르스름한 빛이 커튼을 희미하게 비추고 있었다.

부스럭거리는 소리에 고타로는 고개만 돌려 왼쪽을 보았다. 카무이는 이불에 앉아 배낭을 뒤지고 있었다. 그 손 안에서 삐삐가 깜빡였다.

그러고 보니 저건 뭘까. 부모님과 연락하는 수단이 아니라면 대체……?

반쯤 잠기운에 잠긴 머릿속에 뭔가가 떠오르려고 했다. 그때 카무이가 돌아봤다. 고타로가 게슴츠레 눈을 뜨고 있는 걸 보고 "왜?" 하고 조용한 목소리로 묻는다.

"조금 더 자."

"……넌 안 잤어?"

"아니, 잠깐 깬 거야. 나도 더 자려고."

"그렇게 해. 오늘은 할 일이 많으니까……."

"응."

순순히 고개를 끄덕인 뒤 카무이는 다시 자리에 누웠다. 사고가 서서히 녹아내렸다. 다시 눈을 감으며 살짝 웃었다. 카무이가 웃었기 때문이다.

나를 보며 기쁜 듯, 행복한 듯 카무이는 웃고 있었다.

✦

평소와 같은 금요일이었다.

결국 둘이서 늦잠을 자서, 아버지의 재촉을 받으며 허둥지둥 나갈 채비를 했다. 빵을 일단 입에 쑤셔 넣고, 황급히 자전거를 타고서 뛰쳐나왔다. 어제 내린 비가 거짓말처럼 느껴질 정도로 화창한 날씨였다.

"아차! 편의점 들러야 하는데!"

"아, 그랬지! 다시 돌아가야겠네!"

아침 햇살을 맞으며 두 대의 자전거는 시끌벅적하게 달렸다. 편의점 현금인출기에서 돈을 뽑아서 몽땅 카무이에게 건넸다. 카무이는 봉투에 소중히 돈을 넣은 뒤 다시 배낭에 집어넣었다.

서둘러 다시 학교를 향해 달렸지만 평소보다 꽤 늦어버렸다. 학교로 향하는 길에 다른 학생들이 없는 걸 보고 조바심이 났다. 교문에서 주차장까지 달려서 자전거를 세워놓고 평소처럼 두 대를 체인으로 묶어놓으려다 "아" 하고 알아챘다. 오늘은 따로 돌아가니까 묶어놓으면 안 된다.

갑자기 눈물이 날 것 같았다. 가지 말라고 소리치고 싶었다. 꾹 참으며 뒤에 있는 카무이를 돌아봤다.

"고타로, 큰일 났어. 예비 종이 울렸는데!"

"으악! 빨리 뛰어!"

뭔가를 따돌리듯 둘이 나란히 달렸다. 학교로 뛰어 들어가 신발을 갈아 신고 계단을 뛰어 올라갔다. "카무이! 왜 이렇게 늦어!" "아아, 잠깐만, 다리가 꼬였어!" 복도에 고마다의 모습은 보이지 않았다. 엎치락뒤치락 교실 문을 열고 안으로 들어갔다.

안 늦었다! 왜 그렇게 생각한 걸까.

둘이서 "아싸, 세이프!" "지각인 줄 알았네!" 하고 웃으며 들어온 교실은 정적에 휩싸여 있었다. 자리에 앉은 아이들은 놀란 표정으로 두 사람을 보았다. 교단에는 고마다가 서 있었다. 어딜 봐도 조회 시간이었다.

"쟤네 뭐야?" 누군가가 그렇게 말했다. 그렇게 우리를 힘들게 하고, 걱정시켜 놓고, 그렇게 마음 졸이게 하더니 화해했네…….

"아, 그랬지."

고타로는 어제 자신이 했던 폭력적인 행동을 떠올리고 뒤늦게 머리를 긁적였다. "미안합니다……." 사방으로 고개를 숙이며 쏟아지는 시선 속에서 자리로 걸어갔다. 그 뒤를 따르는 카무이도 마찬가지로 사방에 고개를 숙였다. "헤헤헤……."

"아, 그랬지? 미안합니다? 헤헤헤? 그러면 다야? 이 멍청이들아!" 사이온지가 책상에 머리를 박고 울음을 터뜨렸다. "다행이다!" 주변에 앉은 아이들도 "못 살아." "얼마나 울었는지 알아?" 하고 두 사람의 등과 어깨를 두드렸다.

야오치는 옆을 지나치는 고타로의 엉덩이에 말없이 주먹을 날렸다. 진심이 담긴 주먹이라 윽, 하고 신음이 흘러나왔다. 돌아보자 야오치는 턱을 슬쩍 들며 웃고 있었다.

고마다도 웃고 있었다. "그렇지? 쟤네는 괜찮을 거라고 했지?"

나중에 수습해야겠다고 생각하면서 카무이와 함께 자리에 앉았다. 그때, 뭔가가 성큼성큼 다가오더니 또 다른 뭔가를 쿵, 하고 책상 위에 내려놓았다.

어제의 도시락이었다. 소리로 봐서는 내용물도 그대로 들어 있겠지. 하룻밤 숙성되어서 위험한 물체로 변했을 것이다. 그걸 가져온 건 도모에였다. 싸늘한 표정으로 말없이 눈에서 독을 뿜듯이 고타로를 노려보더니, 그대로 발길을 돌려 자리로 돌아갔다.

기분이 다운되어 힘없이 고개를 떨궜다. 왼쪽에는 카무이가 있었다. 걱정스레 얼굴을 들여다봤다. 그 어깨에 고타로는 아주 잠시 머리를 기대고 싶었다.

살아 있는 카무이의 생명, 그 냄새를 가슴 가득 들이마셨다.

2교시는 체육이었다. 탈의실로 향하며 카무이의 모습이 사라진 걸 알아챘다.

가는구나.

운동장으로 나가자 곧바로 휘슬 소리가 들렸다. 집합하러 가는 중에 교문 쪽으로 자전거를 밀고 가는 카무이의 모습이 보였다. 카무이도 알아채고 이쪽을 보았다.

"잊어버린 건 없어? 돈은 가져가는 거지? 그리고 수마트폰. 잘 챙겼지?" 어젯밤, 수마트폰에 생각나는 연락처를 모두 적었다. 고타로의 전화번호와 메일 주소, 라인 아이디, 집 전화번호. 부모님 전화번호, 메일 주소까지. 집 주소도 적었다. 사이온지와 야오치의 연락처도 적었고, 학교 전화번호와 고마다의 전화번호, 아버지 회사 전화번호까지 추가했다. 어떻게 되어도, 무슨 일이 있어도, 반드시 연락이 닿도록.

반드시 '여기'로 돌아올 수 있도록.

사실은 카무이! 하고 부르고 싶었다. 손을 흔들고 싶었다. 그 마음을 꾹 참고 고타로는 저 멀리 카무이의 모습을 바라보았다. 카무이도 한동안 그 자리에 서 있었다. 하나 남은 오른쪽 눈으로 고타로를 물끄러미 바라보고 있었다.

하지만 이게 마지막이 아니다.

그렇게 믿었다.

우리는 괜찮아.

그렇게 믿었다.

카무이는 이내 등을 돌리고 다시 걸음을 옮겼다.

그토록 믿었는데, 절대로, 반드시, 그토록 다짐했는데, 하지만 이
것이 카무이와의 마지막이었다.

그 사실을 안 건 불과 몇 시간 뒤였다. 죽었다고 했다. 새까맣게
타버린 시체가 되었다고. 믿지 않았지만, 카무이에게 연락이 오는
일은 없었다.

평소와 다름없는 금요일에 카무이는 이 세상에서 불타 사라졌다.

뭔가 이상하다고 생각한 건 3교시가 시작하고 나서였다. 교실에 들어온 고마다가 카무이는 가정 사정으로 갑자기 조퇴했다고 말했다. 고타로는 작게 어, 하고 내뱉었다. 아무에게도 알리지 않고 학교를 빠져나간 줄 알았는데.

'도중에 선생님에게 들켜서 그렇게 둘러댔나……?'

카무이가? 무슨 일이 있나? 교실이 조금 술렁거렸다.

"자, 수업 시작할 테니 다들 여기 주목." 고마다가 손뼉을 쳤다.

스마트폰을 슬쩍 확인했지만 딱히 온 연락은 없었다. 무슨 일이 있으면 연락할 테니 분명 지금은 계획대로 움직이고 있겠지. 이미 역에 도착했을지도 모른다.

카무이 없이 평소처럼 오전 수업을 마치고 점심시간에 똑같은 곳에서 사이온지와 야오치와 점심을 먹고 있는데 고마다가 불러냈다. 카무이 이야기가 아니라 어제 멋대로 조퇴한 일 때문이었다. 이번에는 집에 연락하지 않았지만 출결 기록에는 남으니까 직접 설명하라고, 다시는 그러지 말라고 했다. 죄송하다고 고개를 숙이는 수밖에 없었다. 오후 수업은 아무 일도 없이 끝났다.

종례 시간이 되어서도 스마트폰이 울리지 않았다. 카무이는 분명 무사히 도쿄에 도착했겠지. 한동안 불안한 날들이 이어지겠지만 다시 만나는 날까지 이대로 잘 지내자고 생각했다.

주차장에 홀로 남겨진 자전거를 끌고 혼자서 우이코의 병원으로 출발했다. 카무이가 한동안 못 온다는 이야기를 우이코에게 어떻게 설명해야 할까. 그 생각을 하다 보니 어느샌가 병원에 도착했다.

거기서 고타로는 계획이 결정적으로 틀어졌다는 사실을 알았다.

"카무이는 네가 학교 끝나고 여기 올 때까지는 말하지 말라고 했어. 놀라서 수업 중에 달려올지도 모른다면서." 침울한 목소리로 어머니가 말했다.

"오빠, 기운 내……." 퉁퉁 부은 눈으로 우이코가 말했다.

카무이는 오전 10시쯤에 병원을 찾아왔다고 한다. 학교를 나와서 곧장 이곳으로 온 것이다. 카무이는 어머니와 우이코에게 "갑자기 집에 돌아가게 됐다"면서 "이제 못 만나니까 마지막 인사를 하러 왔다"고 말했단다.

소리도 내지 못한 채 고타로는 망연자실하게 그 자리에 서 있었다. 이야기가 전혀 다르잖아. 어젯밤에 둘이서 세운 계획과 180도 달랐다.

"그래서 저기, 이거. 카무이가 오빠한테 전해달래." 우이코가 비닐봉지를 내밀었다.

힘없는 손으로 그걸 받아서 펼쳐봤다. 돈이 든 봉투와 쪽지 한 장,

그리고 수마트폰에서 찢은 메모가 들어 있었다. 휘갈겨 쓴 글자는 딱 세 줄이었다.

미안해.

고마워.

넌 내 청춘의 전부야.

그 아래에도 뭔가 적었던 것 같았지만, 그 부분은 찢겨져 있었다. 뒷장을 보니 어젯밤 연락처를 빼곡하게 적어준 페이지였다. 적어준 모든 연락처는 비닐봉지에 담겨 돌아왔다.

뭐가 뭔지 모르겠다.

혼란스러운 머리로 병실을 뛰쳐나와 찾아간 곳은 카무이의 자취방이었다. 달리 어떻게 해야 할지 알 수 없었다. 좌우지간 온 힘을 다해 페달을 밟았다. 그렇게라도 안 하면 온몸이 산산이 부서질 것 같았다. 아무것도 모르겠다. 무슨 일이 일어난 것인지 전혀 알 수 없었다. 머릿속이 엉망진창이 돼서 제정신을 유지할 수 없었다. 카무이의 자취방이 있는 건물에 도착해 자전거를 내던지고 계단을 뛰어 올라가려다 걸음을 멈췄다.

계단 앞 벽에 기대어 선 오마다가 팔짱을 끼고 한 손으로 스마트폰을 만지고 있었다. 숨을 헐떡이며 땀범벅이 되어 나타난 고타로를 보고도 놀란 기색 없이 고개를 들고서 "아" 하고 말했다.

"고생하네. 며칠 연속이지? 사흘째인가?"

그 말투는 평소처럼 무뚝뚝했고 평소처럼 쿨했지만 고마다와는 전혀 비슷하지 않았다. 달라진 건 아무것도 없는 것 같은데, 어디 하나 비슷한 구석이 없었다.

"오, 오마다 씨……."

"내 이름은 오마다가 아니야."

그러고 보니 그랬다. 이 사람은, 고타로가 오마다라고 부르던 이 사람은 카무이를 돌보러……. 카무이가 어디로부터 무엇을 위해서 왔는지 아는 건가.

망연자실해서 여자의 얼굴을 바라보았다. 여자는 늘 하나로 묶고 있던 머리카락을 풀어헤쳤다. 조금 지친 듯 화장기 없는 하얀 뺨을 손가락으로 쓸었다.

마치 고마다 같다고 생각했다. 고타로에게 고마다란 존재가 있듯이, 카무이에게는 오마다가 있다고 생각했다. 우연이라 생각할 수 없을 정도로 닮은 외모에, 이름까지 비슷했기 때문에…….

'닮은 게 아니었나…….'

일부러 닮게 꾸민 건가. 고타로, 사이온지, 야오치. 카무이와 친해진 친구들이 경계심을 가지지 않도록. 이 생활의 비정상적인 면에 관심을 가지지 않도록. 아이들이 굳게 믿는 사람의 모습으로 변장해서 곳곳에서 솟아오르는 위화감을 희석하려 한 건가.

어처구니없는 이야기였지만 효과는 분명히 있었다. 감방 같은 방이다. 뭔가 이상하네. 우리는 그렇게 말하면서도 진심으로 이 상황에 대해 생각하려 하지 않았다. 카무이의 가정에 뭔가 문제가 있다는 걸 감지했으면서도 오마다가 있으니 외톨이가 아니라고 생각했다. 오마다는 고마다하고 너무 닮았다며 웃기만 했다. 웃겨 죽을 것 같다, 그 사람이 같이 있으니 괜찮겠지. 괜히 캐묻지 말고 그냥 모른 척하자. 우리는 그렇게, 아무도, 카무이가 어디에서 왔는지, 카무이가 지금까지 어떻게 살아왔는지, 부모는 지금 어디에 있는지 진심으로 확인하려 하지 않았다. 카무이는 고마다에게 마음을 열지 않았다. 우리가 고마다와 닮은 이 여자를 어느샌가 믿어버린 것처럼, 카무이는 이 여자를 닮은 고마다를 믿을 수 없던 것이겠지.

자전거에서 내렸을 때 무의식적으로 스마트폰을 오른손으로 잡고 있었다. 지금도 손안에 있다. 여자는 손가락으로 눈썹 언저리를 주무르며 살짝 눈을 감고 있었다. 덜덜 떨리려는 오른손으로 재빨리 음성 녹음을 켠 뒤 그대로 주머니에 넣었다. 여자는 아직도 같은 포즈로 서 있었다. 못 봤을 것이다. 무슨 일이 생기면 이 녹음이 증거가 될 것이라고 생각했다.

"카무이는…… 어디 있죠……?"

여자는 고타로의 목소리에 힐끗 시선을 들더니 표정 하나 바꾸지 않고 태연하게 대답했다. "죽었대. 아까."

놀리는 것이다. 못된 농담으로 얼버무리려는 것이다. 다시 물어보자. 그렇게 생각했지만, 아무 반박도 못 한 채 호흡만 거칠어졌다. 엉망진창으로 난도질당한 카무이의 몸을 떠올렸다. 카무이가 실제로 장기를 빼앗겼다는 사실을 떠올렸다. 죽음이 그 녀석에게 얼마나 가까이 다가왔는지를 떠올렸다.

갑작스레 다가온 여자가 피할 틈도 없이 고타로의 오른팔을 붙잡았다. 그리고 녹음 중인 스마트폰을 쥐고 있던 오른손을 주머니 밖으로 빼냈다.

"왜 갑자기 말이 없어? 녹음할 거면 당당하게 해. 아니, 찍을 거면 아예 영상으로 찍어. 응? 카메라 켜, 빨리."

왜 그런 소리를 하는지 이해할 수 없었다. 하지만 저항할 수 없어서 덜덜 떨며 카메라를 켰다. 시키는 대로 동영상을 찍기 시작했지만 스마트폰이 제멋대로 움직여서 똑바로 들고 있을 수가 없었다.

"뭐 하는 거니. 카메라를 제대로 이쪽으로 들이대란 말이야."

하아. 기가 차다는 듯 숨을 내쉬며 여자는 자기 스마트폰을 내밀었다. 고타로 쪽으로 화면을 들이대고 뉴스사이트에 업로드된 동영상을 재생했다. 어느 지방 방송국의 뉴스 영상이었다. 아나운서가 원고를 읽고 있었다.

"……속보가 들어왔습니다. 오늘 오후 3시경…… 산에서 검은 연기가 피어오른다는 신고가…… 개인 소유의 시설 부지 안에 있는 삼림에서…… 승용차가 폭발해 불길에 휩싸였습니다. 불이 난 차량에서는 신원 미상의 시신이 다수…… 현재 소방 당국은 화재 원인을……."

"이 뉴스는 곧 사라질 거야. 속보도 나오지 않아. 제대로 찍고 있는 거 맞아? 아까부터 손을 너무 떠는데."

"무, 무슨 소리예요……?"

"시체는 새까맣게 타버렸다는 소리야. 그중 한 구가 그 애고. 아스트랄 카무이."

"……그러니까 무슨 말인지 모르겠다고 말하잖아……."

"뭐? 뭘 모르겠다는 거야? 궁금한 게 있으면 똑바로 물어. 내가 아는 건 대답해 줄 테니."

머릿속도, 손끝도 마비된 것처럼 감각이 없었다. 하지만 스마트폰 카메라만큼은 어떻게든 여자에게 들이댔다. 아무리 떨려도 얼굴도, 목소리도 전부 찍히고 있을 터였다.

"누…… 누가 카무이의 몸을 그렇게 만들었지……. 너덜너덜 난도질해서, 왼쪽 눈도……."

여자는 아아, 하더니 눈썹을 치켜 올렸다. "역시 알고 있었구나? 누구냐고 물으면 의사겠지. 내가 현장을 직접 본 건 아니지만. 또 물어봐. 다음은?"

"……카무이는 여기 돌아왔어……?"

"응, 그래. 학교를 나와서 병원에 들렀다가 혼자 자전거를 타고 여기 돌아왔어." 주저 없이 대답하더니 여자는 이마로 흘러내린 앞머리를 거치적거린다는 듯 쓸어 올렸다. "그저께 저녁, '엄마'한테 연락이 왔거든. 준비가 됐으니까 이틀 뒤에 돌아오라고."

그저께는 학교 축제 날이었다. 다 같이 신이 났고, 합창 공연도 성공했고, 그러고 나서…… 분노에 차 이 집으로 달려온 날. 그때 카무이는 어떤 표정이었더라? 생각나지 않는다. 머리끝까지 화가 나 있어서 기억이 전혀 없었다.

"……카무이는…… 왜…… 그런……."

이제 질문의 형식조차 갖추지 못했지만, 여자는 갑자기 어느 종교단체의 이름을 입에 올렸다. 딱히 사고를 친 건 아니지만, 이른바 '수상한 신흥종교' 중 하나로 고타로도 이름은 들어본 곳이었다.

"90년대부터 개최하고 있는 세미나에서 모든 것이 시작됐어."

내면아이를 치유한다, 뭐 그런 종류야. 처음에는 종교단체라는 걸 숨기고 부모와의 관계에서 상처받은 사람들을 모아서, 점술이나 카운슬링, 자기계발, 아우라, 물…… 아무튼 수상쩍은 공부 모임을 열었어. 그 내용에는 문제가 없어. 그런 사람들은 기본적으로 애정이나 대인관계에 굶주려 있거든. 일단 그 집단에 들어가면 관계에 엄청나게 의존하게 되지. 사람들에게 사랑받고 싶다는 욕구가 굉장하거든. 모두 다른 누구보다 사랑받으려 해. 특별히 사랑받고 싶어 하고, 특별히 사랑받는 사람이라고 모두에게 인정받고 싶어 하지. 주최자는 그런 욕구를 이용해서 점점 사람을 모으고, 공부 모임이라는 작은 사회에 의존하게 해서 바깥세상에서 격리시키지. 규모가 커지면 모임에서도 서열이 생기고 지위 쟁탈전이 벌어지겠지? 서열이 높을수록 사랑받는, 모임에서 중요한 인물이라는 뜻이야. 그럼 어떡해야 서열이 올라갈까? 주최자의 총애를 받으면 되는 거야. 그럼 어떡해야 총애를 받을 수 있을까? 헌금을 하면 돼. 돈이지. 많이 하면 할수록 주최자는 그 사람을 칭찬하며 곁에 두지. 그래서 다들 앞다투어 헌금을 해. 그런데 모두가 그렇게 부유하진 않아. 공부 모임에 몰입하는 사람일수록 제대로 일해서 돈을 벌기가 힘들거든.

그러다 어떤 사람이 갑자기 큰돈을 헌금했어. 장기를 팔았대. 그러자 다들 자기도 소개해 달라면서 일대 붐이 일어났지. 하지만 팔 수 있는 장기에는 한계가 있잖아. 그러니까 장기 다음으로는 자기 자식을 파는 게 유행했어. 아이라면 얼마든지 낳을 수 있으니까.

그즈음 그 공부 모임은 교단에서 독립된 조직이 되었다고 해. 교단이 모시는 신이 있지만 그 사람들은 신에게 기도하지 않아. 그저 주최자인 '엄마'의 사랑을 갈구하며 필사적으로 쟁탈전을 벌일 뿐이지. 종교조차 아니게 된 공부 모임이 손을 잡을 상대로 택한 게 장기 매매 조직이야. 시간은 걸렸지만 설비와 시스템을 구축했어. 국내외로 협조자가 생기면서 고객들이 차례차례 찾아왔지. 아이들은 차례차례 행방불명됐고. 애초에 모임 내부에서 태어난 아이는 호적이 없으니까 찾는 사람도 없어. 찾아도 어차피 소용없고. 모두 조각조각 나서 팔리거든. 그렇게 우리는 잘해왔지만, 결국…….

"이렇게 됐어."

여자는 어느샌가 고타로의 오른손을 받치더니 스마트폰 카메라를 제 얼굴을 향해 똑바로 들이댔다. 하아, 진심이 느껴지는 한숨을 내쉬며 한 손으로 목 언저리를 주물렀다. "이제는 끝내야 할 것 같아. 이런 일이 일어나다니 너무 위험해. 여러모로 아쉽지만, 그 모임에서 손을 뗄 수밖에. ……애초에 걔한테는 불안한 요소가 있었어. 뭔가 사고를 칠 줄 알았어."

짜증스러운 기색으로 여자는 거칠게 머리를 헝클어뜨렸다. 카무이를 말하는 것이겠지.

"시설에 너무 오래 있었고, 무엇보다 예전의 야만적인 수법도 알고 있어. 같이 살던 애가 자살한 것도 봤다는 거야. 이 이야기도 들었니? 같이 갇혀 있던 아이들이 걔만 남기고 목을 맸어. 당연히 트라우마가 됐겠지. 지금은 아무렇지도 않은 척했지만 난 분명 속내는 다를 거라고 봤어. 막판에 도망치려 하거나 소란을 피울지도 모른다고. 그래서 우리는 그 애를 바깥 세상에 내보내지 말고 그대로 해체하자고 조언했어. 그랬더니 그 할망구가 뭐라는 줄 알아? 그 애는 특별하대! 아이들의 선생님이라나."

여자는 얼굴을 찡그렸다. 벌레라도 씹은 듯 입가가 일그러졌다.

"아이들이 선생님, 선생님, 하고 따른대. 오랫동안 아이들을 자상하게 인도해 왔다면서. 아이들을 내보내기 전에 용기를 북돋아 줬다고. 그 선생님이 드디어 소원을 이루러 떠나는데 만일 선생님이 돌아오지 않으면 왕국은 무너진다는 거야. 그러기에 그럼 차라리 모임의 중추로 끌어들이자고, 우리 쪽 사람으로 만들어서 일을 시키자고 했더니 무서운 소리를 하는 거야. 잘 들어. 여기가 제일 소름 끼치는 부분이니까. '안 돼. 그럼 그 애가 모든 걸 바칠 수 없잖아! 그 애는 사랑받지 못하고 구원받지 못하잖아!' 선의로 이렇게 말한다니까. 그 사람은 진심이야. 불쌍한 아이들을 구원해 준다고 진심으로 믿고 있다고. 아이들로 큰돈을 벌면서도 진심은 진심인 거지."

여자의 시선이 카메라에서 비껴나 힐끗 고타로를 보았다. "이렇게 된 데는 네 책임도 있어." 건조한 입술에 희미한 웃음기가 번졌다. "넌 우리가 기대했던 것과 정반대로 행동하더라. 심장병을 앓는 동생이 있는 열일곱 살의 오빠. 꽤 좋은 조건이었는데."

"……조……."

"빨리 심장을 줄래! 아픈 아이를 살리고 싶어! 수술을 받고 싶어! 그런 효과를 노렸거든. 그런데 어제 네가 한 연설은 정말이지……."

"조, 건……이라니, 그게 무슨……."

"응? 그게 궁금하니? 원래 첫 번째 선택지는 심장병을 앓는 열일곱 살 소녀였어. 하지만 그 애는 죽어버렸지. 두 번째는 심장병을 앓는 열여섯 살 소년. 그쪽은 아직 간신히 숨이 붙어 있지만, 솔직히 남하고 교류할 수 있는 상황은 아니거든. 너는 세 번째 선택지.

심장병을 앓는 동생이 있고, 열일곱 살이고, 건강한 고등학교 2학년. 밝고 기운차고 외모도 괜찮고 친구도 많아. 아스트랄 카무이 같은 애한테 너는 신이 만든 롤 모델처럼 보였겠지. 실제로 그 아이는 널 동경했어. 너처럼 되고 싶어 했지. 매일 얼마나 귀찮게 굴었는지 아니? 저런 옷을 사 달라, 이런 머리스타일은 싫다. 그래, 그 머리도 내가 잘랐어. 두피 조직째로 떼어낼 예정이었는데."

"그럼…… 카무이가, 우리 학교에 온 건…….”

"우연일 리가 있니. 우리가 널 선택해서 네 곁으로 보낸 거지. 너하고 접촉해도 괜찮은지 아닌지 테스트도 했어. 넌 합격.”

"뭐라고……?"

"무슨 소린지 모르겠지? 그러니까 합격이야. 하지만 그 애는 우연한 만남이라고 믿던데. 우연히 만난 '니시우리 우레타로'와 친구가 되고 싶어서 바보처럼 매일 그 다리에서 기다리더라고. 거기 휘둘려야 하는 사람은 얼마나 괴롭겠니? 벌써 시간이 꽤 지났는데 아직도 이렇단 말이야." 여자는 반소매를 조금 걷어 까맣게 타서 선명하게 둘로 나뉜 팔뚝을 보여주더니 다시 소매를 내렸다. "뭐, 어쨌거나 알아두렴. 우리는 이 나라에 존재하지 않는 아이들을 어느 학교에든 자유자재로 들여보낼 수 있다는 걸. 정식 서류를 준비해서 당당하게 정면으로. 우리한테 불리한 뉴스도 삭제할 수 있어.”

여자는 자신의 스마트폰 화면을 다시 고타로에게 내밀었다. 새로고침을 하자 아까 보았던 뉴스 영상은 온데간데없었다.

고타로는 어딘가 멍하니, 꿈속에서 일어난 일처럼 그것을 보고 있었다. 왜, 왜. 입에서 멋대로 목소리가 흘러나왔다.

"왜…… 나한테 그런 얘기를 떠드는 거지……? 이상하잖아! 그런 걸 어떻게 믿어……! 나한테 그런 얘기를 해서, 범죄의 증거를 일부러…… 이런 짓을 해서 당신들한테 무슨 이득이 있는데!"

답답하다는 듯 여자의 시선이 다시 고타로를 향했다. "이득이라 기보다는." 여자는 고개를 갸웃했다. "협박하는 거야. 무섭지 않니? 아, 또 손이 내려갔잖아. 똑바로 잘 좀 찍어. 아까부터 말했잖아."

여자는 스마트폰을 쥔 고타로의 손을 다시 올리더니, 렌즈에 시선을 맞추고 똑바로 바라보며 말을 이었다. "우리가 원하는 건 그 아이의 몸에 관한 얘기, '귀국한 와타나베 유타는 장기를 적출당한 상태였습니다'라는 사실을 네가 아무한테도 말하지 않는 거야. 지금 우리는 그 아이의 시신을 회수하려는 중이야. 하지만 소방서며 경찰들이 출동해서 난리가 났잖아. 만에 하나라도 회수에 실패하고 장기를 적출한 사실이 밝혀지면 일이 아주 성가셔지겠지. 시신의 손상 정도로 봐서는 아마 걱정하지 않아도 될 것 같지만…… 일말의 가능성이라도 남겨선 안 돼. 유학생 '와타나베 유타'와 모임 관계자의 사유지에서 발견된 '신원 미상의 장기 없는 소사체'를 연결 짓는 일이 있어서는 안 되거든. 불안 요소는 하나도 없어야 해. 모임 같은 건 어찌 되든 상관없지만, 중간에 있는 많은 사람에게 피해가 갈 수도 있거든."

"자, 장기 밀매는 모임의 다른 사람들도 했었다면서……! 그 사람들이 사, 사정을 말할 수도 있잖아……!" 입을 우물거렸다.

"맞아. 그러니까 모조리 협박할 거야. 아니면 처리해야지. 너한테도 마찬가지야. 협박하거나 처리하거나."

머릿속에서는 그게 문제가 아니라는 걸 알고 있었다. 온몸의 떨림을 어쩌지 못한 채, 그게 아니라, 하고 생각했다. 아니, 잠깐만.

시신이라니.

시신이 카무이라니. 그런 걸, 그런 걸 어떻게 믿으라는…….

"애초에 영상은 왜 찍으라는 거야? 알려지면 안 될 일이라며! 들키면 큰일이잖아! 당신 얼굴도, 목소리도 전부 증거로 남잖아!"

"이런 영상을 몇 개를 찍어도 문제가 안 된다는 걸 너한테 가르쳐주려는 거란다. 왜 문제가 안 되는지 아니? 그건 말이지, 네가 절대 말 않을 테니까. 그리고 이 동영상도 결국 너 자신이 반드시 지울 테니까. 넌 반드시 우리 요구를 받아들일 거야. 만일 네가 우리가 원치 않는 일을 하면, 우이코의 이식 순서는 영원히 돌아오지 않을 테니까."

무슨 소리를 하는 거지. 미친 거 아냐? 황당한 협박이었다. 엉터리 이야기다. 그래. 어처구니없는 거짓말이다. 분명 모든 게.

"그런 게 가능할 리 없잖아! 이식 순서는 의학 데이터에 기초해서 컴퓨터가 정한다고! 너희 같은 사이비 집단이 멋대로 제어할 수 있는 게 아니라고!"

"어머, 그러니?"

"그래!"

"그럼 그럴지도 모르지."

"그래! 말도 안 되는 소리야!"

"그럼 시험해 볼래? 말해봐, 전부. 지금 당장 경찰서로 달려가 봐. 내가 태워다 줄게. 마침 영상도 있잖아. 긴급범죄신고라도 하지 그래. 아, 그래, 그게 좋겠다. 그렇게 하렴. 신고하고 여기로 경찰을 불러봐. 자, 걸어보라니까. 아니면 내 전화로 걸까?"

여자는 SOS 긴급통화를 띄우더니 스마트폰을 눈앞에 들이밀었다. 그때서야 알아챘다. 어떻게 전화가 되는 거지? 어떻게 인터넷이 연결되는 거지? 어제도 그랬다. 어떻게 아버지와 메시지를 주고받을 수 있었지? 이곳은 서비스 불가 지역이고, 와이파이도 없어서 인터넷도, 통화도 할 수 없을 텐데.

"어떻게…… 전화가……."

"어? 아, 어떻게 스마트폰을 쓸 수 있냐고? 걔가 멋대로 외부와 연락하지 못하게 하려고 통신을 억제하는 장치를 뒀었거든. 어제 철거했고. 우린 이제 철수 작업에 들어갔어. 그걸 지금 알았니? 역시 넌 '합격'이야. 막판에 이렇게 된 거 별 의미도 없지만. 그래서 아무튼 어쩌려고? 신고 안 해? 뭐든 해보면 알게 되겠지. 무슨 일이 벌어지는지."

"저…… 전부, 어차, 어차피…… 거짓말…… 엉터리…… 나, 난 절대……."

"외국도 못 가게 할 거야. 어떤 수를 써서든. 이것도 못 믿겠니?"

"……믿겠냐고……!"

"그러니. 말해두는데 난 지금 너한테 엄청난 친절을 베풀고 있는 거란다. 만일 입 다물고 있어주면 심장을 주겠다는 말까지는 안 하고 있다고."

"……뭐? 그게 무슨 소리야?"

"모르겠니? 선택의 여지를 안 주는 거라고. 네 앞으로의 인생을 위해서. '협박'은 친절이야. 강제잖아. 억지로 마음을 바꾸게 해서 우리 뜻대로 따르게 하는 거잖아. 하지만 '조건을 제시'하면, 넌 스스로의 자유로운 의지로 그걸 택할지, 아니면 택하지 않을지 정하게 돼. 너한테는 그게 더 가혹하지 않겠어? 못 알아듣나 보네. 표정 좀 봐. 한계에 달한 것 같은데."

여자는 지친 얼굴로 작게 웃다가 한 손을 바지 주머니에 넣었다. 고작 그것만으로도 고타로는 스마트폰을 떨어뜨렸다. 바닥에 떨어진 폰을 줍지도 못하고 뒷걸음질 쳤다. 그 모습을 보고 여자는 어처구니없다는 듯 고개를 저었다.

"바보 같긴. 내 주머니에 스마트폰을 집어넣었을 뿐이야. 혹시 총이라도 갖고 있을까 봐 겁났니? 그렇게까지 친절을 베풀 생각은 없어. 갖고 있어도 널 쏴 죽이지는 않을 거야. 평범한 고등학생 한 명이 사라지면 뒷일이 아주 귀찮아지니까. 시체를 처리한다고 끝나는 일이 아니거든. 네 발로 돌려보낼 거야. 그리고 협박에 총을 쏜다고 해도, 너에게 총구를 겨누지는 않아. 너보다 훨씬 효과 있을 것 같은 상대가 있잖아. 예를 들면 그 애, 아니면 그 사람, 아니면…… 아, 맞다."

여자의 목소리에 맞춰 뇌리에 다양한 사람들의 얼굴이 떠올랐다. 우이코, 어머니, 아버지, 그리고…….

"지바 도모에하고 사귀니?"

"……"

"걔 귀엽지. 버스로 통학한다면서. 집에서 버스정류장까지 꽤 걸어야 하나 보더라. 10분쯤 걸린다고 하던데. 뭐, 난 걷는 거 좋아하지만. 운동도 되고."

여자는 숨도 못 쉬고 망연자실 서 있던 고타로의 발밑에 작게 빛나는 뭔가를 던지고는 주우라는 양 눈짓했다.

주워서 그걸 보았다. 금색이었다. 한번 보면 잊을 수 없는, 삐죽삐죽한 모양이 공격적인 번개 모양 귀걸이.

"표정이 왜 그러니? 아직 누구한테도 아무 짓도 안 했어. 스마트폰도 주워. 화면 안 깨졌어야 할 텐데."

스마트폰을 줍는 손에 더 이상 감각이 없었다. 손에 든 게 무엇인지도 모르겠다. 왜 이렇게 되어버린 걸까. 대체 무엇이 잘못인 걸까. 어디서 뭘 잘못해서 이렇게 되어버린 걸까.

"그치, 무섭지? 하지만 이것만은 말해두고 싶었어. 나도 개인적으로는 네 의견에 공감해. 장기이식 같은 건 안 하는 게 좋아. 차라리 완전히 금지하면 좋겠어. 그렇게 되면." 여자가 훗, 미소를 지었다. 농담을 하기도 전에 본인이 먼저 웃어버리는 사람처럼. "우리는 지금보다 훨씬 잘 벌 수 있을 테니까. 사람들이 몰려들 거야."

손안의 스마트폰은 여전히 동영상을 찍고 있었다. 화면에 비친 바닥이 격하게 떨리고 있었다.

"알겠니? 아스트랄 카무이의 신체에 대해서는 아무한테도 말하지 마. 네가 입 다물고 있는 한, 우리는 아무 짓도 안 할 테니까. 물론 앞으로 우이코가 무사히 수술을 마쳐도 안심하면 안 돼. 네가 약속을 어기면 우리는 아주 화가 날 거야. 어렵게 받은 심장이든 뭐든 다 부수러 찾아갈 거니까. 이 지구상에 도망칠 곳은 없어. 상상해 보렴. 몇 년, 어쩌면 몇십 년이 지난 뒤에 너희 집으로 갑자기 경찰이 찾아와. '옛날 사건을 조사하는 중입니다. 와타나베 유타를 아십니까? 그 사람의 몸이 어떤 상태였는지 아십니까?' 하고 물어. 방심한 너는 약속을 깨고 사실대로 말해. 하지만 그 경찰은 경찰이 아냐. 알겠니? 네가 약속을 기억하는지 아닌지 확인하러 찾아왔을 뿐이지. 알겠지? 평생 잊으면 안 돼. 험한 꼴을 당하게 될 테니까. 네가 아니라……."

한 걸음, 여자는 고타로에게 다가왔다. 손에 아무것도 없다는 걸 보여주듯 두 팔을 펼치고 가녀린 몸으로 다시 한 걸음. "영상은 다 찍었니? 자백은 이제 끝났어. 이런 짓을 해서 미안하구나."

조금만 손을 뻗으면 후려칠 수도 있고 한 걸음 내디디면 뒤로 밀쳐버릴 수도 있는, 그런 무방비한 거리까지 여자는 접근했다. 가만히 고타로에게 눈을 맞추고 온몸의 힘을 뺀 채 고요한 얼굴로 그곳에 서서 말했다.

"넌 약속을 어기지 않아. 그렇지?"

고타로는 고개를 끄덕였다.

"넌 우리가 저지른 짓을 받아들이는 거야. 그렇지?"

고타로는 고개를 끄덕였다.

"넌 우리를 용서하는 거야. 그렇지?"

고타로는 고개를 끄덕였다.

그리고 인간이 아니게 되었다.

고타로는 집으로 돌아오자마자 방으로 들어가 스마트폰 동영상을 지웠다. 확실히 삭제한 걸 몇 번이고 확인했다. 가방을 열고 비닐봉지를 엎었다. 봉투 속 돈을 책상 위에 전부 꺼내서 다른 게 없는지 집요하게 확인한 뒤, 카무이가 남긴 메모를 집어 서랍을 열었다. 하지만 서랍에 넣어놓았던 그 라이터가 보이지 않아서 그대로 계단을 내려가 부엌으로 향했다. 곧 아버지가 돌아온다. 싱크대에 대야를 꺼내고 환기팬을 켠 다음 물을 틀어놓고서 가스라이터로 불을 붙였다. 세 줄의 메시지와 연락처가 적힌 종이에 불이 붙더니, 금방 까맣게 타들어 가 물속으로 하늘하늘 떨어졌다.

종이는 허망할 정도로 쉽게 타버렸다. 그 물을 화장실에 버리고 대야를 제자리에 돌려놓은 뒤 또 태워야 할 것들이 없는지 필사적으로 생각했다. 없을 거라 생각했다. 아무것도 없을 터였다. 전부 불타서 연기와 재가 되어 이 세상에서 사라졌을 터였다.

차고로 차가 들어오는 소리가 났다. 가스라이터를 서랍에 넣어놓고 계단을 뛰어 올라갔다.

'나는 뭘 하고 있는 거지?'

교복을 갈아입으며 멍하니 그런 생각을 했다. 아무것도 모르겠다. 내가 뭘 하는지, 정말로 전혀 모르겠다. 아래층에서 부르는 소리가 들려서 뭐라 대꾸하며 방을 나섰다. 하지만 무슨 말을 했는지 모르겠다. 아버지가 무슨 이야기를 했다. 뭐라고 대답했다. 장바구니가 눈앞에 있었고, 포장육이 보여서 냉장고에 넣었다. 뭐라는 소리가 들렸다. 뭐라고 대답했다. 다리가 저절로 움직여 어딘가로 향했다. 손에 뭔가를 들고 있었다.

나는 뭘 보고 있는 거지. 뭘 만지고 있는 거지. 뭘 하고 있는 거지.

더는 아무것도 알 수 없었다.

토요일과 일요일의 기억이 없다.

✦

평소와 다름없는 월요일이었다.

"기시마!"

갑작스러운 고마다의 호명에 고타로는 실내화를 신은 발을 멈췄다. 지금 막 학교에 도착해 건물로 들어가려던 참이었다.

"아, 안녕하세……."

"잠깐 좀 보자."

"……요?"

손짓을 하는 고마다를 따라 인적이 없는 계단 구석으로 갔다. "있잖아, 혹시 이미 알고 있다면 쓸데없는 참견일 것 같지만……."

고마다가 탐색하듯 얼굴을 들여다봐서 고타로는 눈을 깜빡거렸다. "무슨 얘기예요?"

"……모르는구나. 그래. 네가 좀 충격을 받을 수도 있겠지만, 애들한테 말하기 전에 먼저 알려주고 싶어서……."

어깨에 손을 얹더니 고마다는 나직하게 그 뉴스를 알려줬다. 저기, 카무이 말인데, "네? 걔가 왜요?" 실은 집안 사정으로 유학을 관두게 됐어. "네? ……언제요?" 내가 들은 건 금요일 밤이었고, 그때는 이미 비행기 안이었대. "정말이에요?" 떠나기 전에 얘기도 전혀 못 했고, 토요일에 대리인이 와서 짐을 전부 가져갔다더라. "말도 안 돼, 그럼 카무이는 떠난 거예요?" 그래. 가서 좀 있다가 반 친구들에게 편지를 보낸다고는 했는데.

고타로는 입을 막고 연신 고개를 저었다. "……거짓말이죠, 몰랐어요. 녀석은 그런 말 한마디도 안 했는데……."

"친하게 지냈는데 이렇게 갑자기 작별하게 되다니 힘들지."

고마다는 고타로의 등을 살며시 밀었다.

교실로 걸어가 문을 열었다. "안녕!" "기시마 왔어?" "어? 카무이는?" 쏟아지는 목소리에는 대답하지 않고 나란히 붙여놓은 책상으로 혼자 걸어갔다.

"헤이, 슝! 왜 혼자 와? 카무이는?" 사이온지가 책상에 걸터앉았고, 야오치도 "슝" 하면서 다가왔다. 아직 안 온 오야마의 자리에 멋대로 앉은 사이온지는 고개를 갸웃거렸다. "고타로? 눈이 죽어 있는데? 무슨 일 있었어?"

"그게……지금 밖에서 고마다한테 들었는데……."

고마다의 이야기를 사이온지와 야오치에게 전했다. 주변 아이들도 "어?" "진짜?" 하는 말소리를 듣고 고타로를 에워쌌다. 도모에도 뒤돌아 이쪽을 보았다.

뭐야, 무슨 일이야? 카무이 말이야. 세상에, 진짜? 무슨 일이야? 카무이가 떠났대! 진짜? 이렇게 갑자기? 햐하! 무슨 얘기야? 그게. 어? 카무이가?

북적거리는 원의 중심에서 고타로는 고개를 숙이며 두 손에 얼굴을 묻었다.

"고, 고타로……! 괜찮아? 어, 우아, 어떡해, 애……!" 사이온지가 어깨를 껴안았다. 그 팔의 무게를 느끼며 고타로는 입을 다물었다. 머리를 툭 치는 건 야오치겠지. "이렇게 갑자기?" "아니, 난 태블릿도 못 돌려받았는데……." "지금 그 얘기를 할 때가 아니잖아." "아, 그렇지, 미안……. 고타로, 울지 마."

울지는 않았다.

조회 시간에 고마다가 정식으로 이야기를 했고, 반에는 무거운 분위기가 감돌았다. "나중에 편지를 보낸다고 하니, 다 같이 즐겁게 기다리자." 고마다의 말에 모두 고개를 끄덕였다.

고타로의 왼쪽 책상은 치워졌고, 눈앞에는 다시 오야마의 거대한 뒷모습이 벽처럼 자리하게 되었다. 그 뒤에 숨어서 고타로는 침울한 표정을 지었다.

점심시간이 되자 도모에가 다가왔다. "얘기 좀 해." 사이온지와 야오치에게 양해를 구하고 도모에와 복도로 나왔다.

도모에는 먼저 성큼성큼 걸어가더니, 연결 복도를 지나 그 종이 상자를 놓아둔 곳까지 왔다.

계단 중간에 나란히 앉자 도모에는 낮은 목소리로 말문을 열었다. 걱정이 돼서 말을 건 모양이었다. "뭔가 갑작스럽네…… 걔 말이야. 너도 전혀 몰랐던 거지?"

"몰랐어. 완전 놀랐지. 하지만 집안 사정이라니까 어쩔 수 없지."

"그러게. 걔하고 제대로 얘기해 볼 걸 그랬어. 고맙다는 말도 제대로 할걸. 부모님이 억지로 데려간 게 아니어야 할 텐데……."

그러게, 하고 대꾸했다.

"넌 알고 있었어? 걔 왼쪽 눈 말이야. 의안이었잖아."

그러게, 하고 고개를 끄덕이려다 멈췄다. 오른쪽에 앉은 도모에의 옆얼굴을 보았다.

고타로의 침묵을 긍정이라 여겼는지, 도모에는 앞을 보며 깍지 낀 손으로 턱을 받치며 말을 이었다.

"우리 할머니, 이미 돌아가셨지만 살아계셨을 때는 병으로 의안을 끼셨거든. 그래서 나도 알아챘는데…… 걔한테 아무 말도 못 했어. 힘든 일은 없는지, 도움이 필요한 일은 없는지. 내가 도울 수 있는 일이 있지 않았을까. 그렇게 생각하니 걔한테 너무 못되게 굴었던 것 같아서 뒤늦게 후회가 되네……."

'아무한테도 말하지 마.'

'걔 귀엽지.'

'험한 꼴을 당하게 될 테니까.'

머릿속에서 이리저리 흩어져 있던 초점이 겨우 하나로 포개졌다.

"……그거."

떨리는 목소리를 필사적으로 가다듬었다. 평소와 같은 목소리로 평소처럼 이야기해야 한다.

"걔는 숨기고 싶었던 것 같아."

"아, 그렇구나……."

"그러니까 절대 아무한테도 말하지 말아줄래?"

도모에는 뭔가 생각에 잠긴 듯 아련한 시선으로, 끄덕인 건지 뭔지 모르게 애매하게 고개를 기울였다. 그 순간 영문을 알 수 없을 만큼 속이 타들어 갔다.

"내 말 알아들었어?"

"어?" 놀란 표정으로 도모에가 이쪽을 보았다.

"대답해! 아무한테도 말 안 하겠다고, 절대로 안 한다고 똑똑히 말해! 맹세하라고!"

"뭐야? 말 안 할 건데…… 왜 그러는 거야?"

"아니, 그게, 좀…… 대답을 안 하길래 뭔가 해서…….." 고타로는 억지로 웃었다.

도모에가 카무이의 왼쪽 눈에 대해 알고 있다는 사실을 녀석들에게 들키면, 자신이 당한 것처럼 협박받을 것이다. 아니, 협박에서 끝나지 않을지도 모른다. 무슨 짓을 당할지 모른다. 절대로 도모에를 이 일과 엮이게 해서는 안 된다. 가녀린 몸이 파르르 떨리더니 작은 입이 벌어졌다.

그 무릎 위에 주머니에 넣어둔 번개 모양 귀걸이를 떨어뜨리자 치마에 부딪혀 발밑을 굴러갔다. 고타로는 도모에에게 그걸 주우라는 양 눈짓을 했다.

"기, 기시마……."

"병원에서 주웠어. 너희 엄마 귀걸이지?"

필사적이었다.

도모에를 자기처럼 만들고 싶지 않다. 도모에를 절대로 망가뜨리지 않을 것이다. 도모에를 더럽히고 싶지 않다. 도모에를 무서운 일로부터 멀어지게 할 것이다.

그러니까 도모에를 여기서 완전히 잘라낼 것이다. 가능한 한 여기서 멀리 떠나, 두 번 다시 그녀의 길과 엇갈리지 않을 것이다. 가급적 멀리 떠나야 한다.

"······기시마! 거기 서. 너 왜 그래? 무슨 일 있었어? 내가 뭐 실수했어? 기시마! 잠깐! 기시마! 기다리라고!"

발길을 돌린 고타로를 쫓아가려던 도모에는 앗, 하고 발을 잘못디뎠다. 휘청거리며 넘어질 뻔했지만 간신히 난간을 붙잡았다.

고타로는 그 모습을 계단 아래에서 조용히 바라보고 있었다.

"······기시마······."

하얗고 작은 손을 떨면서 내민다. 붙잡아! 그렇게 외치듯. 그 손은 가위바위보의 보처럼 보이기도 했다.

그래서 고타로는 가위를 냈다. 자른다. 끝이다. 그대로 등을 돌리고 걸음을 옮겼다. 이제 더는 돌아보지 않고 복도를 지났다.

사실은 내달리고 싶었다. 도모에 옆에서 가급적 빨리, 최대한 멀리, 인간이 아닌 존재를 떼어놓고 싶었다.

도모에를 아름다운 채로 두고 싶었다.

✦

일상이 계속됐다.

고타로는 평소처럼 고등학교 생활을 보냈다. 사이온지, 야오치와어울리며 공부했고, 집안일을 도왔으며, 가끔 놀기도 하면서 지극히 평범해 보이는 하루하루를 보냈다. 도모에는 종종 고타로를 바라보았다. 뭔가를 파헤치려는 듯. 하지만 계속 무시하다 보니 어느샌가 그 시선도 느끼지 못하게 됐다. 고타로는 그 사실에 진심으로 안도했다.

　반 아이들은 카무이의 편지를 기다렸지만, 아무리 기다려도 편지는 오지 않았다.

　동생은 예정대로 퇴원해 잠시 초등학교에 다녔지만 좋은 시간은 오래가지 않았다. 가을이 깊어갈 무렵 또다시 입원했다. 겨울이 되었지만 퇴원하지 못한 채 그대로 상태가 나빠졌다. 해가 바뀌자 단번에 병세가 악화되었다. 봄에는 다른 지역의 대학병원으로 옮겼다. 이제 보조인공심장을 달고 이식을 기다리게 되었다. 어머니도 병원 근처의 보호자용 숙박 시설에서 살았고, 고타로는 아버지와 함께 주말마다 면회를 갔다. 뺨을 쓰다듬으면 동생은 투명한 눈으로 조용히 고타로를 올려다보았다. 이제 동생에게서는 소독약 냄새밖에 나지 않았다.

　해외에서 심장을 이식받는 방법도 찾아봤지만, 체력적으로 해외로 나가는 게 어려울 거라는 판단이 내려져서 지원 단체의 도움도 받을 수 없었다.

　3학년이 되자 의대나 치대를 목표로 하는 사이온지, 야오치, 도모에와는 다른 반이 되었다. 담임도 고마다가 아닌 다른 선생이 맡았다. 고타로는 이과 진학반에서 공부에 매진했다.

　그즈음에는 이미 머릿속에 '계획'이 서 있었다. 그 '계획'을 실현하기 위해 도내의 명문 대학에 진학하기로 결심했다. 지금 성적으로는 어려울지도 모른다고, 다른 대학이라면 수시로 갈 수 있다는 소리를 들으면서도 열심히 노력을 거듭했다.

생일이 지나고 열여덟 살이 되었다.
열일곱이 끝났다.

✦

기적이 일어난 건 입시 직전, 12월 초였다.

2교시 수업 중에 갑자기 담임도 아닌 고마다가 뒷문으로 얼굴을 내밀더니 선생님에게 눈짓을 한 뒤 고타로를 복도로 불러냈다.

"놀라지 말고 들어. 방금 어머니한테서 연락이 왔는데, 우이코, 심장이식 수술이 정해졌대. 앞으로 몇 시간 안에 시작된다고 하네."

그 이야기를 들은 순간 다리에서 힘이 쭉 풀렸다. 불가능하다고 했었다. 동생을 보낼 마음의 준비를 하라는 이야기를 들었다. 국내에서, 거기다 어린 기증자를 찾는 건 실망만 하게 될 정도로 희귀한 경우라고 했다. 뉴스에 나올 정도의 일이었다.

"이 상황에서 좀 그렇긴 하지만, 일단 친척이 위독하다고 말한 뒤에 짐 싸서 바로 나와. 선생님이 차로 병원까지 데려다줄게."

"그래도 병원까지는 꽤 먼데⋯⋯."

"이런 상황에서 학교나 집에서 기다리고 있을 수만은 없잖아. 어머님한테도 그렇게 말씀드렸으니까 어서 준비해."

짐을 챙기러 교실로 들어가라고 등을 떠밀었다. 고마다는 복도로 나온 교사의 귓가에 뭐라고 속삭인 뒤에 종종걸음으로 먼저 가버렸다. 자리로 돌아간 고타로는 가방을 들고 대충 짐을 쌌다. "기시마, 무슨 일이야?" "아니, 친척이 좀 위독하셔서……." "아, 진짜?" "너도 가는 거야?" "괜찮아?" 쏟아지는 반 아이들의 목소리에 "괜찮아, 걱정 마" 하고 대꾸한 뒤 교사에게 인사하고 교실을 나섰다.

코트를 깜박었다. 하지만 다시 돌아가기도 뭣해서 교문 앞에서 고마다가 차를 몰고 오기를 기다렸다.

운동장이 보였다. 체육 수업을 받는 학생들의 모습이 보였다.

갑작스레 후회가 밀려왔다.

왜 그때 '카무이!' 하고 부르지 않았을까.

왜 그때 가지 말라고 외치지 못했을까.

왜 그때 울면서 카무이를 말리지 못했을까.

왜 그때 자전거를 하나로 묶어두지 않았을까.

그때 운동장에서 뛰쳐나가서, 매달려서라도 카무이를 붙잡았어야 했다. 그대로 결코 손을 떼지 말걸 그랬다. 카무이를 가게 해서는 안 됐다.

카무이는 대체 언제부터 혼자 돌아갈 작정이었을까. 모르겠다.

'날……'

카무이의 '진심'은 무엇이었을까. 모르겠다.

'두고 간 건가…….'

그 여름의 강가를 떠올렸다. 새빨간 하늘 아래, 카무이는 저녁노을을 등지고 말없이 물끄러미 이쪽을 바라보고 있었다. 어째서인지 기억 속의 그 얼굴이 자신의 얼굴로 바뀌었다. 그로부터 계속 그곳에서 세상 모든 것으로부터 홀로 남겨져 지금도 우두커니 서 있을 것 같았다. 그리고 고타로를 버린 이 세상 어딘가에서 지금 어린아이가 심장을 빼앗기고 있다.

'……카무이, 네 진심은 무엇이었어?'

대답은 없다. 모르겠다. 이제 인간이 아니니까 모르겠다.

'……다들 나한테는 진심을 말해주지 않아. 그렇게 아무 말도 없이, 인간들은 모두 나를 두고 떠나버려.'

고마다가 차를 몰고 와서 조수석에 올라탔다.

"겉옷 없니? 지금 난방 최대로 올렸으니까 금방 따뜻해질 거야."

가방을 무릎에 올려놓고 고타로는 멍한 표정을 짓고 있었다. 고마다는 운전을 하다가 그 얼굴을 걱정스레 들여다보았다. "괜찮아? 속이 안 좋으면 말하고."

"그게 아니라……." 입은 움직일 수 있었다. 마치 인간처럼, 잘 움직인다고 생각했다. 표정도.

"……짜증이 나서요. 이식이 정해져서 좋긴 한데, 기뻐해서는 안 될 것 같기도 해서…… 마음이 번잡하고 괴로워서요……."

고마다는 그렇구나, 하고 고개를 끄덕였다. 그렇겠지, 하고 몇 번이나. 그리고 조용하지만 또렷한 목소리로 말했다. "괜찮아, 기시마. 짜증을 내도 되고, 괴로워해도 돼. 그래도 돼. 선생님은 기쁘다. 네 동생한테 건강해질 기회가 생긴 게 진심으로 기뻐. 기적 같은 확률이지. 엄청난 일이야. 엄청난 일이 일어난 거야."

고타로는 룸미러에 비친 고마다의 얼굴을 보았다. 고마다는 웃음기 없는 진지한 눈으로 앞을 똑바로 바라보고 있었다.

"이건 선생님 얘기야. 일반적으로 어떻다, 교사로서 어떻다를 떠나서 단순히 나 개인의 이야기. 난 운전면허증 뒷면에 장기기증 의사를 표시해 놨어. 뇌사일 경우에 가능한 모든 장기를 기증한다고. 처자식은 없고 아버지도 진작 돌아가셨지만, 어머니하고 여동생에게는 얘기해 놨어."

고타로는 어떤 표정을 지어야 하는지 알 수 없었다.

"만일 내가 병이 들면 뇌사자에게서 장기기증을 받을 수 있지. 내가 뇌사상태가 되면 아픈 사람에게 장기를 기증할 수 있을 거고. 나는 '그런 사회'에서 살아가면서 '그런 사회'를 받아들이고 있어. 그리고 '그런 사회'의 일부이고 싶어. 내 생명은 아쉽게 끊어지는 게 아니라, 그렇게 이 사회를 돌고 도는 것이라면 좋겠어."

"그런 건……" 고타로 자신도 모르게 말이 입 밖으로 튀어나왔다. "말만 그럴듯한 거잖아요."

세상에 선생님처럼 준비된 사람만 있는 건 아닌데.

"그럴지도 모르지. 아무튼 이게 나야." 고마다는 그제야 살짝 미소를 지으며 룸미러를 통해 고타로의 눈을 바라보았다. "내가 그런 사람이라는 얘기야. 고타로 너는 너대로 살면 돼. 네 답을 계속 찾으면 되는 거야. 지금 짜증이 난다고 했지. 괴롭다고 했지. 어쩌면 답은 어디에도 없고, 고타로 넌 짜증스럽고 괴로운 채로 살아갈지도 몰라. 그래도……."

계속 파란불이 이어졌고 차는 완만하게 속도를 올렸다. 고타로는 다른 이들의 세상은 순조롭게 흘러간다고, 지금도 잘 돌아가는 것 같다고 생각했다. 자신의 세상만 빼고.

"네가 그런 너이기 때문에 누군가는 분명 그런 너에게 구원받지 않을까. 그런 너의 존재를 누군가는 분명 바라고 있을 거야. 난 그렇게 생각한다. 그러니까 너에게는 분명 괴로운 길이 되겠지만, 그래도 너 자신으로 사는 걸 포기하지 않았으면 좋겠다."

'……세워주세요!'

무심코 소리칠 뻔했다. 진작 모든 걸 포기했다. 이미 모든 게 끝났다. 아무것도 구하지 못했다. 나는 그저 이렇게 우두커니 서 있을 뿐이다. 목소리를 내지 않은 채 입을 다물고 있다. 이제 인간조차 아니게 됐다.

선생님.

'카무이가 불타고 있어요! 카무이가 위험해요! 카무이가 죽을지도 몰라요! 사람들이 걔의 내장을 꺼내가고 있다고요! 왼쪽 눈도 뺏겼어요! 카무이는 계속 갇혀서 살다가 도망치려 했어요! 분명 도중에 누군가에게 붙잡혔거나 협박을 당했을 거예요. 카무이는 여기, 내 곁에서 억지로 끌려간 거예요! 분명 도와달라고 외치고 있어요! 어딘가에서 계속 내가 돌아오기를 기다리고 있어요! 어쩌면 그집에 아직 있을지도 몰라요! 꽁꽁 묶어서 입을 막아놨을지도 몰라요!'

선생님, 도와주세요.

'빨리 돌아가서 카무이를 찾아야 해요! 카무이에게 가야 해요! 카무이가 불타버린다고요! 연기와 재로 변해버리기 전에, 카무이가 이 세상에서 사라지기 전에 빨리 카무이를 붙잡아야 해요! 난 카무이하고 약속했다고요!'

선생님.

'왜냐하면 카무이는, 사실은.'

"선생님."

……모르겠어요. 뭐였을까요. 카무이가 바라던 건 무엇이었을까요. 카무이의 '진심'은.

"나는…… 잘 모르겠어요."

온몸에서 힘이 쭉 빠졌다. 히터로 덥혀진 시트에 온몸을 기댄 채 고타로는 천천히 눈꺼풀을 내리깔았다. 생각을 그만뒀다.

"그래, 졸리면 눈 좀 붙여. 분명 오늘은 종일 쉬지도 못할 테니까. 수험생이니까 체력은 최대한 보존해야지."

달리는 차에 육체만을 실어 보내며, 고타로는 주저 없이 의식을 놓았다.

✦

동생은 무사히 수술을 마치고 퇴원했고, 순조롭게 회복했다. 고타로는 1지망 대학이었던 도쿄 명문대의 건축학부에 합격해 진학했다. 합격 통지를 받고 나서 자취방 계약이며 이사 준비로 한동안 눈코 뜰 새 없이 바빴다. 졸업식이 끝나자 바로 집을 나왔다.

그 대학에 가는 게 꿈이라고 하면 누구나 납득했다. 그 교수에게 배우는 게 꿈이라고 하면 누구나 납득했다. "우이코가 집에 돌아왔는데……" 동생은 쓸쓸해했지만 부모님은 고타로의 진학을 무척 기뻐했다. 오랜 투병 끝에 건강을 되찾은 동생을 두고 상경한다는 부자연스러운 선택을 한 것도 알아채지 못한 채 흔쾌히 아들을 떠나보냈다.

고타로는 대학에도, 건축에도, 교수에게도 관심 없었다. 지금 상황에서 집을 떠나도 아무도 의심하지 않는, 그런 대학을 택했을 뿐이었다.

도모에의 어머니가 돌아가셨다는 걸 알려준 건 고향에 남아 형과 같은 치대로 진학한 사이온지였다. 장례식은 이미 끝났다고 했다. 안됐다. 고타로는 말했다. 지바가 상심이 크겠다. 안쓰럽네. 다른 친구들도 모두 비슷한 반응을 보였다. 재수생이 된 야오치만이 어째서인지 고타로에게 **너 괜찮아?**라고 메시지를 보냈다. **뭐가?**라고 답장하자, **도움이 필요한 거 아냐?**라는 답이 돌아왔다. 거기에는 답하지 않았다.

고등학교 시절의 친구들과는 그때부터 차차 거리를 두었다. 도모에는 고향에 있는 국립대 의대에 진학했다고 했다. 그 후의 일은 모른다.

대학생이 된 고타로는 '계획'에 착수했다. 자신을 죽은 사람으로 위장하는 것부터 시작이다. 기시마 고타로를 죽은 사람으로 만드는 것이다. 가족과의 관계를 확실히 끊고, 다른 신분을 얻어 그 모임에 잠입한다. 먼저 카무이의 부모를 찾는다. 찾아내서 죽인다. '엄마'도 죽인다. 장기 매매 조직과도 접촉한다. 모임에서 손을 뗀다고 했지만 모든 관계가 단번에 소멸되지는 않았겠지. 장기를 팔고 싶다며 소개를 받은 뒤에 정말 팔든지 해서 내부 관계자와 연결고리를 만들어, 아무리 시간이 걸리더라도 조직에 들어가 그 여자를 찾아내 죽인다. 카무이의 몸을 그렇게 만든 녀석들을 모두 찾아내 죽인다. 카무이의 장기를 이식받고 살아 있는 녀석들도 남김없이 찾아내 죽인다. 아무리 어려워도 반드시 해낸다. 절대로 아무도 용서하지 않겠다. 내 모든 것을, 목숨을, 지능을, 체력을, 시간을, 모든 걸 바쳐서 반드시 실행할 것이다. 반드시 다 죽여버리겠다.

그것이 '계획'이다.

죽은 뒤에 움직이다니. 마치 좀비와도 같지 않은가. 아니, 이미 좀비가 된 건가. 오래전부터 인간이 아니게 되었으니. 살아 있는 상태가 아닌데도 움직이고 있으니. 이미 좀비인가.

죽은 것으로 위장하는 일은 쉽지 않았다. 시체는 발견되지 않았지만, 그래도 누구나 객관적으로 '기시마 고타로는 죽었다'고 판단할 수밖에 없는 상황을 만들어내야만 했다.

제일 손쉬운 수법은 이를테면 절벽에 신발을 벗어놓고 유서를 남긴 채 자취를 감추는 것. 하지만 쉬운 방법이기 때문에 위험성도 컸다. 자살인 것 같다. 유서가 있었으니까. 하지만 시체는 못 찾았다…… 딱 봐도 수상하다. 위장 자살로 의심받을 가능성이 컸다.

그럼 사고는 어떨까. 바다나 산에서 사고를 당한 척 자취를 감춘다. 자살 가능성이 없는, 어디까지나 불의의 사고. 그거라면 괜찮을 것 같았다. 왜 갑자기 바다에? 왜 갑자기 산에? 부자연스럽다고 의심 받지 않으면 더욱 좋다.

대학에 입학하자마자 고타로는 등산부에 들어갔다. 대학 생활을 만끽하려는 평범한 신입생의 행동처럼 보였다. 산을 취미로 삼겠다는 고타로의 말을 가족도, 친한 친구도, 그 누구도 의심하지 않았다.

강의, 동아리, 시험, 술자리. 대학 생활은 순조로웠다. 아르바이트도 열심히 했다. 업종을 가리지 않고 일해서 돈을 벌어 모조리 저축했다. 놀기도 잘 놀았다. 대학 바깥에서 다양한 사람들과 만났고, 밤거리에서 어울릴 친구를 찾았고, 이내 가공의 인물의 신분을 만들어준다는 업자와 연이 닿았다.

죽음을 위장하기 위해 착실하게 계속 준비했다. 그러나 해소되지 않는 우려가 하나 남아 있었다. 카무이가 어딘가에 숨어 있으면서 자신에게 연락할 기회를 엿보고 있다면? 겨우 연락했을 때 자신이 죽었다는 소식을 듣는다면? 어떻게든 카무이에게만큼은 사실 자신이 살아 있다는 사실을 전해야 한다고 생각했다. 좋은 방법을 생각해 둬야 한다.

고타로는 열심히 머리를 짜냈지만 좀처럼 뾰족한 방법이 떠오르지 않았다. 그렇게 1년이 흘렀고, 2년이 흘렀고, 3년이 흘렀다. 카무이에게 연락은 오지 않았다.

카무이가 죽었다는 사실을 아직 진심으로 믿을 수는 없었지만, 이제 나한테 연락하는 일은 없으리라는 사실을 깨달았다. 카무이는 메모를 두고 갔으니 연락처를 몰라서 못 하는 걸지도 모른다.

내면아이 회복 세미나. 어덜트 차일드를 위한 공부 모임. 마음과 뇌를 치유하는 트라우마 해소 워크숍. 인도와 희망의 공부 모임.

그 모임은 금방 찾아낼 수 있었다. 공식 사이트가 있었다. 스태프가 올리는 블로그에는 늘 수천 개의 '좋아요'가 달렸다. 댓글란도 늘 성황이었다. 회원임을 밝히고 SNS를 하는 사람도 많았다.

지금 고타로가 할 수 있는 일은 사이트나 SNS에 올라오는 글을 주시하는 것밖에 없었다. 매일 업데이트되는 내용을 열심히 살폈다. 앞일을 생각하면 쓸데없는 일은 아닐 터였다. 인터넷에서 모임에 대해 알게 된 뒤로 활동에 점점 관심이 생겼다며 가입 이유를 설명하기도 쉬울 것이다.

하지만 어느 날, 아마도 '엄마'라 불리는 인물일 주최자가 뇌경색으로 쓰러졌다는 소식이 올라왔다. 다행히 증상이 심하지는 않아서 목숨에 지장은 없다고 했지만, 한동안은 대리인이 모임을 운영한다고 했다. 고타로는 속이 탔다.

병으로 죽어버리면 어쩌지.

조바심이 났지만 아직 완벽하게 준비가 끝나지 않았다. 저축은 하고 있었지만 아직 부족했다. 가짜 신분증도 정교한 것, 그만큼 비싼 것으로 여러 개 확보하고 싶었다. 모임에 들어갈 때까지 생활하기 위한 목돈도 필요했다. 얼굴을 바꿀 성형수술비도 필요했다. 무엇보다 한번 죽은 사람이 되면 이제 돌아갈 길이 없었다. 들통나면 가족도 위험에 처한다. 저 혼자 죽어서 끝날 일이 아니었다. 무슨 일이 있어도 신분 위장은 실패해선 안 된다. 무슨 일이 있어도 끝까지 완수해야 한다. 준비에 허점이 있어서는 안 된다.

죽지 마, '엄마'. 진심으로 건강을 걱정했다. 건강보조식품이나 영양제라도 보내고 싶을 정도였다. 내가 죽이러 갈 때까지 제발 건강하게 있으라고. 최대한 고통이 오래 가도록 잔인한 방식으로 죽일

테니까. 등산 나이프. 자일. 피켈. 아이젠. 해머. 모두 취미 덕에 능수
능란하게 다루게 됐으니까. 날붙이는 날카롭게 벼린 것과 거칠게
갈아놓은 것 둘 다 준비해 놨으니까. 이걸로 죽여줄게.

이제 곧 만나러 갈 테니까.

결국 4년이나 걸렸다.

고타로는 대학 4학년이 되었고, 구직 활동 끝에 대기업에 취직했
으며, 무사히 졸업을 앞두고 있었다. 누구나 고타로의 노력과 열정
을, 그리고 그렇게 성취한 빛나는 미래를 추호도 의심하지 않았다.
죽음을 위장할 준비가 드디어 완벽하게 갖춰졌다.

한번 들어서면 두 번 다시 돌이킬 수 없는 길로 걸음을 내딛기로
했다.

졸업논문도 모두 제출했다. 입사 전 마지막 휴식. 고타로는 주변
에 그렇게 말했다. 느긋하게 사진을 찍고 싶으니 혼자 가려 한다.
가끔 카메라도 바깥바람을 쐬게 해줘야지. 가족들에게도 그렇게 이
야기했다. 평소처럼 밝게 행동했다. 부자연스러운 점은 조금도 없
었을 터였다.

목적지는 정해놓았다. 사전조사도 마쳤다. 오르기 아주 쉬운 산
은 아니지만 유명한 촬영 장소가 여러 곳 있어서 초보자에게도 인
기 있는 국내의 어떤 산이었다.

렌터카를 주차장에 세워놓고 입산 허가서를 제출했다. 선명한 컬
러에 브랜드 로고가 큼지막하게 들어간 등산복을 입었다. 애용하는
모자에는 등산부 이름이 박혀 있었다. 등산 장비에도 모두 이름을

적어놓았으며, 신분증이 든 지갑은 가방 밑 주머니에 넣어두었다.

다른 등산객들과 스쳐 지나갈 때마다 인사를 건넸고, 젊은 여자 등산객들에게는 어디에서 왔냐고 말을 걸었다. 이런 곳에서 헌팅이냐고 까르르 웃으며 대답하길래 "어, 아냐! 그냥 좀!" 하고 당황한 척 마시던 음료를 가슴에 요란하게 쏟았다. 여성들은 괜찮아요? 하고 물으면서 까르르 웃었다. 그 모습을 지켜보던 장년의 등산객들도 피식 웃었다. 저 화려한 차림 좀 봐. 인연을 찾으러 왔나? 젊어서 좋겠어. 인상에는 남았을 터다. "이런 차림의 사람을 봤습니까?"라고 물으면 상당수가 "아!" 하고 자신을 떠올리겠지.

이 산에서 자취를 감춘다. 집에 돌아가지 않는다. 연락이 닿지 않는다. 하산하지 않았다. 목격 정보를 따라 산중을 수색하면 계곡에서 짐이 발견된다. 카메라에는 출입 금지 구역에 있는 험준한 절벽에서 촬영한 사진이 남았다. 떨어졌으면 절대로 살아남을 수 없는 높이다. 생존 가능성은 희박하고 시신은 발견되지 않는다. 며칠 뒤수색도 종료된다.

실제로는 사진을 찍은 뒤에 짐을 계곡에 던진 뒤에 인적 없는 곳에서 옷을 갈아입고, 다른 사람이 되어 산을 내려간다. 거기서 몇시간쯤 걸어서 역으로 간다. 그 뒤에 필요한 짐과 현금은 이미 여러곳의 물품 보관함에 분산해서 넣어두었다.

계획은 그러했다.

가장 위험한 건 절벽에서 사진을 찍는 대목이다. 정말 위험한 곳이라 미끄러지기라도 하면 끝이다. 위장 죽음이 아니라 진짜로 죽는다. 그런 멍청한 결말만큼은 맞이하지 않도록 단단히 주의해야겠다고 생각했다.

하지만 더욱 멍청한 결말을 맞이했다.

"살려줘……."

그 목소리가 들렸을 때 고타로는 아직 등산로 중간에 있었다. 흔히 말하는 쇠사슬 구간. 바위가 겹겹이 쌓인 위험한 절벽을 쇠사슬을 타고 오르던 사람들이 앞뒤로 줄지어 서 있었다.

들려오는 목소리에 고개를 들었다.

머리 위에서 사람이 떨어지는 걸 본 순간, 반사적으로 뛰어올라 덤벼들듯 팔을 뻗었다. 쇠사슬을 잡은 채로 그 사람을 잡으려다가 잡고 있던 사슬을 놓쳤다. 그대로 위에서 떨어진 사람과 함께 몇 미터쯤 떨어졌다. 도중에 한 번 바위에 부딪혀 간신히 추락은 면했다. 품에 안은 그 사람이 간신히 서는 걸 봤다. 잡고 있던 손을 뗀 순간, 고타로가 체중을 실었던 바닥만 무너졌다.

어쩔 도리 없이 혼자 떨어진 곳은 얼어붙은 잔설. 단번에 굴러떨어진 고타로의 몸은, 얼음으로 된 미끄럼틀에서 바닥이 보이지 않는 계곡을 향해 내던져졌다.

나중에 알게 되었다.

등산 중에 추락 사고를 당한 화려한 옷차림의 기시마 고타로는 몇 시간 뒤 헬리콥터로 구조됐다. 의식불명으로 병원으로 이송되어 긴급수술을 받은 뒤 며칠 동안이나 중환자실에 누워 있었다.

기나긴 꿈을 꾸었다. 꿈속에서 부모님과 동생이 어깨동무한 채로 누워 있는 자신을 에워싸서 들여다보고 있었다.

'힘내라, 힘내라, 고타로!'

'아. 위험한데…….'

'힘내라, 힘내라, 엄마! 힘내라, 힘내라, 아빠! 힘내라, 힘내라, 우이코!'

'이건 위험할 때 하는 거잖아……. 나, 죽는 건가…….'

'힘내라, 힘내라, 카무이!'

정신이 들었다.

'여기 카무이가 있나?'

왼손을 꼼지락거렸다. 하지만 손끝에는 아무것도 닿지 않았다. 왼쪽에 카무이는 없었다. 고타로는 '힘내라, 힘내라, 고타로!' 하고 응원을 받으며 몸을 일으켜 주변을 둘러봤다.

세상의 경계 같은 게 보이거나, 경계 너머에 카무이가 있다면 그곳으로 가려 했다.

'내가 하고 싶은 일이 그거였나……?'

어디든 카무이가 있는 곳에 가고 싶었던 건지도 모른다. 평소와 다름없던 그 금요일부터 쭉 그러고 싶었던 건지도 모른다.

'힘내라, 힘내라, 카무이!'

일어나 카무이를 찾았다. "카무이?" 걸음을 떼자마자 정신없이 내달렸다. 필사적으로 찾았다.

"카무이!"

이 목소리를 알아채고 답해줘. 모습을 보여줘. 그렇게 바랐지만 카무이를 찾을 수는 없었다.

'힘내라, 힘내라, 고타로!'

여느 때처럼 자전거를 타고, 아침 햇살 속에서 나폴레옹처럼 나를 기다려줘. 한 손에 수마트폰을 든 채, 환하게 웃어줘. 다시 한번 네 목소리를, 그 멍청한 우리만의 알림음을 들려줘.

부탁이야.

'힘내라, 힘내라, 고타로!'

제발, 카무이.

'힘내라, 힘내라, 고타로!'

얼굴을 보여줘.

'힘내라, 힘내라, 고타로!'

보고 싶어.

'힘내라, 힘내라, 고타로!'

✦

카무이를 그 집에서 데리고 나온 날, 마음속에 불길이 타올랐다. 그 불길은 자기 자신을 모조리 태워 연기와 재로 만들었다. 의식이 돌아왔을 때 고타로는 그 사실을 깨달았다.

그날, '계획'은 물거품으로 돌아갔고 고타로는 큰 부상을 입었다. 특히 오른쪽 다리의 상태는 심각했다. 가까스로 절단은 면했지만 평생에 걸친 후유증이 남았다. 지팡이가 없으면 잘 걷지 못할 거라고 했다.

　죽음을 가장해서 모임에 잠입하고 조직과 접선한다. 몇 년 동안 자신을 움직인 건 오직 그 계획뿐이었다. 그걸 위해 목숨을 부지했고, 그걸 위해 이성을 유지했고, 그걸 위해 평소와 다름없는 기시마 고타로를 연기했다. 하지만 이제 영원히 실현할 수 없다. 계획은 파기되어야 했다. 단신이었지만 사고는 보도됐다. 조금만 조사하면 사고를 당한 사람이 고타로라는 것을 알아낼 수 있을 것이다. 이 꼴이 된 몸도 숨길 수가 없었다. 이 몸으로 살아가는 한, 이제 자신이 기시마 고타로라는 사실을 부정할 수 없었다.

　그리고 무엇보다 어머니가, 아버지가, 동생이, 이 사고로 얼마나 상처를 받았는지 알아버렸다. 지금까지도 상상은 했지만 애써 떨쳐버리려 했다. 떨쳐버릴 수 있다고 생각했다. 하지만 깨달았다. 이제 끝났다. 두 번 다시 같은 일을 저지를 수는 없다.

　오래 입원했지만 대학은 어떻게든 졸업할 수 있었다. 입사는 취소됐다. 회복하기까지 오래 걸린다는 이유로 고타로가 먼저 입사 포기 의사를 전했다.

　자취방을 정리하고 집으로 돌아온 고타로는 재활훈련을 계속했다. 왼쪽에서 지지해 주는 녀석이 없으니 자신의 왼손으로 지팡이를 짚는 수밖에 없었다. 똑바로 앞으로 나아가는 것조차 힘겨웠다.

　어느 날, 정신을 차려 보니 재활운동실의 창밖이 캄캄해져 있었다. 불현듯 카무이와 밤길을 걸었던 날이 떠올랐다. 카무이가 처음으로 집에 와서 마파두부를 같이 먹고 집까지 배웅했던 날이다. 카무이와 함께 있고 싶다고 처음으로 생각했던 날이다. 카무이가 자신을 찾아냈다는 걸 처음 알았고, 자신도 카무이를 찾아냈다는 사실을 처음으로 알았던 때다. 그때다. 그 순간.

그 순간이 존재하지 않았더라면 자신은 어떻게 되었을까. 지금도 똑바로 앞을 보며 나아갈 수 있었을까. 상실을 모르고 살 수 있었을까. 평소와 다름없는 일상을 평소처럼 살고 있었을까. 여전히 인간일 수 있었을까.

힘이 들어가지 않는 다리가 바닥에 걸리는 바람에 고타로는 그대로 왼쪽으로 쓰러질 뻔했다. 간신히 지팡이를 짚어서 넘어지지 않았다. 체중이 실린 손바닥이 아팠다. 마음을 관통하는 계획도 이제 없다. 이제 연기와 재가 되어버렸다. 몸을 날려 구한 사람은 무사하다고 했다. 아직 인간이었다면 그 사실로 구원받을 수 있었을까. 모르겠다. 그래도 앞으로 나아가야 한다. 살아가야 한다.

왼쪽 옆에는 지금, 아무도 없다.

오랜 시간 재활 운동에 매진한 뒤 고타로는 고향에 있는 기업에 취직했다. 집으로 들어와 회사에 다니며 나름대로 바쁜 나날을 보냈다.

그렇게 어느샌가 스물일곱 살이 되었다. 퇴근한 뒤 생일을 축하하는 광고메일을 보고 그로부터 벌써 십 년이 지났다는 사실에 놀랐다.

열일곱 살에 카무이와 만났고, 카무이를 잃었다. 그로부터 계획을 위해 살았다. 준비에 집착했고 구상에 매달렸다. 그 밖의 모든 행동은 오로지 계획을 수행하기 위한 것이었다. 하지만 그 역시 결국 물거품으로 돌아갔다.

고타로는 지금 인생의 남은 시간을 그저 살아내고 있었다. 아무 목적도 없이, 기쁨도, 슬픔도 없이. 이제는 잃어버릴 것조차 없었다. 심장은 무의미하게 뛰고 있었다.

무의미해도 좋다, 그런 소리를 했던 것 같다. 카무이에게 분명 그렇게 말했다. ……그래, 발끈해서 아름다운 이야기를 부정했다.

지팡이 소리를 내며 계단을 올라 방으로 들어왔다. 가방을 내려놓은 뒤 창문을 열고 어두운 창가에 기댔다. 그날 밤, 이 창가에서 카무이와 둘이서 타들어 가는 불길을 바라보았다. 우리는 괜찮다고, 아무런 이유도 없이 그렇게 믿었다. 어째서 그때 나는 그토록 자신에 차 있었던 걸까. 당연하다는 듯 자기가 틀렸을 리 없다고 믿을 수 있었을까.

무지했기 때문일까. 아무것도 모르는 어린애였기 때문에 그토록 오만할 수 있었던 걸까.

그럴지도 모른다. 열일곱 살 때, 자신은 무의미하게 살아가는 게 이렇게 괴로운 줄 몰랐으니까.

"미안해……."

혼자밖에 없는 밤의 창가에서 고타로는 작게 중얼거렸다. 자신의 무지와 오만이 카무이에게서 살아가는 의미와 아름다운 이야기를 앗아갔다. 그런 건 없어도 된다고, 그런 건 부숴버리면 된다고 했다.

그리고 그대로 카무이를 홀로 보냈다. 카무이가 어떻게 하고 싶었는지, 그 '진심'은 이제 알 도리가 없었다. 고타로 때문에 카무이는 믿고 싶었던 걸 하나도 간직하지 못하게 되었는지도 모른다. 그대로 무언가를 믿을 수 있었다면, 그게 카무이에게 더 행복했을지도 모른다.

고타로는 자신이 그 녀석에게 쓸데없는 괴로움을 안겨줬는지도 모른다고 생각했다. 자신의 무지와 오만이 그 녀석을 절망에 빠뜨렸는지도 모른다고. 어쩌면 그 녀석은 그 탓에 모든 것을 포기해 버렸는지도 모른다고. 뭔가에 매달리면, 이를테면 고타로에게 계획이 그러했듯이, 그것이 환상일지라도 더욱 편하지 않았을까. 자신이 믿는 것에 모든 걸 바친다면 카무이는 만족하지 않았을까. 그런 구원의 길도 있지 않았을까. 고타로는 결과를 바꾸지 못했으니, 최소한 카무이에게서 아무것도 앗아가지 말았어야 했던 게 아닐까.

무의미한 나날을 살아가며 매일 이렇게 후회했다. 단 한순간도 후회하지 않는 순간은 없었다.

왜 그때 '카무이!' 하고 부르지 않았을까. 왜 그때 가지 말라고 소리치지 않았을까. 왜 그때 울면서 카무이를 말리지 않았을까. 왜 그때 자전거를 함께 묶어놓지 않았을까.

그때였다면 전속력으로 달릴 수 있었는데, 왜 그러지 않았을까.

힘껏 달려가 너를 따라잡아 붙잡을 수 있었는데. 처형! 그렇게 외치며 꽉 껴안고, 절대로 놓지 않았어야 했는데. 설령 그대로 가라앉더라도, 둘이서 타버린다 해도, 너와 함께라면 그래도 좋았는데. 같이 있을 수 있었다면 뭐든 좋았는데.

"미안해, 카무이⋯⋯."

살아갈 의미가 필요했다.

아름다운 이야기가 필요했다.

아직 스물일곱이라니. 진저리가 났다. 이대로 무의미한 삶을 앞으로 얼마나 견뎌야 할지 모르겠다. 이제 힘내고 싶지 않다.

✦

먼저 도착한 오빠는 평소처럼 영혼 없는 얼굴로 강물을 내려다보고 있었다.

"고타로!"

그제야 고개를 든다. 언짢은 듯 미간을 찌푸리며 왼손에 든 지팡이로 다리를 두드렸다.

"오빠한테 고타로가 뭐야."

"여기 오랜만에 왔지? 몇 년 만이야?"

"그걸 일일이 어떻게 기억해."

"그런 표정 좀 짓지 말고. 좀 환하게 웃어봐. 오늘은 우이코 열일곱 살 생일인데."

"설마 학교에서도 자기를 일인칭으로 부르지는 않지? 남들이 들으면 속으로 경악할걸."

"입에서 나올 것 같으면, 우……동 먹고 싶다! 하면서 넘어가."

"너는 어렸을 때 훨씬 똑똑했던 것 같아……."

"우……유 마시고 싶다! 도 있어."

와락 오빠의 품에 달려든다. 목에 팔을 두르고 살짝 체중을 실어 매달린다. 해 질 녘 다리 위에서 오빠의 얼굴을 올려다보며 히죽거린다.

"……왜? 뭔데?"

이래 보여도 좀 긴장한 상태였다.

오빠는 알까. 내가 열일곱 살 생일에, 평소에 자주 지나다니지 않는 이 다리 한가운데에서 만나자고 한 이유를. 같은 집에 살면서도 해 질 녘에 일부러 여기서 만나자고 한 의미를.

"……어차피 그 녀석 얘기를 하려는 거잖아."

이런. 이럴 때면 오빠가 조금 무서웠다. 아무 말도 안 했는데 죄다 알아채다니. 하는 수 없이 고개를 끄덕였다. "맞아."

"아직도 기억하네."

"기억하지. 전부 기억해. 첫사랑이잖아. 우이코의 왕자님인걸. 들었던 이야기도 하나도 안 잊었어."

오빠의 눈빛이 불현듯 아련해졌다. 오빠는 여기 있는데. 몸은 여기 있는데. 어떠한 계기로 마음만 붕 떠서 어딘가로 사라져 버린다. 몇 년 동안 이런 상태였다. 다정하고 멋지고 재미있고 조금 별난, 때로는 촌스럽지만 그래도 제일 멋진, 내가 사랑하는 오빠는 그날 이후로 변해버렸다. 카무이와 만나지 못한다는 걸 알고, 병실을 뛰쳐나간 그날 이후로.

무슨 일이 있었는지는 안다. 물론 엄마도, 아빠도 모두 안다. 하지만 오빠는 아무리 물어도 대답해 주지 않는다. 그러니까 우리는 기다리는 수밖에 없다. 지금도 계속 기다린다. 우리의 오빠가 돌아오기를.

"있잖아……. 열일곱은 특별하대. 열일곱 살이 되면 이 다리에 가

보래. 분명 청춘을 만날 수 있을 거라고. 자기는 그랬다고."

응, 응. 고개를 끄덕이며 듣고 있었지만, 오빠의 눈은 이미 새까맣게 비어 있었다. 그 사고가 일어나기 전까지 저 눈 속에는 거짓이 있었다. 그리고 그 사고 이후로는 이렇게 변했다. 거짓조차 사라지고 텅 비었다. 오빠의 마음속에 지금 내 말은 닿지 않는다. 그래도 굴하지 않고 말을 이었다.

"청춘과 만나면 거기서부터 모든 게 시작된대. 그러니까 우이코도 열일곱이 되면 꼭 청춘을 즐기라고 했어. 그걸 위해 이 약속을 두고 간다고. 약속이라기보다는 사명이지만."

가방에서 지갑을 꺼내어 그 안에서 작게 접은 쪽지를 집었다. 이렇게 작은 쪽지를 용케도 잃어버리지 않고 잘 간직했다 싶다. 그걸 오빠에게 내밀었다. 오빠가 의아한 표정으로 그것을 받아드는 걸 보니 큰 짐을 내려놓은 기분이었다.

"끝! 사명 완료!"

"……이게 뭐야?"

애써 아무렇지도 않은 척, 아주 오랜만에 그 이름을 소리 내어 말했다. "카무이한테…… 부탁받았어. 열일곱 살 생일에 이 다리 위에서 이 쪽지를 고타로에게 꼭 전해달라고."

오빠의 손이 떨리고 있었다.

"안 읽을 거야?"

그 병실에서 마지막으로 들었던 다정한 목소리가 귓속에서 되살아났다.

"이건 사명이야, 우이코."

그 행동에 깊은 의미는 없었다. 하지만 우이코가 너무나도 서럽게 울어서 어떻게든 달래야겠다고 생각했다.

　　하지만 따로 생각할 시간적 여유도 없어서 그냥 메모를 찢었다. 절반을 찢으려 했는데 네 줄 중에 가장 아랫줄만 어중간하게 찢어서 뭔가 의미심장한 느낌이 되었다. 이걸로는 안 될 것 같은데. 하지만 어쩔 수 없이 종이를 작게 접어서 우이코에게 내밀었다.

　　"우이코, 약속해 줘. 꼭 열일곱 살이 되어줘. 그리고 열일곱 살 생일에 이걸, 아까 얘기한 다리 위에서 고타로에게 꼭 전해줘."

　　"카무이가 직접 줘! 가지 말고 계속 여기 있어!"

　　침대 위에서 흐느끼는 작은 몸을 끌어안았다. 이렇게 울리려던 건 아니었다. 우이코의 울음소리가 너무나도 구슬퍼서, 아주머니도 눈물을 훔치며 가만히 일어나 병실을 나섰다.

　　"미안해…… 우이코. 꼭 건강해져야 해. 난 여러 가지로 아주 많은 잘못을 저질렀어. 하지만 이제는 깨달았어. 슬프게 해서 정말 미안해."

　　"그러면 가지 마……! 제발! 우이코랑 오빠를 두고 가지 마……!"

　　땀과 눈물로 범벅이 된 자그마한 손에 쪽지를 꼭 쥐어주었다. 이 아이가, 고타로의 작은 동생이, 고타로의 보물이, 제발 열일곱 살을 맞이할 수 있기를. 내가 본 아름다운 저녁노을이 이 아이의 하늘에도 번지기를. 이 아이가 '청춘'을 만날 수 있기를.

　　그 소원을 작디작은 쪽지에 담았다.

"열일곱 살이 되면 마음껏 청춘을 즐겨. 그걸 위해 이 약속을 두고 갈게. 약속이라고 할까, 이건 사명이야, 우이코."

마지막으로 꼭 껴안은 뒤 일어났다. 울먹이는 우이코에게 손을 흔들고 병실을 나섰다. 복도에서 기다리던 고타로의 어머니가 아까 내가 우이코에게 그랬던 것처럼 나를 꼭 껴안아 주었다. "조심해. 꼭 연락하고. 카무이는 아직 아줌마가 만든 참치커틀릿 안 먹어봤지? 많이 튀겨놓고 기다릴게." 그리고 내 주머니에 뭔가를 넣었다. 엘리베이터 안에서 보니 크고 둥근 사탕이었다.

사탕을 먹으며 자전거를 탔다. 집으로 돌아오기 전에 꼭 들러야 할 곳이 있었다.

그날, 고타로와 만난 다리.

햇살이 눈부신 강가를 지나며 불현듯 이대로 어딘가로 사라져 버리면 어떻게 될까 하고 몽상에 잠겼다. 고타로와 이야기한 것처럼 도쿄에 가서 사람들 틈으로 몸을 숨긴다면. 아니, 불가능하다. 사실은 도쿄 지리 같은 건 하나도 모른다. 몇 번인가 아이들의 소원을 이루기 위해 같이 외출한 적이 있는 정도다. 하지만 만일 고타로와 함께였다면 어떨까. 아니면 도쿄가 아니라 전혀 다른 곳으로⋯⋯ 물론 진심은 아니었다. 그냥 꿈. 그런 선택은 하지 않는다. 할 수 있느냐, 없느냐가 아니라 안 한다. 안 하기로 했다.

그 다리에 도착했다. 천천히 페달을 밟으며 한가운데까지 나아갔다. 자전거를 세우고 난간에 서서 다리 밑으로 흐르는 강물을 내려다봤다. 이 높이에서 떨어졌는데 용케도 무사했구나. 고타로도 엄청 놀랐겠지. 하지만 굉장했다.

자신을 구하러 왔을 때, 고타로는 마치 나는 것 같았다. 날개를 펼치고 낮은 곳을 날렵하게 활공하는, 한 마리의 아름다운 새 같았다.

주머니에서 열쇠고리를 꺼내 작은 금속 고리로 이어진 시스터즈를 하나씩 떼어냈다. 손끝으로 고리를 열려고 했지만 마음처럼 되지 않았다. 주머니에서 펜을 꺼내 그 끝으로 고리를 열어 떼어냈다. 먼저 하나. 크게 팔을 휘둘러 힘껏 강물을 향해 던졌다. 서둘러 두 번째도. 이어서 세 번째, 네 번째도.

들어봐. 이 강에 빠지면 자유로워질 수 있어. 난 자유로워졌어. 물살에 휩쓸려 내려가고, 가라앉았다가 떠올랐다가 큰일이지만, 힘들지만, 그렇게 흘러간 곳에는 자유가 있었어. 그곳에서는 이제 아무도 우리를 붙잡을 수 없어. 아무도 우리를 괴롭힐 수 없어. 아무도 우리를 상처 입힐 수 없어.

"다들 지켜봐 줘!"

힘껏 외쳤다. 나는 자유다.

"아스트랄 카무이, 열심히 하고 올게!"

얍! 하고 주먹을 쳐들었다. 마음을 다잡고 자전거에 올라탔다. 온몸으로 힘차게 페달을 밟으며 "와하하하!" 하고 혼자 바보처럼 웃었다. 완전히 해방된 몸은 무서울 정도로 가벼웠다. 웃고 있는데 어찌 된 영문인지 눈물이 흘렀다. 계속 흘러넘치는 눈물은 모두 바람에 실려 날아갔다.

얘들아, 기다려줘. 해야 할 일은 알고 있어. 망설임은 이제 없어.

'여긴 안전해?'

고타로가 그렇게 물었을 때 머릿속에 떠오른 건 네 아이의 얼굴이었다. 내가 그곳에 남겨두고 온 네 명의 아이들. 나는 그 아이들을 두고 왔다. 절대로 안전할 리 없는 그곳에. 만일 내가 자취를 감추고 그대로 행방불명된다면 그 아이들은 금방 어딘가로 옮겨질 것이다. 내가 신고할 경우를 대비해서 절대로 찾아낼 수 없는 곳에 숨겨놓겠지.

그 아이들을 구하려면 아이들이 어디 있는지 아는 지금밖에 없다. 이럴 수밖에 없다. 그 아이들을 위해 내가 멈춰서고, 돌아보고, 그 아이들에게로 돌아가겠다. 내가 그 아이들을 안전한 곳으로 데려가겠다.

그 아이들은 나를 선생님이라 불렀다. 내가 만든 왕국에 살면서 내 말을 믿고, 내가 들려준 아름다운 이야기를 믿고, 모두 나를 사랑한 뒤 떠났다. 나는 대체 얼마만큼의 아이들을 떠나보낸 걸까.

"괜찮아. 마음껏 즐기고 행복해져서 돌아오렴. 너는 모두를 이끄는 등불, 희망의 빛이 될 테니까."

그렇게 몇 명이고, 몇 명이고, 몇 명이고, 그저 빼앗길 뿐인 죽음의 여행을 떠나보냈다. 그 아이의 얼굴, 그 아이의 눈, 그 아이의 코, 그 아이의 입술, 그 아이의 숨, 그 모든 것이 나를 믿었다. 그 아이들은 이제 돌아오지 않는다. 그런 여행길로 떠나보냈다. 그러고 싶어서 그런 건 아니었다. 그러지 않을 자유를 몰랐다.

하지만 지금은 아니다. 고타로가 나를 해방시켜 줬고, 어디까지고 갈 자유를 주었다. 나는 가고 싶은 곳에 간다. 어디든. 날아서라도 가겠다. 그리고 이 손을 뻗어, 필사적으로 뻗어, 온 힘으로 붙잡아서, 절대로 놓지 않겠다. 그것도 고타로가 가르쳐주었다.

'놓지 마! 무슨 일이 있어도 절대로 놓지 마!'

그때 고타로가 던진 수박에 나는 얼마나 필사적으로 매달렸는지. 손을 떼면 반드시 죽을 것 같았다. 모든 걸 걸고, 진심으로, 안간힘을 다해 매달리는 수밖에 없었다. 그러지 않으면 살 수 없었다.

고타로가 준 건 그런 것이다.

그 수박을 먹었다. 크고 달아서 맛있었다. 그래서 이제 이 손에는 없지만 그래도 괜찮다. 난 절대로 놓지 않으니까. 지금도 이 가슴에 간직하고 있다. 네가 준 초록색 바탕에 검은 줄무늬의 둥글고 커다란 에너지를, 나는 쭉 소중하게 품고 있어.

이 힘으로 나도 날아갈 거야. 네가 준 힘이 나를 지금, 이렇게 멀리까지 데려가려 하고 있어.

집에서 왕국까지는 차를 타고 갔다.

당연히 앞으로 일어날 일을 머리에 새기고 있었다. 아이들의 방으로 돌아가서 내가 이룬 소원이 얼마나 멋졌는지, 얼마나 꿈결 같은 시간이었는지 이야기를 들려준다. 아이들에게 한껏 부러움을 사고 작별 인사를 하면 끝이다. 돌아와도 10여 분 뒤에 방을 나와서 헤어짐이 슬퍼지기 전에 '마중 온 마차'에 올라탄다.

방에 들어오자마자 아이들이 달려왔다. "와! 선생님이다!" "선생님, 머리카락 왜 그래요?" "머리카락 췄어요?" "옷이 달라졌어!" 짧아진 머리에 안경을 쓰고, 하복 차림에 배낭을 앞으로 멘 모습에 모두 눈을 휘둥그레 떴다.

팔을 쭉 뻗어 펼치며 아이들에게 "……이리 와!" 하고 말을 걸었다. 모두 알쏭달쏭한 표정이었다. 여기 있는 아이들에게는 포옹이라는 개념이 없다. 부모와 같이 살 때부터 포옹한 적이 없으니까.

"괜찮아! 이리 와!" 하고 네 아이를 힘껏 끌어안았다. "앗?" "숨 막혀!" "아하하하!" "이게 뭐예요?" 팔에 힘을 주고 몸을 꼭 붙였다. 그리고 힘차게 외쳤다.

"처형!"

선생님의 이상한 행동에 아이들은 까르르 웃음을 터뜨렸다. "다같이 말해보자. 하나, 둘……."

처형! 아하하하! 이상해! 따뜻해! 따뜻해!

"……무서운 일이나 슬픈 일, 외로운 일이 있을 때 이렇게 하면 나을 거야."

지근거리에서 울려 퍼지는 아이들의 웃음소리로 귀가 이상해질 것 같았다. 좀 더 일찍 이렇게 했다면 얼마나 좋았을까. 작은 몸의 온기를 느끼며, 숨결을 느끼며, 살아 있는 목숨을 분명히 느낄 수 있었다면 그런 잘못은 저지르지 않았을 텐데. 모두 미안해. 미안, 미안, 미안해……!

"모두…… 잠깐 이대로 들어줄래? 사실 선생님 소원은 아직 다 안 끝났어."

이 방에는 카메라가 있지만 마이크 성능은 별로 좋지 않았다. 찍은 영상을 확인하는 걸 여러 번 도왔기 때문에 잘 안다. 이 위치에서 이 목소리 크기라면 내용은 거의 알아듣지 못할 것이다. 그저 이별을 아쉬워하는 것처럼 보이겠지. 지금까지 아이들을 껴안은 적은 없었지만, 그것도 분명 모른 척해 줄 것이다. 왜냐하면 마지막이니까. 게다가 나는 특별하니까. 나는 선생님이니까.

껴안은 아이들을 조용히 시킨 뒤 몰래 설명했다.

"쉿, 이대로 듣는 거야. 지금부터 너희가 도와주지 않으면 선생님의 소원은 이루어지지 않아."

아이들은 눈을 깜빡이며 놀란 표정을 지었다.

"다른 어른들한테는 비밀이야. 있잖아, 선생님이 이 방을 나간 뒤에 조금 있으면 음악이 흘러나올 건데, 그게 신호야. 그 소리를 들으면 모두 코하고 입을 손으로 막고 바닥에 쫘당 쓰러져서 자는 척을 해줘."

이렇게? 이렇게요? 나 할 수 있어. 나도!

"안 돼, 지금 하면 안 돼……. 그럼 어른들이 이 방에 들어올 거야. 그러면 다 같이 괴로워! 라고 해. 숨 막혀요! 라고 해. 놀이마당에 나가고 싶어요! 라고 해. 분명 내보내 줄 거야."

정말? 좋아라! 마당에 나가고 싶어! 나가고 싶어, 나가고 싶어!

"그러면 선생님이 멀리서 두 번째 신호를 보낼 거야. 분명 금방 알 수 있을 거야. 그 신호가 나는 쪽을 향해 힘껏 달려. 만일 붙잡히면 선생님 소원은 거기서 끝나니까 다들 힘내줘. 아무튼 달려. 절대로 붙잡히지 않도록."

하지만 숲이 있잖아요. 숲속은 위험하잖아요. 들어가면 안 되잖아요. 혼나잖아요.

"오늘은 특별히 숲속에 들어가도 돼. 왜냐면 선생님 소원이니까. 알았어? 할 수 있겠니?"

응! 선생님 소원, 내가 들어줄래! 할 수 있어! 쫘당, 쓰러졌다가 뛰어간다!

몇 번인가 방문을 두드리는 소리가 들렸다.

시간이 됐다. 마지막에 침대를 정리하는 척을 하며 배낭에서 그 태블릿, 수음장을 꺼내 재빨리 침구 밑에 숨겼다. 사이온지, 미안해. 마음속으로 중얼거렸다.

"그럼 다녀올게. 선생님은…… 돌아갈게."

배낭을 품에 안고 아이들에게 눈짓을 한 뒤에 방을 나섰다. 처음 보는 남자 두 명을 양옆에 끼고, 지금까지 지나간 적 없는 복도를 지나갔다. 소원을 빌면 어디든 갈 수 있는데, 아무도 집에 가고 싶다고는 말하지 않았다. 지금까지 단 한 명도. 모두 돌아가고 싶은 집이 없는 것이다. 이곳에 오는 아이들에게 돌아온 자신을 기쁘게 맞이해 줄 부모 같은 건 없다. 나도 그랬다.

네 아이들의 얼굴을 다시 떠올렸다. 부디 그 아이들이 돌아갈 곳을 찾을 수 있기를.

나는 찾았어. 고타로에게 돌아갈 거야. 반드시 돌아갈 거야. 약속했으니까. 설령 아무리 시간이 걸리더라도, 설령 어떤 모습이 되더라도. 어떻게 되어도. 무슨 일이 있어도. 이건 그런 여정이야.

나는 죽으러 가는 게 아냐. 나는 이렇게 살고 싶어.

철문을 열고 밖으로 나가자 이미 차가 대기하고 있었다. 배낭을 안은 채 건물을 나섰다. 위에 감시 카메라가 달려 있었다. '엄마'는 이런 걸 스스로 확인한 적 있을까? 내 모습을 볼까? 봐야 할 텐데.

두 남자가 등을 돌리고 있는 틈을 타, 나는 가운뎃손가락을 한껏 세웠다. 두 손 모두. 혀도 내밀었다. 강렬한 적대적 의지, 공격 의지를 가졌다는 뜻. 간단하게 말하면 싸움을 거는 거다.

차 문이 열렸다. 뒷좌석으로 걸어갔다. 하지만 그때 예상치 못한 일이 일어났다. 남자가 팔을 붙잡더니 익숙한 손놀림으로 주사를 놨다.

"어? 이게 뭐예요?"

"진정제야. 오래 걸릴 테니 가는 길에 푹 자면 좋잖아. 의식이 몽롱해지면서 마음이 차분해질 거야."

마지막까지…… 할 말을 잃었다. 이런 짓까지 하다니. 지금까지 몰랐다. 널찍한 뒷좌석에 올라타며 감정이 격하게 동요하는 걸 느꼈다. 해도 해도 너무하는군. 이래서는 예정대로 실행할 수 있을지 장담할 수 없었다. 순식간에 머리가 무거워졌고, 몸도 나른해졌다. 너무 잘 듣는 거 아니냐고.

남자들이 운전석과 조수석에 올라탔다. 뒷좌석과 운전석 사이에는 벽이 있었다. 창문도 있었지만 닫혀 있었다. 저쪽에서 이쪽을 보지 못하는 건 다행이었다. 하지만 차가 출발하자마자 몸이 픽 쓰러졌다. 안 돼, 정신 차려. 몸을 일으켰다. 힘이 풀려가는 손으로 배낭을 열었다. 고타로의 집에서 가져온 새 부탄가스 통 세 개. 그리고 그 야한 라이터. 시야가 어두워진다. 시트 옆에는 몸을 눕혀서 고정할 수 있는 벨트와 산소통이 있었다. 이건 어떻게 될까. 좋은 건가? 나쁜 건가? 모르겠다. 이제 됐다. 안되겠어. 빨리 해치우지 않으면 정말 정신을 잃겠어.

부탄가스를 열어서 거꾸로 눕혀 바닥에 세웠다. 두 손으로 가스를 뺐다. 더는 못 하겠다 싶은 데까지 힘을 낸다. 살아남을 수 있도록 힘을 낸다. 돌아갈 수 있도록 힘을 낸다.

고타로를 떠올렸다. 그 다리 위에서 본 저녁노을을 떠올렸다. 몇 번이고, 몇 번이고 떠올린 일을 지금 또다시 떠올렸다. 그래. 시작은 늘 여기였다. 넌 날 찾아냈어. 몇 번이고 떠올릴 수 있다. 몇 번이고, 나도 널 찾아낼 거야. 몇 번을 다시 시작해도 마찬가지야. 결과는 같아. 우리는 반드시 서로를 찾아낼 거야.

한 손으로 라이터를 쥐었다. 하지만 손가락이 미끄러져서 전혀 힘이 들어가지 않았다. 하지만 해낸다. 반드시 해낸다. 불, 붙어라. 빨리 붙어. 우리는 괜찮아. 아무리 멀리 떨어져도, 젠장, 불, 붙으라고! 아, 정말, 손가락이! 우리는   반드시   괜찬 아

어 떻게 하면 되는지 는 모르겠 지만, 그래도

힘낼 거야 나는 반드시, 살 아서돌아   간다

　나   고 타   로   와
　　　불 아   붙

"오케이! 렛츠 댄스!"

침대 밑에 숨겨둔 태블릿에서 카무이가 알람으로 맞춰놓은 리드 미컬한 노래가 갑자기 흘러나왔다.

첫 번째 신호. 아이들은 곧바로 코와 입을 손으로 막고 바닥에 쫘당 쓰러졌다. 그러자 어른들이 황급히 방으로 들어왔다. 난리법석이었다. 이 소리는 뭐지? 왜 숨이 막히지? 독극물? 가스? 중독? 소리가 나는 쪽으로 다가가면 안 돼! 빨리 환기해! 공주님, 왕자님을 데리고 나가!

"놀이마당에 나가고 싶어요…….""숨이 안 쉬어져요…….""숨
막혀요!""마당에 나갈래요!"

놀이마당은 창문을 통해 바로 나갈 수 있다. 어른들은 눈빛을 교
환한 뒤 창문을 활짝 열었다. 자, 나가렴! 서둘러! 방에서 뛰쳐나간
아이들은 지하의 채광용 안뜰에서 계단을 뛰어 올라가 놀이마당으
로 나갔다.

그 순간, 숲속에서 귀를 찢는 폭발음과 함께 검은 연기와 불길이
솟아올랐다.

어른들은 놀라서 일제히 비명을 질렀다. 모두 본능적으로 머리를
싸안고 엎드렸다. 그 틈에 아이들은 내달렸다. 저게 두 번째 신호
야! 선생님이 부르고 있어! 선생님의 소원이야! 꼭 이루어줘! 그 뒤
를 어른들이 쫓아갔다. 정신없이 달려서 어둡고 깊은 숲속으로 들
어갔다. 폭발음은 여러 번 울려 퍼졌다. 하늘이 붉게 물들었다. 네
아이는 거침없이 똑바로, 선생님이 부르는 쪽을 향해 달려갔다.

하지만 이내 눈앞에 철조망이 달린 높은 울타리가 나타났다. 어
린애 힘으로는 도저히 넘을 수 없다. 펑! 펑! 연이어 신호가 났다.
새빨간 불길이 하늘까지 치솟았다. 빨리, 빨리, 하고 외치듯. 하지만
이 울타리를 넘을 수 없다. 이대로는 붙잡히겠어! 어쩌지……. 네
아이가 작은 얼굴을 마주 본 순간이었다.

"어머나!"

울타리 너머 숲속에서 뭔가가 반짝반짝 강렬하게 빛났다. 네 개
의 빛이 통통 튀듯 다가왔다.

"이런 데 어린애들이 있네!""정말? 어쩌다가?""정말이네! 길을

잃었니?" "길이 막혀서 못 가고 있니?"

빛으로 보인 건 네 명의 소녀들이었다. 모두 멋들어진 교복 차림이었다. 짧은 타탄체크 스커트를 입고 허리에 니트를 두른 소녀도 있었고, 니트를 헐렁하게 걸친 소녀도 있었다. 리본은 붉은색이나 남색, 셔츠 단추는 살짝 풀었다. 고운 머리카락은 살랑살랑 풀었거나, 동그랗게 하나로 말아 올렸다. 마스카라를 칠한 속눈썹에 매니큐어를 바른 손톱, 뺨에는 달콤한 빛깔의 볼터치. 립글로스를 바른 입술에는 윤기가 돌았다. 모두 즐겁게 웃고 있었다. 모두 반짝반짝 빛나고 있었다. 어스름한 숲속에서도 눈부신 빛을 발하고 있었다.

"우리는 늘 넷이 함께야!" "우리 모두 열일곱 살이야!" "그치!" "그래, 맞아!" "얘들아, 이리로 와!" "울타리에 구멍이 난 곳이 있어!" "빨리 가자!"

열일곱 살 소녀들은 꺄르르 웃으며 울타리를 따라 달렸다. 아이들은 소녀들을 따라 달렸다. 구멍은 금방 찾았다. "여기야!" "서둘러!" 소녀들이 손짓했다. 작은 몸으로 구멍을 빠져나갔다. "얘들아, 힘내!" "여기서부터 또 뛰는 거다!" 불길과 폭발음을 향해 다시 달렸다. 네 아이들이 결코 헤어지지 않도록 소녀들이 앞장서서 인도해 주었다.

그때 나무 사이로 산자락을 따라 난 길이 언뜻 보였다. 요란하게 사이렌을 울리며 소방차 여러 대가 산길을 따라 이쪽으로 줄줄이 달려오고 있었다.

소녀들의 뒤를 따라 달리는 동안 네 아이는 숲에서 뛰쳐나갔다. 바로 옆에 소방차들이 다가오고 있었다. "그럼 다 같이 외치자!"

"숨을 들이마시고……." "……하나, 둘!"

도와주세요!

그것은 아이들이 모르는 말이었다.

하지만 소녀들이 외치는 걸 보고 같이 크게 외쳤다. 온 힘을 다해. 몇 번이고, 몇 번이고. 그 목소리를 듣고 소방차에서 대원 몇 명이 내릴 때까지 반복해서.

대원들의 품에 안긴 아이들은 입을 모아 열일곱 살 소녀들에 대해 이야기했지만, 아무리 주변을 수색해도 소녀들의 모습은 찾을 수 없었다.

카무이는 끝내 그 소녀들을 보지 못했다.

✦

함께 살고 싶어.

오빠가 펼친 쪽지에는 그렇게만 적혀 있었다.

"어? 이게 다야?"

저도 모르게 외쳤다. 정말이었다. 휘갈겨 쓴 글씨로 딱 그렇게만 적혀 있었다.

"아니, 그래도, 아, 맞다! 혹시 이거 암호 아냐? 뭔가, 그래, 비밀금고의 비밀번호 아닐까?"

"아니, 그냥 이게 다야." 쪽지를 뚫어져라 바라보며 오빠는 그렇게 말했다. "이게 그 녀석의 '진심'이겠지."

"어? 10년이나 잃어버리지 않게 소중히 간직했는데! 뭔가 훨씬 대단하고 엄청난 메시지 아닐까? 뭔가 더 있을 수도 있어!"

"그 녀석은…… 카무이는……." 오빠는 오른손으로 입을 막았다. "그래, 이런 구석이 있지……." 손바닥 아래로 웃음소리가 흘러나왔다. "풉…… 하하, 하하하하!" 더는 못 참겠다는 양, 그 웃음소리는 점점 커졌다. "뭐가 온다, 온다 하고 실컷 기대하게 해놓고, 아무것도 아니었냐! 하고 다들 꽈당 쓰러져야 할 것 같은, 그런 짓을 한다고……! 걔는 맨날 그랬어……!"

웃음을 터뜨리며 오빠는 왼손으로 가슴 언저리를 꾹 눌렀다. 거기서 뭔가 들리는 것처럼, 몇 번이고 연신 고개를 끄덕였다. 잔뜩 구겨진 눈에서는 쉬지 않고 눈물이 흘러내렸다. 처음에는 가느다란 줄기였지만, 점점 흘러넘친 눈물은 이내 하나가 되어 큰 줄기를 이루었다. 그리고 갖가지 것들을 거센 힘으로 단번에 어딘가로 휩쓸어갔다.

"이 녀석, 진짜…… 으하하하하……! 카무이, 너란 놈은 정말……! 어이없어……! 하지만 알았어! 알았다고! 네 '진심'이 뭔지 알았어! 나도야, 나도 그래, 우린 함께야, 앞으로 계속 함께야……! 하하하하하!"

웃으며 우는 그 모습을 처음 보는데도 왠지 반가웠다. 잘 아는 얼굴이었다. 이게 우리 오빠다. 기시마 고타로다. 이게 우이코가 사랑하는, 하나밖에 없는.

"……오빠!"

힘껏 달려들었다.

"오빠, 오빠, 오빠, 오빠! 빨리 우이코를 처형해 줘!"

언제나 뭔가를 지키려는 따스한 두 팔이 온몸을 꼭 끌어안았다.

"땀 냄새 나! 헤어무스, 우유, 복숭아, 설탕, 꽃……."

머리에 얼굴을 묻고 오빠는 우이코, 하고 불렀다. "벌써 열일곱 살이라니! 고등학교 2학년이라니! 믿을 수가 없네. 그렇게 작았는데 언제 이렇게 컸어……!"

꼭 붙였던 몸을 떼고, 하지만 여전히 어깨동무를 한 채 남매는 다리 난간에서 보이는 풍경을 둘러보았다. 모든 것을 휩쓸어 바다로 보내는 강물을 바라보았다.

"……슬슬 집에 갈까?"

눈물로 얼룩진 얼굴로 오빠는 고개를 저었다. "아니. 조금만 더 기다릴게."

누구를? 그렇게 묻지는 않았다.

새빨간 노을이 오빠의 옆얼굴을 비추고 있었다. 둘이서 바라보는 강물 위의 드넓은 하늘은 황금빛과 붉은빛으로 타오르는 저녁노을로 물들어 있었다.

둥글고 커다란 불덩어리 같은 저녁 해가 빛나는 구름 사이로 모습을 드러냈다.

오빠는 천천히 오른손을 뻗었다. 그러고 있으면 언젠가 정말 손이 닿을 것이라고, 잡을 수 있을 것이라고 믿는 것처럼.

나도 생각했다. 분명 만질 수 있을 거야. 닿을 거야. 잡을 수 있을 거야.

같은 것을 믿었다. 그리고 이 세상 어딘가에서, 마찬가지로 같은 온도로 타오르는 불덩어리에 필사적으로 손을 뻗고 있는 사람이 있다고도 믿었다. 손과 손은 언젠가 만날 것이다. 서로 닿은 손은 마주 잡을 것이다.

그저 함께 살기 위해서.

✦

이것이 시작이었다.

모자와 선글라스, 마스크로 얼굴을 가린 정장 차림의 네 남녀가 기자회견장에 나타났다. 여러 명의 변호사와 지원자들도 함께했다. 아무도 몰랐던 사건이 온 나라를 뒤흔들었다. 그 첫걸음이 여기서부터 시작됐다.

때마침 쉬는 날이었던 고타로가 거실로 내려왔을 때, 가족들은 아무도 없었다. 켜져 있던 텔레비전에서 그 기자회견의 생중계 영상이 흘러나왔다.

모인 기자들에게 나란히 인사한 뒤, 회색 정장 차림의 여성이 마이크를 쥐었다. 하지만 목소리가 나오지 않는 것 같았다. 떨기 시작하더니 마이크를 책상에 내려놓았다. 양옆의 남성들이 여성을 부축했다. 얼굴을 들여다보며 뭐라 말을 걸었다. 여성은 우는 것 같았다. 기자회견장은 소란스러워졌다.

고타로는 음량을 높였다. 무슨 뉴스인지 몰라서였다.

여성의 어깨를 부축한 남성이 단상에서 아래에 있는 지원자들을 향해 뭐라 말했다.

그 사이로 한 사람이 달려 나왔다. 긴소매 코트에 장갑. 챙이 넓은 모자. 거기에 마스크까지 쓰고 있어서 얼굴도 맨살도 전혀 보이지 않는 수상쩍은 모습이었다.

그가 팔을 펼치자 네 남녀는 어린애처럼 매달렸다. 다섯 명이서 꽉 끌어안고, 하나로 뭉쳐 어깨동무하더니, 갑작스레 한목소리로 외쳤다.

처형이다!

손에서 머그 컵이 떨어졌다.

발밑에 우유를 쏟은 채 고타로는 카메라 플래시가 번쩍이는 화면을 바라보았다. 뚫어져라 응시했다. 귀를 기울였다. 온몸의 신경을 곤두세우고 찾았다.

살짝 구부정한 자세. 옷 속에는 분명 여윈 몸이 자리하고 있겠지. 그저 있기만 해도 자연스레 새어 나오는 멍한, 독특한 분위기.

찾았다.

틀림없다. 녀석은 분명히⋯⋯.

"슝!"

외쳤다. 그 순간, 화면 속에서 녀석은 화들짝 놀란 듯 돌아봤다.

주변을 두리번거리더니 살짝 고개를 기울여 위를 보았다. 고타로는 알 수 있었다. 녀석은 지금, 카무이는 지금, 마스크 아래에서 분명 답장을 보냈다. 그럴 리 없는데. 하지만 실제로 그러하니 어쩔 수 없다. 분명히 닿았는데 어쩌겠는가.

어디로 가는지도 모른 채 고타로는 집을 뛰쳐나왔다. 다리가 휘청거려서 지팡이도 안 가지고 나왔다는 사실을 뒤늦게 알아챘지만 그래도 멈출 수 없었다. 넘어져도 좋으니 어쨌든 가야 한다. 날아가듯이. 이 날개를 펼치고 곧장 너에게 가자.

함께 돌아가자.

옮긴이의 말

2000년대 초중반, 라이트노벨 분야에서 청춘 학원물에 뛰어난 재능을 보였던 다케미야 유유코의 이름을 기억하고 있는 독자들도 많을 것이다. 『우리들의 타무라』, 『토라도라』, 『골든 타임』 등 여성 작가의 시선으로 질주하는 청춘과 복잡 미묘한 연애 감정을 섬세하게 묘사했고, 그의 작품은 애니메이션으로도 제작되며 대중적인 인기를 끌기도 했다.

그런 작가가 이번에는 일반 소설로 돌아왔다. 소설이라는 장르를 라이트노벨이나 일반 소설, 순문학 등으로 구별하기는 꺼려지지만, 그럼에도 특정 독자들을 대상으로 써온 이전 작품군과는 분명히 차이가 있을 것이기에 어떤 작품일지 호기심이 일었다.

초중반까지는 작가의 장기인 청춘 이야기가 '하이텐션'으로 전개된다. 주인공 카무이는 초반부터 '청춘'을 즐기러 왔다고 선언하고, 그 말대로 친구와 같이 등교하기, 친구 집에 놀러 가기, 합창 대회 등 전형적인 청춘의 이벤트가 펼쳐진다. 카무이는 세상의 상식과는 동떨어진, 무척 불가사의한 인물이다. 독자는 그런 카무이를 고타로의 시선으로 바라보며 때로는 짜증을 내기도 하지만, 결국은 그의 올곧음과 순수함에 빠져든다. 완벽히 같은 경험은 아닐지라도 사춘기 특유의 대책 없는 태평함과 무모함, 과장된 사고와 순수한 열정, 그러면서도 복잡한 내면 같은 보편적인 경험을 작가는 유쾌하면서도 섬세한 필치로 그려낸다. 그렇게 '청춘'에 서서히 감화될 즈음, 작품의 분위기는 180도 달라진다. 반짝이는 청춘의 한복판에 '장기기증'이라는 묵직한 사회적 주제를 투하한다.

카무이를 둘러싼, 믿을 수 없고 믿기 싫은 환경. 소설 특유의 허황되고 과장된 설정이라 말하고 싶지만, 현실은 소설보다 기이하다는 말처럼 지난해 일본 언론을 떠들썩하게 만들었던 뉴스가 있었다. 특정 종교를 믿는 가정에서 태어나 성장 과정에서 본인의 의사와 상관없이 그 종교를 믿게 되거나 신앙을 강요당하는, 이른바 '종교 2세' 문제였다. 인신매매나 장기밀매 같은 사안까지는 아니지만 아동학대나 신앙의 강요 등이 사회 문제로 떠오른 걸 보고, 세상 어딘가에서 여전히 이런 일이 일어나고 있다니, 하고 새삼스레 충격을 받았던 기억이 난다.

이렇게 시의적이고 사회적인 이슈와 자신의 장기인 청춘 학원물을 절묘하게 조합해 충격적인 반전극을 선보인 작가의 역량에 그저 감탄할 뿐이다. 500페이지가 넘는 분량에 노도와 같이 쏟아지는 감정과 중후반에서 몰아치는 급격한 전개로도 순수한 감동과 깊은 울림을 느낄 수 있었던 것은, 장기이식과 기증에 대한 문제의식, 나아가서는 살아가는 이유와 삶이란 무엇인가에 대한 보편적인 물음을 진지하게 고민하고 성찰하려는 의지가 느껴져서일 것이다.

가슴 에이는, 지난한 인고의 세월을 보내고 마침내 다시 만난 두 주인공. 함께하는 두 사람의 앞날에 평온한 삶이 계속되기를 바라며, 색다른 재능을 보여준 작가의 다음 작품을 기대해 본다.

2024년 3월
최고은

옮긴이 **최고은**

현재 도쿄대학교 대학원 총합문화연구과에서 일본문학을 연구하며 전문 번역가로 활동하고 있다. 옮긴 책으로 무라타 사야카의 『소멸세계』, 『무성교실』, 『지구별 인간』, 기리노 나쓰오의 『천사에게 버림받은 밤』, 히가시노 게이고의 『블랙 쇼맨과 이름없는 마을의 살인』, 요네자와 호노부의 『추상오단장』, 『부러진 용골』, 미카미 엔의 『비블리아 고서당 사건수첩』, 요코야마 히데오의 『64』, 『빛의 현관』, 이사카 고타로의 『칠드런』 등 다수가 있다.

심장의 아이

초판 1쇄 발행 2024년 3월 13일
초판 2쇄 발행 2024년 4월 25일

지은이 다케미야 유유코
옮긴이 최고은
펴낸이 김선식

부사장 김은영
콘텐츠사업본부장 임보윤
기획편집 채윤지 **디자인** 윤신혜 **책임마케터** 양지환
콘텐츠사업2팀장 김보람 **콘텐츠사업2팀** 박하빈, 이상화, 채윤지, 윤신혜
마케팅본부장 권장규 **마케팅2팀** 이고은, 배한진, 양지환 **채널2팀** 권오권
미디어홍보본부장 정명찬 **브랜드관리팀** 안지혜, 오수미, 김은지, 이소영
뉴미디어팀 김민정, 이지은, 홍수경, 서가을, 문윤정, 이예주
크리에이티브팀 임유나, 박지수, 변승주, 김화정, 장세진, 박장미, 박주현
지식교양팀 이수인, 염아라, 석찬미, 김혜원, 백지은
편집관리팀 조세현, 김호주, 백설희 **저작권팀** 한승빈, 이슬, 윤제희
재무관리팀 하미선, 윤이경, 김재경, 이보람, 임혜정
인사총무팀 강미숙, 지석배, 김혜진, 황종원
제작관리팀 이소현, 김소영, 김진경, 최완규, 이지우, 박예찬
물류관리팀 김형기, 김선민, 주정훈, 김선진, 한유현, 전태연, 양문현, 이민운

펴낸곳 다산북스 **출판등록** 2005년 12월 23일 제313-2005-00277호
주소 경기도 파주시 회동길 490
대표전화 02-704-1724 **팩스** 02-703-2219 **이메일** dasanbooks@dasanbooks.com
홈페이지 www.dasanbooks.com **블로그** blog.naver.com/dasan_books
종이 신승아이엔씨 **인쇄·제본** 한영문화사 **후가공** 평창피엔지
ISBN 979-11-306-5091-3 (03830)